cocon

Auf der ersten Seite stellt man sich vor,
mit dem ersten Satz ist schon alles geschehen;
dem ersten Satz geht das ganze Buch voraus
(Elazar Benzoëtz, *Die Eselin Bileams und Kohelets Hund*)

Die Väter essen saure Trauben, und den Söhnen werden die Zähne stumpf.
(*Ezechiel* 18, 2)

Anne Chavez

Bis ins dritte und vierte Glied

Roman

Anne Chavez: Bis ins dritte und vierte Glied
Titelgestaltung: Daniel Nachtigal unter Verwendung
eines Fotos von www.lifeofpix.com
Erschienen im CoCon-Verlag, Hanau, 2015
www.cocon-verlag.de

ISBN 978-3-86314-286-5

Anne Chavez

Bis ins dritte und vierte Glied

Teil I 1995

Der Verwirrte ist Teil der Verwirrung

1
Montag, 2. Oktober 1995

„Auf-wa-chen. Bitte auf-wa-chen! Herr Valentin, auf-wa-chen!"

Der sanfte Klang dieser Worte dringt an die Schwelle von Michas Bewusstsein. Träumt er oder wacht er? Noch einmal hört er die freundliche Stimme: „Auf-wa-chen!"

Er will wissen, woher die Aufforderung kommt. Doch sein Kopf schwimmt davon, und eine große schwarze Hand zieht ihn ins Dunkel zurück. Dagegen ist er machtlos. Aber die Frau gibt nicht auf.

„Herr Valentin! Hallo! Wach werden!"

Jemand tätschelt ihm kräftig die Wangen. Er blinzelt. Die Helligkeit schmerzt seinen Augen. Wieder spürt er den Backenstreich. Diesmal stärker. Seine Augen öffnen sich unwillkürlich. Sie klappen auf wie die beweglichen Lider einer Schlafpuppe. Vergeblich versucht er, den unbekannten Klang und das Bild der jungen Frau vor ihm zusammenzubringen. Er gibt auf, fällt in wolligen Nebel, eine angenehm farblose Weiche. Jetzt rüttelt und zerrt es an ihm. Wieder öffnet er die schweren Augendeckel. Vor ihm diese junge blonde Frau, die ihn unsicher anlächelt.

„Endlich, Herr Valentin." Sie klingt erleichtert.

Micha reckt den Kopf ein wenig hoch. Die Menschen an seinem Bett sprechen, doch er kann nicht folgen. Um ihn ein fremder Raum, er sieht das Fußende eines grellweißen Metallbettes. Es dämmert ihm: Das ist ein Krankenhaus.

Die junge Frau mit dem hübschen Gesicht hat sich über ihn gebeugt. Micha starrt in unglaublich blaue Veilchenaugen.

Als könnte sie seinen Blick nicht aushalten, wendet sie sich abrupt um und sagt verhalten zu einem Mann und einer Frau, die wie sie ganz in Weiß gekleidet sind:

„Die Dosis war zu hoch. Man sieht doch, dass dieser Patient federleicht ist." Und zu Micha gewandt, sagt sie in gütigem Ton: „Sie befinden sich in der Frankfurter Psychiatrie. Ich bin Doktor Breisach, Ihre Stationsärztin. Setzen Sie sich bitte auf, ich möchte Sie untersuchen."

Micha rappelt sich mühsam auf, lässt sich gehorsam in Augen und Mund leuchten, die andere Frau hilft ihm, den am Rücken offenen Klinikkittel abzustreifen. Nachdem sie ihn abgehört hat, sagt die Ärztin freundlich, aber bestimmt:

„Kommen Sie bitte gleich um zehn Uhr in die Sprechstunde, am Ende des Nebenflurs, das letzte Zimmer links."

Dann verlassen die drei Unbekannten den Raum. Micha legt sich zurück in die Kissen.

Den Kopf zur Seite gedreht, versucht er, sich zu orientieren. Offenbar handelt es sich um ein Zweibettzimmer. Ein gemachtes Bett steht auf der gegenüberliegenden Seite. Nackte Wände, Nachtschränkchen neben den Betten, zwei Stühle, und links und rechts des Eingangs deckenhoch eingebaute Schränke mit glänzend weißen Fassaden. Alles reinweiß, unschuldig. Inmitten dieser Gesichtslosigkeit fällt das Erinnern schwer.

Gestern oder vorgestern hat man ihn hierher gebracht. Er widersetzte sich, als er gewahr wurde, dass man ihn in eine psychiatrische Klinik brachte. Als er den Schnapper des Schlosses klacken hörte, wusste er Bescheid. Er wurde laut, rüttelte an der Milchglastür, wollte kein Medikament einnehmen, mit niemandem sprechen. Der Arzt kam ihm zu nah, so dass er ihn abwehren musste. Der Mensch missverstand ihn, und im Nu waren sie in eine Rauferei, einen regelrechten Kampf verwickelt. Zu zweit überwältigten sie ihn und gaben ihm eine Spritze. Er wurde ruhig, danach kam dieser tiefe Schlaf – bis eben.

Wieso ist er ausgerechnet hier? Er durchkämmt sein Gedächtnis. Eine Ahnung schimmert auf. Es hat mit seiner Mutter zu tun. In seinem Kopf ist Watte, undurchdringliche Watte. Er ist immer noch schläfrig. Es wird ihm hoffentlich einfallen, wenn nicht, werden sie es ihm sagen.

Während es sich anfühlt, als schwebe sein Körper vom Himmel herab, ist das Wissen auf einmal da.

Er ist hier wegen seiner Mutter, dieser Idiotin. Wegen ihr in der Psychiatrie zu landen! Zwecklos sich dagegen zu wehren. Niemals, so lautete sein Schwur, niemals würde ihm das noch einmal passieren. Das eine Mal vor über zwanzig Jahren, das war verzeihlich, da war er noch jung, aber heutzutage als Vater von Ella und Partner von Aimée ist das äußerst peinlich und störend. Und alles wegen dieser verdammten Hexe! Abschalten. Wegdrücken. Den Kopf tiefer ins Kopfkissen gepresst, zieht er die Decke ans Kinn. Als das Dösen ihn gnädig übermannen will, öffnet sich die Tür und die Frau, die vorhin bei der Untersuchung neben der Ärztin stand, kommt herein.

„Denken Sie daran, Herr Valentin, in einer Dreiviertelstunde müssen Sie zur Sprechstunde bei Frau Dr. Breisach. Sie sollten sich noch frisch machen und frühstücken. Übrigens, ich bin Schwester Antje."

Als Micha die Augen wieder schließt und sich nicht rührt, legt sie ihre Hand sacht auf seine unter der Decke verborgenen Füße.

„Ich zeige Ihnen den Frühstücksraum."

Da er keine Anstalten macht, sich zu bewegen, spricht sie ihn noch einmal an:

„Ihre Lebenspartnerin hat gestern Abend einen Koffer mit Kleidung gebracht. Der steht im linken Schrank. Sie können mir dann den Klinikkittel zurückgeben."

Die Schwester bleibt am Fußende seines Bettes stehen, wartet auf eine Reaktion. „Herr Valentin, soll ich Ihnen ein wenig helfen?"

„Ja, bitte", hört er sich leise sagen.

An der Hand zieht sie ihn auf, stützt ihn unter dem Ellbogen, so dass er sich aufsetzen kann. Sie ist mollig, ihre Nähe ist ihm angenehm. Nun geht sie zum Schrank und entnimmt ihm einen Trainingsanzug und schwarze Lederpantoffeln. Mit sanfter Hand unterstützt sie ihn beim Ankleiden.

„Ich nehme an, Sie sind noch benommen. Deshalb helfe ich Ihnen. Morgen müssen Sie das allein erledigen."

Er nickt.

Ihm ist alles recht, wie gerne würde er sich von der warmen Stimme dieser Schwester in den Schlaf lullen lassen. Ach, in die traumlose Bewusstlosigkeit wegsacken, so lange er will. Obwohl er schlapp ist und bleierne Müdigkeit auf ihm lastet, dringt das Peinliche dieser Situation zu ihm durch. Es ist beschämend, hier zu sein, in der Irrenanstalt – Patient zu sein vor dieser Frau.

Schwester Antje zeigt ihm die Station. Sie gehen den geräumigen Flur entlang, vorbei an der grünen Couch schräg gegenüber dem Stationszimmer. Während er sich fühlt, als hätte ein ganzes Team Baseballspieler auf ihn eingedroschen, versucht er, den Erklärungen zu folgen. Sie betreten kurz den Aufenthaltsraum mit dem eingeschalteten, aber stummen Fernseher. Die Böden sind blitzsauber, das Weiß der Wände kaum sichtbar hinter den großformatigen, sehr bunten und rätselhaften Bildern. „Von Patienten", erklärt die Schwester auf Michas fragendes Kopfschütteln.

Alles ist hell erleuchtet durch künstliches Licht. Micha ist mit seinem Gleichgewicht beschäftigt. Für die schlurfenden und schleichenden Männer und Frauen, die ihm beim Rundgang begegnen, hat er nur einen flüchtigen Blick.

Im Speiseraum ist das Frühstück noch nicht abgeräumt. Als die Schwester wahrnimmt, dass ihr Patient vor der Anrichte schwerfällig auf und ab schreitet und es betrachtet wie eine Schaufensterauslage, hilft sie ihm, ein kleines Frühstück zusammenzustellen. Er setzt sich an einen runden Tisch, trinkt den Tee, der Rest bleibt unberührt. Dumpf starrt er vor sich hin.

Auf dem Weg zum Bad fährt seine Hand wie fremdgesteuert über die Bartstoppeln. Fürs Rasieren hat er heute keine Energie. Der kurze Blick in den Spiegel erschrickt ihn. Doch er schaut ein zweites Mal hin. Seine Augen liegen tief in den Höhlen, seine Wangen sind eingefallen. Er sieht aus wie ein altes, spitzgesichtiges Kind. Sein Mund wirkt wie eine salzverkrustete Wunde. An all dem ist momentan nichts zu ändern.

In der Wartenische vor den Arztzimmern fällt er kraftlos auf einen der schwarzen Ledersitze und hofft, ungestört zu bleiben. Er schreckt aus seiner Apathie auf, als die Ärztin ihn leise und ruhig auffordert einzutreten. Sie bietet ihm einen Sessel an, neben einem kleinen kastenförmigen Tisch. Als Micha bequem sitzt, wendet sie sich ihm in aufmerksamer Haltung zu.

„Herr Valentin, wissen Sie, weshalb Sie hier sind?“

Er schaut sie zunächst mit zusammengekniffenen Augen an, als sei er kurzsichtig, dann bewegt er seine Augen von ihr weg und starrt auf die linke Ecke des Schranks hinter ihr.

„Ja.“

Ein grauer Schwaden durchwabert sein Hirn, macht sein Denken stumpf. Die Ärztin wartet geduldig, gibt ihm eine kurze Frist. Dann hakt sie nach:

„Herr Valentin, sagen Sie mir bitte, weshalb sind Sie hier?“

„Ich habe getobt“, sagt er leise.

„Und warum?“ Die Ärztin spricht nun energisch, was Micha sehr forsch klingt. Er ist doch kaputt, warum nimmt man keine Rücksicht? Seine Antwort klirrt ihm in den Ohren, wie von einem anderen gesprochen.

„Meine Mutter hat mich aufgeregt.“

„Herr Valentin“, sagt die Ärztin eindringlich, rückt sich in ihrem Sessel in sein Gesichtsfeld.

„Sie haben Ihre Mutter mit dem Messer bedroht. Die Nachbarn sind ihr zu Hilfe gekommen und haben die Polizei gerufen. Wenn diese Menschen nicht so schnell zur Stelle gewesen wären, hätten Sie vielleicht einen Mord begangen.“

Micha schaut sie direkt und verwundert an.

„Ich habe nur reagiert. Sie bringt mich beinahe um den Verstand.“

Wie automatisch setzt er hinterher: „Diese Idiotin, verdammte.“

„Herr Valentin, Ihre Mutter ist dreiundsiebzig Jahre alt und sie selbst sind ein erwachsener Mann von nahezu fünfzig. Was ist vorgefallen, dass

Sie so die Kontrolle verloren haben?" Die Stimme der Ärztin hat einen noch resoluteren Ton angenommen.

Kontrolle? Ja, er sollte sich im Griff haben. Warum nur kann er wenigstens vor dieser Frau nicht ohne Beschimpfung über seine Mutter sprechen. Micha lässt seinen geistesabwesenden Blick kurz auf ihrem Gesicht ruhen und schaut dann weg.

„In einer Stunde kommt der Richter, der muss entscheiden, ob Sie per Zwangseinweisung hier bleiben sollen, oder nicht. Wie stehen Sie dazu? Oder bleiben Sie freiwillig?"

Was ist das? Zwangseinweisung? Alarmiert richtet Micha sich in seinem Sessel auf. Das muss ein Missverständnis sein. Die Ärztin wiederholt ihre Erklärung und Frage bedächtiger und langsamer.

„Wie lange?", ist alles, was er über die Lippen bringt.

„Das ist noch nicht abzusehen. Es wäre gut, wenn Sie freiwillig bleiben, dann brauchen wir die richterliche Einweisung nur für ein paar Wochen. Sie werden sich mit so einer Regelung besser fühlen und schneller gesund werden."

Micha überlegt, richterliche Einweisung, ein paar Wochen, das klingt bedrohlich. Was, wenn sie ihn länger festhalten als nötig. Gestern hatten sie ihn ja schon überwältigt. Mit dieser Situation ist er überfordert, sein Kopf ist zu dumpf. Was soll er machen? Schließlich ist er in ihrer Gewalt. In der Gewalt der Klinik. Sie holen einen Richter. Ausgeliefert! Er ist ihnen ausgeliefert! Was, wenn sie ihn nie mehr raus lassen? Bevor sich Panik in ihm breit machen kann, schafft er es, sich zu beruhigen. Nein, es gibt Gesetze, die die Einweisung von Patienten regeln. Jemanden ohne Grund festzuhalten, ist verboten. Schließlich ist niemand zu Schaden gekommen. Um in seinem Innern Kraft zu mobilisieren, versucht er ein Lächeln, das er für gewinnend hält. Das Gesicht der Ärztin bleibt unbeweglich ernst, sie schaut ihn erwartungsvoll an. Natürlich, er muss antworten. Wenn nur dieser Nebel nicht in seinem Kopf wäre. Reiß dich gefälligst zusammen, schimpft er sich.

Langsam ordnen sich die Gedanken. Die Ärztin wartet geduldig. Es ist bestimmt besser, wenn er macht, was sie verlangen. Kooperation ist angesagt. Klar, das ist in jedem Fall vorteilhafter, entscheidet er.

„Ja, ich bin einverstanden", sagt er leise, doch es klingt ihm überzeugend genug. Die Ärztin lehnt sich zurück, Micha spürt, sie ist zufrieden, das lief reibungsloser als sie angenommen hatte.

„Jetzt, wo wir das geklärt haben, überlegen Sie doch noch einmal, was vorgefallen ist."

Es ist Micha unangenehm, sich zu erinnern, dessen ungeachtet schüttelt er mit einer heftigen Bewegung des Kopfes seinen Unwillen ab und antwortet deutlich.

„Meine Mutter und ich, wir verstehen uns nicht."

Die Ärztin fixiert ihn. Sie platziert den Stift in die Schale auf dem Tisch und legt ihre Hände zusammen.

„Wir lassen Sie noch ein paar Tage ruhen, wir werden mit einer Gesprächstherapie beginnen, wenn die Medikamente angeschlagen haben, dann können Sie besser mitarbeiten."

Micha nickt, ihm ist alles recht, wenn er nur bald nach Hause kann.

„Frau Doktor, wie lange muss ich bleiben?"

„Diese Frage lässt sich nicht einfach beantworten. Es wird wesentlich von Ihrer Kooperation abhängen." Sie klingt entschieden, ja geradezu unnahbar.

Als sie sich erhebt, stemmt der Patient sich mühsam wie ein steifer, alter Mann aus dem Sessel. Die Ärztin fasst ihn unterstützend am Arm.

„Der Richter wird bald da sein und mit Ihnen sprechen. Halten Sie sich bitte bereit. Am besten ist es, wenn Sie draußen auf dem Gang Platz nehmen."

2
Donnerstag, 5. Oktober 1995

Micha wartet am Morgen vor dem Behandlungszimmer auf sein erstes Therapiegespräch. Letzte Nacht hat er tief und traumlos geschlafen. Die körperliche und seelische Abgeschlagenheit hat sich gelegt, er ist wieder eines eigenständigen Gedankens fähig. Sein Körper hat sich an das Medikament gewöhnt, das ihm vorgestern noch wie eine Strapaze vorkam.

Wartend, in sich versunken, hat er blitzartig eine Eingebung von Déjà-vu. Wie mit neuer Energie geladen, setzt er sich aufrecht hin. So hat er doch schon gesessen, vor Arzttüren in Wartezimmern, auch in der Klinik früher in Schloss Dobental. Damals, vor mehr als zwanzig Jahren, als Rita ihn verlassen hatte, war es da nicht ähnlich?

Kam er sich nicht ebenso klein vor, so schwach und unbedeutend? Ja, doch, dieses Gefühl kennt er. Und nicht nur aus Schloss Dobental.

Dort bei seinem ersten Aufenthalt hatte er Angst, wirklich verrückt zu werden. Heute fühlt er diese Angst nicht. Muss er sich ernstlich Sorgen machen um seinen Geisteszustand? Er hat mit seiner Mutter gewütet, ihr das Messer drohend entgegen gehalten. Aber hätte er sie umgebracht? Er erinnert sich an alles, obgleich es in diesige Ferne gerückt ist. Auch wenn sie nicht so laut geschrien und die Nachbarn nicht sofort gekommen wären, er wäre von allein zur Besinnung gekommen. Ganz sicher. Getötet hätte er sie nicht. Er ist doch kein Mörder. Um Himmels willen. Die Ärzte denken, dass er verwirrt ist. Verdenken kann er ihnen das bei Lage der Dinge nicht. Unkontrolliertes Verhalten hat unkontrollierbare Konsequenzen, und die muss er jetzt aushalten.

Er schaut aus dem raumhohen Fenster. Komisch, es ist nicht vergittert, fällt ihm auf. Aber es gibt keinen Griff. Ein nahezu entblätterter Baum zwischen solchen, deren Laub von hellgelb bis dunkelrot verfärbt ist. Der nackte Baum ist verrückt, so früh das Laub vollkommen abzuschütteln. Nur ein paar vereinzelte Blätter klammern sich widerspenstig an seine Zweige. Sie zittern im Wind, mal sanft, mal heftig. Das kahle Geäst steckt voller Mistelnester, das sieht hübsch aus, schadet jedoch der Pflanze. Am Stamm eines Baumes direkt am Fenster eine wulstige Vaginawunde, dort wo ein Ast herausgeschnitten wurde und sich ein Borkensaum um die Schnittstelle gebildet hat. Der mächtige Baum wollte die Wunde schließen, aber der Ast war zu groß gewesen, die Rinde reichte nicht für eine geschlossene Vernarbung.

Die schmutzigen Wattefetzen zwischen den Ästen haben die Farbe des Weltkerns, nur drum herum ist eine dünne bunte Schicht. Aber die Essenz ist dieses Haferschleimgrau. Das fällt ihm jetzt ein, denn das hat er zu seiner eigenen Verwunderung gedacht, damals, vor fünf Jahren, an dem trüben Herbsttag, nachdem er Noras Abschiedsbrief gelesen hatte und feststellte, dass sie das Kind mitgenommen hatte. Die Aussicht damals: Tristesse, Alleinsein, denn Monika, seine Geliebte, der er sich immer noch nah fühlte, war gerade mit ihrer Familie nach Hamburg gezogen. Er war wirklich mutterseelenallein. Als Abwechslung nur die ungeliebte Arbeit in der Baufirma, ab und zu ein Kinobesuch, Theater- oder Opernabende und der Jazzclub in der Kleinen Bockenheimer Straße. Er wohnte wieder in einer Garçonnière, diesmal in der Braubachstraße mit der vorbeiratternden Straßenbahn direkt unter ihm, und das Kind lebte bei Nora in Szeged.

Jäh befällt ihn dieses Gefühl von Fremdheit, das ihm in vielen Situationen seines Lebens unerwartet begegnet. Diese Fremdheit ist wie ein Schmerz in den Augen, wenn man eine Sache, eine Szene, die sich fortwährend entzieht, ganz genau betrachten will und man nicht davon lassen kann, immer wieder das Bild zu fokussieren. Er muss warten, bis sich das Gefühl von allein verzieht. Oder, denkt er, ist Fremdsein nicht wie ein Gefängnis, aus dem man sich nicht selbst befreien kann?

Micha schaut sich um. Die Einrichtung dieser Wartezone wirkt komfortabel und unverwüstlich. Eigenartigerweise erlebt er sich in dieser geschlossenen Abteilung nicht als eingesperrt. Ab und zu kann er einen Spaziergang machen, wenn auch in Begleitung. Man hat ihm angekündigt, dass er ab nächster Woche die Station allein verlassen darf. Nein, wie im Kittchen ist es hier nicht. Das stellt er sich weniger behaglich vor. Nur diese Haltestangen an den Wänden der Gänge. Die sind wohl für die Wankenden und Verirrten. Hier sorgt man gut für die, denen wegen eines unvorhergesehenen Wechselfalls im Leben das Gleichgewichtsorgan Schwindel signalisiert. Wenn der eingeschlagene Weg blockiert ist, weil sich unerwartet unüberwindbares Gestrüpp auftut, in dem man sich verfängt, wenn einem niemand die Machete reicht, um das Dickicht zu zerschlagen.

Die Tür zum Sprechzimmer der Stationsärztin öffnet sich, eine korpulente Frau mittleren Alters in grell-rosafarbenem Trainingsanzug erscheint, wendet sich um und winkt mit halb erhobenem Arm in den Raum hinein.

Sie schließt die Tür und läuft trippelnd den Gang hinunter. Auf dem Po trägt sie die Aufschrift „heartbreak" in grauen Buchstaben, die sich beim Laufen rhythmisch verziehen. Wie ein Kind, ein rosa Babymädchen. Frauen sind eine Spezies für sich, zitiert er Janko, einen seiner wenigen Freunde, der leider nicht mehr in Deutschland lebt, sondern nach Kanada ausgewandert ist.

Janko und er hatten sich oft verwundert über unverständliches Verhalten von Frauen ausgetauscht. Sie sind Micha oft ein Buch mit sieben Siegeln, ein Text in Geheimschrift, der sich als wunderbar herausstellt, wenn man ihn richtig entschlüsselt. Gerade heute Morgen hat er das empfunden, als er Gelegenheit hatte, Schwester Antje aufmerksam zu betrachten, als sie ihm half, mit wenigen Handgriffen Ordnung in seinen Sachen zu machen. Ihre Gestalt und ihr volles, ungeschminktes Gesicht unter einer Fülle dunkler, kinnlanger Haare gefallen ihm. Und ihre kastanienbraunen Augen mit dem lebendigen Glanz erwecken in ihm ein Behagen, als kennte er diese ungefähr gleichaltrige Frau seit langem. Trotz ihrer Rundlichkeit bewegt sie sich leichtfüßig, so als würde ein innerer Singvogel ihre Bewegungen nach einer nur ihr vernehmbaren Melodie dirigieren.

Als sie vorhin vor ihm stand und mit ihm sprach, konnte er sein Verlangen, sein Gesicht in diesen anziehenden, sicherlich warmen und weichen Busen zu schmiegen, nur mit Mühe beherrschen. In der Erinnerung an diesen Wunsch steigt eine Szene vor seinem inneren Auge auf. Als Vier- oder Fünfjähriger verstellte er sich, tat so, als wüsste er nicht, was er da anstellte, um seine Nase wie ein kleiner Narr immer wieder in den mütterlichen Busen von Frau Bergmann, einer Freundin der Mutter, zu stecken. Die Frauen, die die Teestunde miteinander zelebrierten, lachten und schienen ebenso viel Freude an seinen Kapriolen zu haben wie er selbst.

Unvermittelt taucht die Ärztin vor ihm auf und bittet ihn, sie ins Sprechzimmer zu begleiten. Erstaunt stellt er fest, dass sich schon eine Person im Raum befindet. Eine junge hübsche Frau, dunkelhaarig und feingliedrig. Die Ärztin stellt ihn vor. Als Micha ihr die Hand gibt, steht sie auf. Dr. Breisach nennt ihren Namen, Dr. Szentmihály. Dann bittet sie ihn, in dem Sessel in der Sitzecke gegenüber dem Schreibtisch Platz zu nehmen. Micha ist wie benommen. Szentmihály? Wie kommt die Ungarin hierher? Was will sie hier? Diese Ungarinnen verfolgen ihn. Reicht es nicht, dass er mit einer verheiratet war und sie die Mutter seines Kindes ist? Langsam setzt er sich, sein Blick irrt zum wandbreiten Fenster. Das trübe Licht von draußen wird hier drinnen weggedrückt von den hellen Neonröhren über der Fensteröffnung. Künstlich, fährt es Micha durch den Kopf. Hier ist alles künstlich. Diese Frauen, ich, die Klinik, die Verrückten, die draußen wie Wiedergänger herumtaumeln. Sein Denken ist träge, fällt ihm auf, und dass er sich wie in Zeitlupe bewegt. Im Hinsetzen mustert er Dr. Breisach verstohlen, die hier den Ton angibt. Ihr loser, weißer Kittel verrät die Konturen ihrer Figur nicht. Ihr Gesicht ist angenehm hübsch, sie ist jung, sehr jung sogar. Mit ihrem Blondhaar und den leuchtenden blauen Augen sieht sie aus wie eine Märchenfee. Höchstens Anfang dreißig, schätzt er. Kann das sein? Was weiß die schon vom Leben. Und die Ungarin, die ist noch jünger. Dr. Breisach richtet das Wort an ihn:

„Herr Valentin, wie fühlen Sie sich heute Morgen?"

Er antwortet nicht, überlegt: Warum gibt es hier so viele Ärztinnen? Ein Mann würde ihn sicher viel besser verstehen. Es bestünde die Möglichkeit, dass ein Arzt Ähnliches mit Frauen erlebt hat wie er, mit ihrer Untreue, ihrer Manipulation, ihrer Eitelkeit und ihrer Selbstgerechtigkeit. Trotzdem, es hat keinen Zweck, sich der Behandlung durch diese Frauen zu widersetzen.

Doch ihn quält Ungewissheit. Deshalb fragt er: „Warum habe ich keinen schriftlichen Bescheid. Hat der Richter wirklich auf die Zwangseinweisung verzichtet? Ich habe mich ja einverstanden erklärt, so lange wie nötig zu bleiben. Wer entscheidet das?"

Trotz seiner Antriebslosigkeit erwartet er die Reaktion auf seinen Einwand mit Spannung.

Dr. Breisach guckt ihre Kollegin an, als erbitte sie Hilfestellung, die ihr jedoch versagt bleibt, da die Ungarin, wie Micha sie bei sich nennt, nur die Schultern leicht anhebt.

„Herr Valentin", sagt Dr. Breisach, „das entscheide ich als die behandelnde Ärztin, natürlich nach Absprache mit dem Oberarzt oder Chefarzt. Vertrauen Sie mir. Der Richter war mit meinem Vorschlag einverstanden. Und wir halten Sie hier nicht unnötig fest."

Die Psychiaterin macht eine kleine Atempause.

„Und das sollten Sie wissen: Niemand erfährt von dem, was hier gesprochen wird. Wir unterliegen der ärztlichen Schweigepflicht. Können Sie sich jetzt auf das Gespräch konzentrieren?"

Micha nickt. Was soll er machen. Sein ewiges Misstrauen. Er will der Ärztin glauben, dass sie es gut meint.

Ruckartig setzt er sich zurück, schaut von einer Frau zur anderen. „Wieso sind Sie zu zweit. Haben Sie Angst vor mir?"

„Herr Valentin, Frau Dr. Szentmihály und ich werden Sie gemeinsam behandeln, das heißt, manchmal sprechen Sie auch mit ihr. Wir berichten uns gegenseitig."

Es soll mir recht sein, denkt er unwillig. Ich Dummbart kann sowieso nichts dagegen tun. Ich muss mich fügen, damit ich schnell hier raus komme. Er nickt langsam, schaut betont bescheiden und resigniert zu Dr. Breisach. Aus dem Augenwinkel nimmt er unwillkürlich die Bewegung der Ungarin wahr, die entspannt das übergeschlagene Bein löst und auf den Boden stellt.

„Herr Valentin", beginnt die Ärztin, „können Sie uns erklären, warum Sie Ihre Mutter tätlich angegriffen haben?"

Wenn er das nur selbst wüsste. Zumindest will er versuchen, die Fragen der Psychiaterinnen zu beantworten.

„Die Beziehung zu meiner Mutter ist seit eh und je schwierig. Sie hat mich gereizt mit ihrem Getue und ihrem geheuchelten Wohlwollen."

Mit einer Handbewegung fordert Dr. Breisach ihn auf weiterzusprechen. Micha fährt fort, wird immer lebhafter. „Sie ist durch und durch Schauspielerin, sie spielt die großen Gefühle, wie auf einer Bühne. Ganz große Oper. Sie hat immer Publikum. Dieses falsche Pathos, diese lächerliche Majestät, nicht auszuhalten. Und was noch schlimmer ist: Sie lügt. Aus Passion. Und sie ist ungerecht. Für meine Schwester Reni würde sie buchstäblich alles tun, streitet das selbstredend ab."

Er wundert sich selbst über die Vehemenz seiner Worte gegenüber diesen fremden Frauen.

„Viele Menschen sind unehrlich oder ungerecht, deshalb werden Sie nicht gleich tätlich bedroht, dass sie um ihr Leben fürchten müssen", gibt die Ärztin zu bedenken.

„Bisher haben wir uns nur gestritten. Verletzt habe ich sie noch nie." Hastig setzt er hinzu:

„Allerdings hatte ich schon mal große Lust dazu. Einmal habe ich es ihr angedroht, nur einmal, getan habe ich ihr noch nie etwas."

Er beißt sich auf die Unterlippe. Das war nicht klug, dämmert ihm. Ausgesprochen dämlich war das. Er ist wirklich blöd wie die Nacht. Prompt kommt das, was kommen muss.

„Bei welcher Gelegenheit haben Sie Ihrer Mutter Tätlichkeiten angedroht?"

Für selbst-kontrollierende Klugheit hat er im Moment keine Kraft, trotzdem muss er sich am Riemen reißen. Seine Augen irren hin und her, von der Fragestellerin zur Assistentin. Als er nur ruhige Gleichmütigkeit wahrnimmt, bricht es aus ihm hervor:

„Ihre jüngere Schwester, unsere Tante Gerda, wollte heiraten, und meine Mutter setzte ihre ganze hinterhältige Raffinesse ein, um diese Ehe zu verhindern. Denn der Mann war ihr nicht gut genug. Kein Mann war je gut genug. Bis auf dieses Arschloch von Panitz. Wahrscheinlich reizte der Verlobte der Tante sie nicht, hatte nicht den nötigen Sexappeal. Ganz sicher war er ihr nicht betucht genug. Denn darauf achtet sie, darauf ist sie scharf, auf das Geld, auf das, was sie nicht selbst erarbeiten muss. Sie behauptete, der Verlobte der Tante wolle die Tante benutzen, um aus dem vermaledeiten Rumänien herauszukommen, denn die Tante hatte ihn auf einem Urlaub am Schwarzen Meer kennen gelernt. Er arbeitete als Caféhauspianist. So ein Broterwerb sei nicht standesgemäß, man verdiene nicht genug, und überhaupt sei das kein Beruf für einen richtigen Mann. Aber er arbeitete nur deshalb in Cafés, weil er von seiner eigentlichen Berufung, dem Komponieren, nicht leben konnte. Aber die Tante bewunderte ihn, denn sie selbst spielt sehr gut Klavier. Als meine Mutter der Tante so sehr zusetzte, dass sie krank wurde, bin ich eingeschritten. Die Tante ist noch immer sehr von meiner Mutter abhängig, vor allem seit ihr Mann vor ein paar Jahren gestorben ist. Damals, vor der Heirat, habe ich Partei für sie ergriffen, denn sie hat einen guten Beruf und braucht keinen Mann, der sie aushält. Ich finde es großartig, wenn Frauen auf eigenen Füßen stehen und sich nicht an den Meistbietenden verhökern." Er überlegt einen Moment. „Damals bin ich etwas grob mit ihr geworden. Denn es gab keinen Grund, warum die Tante nicht ihrem Herzen folgen, sondern sich so berechnend wie meine Mutter verhalten sollte. Lügen und Berechnung. Meine Mutter ist mit einer Geldzählmaschine im Hirn ausgestattet. Ach was, sie ist ein wandelnder Abakus. Alles wird berechnet: Zuneigung, gesellschaftliche Stellung, Freundschaft, Vergnügen, Moral. Einfach alles. Alles."

Kraftlos lässt er sich in seinen Sessel zurückfallen.

Nach dieser Erklärung liegt ein schweres Schweigen im Raum. Er hat sich gehen lassen. Beschämt schaut er unter sich. Er hat gar nicht denken müssen, um dies alles heraus zu schleudern. Die haben mir Wahrheitspillen gegeben, vermutet er, berichtigt sich jedoch sofort, denn diese Wutgedanken kennt er gut, er hat sie sich schon manchmal vorgesprochen. Trotzdem ist er sich bewusst, dass der Ausbruch bei den Ärztinnen keinen guten Eindruck hinterlassen kann. Micha schaut kurz auf, registriert Dr. Breisachs Mitleid.

„Herr Valentin, ich sehe, Sie sind mächtig wütend auf Ihre Mutter. Bestimmt sind das keine neuen Gefühle. Was war der Auslöser für Ihren Angriff? Was ist passiert?"

„Passiert?" Micha sackt noch mehr in sich zusammen, als versuche er, seinen Rumpf zu verdichten, um von dort die konzentrierte Erinnerung heraufzuholen.

„Ich machte einen Besuch bei meiner Mutter. Als ich gerade vor der Wohnungstür ankam, verabschiedete sich ihre Busenfreundin, so eine eingebildete und aufgetakelte alte Schabracke. Die beiden Frauen hatten hochrote Köpfe und ich roch den Alkohol. Richtig, auf dem Tisch stand eine leere Weinflasche. Meine Mutter wirkte überdreht. Ich spürte, sie wollte das Thema ihrer gemütlichen Unterhaltung fortsetzen." Micha macht eine Pause. Muss er das wirklich erzählen? Ja, er muss doch sein Verhalten erklären.

Mit äußerster Beschämung berichtet er leise: „Meine beschwipste Mutter sprach von ihrem früheren Liebhaber."

Voll innerer Spannung beugt er sich vor, schaut gerade vor sich hin auf den Boden. Seiner inneren Unruhe folgend, wandert der Blick flüchtig hin und her entlang dem stählernen Tischbein, das in eine rechtwinklige Verlängerung am Boden übergeht. Bevor die erwartungsvolle Stille der beiden Frauen ihn bedrängt, will er deutlicher werden.

Zunächst sind seine Worte so abgehackt, als entziffere er sie mühsam, als stünden sie in Geheimschrift auf dem leblosen Metall des Tisches. Bald beherrscht ihn wütende Erregung.

„Sie hat mich begrüßen wollen, mit Küsschen links, und Küsschen rechts, richtete sich ihr Haar, schielte zum Spiegel, wie sie es immer tut. Flur und Wohnung sind voller Spiegel für diese, diese …", er ringt nach Worten, „diese eitle … Ichweißnichtwas.

Dann suchte sie meine Bewunderung, sie will immer umschmeichelt sein, und flötete 'Oh, ich habe heute so viel an früher denken müssen. Es waren doch auch schöne Zeiten. Weißt du noch, wie du mit Panitz angeln warst? Das war doch schön, nicht wahr?'" Micha hat die höhere Stimmlage der Mutter nachgeahmt, es klingt verächtlich, und so soll es sein. In diesem Moment ist seine Verachtung abgrundtief. Voller Zorn, dass es ihm beinahe den Atem nimmt, fährt er fort: „Und ob ich mich erinnere. Ich wollte das nicht. Ich fühlte mich gezwungen, mit diesem Idioten angeln zu gehen. Ich wollte nicht. Es war alles Lüge. Damals schon. Es war mir peinlich. Das Angeln. Dieser Mann neben mir und kein Platz, wohin ich mich hätte verkriechen können. Mit meinem Vater hätte ich mit Sicherheit einen Ausflug gemacht, freiwillig, aber doch nicht mit diesem Arschloch. Aber Vater hatte keine Zeit, musste Geld verdienen, für uns Kinder und für diese verblendete Blöde, damit sie sich beim Schneider Kleider nach Pariser Modellen nähen lassen konnte. Für dieses Schwein. Kaufte Reizwäsche für diesen Hurenbock. Diese Idiotin, dumm wie die Nacht. Machte sich eine schöne Welt auf meine Kosten."

Er stutzt einen Augenblick, dann setzt er hinzu: „Auf Vaters Kosten."

„Und deshalb haben Sie das Messer genommen?“

„Nein, deshalb nicht.“ Wieder sammelt er Kraft, um die Worte seiner Mutter in weiblicher Stimmlage nachzuäffen: „Erst als sie mit kreideweicher Engelsstimme sagte: ‚Ich weiß, es ist für dich ein bisschen schwer zu verstehen, aber er war die einzige Liebe meines Lebens.‘ Dabei verdrehte sie die Augen verzückt und spitzte ihr Mündchen: ‚Oh, wie habe ich diesen Mann geliebt. Wie niemanden sonst in meinem Leben. Wirklich niemanden.‘ Und dann verkündete sie: ‚Er war so ein feiner, kultivierter Mann, ein Akademiker, der Französisch sprach, nicht so ein Selbstgemachter ohne höhere Bildung wie dein Vater.‘ Da habe ich gedacht, ich bringe sie um.“

Geschwächt von der Anstrengung dieser Schilderung lässt er sich in den Sessel zurücksinken. Er seufzt. Dann richtet er sich auf und sagt voller Empörung: „Sie hat unseren Vater zum Hampelmann machen wollen. Sie hat ihn ausgenommen, wo sie nur konnte. Und dann redet sie schlecht über ihn. Diese Schlange. Statt anzuerkennen, was er für sie und ihre Kinder getan hat.“

Das alles sind nur dürre Worte. Leider hat er keine Energie, sich begreiflicher zu machen. Diese Frauen können nicht verstehen, in welchen Aufruhr diese Hexe ihn gebracht hat. Wie auch? Sie kennen ja nicht die ganze Geschichte.

„Und wie verhielt sich bei alldem Ihr Vater?“, möchte Dr. Breisach wissen.

„Mein Vater?“ Überrascht setzt er sich im Sessel auf, den Rücken kerzengerade. Was soll er sagen? Da sein Kopf ermattet ist, äußert er das, was ihm als erstes einfällt.

„Mein Vater war ein Philosoph. Er ist 1984 gestorben. Viel zu früh. Er war erst einundsiebzig. Weil er sich mit seinem Textilgeschäft tot schuftete. Damit wir es gut hatten.“

Micha bemerkt, dass die Ärztinnen einverständliche Blicke wechseln. Sie haben eine heimliche Übereinkunft, mutmaßt er, bezwingt aber seinen Argwohn, als er Dr. Breisach hört:

„Herr Valentin, das war sehr anstrengend für Sie. Wir lassen es für heute gut sein. Die Zeit ist um. Versuchen Sie sich zu beruhigen!“

Die Frauen erheben sich, Micha übersieht die ausgestreckte Hand Dr. Breisachs, zu sehr konzentriert er sich auf das Öffnen der Ausgangstür. Nichts wie weg hier, flüstert eine innere Stimme. Ausgerechnet jetzt ist die sogenannte Therapie zu Ende, wenn er so aufgewühlt ist. Wenn sie es darauf angelegt haben sollten, diese Seelenklempnerinnen, dann haben sie ihr Ziel erreicht, denn er wird die nächste Stunde damit beschäftigt sein, sich zusammenzuflicken. Am besten ist, er marschiert im ruhigen Flur vor den

Patientenzimmern auf und ab, um die innere Bewegung durch die äußere abzuleiten. Dort angekommen, durchmisst er mit schnellem Schritt den Korridor, immer wieder von der Stirn- bis zur Fensterseite und zurück.

3
Montag, 9. Oktober 1995

Am späten Nachmittag klopft seine Freundin Aimée an seine Zimmertür. Sie bleibt im Eingang stehen, Micha winkt ihr zu, bedeutet ihr mit einer Geste, er werde sich anziehen und herauskommen.

Während des Ankleidens sind seine Gedanken bei Aimée. Es ist ihr erster Besuch hier. Er hatte sie angerufen und gebeten, erst zu kommen, wenn er ein wenig klarer denken könne. Er musste nicht viel erklären, sie war schon informiert. Sie gab ihm zu verstehen, dass seine Mutter in einer verwirrten und erregten Rede geschildert hatte, was vorgefallen war. Und sie war seiner Bitte, sich um Ella zu kümmern, schon zuvorgekommen, indem sie das Mädchen bei ihren eigenen Eltern untergebracht hatte. Ihre Mutter würde sich liebevoll um Ella kümmern, man könnte doch gut verstehen, dass der Teenager in so einer Situation nicht allein bleiben wollte.

Er hatte den Eindruck, dass sie nicht verwundert war, sie weiß ja von seiner Zwiespältigkeit gegenüber seiner Mutter. Sicher ist ihr nicht verborgen geblieben, dass er sich schämt. Sie wollte ihm den Anruf leicht machen. Denn sie klang seelenruhig wie immer. Außerdem verständnisvoll. Das hatte er sich erhofft, aber nicht damit gerechnet. Denn der Partner in der Psychiatrie, das muss auch für sie nicht einfach sein. Sie tröstete ihn jedoch, sie stehe zu ihm, er solle nur an seine Gesundung denken. Wirklich, sie hatte Gesundung gesagt. Er hofft inständig, dass sie begreift, dass er nicht verrückt ist. Ja, er ist manchmal innerlich zerrissen. Gelegentlich ist er ungeduldig, und es kommt vor, dass er auf Provokation aggressiv reagiert. Doch fürchten muss man sich nicht vor ihm. Das mit seiner Mutter war eine Ausnahme. Weil sie ihn bis aufs Blut gereizt hat. Seine Hoffnung, dass Aimée wirklich versteht, ist nicht unbegründet. Denn er kennt sie als einfühlsamen Menschen.

Regelmäßig kam die Mittvierzigerin in die *Klappe*, das Programmkino, in dem er seit ein paar Jahren als Faktotum arbeitet. Die mittelgroße Frau mit dem üppigen blonden Haarschopf und dem charmanten Lächeln war ihm aufgefallen. Ein paar Mal erkundigte sie sich nach seiner Meinung über den Film, für den sie im Begriff war, Karten zu kaufen. Bereitwillig gab er Antwort. Da sie niemals in männlicher Begleitung war, wagte er es eines Tages, sich im Vorführsaal auf den freien Platz direkt neben sie zu setzen. Nach dem Film nahm er seinen ganzen Mut zusammen und lud sie auf ein Getränk in ein Lokal ein. Sie sprachen angeregt über den Film, den sie gesehen hatten. So fing alles an.

Aimée ist Biologin, arbeitet als Dozentin an der Frankfurter Universität und unterstützt gemeinsam mit mehreren Angestellten ihre älter werdenden Eltern, die am Ortsrand von Bad Homburg eine Gärtnerei betreiben. Sie ist kinderlos und lebt allein. Er fand schnell heraus, dass sie ihren Beruf und ihre Arbeit in der Gärtnerei energisch und mit Hingabe betreibt.

Immer wieder ist er fasziniert, wenn sie mit liebevollen Bewegungen ihre Violine aus dem Kasten hebt, sie beinahe zärtlich an die Wange legt, beim Stimmen konzentriert lauscht, die Noten auf dem Ständer mit dem Bogen in der Hand ordnet und dann zu spielen beginnt. Wie flink ihre Finger sind. Ihr Spiel ist klar und intensiv. Er kann sich kaum vom Anblick ihrer kleinen Finger mit den kurz gehaltenen, farblos lackierten Nägeln losreißen, Fingerchen, die wie kleine Seilakrobaten über die Saiten huschen und den Bogen mit unnachahmlicher Eleganz festhalten. Besonders gern spielt sie Barockstücke. Wegen des Gleichmaßes und der reichen Phantasie bedeutet ihr diese Musik mehr als die anderer Epochen.

Tiere und Pflanzen finden ihre ganze Zuneigung – merkwürdigerweise auch als Forschungsobjekte, was ihm ein wenig rätselhaft und manchmal sogar unheimlich vorkommt. Ihrer Tierliebe entsprechend verzichtet sie auf Fleischspeisen, würde aber nicht auf die Idee kommen in Sachen Vegetarismus zu missionieren. Es hat ihn anfangs verwundert, dass diese nachdenkliche und kultivierte Frau sich mit genießerischer Aufmerksamkeit ihrem Essen widmet. Sie hat Appetit aufs Leben, denkt er manchmal, wenn er beobachtet, wie sie mit herzhaftem Biss einem Apfel zu Leibe rückt oder mit Bedacht die sorgfältig zerteilte Speise zum Mund führt. Das gefällt ihm.

Sie spricht nicht viel, hat aber wie nur wenige Wortkarge eine ansteckende Fröhlichkeit, die sich schnell aus der Reserve locken lässt durch Witz und Ironie. Micha ist zu dem Schluss gekommen, dass diese Fröhlichkeit eine Art unerklärliche Grundausstattung ist, weil sie von Launen, vom Wetter, von Situationen absolut unabhängig ist. Sie ist Ausdruck der unbegründbaren Lebensfreude, die manche Menschen empfinden, selbst wenn die Dinge nicht so laufen, wie sie es sich vorstellen. Aimée hat ihm einmal erklärt – und das fand er bemerkenswert -, dass sie vor lauter Liebe zum Leben und bei der Vorstellung, dass sie dieses Leben eines, hoffentlich fernen,

Tages nicht mehr haben werde, die allerprosaischsten Dinge lieb gewinne. Manchmal könne sie schon am Morgen das Telefon umarmen, einfach deshalb, weil es da und ihr zu Diensten sei. Oder dass sie den Kirchturm in der Nähe ihrer Wohnung so gern habe, dass sie sich einbilden könne, er sei ihre wahre Heimat. Dazu hat sie verschmitzt gelacht, aber er hat begriffen, dass es ihr doch ernst war mit dieser Übertreibung.

Micha fehlt diese heitere Einstellung. Zeitweise ist er ausgelassen und fröhlich, dann wieder droht er in Grübeleien zu versinken, aus denen er am besten durch alltägliche Pflichten herausgerissen wird. Sie leben getrennt, jeder in seinem eigenen Haushalt, sie werden zusammen ziehen, wenn Ella in einigen Jahren auszieht. Das ist beschlossene Sache.

Mit einem scheuen Lächeln kommt Micha auf Aimée zu. Aus Furcht vor einem peinlichen Moment, weil er in dieser Anstalt gefangen ist, fasst er sie entschlossen um die Taille und führt sie den Gang hinunter in den unbelebten Flur vor den Sprechzimmern. Dort angekommen, umarmt er sie. Als er spürt, dass sie die liebkosende Umarmung erwidert, ist er erleichtert. Er schmiegt seine Wange in ihr weiches Haar. Nach einer Weile hält er sie auf Armlänge von sich und betrachtet sie. Hübsch ist sie, trägt kein Make-up, nur zartrosa Lippenstift. Wieder zieht er sie an sich, spürt ihren wohlgeformten und für ihre schlanke Figur üppigen Busen. An der Hand führt er sie zu einem Sessel. Damit er sie ausführlich betrachten kann, setzt er sich ihr gegenüber. Sie trägt einen neuen, dünnen Mantel in breiten dunkelblauen und froschgrünen Streifen. Kragen, Ärmelaufschläge und aufgesetzte Taschen sind taubenblau. Ein richtiger Hingucker. Das harmoniert perfekt mit ihrer türkisfarbenen Brille. Wie so oft ist er überrascht von ihrem Farbenmut. Wegen des Textilgeschäfts seines Vaters hat er sich immer für Stoffe und Kleidung interessiert, er glaubt, er hat ein untrügliches Gefühl für das, was schick und elegant ist. Aimée lässt sich in ihrer Vorliebe für ausgefallene Farbtöne nicht beirren, und er unterlässt alle Einmischungsversuche, denn für ihn verkörpert sie exakt die richtige Mischung von rätselhaft erotischer Weiblichkeit und zuverlässiger Intellektualität.

Micha fordert sie auf, den Mantel abzulegen. Sie reicht ihm das Kleidungsstück, das er auf einen leeren Sessel legt. Schweigend sitzen sie sich gegenüber. In seiner Verlegenheit macht er ihr ein Kompliment über ihr petrolfarbenes, raffiniert geschnittenes Kleid. Sie bedankt sich mit einem Kopfnicken. Ein Mann und eine Frau nähern sich, sie sprechen leise, einmal lacht die Frau höhnisch auf. Als sie bemerken, dass Micha und Aimée sich in diese Ecke zurückgezogen haben, entfernen sie sich.

Aimée betrachtet ihn, ohne Verlegenheit, ohne Hast, einfach so, als müsse sie erst langsam aufnehmen, dass sie ihm gegenüber sitzt. Solche Situationen kennt er mit ihr. Es herrscht eine angenehme Stille, mit der Micha sich angenommen fühlt. Aimée hat die ungewöhnliche Eigenschaft, dass sie ausgiebig schweigen kann. Er mag dieses Schweigen, es kommt ihm vor wie eine magische Sprache, er glaubt, bei ihr ist es Ausdruck innerer Stabilität. Er kennt keinen anderen Menschen, der so lange ohne zu reden die Gegenwart eines Menschen aushält. Sie wird darauf vertrauen, dass sie nach und nach alles Wichtige erfährt.

Er ist froh, dass er nicht sofort ein Gespräch beginnen muss. Wieviel kann man schon von den eigensinnigen Wunderlichkeiten mitteilen, die jeden Kopf bevölkern? Es wird einem schwindlig bei der Vorstellung, wie viele einzigartige unerreichbare Welten in den Köpfen der Menschen existieren. Unentwegt spinnen sie Gedankenfäden, weben sie zu Geschichten und Illusionen. Tag und Nacht stehen die Ideenwebstühle nicht still, denn selbst in der Nacht produzieren sie bunte Traumteppiche aus Lebenslust oder transparente aus Angst, durch die man hindurchfallen könnte. Nur die wenigsten der menschlichen Kopfgeburten werden zu Handlungen oder materialisieren sich anderweitig. Welche Schöpfungswut, welche Schöpferkraft, die sich verschwendet und nie aufhört. Oder doch, eines Tages, wenn die Menschheit sich selbst verschlingt. Dann wird sie nur noch ein Teil der göttlichen Weltgeschichte sein, denn Gott wird das einzige Wesen sein, das von ihr weiß. Wie kann er sich bei dieser Einsicht wünschen, dass alles aufgehoben wird, dass die Menschen, ihr Leben, ihre Gedanken und Sehnsüchte dorthin zurückkehren, wo sie hergekommen sind? Dennoch wünscht er sich genau das. Es ist ein Wunder, ein wirkliches Wunder, dass wir Menschen nicht in Wirrnis untergehen, sondern uns als geordnet empfinden, sogar als Herren in einem Haus, das uns nur für eine Lebenszeit geliehen ist. Wäre die menschliche Existenz nur eine Phantasie unseres Bewusstseins, wie die Solipsisten glauben, sie wäre nicht phantastischer als sie so schon ist.

Micha taucht auf aus seinen Träumereien, zurück in die real existierende Realität, wie er das nennt. Wie Aimée so ruhig dasitzt, kommt ihm seine Unbesonnenheit gegenüber den Therapeutinnen wieder beschämend zu Bewusstsein. Könnte er doch seine Zunge im Zaum halten!

Micha betrachtet seine Freundin aufmerksam, er würde ihr gern noch ein Kompliment machen, er nimmt jedoch wahr, dass sie schaut, als wolle sie seiner Körperhaltung und seinem Gesichtsausdruck entnehmen, wie ihm zumute ist. Er bricht das Schweigen.

„Ich hatte mir vorgenommen, niemals wieder in einer Nervenklinik zu landen."

Sie nickt.
„Leider habe ich es nicht geschafft. Ich war außer mir. Sie dachte, ich würde sie umbringen."
„Hast du aber nicht, zum Glück."
„Nein, ich meine ja, zum Glück."
Zwei Männer nähern sich ihrer Sitzecke. Der große Korpulente fragt, ob sie sich zu ihnen setzen können, obwohl noch eine separate Sitzecke frei ist. Ohne die Antwort abzuwarten, nehmen sie auf den freien Sesseln Platz. Der Frager legt ein Schachbrett und Figuren aus einem Kasten auf den niedrigen Tisch. Auf Stirn und Kinn befinden sich wulstige Narben, an den nackten Unterarmen trägt er rote und blaue Tätowierungen. Pfeile, Anker und Herzen. Der zweite, ebenfalls groß gewachsen, ist überschlank und wirkt mit seinen blonden, bis auf die Schultern hängenden Zottelhaaren leicht verwahrlost. Beim Aufstellen der Figuren sprechen beide auf Aimée ein. Sie seien sehr gute Schachspieler und ob sie nicht mit ihnen wetten wolle, wer von ihnen gewönne.
Aimée hört den Männern zu, dann kräuselt sie nachdenklich die Stirn, als müsse sie entscheiden, ob sie sich auf ein Gespräch mit ihnen einlässt. Sie setzt sich aufrecht hin und schaut Micha fragend an.
„Komm!" Micha steht auf, nimmt Aimées Mantel vom Sessel und zieht sie an der Hand aus der Flurnische.
Sie hören noch, wie der große kräftige Mann wüste Beschimpfungen hinter ihnen herschickt. Micha flüstert:
„Die wollen gar kein Schach spielen. Die suchen nur Leute, die sie ins Gespräch ziehen können. Die sind wirklich meschugge."
Micha führt Aimée am Arm in Richtung Ruheraum, den er wegen einiger Regale mit ausrangierten Büchern Bibliothek nennt. Ihnen bietet sich ein beklemmender Anblick. Auf dem Stuhl links neben der Tür zum Raum sitzt eine magere Frau, die ihre Arme auf unnatürliche Weise miteinander verknotet. Sie löst sie, lässt sie links und rechts dicht am Körper herunterfallen. Dann hebt sie die Füße so hoch, dass die Knie beinahe ihre Brust berühren und stellt sie wieder ab. Diese Verrenkungen vollzieht sie in raschem Wechsel, wie abgezirkelt. Micha bemerkt Aimées erschrockene Miene.
Als das Paar sich in der Leseecke gegenüber sitzt, wirkt Aimée noch befangen von dem verstörenden Anblick. Deshalb sagt Micha, wohl wissend, dass dies nicht zu trösten vermag:
„Verquere Charaktere, schreckliche Schicksale begegnen einem hier. Mein Bettnachbar schreit oft vor Schmerzen. Wenn die Pfleger ihn darauf hinweisen, dass er sein Schmerzmittel schon bekommen hat, behauptet er,

ein weiterer Körperteil sei betroffen und er benötige mehr Medikamente."

Sie schaut ihn nachdenklich an, dann fragt sie:

„Und du, was tut dir weh?"

Er schweigt betroffen. Von dieser Warte aus hat er seinen Aufenthalt hier noch nicht betrachtet.

„Meine Schmerzen sind sehr alt, die sind bereits chronisch."

Aimée kennt in etwa die Gründe für das Zerwürfnis mit seiner Mutter, das wie ein Schwelbrand jederzeit aufflammen kann. Doch aus Furcht vor dem Schmerz der Erinnerung hatte er ihr manche Details verschwiegen. Vor allem wollte er nicht als seelischer Krüppel dastehen. Und er hatte sich geschämt, für sich und seine Familie. Besonders für seine Mutter. Außerdem fürchtete er immer, dass ein bemitleidenswerter Mann keine erotische Anziehung auf Frauen ausübt.

Sie fand es abstoßend, wenn er in Schimpfreden über seine Mutter sprach. Gleich am Anfang stand deshalb ihre Beziehung auf der Kippe. Nach einer wilden Hasstirade auf die Mutter erklärte Aimée ihm unmissverständlich, dass sie sich nicht weiter mit einem Mann einlassen könne, der seine Mutter so hasst. Sie fürchte, dass dieser Hass früher oder später seine Partnerin treffen könne. Warum er sich nicht mit seiner Mutter aussöhne? Er hatte Angst, sie zu verlieren und hatte einen Teil seiner Geschichte preisgegeben. Und sie hatte Verständnis.

„Wie alt? Wie alt sind deine Schmerzen?" Sie spricht leise, als wolle sie ihn nicht stören. Aber heute erzählt Micha bereitwillig.

„Es fing alles an, als mein Vater meine Mutter mit dem Messer bedrohte, weil sie mich bei einer Geburtstagsfeier abgeliefert und sich mit einem fremden Mann getroffen hatte. Wahrscheinlich mit diesem langjährigen Liebhaber. Genau weiß ich das nicht. Es könnte auch ein anderer gewesen sein. Als Vater sich erkundigte, ob wir uns gut amüsiert hätten auf dem Kinderfest, habe ich in aller Unschuld erzählt, dass ich allein dort war. Ich sehe immer noch das Blinken des Messers, das auf sie gerichtet war. Und ich sehe, wie Vater das Messer erschrocken fallen lässt und weint. Fünf oder sechs war ich da. Ja, es fing alles mit einer Geburtstagsfeier an."

Er schweigt. Sie schaut ihn an, schüttelt ungläubig den Kopf, dann wird die Bewegung heftiger, als wolle sie unbequeme Überlegungen verscheuchen.

„Und ich kann mir einfach nicht erklären, warum ich das Messer so festgehalten habe, warum ich es nicht fallen ließ wie Vater." Er wartet, ob Aimée hierauf etwas sagen wird. Aber sie scheint in eigene Gedanken versunken.

Micha fällt ein, dass sie ihn ja noch nie in diesem erschöpften Zustand erlebt hat. Für sie ist sein Klinikaufenthalt sicher viel außergewöhnlicher als für ihn. Denn in den letzten Jahren hat er sich gut gehalten. Er ist regelmäßig seiner Arbeit nachgegangen. Früher, bevor er die Stelle in der *Klappe* fand, als er angestellter Bauleiter war und auf Baustellen herumspringen musste, damals hatte sein Bruder Oskar ihn manchmal aus dem Verkehr ziehen müssen. So nannte Oskar das, wenn Micha so ausgelaugt war, dass er keine Kraft hatte, sich auf die Arbeit zu konzentrieren. Oskar schrieb ihn ein paar Tage krank, meistens befolgte Micha seinen ärztlichen Rat und erholte sich daheim. Zum Glück war das während seiner Tätigkeit in der *Klappe* nicht mehr nötig.

„Möchtest du erfahren, wie das heutige Gespräch mit der Ärztin verlaufen ist?"

Sie blinzelt, als müsste sie sich besinnen, wo und mit wem sie zusammen ist. Sie nickt sehr langsam, bemüht um Konzentration.

„Die Ärztin hat mir heute erklärt, dass ich diese starken Medikamente, die Neuroleptika, weiter nehmen muss. Sie hat einen wunderlichen Vergleich gebraucht. Ich sollte mir eine Wiese vorstellen. Wenn man nicht auf dem vorgeschriebenen Weg durch das Gras laufe, sondern immerzu quer durch das Grün, werde sich dort ein Weg bilden, der nach einer gewissen Zeit leichter zu begehen sei als der offizielle Pfad. Das Medikament soll verhindern, dass diese neue verrückte Bahn der Regelweg wird. Das ist eine einleuchtende Erklärung, nicht wahr?"

Aimées lächelt spöttisch. Aus Dankbarkeit lächelt er zurück.

„Die Ärztin hat ihre Aufgabe ganz gut gemacht. Sie hat die Plastizität des Gehirns verdeutlicht. Sie wollte dich nicht mit genauen Beschreibungen der Gehirnphysiologie langweilen."

Aimée ist sicher klar, wie sehr er Ärzten misstraut. Und dass er noch mehr an sich selbst zweifelt, dass er gar nicht zu viel über seine Behandlung wissen will. Denn wenn er Genaues wüsste über die Medikamente und ihre Wirkweisen, dann bestünde die Gefahr, dass er sich dagegen stellt. Aus Angst, die Medizin könnte die komplizierten Vorgänge in seinem Körper durcheinander bringen. Aber hier kann er die medikamentöse Behandlung nicht verweigern.

Trotzdem ist er unsicher und fragt:

„Und was meint meine grüne Freundin zu den starken Medikamenten?"

Micha spielt auf die Tatsache an, dass Aimée keine fabrikmäßig hergestellte Arznei einnimmt, sondern versucht, alle Alltagswehwehchen durch Kräuter und daraus hergestellte Tinkturen, Pillen und Salben zu heilen. Sein Zustand, vermutet er, ist in ihren Augen schwerwiegend, nicht nur ein Missbefinden.

Nach einer Weile antwortet Aimée: „Ich glaube nicht, dass du verrückt bist."

Er ist verblüfft, denn er denkt, dass das klar und nicht der Erwähnung wert sei. Er schaut ihr voll ins Gesicht und verzieht den Mund zu einem schiefen Lächeln.

„Ich danke dir für das Vertrauen. Das beweist, dass du meine Verrücktheit nicht erkennst. Vielleicht weil deine eigene dir die Sicht verstellt."

Aimée lacht leise, er bringt sie gern zum Lachen mit diesem leichten Ton. Sie mag diese Seite an ihm. Er wird wieder ernst

„Kannst du mir erklären, warum ich nach dem Messer gegriffen habe?"

„Nein, das kann ich nicht, das kannst nur du allein herausfinden. Meine Vorstellungen dazu helfen dir kaum weiter."

Nach einer für beide nachdenklichen Stille fragt Micha noch einmal, ob Aimée ihm raten würde, die Medikamente nicht zu nehmen. Als sie nicht sofort antwortet, ergreift er wieder das Wort:

„Erinnerst du dich an Truffauts Film *Die Frau nebenan*? Mathilde ist in der Seelenklinik und erklärt Bernard: ‚Diese kleinen Pillen sind wirklich phantastisch. Sieh da: Diese hier regt den Appetit an. Die da bewirkt, dass ich fünf Stunden durchschlafe. Und ich habe sogar eine, die fröhlich macht. Nimmt man davon zwei, bricht man von ganz allein in seinem Bett in Lachen aus. Solltest du versuchen.'"

Aimée antwortet: „Ja, ich erinnere mich. Sie spricht mir aus der Seele." Ernsthaftigkeit versteinert für einen Moment ihre Züge. „Trotzdem, ich würde sie erst mal schlucken. Natürlich ist das nicht angenehm, und es gibt sicher wie immer Nebenwirkungen."

„Ja, ich spüre Trockenheit im Mund und denke recht schlafmützig."

Zu seiner Überraschung fährt sie fort:

„Ich glaube, es gibt überhaupt keine Verrücktheit, ich meine, dass jemand seine Realität verkennt. Denn jeder, ob krank oder gesund, erkennt nur seine Realität, weil es eine objektive nicht gibt."

Micha verzieht den Mund zu einem spöttischen Grinsen.

„Ja, das ist philosophisches Strandgut, angespült am Meer der Relativität von Zeit und Raum."

Sie lächelt ihn entschuldigend an, zuckt mit den Schultern, als wolle sie sagen: ich weiß es nun mal nicht besser. Dann setzt sie sich aufrechter und signalisiert durch festen Ton in der Stimme, dass sie sich nicht beirren lässt.

„Der Verwirrte ist Teil der Verwirrung, der undurchschaubaren und beängstigenden Verhältnisse um ihn herum. Ich bin überzeugt, dass der sogenannte Verrückte einer inneren Logik folgt. Versteht man diese Logik, kann man den Kranken heilen. Wichtig sind die inneren Zusammenhänge. Weil man nicht so viel Zeit und Geduld aufbringen kann, benötigt man Medikamente."

Sie seufzt ein wenig und fügt hinzu: „Leider."

Während Micha Aimée zum Abschied zum Ausgang begleitet, erkundigt er sich nach Ella.

„Sie hat es gut bei meinen Eltern, ich glaube aber, dass sie lieber bei deiner Mutter wohnen möchte. Gestern meinte sie, ihre Großmutter brauche sie. Noch hat sie sich nicht entschieden."

Er überlegt einen Augenblick. Um Gottes willen! Daran hat er überhaupt noch nicht gedacht, dass Nora nun die Gelegenheit ergreifen könnte, das Kind zu sich nach Ungarn zurückzuholen. Denn er wird ja erst mal eine Weile ausfallen. Aber nein, beschwichtigt er schnell seine Sorge. Noch hat er das Sorgerecht. Und so schnell gibt er das nicht her. Mit wiedergewonnenem Gleichmut rät er:

„Wenn Ella das selbst möchte und nicht nur Mutti einen Gefallen tun will, ist es in Ordnung. Sie soll es sich gut überlegen."

Die Köpfe liebevoll einander zugeneigt und Hände und Unterarme verschränkt, verabschieden sie sich.

Er begleitet Aimée zur Tür und nimmt auf dem grünen Sofa Platz. Es ist nicht mehr lange bis zum Abendbrot. Er beobachtet, wie ein älterer, vornehm wirkender Herr sich von einer gleichaltrigen Frau mit einem sonderbar jungen Gesicht, das nicht zur gebeugten Haltung passt, verabschiedet:

„Ich komme zurück. Ich muss ins Krankenhaus. Sobald ich entlassen werde, hole ich dich."

Sie beäugt ihn verständnislos, hakt sich bei ihm unter, als er die Station verlassen will. Er gibt ihr einen Kuss auf die Stirn, reißt sich los und holpert, sich mehrfach unbeholfen umblickend, mit rundem Rücken durch den vom Pfleger geöffneten Ausgang. Die Frau weint wie ein kleines Kind. Pfleger Georg, ein groß gewachsener, sanfter Mann von ungefähr dreißig, mit blondem Pferdeschwanz, nimmt die Patientin an die Hand und führt sie zur grünen Couch, wo er sie bittet, sich neben Micha zu setzen. Der betrachtet sie nun aufmerksamer. Das Gesicht ist geschwollen, die Haut aufgeschwemmt. Dadurch verwischen alle Spuren, es wirkt kindlich konturlos. Sie schiebt den Bügel ihrer Handtasche über den rechten Unterarm. Mit naiver Neugier schaut sie Micha an, als wolle sie in seinem Gesicht etwas Verborgenes entdecken.

„Gell, du bringst mich heim?" Micha, der tagsüber mehrfach erlebt hat, dass die Pflegekräfte die Frau trösteten, antwortet in leise beruhigendem Ton:

„Frau Meyers, Ihr Mann kommt Sie bald abholen." Dann fügt er hinzu: „Jetzt warten wir erst mal auf das Abendbrot, dann ist wieder ein Tag um, und das bringt uns dem Zuhause ein Stück näher."

Aus dem offenen Speisesaal hört er ein helles Sopranlachen, das wie eine Arie ansetzt, das alberne Gackern eines Huhns annimmt und dann im dunklen Gurren einer geilen Taube endet. Er steht auf, will sich diesem Geräusch entziehen.

Unversehens steht seine Tochter Ella vor ihm. Das Klingeln hat er überhört, sie nicht kommen sehen.

„Hallo, Vati." Sie kommt näher und gibt ihm Begrüßungsküsschen auf die Wangen. Ihre Scheu ist offensichtlich, sie sieht sich ängstlich und fragend um. Micha nimmt sich vor, sie zu beruhigen, denn zum Verstehen ist sie zu jung.

„Guten Abend, Ella." Seine Verlegenheit kämpft er nieder, und blickt seine Tochter so offen und aufmerksam an, wie es ihm in dieser misslichen Lage möglich ist. Dass sie von allein gekommen ist, wundert ihn. Er versteht, dass sie seine Unsicherheit so wahrnimmt wie er ihre und dass sie deshalb leichthin und wie nebenbei bemerkt:

„Ich habe Aimée vor dem Portal getroffen. Du bist mir nicht böse, dass ich gekommen bin? Oder?"

Micha schüttelt den Kopf. Sie fährt fort:

„Ich dachte mir, wenn Aimée dich besucht … Sie sagt, es geht dir besser. Ja?"

„Ja, den Umständen entsprechend."

Sich auf die grüne Couch setzend, klopft er mit seiner linken Hand auf die freie Sitzfläche neben ihm. Sie nimmt Platz, beugt sich vor, damit sie die Mimik ihres Vaters beobachten kann.

„Wie lange musst du denn hier bleiben – und warum?"

Micha registriert, dass Ella offenbar nicht über das ganze Ausmaß seiner Auseinandersetzung mit ihrer Großmutter informiert ist.

„Wann ich entlassen werde, weiß ich noch nicht. Und das Warum ist nicht einfach zu beantworten. Du kennst meinen ewigen Streit mit Mutti."

„Ja."

Ella schiebt die obere Zahnreihe auf die Unterlippe. Offensichtlich will sie sich eine weitere Frage verbeißen. Micha findet es beschämend, dass seine Tochter ihn hier erlebt, in einer Klinik, in der der Zugang zur Außenwelt verschlossen wird. Bitterer Zorn will in ihm aufsteigen, es gelingt ihm, ihn hinunter zu schlucken. Reiß dich zusammen, ermahnt er sich. Das Kind kann das nicht verstehen.

Ella betrachtet die alte Dame neben ihrem Vater. Die kramt in ihrer Handtasche und beginnt, leise vor sich hin zu weinen:

„Ich weiß nicht, wo es ist, es ist nicht mehr da. Alles ist fort. Fort. Jemand hat es mir weggenommen.“ Lauter, beinahe rufend fährt sie fort:

„Wo ist der Dieb? Wo ist der Dieb?“

Micha fällt der ängstlich ratlose Ausdruck Ellas auf. Als Pfleger Georg sich der alten Dame nähert, steht Micha auf, fasst seine Tochter am Arm und führt sie den Flur entlang. Leise erklärt er ihr:

„Sie ist demenzkrank, ist nur ausnahmsweise hier, glaube ich. Nicht nur ihre Tasche, ihr Kopf ist leer.“

In der Bibliothek sitzen sie sich gegenüber. Micha betrachtet seine Tochter mit demonstrativem Wohlwollen. Er erinnert sich, dass er über ihre Unterbringung bei seiner Mutter, die auch von Ella „Mutti“ genannt wird, sprechen muss.

„Ich habe gehört, du willst lieber bei Mutti bleiben als bei Aimées Eltern.“

„Ja, ihre Eltern sind freundlich, ich fühle mich okay, aber Mutti hat so geweint am Telefon. Ich glaube, sie braucht mich.“

„Ella, tu das, was für dich richtig ist. Du musst auf Mutti keine Rücksicht nehmen. Sie hat das nie getan.“

„Ja, Vati. Aber zu mir ist sie gut. Ich überleg es mir. Nur wollte ich sicher sein, dass du nichts dagegen hast.“

„Nein, dagegen bin ich nicht.“

Ella stößt einen kleinen Seufzer der Erleichterung aus. Das Klirren und Klappern von Geschirr dringt bis zu ihnen.

„Ich gehe, es ist Essenszeit“, sagt sie. Vater und Tochter erheben sich.

Micha muss noch eine Erklärung loswerden. Er zieht sie sanft am Ärmel. Das hoch aufgeschossene Mädchen dreht sich ruckartig um und fixiert seine Augen. Er kann den Blick nicht abwenden, während er voll Entschiedenheit auf sie einredet.

„Keine Angst, Ella, ich bin nicht verrückt. Meine Nerven sind schwach, und ich habe die Beherrschung verloren. Du brauchst keine Angst zu haben, ich bin wirklich nicht verwirrt. Hier werden meine Nerven behandelt, bald bin ich wieder vollkommen in Ordnung.“

Seine Worte scheinen beruhigend zu wirken, ihre Körperhaltung entspannt sich. Ihm ist klar, dass er mit seiner Tochter nicht immer langmütig genug ist, dass jedes harsche Wort eines zu viel ist. Aber sie wehrt sich, gibt manche Vorwürfe zurück. Sie ist robust. Außerdem ist sie weniger nachtragend als er.

Gemeinsam mit ihrem Vater trottet Ella den langen Flur entlang zum verschlossenen Ausgang. Sie schielt verstohlen nach rechts und links auf die sich hektisch oder automatenhaft träge bewegenden Patienten.

„Vati, ich bin froh, dass du nicht so krank bist, wie ich zuerst dachte."

„Ja, Ellakind, du kannst beruhigt sein. Bedauerlicherweise müssen wir uns noch ein wenig in Geduld üben."

Mit dem Zeigefinger wischt er zärtlich über ihren Nasenrücken, dreht sich dann abrupt fort und bittet den in der Nähe stehenden Pfleger, die Tür aufzusperren. Ohne ihr Fortgehen abzuwarten, begibt er sich in den Speisesaal.

Während des Essens quält ihn erneut die Sorge, ob Nora auf die Idee kommen könnte, den Zusammenprall mit seiner Mutter und den Klinikaufenthalt als Grund dafür ins Feld zu führen, dass Ella besser bei ihr aufgehoben wäre. Er muss darauf hoffen, dass sie einsieht, dass ein Orts- und Schulwechsel nur anderthalb Jahre vor dem Abitur nicht guttun würde. Vielleicht sollte er sie anrufen und mit ihr sprechen, damit sie sich ein Bild davon machen kann, dass er nicht verrückt ist. Ella wird ihrer Mutter sicher von dem Schlamassel erzählt haben, ja natürlich, sie muss ihr doch sagen, warum sie unter der häuslichen Telefonnummer nicht erreichbar ist. Sicher, es ist besser, er sucht den Kontakt, bevor sich etwas zusammenbraut, was er nicht beeinflussen kann.

4
Donnerstag, 12. Oktober 1995

Es ist noch finster, als Micha am Morgen aufwacht. Der Tag wird nicht lange auf sich warten lassen, denn er hört einen einzelnen Spatzen schimpfen. Oder ist dieser Vogel da draußen unbehaust und kann keine Nachtruhe finden? Micha dreht sich auf die rechte Seite und versucht, noch einmal wegzuschlummern. Noch ist die Welt in Dunkelheit gehüllt wie in eine schützende Behausung, deren Wände nichts Böses durchdringen kann.

Micha stellt sich das reglose Meer vor, eine Szenerie, die ihm oft als Einschlafhilfe dient. Er lauscht dem flüsternden Lecken der kleinen Wellen an das steinige Ufer, ihr Aufblinken im Sonnenschein erfüllt ihn mit Freude.

Jedoch verfehlt dieses Traumbild heute seine einschläfernde Wirkung. Plötzlich bricht ihm am ganzen Körper Schweiß aus, Unwohlsein überfällt ihn. Sich aufsetzend, wischt er sich mit dem Schlafanzugärmel die kalten Tropfen von der Stirn. Ein bedrohliches Gefühl stellt sich ein, eine Empfindung, die er einmal kannte, und die er, wenn sie in den letzten Jahren von Ferne aufzog, in einer mit der Aufschrift „Vorsicht! Sprengstoff! Explosionsgefahr!" versehenen unterirdischen Deponie unter Verschluss halten konnte. Doch diesmal kann er den an die Oberfläche drängenden Schmerz nicht aufhalten, Schmerz, der an zahlreichen Erinnerungsschichten vorbei aufsteigt wie eine Gebirgsquelle, die an Gesteinslagen herauf ins Freie strömt.

Er stöhnt. In schneller und chaotischer Folge wechseln beunruhigende Bilder auf der Gedankenleinwand, Scherben von Situationen und Eindrücken, die Jahrzehnte lang unerreichbar verwahrt waren. Als er es kaum noch aushält, weil er sich ausgeliefert fühlt, fragt er sich, ob er sich vom ärztlichen Dienst helfen lassen soll. Bevor er sich dazu entschließt, weiß er auf einmal, was ihn quält. Da das Wissen ihn befreit von Ahnungen, die in Abgründe führen könnten, wird er ein wenig ruhiger. Die Bilder, die man nicht auf Knopfdruck wie bei einem Filmprojektor abstellen kann, erscheinen nun geordnet. Es sind Szenen von Sylt, Geschehnisse aus dem Jahre 1960.

Er sieht sich als zwölfjährigen Jungen zusammen mit Magdatante. Und dann seine Geschwister, die kleine Reni und den ein Jahr älteren Oskar. Sie sind nackt, plantschen im seichten Wasser. Oskars Blondschopf ist kurz geschnitten, Reni trägt in ihrem goldglänzenden, noch flaumigen Haarschopf eine bunte Spange.

Zusammen sind sie mit der Mutter auf Familienurlaub. Magdatante ist Mutters Patentante. Sie zog vor einigen Jahren in sein Elternhaus, um Mutter bei der Hausarbeit zu unterstützen. Da es nach Oskars Geburt immer mehr zu tun gab, kündigte die Tante ihre ungeliebte Stelle im Büro, um nur noch im Haushalt ihres Patenkindes zu arbeiten.

Micha schaut sich jetzt in Gedanken dabei zu, wie er die Kleinen ärgerlich zurechtweist, weil sie seine mühsam aufgebaute Sandburg mit Graben und Verteidigungswall beharrlich zerstören. Er vertreibt sie, und Magdatante versucht sie abzulenken mit einem Reigenspiel und Sandkuchenbacken. Aber kaum hat er etwas aufgebaut, stürzen sie sich wieder darauf. Mehrmals werfen sich erst der Bruder, dann die Schwester mit Anlauf auf die Burg und matschen im Wasser des Grabens. Micha gibt das Bauprojekt auf, nachdem er einsehen muss, dass die beiden zu klein sind, um sein Spiel zu begreifen. Notgedrungen sucht er sich eine andere Beschäftigung. Eine Weile steht er still, hört die verwehenden Schreie der anderen Kinder am Strand, dreht sich um. Die Sonne scheint ihm direkt ins Gesicht. Mit ausgebreiteten Armen stürzt er sich in das silbrig blinkende Meer. Er hört, wie Magdatante eine Warnung hinter ihm herruft. Die Bildfolge bricht ab.

Das unangenehme Gefühl von vorhin ist wieder da, verstärkt sich. Micha gräbt den Kopf ins Kissen, aber er kann den Erinnerungsfilms nicht stoppen. Er stöhnt ein paar Mal leise auf, weil vage Bilder ankündigen, was er gleich deutlich sehen wird.

Wieder sind sie am Strand, er, seine Geschwister und Magdatante. Die Tante schickt ihn an diesem Vormittag zurück in die Pension, denn sie hat das Geld für Brause oder Eis vergessen. Die Mutter würde dort sein, um es ihm zu geben. An diesem Morgen hatte sie Kopfschmerzen und ist zurückgeblieben.

Langsam stromert er durch die blendend hellen Straßen, fühlt die Wärme wie eine Schutzhülle. Die Temperaturen sind hoch, er liebt diese Hitze, sie macht, dass er sich frei und ein wenig unbändig vorkommt. In dieser Gemütslage hüpft er über die Schwelle der Pension. Im Parterre ist es dunkel und kühl. Jetzt ist ihm die Kühle angenehm, obwohl sie ein bisschen stickig ist. Es riecht nach gekochtem Essen. Seine Mutter oder die Wirtin sind wohl dabei, die Mittagsmahlzeit zuzubereiten.

Auf halber Treppe befindet sich ein kleines Fenster. Heller Sonnenschein breitet sich auf dem davor liegenden Stückchen Flur aus. Die Staubkörner im einfallenden Lichtstrahl veranstalten einen lustigen Tanz.

Im dämmerigen Flur des Obergeschosses, gleich vor ihrer linken Tür, sie haben zwei Zimmer nebeneinander, befindet sich der leiterartige Aufgang zur Bodenluke, die mit einer Falltür verschlossen ist. Diese Treppe klettert er gern hinauf. Ein paar Mal hat er versucht, die Klappe mit dem Rücken aufzustoßen, wie er es bei der Wirtin beobachtet hat. Es ist ihm noch nie richtig gelungen. Am Anfang der Ferien brachte er sie nur einen Spalt breit auf, inzwischen schafft er schon ein beträchtliches Stück. Er kommt bis zu dem Punkt, an dem man der beinahe senkrecht stehenden Türklappe einen kräftigen Stoß geben müsste, dass sie nach hinten fällt und so die Luke ganz frei gibt. Bisher fürchtete er, nicht die notwendige Kraft zu haben. Statt nach hinten wegzukippen, könnte die Falltür mit aller Wucht seinen Rücken, oder noch schlimmer, seinen Kopf treffen und ihn lebensgefährlich verletzen. Doch nachher, wenn die Mutter ihm das Geld gegeben hat, wird er es versuchen, denn heute ist er stark.

Hier oben vor dem Aufgang zum Dachboden und vor den Zimmern riecht es nach leichter, schwebender Sonnenwärme, die vom Fenster des Zwischenflurs her hochsteigt. Er nähert sich dem rechten Eingang, er ist verschlossen. Er drückt die Klinke zum linken Zimmer. Er hört Stimmen, die tiefe Stimme eines Mannes und dann die seiner Mutter, leise einschmeichelnd und weich, dann Laute wie von einer kleinen Katze. Als er klopft, wird es still. Nichts, gar nichts regt sich. Er starrt auf die braune Holztür und ihren dunklen Rahmen. Sie verschwimmt vor seinen Augen zu einer schlammigen konturlosen Masse, dann zu einer konkaven Höhlung, die ihn aufsaugen könnte. Er muss vernünftig sein, er weiß, doch, dass Türen so etwas nicht tun. Deshalb setzt er sich mit dem Rücken ans Türblatt, das er nun überdeutlich starr in seinem Rücken spürt.

Seine Mutter ist mit diesem fremden Mann im Zimmer, und er weiß, dass sie nur mit seinem Vater so allein in einem verschlossenen Raum sein darf. Der fremde Mann ist hier auf Sylt. Micha hat ihn gesehen, Kaffee trinkend auf der Terrasse des Strandcafés. Mutti und Magdatante taten so, als wüssten sie nichts von diesem Mann, der an ihnen am Strand vorbeiging und sie und die Kinder beobachtete. Deshalb hat auch er so getan, als sähe er ihn nicht.

Was soll er machen? Warten, bis die Mutter öffnet? Noch einmal klopft er, entschließt sich zu warten. Er muss doch das Geld holen. Was soll er der

Tante sagen, wenn er unverrichteter Dinge zurückkommt? Es bleibt ruhig hinter der Tür. Eine dichte bleierne Leere legt sich in dieses Stiegenhaus, so dass er anfängt unter der Last zu schwitzen. Er steht auf; immer noch unschlüssig, setzt er sich auf die zweite Stufe der Treppe zum Dachboden, die Füße auf dem untersten Tritt. So hingekauert wartet er, die linke Tür betrachtend.

Das Holz vor seinen Augen löst sich allmählich auf. Es wird immer dünner und wandelt sich zu einem braunen Nebel. Wenn es ihm gelänge, dieses braune Gewaber zu durchdringen, könnte er ins Zimmer gelangen. Plötzlich spürt er, auch dieser düstere Schwaden will auf ihn übergreifen, ihn verschlingen. Wirklich, diese Tür ist gefährlich. Voller Angst sagt er sich: nichts wie weg, nur fort von hier. In wildem Tempo flüchtet er die Treppe hinunter, in Sicherheit.

Im Parterre bleibt er stehen. Er schämt sich seiner Feigheit. In machtloser Wut stößt er mit dem Fuß an die unterste Stufe der Treppe wie ein kleiner, trotziger Bub. Noch mehr Scham überkommt ihn. Sie erinnert ihn an das wütende Gezänk der Eltern vor der Reise.

Seit Jahren fährt die Familie ohne Vater ans Meer, früher waren sie nur zu dritt, Mutti, Magdatante und er. Im Sommer kann Vater nicht verreisen, er hat zu viel zu tun. Diesmal begleiteten die Reisepläne der Mutter so laute Streitgespräche, dass es die Nachbarschaft mitbekam. Mutti kreischte immer nur, die Kinder bräuchten die Sonne und das Meer und die Tante sei ja schließlich dabei. Es gebe keinen Grund, sich aufzuregen und zu schimpfen. Vater brüllte zurück, Magdatante drehte das Radio auf. Vater übertönte das schreiende Rundfunkgerät, wurde immer lauter, bis Mutti anfing zu weinen.

Davon ließ er sich rühren und gab Ruhe. Der Vater in seiner Wut ist ihm unheimlich, aber Micha versteht ihn dann am wenigsten, wenn er danach ohne ersichtlichen Grund weich und nachgiebig ist. Am nächsten Morgen auf dem Weg zur Schule schämte er sich, als er an den Nachbarhäusern vorbeiging. Was mochten die Leute nur über seine zankenden Eltern denken. Wenn es möglich wäre, würde er auf den Strand verzichten, wenn er dadurch den Streit ungeschehen machen könnte.

Im Parterre steht er ratlos, eilt die halbe Treppe hoch, dann wieder hinunter. Wegen der unvorsichtigen Eile schlägt er die zwei letzten Stufen hinunter. „Aua, verdammter Mist“, entfährt es ihm. Die Wirtin, eine gemütliche, füllige Matrone mit dem hellen Teint und den blonden Haaren der Nordfriesen, kommt ihm eilig aus ihrer verdunkelten Wohnungshöhle im Parterre entgegen.

„Was machst du denn hier? Seid ihr nicht am Strand?“

„Doch, aber wir haben das Eisgeld vergessen. Meine Mutter ist nicht da."
„Schon recht", sagt die Wirtin und streicht ihm die Haare aus der Stirn. Für solche Zeichen der Zuneigung von Fremden ist er zu alt. Er wendet den Kopf brüsk zur Seite. Außerdem will er nicht, dass sie seine Verlegenheit erkennt. Sie greift in ihre Schürzentasche und borgt ihm das Geld. Er rennt mit rasendem Herzen und glühendem Kopf davon.

Micha erinnert sich, dass er trotz Wut und Scham hüpfend davon eilte. Es sollte unbekümmert wirken. Die Wirtin sollte keinen Verdacht schöpfen. Niemanden ging es etwas an, was in dem Zimmer dort, in seiner Familie, passierte.

Das Geld händigte er der Tante aus und spielte mit den kleinen Geschwistern am Strand. Vom Meer her blies ein warmer, tröstlicher Wind.

Jetzt im Bett fühlt er noch immer, wenn er sich darauf konzentriert, wie der Wind seinen nackten Oberkörper, seine Arme und Schenkel zärtlich und warm umstreichelt. Der Vater hatte durch seine vielen Redensarten vom Wind seine Aufmerksamkeit darauf gelenkt.

Ihm ist es, als würde die Erinnerung an diesen sanften Windhauch Ereignisse aus der Vergangenheit heranwehen.

Und dann ist sie da, klar und so plastisch wie ein dreidimensionaler Film, eine Szene am Saum des Meeres.

Im seichten warmen Wasser sitzend, genießt er, wie die leise Brandung seinen Körper umspielt. Die Kleinen nähern sich und stürzen sich hinterrücks auf ihn. Er steht auf, füllt das hellblaue und das rosa Blecheimerchen mit feuchtem Sand, der sich leider nicht umstürzen lässt zu festen Sandkuchen. Jedes Mal zertreten sie das elende Häufchen. Zuerst trotzig, nach einer Weile mit Wonne, so dass er sich beeilen muss, die beiden Gefäße unablässig zu füllen und umzustülpen. Reni wirkt besonders rührend auf ihren noch staksigen krummen Beinchen und wie sie dem wenig größeren Oskar nacheifert. Sie nimmt den Sand in ihre Patschhändchen und klatscht, dass die Sandbrocken durch die Luft fliegen. Als sie ihre schmutzigen Finger in den Mund stecken will, versucht Micha sie durch drastische Gesten zu überzeugen, dass das igitt, bäh, bäh ist.

Micha schwitzt, wirft die Bettdecke zurück, setzt sich auf. Er will aufstehen. Da ihm schwindelt, hält er sich den Kopf und legt sich zurück, zieht die Decke über die Füße. Wieder erscheinen wie von selbst angenehme Szenen.

Er bringt die Geschwister zu Bett, wie er es oft in seinen Kinder- und Jugendjahren getan hat. Auch auf Sylt singen sie, hüpfen im Bett wie auf einem Trampolin und veranstalten Kissenschlachten. Er bringt sie gern zu Bett, denn sie sind unterhaltsam. Die Mutter ist ausgegangen. Die Tante bleibt wie immer bei ihnen.

Nach der Toberei betrachtet er die sich zum Verwechseln ähnlichen Geschwister aufmerksam. Wäre Reni nicht kleiner und pummeliger, könnte man die beiden für Zwillinge halten. Sie sind nur knapp ein Jahr auseinander. Deshalb wurden sie nach Renis Geburt im Zwillingswagen ausgefahren, später konnte Oskar neben dem breiten Wagen hertrotten, in dem Reni wie eine Prinzessin thronte. Micha ist stolz, dass seine niedlichen Geschwisterchen überall auffallen und dass er sie am besten versteht. Sie haben eine gemeinsame Sprache entwickelt, wie es manchmal bei Kleinkindern der Fall ist. Selbst Oskar ist schlecht zu verstehen. Dann muss er, Micha, den Übersetzer spielen, was ihre Sprachentwicklung nicht eben fördert. Sie haben ja jemanden, der ihr Radebrechen richtig interpretiert. Warum sich also anstrengen.

Der große Bruder zieht beiden das kühle Leinentuch fürsorglich bis zum Kinn und gibt jedem mit dem Zeigefinger einen Nasenstüber. Eine Welle der Zärtlichkeit steigt in ihm auf. Aber Oskar will noch keine Ruhe geben. Er beginnt mit seiner Version von „Alle meine Entchen", in die er Teile von „Fuchs, du hast die Gans gestohlen" untermischt. Micha muss lachen und stimmt erst das eine Lied und dann das andere an. Die beiden sollen schließlich etwas lernen.

Nachdem er endlich Gutenacht gesagt hat, trottet er zu Magdatante, um sich von ihr ins Bett bringen zu lassen. Obwohl die kleinen Geschwister von Magdatante mit vielen liebevollen Worten und Gesten bedacht werden, so weiß er doch, dass er ihr Liebling ist. Denn mit ihm kann sie vernünftig reden. Und er teilt etwas sehr Kostbares mit ihr. Weil er sie oft sonntags in die Kirche begleitet. Er ist hingerissen von der Festlichkeit der goldleuchtenden Umgebung, lässt sich beeindrucken von der Feierlichkeit der lateinischen Gebete, dem zärtlichen Agnus Dei, dem Kerzenglanz und Weihrauchduft. Das Donnern der Orgel, der jubelnde Chor und das mehrstimmige Läuten an den Festtagen sind wunderbar. In religiösen Fragen ist Magdatante eine Autorität. Ihr hatte er es zu verdanken, dass er vor zwei Jahren zur Kommunion gehen durfte, nicht mal seiner katholischen Mutter war daran gelegen. Die Erwachsenen machen sich manchmal über Magdatantes Frömmigkeit lustig, doch lachend widersteht sie jeder spöttischen Bemerkung. Vater mag und respektiert das. Micha gefällt, dass sie nicht müde wird, ihm die schönen und wundersamen Geschichten aus der Bibel zu erzählen oder vorzulesen. Mit seinen fast zwölf Jahren könnte er selbst in der bunten Kinderbibel lesen, die sie ihm geschenkt hat. Trotzdem lässt er sich gern auf diese Weise verwöhnen, und er mag die ernsthaft versunkene Konzentration der Tante. Heute Abend liest sie ihm einen Abschnitt aus der Erzählung von Joseph vor, der von seinen Brüdern als Sklave nach Ägypten verkauft wird. Er kennt die Geschichte, und da sie gut endet, kann er seelenruhig zuhören und langsam einschlafen.

In seinem Klinikbett, unter der Decke vergraben, wischt Micha sich über die feuchte Stirn. Die schönen Erinnerungen können bleiben. Der Rest? Am besten fortwischen. So einfach geht das aber nicht. Den Schmerz konnte er verdrängen, aber das Bild ist ihm all die Jahre geblieben. Das Kind in diesem Hausflur vor den verschlossenen Türen. Selbst die Elektroschocks in Schloss Dobental haben nicht geschafft, dass er den Geschmack der bodenlosen Scham für die Mutter loswird. Später trat zur Scham noch die Verachtung. Alle in der Nachbarschaft wussten von der Liaison. Bis heute kann er nicht verstehen, dass der Vater nichts ahnen sollte.

Micha zieht die Bettdecke übers Gesicht. Er kann jetzt nicht aufstehen. Ekel vor sich selbst lähmt ihn. Diesen fremden Mann kannte er, weil seine Mutter sie zusammenbrachte. In seiner Wohnung hatte er einen Plattenspieler, der zehn Scheiben automatisch wechselte. Das imponierte dem Kind. Vielleicht sogar der Mann im Vergleich zum nervösen, ewig schuftenden Vater. Zum Glück hat er sich gegen die Versuche der Mutter, eine freundschaftliche Beziehung zwischen ihm und dem Fremden herzustellen, gewehrt. Wenigstens das.

Micha wirft die Bettdecke zurück, setzt sich mit einem Ruck auf und hangelt mit den Füßen nach seinen Pantoffeln. Er lehnt sich zurück, lässt die Slipper an den Fußspitzen baumeln.

Die Leute redeten viel, sicher auch über seine Eltern. Ob man über sie wie über eine verkommene Sippschaft sprach? Nein, nein. Eher nicht. Vater war doch ein angesehener Mann, der sich durch seine Zuverlässigkeit den Respekt aller Menschen verdiente, die mit ihm zu tun hatten. Leider ließ sich Vater von Muttis Sucht nach Äußerlichkeiten anstecken, aber er war nicht ungebildet in dem Sinn, wie sie es meinte. Ja, er schimpfte und schrie. Aber wer hätte das angesichts der vielen Zumutungen nicht getan.

Und er selbst? Welche Rolle hatte er bei all dem gespielt? Hatte er sich nicht manches Mal gegen den Vater gestellt? Mitunter war ihm die Anwesenheit des Vaters unangenehm, damals als er schon kein Kind mehr, sondern halbwüchsig war. Nicht, weil die Mutter von ihm als einem unkultivierten Händler und Handwerker sprach. Er wusste, dass die Mutter Unrecht hatte. Vater war klug und belesen, auch wenn er keinen Hochschulabschluss besaß. Micha hadert mit sich, weil er sich von der Mutter einspannen ließ. Denn er machte den Boten für sie und ging mit ihr in die Wohnung dieses Menschen.

Er schämt sich für jeden Funken Illoyalität. Und die Mutter setzte komplette sommerdürre Wälder von Untreue in Brand. Diese Scham dem Vater gegenüber wird er nicht los. Er muss sie für sich behalten. Es reicht, dass er sich selbst verachtet. Und als der Vater alt war, warum hat er sich nicht mehr um ihn gekümmert? Vielleicht wäre er dann nicht so verzweifelt. Wenn er sich doch nur immer an das halten könnte, was der Vater sagte: Das Herz ist euer Eigentum, das Gesicht ist für die Öffentlichkeit. Vater hatte recht. Aber hat er selbst nicht bemerkt, dass es ihn erleichtert, wenn er von der Vergangenheit spricht? Ja. Außer von seiner Untreue am Vater, das geht nicht. Diese Schuld ist zu groß, er kann sie sich nicht einfach vom Herzen reden.

Mit einem Satz springt Micha vor das Bett, strauchelt ein wenig, bis er Halt findet in seinen Slippern. Er dreht sich um, stützt sich am Bettrand ab. Zum Glück muss er über alles andere nicht mehr den Mund halten, jetzt endlich darf er alles herausschleudern.

Als Kind konnte er schweigen wie ein Grab. Da ihm dieser Ausdruck nicht gefällt, sucht er nach einem passenderen. „Ich war schweigsam wie der Mond." Das ist schöner. Aber, sinniert er weiter, der Mond hat wie das Grab doch sehr viel mit Dunkelheit und Einsamkeit zu tun. Nun, die Schweigsamkeit ist ein verdammt einsames Geschäft, und das Verschwiegene verbirgt sich im Dunkel.

Micha hat keine Lust, seiner Morgenroutine nachzugehen. Er setzt sich erneut auf die Bettkante und gibt sich seinen Gedanken so hin wie kurz zuvor seinen Erinnerungen. Er meint, die Atmosphäre des Nachtgartens, in dem die Lüge gedeiht wie Kürbis auf einem Komposthaufen, zu spüren. Er glaubt, das Geraune und heimliche Geflüster zu hören. Er findet Trost im Ausdenken von Bildern für den physikalisch nicht zu ermittelnden Extraort, an dem die Lüge verborgen wird.

Die verlogene Heimlichkeit ist ein ins Universum versprengtes Atom, das nicht mehr in die Welt zurück, sich nicht mehr am ewigen Kreislauf der Atome beteiligen darf. Es wird verbannt in einen brodelnden Schlund auf einem eisigen Stern.

Noch besser scheint ihm die Vorstellung, dass das Totgeschwiegene wie Lava in einem Vulkan an die Oberfläche drängt. Denn der Skandal will sich ausbreiten. Er will leben, nicht verbannt sein. Es blubbert in dieser Hölle, das böse Geheimnis besitzt eruptive Macht, es könnte sich explosionsartig weithin sichtbare Befreiung verschaffen und ein Aufsehen erregen, das an Destruktivität das ursprüngliche Ereignis sogar übertrifft. Doch gibt es eine Kraft, die stärker ist, die alles zurückdrängt. Das ist die Scham, die wie eine gigantische Sturmwolke alles niederdrückt, so dass es zwar weiter sprudelt, rumort und kocht in diesem Schlund, das Geheimnis aber doch nicht herauslässt.

Micha hält sich den Kopf, der starke Druck ist beängstigend. Dieser Ort, sagt er sich, war früher in dir.

5
Dienstag, 17. Oktober 1995

Micha sitzt entspannt in der Bibliothek. Am Vormittag hat Aimée ihn besucht. Sie hatte auf ihn warten müssen, dann hatte er sich zu ihr auf das grüne Sofa gesetzt. Er konnte beobachten, mit welcher Unbefangenheit sie alles um sich herum aufnahm.

Ein neuer Patient, ein sechzigjähriger Mann in dunklem Anzug, weißer Hemdbrust und silberfarbener Fliege, an den Füßen schwarze Lackschuhe, kam aus dem Gang, der zu den Sprechzimmern der Ärzte führt. Er summte vor sich hin und schwenkte die Arme, als würde er ein Orchester dirigieren. Keiner der auf dem Flur herumstreunenden Patienten beachtete ihn. Als er Aimée auf der Couch wahrnahm, begann er laut zu singen. Die Arie des Papageno aus der Zauberflöte: „Ein Mädchen oder Weibchen wünscht Papageno sich. Oh, so ein sanftes Täubchen wär Seligkeit für mich, wär Seligkeit für mich."

Der Mann stapfte zum verschlossenen Ausgang, blieb davor stehen, senkte die Arme und stieß ein raues Lachen aus.

„So viel zur Freiheit der Kunst", rief er, blickte sich zu Aimée um und wiederholte: „So viel zur Freiheit der Kunst."

Micha sah, dass sie sich angesprochen fühlte und zunächst unsicher war, wie sie sich verhalten sollte. Der Mann drehte sich um, indem er, wie ein Wachsoldat auf der Stelle tretend, eine Kehrtwendung vornahm. Er dirigierte aufs Neue mit den Armen und kam singend auf sie beide zu. Als er direkt vor Aimée stand, sang er: „Ein Männchen oder Weibchen wünscht Papageno sich", summte weiter und zwinkerte ihr mit einem Auge vertraulich zu. Das sah so witzig aus, dass Aimée unwillkürlich lächeln musste. Das schien den Dirigenten zu befriedigen, selig lächelte er zurück. Die Arme in großer Musikdirektorpose gestikulierend und dazu singend, zog er an ihnen vorbei in den Gang, der zu den Patientenzimmern führt.

Über dieser verrückten Erinnerung ist Micha eingedöst. Er hört die Tür nicht gehen.

„Herr Valentin", spricht ihn in tiefem und ruhigem Ton der geduldige

Pfleger Georg an. Micha ist etwas erschrocken, muss sich erst einmal orientieren, wo er ist.

„Sie haben Besuch", sagt der Pfleger und zieht sich zurück.

Micha staunt. Sein Bruder Oskar. Dass er sich für ihn frei genommen hat! Mit langsamer Gebärde weist Micha auf den Sessel neben ihm. Die Brüder betrachten einander. Oskar ist ein großer stämmiger Mann, dessen jungenhaftes Gesicht zu der vollständigen Glatze kontrastiert. Er ist eine markante Erscheinung, denkt Micha. Auf Oskars Zügen zeigt sich ein wohlwollendes Lächeln, wie er es für seine Patienten zu Beginn einer Behandlung aufsetzt.

Er setzt sich, sein Gesicht bekommt einen besorgten Ausdruck. Die Brüder sehen sich schweigend an, Micha zeigt seine Freude über den Besuch mit einem Lächeln, das ihm selbst etwas müde vorkommt. Aber er freut sich wirklich.

Oskar ist in seiner Psychiatriepraxis sehr eingespannt. Privat treffen sie sich meist nur bei Familienfeiern. Allerdings konsultiert Micha seinen Bruder ab und zu als Arzt, vor ein paar Jahren häufiger, in den letzten zwei Jahren eher selten. Trotz heftiger Streitigkeiten nach dem Tod des Vaters war der Kontakt zwischen ihnen nie abgebrochen, nicht so wie zwischen Micha und Reni. Auch ohne offizielle Versöhnung hat Micha verstanden, dass Oskar ihm nichts nachträgt, dass ihm eine großzügige Natur eigen ist. Von seiner früheren Verachtung für den Bruder ist nichts übrig geblieben, denn er versteht, wieviel Seelenkraft Oskar besitzt. Denn bei allen persönlichen Schwierigkeiten hat er es zum selbstbewussten Facharzt für Psychiatrie gebracht. Nach einer Weile gibt Oskar seine stille Zurückhaltung auf.

„Micha, was ist los mit dir?"

„Wer hat dich informiert, dass ich hier bin?"

„Aimée hat Sabine Bescheid gegeben."

„Aha, dann weißt du ja, was vorgefallen ist."

„Ja, so ungefähr."

„Ach, du kennst Mutti doch. Sie versteht nicht, warum ich wütend auf sie bin."

„Sie weiß es, will es bloß nicht wahrhaben", wendet Oskar ein.

„Ich will mit ihr nichts mehr zu tun haben. Ein für alle Mal. Sie wird einfach nicht klüger. Hat sie jemals nicht nur an sich selbst gedacht?"

Micha spürt Oskars prüfenden Blick, als frage er sich, wie viel er dem Patienten zumuten darf. Der Bruder schlägt sich auf das obere seiner übergeschlagenen Beine und sagt:

„Ach Micha, Schonung hilft niemanden. Deshalb sage ich dir, das Absurde ist ja gerade, dass sie nichts Böses wollte. Wundere dich nicht, wenn sie glaubt, sie hätte immer in deinem Sinne gehandelt. Für Reni und mich trifft das auch für viele ihrer Entscheidungen zu."

Micha sieht den Bruder gespannt an. Der fährt bedächtig fort:

„Nun ja, ich trage Mutti auch einiges nach. Mir hat sie erklärt, dass sie Reni und mich nach der Scheidung bei Vater und Nelly gelassen hat, weil es für uns das Beste gewesen sei. Als ob sie das hätte entscheiden können. Damals galt noch das Schuldprinzip, Vati hätte uns niemals unserer Mutter überlassen. Mutti hat ein schlechtes Gewissen, denn sie beteuert bei jeder Gelegenheit ungefragt, dass Vater uns besser versorgen konnte als sie."

„Ja, das stellt sie so dar. Dass sie den Liebhaber nicht mit seinen eigenen Kindern belasten wollte, das verschweigt sie. Ein aufklärendes Wort von ihr für Vater ... Sie wollte mit Panitz allein leben, wie in einem Wolkenkuckucksheim."

„Ob das so war, Micha, das wissen wir nicht. Sie lebten ja auch nach der Scheidung nicht miteinander. Jedenfalls haben wir, Reni und ich, mit unserem leiblichen Vater überhaupt nichts, wirklich gar nichts zu tun gehabt. Das ging ja auch nicht, sie hielt ja unsere Abstammung geheim."

Es ist das erste Mal, dass Oskar diesen Mann als leiblichen Vater bezeichnet, dass er dieses schamhaft überblätterte Kapitel ihrer Familiengeschichte von allein aufschlägt. Micha ist ängstlich, fürchtet, dass sich der kameradschaftliche Ton, der in den letzten Jahren zwischen ihnen angeschlagen worden ist, ändern könnte. Denn es war gerade dieses Thema, das nach Vaters Tod heftigen Streit zwischen ihnen ausgelöst hatte. Die Rolle, die er damals spielte, ist ihm peinlich, er möchte Oskar nicht daran erinnern. Trotzdem wagt er es, dem Bruder eine Frage zu stellen, die ihn manchmal beschäftigt.

„Wann hast du eigentlich erfahren, dass ihr nicht die leiblichen Kinder von Vater seid."

„Von allein wäre ich nicht drauf gekommen. Ich hatte gerade mit dem Medizinstudium angefangen. Weil ich nachforschen wollte, welche der elterlichen Blutgruppe ich geerbt hatte, fand ich heraus, dass etwas nicht stimmte. Ich besaß weder die von Vater noch die von Mutti. Zuerst glaubte ich wirklich, dass Reni und ich adoptierte Kinder seien."

„Ach", setzt er offensichtlich aufgewühlt hinzu: „es ist eine lange Geschichte. Traurig und peinlich. Auch eklig. Alles zusammen. Aber glaub mir, der Schock wurde durch viele Ahnungen abgefedert."

Es ist ein dunkler Novembertag. Das trübe Nachmittagslicht verschleiert alles im Raum zu opaken Schemen, es scheint, als hätten die Gegenstände die spärliche Tageshelle aufgesaugt. Micha unterdrückt den Impuls, das Licht anzuzünden. denn im Dämmer fällt das Sprechen leichter.

Auch er ist aufgewühlt. Er versucht sich zu beruhigen, indem er sich auf seine Hände setzt, um sie am Zittern zu hindern. Da diese Haltung zu unbequem ist, lehnt er sich zurück und faltet seine Hände im Schoß.

Und dann erzählt Oskar weiter:

„Als ich von Mutti erfahren hatte, wer unser Erzeuger ist, ließ es mir keine Ruhe, ich musste mit ihm reden. Zunächst mangelte es mir an Mut und Entschlusskraft. Ich brauchte ein paar Wochen, dann an einem Samstag, fuhr ich wieder von Marburg nach Hause. Kurz nach meiner Ankunft habe ich Panitz aufgesucht. Er wohnte jetzt in einer Wohnung in der Schumannstraße im Westend, das hatte ich inzwischen herausgefunden.

Ich riss mich zusammen und klingelte. Eine Frau in rotem Kimono, mürrisch und misstrauisch, öffnete mir.

‚Sie wünschen?'

‚Ich möchte Herrn Dr. Panitz sprechen.'

‚Leider ist er nicht zu Hause. Wer sind Sie? Sein Sohn?'

Ich war sprachlos. Stotternd begann ich, fragte, woher sie das wüsste.

‚Nun, wenn Sie sein Sohn sind, kommen Sie in zwei Stunden vorbei, dann wird er zu Hause sein.'

Ich drehte mich um, ging die dunkle Holztreppe hinunter. Diese Frau sah nicht schlecht aus, hatte lange dunkle Haare, sie war sicherlich nicht älter als Mitte dreißig. War das seine Frau?

Exakt zwei Stunden später öffnete er mir selbst. Er sah mich erst verständnislos, dann irritiert an, drehte sich ins Wohnungsinnere und rief:

‚Sagtest du nicht, mein Sohn wollte mich sprechen. Das ist nicht Alexander.' An mich gewandt, sagte er in trockenem Ton: ‚Was wünschen Sie?'

‚Ich möchte Sie sprechen.'

‚In welcher Angelegenheit?'

Ich hatte mir ein paar Gesprächsanfänge überlegt. Jetzt war alles weg, das Hirn blockiert. Das Schweigen wurde zu lang. Wenn ich nicht als Depp dastehen wollte, musste ich sofort sprechen.

‚Ich bin Oskar Valentin.'

Ein angestrengter Zug legte sich um seine Augen und den Mund. Stirnrunzeln und das Hochziehen der Augenbrauen gaben ihm ein ratloses und verdutztes Aussehen, das bald einem Ausdruck bewussten Argwohns wich.

Kühl und irgendwie geschäftsmäßig forderte er mich auf:

‚Treten Sie näher.'

Er stellte sich parallel zur geöffneten Tür und deutete mit der rechten Hand eine einladende Geste an.

‚Gehen Sie bitte geradeaus in den Salon.'

Düstere, geschnitzte Holzmöbel, dicke Teppiche, große dunkle Zimmerpflanzen und ein altes nussbaumbraunes Klavier mit Kerzenleuchtern über der Klaviatur. Die Einrichtung war nicht gerade elegant, für meinen Geschmack zu altmodisch und massiv.

Ich sollte in einem tiefen Clubsessel Platz nehmen. Trotzig blieb ich stehen, auch er setzte sich nicht.

‚Nun, was kann ich für Sie tun?'

‚Ich ... ich ... ich ... ich wollte Sie kennen lernen, ich erinnere mich nur an Sie, wie Sie waren, als ich noch ein Kind war.'

‚Ja, auch ich bin älter geworden.'

Da mir nichts anderes einfiel, fragte ich ihn nach Dingen, die ich auch von Mutti hätte erfahren können.

‚Wie lange waren Sie mit meiner Mutter zusammen?'

Der Mann überlegte kurz, dann ließ er sich zu einer Antwort herbei:

‚Wir haben uns zwei Jahre nach der Scheidung Ihrer Eltern getrennt.'

Ich rechnete schnell, bei der Scheidung, als Nelly zu uns kam, war ich ungefähr elf, also war ich dreizehn, als Mutti und dieser Mensch auseinander gingen.

‚Warum?', wollte ich wissen.

‚Warum was?' Die Nachfrage ließ deutlich seine Ungeduld erkennen. Ich tat so, als bemerkte ich es nicht.

‚Warum haben Sie und unsere Mutter sich getrennt?'

‚Ach, junger Mann, das werden Sie voraussichtlich auch noch herausfinden, dass Liebesverhältnisse nicht ewig dauern, dass die Zuneigung erkaltet. Außerdem, Ihre Mutter war sehr eifersüchtig.'

Da ich alles gewagt hatte, ließ ich nicht locker.

‚Die Frau vorhin an der Tür, ist das Ihre Frau, und haben wir noch Geschwister?'

‚Ja, das ist meine zweite Frau. Alexander ist mein Sohn aus erster Ehe.'

Der Mann gab mir Antwort wie einem neugierigen Beamten bei einer Behörde. Verbissen fuhr ich fort:

‚Wie alt ist er?'

‚Ende zwanzig.'

‚Was macht er, wo wohnt er?'

Panitz legte die Hand ans Kinn. Es kam eine menschliche Regung in sein Gesicht. Mit mehr innerer Anteilnahme als bisher sprach er:

‚Das kann ich Ihnen leider nicht sagen. Ich habe keinen Kontakt zu ihm. Meine Frau und ich ... Das letzte Mal habe ich von ihm vor drei Jahren gehört. Er schlug sich als Musiker durch in München, im Sommer, im Winter mimte er den Skilehrer.‘ In sarkastischem Ton fuhr er fort: ‚Nicht unbedingt das, was man sich von einem Sohn wünscht, für den man Jahrelang Unterhalt gezahlt hat, damit er eine gute Ausbildung bekommt.‘

‚Ich studiere Medizin.‘

‚Ah, der Ehrgeiz der Mutter‘, warf er leicht hin, der Hohn war nicht zu überhören.

‚Wie bitte?‘

‚Ihre Mutter hatte immer ein Faible für Ärzte, konnte ihnen kaum widerstehen, der Himmel versteh, warum.‘

Ein unverschämtes, boshaftes Lächeln spielte um seinen Mund.

‚Ich kann mir denken warum‘, erwiderte ich kämpferisch. ‚Es ist ein guter und angesehener Beruf.‘

‚Allerdings. Nicht so etwas Dürftiges wie ein großspuriger, sich ewig auf Reisen befindender, sogenannter Textilkaufmann, ohne Bildung und Familie.‘

Dieser Messerstich verschlug mir die Sprache. Ich muss dieses ekelhafte Reptil ziemlich entgeistert und blöd angestarrt haben. Denn er sprach in überheblichem Ton:

‚Nun, junger Mann, habe ich Ihre Fragen beantwortet?‘

Immer noch war ich sprachlos. Die Scham stieg mir brennend ins Gesicht. Die Scham, diesen Menschen überhaupt aufgesucht zu haben, und dann noch der Rausschmiss. Grußlos stürmte ich an dem roten Kimono im Flur vorbei und verließ die Wohnung.

Er folgte mir, rief mir irgendeine Entschuldigung hinterher.

Was für ein saudummer Kerl! Das sollte unser Vater sein? Egal, was Vati von Beruf war oder auch nicht, er war um ein Vielfaches anständiger als dieser Lebemann. Wusste nicht, wo sein Sohn steckte, was er machte. So ein Widerling!

Micha, du kannst dir meine Wut und Enttäuschung vorstellen. Aber was hatte ich erwartet? Etwa, guten Tag, mein lieber Sohn, wie gut, dass ich dich endlich kennen lerne. Komm, wir wollen unsere Bekanntschaft vertiefen, schließlich bist du mein Sohn.

So ein arroganter Hinterfotz. Er hat sich nicht mal nach Reni erkundigt. Wir existierten einfach nicht. Frauen vögeln, das konnte er. Und sonst? Alles Schein, alles Fassade. Und auf so eine Hämorrhoide ist unsere Mutter hereingefallen. Ach Micha, ich bin wieder richtig wütend. Du hörst, ich fluche wie du und sämtliche Brauereikutscher. Aber was bin ich aufgebracht? Er ist keine innere Wallung wert. Und unsere Mutter fällt auf so einen herein, der wahrhaftig nicht die Anständigkeit besitzt, einer Verflossenen und ihrem Mann nichts Beleidigendes nachzusagen. Beleidigt einen Mann, der seine

Kinder groß gezogen hat. Unglaublich. Und so etwas ist dein Vater. Ach was Vater, er ist nur der Erzeuger. Um Himmels willen! Zum Glück hatten wir Vati. Und der war nicht nur anständiger, sondern auch ein Vater."

Micha nickt bedächtig. Er kann den Bruder gut verstehen.

„Unser Vater soll großspurig gewesen sein?" Immer noch aufgebracht, wenn auch weniger als zuvor, fährt Oskar fort: „Das Gegenteil ist der Fall. Er war bescheiden. Selbstverständlich legte er Wert auf Etikette, war immer korrekt gekleidet. Musste er ja in seinem Beruf. Ja, er mochte den modernen Komfort. Dabei war er zurückhaltend in seinem Auftreten und immer höflich. Er hatte nur einen Fehler: Er konnte unserer Mutter nicht verzeihen. Dieses Scheitern mit ihr verbitterte ihn. Er empfand es als Niederlage, obwohl mit Nelly und ihm alles gut war. Jedenfalls gut genug, wenn man berücksichtigt, dass für Nelly das Leben mit uns Kindern auch kein Zuckerschlecken war."

Obwohl es Micha all die Jahre nicht verborgen geblieben war, dass Oskar den Vater schätzte, hört er jetzt zum ersten Mal vom Bruder so ausdrücklich positive Worte. Er wundert sich, wie er jemals so verbohrt gewesen sein konnte, den Geschwistern den Vater nicht zu gönnen. Er kann es sich heute einfach nicht mehr erklären. Wahrscheinlich war es der Schock über den Tod des Vaters und das Geheimnis darum, wie er gestorben war. Oskar reißt ihn aus gedankenverlorener Stille.

„Micha, meine Erinnerung ist deshalb so präzise, weil ich diese Begegnung so schnell wie möglich vergessen wollte. Doch versuch mal, so etwas aus deinem Gedächtnis zu streichen. Es funktioniert nicht. Ich ging Vater aus dem Weg, fürchtete, er könnte mein Geheimnis an meinem Verhalten ablesen. Ziemlich irrational das Ganze, doch war es so. Ich wollte mich nicht verraten, fuhr noch am selben Tag nach Marburg zurück, fand nicht mal eine passende Ausrede für Nelly. Vier Monate lang kam ich nicht nach Hause, obgleich mir die Geld- und Lebensmittelzuwendungen fehlten und Vater mir mehrere Briefe schrieb, die er Reni mitgab. Der verriet ich nichts, sie hat es übrigens kurz danach selbst herausgefunden. Als Vater keine Reaktion bekam, hat er gar im Studentenheim hinter mir her telefoniert. Schließlich bin ich heimgefahren, damit er sich keine Sorgen machte."

Oskar schweigt. Sie sind während des Gesprächs ungestört geblieben. Das Zimmer liegt zum unbeleuchteten Garten hin und ist in fast schwarze Finsternis getaucht. Micha findet das Dunkel wohltuend. Ihm ist, als könnte es sich sanft auf die Vergangenheit legen und den Schmerz weniger spürbar machen. Des Bruders sonore Stimme hat ihn angenehm berührt, obwohl es die Stimme des leiblichen Vaters ist, fest und tief.

Jemand öffnet leise die Tür, knipst das Licht an. Micha ist geblendet und hebt die Hände vor die Augen.

„Herr Valentin, haben Sie keinen Hunger? Wenn Sie jetzt in den Speiseraum gehen, bekommen Sie noch ein Abendbrot."

Es ist Schwester Antje, die sich entfernt, nachdem Micha leise aber bestimmt sagt:

„Vielen Dank, ich habe keinen Hunger."

„Micha, du musst essen, du hast sehr viel abgenommen. Geh, iss ein bisschen. Sei vernünftig." Mit einem spöttischen, gespielt komplizenhaften Lächeln fügt er hinzu: „Hör auf den kleinen Bruder."

Die Brüder erheben sich. Zum ersten Mal seit langem, womöglich seit ihrer Jugendzeit, umarmen sie sich, indem einer den anderen mit beiden Händen an den Schultern fasst. Sie schauen sich an, bevor sie sich gegenseitig an die Brust ziehen und die Arme auf den Rücken des anderen legen.

„Besuch mich wieder. Damit wir sprechen können."

„Ja, demnächst wird Sabine vorbeischauen, ich komme an einem der nächsten freien Wochenenden. Wenn ich dir einen Rat geben darf, Micha, vergiss die ganze Familien-Katastrophe. Wir sind erwachsen, von niemandem mehr abhängig. Wir sollten uns diese Freiheit nicht kaputtmachen, indem wir zu oft die alten Geschichten zurückholen."

Eine letzte fürsorgliche Berührung Oskars für Micha. Leicht legt er seine Hand auf den Oberarm des Bruders. Micha kennt die Geste, es ist die für schutzbedürftige Patienten.

Während Micha beobachtet, wie Oskar den Flur entlang schreitet und der Pfleger ihn herauslässt, erfüllt ihn Anerkennung für ihn, der viel stabiler ist als er. Schließlich hat auch er genug Belastendes erlebt.

Als sich die Tür hinter Oskar geschlossen hat, stellt er sich die Frage: Warum muss er erst in der Psychiatrie landen, bevor sie ernsthaft über das sprechen, was ihr beider Leben unentwirrbar verbindet? Vielleicht findet er ja noch den Mut, Oskar das allerletzte Geheimnis zu offenbaren. Vielleicht auch nicht. Es ist vielleicht seine Pflicht für das Andenken des Vaters weiter zu schweigen.

Er geht in den Fernsehraum, wo gerade Bilder einer großen Menschenmenge gezeigt werden. Micha stellt den Ton an und erfährt, dass gestern ein Millionen-Mann-Marsch farbiger Bürgerrechtler in Washington D.C. stattgefunden hat, an der sich auch viele Weiße beteiligt haben. Er ist beeindruckt von dem Willen der Schwarzen, sich Gehör zu verschaffen für die himmelschreienden Ungerechtigkeiten, unter denen sie zu leiden haben.

6
Montag, 23. Oktober 1995

„Ich bin falsch, ruft das Leben und entschuldigt sich." Mit diesem Satz im Kopf wacht Micha auf.

Was war das? Er muss geträumt haben. Es ist noch früh, er kann noch einmal in die Bewusstlosigkeit des Schlafes wegsinken.

Doch das will nicht gelingen. Unvermittelt taucht in seinem Kopfkino eine Szene auf aus dem Film *Einer flog übers Kuckucksnest*. Die Episode, als der Indianer, der ewig Stumme, das Waschbecken aus der Verankerung reißt, es aus dem Fenster hievt und flieht. Irgendwie wirkt sein Davoneilen geheimnisvoll, nein, nein, vielmehr das Ziel, die Freiheit, ist geheimnisumwoben. Den Indianer hatten sie nicht gebrochen, er wusste noch, was das war: Freiheit. Ein Akt der Zerstörung dient der Befreiung, mitunter bleibt wohl kein anderer Ausweg.

Der Streifen aus dem Jahre 1975 lief vor etwa sechs Monaten in der *Klappe*, in der Reihe „Bedeutende Filme aus den siebziger Jahren". Wegen des Themas wollte Micha ihn eigentlich nicht anschauen. An Psychiatrie wollte er nicht erinnert werden. Jedoch überwand er sich, da er prinzipiell alle in der *Klappe* laufenden Filme ansieht. Großartig fand er das Loblied auf den Nonkonformismus. Zunächst wirken die Herrschaftsinstrumente der Psychiatrie dort in Amerika subtil, stellen sich dann zunehmend als Teil einer Maschinerie heraus, die die Gesellschaft unbewusst zur Konformität zwingt. Das gibt es hier wohl eher nicht. Obwohl, wer weiß, vielleicht haben auch hier die Ärzte so ein Idealbild von geistiger Gesundheit. Damals in Dobental hatte er Glück mit Dr. Tatasch. Der tat sein Weltbild sehr deutlich kund. Machte aus seiner Therapie keine Geheimwissenschaft, wie er es später bei ambulanter Behandlung bei Psychotherapeuten erlebte. Er fühlte sich als Objekt einer Methode, selbst wenn man ihm erklärte, worauf sie gründete

Aber heute ist er doch ganz gut beieinander. Damals in Schloss Dobental … Ab und zu sucht ihn noch ein Angsttraum heim, die Panik vor dem Sterben überwältigt ihn jedoch nicht mehr. Der Gedanke an die Ungewissheit des Todes ist ihm erträglicher geworden. Alles, was er momentan tun muss, ist sich zusammenreißen, damit die Ärzte mitbekommen, dass er geistig und seelisch auf der Höhe ist, damit er schnell entlassen wird.

„Ich werde es schaffen!“, sagt er laut und setzt sich mit Schwung auf, steigt aus dem Bett und duscht sich zügig. Auf dem Weg zum Frühstück interpretiert er den neuen Elan: Er hat sich gut an die Medikation gewöhnt, sein Körper verarbeitet die Tabletten und Tropfen zu seinem Vorteil.

Am Frühstückstisch sitzt ein Patient neben ihm, der ihm bereits aufgefallen ist und den der Pfleger mit Daniel anspricht. Er steckt in schlotternden Jeans und das schwarze T-Shirt schlackert zu weit um den mageren Leib. Der Jugendliche ist sehr groß gewachsen, seine rotblonden Haare stehen nach allen Seiten ab. Silberringe an Braue und Ohrmuschel heben hervor, dass sein Gesicht fein geschnitten ist. Daniel schiebt sich halbe Toastschnitten in den Mund, kaut kaum und schluckt sie dann gut hörbar herunter. Er hat Nachholbedarf, so dünn wie er ist, vermutet Micha. Ab und zu nimmt der Junge hastig und laut schlürfend einen Schluck Kaffee. Was mag diesen Menschen treiben, fragt sich Micha.

Auf seiner linken Seite sitzt eine junge Frau mit dunkler, dünner und fransiger Mähne. Sie rührt sich nicht. Micha beugt sich vor, um ihr Gesicht zu sehen. Schon wieder eines dieser ungeliebten blassen Kinder mit schmalen Lippen und verwaschenen, stumpfen Augen, die außer Verletztheit nichts ausdrücken. Mit offenem Mund starrt sie auf das aufgeschnittene Brötchen auf dem Teller. Micha gibt ihrem Arm einen kleinen Stups. Als sie ihm das Gesicht zuwendet, deutet Micha auf den Teller. Das Mädchen schüttelt den Kopf und dreht sich um.

Micha widmet sich seiner Mahlzeit, isst sein Müsli langsam mit kleinem Löffel und versucht das Klirren und Klappern der Frühstückenden auszublenden. Man muss wirklich gute Nerven haben, um das auszuhalten, denkt er. Den Lärm und diese Menschen, die ausgebrannten Ruinen gleichen. Sein eigenes Seelenhaus ist ja auch angeschlagen und reparaturbedürftig. Sonst wäre er doch nicht dermaßen ausgerastet. Zum Glück kommt er mit dem Wiederaufbau voran. Kneifen gilt nicht, redet er sich gut zu. Er muss ja schnell zurück ins normale Leben, an die Arbeit und für seine Tochter sorgen. Mit diesem Gedanken bedrängen ihn gleich zwei seiner größten Sorgen. Er muss seine Stelle behalten – trotz Psychiatrie. Und er muss seine Tochter behalten – trotz Psychiatrie. Hoffentlich kommt Nora nicht auf die Idee, sein Sorgerecht in Frage zu stellen und hoffentlich will Frau Eibensteiner ihn nicht loswerden, weil er im Moment mehr kostet als nützt. Jedes für sich genommen wäre schlimm, aber beides auf einmal? Undenkbar! Plötzlich bekommt er weiche Knie, hat er das Gefühl, als hätte er keinen festen

Boden mehr unter den Füßen. Ganz bewusst muss er sich sagen, dass noch nichts entschieden ist und dass er sich eine Strategie überlegen muss, wie er mit diesen Ängsten umgehen soll.

Bewusst fest auftretend, verlässt er den Speisesaal. So fühlt er sich gleich besser, irgendwie entschlossener, eher aktiv, nicht so ausgeliefert. Im Flur stakst eine Patientin mittleren Alters mit wirrem Haarschopf und schelmischem Gesichtsausdruck auf ihn zu und zeigt mit dem Finger auf seinen Reißverschluss an der Hose.

„Ihr Taubenschlag steht offen, passen Sie auf, dass Ihr Täubchen nicht auf und davon fliegt." Micha betrachtet verwundert seine Hose, der Verschluss ist zu. Den Zwischenfall beachtet er nicht weiter, hier passieren halt solche Dummheiten. Mit absichtsvoller Lässigkeit setzt er sich auf die grüne Couch im Eingangsbereich. Frau Eibensteiner, seine Chefin, hat ihren Besuch für heute Morgen angekündigt.

Die Stelle in der *Klappe* war ein Segen. Das im Zentrum gelegene Lichtspielhaus ist eins der wenigen Programmkinos der Stadt. Ob Frau Eibensteiner ihn halten wird als Angestellten? Denn es wird noch mindestens fünf Wochen dauern, bis er diese Klinik verlassen kann. Immerhin ist er während der letzten zweieinhalb Jahre nie krank gewesen, hatte also in der *Klappe* keinen einzigen Fehltag. Eigentlich ein gutes Zeichen, nimmt er an. Aber so ein kleiner Betrieb kann sich langwierige Krankheiten der Angestellten nicht leisten. Es wäre nicht auszudenken, wenn er die Stelle verlöre. Erstens, weil es schwer sein wird, eine so abwechslungsreiche Arbeit zu finden und zweitens, weil er dort in der *Klappe*, zusammen mit Frau Eibensteiner, gern arbeitet. Oder umgekehrt, erstens, weil ihm die *Klappe* so gut gefällt ...

Bangigkeit droht sich in ihm auszubreiten, doch gelingt es ihm, seine Situation nüchtern zu überdenken. Vor sechs Jahren noch arbeitete er als Bauleiter in einer renommierten Firma. Dann passierten zwei Unglücksfälle binnen eines halben Jahres. Er war nicht selbst betroffen, aber er arbeitete manchmal mit den beiden Kollegen im Team und sie verstanden sich gut. Andreas kam auf der Baustelle ums Leben, er stürzte aus dem fünften Stock eines Rohbaus. Micha ist sicher, dass es kein Selbstmord war, sondern Unachtsamkeit, denn Andreas war ein lebensfroher Mensch, der manchmal recht leichtfertig sein konnte. Der zweite Kollege musste den Teileinsturz eines langgestreckten sechsstöckigen Wohnhauses verantworten. Zum Glück ließ niemand sein Leben. Glück im Unglück war, dass es mitten am Tag passierte und nur ein paar Menschen verletzt wurden. Aber Jürgen Angermann konnte dieses Scheitern, das ihn auch vor Gericht brachte, kaum verwinden und verbrachte eine Zeitlang in der Psychiatrie. Nach diesen beiden

Katastrophen wurde er selbst so vorsichtig, dass er sich behinderte. Sowieso stand ihm seine ständige Selbstkontrolle im Weg. Fortan aber wurde sein Hang zum Perfektionismus quälend. Sowohl auf der Baustelle als auch am Planungsbrett wurde er immer zögernder, seine Arbeit ging immer schleppender voran.

Unergründlich sind die Wege, die das Leben für die Menschen bereithält. Er kündigte bei der Baufirma wie schon zuvor einmal und nahm sich wieder ein Sabbatjahr, das er mit seinem väterlichen Erbe finanzierte. Dass er diese Grenze ziehen konnte, weil er nicht krank werden wollte, darauf ist er stolz. Bei dem Entschluss wurde er von Walter unterstützt. Der Freund seit frühen Kindertagen schlug dann den Arbeitsplatz in der *Klappe* vor. Zuerst war Micha ein wenig eingeschnappt. Er mit seiner Ausbildung sollte als Faktotum arbeiten? „Vorübergehend", beschwichtigte der Freund ihn, „nur so lange, bis du eine Ingenieurstelle findest, die dir liegt." Walter kannte die Besitzerin des Kinos und versicherte, dass sie ihn mit Respekt behandeln würde. Seit er dort arbeitet, ist aller Dünkel verflogen. Und auch der Druck, sich ständig beweisen zu müssen. Was als vorübergehend geplant war, dauert schon zwei Jahre. Nichts ist so langlebig wie ein gutes Provisorium. Das gilt auch für seine Stelle in der *Klappe*.

Das Kino gefällt ihm. Da es im Zweiten Weltkrieg nicht zerstört wurde und bisher umwälzende Modernisierungsvorhaben aus Nostalgie oder Sparsamkeit verschoben wurden, befindet es sich immer noch in einem Zustand, den man heute als altmodischen Chic goutiert.

Im großen Saal mit den ansteigenden Sitzreihen finden zweihundertfünfzig Besucher Platz und sechzig auf dem Balkon. Die roten Samtpolster der Bestuhlung und die mit dunkelrotem Floralbrokat bezogenen Wände wurden vor einigen Jahren erneuert. Sie passen perfekt zu dem weinroten Samtvorhang, der beim automatischen Öffnen den Filmen eine feierliche Bühne bereitet. Die im Jugendstil gestalteten Dimmerlampen tragen zum altmodischen Flair bei. Micha mag die Stimmung in Rot, sie hat so etwas harmlos Verruchtes. Walter neckt ihn mitunter: „Du hast es gut, du kannst im Puff arbeiten. Und das mit gutem Gewissen. Wer kann das schon."

Zwei kleine Säle, entstanden durch die Teilung eines großen, sind modern gestaltet. Sitze, Wandbespannung und Vorhang sind in einem strahlenden Nachtblau gehalten.

Wenn er der Besitzerin Glauben schenkt, und sein Instinkt rät ihm dazu, dann stand die *Klappe*, bevor Frau Eibensteiner sie vor zwanzig Jahren übernahm, vor dem Bankrott. Mit ihrem Konzept, das Filmtheater als ein von modischen Trends unabhängiges Programmkino zu führen, erwirtschaftet sie Gewinn. Sie zeigt nur Filme, die vor ihrem kritischen Auge bestehen können, Werke, deren Schöpfer auf den Gipfeln ihrer Kunst ihre existenziellen Losungen in die Welt rufen und mit der Magie ihrer beweglichen Bilder das Publikum zu intensivem Lebensgefühl und Filmkünstler zu neuen Werken inspirieren. Dabei ist die *Klappe* im engeren Sinn kein Lichtspielhaus für Cineasten, wenngleich es ab und zu eine Serie gibt, die sich dem experimentellen Film widmet und auch sehr anspruchsvolle Kinogänger anspricht. Trotz ihres langjährigen Umgangs mit dem Medium rufen manche Filme Frau Eibensteiners ungeschmälerte Bewunderung hervor. In solch begeisterten Momenten leuchten ihre Augen und die ältere Dame bewegt sich behände wie eine junge Frau.

Adele Eibensteiner lernte in ihrer Jugend Schneiderin. Nach der Lehre absolvierte sie eine Kunstgewerbeschule und arbeitete als Modellistin in einer großen Strickwarenfabrik. Die Liebe zum Kino entwickelte sich während ihrer Lehrzeit.

Der Tonfilm war ein Faszinosum. Gegen den Rat der Mutter, die es gern gesehen hätte, dass das blasse Mädchen sich mehr an der frischen Luft bewegte, verbrachte sie ihre Freizeit im Kino. Sie übernahm manch privaten Nähauftrag, um das magere Lehrlingsgeld aufzubessern. Alles, was sie erübrigen konnte, wanderte in die Kassen der Kinos. In jenen Jahren war sie ebenso unkritisch wie lesewütige Teenager mit ihrem Lesestoff. So sah sie nachlässig gemachte Komödien und manchen Schmachtfetzen. Ihre Begeisterung ließ nach, als mit fortschreitender Verbreitung des Ungeists des Dritten Reichs mehr und mehr Propagandafilme gezeigt wurden. Trotz ihrer Jugend erkannte sie die Schamlosigkeit, mit der die Indoktrination unters Volk gebracht wurde.

Nach dem Krieg ist sie enttäuscht, dass neben wenigen Trümmerfilmen, die der Vergangenheitsbewältigung dienen sollen, meist billige Unterhaltungsschinken, Heimat- und Schlagerfilme, produziert werden, um die Deutschen die Verheerungen des Krieges zeitweise vergessen zu lassen. Erst als italienische, französische und amerikanische Filme ihren Weg ins deutsche Kino finden, reizt es sie wieder und allmählich entflammt die alte Leidenschaft der Jugendjahre. Nun bildet sich ihr Geschmack, und sie genießt gut gemachte Streifen, wie zum Beispiel die von den italienischen Regisseuren Rossellini, De Sica und Visconti.

Sie heiratet als sogenanntes spätes Mädchen. Sie ist schon vierzig und die Ehe bleibt kinderlos. Als sie nach dem plötzlichen Tod ihres Mannes feststellt, dass er ihr sein beträchtliches Familienerbe hinterlassen hat, kauft sie das zum Verkauf stehende Kino samt dem dazugehörigen Mietshaus und gibt ihre Stellung in der Industrie auf. Mit Mitte fünfzig verwirklicht sie sich diesen Traum.

Micha schaut auf die Uhr über dem Stationszimmer. In seinem ungewöhnlichen Morgenelan hat er sich zu früh in Bereitschaft gesetzt. Er bleibt auf der bequemen Couch sitzen, beachtet nicht weiter die Geschäftigkeit um ihn herum, sondern hängt weiter seinen Gedanken über seine jetzige Lebenssituation nach.

Er ist zufrieden mit der Stelle in der *Klappe*, denn er hat einen abwechslungsreichen Arbeitstag. Er hilft beim Besorgen der Filme, verkauft Eintrittskarten, macht die Buchführung, bezahlt die Rechnungen der Verleiher. Nach der Vorstellung hilft er, den Saal in Ordnung zu bringen, und wenn der Vorführer ausfällt – wegen Krankheit oder Trunkenheit, was ungefähr auf dasselbe hinausläuft – dann springt er ein. Seine Arbeitgeberin hat ihm zu verstehen gegeben, dass sie seine Umsicht schätzt und seine Beharrlichkeit, alles, wenn möglich, sofort zu erledigen. Und bisher hat sie viele seiner Anregungen für praktische Neuerungen fürs Programm und zur Steigerung der Einnahmen angenommen. So gibt es seit neuestem jeden Monat eine kleine Reihe von ausländischen Kinderfilmen. Zu den üblichen Süßigkeiten und Getränken werden auch frisches Popcorn und Tütensnacks angeboten.

Wenn alle Aufgaben aus dem Weg sind, schleicht er sich nach der Vorschau und dem obligatorischen wöchentlichen Kurzfilm in den Saal, um sich über neue Filme ein Urteil zu bilden. Manchmal sind die Besucherzahlen recht niedrig. Das wird wettgemacht durch größere Anstürme bei ausgesuchten Klassikern. Regelmäßig organisiert Adele Eibensteiner Festivals und Retrospektiven, in denen ein Regisseur, ein Hauptdarsteller, ein Land oder ein Thema im Vordergrund stehen. Weil sie konsequent bei ihren Qualitätsvorstellungen bleibt, imponiert sie ihm. Denn er teilt Frau Eibensteiners Liebe zu dem beweglichen Medium. Allerdings wünschte er, dass er solche Leidenschaft besäße wie sie.

Als Jugendlicher trieb ihn überschäumende Begeisterung dazu, einen Filmclub zu gründen und Filmabende für den Freundeskreis und einige Schulkameraden zu organisieren. Bei der Landesbildstelle gab es die interessantesten Streifen. Die Filmabende gab er auf, als er zum Studienort umzog. Zu jener Zeit hätte er sich nicht träumen lassen, dass er eines Tages in einem Kino arbeiten würde.

Schon damals war ihm das Kino ein Symbol für die Vielfältigkeit des Lebens. Wo sonst erfuhr man so mühelos vom Lebensgefühl anderer Menschen? Aber nicht nur das. Manchmal schien ihm, als öffneten die Filme einen Raum in seinem Allerinnersten. Er erlebte das Geschehen auf der

Leinwand, als sei es schon immer als Möglichkeit in ihm gewesen, hätte nur geweckt werden müssen. Wenn er damals das Kino verließ, empfand er eine Traurigkeit, die er als Abschiedsschmerz interpretierte. Er konnte ihn dadurch mildern, dass er die Handlung weiter spann oder so dachte und urteilte wie eine Person des Films das getan haben würde. Wie oft war ihm das Leben dann reichhaltiger und offenbarender vorgekommen. Er erinnert sich, dass *Alexis Sorbas* ein Film war, der in ihm eine unbändige Lebenslust weckte, die so weit reichte, dass er versuchte seine triste Realität in einem sonnigeren Licht zu sehen. Damals glaubte er, Phantasie und Mut hälfen, Grenzen zu überschreiten. Doch dann gewann sein kritischer Geist die Oberhand, er bemerkte, dass nur die Sehnsucht nach dieser überschäumenden Freude blieb und dass sie alles um ihn her in noch grässlicherem Grau hervortreten ließ. Ja, der Film ist eine schöne und angenehme Form der Lüge, eine Vortäuschung von Tatsachen, mit der er sich heute aussöhnen kann.

In der *Klappe* hat er nun Gelegenheit, sein Kinowissen zu vervollständigen und bedeutende Filme der Kinogeschichte zu sehen. Die Werke der Nouvelle Vague haben es ihm besonders angetan. Truffaut, Godard, Chabrol. Für Rivette braucht man für seinen Geschmack zu viel Geduld. Einige Werke von Malle und Rohmer bewundert er.

Micha blickt zur Uhr. Lange wird er nicht mehr auf seine Chefin warten müssen. Sie nimmt ihre Verpflichtungen sehr genau.

Heutzutage ist er der gleichen Meinung wie Frau Eibensteiner, die einmal wohlig seufzend äußerte: „Bin ich froh, dass ich nicht vor hundert Jahren geboren wurde, wie viele gute Filme hätte ich verpasst. Nicht auszudenken."

Es klingelt. Er hört die Stimme seiner Arbeitgeberin. Der kräftige und gutmütige Pfleger Jürgen, der mit dunklem Vollbart und buschigen, zusammengewachsenen Augenbrauen eine bärenhafte Erscheinung ist, führt Frau Eibensteiner den Gang entlang.

Micha geht ihr höflich entgegen und begrüßt die gut erhaltene Dame in ihren Siebzigern. Sie hat ihr silberweißes Haar zu einer eleganten Frisur hochgesteckt. Was Micha am meisten an ihr mag, sind ihre dunkelbraunen, beinahe schwarzen Augen, die wie Maulbeeren im leicht gebräunten, faltigen Gesicht glänzen. Für Micha sind diese warmen Augen die Verkörperung ihrer Lebendigkeit.

„Herr Valentin, ich hoffe, mein Besuch ist nicht verfrüht", begrüßt sie ihn freundlich.

Micha bemüht sich, kann aber nicht ganz verbergen, dass es ihm peinlich ist, dass seine Arbeitgeberin ihn hier sehen muss. Doch sie klingt freundlich und warmherzig. Er kann nicht sofort sprechen, weil er erst seine

Befürchtungen mit der Wahrnehmung abstimmen muss. Der Rausschmiss, vermutet er, wird schonend ausfallen. Sie benötigt ja Ersatz für ihn. Frau Eibensteiner fragt nach seinem Befinden. Aus ihrer Stimme klingt Sorge und Anteilnahme. Also ist sein Zweifel eventuell unbegründet. Trotzdem bleibt es ihm beschämend, dass sie ihn in dieser Umgebung antrifft.

Er antwortet: „Ja, es geht viel besser. Wahrscheinlich werde ich nicht allzu lange bleiben müssen und kann demnächst wieder arbeiten."

„Herr Valentin, ich erkundige mich nicht, weil ich sie drängen will." Die Stimme der alten Dame klingt sanft und mahnend. Micha erkennt die Absicht, ihn zu beruhigen. „Ich bin nur verwundert, ich habe Sie für einen ausgeglichenen Menschen gehalten."

„Ja, im Kino bin ich das. Da fällt es mir leicht", konstatiert Micha, einen leichten Ton anschlagend, „aber sonst…, ich kann mich tierisch aufregen. Leider."

Frau Eibensteiner schüttelt ungläubig den Kopf.

„Herr Valentin, das ist erstaunlich."

Dann setzt sie hinzu, mit offensichtlicher Freude in der Stimme:

„Es freut mich, wenn Sie sagen, dass das Kino so eine positive Wirkung auf Sie hat."

Micha fühlt den wohlwollenden Blick dieser klugen Augen auf sich ruhen und wird besonnener.

„Glauben Sie mir, ich möchte so bald wie möglich wieder in der *Klappe* arbeiten." Ironisch lächelnd fährt er fort: „Ich möchte dieses Ambiente gern mit dem des Kinos eintauschen."

Mit rollenden Augen einen Rundblick imitierend, deutet er an, was er von seinem jetzigen Aufenthaltsort hält.

„Die Ärzte sagen allerdings, ich müsste noch ein paar Wochen bleiben. Ich glaube, das sagen sie jedem. Sie gehen auf Nummer sicher. Denn ich bin beinahe ganz der Alte. Hat Aimée, ich meine, hat Frau Hofmann Sie informiert, warum ich hier bin?"

„Ja, sie hat mir ausgerichtet, Sie hätten einen Schwächeanfall, eine Nervenkrise erlitten", berichtet Frau Eibensteiner in sachlichem Ton, der keine Neugier verrät.

Das schätzt Micha, dass diese Frau, die doch das Drama des Films so schätzt, im Umgang mit Menschen nicht neugierig ist, nichts auf Sensationen gibt. Sie scheint seine mitunter karge, verschlossene Art nicht zu stören. Versonnen betrachtet er sie. Er hält es für möglich, dass Frau Eibensteiner in einer Lebensphase ist, in der man eine altersbedingte Distanz zum Leben hat, die einen befähigt, die brennende Kälte und dämonische Unentrinnbarkeit der Leidenschaften nicht nur zu erkennen, sondern zu verstehen und zu vermeiden. Trotzdem muss er etwas erklären.

„Eine Nervenkrise. Ja, das war es. Ich will Ihnen nur verraten, dass meine Mutter der Auslöser war. Es wird sich nicht wiederholen. Das war der Höhepunkt einer schwierigen Beziehung. Und Sie wissen ja – es ist im Leben wie im Film – nach dem Höhepunkt kommt die Peripetie, die Lösung."

Micha zögert, doch als Frau Eibensteiner ernsthaft nickt, versucht er sich an einem schelmischen Lächeln. Sie lächelt zurück.

„Ich kann mir zwar nicht vorstellen, womit oder wie Ihre Frau Mutter Sie so aufgeregt haben könnte. Aber das ist unwesentlich. Wichtig ist, dass Sie auf dem aufsteigenden Ast sind. Ich bin erleichtert. Früher habe ich hier schon andere Krankenbesuche machen müssen."

Sie seufzt:

„Das war nicht so einfach wie mit Ihnen."

Micha fragt nicht nach. Er ahnt, dass Frau Eibensteiner nicht über die Schrecknisse psychischer Krankheiten lamentieren will. Ihm fällt auf, wie sicher er ist, dass er mit ihr seinen Argwohn, von dem er manchmal regelrecht geknebelt wird, so schnell abschütteln kann. Es ist erstaunlich, von Anfang an hat er ihrem Wort vertraut, unterstellt er keine intriganten Motive. Warum klappt das bei ihr so einfach? Er weiß es nicht.

„Ach, bevor ich es vergesse", leitet Frau Eibensteiner ihre Mitteilung ein. „Ich habe einen Studenten engagiert, ich meine einen zweiten, der ein bisschen mehr Zeit hat als Eric. Er heißt Peter, übernimmt einige Ihrer Aufgaben. Ich glaube, er studiert zurzeit nicht viel, verbringt ja die meiste Zeit im Kino."

Micha ist erleichtert, aber die Sorge um den Arbeitsplatz schiebt sich von neuem in sein Bewusstsein. Frau Eibensteiner reagiert auf sein unsicheres Stirnrunzeln.

„Keine Angst, er kann Sie nicht ersetzen, so verlässlich und vor allem so engagiert wie Sie arbeiten. Es ist eine Übergangslösung. Damit Sie in Ruhe gesund werden können. Falls Sie sich um die Existenz des Kinos sorgen: Das Kino und ich verkraften das für eine Weile, das heißt, meine Mehrarbeit und die weitere Ausgabe."

Nun endlich ist es heraus, das Thema behandelt. Micha ist erleichtert.

Er bittet seine Chefin zu berichten, wie die Buñuel-Retrospektive läuft. Sein Interesse ist echt, verdankt sich nicht strategischen Überlegungen.

„Wider Erwarten gut. Diese Filme, besonders *Belle de jour* und *Tristana* hatten guten Zuspruch. Diese Buñuels haben gar nichts Altmodisches, nichts absurd Verstiegenes. Sie wirken immer noch frisch und beeindrucken durch ihre Genialität. Kein Wunder, dass Hitchcock Buñuel bewunderte, ihn für ebenbürtig hielt."

Micha nickt, er kann sich nur vorstellen, dass das so ist, denn er kennt beide Filme nicht. Ihn hatte seinerzeit *Der diskrete Charme der Bourgeoisie* beeindruckt. Er schüttelt bedauernd den Kopf:

„Schade, dass ich diese Filmreihe nicht miterlebe."

Seine Chefin lächelt und vertröstet ihn:

„Vielleicht sind Sie ja für die englischen Literaturverfilmungen wieder fit. Womit aber keine Eile angedeutet werden soll. Nur der Wunsch nach etwas Angenehmem für Sie."

Micha erinnert sich, sie hatten die Filme zu Romanen von Dickens, Jane Austen, Charlotte Brontë aus den sechziger und siebziger Jahren auf seinen Vorschlag hin gemeinsam ausgesucht. Zum Ausgleich für diese ernsten Themen hatten sie festgelegt, sollten danach europäische und amerikanische Komödien gezeigt werden.

An diese Strategie muss Frau Eibensteiner ebenfalls gerade gedacht haben, denn jetzt berichtet sie:

„Ich war neulich spionieren bei der Konkurrenz. Habe eine Komödie von Almodóvar wieder angesehen. Aus dem Jahre achtundachtzig, also noch recht jung, *Frauen am Rande des Nervenzusammenbruchs*. Charmant, doch in ein paar Jahren wird man diese Art von Humor nicht mehr verstehen."

„Es ist seltsam", antwortet Micha, „manche Filme wirken bei ihrem Erscheinen genial. Es ist, als hätte der Regisseur einen Seismographen für das Lebensgefühl seiner Generation. Man könnte meinen, es gäbe eine öffentliche Seele."

„Ja, und die richtig guten Filme bleiben so genial, weil sie mehr als nur das Zeitgefühl widerspiegeln, weil sie sich mit den Problemen der Menschen auf universelle Weise befassen."

Micha nickt. Er nimmt sich vor, sobald er den Kopf frei hat, über eine Reihe nachzudenken, die mehrere große Filme thematisch vereinigt. Ihm schießt „Das Liebesdreieck" durch den Kopf. Gleich fallen ihm zwei Filme ein mit dem Wort „Haut" im Titel, *Salz auf unserer Haut* von Andrew Birkin und *Die süße Haut* von Truffaut. Wegen des tragischen Ausgangs des Truffaut-Films verwirft er den Gedanken sofort. Er erkennt, dass dieses Thema ihn noch lange überfordern wird. Schon einmal war er in diese Richtung vorgeprescht. Er hatte die Verfilmungen von *Madame Bovary*, *Anna Karenina* und *Effi Briest* vorgeschlagen. Welcher Teufel hatte ihn da bloß geritten. Zum Glück ist Frau Eibensteiner nicht auf diesen Vorschlag eingegangen. Vielleicht ist auch ihr dieses Thema zu aufwühlend.

„Ich schätze, die tschechischen Kinderfilme aus den Siebzigern laufen prächtig, nicht wahr?", fragt er.

„Ja, diese Tschechen sind kreativ und psychologisch gewieft. Die finden enormen Anklang. Der große Saal ist jeden Nachmittag ausverkauft. Wir haben auch tüchtig Werbung gemacht. Außerdem: Die Mundpropaganda unter Müttern und Kindern scheint gut zu funktionieren."

„Ich weiß, dass die Ungarn gute Kinderfilme gedreht haben. Vielleicht sollte ich recherchieren, ob synchronisierte Fassungen verfügbar sind."

Seine Arbeitgeberin wiegt ihren Kopf leicht hin und her. Langsam, jedes Wort betonend, sagt sie: „Machen Sie sich erst mal keine Sorgen um das Kino oder das Programm." Sie lächelt. Micha versteht, er soll sich um seine Gesundheit kümmern.

Frau Eibensteiner verabschiedet sich. Micha begleitet die alte Dame zur Tür. Dort steht gerade Pfleger Georg, um einen Besucher hereinzulassen. Frau Eibensteiner schaut Micha in die Augen.

„Herr Valentin, ich wünsche Ihnen weiterhin gute Besserung."

Mit dankbarem Händedruck verabschiedet er sich:

„Grüßen Sie mir bitte die *Klappe*."

Sie lächelt schelmisch.

„Gern, sie wird sich freuen."

Der Schnapper rastet ein, Micha wendet sich um, spaziert den Gang hinunter bis zum Sprechzimmer-Bereich. Er stellt sich vor eines der wandhohen Fenster. Es ist ein trüber regnerischer Tag, das schwarze Geäst der nackten Bäume reckt sich in den Himmel, als wolle es die Wolken sanft berühren. Er beobachtet die sich leicht wiegenden Kronen der Bäume, ihre maßvolle Geschäftigkeit stiftet ihn an, sich langsam in die Entspannung fallen zu lassen. Der Besuch von Frau Eibensteiner hat ihn erleichtert, hat den unterirdisch grabenden Sorgen-Maulwurf vorerst verjagt, aber wenn er Glück hat für die Zeit seines Aufenthalts hier. Wenn der sich nicht allzu sehr in die Länge zieht.

Direkt vor dem Fenster entdeckt er einen Rosenstrauch mit zwei hellrosa Blüten. Wie schön die Blumen noch sind. Er schüttelt den Kopf. Wie oft hat er in den letzten Tagen hier gestanden und sie nicht bemerkt. Er wundert sich, was mag es noch alles an schönen Dingen geben, die er nicht wahrnimmt.

7
Dienstag, 24. Oktober 1995

Abendliches Zwielicht verwischt die Bäume und Sträucher vor dem Fenster. Micha sitzt in einer stillen Ecke des hinteren Flurs gegenüber dem Fenster. Mit sich unzufrieden, überdenkt er den Tag. Am Nachmittag, in der Kunsttherapie, hat er nichts Rechtes zustande gebracht. Dabei hätte er ein neues Projekt anfangen können. Aber er hatte keine Idee. Zudem ging ihm das Geschwätz zweier Mitpatienten auf die Nerven, ja selbst die Therapeutin, die ihn anregen wollte. Er hatte einfach keine Lust.

Das sich verdichtende Dunkel um ihn herum lässt die inneren Bilder des Tages deutlicher hervortreten. Wahrscheinlich hat schon der Morgen schlecht begonnen. Noch im Bett liegend, hatte er an seine Mutter denken müssen, daran, dass sie ihn nicht mehr ernst nimmt, seitdem er in der *Klappe* arbeitet.

Ihr Ältester in einer Stelle, die von jedem X-beliebigen ausgefüllt werden könnte. Das kränkt sie. Dass er nicht so viel verdient wie als Ingenieur, scheint ihr nicht so klar zu sein, wenigstens erwähnt sie es nicht. Vielleicht ist diese Tatsache sogar schlimmer als das fehlende Sozialprestige und fällt deshalb unter ein Schweigetabu. Bei Vater störte sie, dass er keine gesellschaftlich hohe Position hatte, deshalb achtete sie ihn nicht und bewunderte diesen Liebhaber, der Jura studiert hatte. Das Geschäft des Vaters brachte viel mehr ein, als dieser Mann als Kommunalbeamter verdiente. Vater war mindestens so kultiviert wie dieser eingebildete Lackaffe. In den wenigen Mußestunden, besonders an den Abenden auf Reisen, las Vater Bücher und Journale, die sich mit Kunst, Literatur und fremden Ländern beschäftigten. Dass seine Mutter nicht erkennen konnte, dass formale Schulbildung nicht alles ist. Der andere war doch gar nicht bereit, sein Leben mit ihr und den Kindern zu teilen. Der wollte seine Ruhe haben und eine Frau, die finanziell unabhängig war. Und seine von Blödheit geschlagene Mutter will das bis heute nicht erkennen.

Das Verhältnis zu seinem Vater war am Morgen das Thema seiner Therapie mit Dr. Breisach. So fing es jedenfalls an. Bald landete er bei den Unzulänglichkeiten seiner Mutter. Nachdenklich war er aus der Stunde gegangen. Als er seine Hasstirade über diese mütterliche Bestie losgelassen hatte, erklärte die Ärztin:

„Wut entspringt einem Gefühl von Ohnmacht. Wieso fühlen Sie sich ihrer Mutter gegenüber machtlos?"

Er hatte versucht zu erklären, dass Mütter im allgemeinen die Kinder aufziehen und sich Kinder deshalb abhängig fühlen.

„Jetzt sind Sie erwachsen und nicht mehr abhängig."

„Das ist richtig. Das Dumme ist bloß, wenn man so eine Naturkatastrophe zur Mutter hat, kann man sich nicht ganz frei machen, weil man immer daran denken muss, wie sie einen auf hinterlistige Weise missachtet hat und es immer noch tut."

„Hat sie das? Hat sie Sie missachtet?"

„Ja, das hat sie."

„Eben haben Sie von Naturkatastrophe und Bestie gesprochen. Die sind gefährlich. Welche Gefahr geht von Ihrer Mutter aus?"

Er hatte nicht zu antworten gewusst. Vielleicht waren diese Ausdrücke nur ein schwaches Abbild des Gefühls, das in ihm tobte. War sie denn keine Gefahr? Nicht sie, er saß in der Psychiatrie! Und wenn es, dass große Lebens-Es, wie er es nannte, also wenn es damit einigermaßen gerecht zugehen würde, dann säße sie jetzt hier und nicht er. Verdammt noch mal. Klar war sie eine Gefahr. Seine Gesundheit stand auf dem Spiel. Seine Beziehungen zu Ella und zu Aimée. Und sein Lebensunterhalt, wenn er keine Kraft zum Arbeiten hat. Schöne Unabhängigkeit! Verdammte Scheiße, verdammte!

Was weiß denn diese Ärztin vom Leben? Was kann sie davon wissen, wie es ist, beobachten zu müssen, dass der Mutter der Liebhaber das Wichtigste ist im Leben. Dass sie den Mann Mann und die Kinder Kinder sein lässt, egal, was aus ihnen wird.

Plötzlich flackert das Deckenlicht auf. Der schlanke, ungepflegte Schachspieler steht schüchtern vor ihm mit dem Schachbrett unterm Arm und dem Figurenkasten in den Händen.

„Spielst du 'ne Partie mit mir? Ich erklär' dir die Regeln."

Micha schaut den großen ungeschickten Mann unwillig an.

Gestern erst hat er versucht, mit Günther zu spielen, den Versuch aber entnervt abgebrochen, als er bemerkte, dass sein Gegenüber die Regeln nicht beachtete, selbst nachdem er sie ihm erklärt und wiederholt hatte.

„Ich kenne die Regeln, aber ich spiele nicht, weil du sie nicht einhältst."

„Ich weiß, ich bin nichts wert."

Das hat er gestern schon mehrfach gehört, das ist womöglich Günthers Lebensrefrain.

„Lass doch diese Selbstzerfleischung. Du weißt doch, dass das nicht stimmt", beschwört er seinen Mitpatienten müde, aber mit aller Überzeugung, derer er noch fähig ist.

Er registriert, wie der Schachspieler von einem Bein auf das andere tritt, wie es hier einige tun, die hoch dosierte Medikamente einnehmen. Er hat Mitleid mit diesem großen Kind.

„Günther", beginnt er langsam und fährt deutlich jedes Wort artikulierend fort: „Warum beschäftigst du dich nicht mit einem Spiel, das du beherrschst, das Schachspiel führt dich nicht weiter. Such dir ein anderes Hobby."

Offensichtlich um Konzentration bemüht, blinzelt der verhinderte Schachspieler ihn nervös an.

„Du hast recht, aber das Brett und die Figuren sind so schön und auch der Holzkasten gefällt mir."

Micha ist mit seinem Latein am Ende. Ist dieser Mensch verrückt oder dumm? Spontan berichtigt er sich. Wo liegt der Unterschied? Macht Verrücktheit nicht dumm? Macht seine Wut ihn nicht kraftlos und lahm? Warum soll denn ein Kummer, der so groß ist, dass man hier landet, nicht eine Wirrnis erzeugen, die von Dummheit nicht zu unterscheiden ist? Er legt Günther eine Hand auf den Unterarm.

„Ich bin müde. Du gehst am besten auch schlafen. Morgen ist ein neuer Tag."

„Ich weiß, ich bin nichts wert. Gute Nacht." Mit diesen Worten erhebt sich Günther, das Schachbrett und den Kasten unterm Arm. Micha sieht noch, wie der Mitpatient den Kasten liebevoll streichelt, bevor er sich schlurfend in Bewegung setzt.

8
Donnerstag, 26. Oktober 1995

Micha sitzt Dr. Breisach gegenüber. Sie fragt: „Wie fühlen Sie sich heute Morgen?“

„Ich möchte, dass das Medikament abgesetzt wird.“

„Welches?“

Er gibt sich kämpferisch: „Der größte Hammer, das Neuroleptikum.“

„Warum?“

„Weil sich mein Zustand entscheidend verbessert hat.“

„Wahrscheinlich geht es Ihnen wegen des Medikaments besser. Da wäre es kontraindiziert, das Mittel wegzulassen.“

„Nein, ich spüre, dass ich in Ordnung bin. Dieses Mittel ist schädlich. Ich habe so viel Medizin in meinem Leben geschluckt, irgendwann muss Schluss sein.“

Als die Ärztin nicht sofort reagiert, sagt er spöttisch, mit gespielter Überheblichkeit: „Irgendwo habe ich gelesen, dass jeder Deutsche in seinem Leben sechs Kilo Tabletten einnimmt, im Durchschnitt natürlich. Die habe ich schon intus.“

In ernstem Ton bekräftigt er seinen Standpunkt: „Wirklich, Frau Dr. Breisach, ich spüre, dass der Körper vergiftet wird.“

Unter dem prüfenden Blick der Ärztin setzt sich Micha zurecht, sein gerader Rücken unterstützt ihn in seiner Angriffslust.

„Könnte es sein, dass Sie sich mit dem Medikament unwohl fühlen, weil Sie nicht wissen und kontrollieren können, was in Ihrem Körper passiert, wenn Sie es einnehmen?“

„Und wäre das verkehrt? Was stimmt denn nicht, wenn man sich schützen will vor Dingen, die man als schädlich einstuft?“

Mit diesen Worten beugt der Patient sich vor, als wolle er der Ärztin seine Argumente auch räumlich näher bringen. Absichtlich langsam sprechend, gibt die Ärztin zu bedenken:

„Wissen Sie exakt, was in Ihrem Körper passiert, wenn Sie ein Butterbrot essen?“

„Gewiss nicht in allen Einzelheiten wie ein Medizinstudent, der das gerade paukt, aber mit Nahrung hat unsere Spezies seit Hunderttausenden von Jahren Erfahrung. Ihre Neuroleptika sind, evolutionär gesehen, doch fundamental neu." Micha macht kantige Handbewegungen wie sie Redner benutzen, die die Logik ihres Vortrags mimisch unterstreichen wollen.

„Das ist richtig. Nun, können Sie sich vorstellen, wie viele Patienten dankbar sind, dass wir ihnen mit diesen neuartigen Medikamenten helfen können?" Als die Ärztin realisiert, dass Micha nicht gewillt ist, auf dieses Argument einzugehen, fragt sie: „Hat uns diese Diskussion jetzt weiter gebracht?"

„Mich ja, wenn Sie das Absetzen des Medikaments verordnen."

Ein Moment des Schweigens, des sich gegenseitig Abschätzens. Micha versucht gewinnend zu lächeln, um seine Schroffheit vergessen zu lassen.

„Gut, ich werde das prüfen, und wenn es möglich ist, werden wir langsam die Dosis verringern."

„Das klingt nach einer ziemlich langen Zeitspanne. Wie lange, glauben Sie, muss ich hier interniert bleiben?" Er bemüht sich, nicht allzu ungeduldig zu klingen.

„Interniert?"

„Ja", bekräftigt er trotzig und ergänzt: „in dieser Heilanstalt?"

„Vielleicht können wir Sie demnächst auf eine andere Station verlegen, wo Sie mehr Freiheit haben, mehr nach Belieben ein- und ausgehen können", antwortet die Ärztin in sachlichem Ton.

Micha spürt mit Unbehagen, dass er nicht weiter auf der baldigen Entlassung bestehen sollte, trotzdem lässt er das Thema nicht fallen. Wenn er etwas gelernt hat in seinem Leben, dann ist es die Tatsache, dass man für sich selbst einstehen, für seine Rechte kämpfen muss, dass das geradezu von einem verlangt wird. Es gehört heutzutage zum guten Ton, ist sozusagen Teil des demokratischen Bewusstseins.

„Ich würde lieber entlassen werden. Dann könnte ich arbeiten und dabei auf andere Gedanken kommen."

„Dafür ist es noch zu früh, definitiv zu früh", erwidert die Ärztin mit ernstem Gesicht und in drängendem Ton.

„Herr Valentin, bedenken Sie, weshalb Sie hier sind."

„Ja. Trotzdem. Sie können sicher sein, dass ich weder eine Gefahr für andere noch für mich selbst bin. So heißt das doch bei Ihnen, oder?" Er klingt triumphierend, bedauert dies jedoch sogleich.

„Ja, so heißt es. Aber ich dachte, dass wir weiter wären, dass Sie bereits bessere Krankheitseinsicht hätten." Die Ärztin kann einen leichten Seufzer nicht unterdrücken. Micha dreht den Kopf zur Seite, er will keinen Augenkontakt. Sonst würde er nicht die nötige Angriffslust aufbringen.

„Wir? Dass wir weiter wären? I c h bin doch angeblich krank."

Er klingt empört, versucht sich zu beherrschen, um seinen Standpunkt sachlich zu vertreten. In seiner Erregung hat er sich halb vom Stuhl erhoben.

„Bitte beachten Sie, ich habe immer meine eigenen Mittel und Wege gefunden, mir selbst zu helfen."

Zufrieden setzt er sich zurück, denn er nimmt an, dass er mit diesem Argument die Ärztin beeindruckt. Schließlich will er für sich selbst sorgen. Eines der letzten Therapiethemen war die Autonomie gewesen. Die Ärztin hatte darauf hinaus gewollt, dass er sich innerlich unabhängiger von seiner Mutter, seiner Geschichte, seinem Schicksal machen sollte. Umdeuten hieß die Devise, die positive Seite der von ihm als so schwierig empfundenen Ereignisse sehen. So ein Verfahren ist wohl nützlich, aber es schmeckt ihm nicht. Natürlich könnte er so tun als ob. Das will er aber nicht. Das ist hier wie überall. Wenn du die Nomenklatur, den Jargon, beherrschst, hast du Vorteile. Von Verstellung hat er indes genug. Er will wirklich selbst für sich sorgen. Dass sie das nicht begreifen will!

„Frau Dr. Breisach, bei aller Abhängigkeit, bei aller Unfreiheit ist es mir immer gelungen, für mich zu sorgen, mir selbst zu helfen", wiederholt er sein Argument.

Die Ärztin lässt sich auf die Diskussion ein.

„Können Sie mir ein Beispiel geben?"

„Ja, doch."

Erwartungsvoll lehnt sie sich zurück und schlägt die Hände ineinander.

„Man sollte meinen, dass die Scheidung von der zweiten Frau weniger schlimm war als die von der ersten, was auch zutrifft, denn wir hatten uns ja schon lange auseinander gelebt und nur wegen des Kindes an der Ehe festgehalten. Allerdings hatte ich nicht damit gerechnet, dass sie die Scheidung verlangen würde, denn wir hatten gegenseitige Toleranz vereinbart. Meine Frau war jedoch etwas heimtückisch. Im Jahre 1990 ist sie heimlich nach Ungarn zurückgegangen und hat das Kind mitgenommen. Ich dachte, ich könnte die Trennung von dem Kind nicht verkraften, es machte mich halb wahnsinnig, dass ich nicht für meine Tochter sorgen konnte. Wobei man wissen muss, dass meine Ex-Frau, obwohl sie selbst Ärztin ist, nichts unternehmen wollte, als das Kind schielte und Einlagen brauchte. Also, ich saß allein in meiner Wohnung und das Kind war in Ungarn. Ich habe dann mit meiner Tochter am Telefon ausgemacht, dass sie mir regelmäßig Sprachkassetten aufnahm, auf Deutsch natürlich, denn ich hatte auch Angst, dass das Kind die deutsche Sprache verlernen würde, weil es sich ja nun in der Schule intensiv mit Ungarisch beschäftigen musste. Die Kassetten kamen regelmäßig und so konnte ich meine Panik überwinden, denn ich hatte wirklich große Angst, dass ich das Kind verlieren oder dass es mich vergessen könnte. Das habe ich natürlich nicht gezeigt, sondern rational argumentiert und um Unterstützung gebeten."

Die Ärztin nickt. Ob sie versteht? Vielleicht ist sie nicht überzeugt. Er jedenfalls fand die Überwindung seiner Angst geglückt. Seine Tochter brauchte einen Vater und kein Nervenwrack. Denn natürlich plante er sofort, das Kind zurückzuholen. Er wartete nur auf den richtigen Moment.

Micha hat den Eindruck, er muss mit stärkeren Geschützen aufwarten und fährt fort. „Ein paar Mal musste ich, wenn ich komplizierte Bauten betreut hatte, längere Erholungsphasen einlegen. Deshalb war es auch mehrmals nötig, die Stelle zu wechseln. Aber was nützt einem alles Geld, wenn man keine Kraft zum Leben hat. Zum Glück habe ich immer gespart, und mein Vater hat uns so viel hinterlassen, dass ich es mir leisten konnte, eine Auszeit zu nehmen. Also, wenn ich will, kann ich durchaus die Reißleine ziehen, ich kann für mich selbst sorgen."

Micha glaubt, so etwas wie Anerkennung im Blick der Therapeutin zu lesen.

„Frau Dr. Breisach, heute würde es mich unterstützen, wenn ich ganz allein für mich verantwortlich wäre."

„Das sind Sie, auch in dieser Klinik", erklärt sie und schaut ihn ruhig und forschend an. Als er darauf nichts antwortet, erklärt sie erneut ihr Therapiekonzept, und Micha gibt sich zufrieden, obzwar er den Eindruck hat, mit seinen Plänen irgendwo im Nirgendwo zu stecken. Das muss er aushalten. Ewig wird dieser Zustand hoffentlich nicht anhalten.

Gegen Abend sitzt Micha im Ruheraum, er erholt sich von Ellas Besuch, den er anstrengend fand, da seine Tochter allerlei Erlebnisse loswerden wollte. Er zwang sich zum Zuhören, schließlich soll das Kind nicht allzu sehr unter seinen Macken leiden. Danach war sein Freund Walter erschienen. Der hatte allerdings bemerkt, dass Micha erschöpft war und hatte sich bald herzlich verabschiedet. Wie gut, dass Walter so unvoreingenommen zu ihm hält.

Unkonzentriert blättert er in einem Opernführer. Komisch, wieso hat jemand der Klinik ein solches Buch überlassen? Das weckt doch nur unnötig Sehnsüchte. Ja, er hätte Lust, mit Aimée in die Oper zu gehen. Pro Saison besuchen sie ein paar Vorstellungen. Er ist ein wenig stolz darauf, dass er

Aimée mit seiner Vorliebe für diese Unterhaltung angesteckt hat. Obwohl sie auch Opernarien in ihrem Geigenrepertoire hat, ging sie selten zu Aufführungen. Sie sagte irgendwann, durch ihn habe sie die Oper erst richtig entdeckt. Sie meinte das ernst, obgleich sie spöttisch angemerkt hatte, mit ihm könne man so schön über die Handlung sprechen, er nehme die oft kitschigen Libretti erstaunlich ernst.

Ja, er hat durchaus etwas übrig für die großen Gefühle. Im Kino und auf der Bühne. Da gehören sie seiner Meinung nach hin. Trotzdem kann er mitunter seine Rührung beim Anhören von dramatischen Arien nicht verbergen. Einmal nahm Aimée an, er erinnere sich an eine verlorene Liebe, glaubte ihm aber, dass es keine Liebeswehmut war. Um nicht rührselig zu erscheinen, behielt er den Grund für seine Tränen für sich, denn was ihn bewegte, war die Kombination aus zwei kaum beschreibbaren Elementen. Die Schönheit der Stimmen, der Musik insgesamt, und das Mitleid mit dem Kind, das nicht verstand, warum die Mutter an den Musikabenden im Elternhaus in Abwesenheit des Vaters so hemmungslos mit den männlichen Besuchern flirtete. Sie spielte *La donna è mobile* auf dem Klavier, und Dr. Andreas Bergmann sang dazu wohltönend und hingebungsvoll.

Er blättert weiter und bleibt bei Verdis *Othello* hängen. Das ist wahre Tragik, denkt er. Und gar nicht kitschig. Othello, blind vor Eifersucht, wird das Opfer einer Intrige, weil er seiner Frau misstraut. Alle Tatsachen scheinen gegen die Geliebte zu sprechen. Hätte er Desdemona vertraut, wäre er nicht zum Mörder geworden. Micha kennt sich aus mit den Qualen der Eifersucht. Aber glattweg einen Mord begehen?

Aimée hat in einer Diskussion behauptet, Eifersucht sei oft ein Zeichen dafür, dass der Eifersüchtige sich seiner eigenen Liebe nicht sicher sei und diesen Zweifel auf sein Liebesobjekt übertrage. Das klang seiner Meinung nach doch sehr nach Freud'scher Pedanterie und Mechanik. Er hat Aimée einfach ausgelacht.

Zum Glück ist er heute nicht mehr so eifersüchtig wie früher. Inzwischen weiß er, dass der Eifersüchtige die Gabe hat, so wahrzunehmen, dass alle Details wie die Teile eines Puzzles zusammen passen. Der Eifersüchtige ist das Opfer seines Einfallsreichtums. Wie verblüfft war er gewesen, wenn sich alles als wirklich harmlos herausstellte. Wenn seine Phantasien, die komplementär ein stimmiges Gesamtbild ergaben, in sich zusammen schnurrten wie ein Luftballon, aus dem man die Luft herausließ. Eine falsche Annahme, ein falscher Baustein und der Turm kollabiert. Nicht immer hatte er diese rationale Haltung. Früher glaubte er, dass das Maß der Eifersucht das Maß seiner Zuneigung oder seines Begehrens anzeige. Er hofft, dass er inzwischen selbstloser lieben kann, so wie sich das Dr. Tatasch in der Klinik in Schloss Dobental vorstellte.

Mit keiner seiner Frauen empfand er solche Sicherheit wie mit Aimée. Mit ihr ist er nicht übermäßig eifersüchtig, obwohl es ihn ängstigt, wenn er sich vorstellt, er könnte sie verlieren.

Er blättert weiter zu Rigoletto. Diese Oper hatte ihn letzten Winter beeindruckt. Rigoletto, dieser Narr, hält zum Schluss die sterbende Tochter in den Armen, weil er den Verführer der Tochter umbringen lassen will. Er ist zugleich Täter und Opfer eines Komplotts. Wenn man glaubt, Schicksal spielen zu können, hat man es eben nicht unter Kontrolle, dann geht der Schuss nach hinten los.

Ja, das Ränkespiel, die Unwahrheit, die Manipulation und Instrumentalisierung können großes Unglück bringen. Er klappt das voluminöse Buch zu. Das wirkliche Leben hat genug an Verwicklungen zu bieten. Undurchsichtige Machenschaften aus Neid, aus Liebe. Die Intrige kann man zur Kunstform entwickeln, wenn man gute Nerven hat. Und sogar wegen nichtigerer Anlässe als der großen Liebe. Jeder, der in einer großen Firma arbeitet, wo die Ressource Aufstieg knapp ist, kann ein Lied davon singen.

Er steht auf, stellt den Opernführer zurück ins Regal. Er sieht die Reihe der Bücher durch, es ist eine inspirierende bunte Mischung. Man verschenkt heutzutage leichter Bücher als früher. Oder kommt ihm das nur so vor? Vielleicht ist es so, weil wir von allem mehr haben, als wir brauchen, also auch von Büchern. Ihm fällt ein, wie er als Kind seine Bücher wie Schätze hütete, sie waren ihm Botschafter aus einer anderen, phantastischeren und damit sorgenfreieren Welt. Schonend, ja fast liebevoll, hat er sie behandelt, Exlibris eingeklebt, sie alphabetisch geordnet und nur den allerzuverlässigsten Kameraden ausgeliehen.

Gedankenverloren begibt er sich in den Speiseraum, wo er einigen Mitpatienten hilft, den Abendbrottisch zu decken.

9
Freitag, 27. Oktober 1995

Nach der Kunsttherapie holt sich Micha eine Tasse Tee vom Servierwagen im Flur und setzt sich in den Aufenthaltsraum, in dem sich bereits einige Personen befinden. Er betrachtet den lautlosen Fernseher.

„Wollen wir nicht den Ton anstellen? Da läuft ein alter Film mit Grete Weiser und Willy Fritsch ..."

Bevor Micha weiter sprechen kann, entgegnet ein schwerfällig wirkender Mann mit dickem Bauch und feistem Gesicht, der in seinem Sessel mehr liegt als sitzt: „Nee, den Quatsch wollen wir nicht hören."

Micha nimmt seinen Teebecher in die Hand, steht auf und will den Raum verlassen. Der Dicke erhebt sich erstaunlich wendig und stellt sich ihm in den Weg. Mit dem Finger auf ihn zeigend, sagt er in breitem Hessisch:

„Und für Blödmänner haben wir hier nichts übrig. Die sollen in ihr eigenes Land gehen, das haben sie ja endlich, dann brauchen sie uns hier nicht zur Last fallen."

Der Mann wackelt nervös mit dem Kopf, als wolle er sich und die ganze Welt verneinen.

Micha schweigt betreten. Was soll das? Warum beleidigt der ihn? Welches eigene Land soll das sein? Hält der ihn für einen Immigranten? Er spricht doch perfekt Deutsch, er hat doch keinen ausländischen Akzent. Das kann es nicht sein. Es dämmert ihm, er meint Israel. Er ist doch gar kein Jude, ja, sein Vater ist jüdischer Abstammung. Na und? Nur nach rassistischer Einstellung macht ihn das zu einem Halbjuden, wie man das im Dritten Reich nannte. Er wundert sich, wie kann dieser Mensch von seinem Vater wissen.

Bevor er sich besinnen kann, um den Raum zu verlassen, hört er wieder den Dicken:

„Hältst dich wohl für was Besseres. Eingebildeter Pinsel. Solche Filme interessieren uns einfach nicht. Weil du so einen Dreck ansiehst, sprichst du so überkandidelt."

Micha macht eine langsame verneinende Bewegung mit dem Kopf, will die Verunglimpfung abschütteln. Wie kann sich der Mensch so ein Urteil erlauben, wo er doch mit kaum jemandem ein Wort wechselt. Überkandidelt. Eingebildet. Wie er so ein Ressentiment hervorrufen kann, ist ihm unverständlich. Der Dicke macht einen Schritt auf ihn zu, seine glasigen Augen stieren ihn an, seine sehr roten dünnhäutigen Lippen glänzen feucht. Diese aufdringliche Körperlichkeit ist Micha zuwider. Er glaubt, einen unangenehmen Geruch wahrzunehmen.

„Haltet die Klappe", mischt sich der Dirigent ein, der in einer Ecke mit dem Rücken zum Raum steht und sein imaginäres Orchester leitet.

„Ihr stört die Musiker mit eurem Gewäsch. Die brauchen Ruhe, sonst können sie sich nicht konzentrieren."

Micha will diesem Schwachsinn entfliehen und stolpert zum Ausgang, hält aber inne, als er hört:

„Sei nicht blöd. Lass den Mann in Ruhe."

Das ist der Patient, der selten mit jemandem spricht, meist in sich gekehrt und versonnen in ein Notizbuch schreibt oder darin blättert.

„Du magst ihn nicht, weil er nicht so schlampig spricht wie du. Du wirst viel zu tun haben, wenn du alle verachten willst, die gebildeter sind als du. Und was hast du gegen Juden? Wenn du ein bisschen Grips hättest, wüsstest Du, dass die europäische Kultur in Vielem auf das Judentum zurückgeht."

Micha, immer noch an der Tür stehend, dreht sich dankbar zu dem Nachdenklichen um. Er hat die Anspielung des Dicken also richtig verstanden.

„Danke schön", sagt er. Der Nachdenkliche nickt ihm bestätigend zu, dann schlägt er sich mit der flachen Hand heftig an die Stirn, als hätte er etwas Wichtiges vergessen, und studiert abermals sein Notizbuch.

Auf dem Flur wird Micha die Kränkung noch bewusster. Wieso kann ein fremder Mensch ihn so aufregen? Woher nimmt der das Recht, oder besser die Unverschämtheit, ihn so zu beleidigen? Das wird er sich nicht gefallen lassen! Leidenschaftlich empört und vom Wunsch nach Gerechtigkeit getrieben, eilt er zurück zum Aufenthaltsraum, mit einem gewaltigen Ruck öffnet er die Tür, pflanzt sich vor dem Angreifer auf, der jetzt schlaff in seinem Sessel hängt. Micha wachsen in seinem Aufruhr enorme Kräfte zu, an der Hemdbrust zieht er den beleibten Mann aus dem Sessel und fixiert ihn mit starrem Blick.

„Sie Vollidiot! Ich habe Ihnen doch nichts getan!"

Der Dicke ist so überrascht, dass er nicht reagiert.

Micha lässt das Hemd in seiner Faust nicht los, er fasst nach. Der Angegriffene macht ein paar rudernde Bewegungen mit seinen Armen, ist bemüht, sein Gleichgewicht zu halten. Micha gibt dem Mann einen Stoß, dass dieser hinterrücks in den Sessel fällt. Unverhofft fühlt er sich siegesbewusst. Er zieht den Mann an beiden Hemdschultern hoch. Als er dann mit der rechten

Hand den Kragen umklammert, sackt der Mann schief nach hinten. Micha fasst kräftig nach.

„Idiot. Vollidiot!“

Der Dicke bleibt stumm. Er versucht, sich aus Michas Griff zu lösen, was ihm nicht gelingt. Micha schubst ihn in den Sessel, drückt ihm auf die Schulter, beugt sich nach unten und heftet seine wütend aufgerissenen Augen auf ihn und hält den ängstlichen Blick des Gegners gefangen. Micha stößt noch einmal voller Verachtung hervor:

„Vollidiot, absoluter“, und schlägt dem Mann mit der Faust auf die Brust, worauf der einen wimmernden Laut von sich gibt.

Als Micha sich abwendet, steht er vor Pfleger Georg, den ein Patient herbeigerufen hat. Mit einer wegwerfenden Handbewegung zeigt er, dass die Sache erledigt ist und drängt am Pfleger vorbei durch die Türöffnung. In seiner Lesenische setzt er sich in einen tiefen Sessel und versucht, sich von dem emotionalen Aufruhr zu erholen.

10
Montag, 30. Oktober 1995

Während der Morgentoilette bereitet Micha sich mental auf seine Therapiestunde mit Dr. Szentmihály vor. Er fragt sich, ob der Vorfall von Freitag die Meinung der Ärzte über ihn negativ beeinflusst. Eigenartig, nach seinem Ausbruch konnte er sich leicht beruhigen. Aber klug war das nicht, seiner Verbitterung so Luft zu machen. Er fürchtet, man werde ihn länger dabehalten wollen. Doch er wird sich verteidigen. Es kann nicht sein, dass man solche Kränkungen unwidersprochen ertragen soll.

In banger Erwartung klopft sein Herz wie wild. Er findet ein wenig Entspannung, indem er sich sorgfältig rasiert. Dabei erinnert er sich an seine erste Therapiestunde mit Frau Dr. Szentmihály. Ihr schmales, blasses Gesicht findet er nicht mehr so puppig und jung. Er hat inzwischen feststellen können, dass ihre Züge sehr wandlungsfähig sind. Sie kann durchaus resolut, zudem spöttisch und überlegen wirken.

Er konnte es nicht unterlassen zu bemerken:

„Sie haben einen ungarischen Namen. Was für ein Zufall. Szentmihály. Sankt Michael. Sie wissen, dass ich Michael heiße, nicht wahr?"

Sie nickte lächelnd.

Er lachte. „Sie werden aus mir noch einen Heiligen Michael machen." Die Ärztin schmunzelte.

„Wie sind Sie an diesen hübschen Namen geraten? Sind Sie Ungarin? Sprechen Sie Ungarisch?", hatte er weiter gebohrt. Sie antwortete:

„Mein Vater ist 1956 aus Budapest geflohen, mit seinen Eltern. Sie sind in Stuttgart gelandet, wo er später meine Mutter kennen gelernt hat."

„Ich meine zu hören, dass Sie kein bisschen Schwäbisch klingen."

„Kein Wunder. Ich bin in Bremen geboren und aufgewachsen. Und ich spreche nur wenig Ungarisch. Küchenungarisch, wie mein Vater das nennt, wenn ich mit meinen Großeltern verhandele oder mit meinen Verwandten in Ungarn, die wir ab und zu besuchen. Sie sprechen Ungarisch, nicht wahr?"

„Mein Vater legte Wert darauf, dass wir Kinder auch ein wenig Ungarisch lernten, denn unsere Großeltern väterlicherseits lebten in Budapest, sie sprachen Deutsch, aber wir sollten uns doch in Ungarn zurechtfinden. Mein Vater kommt ursprünglich aus Siebenbürgen, wo es normal war, dass man neben der Landessprache auch Deutsch und Ungarisch konnte. Aber viel mehr als Ihr Küchenungarisch ist bei mir wahrscheinlich auch nicht zu holen. Wenn man keine Übung hat, rostet die Sprache und wird ungelenkig. Wie das Schicksal so spielt, war ich mit einer Ungarin verheiratet. Sie lebt zurzeit in ihrer Heimat, in Szeged. Also, ich habe ähnlich wie Sie familiärerweise mit den un-garen Magyaren zu tun."

Er lachte und sah, dass die junge Frau seine Flapsigkeit mit einem belustigten Lächeln quittierte.

Heute findet die Therapiestunde in ihrem kleinen, karg ausgestatteten Sprechzimmer statt. Obwohl er angespannt ist, erfasst er beim Platznehmen, dass auf dem Fenstersims draußen samtig-dunkelrote Kelchblüten leuchten.

Kaum hat Frau Szentmihály ihm gegenüber Platz genommen, stellt Micha die Frage:

„Muss ich jetzt länger bleiben, weil ich diesem Menschen vor ein paar Tagen ..." Er ist unschlüssig, wie er weiter reden soll, er hat sich nicht genügend vorbereitet.

„Ja?" Frau Szentmihály sieht ihn erwartungsvoll an.

„Nun, ich meine, Sie haben bestimmt von meinem Zornesausbruch gehört. Ich musste mich verteidigen, dieser unverschämte Mensch hat mich provoziert."

„Das haben wir so verstanden. Dieser Mitpatient hat auf verletzende Weise mit Ihnen gesprochen. Beruhigen Sie sich. Wir verstehen das. Vielleicht schildern Sie mir, was in Ihnen vorgegangen ist, als dieser Mensch so verächtlich über Sie ... mit Ihnen sprach."

„Ich gebe zu", beginnt Micha, „dass ich empfindlich reagiere, wenn ich kritisiert werde, noch dazu, wenn es ungerechtfertigt ist. Als wollte ich den feinen Mann herauskehren. Das ist ein Vorwurf, den meine Mutter meinem Vater gemacht hat. Sie hat aber gemeint, dass er kein feiner Mann sei, sondern nur so tue. Dabei hatte er bessere Manieren als sie, wenigstens was seine Kinder anbetrifft."

Er schaut auf die Ärztin. Sie ist ganz ruhige Gelassenheit.

„Außerdem hat er eine Anspielung auf Israel gemacht, von der ich zuerst nicht wusste, ob ich sie richtig verstanden hatte. Ich frage mich, ob oder woher dieser Mensch weiß, dass mein Vater jüdischer Abstammung ist."

„Und Sie?"

„Ich? Ach, wissen Sie, mir ist das nicht wichtig. Mein Vater ist konvertiert, und ich bin katholisch aufgewachsen. Was interessiert mich da die Abstammung. Es ärgert mich nur, wie mich jede Ungerechtigkeit ärgert. Und dass die Deutschen, meine Landsleute, denn ich bin hier geboren, von einer deutschen Mutter, und hier aufgewachsen … Es tut mir weh, wenn ich bemerke, dass diese Menschen immer noch nicht alles rassistische Gedankengut über Bord geworfen haben."

Er schaut auf die roten Blüten am Fenster. „Nur wer von einer jüdischen Mutter geboren wurde, ist Jude. Für alle anderen, auch für mich gilt: Nur, wer den Glauben praktiziert und auf diese Weise zum jüdischen Volk gehören will. Bei mir ist beides nicht der Fall. Deshalb möchte ich die ganze jüdische Geschichte hinter mir lassen. Nein, nein, ich meine, die Familiengeschichte geht mich an, die finde ich wichtig. Aber mein Leben haben andere Tatsachen bestimmt."

„Welche?" Frau Szentmihály schaut ihn eindringlich an, wendet dann ihren Blick kurz ab, als wolle sie ihm nicht zu nahe treten.

Ihr forschender, aber auch teilnehmender Blick hat in ihm die Frage aufgerührt, warum er immer noch so sehr an seine Familie gebunden ist und die Verhältnisse seiner Kindheit und Jugend immer noch sein Leben beeinflussen.

„Ich bin immer noch an meine Mutter gebunden, weil ich niemals bekommen habe, was ich wollte oder brauchte."

„Und was war das?", fragt die Ärztin.

„Respekt und Achtung."

„Bekommen Sie die heutzutage nicht von anderen Menschen, so dass Sie das nicht mehr von der Mutter brauchen?"

„Ja, schon. Doch die Vergangenheit kann man nicht wie einen Koffer irgendwo zurücklassen. Meine ist leider manchmal zu präsent."

„Und belastend, wie alles unfreiwillige Gebundensein, nicht wahr?"

„Ja."

Eigentlich müsste er zufrieden sein, dass er seine Jugend, sein Zuhause hinter sich hat. Eigentlich sollte das alles wirklich Schnee von gestern sein. Vielleicht schleppt er ein paar unordentlich vollgestopfte Koffer zu viel mit sich herum. Wie gerne würde er sie einfach irgendwo abstellen und vergessen. Wenn es helfen würde, wäre es das Richtige. Es hilft aber nicht, er müsste doch immer wieder an sie denken. Aber sich der Mühe unterziehen, sie auszupacken und geordnet wieder einzupacken? Er spürt, dass das nur mit seelischem Schmerz möglich ist. Will er das? Eines Tages, so fürchtet er, wird er müssen. Warum also nicht damit anfangen, jetzt, da er hier Unterstützung findet?

Teil II 1964 – 1968

Saure Trauben
oder
Der sicherste Ort für ein Geheimnis
ist der eigene Kopf

1
Freitag, 4. September 1964

Der Nachmittag gähnt in der gleißenden Sonne. Der späte Sommer will beweisen, zu was er noch fähig ist und lässt die Sonne aufs Haus brennen, als wolle sie ihre ganze Energie dort konzentrieren. In der Straße staut sich die Hitze, kein Lüftchen weht. Im Hausinnern sind die Jalousien bis auf einen Schlitz herunter gezogen, die Fenster stehen offen, ebenso die Tür zum Innenhof, damit der Luftzug den Bewohnern Kühle verschafft. Es liegt Gewitterspannung in der Luft. Bei den Temperaturen wird es heftig werden.

Micha sitzt im Herrenzimmer am Schreibtisch des Vaters über seinen Mathematikaufgaben. Er besucht die zehnte Klasse des Goethe-Gymnasiums. Trotz der hochsommerlichen Witterung ist er ein flinker und konzentrierter Arbeiter, seine Berechnungen faszinieren ihn, und was ihn mit besonderer Freude erfüllt: es gibt immer Lösungen. So lange zu tüfteln, bis man die richtige gefunden hat, gibt ihm Selbstgewissheit. Die kleinen Geschwister sitzen sich gegenüber an ihren zusammengestellten niedrigeren Kindertischen neben ihm. Sie machen ebenfalls ihre Schulaufgaben. Wegen des geringen Altersunterschieds gehen sie in eine Klasse, sie haben gerade mit dem zweiten Schuljahr begonnen und arbeiten, die Blondschöpfe über ihre Hefte gebeugt. Von seiner hohen Warte aus kann der ältere Bruder sie gut beobachten. Reni malt eifrig, und Oskar schreibt in sein Heft, indem er den Bleistift so fest aufdrückt und über das Papier zieht, als wolle er es pflügen.

Micha ist stolz auf seine Rolle als Ältester. Er nimmt seine Aufgaben ernst, denn der Vater braucht seine Hilfe. Vergangen sind die Zeiten, als er kindisch mit seinen Geschwistern herumalberte. Vorbei ihr gemeinsames Lieblingsspiel, bei dem Micha auf den Kleiderschrank stieg und auf das Doppelbett, das er mit seiner Mutter teilte, hinunterhüpfte. Durch den Sprung auf die federnden Matratzen wurden die Kleinen in die Luft geschleudert, wobei sie vor Freude aufjauchzten.

Es ist alles ruhig im Gebäude. Nur ab und zu hören die drei ein paar Geräusche aus der Kellerwerkstatt, wo Bertel, die neue Gehilfin, und Vater hantieren. Bertel ist ein fröhliches fünfzehnjähriges Mädchen. Da sie vom

Land stammt, wohnt sie bei einer Tante in der Stadt. Ihre Eltern sind erleichtert, dass sie bei Joschka Valentin arbeiten kann. Sie hatte sich geweigert, eine Ausbildung als Schneiderin oder Verkäuferin oder etwas Ähnliches anzufangen. Die Arbeit als Gehilfin in der Werkstatt der Valentins wurde ihr durch Vermittlung der Tante gerade rechtzeitig genug angeboten, bevor ihre Eltern sie ohne ihr Einverständnis in die Lehre bei einem Metzger ihrer dörflichen Kleinstadt geben konnten. Zum Glück ist sie ein geschicktes und fleißiges Mädchen. Einen guten Fang hat der Vater da gemacht.

Wenn nötig, hilft Bertel bei der Hausarbeit aus, was immer öfter notwendig wird. Denn Magdatante ist nicht mehr die Jüngste, und mitunter wächst ihr die Arbeit mit dem Hausherrn und den drei Kindern über den Kopf. Vor allem seit Lotta Valentin in der Lungenheilanstalt behandelt wird. Wenn Joschka dann noch auf Geschäftsreise ist, bleibt Magdatante für alles allein verantwortlich. Micha unterstützt sie; er hilft zwar nur wenig in Küche und Garten, aber er achtet auf die kleinen Geschwister. Manchmal spielt er mit ihnen, er beaufsichtigt ihre Hausaufgaben regelmäßig, und abends bringt er sie zu Bett.

Die drei im Herrenzimmer hören, wie Bertel Schlager trällert, ab und zu vernehmen sie die Stimme des Vaters, der Bertel eine Anweisung erteilt oder sie um Hilfe bittet.

Reni steht auf und zeigt Micha ihre Zeichnung.

„Prima, jetzt musst du noch schreiben."

„Habe ich schon gemacht." Sie reibt sich über die müden Augen und die schweißnasse Stirn.

„Flunker nicht!", mahnt er in festem Ton, „das habe ich noch nicht gesehen. Setz dich hin und arbeite!"

Die kleine Schwester legt ihr Zeichenheft mit den bunten Zwischenblättern auf ihr Tischchen und kramt ihre Schreibsachen aus dem Ranzen.

„Wir sollen Wörter aufschreiben, die mit der Küche zu tun haben."

„Das kannst du doch, Köchin, Kuchen, kochen."

Reni kichert: „Kuchen kochen, was ist das denn? Es sollen nicht nur solche mit K sein."

„Ich bin fertig", sagt Oskar und schiebt Reni sein Heft hin."

„Das geht nicht", fährt Micha dazwischen, steht auf und nimmt Oskars Heft an sich.

„Hier wird nicht geschummelt, hier wird richtig gearbeitet. Oskar, du sagst Reni nichts vor. Sie kann das allein. Du musst noch deine Malaufgaben machen. Macht endlich weiter. Wenn ihr fertig seid, könnt ihr im Hof spielen, falls es noch nicht regnet."

Es kehrt von neuem Stille ein. Alle drei sind beschäftigt. Sie hören, wie in der Küche Schubladen geöffnet und geschlossen werden, Geschirr klirrt, Besteck klappert. Magdatante beginnt, das Abendessen zuzubereiten.

In diese geschäftige Ruhe hinein schrillt die Haustürklingel. Micha erhebt sich, denn er ist dem Eingang am nächsten. Draußen steht eine fremde Frau, in einem leichten grünen Sommerkostüm und einem passenden Hut. Die Frau hat ein breites fleischiges Gesicht, das dem seiner Mutter ähnelt.

Die Frau sieht ihn an.

„Michael, erkennst du mich nicht?" Micha schaut der Fremden ins Gesicht und in die Augen. Seine Mutter.

„Mutti, du bist wieder da!" Es ist mehr Erstaunen als Freude in seiner Stimme. Sie streckt die Arme aus und zieht ihren Sohn an sich. Sie nimmt seinen Kopf in ihre Hände und küsst ihn, wobei ihr der Hut vom Kopf gleitet. Mitleid mit der kranken Mutter steigt in ihm auf, ihm schießen Tränen in die Augen, dennoch reißt er sich aus der Umarmung.

Oskar und Reni stürmen auf die Mutter zu. Sie hängen sich an ihre Jacke und die Mutter ist stumm vor Rührung und ersticktem Weinen. Sie kauert sich hin, so kann sie die Kleinen besser an sich drücken und herzen.

Inzwischen ist Micha in die Küche geeilt. „Magdatante, Mutti ist wieder da."

„Gott sei Dank", Magdatante bekreuzigt sich, eilt in den Flur und schließt ihr Patenkind in die Arme. Tränen der Wiedersehensfreude laufen ihr die Wangen hinunter und Lotta weint hemmungslos. Sie können dieses Glück kaum fassen.

Von dem Jubel, dem Rufen der Kinder ist ein Echo in die Werkstatt gedrungen. Joschka kommt ins Zimmer. Sprachlos steht er an der Tür. Micha beobachtet seine Eltern. Ähnlich wie Micha scheint sein Vater in der Gestalt vor ihm die Frau zu suchen, die auch er lange nicht gesehen hat. Denn sie hat ihre Zartheit verloren, hat sehr an Gewicht zugenommen.

„Lotta." Der Name steigt ihm aus tiefer, trockener Kehle empor. Er eilt hinkend auf sie zu und drückt sie fest an sich.

„Bist du endlich da. Wie gut, dass du hier bist! Hat man dich als gesund entlassen oder bist du auf Urlaub?"

„Nein, ich muss nicht mehr zurück, wenn ich mich hier regelmäßig untersuchen lasse, und euch natürlich auch. Um ganz sicher zu gehen." Joschka nimmt ihre Hände in seine und drückt einen hingebungsvollen Kuss darauf. Sie strahlt, und jetzt erinnert sie Micha an die Mutter von früher. Wie lange die Mutter fort war! Anderthalb Jahre. Die Kinder durften sie nicht besuchen. Der Vater war ein paar Mal in der Schweiz bei ihr, auf Geschäftsreisen hatte er bei ihr vorbeigeschaut. Warum nur ist die Mutter denn so dick? Das muss ihr zu schaffen machen, denn er weiß, dass sie häufig Hungerkuren machte.

Bertel kommt ins Zimmer. Joschka stellt sie seiner Frau vor, die das junge, frische Mädchen mit Neugier, gemischt mit Argwohn, betrachtet.

„Sie schafft mit mir in der Werkstatt und unterstützt auch Magdatante, wenn es notwendig ist. Sie geht zum Markt und hilft bei der schweren Hausarbeit."

Lotta lächelt Bertel anerkennend zu, als sie sich die Hand geben.

Als alle in der Wohnstube sitzen, löst sich die Gewitterspannung, und nach ein paar heftigen Donnerschlägen prasselt der Regen gegen die geschlossenen Jalousien. Micha zieht sie hoch, nachdem er die Fenster geschlossen hat. Magdatante deckt den Tisch und serviert das Abendessen. Zum Nachtisch gibt es Gebäck und Kuchen aus der Vorratskammer, der Vater öffnet eine Flasche Wein. Sie feiern die Heimkehr der Mutter. Die betrachtet ihre speckigen Hände, die wie immer sehr gepflegt sind. Feierlich schreitet sie zum Flügel, spielt ein paar Akkorde. Micha rückt den Schemel zurecht und bittet die Mutter, ihnen vorzuspielen.

„Ach, wie lange habe ich Euch vermisst, ach, wie bin ich glücklich." Wieder kullern die Tränen. Sie setzt sich und nach ein paar Übungsläufen spielt sie einen fröhlichen Straußwalzer. Die Erwachsenen prosten sich mit dem Wein zu. Micha und Bertel, wenngleich noch jugendlich, dürfen auch einen Schluck abhaben. Auch sie genießen wie die Erwachsenen die festliche Stimmung.

Micha sieht, dass die Kleinen die Mutter wie versteinert betrachten. Für sie ist nun der Spuk vorbei. Damals, vor anderthalb Jahren, hatte er ihnen ebenso wie die Erwachsenen vorgelogen, die Mutter sei auf Reisen. Doch Micha bemerkte, dass sie sehr genau auf das achteten, was die Erwachsenen hinter vorgehaltener Hand flüsterten. Irgendwann erzählten sie ihm, dass Klassenkameraden sie verhöhnt hatten. Ihre Mutter hätte Motten in der Lunge, man müsste ihnen aus dem Weg gehen, sonst würden alle krank. Oskar prügelte sich mit ein paar von ihnen, doch das brachte die Mutter nicht zurück. Der große Bruder hatte sie zu trösten versucht, sie aufgeklärt und ihnen versichert, dass eine Lungenheilanstalt ein Ort ist, von dem man zurückkehrt. Sie erfuhren, dass die Mutter eine schlimme Krankheit hatte, dass man die Kranken in eine Klinik hoch oben auf einem Berg steckte, wo Kinder sie nicht besuchen durften. Micha verstand sehr bald, dass die Briefe der Mutter, die Grüße und Geschenke, die Vati von seinen Besuchen bei ihr mitbrachte, nicht wirklich trösteten.

Vater und Mutter verhalten sich herzlich zueinander. Die Mutter ergreift die Hand des Vaters und beginnt jeden Satz, den sie an ihren Mann richtet, mit „mein Lieber“ oder „mein lieber Joschka“. Das klingt vertraut und liebevoll. Micha weiß, dass es den Vater viel Geld gekostet hat, dass die Mutter nicht in einer Klinik in der Nähe geheilt wurde, sondern dass er die Klinik in der Schweiz ermöglichte. Sie sollte es richtig gut haben, das war Vaters ganzes Sinnen. Es sieht so aus, als sei die Mutter dem Vater dankbar dafür.

Der nächste Tag wird ebenfalls wie ein Festtag begangen. Als Micha sich am frühen Nachmittag nach der Schule im Elternhaus einfindet, ist die Mutter anwesend. Sie hantiert mit Magdatante in der Küche. Reni deckt den Tisch in der Essecke im Salon, während Oskar mit seinen kleinen Fingern das Klavier bearbeitet, um allen eine Freude zu machen. Alle sitzen gemeinsam am Tisch, so wie sonst nur am Sonntag. Auch Vater und Bertel haben ihre Arbeit unterbrochen. Es gibt ein Festessen, Griesnockerlsuppe, Kalbsbraten, hausgemachte Nudeln und zum Nachtisch Vanillepudding mit Eischnee, das Lieblingsdessert der Kinder. Die Mutter ist entspannt und lacht viel.

So gehen ein paar Tage dahin. Die Mutter bespricht mit ihrem Mann, dass sie wie früher im Laden aushelfen könne, stundenweise, dann habe er wenigstens jemanden, der die Verkäuferin unterstützt. Vater ist einverstanden. Sie solle sich aber noch schonen, mehr als ein paar Stunden möchte er nicht erlauben. Trotzdem ist er froh, dass sie ihre Lebensgeister auf das Geschäft richtet. Denn schließlich ist das Geschäft ihrer aller Lebensgrundlage.

Ungefähr eine Woche nach der Rückkehr ruft die Mutter Micha zu sich ins Schlafzimmer.

„Kannst du mir einen Gefallen tun?“

„Was ist es denn, Mutti?“

Er argwöhnt, dass ihm der Auftrag nicht gefallen wird.

„Bitte, bringe diesen Brief zu Dr. Panitz. Du weißt, wo er wohnt.“ Micha nimmt den Brief entgegen, betrachtet die Vor- und Rückseite des Umschlags, auf dem nichts vermerkt ist. Mit stechendem Blick sieht er ihn an, als wolle er ihn mit bloßem Auge zerfetzen.

„Nein, ich bringe diesen Brief nicht weg“, stößt er hervor. „Das habe ich längst zu oft getan. Es ist nicht recht, was du tun willst.“

„Liebling“, schmeichelt sie mit weicher Stimme. „Keiner sonst weiß davon, tu mir den Gefallen, es soll doch niemand davon erfahren.“

Michas Gedanken überschlagen sich. Wenn wirklich niemand sonst einen Verdacht hegt und er sich weigert, dann würde ein anderer diesen Botengang verrichten und von der Untreue der Mutter erfahren. So könnte es überall herum kommen, denn nicht jeder ist so diskret wie er. Außerdem, muss er der Mutter nicht diesen Gefallen tun? Nachdem sie so lange fort gewesen ist und so krank war? Er versteht nicht, warum die Mutter diesem Mann einen Brief schicken will. Deshalb wagt er einen Schuss ins Blaue:

„Warum willst du Vater wieder betrügen?“

„Ich betrüge ihn nicht, ich möchte nur, dass du diesen Brief in die Scheffelstraße trägst.“

„Warum schickst du ihn nicht per Post?“

„Er muss ihn persönlich bekommen, und es ist eilig. Geh jetzt und zu niemandem ein Wort.“

Micha nimmt den Brief wortlos an sich. Am liebsten würde er ihn zerreißen. Aber er befolgt die Anweisungen der Mutter, wie er es schon als Kind getan hat. Den Brief in der Hand, verlässt er das Schlafzimmer, die Tür laut hinter sich zuschlagend und „verdammter Mist“ ausstoßend. Grob tritt er ein auf dem Flur herumliegendes Spielzeugauto zur Seite. Auf das blecherne Scheppern öffnet die Mutter die Tür hinter ihm, den Zeigefinger auf den Lippen. „Schatz, zu niemandem ein Wort.“

Leise fluchend verlässt er das Haus und macht sich auf den Weg. Er hasst sich dafür, dass er für die Mutter hinter dem Rücken des Vaters den Briefträger spielt. Postillon d‘amour nennt man das wohl. Das hat er irgendwo gehört oder gelesen, wohl kaum im Französischunterricht, oder doch? Er ahnt, was für eine Macht die Liebe sein kann. Seit ein paar Wochen schwärmt er für seine Mitschülerin Rita, das hübscheste Mädchen in der Klasse. Morgens, wenn er aufwacht, gilt sein erster Gedanke ihr und ebenso ist sie am Abend vor dem Einschlafen sein letzter. Bisher lässt sie sich schüchtern den Hof machen. Ihr Gesicht wirkt trotz seiner raffinierten Schönheit noch ein bisschen kindlich, findet er. Sie steht mit ihren Freundinnen auf dem Schulhof, sie schauen zu ihm und seinen Freunden herüber, zeigen mit versteckt linkischer Geste auf ihn und kichern verschämt.

Rita macht einen so viel edleren Eindruck als ihre Mitschülerinnen. Sie ist meist einfach gekleidet. Raffiniert einfach in ihren weißen Blusen. Im dunklen kurzen Haar trägt sie oft ein Stirnband oder eine glitzernde Spange. Sie hat eine so würdige Haltung, sie trägt ihre Blusen und Faltenröcke auf so natürliche und zugleich anmutige Weise, als trüge sie nicht normale Kleidung, sondern ein nur für sie geschneidertes Modell. Sie hebt sich so wohltuend ab von den anderen Mädchen, stellt ihre Weiblichkeit nicht zur Schau und wirkt gerade dadurch umwerfend mädchenhaft und anziehend.

Er liebt dieses Mädchen, davon ist er überzeugt, und er hofft inständig, dass sie sich mit ihm anfreunden wird. Sie hat wunderschöne braune Augen, die ihn vor Erstaunen groß anschauen, wenn er im Schulhaus an ihr vorbeidrängt und ihr ein zärtliches „Guten Morgen, Rita" zuraunt. Sie lächelt ein wenig schüchtern, aber er glaubt, sie versteht die Verehrung, die er für sie empfindet. Einige Klassenkolleginnen ziehen sie mit seiner Schwärmerei auf. Er weiß, dass er noch etwas warten muss, bevor er sie ins Kino einlädt oder in eine Konditorei. Dafür muss er allerdings dem Vater wieder mal ein wenig Geld aus seinen Anzug- und Manteltaschen stibitzen. Im Dunkel des Kinos böte sich gute Gelegenheit, ihr ein wenig näher zu kommen. Die Vorstellung, dass er ihre Hand ergreift, erfüllt ihn mit einem Schauer. Er hofft so sehr, dass er sie gewinnt, so sehr, wie er wünscht, dass die Mutter die Beziehung zu Panitz nicht wieder aufnimmt.

In der Scheffelstraße angekommen, steigt er in den zweiten Stock und dreht die Schelle neben dem Namensschild „Dr. M. Panitz". Nach einer Weile öffnet eine kleine, rothaarige Frau mit magerem Gesicht die Tür einen Spaltbreit. Micha ist verwirrt. Es ist das erste Mal, dass ihm hier eine Frau begegnet.

„Ich möchte bitte Herrn Dr. Panitz sprechen."

„Eine Minute, bitte." Die Tür schließt sich, die Schritte entfernen sich, und er hört die Stimme der Frau gedämpft. Die Tür geht noch einmal, es ist der Gewünschte selbst.

„Bitte schön?"

„Ich soll Ihnen diesen Brief geben." Micha holt das Corpus Delicti aus seiner Jackentasche und händigt es dem Mann aus.

„Vielen Dank", dann wird die Tür geschlossen. Der Mann hat einfach so getan, als kenne er Micha nicht. Dabei hatten sie vor ein paar Jahren Ausflüge zusammen gemacht. Er wehrte sich umsonst, die Mutter bestand darauf. Samstags holte der Mann ihn mit seinem Motorrad von der Schule ab und sie fuhren nach Hanau, wo sie an der Kinzig angelten. Der Mann zeigte ihm, wie man den Köder anbringt, wie man die Angel auswirft. Micha langweilte sich, wusste nicht, was er mit diesem Fremden, an dem der Mutter so viel lag, sprechen sollte. Und der Mann konnte mit ihm auch nichts anfangen. So schwiegen sie sich an, während Panitz darauf wartete, dass die Fische anbissen. Sie fingen wenig und Micha versuchte so schnell wie möglich, diese stets krampfhaft verlaufenen Begegnungen zu vergessen. Kein Wunder, dass Panitz nun vorgibt, ihn nicht zu kennen.

Aufgewühlt tappt Micha heim, wo die Mutter auf ihn wartet. Sie zieht ihn ins Schlafzimmer, rot im Gesicht vor Erwartung.

„Was hat er gesagt?"

„Nichts", antwortet Micha wahrheitsgemäß.

„Gar nichts?"

„Nein, gar nichts."

„War er allein?"

Micha weiß nicht, was die beste Antwort ist. Ärgerlich gibt er Rechenschaft ab:

„Ich habe ihm den Brief gegeben, persönlich, wie du es verlangt hast. Lass mich in Frieden." Damit verlässt er das Zimmer.

Achtundvierzig Stunden später schickt die Mutter ihn erneut mit einem Brief zu Panitz. Diesmal soll er eine Antwort abwarten. Widerwillig und wütend macht er sich auf den Weg. Er fragt sich, ob die Mutter weiß, dass eine Frau in der Wohnung war. Diesmal öffnet der Mann selbst. Er trägt einen dunkelroten, seidig glänzenden Hausmantel mit beigen Aufschlägen an Ärmeln und Kragen.

„Kann ich bitte auf eine Antwort warten?"

„Ja, junger Mann, warten Sie hier."

Micha steht vor der geschlossenen Tür, dreht sich um und schaut aus dem Flurfenster in den Hof, auf die niedrigen Garagen, die in ihrer Gleichförmigkeit eine beängstigende Atmosphäre von Hässlichkeit und Einsamkeit verbreiten. Vor einem Tor ein Motorrad mit Beiwagen. Sein Fahrzeug, er erkennt es. Ganz schön klapprig. So eins hat sein Vater auch, aber neuer, und sie haben noch ein Moped. Vater benutzt die Zweiräder nur in der Stadt und in der näheren Umgebung, um Benzin zu sparen. Für seine Überlandreisen hat er ein Auto, zwar ist es nur ein umgebauter Kombi des Ponton-Mercedes, aber immerhin ein Auto.

Micha hört ein Klacken hinter sich. Der Mann reicht ihm einen Umschlag. Micha steckt ihn in die Tasche, rennt die Treppen hinunter und hinaus auf die Straße. Als er um die nächste Ecke biegt, holt er den Brief hervor, betrachtet ihn. Auf dem Umschlag steht nichts, er ist zugeklebt. Ihm kommt eine Idee, und kurzentschlossen fasst er einen Plan. Ihm ist unwohl bei dem Gedanken, die eigene Mutter zu bespitzeln, jedoch muss er die Wahrheit auskundschaften.

Ihm fällt ein, wie er bereits vor ein paar Jahren hinter der Mutter her spionierte. Sie gab vor, eine Freundin zu besuchen und hatte ein Taxi bestellt. Er schwang sich auf sein Rad und folgte dem Wagen. Bald begriff er, dass die Fahrt nicht zu Frau Bergmann ging und setzte seine ganze Energie darein, dem Taxi zu folgen. Es blieb in der Stadt, in dem langsamen Stadtverkehr konnte er mithalten. Vor einem Hotel in einer kleinen Nebenstraße in Sachsenhausen ließ sie halten. Vor dem Eingang stand ein Mann, der ihr entgegenkam. Als er am Hotel vorbeifuhr, damit man ihn nicht bemerkte, sah er, dass dieser Mann sein Französischlehrer Arnold war. Zuerst glaubte er, er hätte sich geirrt. Er drehte schnell um und fuhr wieder vorbei, hielt ein paar Meter weiter hinter einem großen Pflanzenkübel und sah, wie Arnold seine Mutter mit Handkuss begrüßte und sie, am Ellbogen fassend, in das Hotel führte. Schlagartig verstand er, warum dieser Lehrer ihn favorisierte. Seine Mutter kannte ihn gut. Deshalb. Aber was machte seine Mutter mit seinem Lehrer im Hotel? Damals war er sehr verwirrt, behielt sein Wissen für sich. Heute ist ihm gewiss, seine Mutter und Panitz hatten Streit, seine Mutter hatte sich einen Ersatzbewunderer gesucht und ihn aufgegeben, als die Beziehung zu Panitz wieder auflebte. So muss es gewesen sein, warum sonst hätte die Mutter einen Besuch bei der Freundin vorschützen sollen.

Ihn kann sie nicht hereinlegen. Ihn nicht. Deshalb geht er auf die Eschersheimer Landstraße in einen Papierladen, kauft einen Umschlag wie den, den er in der Jackentasche trägt, und macht sich auf durch die Innenstadt zum Nizza-Ufer am Fluss. Auf einer Kinderschaukel sitzend, öffnet er den Brief. Der Mann hat eine schöne Schrift. Er bedankt sich in knappen Worten für die Nachricht, und Lotta soll ihn nächsten Freitag um fünfzehn Uhr im Café „Klatschmohn" am Wiesenplatz treffen. Micha packt den Brief in einen neuen Umschlag und klebt ihn zu.

Schweren Herzens macht er sich auf den Heimweg. Jetzt fängt der Zirkus wieder an. Wenn er richtig nachdenkt, dann hat er den Rückfall der Mutter sehr bald gewittert, wollte sich aber das Gegenteil vorgaukeln. Nur wenige Tage nach der Heimkehrfreude zeigte die Mutter wie zuvor das schiefe Lächeln, wenn der Vater am Tisch einen Witz machte, über den die Kinder herzhaft lachten. Micha beobachtete, wie die Kleinen dann zur Mutter schielten und nicht mehr wussten, ob sie lachen sollten. Peinliche Stille stellte sich ein. Vaters Laune verflog im Nu. Vater versteht vermutlich nicht, warum der Mutter seine ausgelassene Stimmung nicht gefällt. Micha begreift es ebenso wenig. Fraglos hat Vaters häufigere Abwesenheit bei den Mahlzeiten mit Mutters ungnädiger Reaktion zu tun.

Langsam, sehr langsam macht er sich auf den Rückweg. Er will der Mutter nicht so bald begegnen. Seine sorgenschwere Brust zieht seine Schultern nach vorn und in dieser gebeugten Haltung gelangt er über den Eisernen Steg auf die Sachsenhäuser Uferpromenade. Gemächlich lässt er sich am Fluss entlangtreiben. Immer weiter, bis er unter der Eisenbahnbrücke durch ist, Richtung Gerbermühle. Ein paar Mal unterbricht er seinen bedächtigen Gang und guckt zurück zu den Bäumen, die den träge dahin gleitenden Fluss verstellen. Die wattig aufgebauschten Kronen der lichtgrünen Weiden wirken so leicht, als wollten sie sich mit dem nächsten Windstoß erheben und über den Fluss davon fliegen. Dann erfassen seine Augen eine gerade Reihe von Erlen, hohe Riesen, die nah beieinanderstehen und stark belaubte, oben abgerundete Kronen haben. Dazwischen wachsen niedrigere Erlen, ebenfalls mit dichten Wipfeln. So entsteht der Eindruck, einer undurchdringlichen, lebendigen Wand, die ihn an die Dornröschenhecke erinnert.

Er muss umkehren, ob er will oder nicht.

Zuhause findet er seine Mutter im Salon. Sie ist allein und er reicht ihr den Brief.

„Du bist eine verdammte Lügnerin. Ich hasse dich", bricht es aus ihm hervor.

„Schatz, du weißt, dass ich euch Kinder von Herzen lieb habe. Das mit den Briefen hat mit euch nichts zu tun."

Er ist dieser Frau nicht gewachsen, das spürt er. Doch etwas weiß er, nämlich, dass dieser Mann mit den Geschwistern zu tun hat. Als Reni geboren wurde, war seine Mutter sehr krank, er hatte sich sehr um sie geängstigt, und er hatte viele Briefe hin und her tragen müssen. Er war zwar erst zehn Jahre alt, dennoch wusste er das Ungeheuerliche, das für ihn damals darin bestand, dass der Mutter dieser fremde Mann so wichtig war. Ein paar Jahre später ging ihm auf, dass dieser Mensch der Vater der Geschwister ist. Die Mutter wähnte ihn zu jung, um zu verstehen, und sie versäumte jegliche Vorsichtsmaßnahme. Wie dumm und beschränkt sie doch war. Und wie unvorsichtig! Er hatte am Telefon erlauscht, dass sie zärtlich von „deinen wunderbaren Kindern" sprach. Die Mutter ist schrecklich und eine Lügnerin. Aber er sagte zu niemandem ein Wort. Auch jetzt schweigt er. Zu beschämend wäre das, was er ihr zu sagen hat. Alle möglichen Vorwürfe hat er ihr bereits gemacht. Zu diesem Geheimnis hat er ihr gegenüber bisher kein Sterbenswörtchen verlauten lassen. Für den Vater wäre es eine Katastrophe, ganz abgesehen davon, dass er gar nicht wüsste, mit welchen Worten er, der Sohn, ihm dieses Geheimnis offenbaren sollte. Nein, es ist einfach. Er muss stumm bleiben. Sonst passiert ein Unglück.

2
Freitag, der 4. Juni 1965

Am frühen Nachmittag ist Micha auf dem Heimweg von der Schule. Es ist heiß, gleichwohl fühlt sich der Sommer weiterhin leicht an. Micha blinzelt in die Sonne, die noch ziemlich hoch steht, zwei dicke Zeppelinwolken schweben am ansonsten makellos blauen Himmel, der eine Stille ausstrahlt, als habe er den Atem angehalten.

Als er in die Siedlungsstraße mit den Einfamilienhäusern einbiegt, sieht er seine kleinen Geschwister vor dem Haustor stehen.

„Na, ihr beiden, was macht ihr denn hier? Auf was wartet ihr?", fragt er im Näherkommen. Nun fällt ihm auf, dass sie noch ihre Schulranzen auf dem Rücken tragen.

„Magdatante ist nicht da und Bertel auch nicht."

„Bertel hat heute frei. Das ist komisch, Magdatante ist doch immer da."

Micha klingelt, pocht mit der flachen Hand laut an das Tor, niemand öffnet. Die Nachbarin, von der ungewöhnlichen kleinen Versammlung angezogen, tritt an den Gartenzaun. Da erscheint ein Taxi an der Ecke, Magdatante steigt aus. Sie eilt die paar Schritte die Straße entlang. Sie begrüßt die Nachbarin und wendet sich dann an die Kinder:

„Ach, Kinder, ich musste schnell ein paar Besorgungen machen."

Sie spricht so absichtsvoll, dass Micha erkennt, dass diese Bemerkung für die neugierige Nachbarin bestimmt ist.

Magdatante schließt das Tor auf, lässt die Kinder in den Innenhof treten. An der offenen Haustür sagt sie, zu ihnen gewandt:

„Kommt herein, ich mach euch einen Kakao und es hat noch reichlich Erdbeerkuchen von gestern."

Sie spricht sehr hastig, dabei ist sie sonst die Ruhe selbst. Micha durchschaut ihre Nervosität, sie will der Frage, warum sie mit dem Taxi gefahren ist, ausweichen. Es muss Ungewöhnliches vorgefallen sein.

Im Hausflur entgeht Micha nicht, dass Magdatante für die Dauer eines Wimpernschlags unschlüssig und verwirrt wirkt, sich dann fasst, indem sie den Körper strafft und die Stirn mit der Hand glattstreicht.

„Kinder, ab mit euch in die Küche, es ist gleich alles fertig." Sie folgt ihnen und schließt sofort die Küchentür. Micha wird stutzig. Was hat diese Eile zu bedeuten?

Nach ein paar Minuten hört er Vaters Auto im Hof. Micha steht auf, um hinauszugehen. Magdatante stellt sich ihm in den Weg.

„Junge, bleib hier, iss erst mal deinen Kuchen."

Micha reagiert trotzig, denn Magdatante interessiert es sonst nicht, ob er seine Mahlzeiten unterbricht oder nicht. Das Privileg des nahezu Erwachsenen. Er schüttelt den Kopf. Missbilligend entschlüpft ihm:

„Magdatante, was soll das?"

Sie weicht zurück, gibt den Weg zur Tür frei.

„Ihr bleibt da sitzen, wo ihr seid", befiehlt sie den Kleinen, die auch aufgesprungen sind und sich jetzt wortlos fügen.

Micha hört seine Eltern im Herrenzimmer sprechen. Er klopft an. Als ihm niemand antwortet, steckt er den Kopf zur Tür hinein, dann tritt er ein. Sein Vater steht mit dem Rücken zu ihm, vor seiner Mutter, die im Ohrensessel Platz genommen hat. Sein Vater reicht der Mutter ein feuchtes Tuch, das sie sich über Auge und Stirn legt. Er kann gerade noch sehen, dass ihr Gesicht verschwollen ist.

„Mutti, Vater, was ist passiert? Hatte Mutti einen Unfall?"

„So könnte man es nennen. Micha, bitte, geh zu den Kleinen in die Küche."

„Ich will wissen, was los ist."

„Du wirst es erfahren."

Also schickt sich Micha davon. In der Küche beobachtet er Magdatante mit detektivischer Genauigkeit. Sie ist fahrig, greift neben die Gegenstände, die sie aufheben will, lässt Besteckteile laut auf den Tisch fallen. Das ist ungewöhnlich, da sie doch eher leise ist und wie eine professionelle Haushälterin ihrer Küche vorsteht. Ein paar Strähnen ihrer Haare, die sie immer zu einem straffen Knoten gebunden hat, haben sich an den Seiten gelöst. Sie wirkt angestrengt.

Niemand spricht ein Wort. In diese bedrückende Stille hinein tickt die Wanduhr in überdeutlichem Stakkato: Was – ist – los – was – ist – los. Bis die Hausklingel ertönt.

Von Neugier getrieben, huscht Micha auf den Flur. Sein Vater ist gerade dabei, den Besucher hereinzulassen. Er führt Dr. Weiß, den Hausarzt, ins Zimmer. Bevor er die Tür schließt, gibt er Micha ein Zeichen, er soll sich entfernen. Der Sohn jedoch schleicht sich in den Salon und stellt sich hinter die Schiebetür zum Herrenzimmer. Von hier aus kann er belauschen, was gesprochen wird.

Er hört Dr. Weiß:

„Das sieht nicht gut aus, Herr Valentin, sie sollten Ihre Frau in die Klinik bringen, um sicherzustellen, dass nichts gebrochen ist."

Er vernimmt die leise Stimme seiner Mutter:

„Nein, bitte nicht in die Klinik, es ist sicher nicht so schlimm."

Wieder spricht der Arzt:

„Wie ist das passiert, meiner Meinung nach liegt Gewalteinwirkung vor. Ehrlich gesagt, Herr Valentin, das wirft kein gutes Licht auf Sie."

„Nein, Herr Doktor, er hat nichts damit zu tun. Ich bin ... die ... Kellertreppe hinuntergefallen und direkt mit Auge und Stirn auf den Griff der Schubkarre aufgeschlagen. Es ist sehr schmerzhaft."

„Ausgeschlossen, dass sie mit dem Auge auf einen aufrecht stehenden Griff gefallen sind. Dann hätten Sie eine schwerwiegende Verletzung am Auge selbst. Aber auch so ist es schlimm genug. Und was ist mit dem geschwollenen Kinn und den blauen Flecken am Hals und an den Unterarmen."

„Herr Doktor Weiß", hört Micha die tiefe, knarzende Stimme seines Vaters, „Sie haben recht. Es liegt Gewalteinwirkung vor, aber nicht von mir. Lotta, nur du kannst das aufklären."

„Herr Doktor", sagt seine Mutter in jammerndem Ton, „ich schäme mich so. Es ist meine Schuld."

Es folgt eine längere Stille. Micha hat den Eindruck, dass seine Mutter ihre Bittrede noch nicht beendet hat. Richtig, jetzt hört er sie, von lauten Schluchzern unterbrochen, weiter sprechen:

„Meinen Mann ... trifft keine Schuld, ... und den ... den ... anderen, den möchte ich vergessen. ... Es war ein Irrtum. ... Sie haben doch Lebenserfahrung. Ein kluger Mann wie Sie weiß, dass man sich irren kann. ... Bitte glauben Sie mir. Es war mein Fehler."

Micha hört wieder eine Zeit lang nichts, bis der Arzt langsam und bedächtig spricht.

„Kann ich davon ausgehen, dass ein fremder Mann Sie so zugerichtet hat und Sie wollen ihn nicht anzeigen?"

Niemand scheint zu antworten. Micha stellt sich vor, dass seine Mutter mit dem Kopf nickt. Sein Herz klopft wie wild. Er muss sich kontrollieren, damit dieses Gefühl nicht Herr über ihn wird, das Gefühl, dass er den Boden unter den Füßen verlieren könnte. Er ist aufgebracht, am liebsten würde er für die Mutter das Wort ergreifen und den Arzt dringend bitten, diesen Halunken selbst anzuzeigen. Doch das darf nicht sein, die Polizei, die Nachbarn und Bekannten dürfen nichts davon erfahren, diese Schamschwelle darf nicht überschritten werden.

Von neuem spricht der Arzt: „Ich bin erleichtert, dass meine Menschenkenntnis mich nicht trügt. Herr Valentin, ich kenne Sie als ehrlichen und angesehenen Mann. Frau Valentin, Sie müssen ins Krankenhaus zum Röntgen, Ich schreibe Verletzungen nach Sturz in den Überweisungsschein."

„Danke, Herr Doktor, Sie sind so ein lieber und verständnisvoller Mensch", schmeichelt seine Mutter mit weinerlicher Stimme. „Ich danke Ihnen von ganzem Herzen."

„Ich bringe sie unverzüglich ins Krankenhaus", hört er seinen Vater geschäftsmäßig sagen.

Danach kehrt wieder Stille ein. Wahrscheinlich schreibt der Arzt das Formular für die Klinik aus. Micha belauscht noch, wie der Arzt sich verabschiedet und das Haus verlässt.

Er bleibt auf seinem Horchposten. Bald spricht sein Vater, die Stimme voller Zynismus:

„Hast du endlich ein für alle Mal genug von diesem feinen Pinkel, diesem Gigolo? Und wenn du wieder gesund bist, packst du deine Sachen und gehst. Ich will dich nicht mehr sehen. Jetzt aber, steh auf, wir fahren zur Klinik."

„Joschka, Joschi, ich bitte dich, du hast recht, ich kann dich nicht um Verzeihung bitten, es ist zu schlimm, was ich dir angetan habe. Trotzdem sollst du wissen, dass ich nur einen Wunsch habe, hier in diesem Haus, bei dir zu bleiben. Lieber möchte ich sterben, als von hier fortgehen."

„Hör auf mit dem Theater, noch sterben wir nicht. Es hat sich ausgejoschkat. Wenn es dir gefällt, kannst du dich von dem feinen Herrn tot prügeln lassen. Verlass dich drauf, über diese Angelegenheit ist noch nicht das letzte Wort gesprochen."

Er hört, wie Vater und Mutter das Herrenzimmer, dann das Haus verlassen. Die Wagentüren schlagen zu, der Motor heult auf, die Eltern fahren davon.

In der Küche sehen die kleinen Geschwister den großen Bruder ängstlich an. Sie spüren, dass etwas nicht stimmt, vermutet er. Nach einem tiefen Seufzer wünscht Magdatante:

„Micha, kümmere du dich um die beiden, ich bereite das Essen."

Zu dritt begeben sie sich ins Schlafzimmer, das alle drei Kinder mit der Mutter teilen. Die Geschwister haben zwei Betten, deren Kopfenden sich berühren. Micha schläft in dem Teil des Doppelbetts, der nicht von der Mutter benutzt wird und in dem früher sein Vater die Nächte verbracht hatte, bevor er an Schlafstörungen litt und sein Nachtlager auf der Chaiselongue im Herrenzimmer aufschlug.

„Kommt her, ich lese Euch vor." Die beiden reagieren kaum, setzen sich allzu bereitwillig zu ihm auf Renis Bett und er fängt an, aus dem dicken Märchenbuch die Geschichte von Rotkäppchen und dem bösen Wolf vorzulesen.

Micha ist nicht recht bei der Sache. Seine Gedanken schweifen ab zu den Eltern. Komisch, grübelt er nach einer Weile, ich lese hier vor und gleichzeitig kann ich an die Eltern denken. Ich habe ein zweigleisiges Gehirn. Das habe ich ja seit langem. Wie oft denke ich daran, dass in unserer Familie eine ganze Menge nicht stimmt. Kaum ist die Mutter zu Hause angekommen, schmeißt sie sich ans Telefon und spricht mit diesem Mann. Und doch tue ich immer meine Pflichten. Ich funktioniere so wie Vati und Magdatante. Manchmal bin ich traurig. Auch das behalte ich für mich und alles, was ich weiß. Ich bin ein Leugner. Oder gar ein Lügner.

In seine Gedanken hinein bemerkt Micha, mit welch stillem Ernst die Geschwister ihn ansehen und seinen Worten lauschen. Es ist Oskars Lieblingsmärchen. Jedenfalls war es das, als er noch kleiner war. Mit Spannung erwartete er die Rede, in der das Rotkäppchen den Wolf befragt: „Warum hast du so große Augen, so große Ohren, so eine große Nase?“ Bis es sich dann erkundigt: „Warum hast du so ein großes Maul?“ Früher stieß er immer, wenn man an diese Stelle kam, einen Jauchzer aus, als würde sich eine Spannung in ihm lösen, wenn der Wolf sich auf das Rotkäppchen stürzt. Heute hört er stumm und scheinbar unbewegt zu, beide Kinder wirken ein bisschen müde. Micha denkt, eigentlich sind sie ja etwas zu alt für solche Geschichten, doch sie hören andächtig zu. Vermutlich ist es das Vorlesen selbst, das ihnen gefällt.

Was wird mit uns passieren, wenn der Vater ernst macht, wenn er die Mutter wirklich vor die Tür setzt? Denn dieses Haus gehört Vater, vor ein paar Jahren zahlte er den Rest des bei der Heirat gewährten Zuschusses an Großvater zurück. Micha erlauschte das Gespräch zwischen Vater und Mutter und wunderte sich über Vaters Worte. „Der Ordnung halber, ich möchte, dass das Haus mir allein gehört.“ Der Handel kam ihm seltsam und befremdlich vor. Jetzt versteht er den Vater. Er hat vorgesorgt für den Fall, der nun eintritt. Und sie würden doch allein auskommen. Solange Magdatante bei ihnen bliebe und für sie sorgen würde. Wenn nicht, wäre ja noch Bertel da, die half doch mitunter im Haushalt, und Frau Scholz kam zum Großputz und zur Wäsche. Was würde aus Mutti werden? Zu diesem Schwein würde sie ja nicht umziehen können, nachdem der sie so zugerichtet hat.

Als das Märchen fertig ist, bestürmen die Kleinen ihn. Sie möchten, dass Micha weiter vorliest. Oskar holt Michas illustrierte Kinderbibel herbei. Er schlägt seine Lieblingserzählung auf, die von Jonas im Walfisch. Micha wehrt ab, heute nicht mehr, sie müssten Schularbeiten machen. Sie sind am

Ende des zweiten Schuljahres und haben es gern, wenn Micha oder einer der Erwachsenen ihre Schreib- und Rechenübungen beaufsichtigt. Schweigend holen sie ihre Ranzen herbei, schleppen sie ins Herrenzimmer und setzen sich an ihre niedrigen Tische neben dem wuchtigen Schreibtisch des Vaters. Sie packen ihre Übungshefte aus und vertiefen sich still in ihre Arbeit. Micha wendet sich ab, will den Raum verlassen. Reni quengelt:

„Micha, bleib doch da. Es ist schöner, wenn du dabei bist."

„Ich bin fix zurück, ich will nur schnell in der Küche ein Glas Wasser trinken. Keine Sorge, ich muss doch auch noch für die Schule arbeiten."

„Magdatante, was ist los, wieso hat Vati Mutti dort abgeholt. Warst du dabei?" Er gibt sich keine Mühe, seine Ungeduld zu verbergen.

„Ach, Micha, du bist noch viel zu jung, um von solchen Verhältnissen zu erfahren." Für einen Moment schließt sie die Augen, als besinne sie sich. „Ja, du bist zu jung, aber du bist auch kein Kind mehr. Sowieso hast du schon zu viel mitbekommen."

Sie schaut ihm in die Augen, macht ein Gesicht, als wolle sie sich dafür entschuldigen, dass sie nun die erschreckende Wahrheit herauslässt. Nach einem tiefen Seufzer, der fast ein Stöhnen ist, berichtet sie:

„Ja, dieser Mann hat angerufen. Deine Mutter war verletzt und ohnmächtig. Er wusste sich keinen Rat, da hat er angerufen und deinen Vater aufgefordert, seine Frau abzuholen. Dein Vater ist klug und hat mich mitgenommen. So hat er eine Zeugin. Ja, es ist ein großer Kummer." Sie seufzt, lauter als zuvor: „Wenn ich nur wüsste, wie das weitergehen soll. Das lässt sich kein Mann gefallen. Das nicht. Diesmal ist sie wirklich zu weit gegangen."

Micha ist sprachlos. Dieser Panitz hat seine Mutter zusammen geschlagen und dann die Dreistigkeit, sie von ihrem Mann abholen zu lassen? Verdammt. Verdammt nochmal. Und seine Mutter? Lässt sich einfach verprügeln.

„Warum hat dieses verdammte Schwein sie geschlagen?"

Magdatante runzelt ihre tief zerfurchte Stirn und antwortet zögernd:

„Micha, deine Mutter ist eine schöne Frau, und er ist eifersüchtig. Soviel ich weiß, hat er seit längerem den Verdacht, dass sie mit Doktor Großerau schöntut."

„Schöntut? Weil sie nett und charmant ist, richtet der sie so zu? Das kann nicht dein Ernst sein!"

„Na, ja, ich nehme an, er meint mehr als nur freundlich sein. Er ist eifersüchtig, krankhaft eifersüchtig."

Krankhaft eifersüchtig, das ist wie eine Gebetsformel. Auch dem Vater hat die Mutter das nachgesagt. Der hat nun wirklich allen Grund, eifersüchtig zu sein. Wenn ich jemals heirate, schwört er sich, um die aufkommende

Panik niederzukämpfen, werde ich nur das glauben, was sich vor meinen eigenen Augen abspielt.

Nein, versichert er sich selbst, nun in ruhigerer Überlegung, mir könnte eine Frau nichts vormachen. Es ist doch so einfach. Mutti ist oft außer Haus, auch dann, wenn sie nicht im Geschäft ist. Wenn Vati auf Reisen ist, bleibt sie manchmal bis weit nach Mitternacht weg. Magdatante weiß alles, schimpft mit ihr, das hat er erlauscht. Warum hört Mutti nicht auf sie. Dabei ist Magdatante wie eine Mutter zu ihr.

Blitzartig überfällt ihn ein Schwindel. Er muss sich an der Tischkante festhalten.

„Micha, was ist? Ist dir nicht gut?" will die Tante wissen. Sie klingt besorgt, ist aber längst im Bilde:

„Es sind auch für dich ein paar Aufregungen zu viel. Behalte alles für dich. Den Kleinen müssen wir sagen, dass die Mutter einen Unfall hatte. Behalte alles für Dich. Das ist nichts für fremde Ohren, für so junge wie deine eigentlich auch nicht. Bitte – nimm es dir nicht so zu Herzen."

Etwas tonlos und gedankenverloren wie eine Litanei setzt sie hinzu:

„Es wird alles gut. Es wird alles gut. Es muss."

In den kommenden Tagen hält die Mutter sich im Schlafzimmer auf. Sie liegt im Bett, die Rollläden sind herabgelassen, die Gardinen zugezogen. Die Geschwister dürfen untertags immer nur für ein paar Minuten zu ihr. Micha weiß nicht, wie er sich verhalten soll. Er hat kein Bedürfnis, seine Mutter zu sehen. Es ist ihm widerlich, dass er nachts neben ihr in dem Doppelbett liegen muss. Diese Nähe kann er nur ertragen, indem er augenblicklich in einen tiefen, traumlosen Schlaf versinkt.

Als die Mutter etwas gekräftigt ist, zieht sie tagsüber auf die Terrasse zum Hof um. Dort ruht sie auf einem Liegestuhl, das verschwollene Gesicht der Sonne zugewandt, die Augen geschlossen. Magdatante umsorgt sie, bringt ihr Tee, massiert ihr Schultern und Füße. Sie sprechen leise miteinander. Micha beobachtet sie vom Küchenfenster aus. Er hat den Eindruck, dass Magdatante lebhaft auf seine Mutter einspricht. Die Mutter hält die Arme dicht an den Körper gepresst. Sie gibt nur einsilbige Antworten mit müden Bewegungen ihrer Hände, die sich wie Flügel auf und ab bewegen. Micha stellt nach zwei Wochen fest, dass die Mutter gesünder aussieht, sich aber weiterhin schont. Er wartet, was geschehen wird. Macht der Vater seine Drohung wahr? Bestimmt, diesmal lässt er sich nicht erweichen.

Doch nichts passiert. Kein Donnerwetter. Kein Streit. Nichts. Im Gegenteil, der Vater ist besonders ruhig und friedlich. Seit dem Ereignis war er immer nur auf Kurzreisen in der Umgebung. Micha wundert sich. Allmählich blüht die Mutter wieder auf. Magdatantes Fürsorge hat ihr offensichtlich geholfen. Sie steht auf, das Gesicht ist nicht mehr entstellt, dort wo blaue und violette Flecken waren, sind nur noch fahle gelbgrüne Hautverfärbungen. Sie wirkt schön in ihrem Kummer, ist schlanker geworden, so wie vor dem Aufenthalt im Schweizer Sanatorium.

Nach mehreren Wochen lässt sie sich wieder auf der Straße blicken, erledigt ihre Einkäufe und betreut stundenweise das Geschäft. Und immer noch passiert nichts. Micha ist ratlos. Die Eltern, die sonst oft laut streiten, verhalten sich ruhig. Kein Zank, keine lauten Diskussionen, also wird der große Sturm demnächst losbrechen.

Eines Nachmittags kommt Micha früher als sonst von der Schule nach Hause. Als er das Haus betritt, hört er die laute Stimme des Vaters. Im Flur versperrt ihm ein kirschholzfarbener Schrank den Weg. Bei einem Blick durch die Türöffnung ins Herrenzimmer sieht er eine Couch und zwei Sessel, die das Zimmer wie ein Möbellager wirken lassen. Seine Eltern sind im Salon. Micha hört wie der Vater sagt:

„Von unserem Geld hast du Möbel für diesen Halunken gekauft."

Die Mutter antwortet kleinlaut: „Nicht für ihn. Für mich. Ich habe in seiner Wohnung ein Zimmer eingerichtet für mich."

„Ich verstehe", sagt der Vater in sarkastischem Tonfall, „du brauchtest unbedingt eine Bleibe, weil es hier für dich nicht genug Platz gab."

„Joschka", schmeichelt die Mutter, „du magst es vielleicht nicht glauben, aber der Rückzug von den vielen Pflichten daheim, hat mir gut getan. So ein Zimmer ganz für mich allein."

Der Vater lacht sein raues, bitteres Lachen. Plötzlich kommt er auf den Flur und sieht Micha neben dem Schrank stehen.

„Hallo, Micha, wir haben kurzfristig ein Möbellager."

Er zeigt auf den Schrank und in das Herrenzimmer hinein. Dann sagt er in drohendem Ton, der wohl für die Mutter bestimmt ist:

„Aber nicht mehr lange." Am nächsten Nachmittag sind die überzähligen Möbelstücke verschwunden.

Micha ist ratlos, was das alles zu bedeuten hat. Er wartet auf Vaters Befreiungsschlag. Aber es passiert immer noch nichts. Er versteht nicht, warum nach dem Intermezzo mit den Möbeln, wieder gespenstische Ruhe herrscht. Vater wollte doch reinen Tisch machen. Als er die Spannung nicht mehr aushält, wendet er sich an Magdatante.

„Micha, Junge, dein Vater ist zu bewundern. Sei froh, dass er euch das Zuhause erhält. Und jetzt, nachdem der Mann ihre Möbel hergeschickt hat, ist wirklich der ganze Spuk vorbei. Deine Mutter hat es hoch und heilig versprochen. Alle sind erleichtert, ich auch. Und dein Vater ist bereit, zu verzeihen. Er tut es für euch Kinder."

„Aber Magdatante ...", Micha weiß nicht, wie er seine Ratlosigkeit ausdrücken soll. Seine Mutter hatte doch schon Möbel in der Wohnung von diesem..., diesem ... „Aber Magdatante..."

„Nicht doch, Micha, die Erwachsenen denken in diesen Dingen vernünftiger. Eine Familie ist eine große Verantwortung. Dein Vater ist keiner, der sich drückt. Er ist bewunderungswürdig." Dann setzt sie seufzend hinzu: „Wenn ich so einen Mann gehabt hätte, ich hätte ihn auf Händen getragen."

„Geschwätz", murmelt Micha kaum vernehmbar und wirft Magdatante einen verächtlichen Blick zu. So reden alte Frauen. Nichts als Weibergewäsch. Brüsk dreht er sich um und verlässt ihr Küchenreich. Gut, sagt er sich, wenn es denn so ist, wird Vater wissen, warum er das tut.

3
Donnerstag, 9. September 1965

Drei Monate nach dem „Unfall" fällt ihm auf, dass die Mutter wie zuvor öfter und länger abwesend ist. Da er sie nicht oft im Laden antrifft, schöpft er Verdacht. Ob sie wieder einen Freund hat, fragt er sich, so wie damals, als er dem Taxi mit dem Fahrrad folgte. Er will ihr eigentlich nicht nachspionieren. Warum nur kann er der Versuchung nicht widerstehen, als er an einem Nachmittag ihre offene Handtasche direkt auf Vaters Schreibtisch stehen sieht, während er sich anschickt, dort seine Schulaufgaben zu erledigen. Er kramt in der Tasche und findet in einer Innenlasche ein angefangenes Päckchen Kondome. Er öffnet die Schachtel. Es fehlen zwei Stück. Er hat so etwas noch nicht gesehen, von Gleichaltrigen hat er jedoch aufgeschnappt, dass man mit diesen dünnen Gummis, die offiziell Kondome heißen und viele unanständige Namen haben, Schwangerschaften verhütet. Warum trägt die Mutter solche Sachen in der Handtasche? Gehören sie nicht in eine Schublade hier im Haus? Das kann nur bedeuten, dass die Mutter sie irgendwo außerhalb benötigt. Verdammte Scheiße. Er steckt das Päckchen zurück und nimmt sich vor, die Mutter zu beobachten. Gleichzeitig hat er die vage Idee, dass er in eine Sphäre intimer Dinge eindringt, in der er eigentlich nichts zu suchen hat. Trotz dieser Ahnung, die allmählich zur Gewissheit wird, kann er die Sache nicht auf sich beruhen lassen. Er ist gekränkt. Wieder betrügt die Mutter den Vater. Fraglich ist nur, mit wem. Das wird er herausfinden.

Nach ein paar Tagen schafft er sich eine Gelegenheit. Vor Schulschluss hat er den Unterricht verlassen, versäumen wird er nichts, was er nicht nachlernen kann. Heute hat er Wichtigeres zu tun. Er hastet zur Neuen Kräme, wo sich der Laden seiner Eltern befindet. Ein paar Häuser entfernt, stellt er sich in eine Eingangsnische. Wenn die Mutter das Geschäft verlässt, will er ihr folgen. Er hat erlauscht, wie sie sich telefonisch für heute Mittag verabredet hat. Das Gespräch klang nach Liebelei. Vielleicht trifft sie sich mit dem neuen Liebhaber.

Geduldig wartet er, die Ladentür im Auge, nebenbei betrachtet er die Passanten. Einen benachbarten Ladenbesitzer kennt er, den grüßt er. Dessen verwunderte Miene darüber, warum er da in dem Eingang herumsteht, ist ihm egal. Denn er hat eine Mission. Und richtig, die Mutter lässt nicht lange auf sich warten. In betont aufrechter Haltung stolziert sie in die Gegenrichtung, er kann ihr unauffällig folgen. Von der Zeil aus biegt sie ab in die Stiftstraße. Er ahnt schon, sie ist auf dem Weg zu Panitz, aber er will es mit restloser Sicherheit bestätigt haben und folgt ihr, wie sie wogenden Schrittes durch den Hof der Peterskirche bis zur Bleichstraße stöckelt und von dort aus die Friedberger Anlage durchquert. Er hält sich fünfzig Meter hinter ihr, auf den Straßen verbirgt er sich ab und zu hinter einem Auto oder einer Gebäudeecke, in den Grünanlagen hinter Gebüsch, weil die Mutter langsamer ist als er. Voll ungeduldiger Hast bewegt er sich schneller vorwärts, als er will. Richtig, sie überquert den Anlagenring und tänzelt weiter in Richtung Krankenhaus, das der Panitz-Wohnung gegenüber liegt. Muss er noch mehr wissen? Nein. Trotzdem folgt er ihr, überholt sie, als sie sich im Hof vor der Haustür befindet und beobachtet von der Ecke des Nachbarhauses aus, dass sie die Haustür mit dem Schlüssel aufsperrt, den sie aus der Handtasche gekramt hat.

Sein Verdacht hat sich erfüllt. Ihn kann sie nicht hereinlegen. Verdammte Oberscheiße. Er macht sich auf den Heimweg. Soll er Vater Bescheid sagen? Nein, das geht nicht, er kann sie nicht verraten. Niemandem. Er will nicht an ihrem Unglück schuld sein. Das soll sie sich schon selbst einbrocken. Soll sie doch alle belügen und betrügen. Hauptsache, er lässt sich kein X für ein U vormachen.

Ein paar Wochen lang geht die Mutter weniger aus. Micha hat die Hoffnung, dass sie endlich die Beziehung zu diesem Schläger aufgegeben hat.

Eines Nachmittags im Oktober, sein Vater ist auf Dienstreise, erscheint Micha im Salon. Seine Mutter sitzt im Sessel und liest. Es ist ein Brief, mehrere dünne Blätter, in kleiner Schrift dicht beschrieben. Sie unterbricht die Lektüre, steckt den Brief in den Umschlag zurück und diesen dann in die Tasche ihres Hauskleids.

Sie lächelt Micha fragend zu, der immer noch abwartend vor ihr steht.

„Wer hat denn geschrieben?“

„Großtante Kuni aus Köln, mein Schatz.“

„Und was schreibt sie?“ Wie ein Polizist beim Verhör klingt das. Der barsche Ton scheint die Mutter nicht zu stören, denn sie antwortet mit sanfter Stimme.

„Dass sie alle wohlauf sind, dass Peter, der noch zwei Jahre jünger ist als du, wunderbar Klavier spielt. Du solltest auch mehr üben. Weihnachten ist schneller da, als du meinst. Denke daran, dass du Weihnachten vorspielen musst. Dein Vater legt großen Wert darauf. Er möchte ein festliches Weihnachten mit Hausmusik. Oskar und Reni üben bereits fleißig."

Micha bezweifelt nicht, dass sie lügt, dass der Brief keineswegs aus Köln ist, sondern von diesem Schweinehund. Mit der Musik so früh vor den Feiertagen will sie ihn ablenken. Sonst nichts.

„Lass mich doch den Brief lesen?" Zu dieser ruhigen Bitte zwingt er sich. Er muss sich der Raffiniertheit der Mutter anpassen.

„Das wäre nicht recht, Erwachsene schreiben sich manchmal Dinge, von denen Kinder nichts wissen müssen."

„Ich verstehe."

Die Mutter reagiert auf die Bitterkeit, die in seiner Bemerkung mitklingt.

„Nein, du verstehst nicht, du wirst es begreifen, wenn du erwachsen bist."

„So lange brauche ich nicht zu warten. Jeder hat sein Geheimnis. Ich vielleicht auch."

Mit gespieltem Erstaunen geht die Mutter auf ihn ein.

„Wie rätselhaft du sprichst. Willst du mir nicht dein Geheimnis anvertrauen?"

„Du nimmst mich nicht ernst. Weißt du, was ich glaube?", sagt er in drohendem Ton, worauf die Mutter ihn ängstlich und unsicher anschaut.

„Nein", artikuliert er mit fester Stimme und überdeutlich, „ich weiß es, ich weiß, dass du wieder mit dieser verdammten Scheiße anfängst. Du bist ein Flittchen. Das ist noch gelinde ausgedrückt. Und ich hasse dich. Ich schäme mich. Ich schäme mich, dass du meine Mutter bist."

Er will sich nicht geschlagen geben. Er kämpft gegen die Tränen an. Als er spürt, wie ihm die Stimme versagt, beginnt er zu schluchzen. Sich am Tisch abstützend, lässt er sich in einen Sessel fallen.

„Michael, sag doch so was nicht", fängt auch die Mutter an zu weinen. „Das verstehst du nicht. Du musst erst erwachsen werden, um zu verstehen, was die Liebe bedeutet."

Er richtet sich auf. „Nimm dieses Wort nicht in den Mund, du ziehst es in den Dreck. Liebe hat nichts zu tun mit Betrügerei und Heimlichkeiten. Was du mit diesem Mann hast, ist ein elendes Verhältnis, mit einer billigen Affäre hintergehst du Vati."

„Nein, das tue ich nicht. Ich bin fertig mit diesem Mann, glaube mir."

„Ich glaube gar nichts, nie mehr glaube ich, was du sagst. Erzähle doch Lügnern deine Lügen. Du lügst, wenn du den Mund aufmachst."

Magdatante erscheint, aufgeschreckt durch den Lärm.

„Was ist denn hier los? Micha, warum streitest du mit deiner Mutter? Die Kleinen werden unruhig. Seid stad. Vertragt euch."

Micha springt auf. „Magdatante, du unterstützt auch noch diese Betrügerin, was soll ich davon halten", bricht es unkontrolliert aus Micha hervor.

„Micha, sprich nicht so mit deiner Mutter. Sie ist deine Mutter."

„Ja, leider, ich habe sie mir nicht ausgesucht und würde es in aller Ewigkeit nicht tun, wenn ich die Wahl hätte. Lügnerin, Betrügerin."

Die Türen wild hinter sich zuschlagend, stürmt er aus dem Haus. Was soll er tun, wohin soll er gehen? Er rennt zum Fluss hinunter. Weder nach links noch nach rechts guckend, erreicht er aufgewühlt den Grünstreifen, der sich am Ufer entlangzieht bis zur Gerbermühle.

Hier, in der Nähe des Wassers wird er allmählich ruhiger. Eine Weile sitzt er versunken auf einer Bank. Er hat schon mehrmals die Erfahrung gemacht, dass er hier, fernab von allzu großem Menschenverkehr zu so viel innerer Ruhe findet, dass er überhaupt denken kann und nicht fürchten muss, im Strudel seiner Emotionen unterzugehen.

Nahe dem Ufer erspäht er einen mit hellgrünem Moos komplett überwachsenen Baumstumpf, der wirkt, als habe er eine weiche Oberfläche. Mit den von ihm wegstrebenden Wurzeln wirkt der Stumpf wie eine Krake. Und um die Illusion perfekt zu machen, gibt es oben, am abgerundeten Kopf, eine dunkle Stelle, ein Loch, wo kein Moos ist. Das Auge der Krake.

In der Nähe dieses grünen Monsters wächst ein Busch, dessen abgestorbene untere Äste gänzlich mit einer ockerfarbenen Flechte umhüllt sind. Sie hat sich auch auf den Ästen festgekrallt, die noch grüne Blätter tragen. Die Flechte muss sehr aggressiv sein. Sie will den Busch besiegen. Und dann? Micha setzt sich auf den grünen Kraken, der Sitz ist viel härter als es den Anschein gehabt hat. Er starrt in den Fluss. Die widerstreitenden Gefühle für Vater und Mutter machen ihm ein zerrendes Gefühl in der Brust. Der laute Flügelschlag eines großen Vogels lässt ihn zusammen fahren, sein Herz pocht ihm im Hals. Er setzt sich ans Ufer, verfolgt das träge Fließen des Flusses und wird ruhig. In der gut sichtbaren Strömung in Ufernähe blitzt das Licht auf, das sich in sanftem Rhythmus in den Wellen fängt und wieder löst. Wenn er doch so forttreiben könnte wie das Wasser, wie leicht wäre ihm dann.

„Ich laufe fort." Seine eigene Stimme erschrickt ihn und auch der Inhalt der Worte. Wäre das nicht die Lösung? Ja, sicher, das wäre der Ausweg. Einfach fortlaufen. Wieso kommt ihm die Idee erst jetzt? Wieso fällt ihm das Beste erst dann ein, wenn er total feststeckt in der Sackgasse?

In würdevoller Ruhe überlegt er, wohin er gehen könnte. Verwandte kommen nicht in Frage, höchstens die Großeltern Valentin in Budapest. Aber nein, so ein Quatsch. Wenn er dort auftauchte, wüssten seine Eltern sofort Bescheid. Außerdem: Wie sollte er die Grenze überwinden, die schrecklichen Grenzkontrollen allein überstehen. Er könnte hier in Frankfurt verschwinden. Die Stadt ist groß genug, um jemanden dauerhaft zu verbergen. Sicherer wäre es allerdings, sich in einer anderen Großstadt zu verstecken. Vielleicht in Köln oder München. Was sollte er arbeiten? Das wäre erforderlich, denn von irgendetwas müsste er doch leben. Ach, das wird sich finden. Wie würde er die Flucht am geschicktesten anstellen? Für eine Fahrkarte hat er kein Geld, überhaupt muss man für Essen und Unterkunft an fremden Orten zahlen. Kleine Beträge hat er dem Vater schon aus der Jackentasche entwendet. Jetzt müsste er in die Brieftasche greifen. Das würde leider entdeckt werden. Um Geld zu sparen, würde er mit dem Zug schwarzfahren, sich durch die Fahrkartenkontrolle am Bahnsteig schmuggeln und sich bei Kontrollen auf der Toilette verstecken. Ein Klassenkamerad war auf diese Weise gereist. Gut, so geschickt könnte er auch sein. In der Nacht müsste er sich fortstehlen, einen Rucksack mit Proviant packen. Ja, so würde es gehen.

Er will einfach nicht länger in seinem Elternhaus leben. Gewiss, das Frühjahr wäre für solch eine Aktion besser geeignet. Der Winter wird sich rechtzeitig einstellen. Bevor es Eis und Schnee gibt, wenn überhaupt so ein kalter Winter bevorsteht, wird er schon eine Unterkunft finden. Er steht auf. Über all das will er sich im Moment keine Gedanken machen. Es wird sich finden.

Als er sich in Bewegung setzt, wird ihm mit einem Schlag klar: Sein Plan ist undurchführbar. Wie könnte er es ohne Rita aushalten? Wie sollte er ertragen, sie nicht mehr in der Schule zu sehen, nicht mehr Händchen haltend mit ihr die Uferpromenade entlang zu spazieren, nicht mehr mit ihr ins Kino zu gehen. Neulich haben sie stundenlang über diesen französischen Film diskutiert. *Jules und Jim* von Truffaut. Sie sahen den Streifen im Original mit Untertiteln, weil sie glaubten, sie könnten ihr Französisch verbessern, mussten dann allerdings zugeben, dass sie mehr als ihnen lieb war auf die Untertitel angewiesen waren. Sie wunderte sich ein bisschen, dass ihn der Film so mitgenommen hatte. Dass eine Frau, die von zwei Männern geliebt wird, ihn an die Situation daheim erinnert, durfte er ihr nicht verraten. Auch wenn sie sonst keine Geheimnisse voreinander haben. Rita, die nichts ahnt, weil sie in einem anderen Stadtviertel lebt, darf nicht wissen, was mit seiner Mutter los ist.

Für ein richtiges Kinovergnügen lud er sie wenig später zu Billy Wilders *Das Appartement* ein. Dieser Streifen mit seinen Verwicklungen gefiel ihr gut, und auch er konnte vorübergehend seinen Kummer vergessen. Noch mehr genoss er, im Dunkeln neben ihr zu sitzen und sie ab und zu anzuschauen, wenn sie herzhaft lachte oder verhalten kicherte. Wie schön, wie anziehend sie war, so sehr, dass es ihm einen Stich in die Herzgegend versetzte.

Nein, diese Flucht ist ein Hirngespinst, das sich als vernünftige Idee verkleidet hat. Rita, seine Rita würde er zu sehr vermissen. Er lebt doch für diese wenigen Stunden mit ihr. Mit ihr ist er leicht und ungebunden. Wie liebt er ihr Lachen und ihre Scherze. Was er empfindet, wenn sie sich in inniger Umarmung küssen und sie ihn mit seinen Händen ihren Körper, ihre Arme, ihren Rücken, ihren Brustansatz berühren lässt, mehr nicht, das ist bestimmt genau das, was die Menschen als Glückseligkeit bezeichnen. Nein, er kann nicht weglaufen, auch wenn die Pläne durchführbar wären. Er muss bleiben.

Zögernd schlendert er nach Hause. Zerfledderte Platanen säumen seinen Weg, recken ihre verkrüppelten Äste gut sichtbar in die Himmelsweite.

Die kraftlose Sonne, die schon ein wenig an das bleiche Wintergestirn erinnert, hat sich inzwischen hinter die Wolken der Bösen Mütter verkrochen. Wohin sind sie unterwegs? Wer gibt ihnen Richtung und Ziel? Das gedämpfte Licht ist schwer, so als trüge es mühsam an seinem eigenen Sein. Er schaut sich um. Ja, er erkennt es deutlich, das Sein. Das Sein der Häuser, der Mauer am Brückenkopf, der Bäume um ihn herum. Es lastet schwer auf den Gegenständen, da sie jetzt auch ihre Schatten tragen. Im Sonnenlicht werfen sie ihn von sich ab. Nun ruht er auf ihnen und erzeugt diese Schwere um ihn. Es hat etwas Besonderes auf sich mit unserem Sein, das sich jederzeit in Nichtsein verwandeln könnte. Jäh erfasst ihn Angst, ihm schwindelt, es ist die Angst, dass die Dinge so verschwinden könnten, wie die Schatten, die vor einer halben Stunde noch da waren. Deshalb hat er es eilig, nach Hause zu kommen, in die Nähe vertrauter Menschen.

Im Flur begegnen ihm Oskar und Reni, es sieht so aus, als hätten sie auf ihn gewartet.

„Micha, bitte, spiel Fußball mit uns."

„Ach, Kinder heute nicht. Ein andermal."

„Ach bitte", bettelt Oskar, „du darfst auch ins Tor. Wer von uns beiden die meisten Tore schießt, hat gewonnen."

„Ihr Nervensägen, wenn es denn sein muss."

Im Hof holt Oskar den Fußball aus dem Schuppen, und für ein Weilchen vergisst Micha seinen Kummer. Als sie beginnen, lustloser zu spielen und sich das Ende der Partie ankündigt, beobachtet er die Geschwister. Es rührt ihn, wie sie mit ihren kleinen Füßen den Ball mitunter recht unbeholfen treten. Reni wirkt besonders ungeschickt. Sie ist ebenso begeistert bei der

Sache wie Oskar. Sie ist schneller, gerät aber allzu bald außer Atem. Micha meint, dass sie zu sehr nach Luft ringt. Das muss er Vater sagen, Magdatante sollte sie von Dr. Weiß untersuchen lassen.

Er begreift, dass er bei seinen Plänen bisher nicht an diese beiden gedacht hat. Was würden sie denn tun, wenn er weg wäre? Ein wehmütiger Schmerz in seiner Brust treibt ihm Tränen in die Augen. Damit hat er nicht gerechnet. Dass nicht nur Rita, sondern auch sie ihn hier halten könnten. Ja, er mag seine Geschwister. Sie haben Vertrauen zu ihm und sie brauchen ihn. Auch ihretwegen muss er bleiben.

Nicht auszudenken, wenn er abgehauen wäre und man ihn unterwegs geschnappt hätte. Wie konnte er nur so dumm sein. Wenn Mitschüler und Bekannte wüssten, dass er fortlaufen wollte. Dann wäre noch mehr Schande auf der Familie. Es reicht doch so schon. Nein, er muss ausharren, aushalten, was er nicht ändern kann. Aber hat er gar keinen Einfluss auf die Situation? Er will es irgendwie versuchen, wenn er auch noch nicht weiß, wie.

Micha bemerkt selbst, dass er immer mundfauler und stiller wird. Am liebsten würde er überhaupt nicht mehr mit den Erwachsenen sprechen, gibt ihnen nur noch ausweichende Antworten. Sie sollen ihn in Ruhe lassen, sie interessieren sich sowieso nicht für ihn. Mit Genugtuung nimmt er wahr, dass sie verstört reagieren, wenn er einen wilden Fluch loslässt oder eine freche Antwort gibt. Wie immer beobachtet er das Verhältnis zwischen Vater und Mutter. Seine Mutter ist oft außer Haus, jeden Nachmittag telefoniert sie mit Panitz. Er belauscht ihre Gespräche, hört von ihren Verabredungen. Magdatante spricht ab und zu begütigend mit ihm. Sie scheint noch am ehesten zu spüren, was in Micha vorgeht, dass es in ihm brodelt wie in einem Vulkan, von dem er selbst meint, dass er ihn kaum noch unter Kontrolle halten kann.

Mitte Oktober, Joschka ist auf mehrtägiger Geschäftsreise, ist es soweit. Micha kehrt heim von der Schule, eilt durch den Flur direkt in die Küche.

„Magdatante, wann ist Vater zurück?"

„Soviel ich weiß, morgen Abend."

„Koch ihm sein Lieblingsessen."

„Deine Mutter hat einen Gemüseeintopf mit Einlage angeordnet."

„Magdatante, mach, was ich sage. Wenn nicht, könnt ihr alle was erleben. Ich habe die Nase gestrichen voll."

„Micha, rede nicht so mit mir", mit erhobener Stimme wehrt Magdatante seine ungezogenen Worte ab.

„Ihr werdet euch noch wundern, wie ich mit euch rede."

Er verlässt die Küche, schiebt sich ins Schlafzimmer, wo seine Mutter mit dunkler Schutzbrille unter der Hanau-Höhensonne, das Gesicht dem Licht und der Wärme zugewandt, ihren Teint pflegt.

„Ich habe Magdatante aufgefordert, sie soll morgen Vatis Lieblingsessen kochen. Sieh zu, dass sie es tut, verdammt noch mal. In diesem Sauhaus muss doch einer noch ein bisschen Vernunft haben."

Die Mutter wendet ihm überrascht das Gesicht zu, nimmt die Schutzbrille ab. „Wie sprichst du mit deiner Mutter?"

„Ich spreche so, wie ich will." Er greift zum Schalter der Höhensonne, dreht sie aus. „Wenn es dir nicht passt, dann mach doch was dagegen. Du blöde Sau."

Die Mutter starrt ihn mit weit aufgerissenen Augen an. Sie nimmt ihre Bluse vom Bett und drapiert sie sich vor den Brustausschnitt ihres Unterrocks.

„Michael, nimm das sofort zurück, entschuldige dich. So sprechen Kinder nicht mit ihren Eltern."

„Kinder nicht, aber ich. Normale Kinder sprechen nicht so, aber die haben normale Eltern. Hier ist alles verkehrt rum. Dann können auch die Kinder so mit ihren Eltern reden."

Die Mutter beginnt zu weinen. „Das habe ich nicht verdient. Ich tue doch alles für meine Kinder."

„So, meinst du, du tust alles? Nee, du tust, was dir gefällt. Wie wir uns fühlen, ist dir doch so scheißegal, wie einem Menschen nur irgendetwas scheißegal sein kann. Scheißiger kann sich gar niemand benehmen."

„Immer dieses schreckliche Wort, lass das."

„Wörter sind nicht schrecklich. Die Menschen, die sie provozieren, sind schrecklich. Ich reagiere nur. Ich habe es satt. Ich werde Vater sagen, dass du wieder mit diesem Arschloch angefangen hast. Keinen Stolz hast du, wie eine läufige Hündin bist du." Er steht vor ihr mit geballten Fäusten.

Die Mutter erhebt sich, zieht die Bluse über. Sie will ihre Hand auf Michas Schulter legen, was er mit einer heftigen Bewegung seines Oberkörpers zur Seite abwehrt. Sie legt die Hände zusammen wie zum Gebet und deutet auf ihren Sohn.

„Mischka, Mischka, solche Wörter. Und du hast Unrecht. Es stimmt nicht, was du sagst. Wirklich nicht. Ich habe es deinem Vater doch versprochen."

Er weicht zwei Schritte zurück, um dieses Inbild an Heuchelei besser betrachten zu können.

„Das wievielte Mal ist das jetzt? Und Vati glaubt dir, dem ist auch nicht mehr zu helfen."

Die Mutter kommt auf ihn zu, legt endlich ihre Hand auf seinen Arm.

Er schlägt ihre Hand zurück. „Fass mich nicht an mit diesen Hurenhänden. Und nenn mich nicht Mischka, wie Vati. Wenn Vati nicht da ist, wird hier gemacht, was ich sage. Hast du verstanden?"

Die Mutter überhört die Beschimpfung. Er bemerkt, sie bemüht sich um Beherrschung und sachlichen Ton.

„Kind, du hast den Verstand verloren. Wenn dein Vater außer Haus ist, dann bin ich die Hauptperson."

„Nein, nein, nein, und nochmals nein. Du bist immer die Hauptperson. Gewesen. Bis heute. Jetzt ist Schluss!" Mit einem lauten Schluchzer lässt Micha sich auf das Bett fallen, auf dem die Mutter vorher gesessen hat, legt den Kopf auf seine zusammengeschlagenen Unterarme und weint in das Kopfkissen.

„Mein armer Kleiner, so beruhige dich doch. Es wird alles gut. Ich verlasse euch nicht. Ich bleibe immer bei euch."

„Und was war mit den Möbeln, die das Arschloch hier abliefern ließ, nachdem er dich nahezu totgeprügelt hat?"

„Das waren meine Möbel."

„Was haben deine Möbel in seiner Wohnung verloren?"

„Das verstehst du nicht. Du hast keine Ahnung, was es heißt, aus Sehnsucht und Verzweiflung unsinnige Pläne zu schmieden."

Micha schweigt. Unsinnige Pläne. Und ob er das versteht! Er weiß, Verzweiflung lässt unsinnige, undurchführbare Pläne blühen. Nicht Rosen. Die sollen angeblich blühen, wenn man Geduld übt, heißt es im Ungarischen. Das hat Vater ihm beigebracht. Türelem rozsát terem. Aber Geduld bringt hier gar nichts. Dass sein Vater das nicht weiß! Nein, zu viel Geduld bringt Verzweiflung, und Verzweiflung lässt Dummheit blühen. Sein Vater ist dumm und er ist dumm, die Mutter aber ist raffiniert. Raffiniert und dumm.

„Du bist so dumm, so dumm wie die Nacht, und so raffiniert wie sämtliche ... wie sämtliche ... Trickbetrüger, Scharlatane, Taschendiebe", stößt er hervor und wischt sich mit dem Hemdsärmel über die Augen.

Herbeigelockt von der lärmenden Auseinandersetzung, betritt Magdatante das Zimmer und winkt die Mutter heraus. Allein, beginnt er wieder zu schluchzen, hemmungsloser diesmal. Die Erwachsenen tappen wie Taubblinde orientierungslos durch die Welt, wissen nicht, was sie tun. Wie soll er es denn wissen, wenn nicht einmal sie klar genug sehen, um vernünftige Entscheidungen zu treffen. Ein Gefühl tiefer Verlorenheit übermannt ihn. Er stöhnt auf, Schmerzen, starke Blitze, durchzucken den Rücken. Was ist das? Woher kommt das? Er setzt sich auf, die Schmerzen bleiben. Er erschrickt, Angst wuchert in ihm wie Unkraut, steht anderen Seelenregungen im Weg.

Davon hat er doch gehört, dass Menschen von einem Tag zum nächsten lahm werden oder tot umfallen. Vorhin schwindelte ihm doch schon.

Draußen auf dem kühlen Flur lassen die Schmerzen nach. Er atmet durch. Die Nerven. Es sind nur Nervenschmerzen, beruhigt er sich. Oder Wachstumsschmerzen. Davon reden die Leute doch, dass den Jugendlichen, wenn sie wachsen, die Knochen wehtun. Sicher ist es so, muss so sein.

Wie häufig zuvor ist es ihm am Abend im Bett unangenehm, dass die Mutter in der rechten Hälfte des Ehebettes so nahe ist. Heute kann er sich nicht wie sonst einfach durch Schlaf davon befreien. Er hört ihre regelmäßigen Atemzüge, die widerlich körperlich und aufdringlich sind. Die Schmerzen, die stärker geworden sind, erinnern ihn an die Szene am Nachmittag. Er ist immer noch wütend, schämt sich indes seines Verhaltens. Niemals würde er diesen Tag vergessen. Niemals. Er hat sich nicht flegelhaft benommen, wie die Erwachsenen manchmal von den Jugendlichen sagen. Nein, er hat seine ganze Wut und Verachtung loswerden müssen. Alle haben von dieser Liaison gewusst, die eigentlich beendet sein sollte. Alle wissen Bescheid, alle, die Nachbarn, die Eltern der Freunde. Das spürt er einfach.

Der Vater? Weiß er auch davon? Möglicherweise ... Micha wagt kaum den Gedanken zuzulassen. Ist es denkbar, dass Vati weiß, wer der Vater der Geschwister ist? Nein, entscheidet Micha, er weiß es nicht. Sonst müsste er sich anders verhalten. Und seine Mutter? Sie hat die Sache so gedreht, dass Vati nichts bemerken konnte. Es dämmert ihm, sie hat ein doppeltes Spiel getrieben.

Bei dieser Erkenntnis setzt er sich ruckartig auf. Dadurch schmerzt der Rücken stärker, doch er will es nicht wahrnehmen. Der Vater weiß das Wichtigste nicht. Ist das glaubhaft? Die Geschwister sehen doch aus wie dieser Mann. Oder irrt er sich? Nein, er irrt sich nicht. Er weiß es doch seit eh und je. Niemals hat er daran gezweifelt. Und er weiß doch auch, dass der Vater nichts ahnt. Das weiß er doch auch seit eh und je. Oder etwa nicht? Und damals, als Oskar geboren wurde, war er neun Jahre alt, und ein knappes Jahr später als Reni auf die Welt kam, war es das gleiche. Er, das Kind, sah, dass etwas nicht stimmte. Schließlich trug er die Briefe den langen Weg in die Scheffelstraße, als die Mutter im Wochenbett lag. Damals fing er seinen Briefbotendienst an. Mit Bus und Straßenbahn musste er fahren. Bei Renis Geburt war Mutter sehr krank gewesen. Wie hatte er sich um sie gebangt!

Nein, auch wenn ihm bei dem Gedanken übel wird, er täuscht sich nicht. Was, wenn er dem Vater die Wahrheit beichtete? Würde er ihm glauben? Und wenn ja, könnte das etwa die Tatsachen ändern? Nein, dann gäbe es die endgültige Katastrophe. Hatte der Vater nicht das Messer gegen die Mutter erhoben? Damals, als er noch klein war. An diese Szene, den Beginn des Elends, erinnert er sich gut, wenn auch die Einzelheiten blasser werden. Doch das Messer, das erhobene Messer mit der blinkenden Schneide, das steht ihm deutlich vor Augen. Und es war auf die Mutter gerichtet.

In dieser Nacht erscheint ihm im Traum diese alte Szene, wie von einem Filmprojektor, der bestimmte Sequenzen eigenwillig wiederholt, und zwar immer dann, wenn es besonders weh tut. Wie sehr er auch den Ausschaltknopf sucht, er findet ihn nicht.

Weitere schlaflose Nächte folgen. Ruhelos wälzt sich der Jugendliche hin und her. Manchmal weckt er damit die Mutter, die ihm beruhigend ihre Hand auf den Kopf oder die Brust legen will. Das lässt er nicht zu, schiebt die Hand heftig zurück. Er ist von Gedanken und Plänen getrieben, die er verwirft und neu entwickelt, mit kleinen Variationen. Kein Ausweg tut sich auf, und wie so viele Menschen, denen sich keine Hintertür öffnet, findet er sich ab. Er ist überzeugt, dass er bleiben muss. Wenigstens ist er nicht allein, wenigstens gibt es die Geschwister. Die kann er nicht einfach verlassen. Die brauchen ihn, das ist unbestreitbar.

Trotz aller Einsicht in die Notwendigkeit seines Bleibens schläft Micha weiter unruhig. Denn auch die Sorgen weichen nicht, es gibt keine Lösung. Die Schmerzen im Rücken werden schwächer, nach ein paar Tagen sind sie verschwunden.

Allmählich wachsen seinen Sorgen Flügel, sie werden selbständig, umschwirren ihn, wenn er für die Schule arbeitet oder an Rita denkt. Seine Konzentration lässt nach. Dieser Schwarm Sorgenvögel wird immer aggressiver. Wie Raubvögel, denen die Orientierung verloren gegangen ist, schmettern sie an die Felswand. Der Schmerz des Aufpralls durchzuckt seinen Kopf. Nicht einmal, nicht zweimal, nein, immer wieder.

Magdatante verordnet ihm Kopfschmerztabletten und massiert ihm Nacken und Schläfen. Die Schmerzen geben nach, verschwinden aber nicht ganz.

Eines Nachts, während er sich zwischen Wachen und Dösen hin und her wälzt und als die Mutter sich in ihrem Bett dreht und leise vor sich hin stöhnt, sinniert er über den Gedanken, wie es wäre, wenn die Menschen nicht Körper sondern nur Geist wären. Angeregt wurde er durch einen Fernsehbeitrag, in dem ein Wissenschaftler einen Hund vorstellte, der nur noch aus Gehirn bestand. Das Gehirn war in eine eigenartige Metallmontur gestellt, es wurde mit einem künstlichen Blutkreislauf am Leben erhalten und der Hirnforscher erklärte, wie er das Hirn stimulierte und was wahrscheinlich in der noch lebenden Materie vor sich ging. Michas Mitleid mit diesem

Hund war so überwältigend wie der Ekel, den er empfand vor diesem sogenannten Wissenschaftler. So ein ausgelieferter Hund. So etwas Unmenschliches, das schwebte ihm bei seinem Gedankenexperiment nicht vor. Nein, es wäre doch alles viel einfacher, wenn der Mensch ein Geistwesen und nicht an den Körper gebunden wäre. Wenn wir keinen Körper hätten, fällt ihm dann ein, hätten wir auch keine positiven Körperempfindungen, keine körperliche Freude. Das Schwimmen, das Rennen, das Essen könnten wir nicht genießen. Und auch nicht die sexuelle Lust. Als Kind kennt man sie nicht, jedenfalls war es bei ihm so, und doch gab es Beglückung. Ja! Wieviel Freude und Vergnügungen kannte er doch als Kind.

Da erscheint das Bild des Großvaters vor seinem Traumauge, der Großvater, wie er sich liebevoll zu ihm herunter beugt und seine Laubsägearbeiten bewundert. Wie stolz ihn die Freude des Großvaters machte. Damals war er sehr klein, noch Grundschüler. Und wie sie miteinander das Tischfußballspiel bastelten. Er war sechs, als die Deutschen 1954 die Fußballweltmeisterschaft gewannen. In den folgenden Jahren hatten alle Jungs in der Nachbarschaft diese Fußballspiele. Die deutsche Mannschaft und die ungarische wurden mit Knöpfen dargestellt. Verschiedenfarbige und unterschiedlich große Knöpfe für die einzelnen Spielerpositionen wurden übereinander geklebt und bearbeitet. Welchen Spaß hatte er beim Herstellen des Spiels. Der Ball, ebenfalls ein Knopf, musste in die Tore an den Enden der Spielfläche geschnickt werden wie bei einem Flohspiel. Meist spielten sie daheim bei Walter Martinschewski, mit dem er schon seit Kindergartenzeiten befreundet ist. Willi Groß war ein Meister, ruhig und überlegt konnte er aus den unmöglichsten Winkeln Treffer erzielen, ebenso wie Zoltán Czibor und Ferenc Puskás auf dem richtigen Spielfeld. Micha vertrat ebenso wie die anderen Jungen am liebsten die deutsche Seite, denn er bewunderte die Torschützen Max Morlock und Helmut Rahn, der mit seinem zweiten Tor in der vierundachtzigsten Minute den Sieg errungen hatte.

Mit wieviel kindlicher Freude gaben sie sich diesem Spiel hin. Sie hüteten die Karten mit den Spielerporträts wie wertvolle Schätze. Wie lange lag das zurück. Es war eine schöne Zeit. Trotz des Familienschattens, der bereits damals auf allem lag. Es war noch ein schütterer Schatten, nicht ein so lastender, die Sonne blitzte hier und da durch das Blattwerk der Bäume und wärmte ihn.

Jene Phase ist ihm wegen Großvater in guter Erinnerung. Denn von allen Erwachsenen interessierte er sich am meisten für ihn. Die Briefmarkensammlung bereitete auch Großvater Freude, er sah sie sich gern mit ihm zusammen an. Wie stolz war Micha auf die bunten Marken. Phantastisch erschienen ihm die von Mozambique, die besonders groß waren und die Landkarte des Landes in verschiedenen Farben darstellten. Oder die Paraguay-Serie, die Löwe und Sonne in verschiedenen Farben abbildete. Geradezu prachtvoll erschienen ihm die Marken von Maluka Selatan, einem Phantasieland, sie zeigten leuchtend bunte Paradiesvögel.

Micha kaufte diese Marken von einem Händler in der Nähe der Kleinmarkthalle. Dort herrschte eine Atmosphäre wie bei einem Zauberer. Der Raum war dunkel, unter dem Lichtkegel der Schreibtischlampe kam es ihm wie ein Wunder vor, wenn der Alte ein Album öffnete und die farbenprächtigen Marken wie aus dem Nichts erschienen. Der alte Magier entnahm diese Wunderwerke mit langer Pinzette und feierlicher Geste. Jahrelang hatte Micha seine Sammlung gehütet wie einen Schatz. Und wirklich tauschte er eines Tages den besten Teil gegen ein blödes Jagdmesser ein. Er erinnert sich, der Verlust der Marken schmerzte ihn bald, und er schämte sich, als er dem Großvater den kläglichen Rest zeigte und eingestehen musste, wofür er sie eingetauscht hatte. „Erfahrung macht klug", hatte Großvater gemurmelt.

Vor ein paar Jahren, als Großvater als Architekt eine durch den Krieg verursachte Baulücke in der Nähe des Doms schloss, kam er regelmäßig zu Besuch. Micha bewunderte ihn, verfolgte das Entstehen des modernen Komplexes. Damals kam ihm die Idee, auch Häuser bauen zu wollen. Es war schön, ein Gebäude entstehen zu sehen und Anteil daran zu haben. Um etwas von Großvaters Arbeit zu besichtigen, durfte er sogar allein nach Köln reisen, wo er sich wegen mehrerer Projekte einen Namen gemacht hatte.

Unvermutet kommt der rettende Einfall. Er würde den Großvater um Rat fragen. Irgendwie musste ein Erwachsener doch mehr Verstand haben als er, Großvater könnte eventuell einen Ausweg finden. Bedauerlicherweise besuchte er sie nicht mehr so oft wie früher. Dabei hat er doch Zeit, denn vor einem Jahr hat er sein Architekturbüro in Köln verkauft. Vor zwei Wochen war er auf Besuch. Leider traf Micha ihn nicht, von Magdatante erfuhr er, dass er da war, aber zum Festtagsessen zu seinen Ehren nicht blieb. Völlig ungewöhnlich, hatte er nur einen Vormittag eingeplant.

Ja, wirklich, den Großvater kann er um Rat bitten. Wen sonst könnte er fragen?

Niemanden. Die Verwandten im Rheinland kommen nicht in Frage, denn er kennt sie ja kaum. Seine Mutter will keinen empfangen, und sie lässt die Familie von niemandem einladen. Tante Gerda, die Schwester der Mutter, lebt derzeit an der Nordsee und stattet ihnen selten einen Besuch ab. Mit Wehmut erinnert er sich an die behaglichen Sonntagszusammenkünfte und die zwanglosen Familienkonzerte. Oh, wie er das vermisst.

Und von Vaters Seite? Da gibt es diese entfernte Cousine in Budapest, die Vater manchmal besucht und die schon mal bei ihnen Ferien gemacht hat. Zu entfernt, sowohl der Ort als auch der Verwandtschaftsgrad. Da bleiben nur noch Vaters Adoptiveltern. Sie leben ebenfalls in Budapest. Agata und Imre Valentin sind immer gut zu ihm, ja geradezu zärtlich, wenn er sie mit Vater aufsucht. Aber seine Mutter ist dort sehr selten zu Gast gewesen, und die Großeltern Valentin haben den Eisernen Vorhang noch seltener überquert, um der Einladung ihres Sohnes nach Deutschland zu folgen. Micha durchschaut die gegenseitige Ablehnung von Mutter und Schwiegereltern, die sich hinter sehr viel Höflichkeit versteckt. Wenn er Vaters Eltern um Rat bitten würde, das wäre Verrat an der Mutter. Das darf nicht sein, trotz allem nicht.

Also bleibt nur der Großvater? Ja, so ist es. Irgendetwas muss er tun, sonst ist es nicht auszuhalten. Ja, er wird Vater um das Fahrgeld bitten, gleich am nächsten Wochenende wird er zu ihm reisen.

Joschka ist verwundert, dass Micha seinen Großvater besuchen will, und noch dazu so kurzfristig. „Ich habe ihn lange nicht getroffen", ist seine Erklärung. Der Vater sagt nach einer nachdenklichen Pause: „Mischka, friss dir kein Loch in die Seele."

Micha sieht den Vater staunend an. Das hat der Vater ihm schon ein paar Mal geraten, wenn er nervös und fahrig war. Warum jetzt, wenn er in aller Ruhe einen Wunsch äußert. Micha schüttelt abwehrend den Kopf.

„Tapetenwechsel? Brauchst du ein bisschen Luftveränderung? Sind dir zu viele Frauen im Haus? Wenn das so ist, geh mit mir auf Reise, in den nächsten Schulferien."

„Ja, Vati, warum nicht. Das dauert mir aber zu lange. Ich möchte bald zu Großvater."

Joschka respektiert den Wunsch und gibt sein Einverständnis, dass er den Samstagsunterricht versäumt.

Als Micha am nächsten Sonnabendmorgen in die fast voll besetzte Bahn steigt, findet er trotzdem einen Fensterplatz und lässt sich durch die Gespräche der Mitreisenden nicht stören. Sein Kopf schmerzt nicht, er fühlt sich eigentümlich leicht an. Entspannt, nichtsdestoweniger konzentriert, verfolgt er die im trüben, wolkenverhangenen Licht vorbeiziehende Herbstlandschaft.

Die Aussicht variiert in raschem Wechsel. Mal präsentieren sich kahle Hügel, mal Wiesen mit Heuhaufen und Bäumen, an denen leuchtend gelbe und rote Äpfel hängen. Manchmal reißt der Wind mit voller Puste ein Loch in die Wolkenwatte. Dann hält er sein Gesicht der Sonne entgegen. Ernsthaftes Nachdenken, wie er das Gespräch mit Großvater beginnen könnte, ist so auch nicht möglich.

In einer Talebene abgeerntete Kartoffeläcker, die Flächen dunkel, wie verbrannt. Dahinter stehen langgezogene, niedrige Gebäude, in schwermütiger Verlassenheit.

Die kleinen Ortschaften senden ihre Vorboten: graue verwitterte Lattenzäune, Schuppen und Scheunen mit flechtengrauen Dächern, Wiesen mit Obstbäumen, deren Stämme weiß gekalkt sind.

Langsamer schnauft der Zug bergan, um kurz darauf wieder in ein Tal hinein zu fahren. Feine Nebelschwaden umwölken die mit Tannen bewachsenen Hügelkuppen in der Ferne. Sie scheinen langsam, ganz langsam um die Berge herum zu kreisen.

Rechts auf einer halbkugeligen grünen Kuppe ein paar runde Felsen wie Berglämmer. Unerwartet eine Sandsteinwunde am kahlen, mit Gras bewachsenen Berghang, diagonal verschobene Gesteinslagen sind erkennbar wie in einem Steinbruch.

Es wird wieder flacher. In einer Kleinstadt mit zwei spitzen Kirchtürmen steigt er um in einen anderen Bummelzug.

Entlang der neuen Strecke reihen sich Flecken auf mit ärmlichen Höfen, mit Federvieh auf der Wiese, Elektroleitungen, die von Holzmasten zu Holzmasten durchhängen wie Kinderspringseile. Ein paar Laubfeuer in den Gärten. Auf einer ausgedörrten Weide ein mageres Pferd, daneben ein noch nicht abgeerntetes, welkes Kartoffelfeld.

Sie passieren ein Straßendorf, das ihnen ihre verwahrloste Hinterseite zukehrt. Ausrangierte Kessel und Badewannen, von Brennnesseln umwachsen, behelfsmäßig zusammen gezimmerte Schuppen, alte Traktorreifen, ein verfallener Schäferkarren, eine schwarz-weiße Ziege am Pflock. All dies erweckt in Micha eine beängstigende Ungemütlichkeit, die er beiseiteschieben kann, weil er überzeugt ist, solche Unordnung würde er niemals zulassen.

Späte Heuernte auf einer abschüssigen Wiese, dann ein Fluss, der schnell sprudelnd viel Wasser führt. Sie fahren an einer Sägerei vorbei, aufgeschichtete geschälte Baumstämme. Es folgt ein ungepflegter Kirmesplatz, ein Karussell auf einem Lastwagen, ein Wohnwagen, geformt wie ein Schwan.

Mehrere Pappelalleen ziehen gerade Striche durch die Landschaft. Die Baumwipfel sehen strubbelig aus, als wäre eine Riesin vorbeispaziert und hätte sie mit leichter Hand zerrupft.

Der Zug fährt weiter durch die Hochebene, er verliert an Fahrt. Links auf der Böschung ausrangierte Schwellen und Gleisstücke. Sie ruckeln an einem einzelnen Gehöft vorbei. Vor dem Hoftor steht ein einsamer brauner Stuhl.

Als der Zug sich den ordentlich in Reih und Glied bepflanzten Weinbergen nähert, beginnt es zu regnen. Micha wird des Schauens müde. Eine Weile beobachtet er die an den Scheiben zuerst zögerlich, dann endspurtartig schräg herablaufenden Wettertränen. Er versucht, sich zu konzentrieren und zu überlegen, was er dem Großvater sagen will. Diese Reise ist vielleicht doch übereilt, er hätte besser nachdenken sollen, dann wäre er darauf gekommen, dass Großvater seiner erwachsenen Tochter keine Vorschriften machen kann. Das sieht er nun ein. Trotzdem, er musste doch einen Entschluss fassen. Vielleicht kann Großvater ihr erklären, was ihr Verhalten in der Familie bewirkt. Er hat doch so eine ruhige und bedächtige Art. Gar nichts zu tun ... E r hat es einfach nicht mehr ausgehalten. Weglaufen: geht nicht, bleiben: ein Muss. Wenigstens diesen Versuch kann er machen, diese kleine Reise am Wochenende.

Großvater staunte und freute sich, als er am Telefon seinen Besuch ankündigte. Er wird ihn nicht stören, ihn nicht von dringenden Arbeiten abhalten. Am Telefon sagte er, dass die Weinlese dieses Jahr sehr früh begonnen habe und deshalb der frühe Wein schon im Fass und der späte noch nicht so weit sei. Großvater ist Winzer aus Leidenschaft, war es auch, als er noch als Architekt arbeitete. Seitdem er pensioniert ist, lebt er auf dem kleinen Weinhof, den er immer nur im Nebenerwerb betrieben hat, weil er den größten Teil seiner ererbten Weinberge verpachtet hat. Er hat ein Faible für einfache, körperlich anstrengende Arbeit. Seine Produkte verteilt er großzügig, in Michas Elternhaus steht sonntags und an Feiertagen stets eine gute Flasche Wein auf dem Tisch.

Ludwig Böhm holt seinen Enkel vom Bahnhof ab. Ein liebevoll prüfender Blick und ein fester Handschlag als Begrüßung. Sie hüpfen den vom Regen schlammigen und pfützenreichen Weg entlang. Dann biegen sie auf eine Straße mit schmalem Trottoir ein. Rechts und links begleiten sie Abwassergräben, die glucksen und gurgeln, obschon es nicht mehr regnet. Die wolkenverhangene Stille ist deprimierend. Micha betrachtet die Häuser, an denen sie vorübergehen, sie wirken stumm und blind. Taub sind sie nicht. Alle Häuser haben Ohren, überall. Er möchte dem Gesichtsausdruck des Großvaters entnehmen, was er empfindet. Vielleicht denkt er ähnlich. Dem Großvater jedoch spielt ein feines, zufriedenes Lächeln um den Mund.

Im Haus ist Micha sofort eingenommen von der Atmosphäre großer Gelassenheit, die von den alten, handwerklich gefertigten Möbeln und der ihm männlich erscheinenden, maßvollen Unordnung ausgeht. Micha tritt zu den Kanarienvögeln im Käfig, spricht mit ihnen und reicht ihnen von den Kräutlein, die zwischen den Gitterstäben stecken. Zum Dank trillern die Vögel leise vor sich hin.

Micha inspiziert die Veranda, seinen Lieblingsplatz. Bis auf ein paar Blechstühle ist sie leer geräumt. Das Wetter ist zwar trübe und regnerisch, in seiner Vorstellung aber tobt er bei schönstem Sonnenschein auf dem Sommerbett mit seinen Freunden aus der Nachbarschaft. Hier durften sie in lauen Nächten schlafen. Hier waren sie frei, konnten spielen, raufen und lachen, unbeachtet von den Erwachsenen. Großvater, seit fünfzehn Jahren Witwer, hatte damals oft das Haus voller Gäste mit Kindern.

Großvater richtet eine Brotzeit mit Frischkäse, Landsalami und Tee aus selbst gezogenen Kräutern. Nach dem Abendbrot öffnet er den Bauer. Der kleinere Vogel bleibt auf seiner Stange sitzen, der andere kräftig-gelbe Sänger fliegt auf die Gardinenstange, um die Lage zu inspizieren.

Sie sitzen weiter am Tisch unter der alten Glaslampe mit honigfarbenem Licht. Großvater schaut ihn aufmunternd an. Jetzt sollte er sprechen, denn morgen muss er ja bereits zurückfahren.

„Möchtest du einen Schluck Roten? Der löst die Zunge."

„Nein, nein, Alkohol ist nichts für mich."

Großvater scheint zu erwarten, dass er ein wichtiges Anliegen hat.

„Schlechte Erfahrungen?"

„Ja, so könnte man sagen."

Seit einem Exzess mit Schulfreunden vor einem Jahr mag Micha keinen Alkohol mehr. Er hat Angst, dass die Droge seinem Kopf schaden könnte.

Der unternehmungslustige Vogel fliegt auf den Tisch. Micha streckt seinen Zeigefinger aus und lockt ihn. Das Tier fasst Zutrauen, und Micha kann ihn von seinem Finger auf seine rechte Schulter setzen. Er ist froh um diesem kleinen Aufschub. Statt von seinem Kummer erzählt er, wie sehr er bedauert, dass sein Wellensittich vor ein paar Jahren starb, wahrscheinlich, weil er einsam war.

„Ja", bestätigt der Großvater, „wenn man sich nicht viel mit so einem Piepmatz abgibt, leidet er." Er hält seinen Finger vor sich und der Vogel fliegt darauf. Mit der anderen Hand steckt er sich einen Sonnblumenkern zwischen die Lippen und das Tier pickt ihn heraus. Micha lacht und pfeift, um den Vogel abzulenken und zum Zwitschern zu animieren. Der ist mit seinem Futter beschäftigt, fühlt sich gestört und flüchtet zurück auf seinen Wachtposten auf der Gardinenstange.

Micha tapst vorsichtig zum Vogelkäfig, lockt das Weibchen mit kleinen, leisen Pfiffen. Es hüpft bis zur Baueröffnung, steckt den Kopf heraus, dreht ihn links und rechts, als wolle es eine Fahrbahn überqueren. Das sieht lustig aus, Micha muss lachen. Das Weibchen traut der neuen Gesellschaft jedoch nicht und flüchtet auf seine Stange im Käfig.

Großvater betrachtet Micha mit ernster, besorgter Miene. Deshalb nimmt Micha Platz am Tisch unter der Lampe. Er muss etwas sagen.

„Ich bin froh, dass ich hier bin."

„Bist du mein Gast, um mir das zu sagen?"

Micha fühlt, wie er rot wird. „Nein, natürlich nicht."

„Micha, fass dir ein Herz. Wenn du willst, dass es vertraulich bleibt, ich verspreche es dir."

Wie klug der Großvater ist, er weiß, wie ihm ums Herz ist. Micha ist erleichtert.

„Ja, es wäre mir lieb, wenn alles unter uns bleibt."

„Abgemacht." Noch einmal schleicht sich ein ungutes Schweigen ein, das durch die Aktivitäten des Vogelmännchens unterbrochen wird. Es fliegt von der Stange auf den Schrank und von dort umkreist es den Großvater. Als der Vogel sich direkt vor ihn auf die Tischplatte setzt, bietet er ihm seinen Finger und bringt ihn zum Käfig. Er schließt sorgfältig das Törchen, spricht noch ein paar beruhigende, liebe Worte und verhängt den Bauer mit einem Tuch, damit die Tiere schlafen können. Er führt alle diese Handlungen so behutsam aus, dass Micha wie gebannt jede seiner Bewegungen verfolgt.

Wieder am Tisch sitzend, ergreift Großvater das Wort:

„In deinem Alter haben viele Jugendliche Probleme mit ihren Eltern. Bist du gekommen, um mit mir über deine Eltern zu sprechen?"

„Ja." Weil er nicht wie ein peinlicher Stockfisch erscheinen möchte, beginnt er langsam zu sprechen.

„Großvater, ich habe Probleme mit ihnen, aber nicht solche wie die meisten Jugendlichen."

Ihm schwirrt der Kopf, während er spricht. Soll er wirklich auspacken? Ja, entscheidet er. Der Großvater weiß doch eh, was los ist. Vor der großen, gespenstischen Ruhe, die zurzeit im Haus herrscht, hat Vati der Mutter doch vorgeworfen, sie schäme sich nicht einmal vor ihrem eigenen Vater. Also verrät er dem Großvater keine Neuigkeiten.

„Es ist einfach nicht recht", entringt er sich in verbissenem Ton, dann kann er es nicht mehr aushalten, und die Schmach drängt aus ihm heraus:

„Das weißt du auch. Vati ist oft unterwegs und Mutti kann dann machen, was sie will, und sie tut es. Magdatante wird immer nervöser und vergesslicher und hat keinen Einfluss auf sie. Ich dachte, fortan würde alles gut. Man hat doch Muttis Möbel aus seiner Wohnung zu uns gebracht. Was soll man dazu sagen? Und noch immer ist nicht Ruh."

Großvater nimmt einen Schluck Wein, stellt das Glas bedächtig ab, schaut ihm forschend in die Augen. Sicher versteht Großvater, wie aufgewühlt er ist.

„Micha, beruhige dich, ich begreife, was du meinst. Leider gibt es Ehedinge, da kann sich niemand einmischen. Die geht nur das Ehepaar an."

Micha schweigt. Trotz dieser Vernunft heischenden Erklärung, sieht der Großvater ihn weiter auffordernd an. Micha fasst sich ein Herz:

„Und wir Kinder? Wir sind klüger als Vater!"

„Du meinst, die Kleinen wissen etwas?"

„Ich weiß nicht, sie sind ja noch sehr jung. Sie wittern aber, dass nicht alles richtig läuft. Sie sind nicht taub und blind. Die ewige Zankerei hat zwar aufgehört, sonst hat sich nichts geändert."

„Und du? Was weißt du?", fragt der Großvater sowohl besorgt als auch kritisch.

Micha erwidert den intensiv prüfenden Blick mit beleidigter Miene.

„Großvater, ich weiß alles und seit langem."

„Mein armer Junge." Großvater, der Micha gegenüber sitzt, steht auf, setzt sich auf den Stuhl neben ihn und legt ihm die Hand auf die Schulter.

„Es ist eine verfahrene Situation. Und schwer für alle Beteiligten. Du siehst, erwachsene Menschen können so uneinsichtig sein, so unvernünftig und dumm."

Dann spricht er davon, wie entscheidend eine richtige Partnerwahl ist, dass man mit äußerster Vorsicht wählen müsse, dass es manchmal besser sei, keine Ehe einzugehen, als eine aus Berechnung und praktischen Überlegungen.

„Micha, dein Vater ist 1944 nach Österreich geflüchtet. In Rumänien galt er als Deutscher, deshalb floh er, bevor die Russen ihn nach Russland deportierten. Viele deutsche Rumänen mussten durch Zwangsarbeit Wiedergutmachung für die Schäden leisten, die die Deutschen in Russland angerichtet hatten. Als er nach Kriegsende hier ankam, hatte er Angst vor der Ausweisung. Wahrscheinlich war diese Angst unbegründet. Aber deine Mutter war bereit, ihn schnell zu heiraten, um auf Nummer sicher zu gehen. Ihr gefiel dieser fremde, gut aussehende Mann. Etwas Mitleid wegen seiner Beinverletzung mag auch dabei gewesen sein. Aber Liebe und Mitleid ergänzen sich manchmal. Es mag auch ein wenig Torschlusspanik im Spiel gewesen sein, denn viele Männer im heiratsfähigen Alter waren im Krieg umgekommen. Diese Eheschließung stellte sich leider als zu hastig heraus. Dein Vater mag deine Mutter sehr. Deine Mutter aber war zu jung. Nur deshalb ließ sie sich wohl auf dieses Abenteuer ein. Und dein Vater ist ihr sehr dankbar. Deshalb würde er fast alles für sie tun. Dankbarkeit ist eine gute und würdevolle Sache, glaube mir."

„Dankbar?" Sieht so Dankbarkeit aus? Heißt Dankbarkeit, dass man sich auf dem Kopf herumtanzen lässt? Auf immer und ewig? Der Krieg ist schon so endlos lange vorbei und noch immer sollen diese alten Geschichten gelten? Er versteht, Großvater ist hilflos, so wie er selbst. Seinen Unmut über die Verhältnisse im Hause seiner Tochter versucht er mit allgemeinen Überlegungen zu beschwichtigen. Micha spürt eine Kraftlosigkeit von dem alten Mann ausgehen, die vor dem Gespräch nicht da war. Mit Kopfnicken zeigt er ihm, dass er seine Erklärung verstanden hat. Um seine Enttäuschung zu verbergen, schlägt er ein hoffnungsfroheres Thema an.

„Großvater, nicht mehr lange und ich gehe zum Studium. Ich möchte auswärts studieren, wenn Vati einverstanden ist. Wenn ich nicht mehr zu Hause wohne, dann bin ich den ganzen Zirkus los."

„Ja, Micha, lerne tüchtig, dass du ein gutes Abitur machst. Was möchtest du studieren?"

„Architektur würde mir gefallen."

Großvater lächelt anerkennend: „Eine gute Wahl, ich habe sie nie bereut."

„Bauwesen, um Bauingenieur zu werden, wäre auch nicht schlecht", stellt Micha fest und wirft einen Zustimmung suchenden Blick zum Großvater. Der nickt:

„Ja, die Statik wird dir liegen, so gerne wie du dich mit Mathematik beschäftigst. Auch das wäre vernünftig und eine gute Wahl. Weißt du schon den Studienort?

„Nein, Rita muss nach Heidelberg, wenn sie nicht in Frankfurt bleibt. Dort kann sie bei Verwandten unterkommen."

„Heidelberg ist nicht schlecht. Allerdings finde ich Aachen, wo ich studiert habe, für ein technisch-wissenschaftliches Studium sehr gut. Wegen des guten Renommees hat man hinterher gute Berufsaussichten."

Micha nickt, ihm gefällt der Gedanke, dem Großvater beruflich nachzueifern. Zu Hause wird er sich das alles in Ruhe durch den Kopf gehen lassen. Er hat ja noch etwas Zeit für diese Entscheidung. Erst muss er das Abitur schaffen.

Er erbittet weiteren Rat, weil er den Wehrdienst verweigern möchte. Sie besprechen das Für und Wider und Micha ist froh, dass der Großvater seine Entscheidung gutheißt. So hat sein Besuch doch wenigstens den Nutzen, dass er seinem Vater gegenüber rational argumentieren kann.

Am folgenden Abend kehrt er zurück ins Elternhaus. Wegen der häuslichen Misere ist ihm leichter zumute – trotz seiner und des Großvaters Hilflosigkeit. Er fühlt sich nicht mehr so allein mit seinem Wissen, das er mit niemandem sonst zu teilen wagt. Und doch weiß er mehr als Mutters Vater. Niemand in der Familie, so glaubt er, niemand außer ihm und seiner Mutter weiß, dass die Geschwister die Kinder von diesem Schläger sind.

4
Donnerstag, 4. Januar 1968

Im dunklen, frühen Morgen sind Joschka und Micha mit dem Kombi auf Reisen ins Mühlviertel in Oberösterreich. Bei Puchenau in der Nähe von Linz haben sie in einer einfachen Familienpension genächtigt.

Auf dieser Österreichreise will der Vater bedruckte Tücher aus Baumwolle und bestickte aus Seide an Kunden ausliefern und die Gelegenheit nutzen, um bei Lieferanten Leinenstoffe für den Sommer auszusuchen und mitzunehmen. Heute fahren sie bis tief ins Mühlviertel hinein, wo der Vater verschiedene Webereien aufsuchen wird. Von dort werden sie weiterreisen nach Bad Gastein, eine Gegend, die Micha noch nicht kennt.

Er wundert sich, was den Vater in dieser Jahreszeit zu so einer Reise treibt. Gewiss, hier gibt es Trachtenaccessoires, die einige seiner Abnehmer schätzen. Auch die Qualität der Stoffe, die er in kleinen Webereien ersteht, ist bemerkenswert gut, sagt Vater. Doch vielleicht reist Vater auch deshalb so gern, weil er zu Hause an Schlaflosigkeit leidet. Er sagte einmal, er schlafe in fremden Betten auf Reisen viel besser als in seinem eigenen daheim.

Schon mehrmals hat Micha seinem Vater auf ausgedehnten Reisen Gesellschaft geleistet. Im letzten Jahr gab es leider traurige Anlässe für zwei gemeinsame Fahrten nach Budapest. Sie mussten die hochbetagten Großeltern beerdigen. Im März starb Großvater Imi und nur vier Monate später folgte ihm Großmutter Agi. Er als erwachsener Sohn durfte den Vater auf diesen schweren Reisen begleiten. Micha steuerte die meiste Zeit das Auto, um Vater zu schonen. In ihrer Trauer hatten sie sich auf beiden Fahrten gut vertragen.

Das war nicht immer so. Vor zwei Jahren verbrachten sie einen Sommerurlaub in der Schweiz, im Toggenburg. Von dort fuhren sie nach Davos, wo Vater ihm zeigte, wo Mutter ihre Heilkur gemacht hatte, und weiter ging es an den Comer See. Es hätte eine herrliche Reise sein können, aber er erinnert sich ungern an diese komplizierte Epoche, belastet von Missverständnissen und gegenseitiger Gekränktheit. Er hatte sich zu diesem Urlaub genötigt gefühlt, nicht verstanden, warum der Vater seine Nähe suchte, und er nutzte jede Kleinigkeit, um seinen Unwillen auszudrücken. Jetzt tut es ihm leid, dass er sich ähnlich mürrisch wie die Mutter benommen hatte, obwohl er sonst eher dem Beispiel von Magdatante folgt, die Vater immer respektvoll behandelt.

Die Temperatur liegt mehrere Grad unter null. Nach dem letzten Schneefall hatte Tauwetter die Straßen mit schmutzigem Matsch überzogen, der nun gefroren ist. Noch ist Micha kalt, obwohl die Heizung des Mercedes sich müht. Micha kauert sich zusammen, als wolle er in der Leibesmitte in sich hineinkriechen, um der kalten Gegenwart zu fliehen. Er knurrt ein „ez a kurva hideg“, was der Vater mit einem Kopfschütteln quittiert. Micha ist dem Vater zu Gefallen bemüht, sich zivilisiert zu benehmen, unter diesen widrigen Umständen wird man aber doch ab und zu leise fluchen dürfen, rechtfertigt er sich.

So früh am Morgen ist Vater genauso wenig zur Unterhaltung aufgelegt wie er. So hängt jeder seinen Gedanken und Plänen nach.

Langsam wird es heller, die Dörfer liegen wie ausgestorben in dem fahlen Morgenlicht. Als es im Auto wärmer wird, betrachtet Micha mit zunehmendem Interesse die sich an der Fernstraße auffädelnden Orte. An den ebenerdigen, in schlichtem Weiß gestrichenen Bauernhäusern mag Micha, dass sie sich wie gemütliche, breite Glucken in die Erde ducken. Ab und zu fahren sie direkt an einer der barocken Kirchen mit den Zwiebeltürmen vorbei, manchmal sieht er nur den Turm über den Dächern hervorragen. Das Vorbeifliegen der Landschaft wirkt beruhigend auf ihn.

Nachdem er sich müde geschaut hat, fragt er sich, warum er eingewilligt hat, den Vater zu begleiten. Warum hat er sich nicht geweigert, denn er hätte leicht eine Ausrede finden können. Er hätte sein Studium vorschützen und ein wenig mehr Zeit haben können für Rita, die wie er die Ferien im Elternhaus verbringt.

Allmählich wird ihm klar, dass ein vages Loyalitätsgefühl mit dem Vater seine Bedenken beiseite geschoben hat. Und Dankbarkeit. Die verlangt der Vater nicht. Aber Micha ist klar, dass der Vater unermüdlich dabei ist, Geld für die Familie zu verdienen. Der Vater ermöglicht ihm das Studium, das Zimmer in Aachen, obwohl er doch in Frankfurt studieren könnte. Der Vater hat Verständnis, lässt ihm seine Freiheit. Dann kann er wenigstens das Seine dazu beitragen, dass der Vater sich auf der Reise nicht langweilt.

So sitzt er im kalten Auto und wünscht sich in diesem Moment weg aus der Nähe des Vaters, der jedes Mal aufmerkt, wenn sein Sohn flucht wie ein ungarischer Landstreicher. Solange er auf Ungarisch schimpft, wird Vater nichts sagen. Zwischen ihnen besteht die Abmachung, dass das Unflätigsein nur in Abwesenheit von Reni und dann auch nur auf Ungarisch statthaft ist, weil Magdatante und Mutter es nicht verstehen. Vater spricht mit seinen Kindern meist Deutsch, doch legt er Wert darauf, dass sie seine Muttersprache beherrschen. Zu diesem Zweck hat er jahrelang eine Lehrerin engagiert, eine Ungarin, die mit einem Deutschen verheiratet war. Die Budapester Großeltern sprachen Ungarisch und auch Deutsch, weil sie aus Siebenbürgen stammten. Großvater Imi erzählte ihm, dass seine Großeltern im Umgang mit Menschen, die nicht zur Familie und Verwandtschaft gehörten, nach und nach die deutsche Sprache aufgaben, nachdem Siebenbürgen im Jahre 1867 der ungarischen Reichshälfte zugeschlagen worden war. Erstaunlich ist deshalb, dass die Großeltern, die nach dem Krieg von Siebenbürgen nach Budapest umsiedelten, immer noch so gut Deutsch sprachen.

Merkwürdig, denkt Micha, dass Vater meine Ausfälle stören, dabei gibt er oft nicht gerade den Zartbesaiteten. Obwohl es der von ihm angestrebten feinen Lebensart nicht entspricht, flucht Vater bei schwer überwindbaren Hindernissen auf Ungarisch, als bezöge er Kraft daraus. Und die braucht er, um sich zu wehren. Gegen die Zumutungen, die ihm das Geschäft auferlegt, das immer neue Ideen braucht, um zu florieren. Und das tut es, weil Vater nicht nur ideenreich, sondern auch fleißig ist. Ja, mitunter kommt ihm Vater rastlos vor, so als könnte er nicht untätig sein, selbst wenn er wollte.

Micha bewundert die Energie des Vaters und seinen guten Geschäftssinn. Aus dem Nichts hat er sich alles aufgebaut. Was es nicht fertig zu kaufen gibt, aber Erfolg verspricht, stellt der Vater selbst her. Er bearbeitet Stoffe, färbt sie, lässt sie besticken, bedruckt sie. Er hat einen Überdruckkessel, in dem er mit einem Spezialgerät gefaltete Röcke dauerhaft plissiert. Manchmal lässt er besonders schöne Stoffe zu Röcken, Blusen und Kleidern bei Schneidern in Österreich konfektionieren und verkauft diese eleganten Produkte zusammen mit der Meterware, den Nähutensilien und der Weißwäsche in seinem Laden in der Neuen Kräme, wo er eine Verkäuferin beschäftigt, die manchmal von der Mutter unterstützt wird. Manches besorgt er aus dem Ausland, vorzugsweise aus Österreich und der Schweiz. Vater bedauert, keinen Handel mit Ungarn treiben zu können, er bewundert die dort handgefertigten Weißstickereien, für sie gäbe es in Deutschland einen großen Abnehmerkreis. Bei einem Besuch in Budapest hat er versucht, das staatliche Export- und Import-Unternehmen für eine Handelsbeziehung zu gewinnen. Leider umsonst.

Das Geschäft macht Vater und Bertel, seiner rechten Hand in der Werkstatt, viel Arbeit. Es erweckt auch Neid. Noch mehr Missgunst entsteht durch Muttis Lebensstil. Ihre Eleganz, ihre Urlaube. Die Taxifahrten. Die einzelne

Fahrt ist nicht kostspielig, die Regelmäßigkeit erregt Aufsehen. Vati bat sie irgendwann, das Taxi nicht mehr direkt vor die Türe zu bestellen, sondern ein paar Ecken weiter.

Von der Stille des Vaters geht eine Strenge aus, die er zu Hause mit Mutti und Magdatante und im Laden nur selten an den Tag legt. Er betrachtet den Vater von der Seite. Der ist größer als er, viel kräftiger und wirkt auch gewichtiger mit diesem großen Schädel. Doch die leicht gebräunte Haut hat er von ihm.

Micha beobachtet, wie der Vater sich die Narbe am rechten Schenkel reibt. Zorn steigt in ihm auf. Er hat nie verstehen können, wieso der Vater so dankbar für diese Verwundung ist. Wahrhaftig hat er behauptet, sie habe ihn in Rumänien vor dem Kriegstod bewahrt, denn wegen der Verletzung habe er nicht weiter an der Front kämpfen müssen. Und der Kriegsdienst habe ihn vor der Willkür der Faschisten und möglicherweise Schlimmerem bewahrt. Micha würde am liebsten angesichts der ihm falsch und weich erscheinenden Dankbarkeit des Vaters erneut anfangen leise vor sich hin zu nörgeln. Aber er beherrscht sich.

Sie erreichen eine Gegend, wo der Schnee wie ein sauberes, festliches Tischtuch auf der Landschaft ausgebreitet ist, das geräumte, dunkle Straßenband vor und hinter ihnen trennt das Tuch in zwei Teile. Es beginnt zu schneien, zuerst in einzelnen, großen Flocken wie gemächliche Papierschnipsel, später in dichter fallenden feinen Kristallen, die sich auf der Windschutzscheibe niederlassen und auflösen. Das Geriesel wird allmählich zu einer wirbelnden Wolke großflockigen Schnees, durch die sich die Autoscheinwerfer hindurchschneiden müssen.

Plötzlich sagt Vater: „Tack-Tack, tack-tack."

Micha schaut irritiert, dann begreift er, Vater meint das Tack-Tack des Scheibenwischers.

Vater schüttelt den Kopf. „Dieses Tack-Tack, kommt es dir nicht auch wie ein Metronom vor, dass unser kleines Leben in winzige Einheiten zerteilt. Ja, das Leben besteht aus nichts weiter als kleinen Tacktack-Erlebnisfetzen. Wenn man nicht aufpasst, verwehen sie im Wind, und nichts bleibt, woran man sich festhalten kann."

Micha ist verwundert, versucht zu begreifen. Aber noch bevor er einen klaren Gedanken fassen kann, fährt Vater fort: „Sieh mal die kleinen Schneewehen, die der Scheibenwischer links und rechts aufgehäuft hat. Wenn man Glück hat, bleiben solche Streifen, kleine Lebensstreifen, Erinnerungen, die in etwa zusammenhängen und irgendwie Sinn ergeben. Auch diese Reste werden schmelzen und nichts bleibt. ‚Windhauch', würde Großvater Imi sagen. ‚Windhauch und Luftgespinst, sprach Kohelet. Denn es gibt nichts wirklich Neues unter der Sonne.‘ Und ich sage: tack-tack. Ja, die Puppe trägt ein neu geschnittenes Kleid, der Stoff ist immer derselbe. Windhauch und Luftgespinst.“

Vater blickt ihn an. Micha versucht in seinen Augen zu lesen. Eigenartig wie der Vater spricht. Mit ihm spricht. Ob er ihn deshalb mitgenommen hat, damit sie endlich in Ruhe wie zwei erwachsene Männer miteinander reden? Vielleicht. Aber diese Tack-Tack-Philosophie teilt er nicht. Kleine Lebensstreifen. Nein, seitdem er nicht mehr im Elternhaus lebt, liegt das Leben wie eine weite farbenprächtige Landschaft vor ihm. Allenfalls ist es eine Kugel, übermenschengroß, die Mühe macht, sie vorwärtszustoßen, auf die man auch nicht einfach hochklettern kann. Aber wenn es schön ist das Leben, dann rollt die Kugel fast von allein. Und manchmal, eher selten, kommt ihm das Leben wie eine langsame vielstimmige Musik vor. Berührend, zart und zerbrechlich.

„Ach Junge, du bist zu jung, um solch trübsinnige Gedanken zu verstehen. Verzeih mir.“

„Ja, Vater, vielleicht bin ich zu jung. Aber die Rede vom Windhauch, die verstehe ich schon. Obwohl ich nicht möchte, dass sie für mich gilt. Und ich glaube, ich verstehe auch deine Faszination für den Wind.“

„Wirklich? Nun, warum nicht. Als ich noch Kind war, hat mich Vater Imi beeindruckt, wenn er vom Wind sprach.“ Micha zupft den Vater am Ärmel. „Erzähl doch, ich möchte gern mehr wissen.“

Der Vater schaut konzentriert auf die Fahrbahn vor ihm.

„Ja, mein Édesapa Imi sprach oft davon. Deshalb beobachtete ich schon als Kind jeden Lufthauch. Wenn ich abends allein im ersten Stock im Bett lag, lauschte ich auf das leise melodische Pfeifen, aber noch öfter auf das unheimliche Raunen oder grelle Heulen, auf den unergründlich an- und abschwellenden Windlärm. Im Herbst war es ein abenteuerlicher Wind, der jammerte wie ein lebendiges Wesen. Der Himmelsatem kam von weither, von Norden, aus Russland. Er zerrte an den vielen Ecken des Hauses, pfiff auf spukhafte Weise. Den langen Weg hatte er gemacht, um mir von Unheimlichkeit und bösen Taten zu erzählen. Wenn er in den Schornstein fuhr, glaubte ich diese gemeine Kreatur gefährlich nahe. Freilich wusste ich, dieses Unwesen, obwohl es mächtig war, konnte mir nichts anhaben, Imi und Agi waren da, um mich zu beschützen. Im Winter kam mir das Heulen herzzerreißend vor, nicht mehr machtvoll. Es war das Wesen dieses Winterwindes zu wimmern wie ein Windelkind. Dieser weinende Wind hatte keine Heimat, er musste immerfort wehen, keine Rast war ihm vergönnt.

Manchmal klang er verzweifelt, so wie ich mir ein Rudel hungriger Wölfe vorstellte, die keine Ruhe finden, bis sie Beute geschlagen haben. Mitunter klang das kalte Schnaufen wütend, denn der Wind konnte Kinder zwar erschrecken, aber nicht fangen, obwohl er unzählige Arme und Hände hatte. Vater Imi versicherte mir, es gehöre zum Wesen des Windes, keine Kinder fangen zu können. Wie war ich beeindruckt von der Klugheit Vater Valentins."

Nach dieser langen Rede schaut Vater wie gebannt durch die Windschutzscheibe. Micha spürt, er ist verlegen. Noch nie hat er zu ihm auf diese Weise über seine Kindheit gesprochen. Er ist überrascht, sieht er den Vater nicht mehr nur als Vater, hat eine Ahnung davon, dass dieser kräftige Mann, so wie er selbst, ein verletzliches Kind war.

Micha hört, dass das dumpfe Klacken des Scheibenwischers in helles Quietschen übergeht. Der Wischer quält sich über die trockene Scheibe.

„Vati, der Schnee hat aufgehört. Knips den Wischer aus."

Joschka schaut seinen in sich gekauerten Ältesten von der Seite an. Micha findet diesen Blick rätselhaft, so wenig deutbar wie Vaters Vorliebe für den Wind.

„Alles ist Windhauch", ist Vaters Lieblingsspruch. Manchmal setzt er noch wie eben hinzu: „spricht Kohelet." Sein Vater benutzt oft Redewendungen, die vom Wind handeln. Wenn ein Verlust droht, sagt er: Das ist in den Wind geschrieben, wenn er grob ablehnend sein will, bezeichnet er eine Sache so bedeutend oder unbedeutend wie einen Furz im Wind und manchmal, wenn er über Politik spricht, meint er resigniert, man könne nicht gegen den Wind anpinkeln.

Micha blickt aus dem Fenster. Links und rechts nichts als weite Weiße, ab und zu ein Überlandmast für die Stromleitung, hin und wieder der dunkle Schemen eines Gebüschs oder Wäldchens am Feldrain. Diese winterlichen Felder haben etwas Beruhigendes. In Michas Gedanken hinein sagt der Vater: „Wir sind bald am Ziel, nur noch ein paar Kilometer. Ich bringe dich zur Pension und mache mich auf zu meinen Lieferanten. Zwei Tage werde ich brauchen. In dieser Zeit kannst du lernen."

Wieder schaut der Junge zur Seite, zum lenkenden Vater, der seinen Mund fest zusammenkneift. Das lässt ihn abweisend wirken. Wie er so ruhig und sicher das Auto durch das Winterwetter bewegt, könnte man meinen, er sei ein willensstarker Mann. Das ist er nicht, höchstens, wenn er sich bei seinen Kindern durchsetzen will. Er ist diszipliniert und erwartet das gleiche von ihnen und seinen Mitarbeitern. Bei der Mutter kann er nur durch Toben und Schreien gewinnen.

In ihrer Pension nehmen sie schweigend eine Mahlzeit ein. Da der Wirt nichts anderes anzubieten hat, trinken sie einen dünnen Kaffee, essen Krautwickel und zum Nachtisch Palatschinken. Micha hat den Eindruck, dass der Vater ihn ab und an besonders prüfend betrachtet.

Für die Dauer einiger Atemzüge ruht Joschka aus, indem er sich auf dem einfachen Wirtshausstuhl zurücklehnt und die Augen schließt. Micha könnte nicht begründen warum, doch wie der Vater so in sich gekehrt dasitzt, tut er ihm leid. Als hätte er Michas Gedanken vernommen, öffnet Joschka erstaunt die Augen, dann rafft er sich auf und verlässt Micha, um seinen Geschäften nachzugehen. Sie bleiben zwei Nächte. Micha hat Zeit, um sich auf eine Klausur vorzubereiten.

Am übernächsten Tag halten sie einige Kilometer vor Salzburg, um eine kleine Rast am Straßenrand zu machen. Sie trinken Tee aus ihren Thermoskannen, vertreten sich die Beine. Gegen die Kälte, die in jeden Kleiderschlitz kriecht, schlägt Micha mit den Armen um sich, fasst sich dann wieder mit den Händen an den Schultern, als wolle er sich selbst umarmen. „Ez a kurva hideg", flucht er. Als Joschka eine vom Gastwirt vorbereitete Jause aus dem Auto holt, wird Micha in dieser weiten Ruhe das Zuklappen des Wagenschlags gewahr. Es gefällt ihm nicht, denn es klingt so satt, so üppig, ja direkt ein wenig lüstern. Er nimmt das Butterbrot, beißt hinein, trinkt einen Schluck aus dem Becher, der auf der Kühlerhaube steht. Er schmeckt kaum, was er isst, der Tee aber wärmt den Bauch.

Nachdem er fertig gegessen hat, ist er entspannter, stellt sich neben den Vater, betrachtet wie er die Landschaft. Es ist so diesig, dass die Berge rundherum nur zu ahnen sind. Er betrachtet die zwischen den Hügelschemen hingestreckte verschneite Ebene.

Vater räuspert sich. „Findest du nicht, dass diese Schneefläche wie ein zum Bleichen ausgebreitetes Leinentuch ist? Nein, es ist ein überdimensionales Leichentuch."

Auch Micha stiert in die Diesigkeit. Was für negative Gedanken der Vater heute hat. Doch, er kann verstehen, warum diese weißen weiten Schneedecken so traurig stimmen. Er erinnert sich, wie er selbst als Kind vor schneebedeckten Feldern stand und wie er eines Tages wirklich glaubte, der Schnee flüstere ihm ein Geheimnis zu. Nur war das Flüstern so leise, dass er nicht verstand, warum die Eltern immer stritten. Er konnte nichts verstehen, weil ihm das Gezeter in den Ohren gellte. Ihm war, als ob der glitzernde, weiße Belag, wie er so unberührt dalag, schlafen würde und vor sich hinträumte. Er verspürte Scheu, seinen Fuß hineinzusetzen. Angestrengt hatte er versucht, den Traum des flüsternden Schnees zu träumen. So, als würde er die

Welt dann besser verstehen. Das ist lange her, aber unvergessen. Was für ein seltsames Kind er gewesen sein muss.

Sie fahren weiter, machen eine Mittagspause, die sich lang hinzieht, weil es im Restaurant an der Straße so gemütlich warm ist. Dann sind sie wieder auf der Straße. Es fängt an zu schneien. Die Scheibenwischer schieben mit dunklem Ächzen den immer dichter fallenden Schnee beiseite. Ab und zu rückt ihnen auf der Gegenfahrbahn vorsichtig ein Fahrzeug entgegen, dessen Scheinwerfer Lichthöfe bildet, in denen lebhafte Flockenwirbel tanzen.

Als es aufhört zu schneien, entdeckt Micha, dass die blinde Sonne schon niedrig steht und dass dieser Nachmittagsdämmer bald in Abenddunkel umschlagen wird.

„Vater, es wird finster, Sehr viel weiter kommen wir heute nicht mehr."

„Ja. Wir sind nur noch ein paar Kilometer entfernt von Bad Gastein, in der Nähe gibt es eine gute und günstige Pension. Dort werden wir für zwei Tage absteigen."

„Das ist die Hölle, dieses Wetter." Eine bequeme Unterkunft erwartend, klingt Micha nicht übellaunig. Trotzdem erwidert der Vater:

„Nein, die Hölle ist es nicht. Das ist nur ein einfacher, verschneiter Januarnachmittag auf dem Weg nach Gastein."

„Es wäre nicht schlecht, wenn es in der Hölle ab und zu mal schneien würde als Erleichterung von dem ewigen Feuer. Im Augenblick könnten wir ein bisschen von dieser Hitze vertragen." Der Vater fällt in Michas Lachen ein und klopft ihm neckend an die Schulter.

Der nächste Tag ist hell, sonnig und windig, mit vergissmeinnichtblauem Himmel, an dem vereinzelte Wolken dahinjagen. Mit dem Fahrzeug klettern Vater und Sohn kontinuierlich bergauf. Dichte, hohe Wälder mächtiger Tannen säumen ihren Weg. Schneekissen halten die Nadelbäume warm. Ab und zu gibt eine Lücke zwischen den Bäumen die Sicht auf ein weißes Tal frei. Im Sommer, stellt Micha sich vor, muss es hier herrlich sein. Die wenigen Laubbäume, die sie von oben sehen, wirken mit ihrer Schneebedeckung wie weiße Wolken.

Das Auto schnauft in einem der Außenbezirke Gasteins eine Bergstraße hoch. Von hier oben können sie die Stadt gut sehen, die sich winterlich verloren ins Tal zu kuscheln scheint. Eben noch haben sie das geschäftige Hin und Her der Wintersportler mit ihren Skiern auf den Schultern beobachtet.

„Unser Ziel liegt noch weiter oben", lässt Joschka seinen Sohn. wissen.

Die Fahrbahnen werden enger und sind nicht vollständig geräumt. Der Mercedes röchelt und hustet, hält sich aber wacker. Als die Straße kaum noch geräumt ist, steuert der Vater das Auto an den Rand.

„Wir lassen das Auto hier stehen und legen den Rest zu Fuß zurück."

Vater und Sohn marschieren, die Köpfe wegen des frischen Windes in die hochgeschlagenen Krägen geduckt, ein paar hundert Meter weiter auf der Höhenstraße. Joschka trägt zwei bunte Päckchen, Pralinen und Schokolade, Geschenke für Nelly und ihre Tochter

„Ja, ich erinnere mich, hier muss es sein." Joschka betrachtet prüfend die Häuser, die sich linker Hand unregelmäßig, mal weiter vorn, mal zurückgesetzt, entlang der Straße aufreihen.

„Das ist es, das grüne da drüben, mit den Nebengebäuden und dem Balkon direkt über dem Eingang." Gegen die vorherrschende Winterweiße wirkt das Grün sehr kräftig. Komisch, sinniert Micha, so ein Augenwehgrün in dieser traditionellen Gebirgsgegend.

Unmittelbar nach ihrer Abfahrt vorhin hat Vater Micha auf diesen Besuch vorbereitet.

„Wir werden Nelly, eine alte Bekannte von mir, hier in Bad Gastein besuchen."

„Nelly, das ist doch Mutters Cousine." Micha hat von Cousine Nelly gehört, kennt sie aber nicht, denn die Familie hat nur Kontakt zu wenigen Verwandten mütterlicherseits. Er wundert sich, dass der Vater erst jetzt mit der Neuigkeit herausrückt.

„Nein, die Cousine Nelly lebt in Bad Reichenhall. Diese Nelly ist eine alte Bekannte von mir, die ich im letzten Kriegswinter in Wien kennengelernt hatte, nach meiner Flucht aus Siebenbürgen, wo der Krieg schon zu Ende war. Als ich nach Deutschland ging, verlor ich sie aus den Augen."

„Du heiliger Strohsack", entfährt es Micha. „Und was wollen wir dort, weiß Mutti davon?"

„Nein. Nelly und ich schreiben uns. Sie hat auch im Winter viel zu tun, weil sie Zimmer an Feriengäste vermietet, sie nimmt sich trotzdem Zeit für uns. Letzten Herbst habe ich sie schon mal besucht, es geht ihr nicht gut."

Micha ist verdattert und sprachlos. Nach dieser Einführung fürchtet er, dass der Vater etwas Seltsames vorhat. Er schweigt, vage Bedenken regen sich in ihm, er ist sich nicht im Klaren, ob es Grund dazu gibt oder nicht. Dann überlegt er. Nein, Vater würde ihn nicht zum Mitwisser einer Affäre machen, das ist nicht sein Stil. Aus alter Freundschaft wird er ihr helfen. Das ist alles.

Sie stehen ein paar Meter von diesem merkwürdig grünen Haus entfernt auf dem verschneiten Gehweg, der durch einen aufgeworfenen kleinen Schneewall von der Fahrbahn getrennt ist.

„Micha, komm, sie erwartet uns, lass uns gehen."

Vater und Sohn gehen auf die Öffnung im Gartenzaun zu. Plötzlich schwankt der Vater und schlägt der Länge nach hin. Wie ein auf dem Rücken liegender Maikäfer strampelt er mit den Beinen und wedelt mit den Armen.

Micha erschrickt, „Vater", ruft er und eilt ihm zu Hilfe.

An beiden Händen zieht er ihn hoch, klopft ihm mit der flachen Hand den Schnee vom dunklen Mantel. Sicheren Stand suchend, hebt Joschka entschlossen den Kopf, nimmt die Schultern zurück, hält sich gerade. Vorsichtig betreten die Männer das Grundstück, die schmale Schneise zum Haus ist mit Asche bestreut. Vor dem Eingang beobachtet Micha den Vater, der nach dem Schlagen des Klopfers nervös von einem Bein aufs andere tritt. Es dauert, Joschka pocht noch einmal. Ein Türspalt öffnet sich, ein kleines Gesicht erscheint, zwei kräftig blaue Augen sehen sie ernsthaft und fragend an. Jetzt wird die Tür energisch aufgezogen und hinter dem zierlichen Kind mit den dicken blonden Zöpfen erscheint eine feste, angenehm füllige, weibliche Gestalt. Der freundliche Blick der Mittvierzigerin bringt ihr Gesicht zum Leuchten. Micha sieht, wie auch der Vater zu strahlen beginnt, und er versucht im Gesicht der Frau mehr zu lesen als eben diese gewinnende Freundlichkeit.

Die Frau beugt sich zu Vater herüber und gibt ihm freundschaftliche Begrüßungsküsschen auf beide Wangen.

Sie mögen sich, schießt es Micha durch den Kopf.

Im Gänsemarsch geht es durch den engen Flur in die Stube, wo ihnen die Wärme vom Ofen neben der Tür entgegenschlägt. Micha verfolgt, wie der Vater nur flüchtig die Umgebung registriert, weil er mit dem Aussehen der Frau beschäftigt ist. Auch Micha schaut sie genau an. Sie hat dieselben leuchtend blauen Augen wie das Kind. Sie ist hellblond, ihre Schläfen sind weiß. Doch sie wirkt jung mit dem prallen Gesicht und dem zarten Teint. Er ist fasziniert von ihrem großen, mütterlichen Busen in der gestreiften Bluse unter offener Strickjacke. Er versteht, dass einem Mann im Alter seines Vaters eine Frau mit so weiblichen Formen gefallen kann. Wie kommt nur der Vater darauf, dass es dieser Frau nicht gut geht? Sie sieht doch blühend aus.

„Das ist mein Ältester, Micha. Er ist zwanzig, studiert schon an der Universität."

Nelly schüttelt Michas Hand kräftig und zupackend, wie eine, die weiß, was sie tut. Dann fasst sie die Kleine mit den Händen von hinten an beiden Schultern und zieht sie vor sich.

„Das ist meine kleine Barbara. Meine einzige und ein sehr liebes Mädchen."

Das Kind lächelt die beiden fremden Männer schüchtern an, gibt ihnen die Hand, die sie sofort hinter dem Rücken verschwinden lässt. Geschwind duckt sie sich unter den Händen der Mutter fort.

Joschka überreicht seine Päckchen mit einem kleinen Kompliment. Nelly errötet ein wenig, bedankt sich und legt die Geschenke auf die Anrichte. Als ihre Gäste Platz genommen haben, verlässt sie flink das Zimmer, um Kaffee und Kuchen zu holen. Die Männer sind allein mit dem Kind, das schweigsam und sie konzentriert beobachtend auf dem pastellfarbenen Sofa sitzt.

Micha blickt sich um. Die Einrichtung ist einfach, aber gemütlich. Der Tisch ist hübsch gedeckt, mit weißer Damastdecke unter dem weiß-goldenen Porzellan. In der Vitrine die üblichen Nippes, ein paar Buchrücken. Auf einem Nähtisch vor dem Fenster zerlesene Modezeitschriften, die schweren hellblauen Gardinenschals hängen bis auf die Erde.

Die Kleine spielt verlegen mit dem geklöppelten Deckchen, das auf der Armlehne des Sofas gelegen hat. Sie hebt es auf und legt es sich um den Hals wie einen Spitzenkragen. Micha entgeht nicht, dass sie auf die bunten Schachteln auf der Anrichte schielt. Es ist sehr still im Raum. Damit ihm das Schweigen nicht den Mund verklebt, muss er etwas sagen. Zu seinem Schrecken beginnt er wie alle Erwachsenen:

„In die wievielte Klasse gehst du?"

„In die zweite Klasse der Hauptschule."

„Kommst du gut voran?"

„Oh ja."

„Was machst du denn am liebsten?"

„Rechnen",

„Das ist gut. Sehr gut sogar."

Die Kleine lächelt zufrieden. Diese Art von Gespräch hat Micha als Kind verabscheut. Peinlich. Es fehlt nur noch, dass er nach den Berufsplänen fragt, als ob für Kinder nur die Zukunft interessant wäre. Aber lieber will er das Schweigen aushalten.

Joschka betrachtet die Kleine wohlwollend, dann trifft sein Blick Micha. Worüber spricht man mit so einem kleinen Mädchen, scheint er zu fragen. Er bricht die Stille: „Wenn du gerne rechnest, kannst du später mal eine tüchtige Kauffrau werden, wenn du willst."

Die Kleine guckt Joschka mit einer Mischung aus Keckheit und Skepsis an und sagt: „Vielleicht." Sie schaut ratlos von dem älteren zum jüngeren Mann und zurück. Wie einem festen Entschluss folgend, legt sie mit heftiger Bewegung das Deckchen an seinen Platz, hebt den Deckel der Zuckerdose und schnappt sich einen Zuckerwürfel, den sie schnell in ihrem Mund verschwinden lässt. Micha lächelt ihr zu, sie gibt ihm ein spitzbübisches

Lächeln zurück. Aha, das ist doch so ähnlich wie bei unseren Kleinen, denkt er.

Nelly befreit ihre Tochter und die Gäste aus der Klemme. Sie hält eine große Teekanne in der Hand und balanciert eine Kuchenplatte in der anderen. Eifrig erhebt sich Joschka, um die Tür hinter ihr zu schließen, die sie mit dem Ellbogen geöffnet hat. Als sie den Tee eingießt, verschüttet sie mit einer kleinen fahrigen Bewegung ein wenig. Sie setzt sich in den Armstuhl zur Rechten Joschkas. Die Kleine, gegenüber auf dem Sofa, schiebt sich mehrere Kissen unter, um die Tischfläche besser zu erreichen. Vater und Nelly sprechen von unverfänglichen Dingen. Wann Nelly geheiratet hat, wie alt das Kind ist, wo ihr Ehemann arbeitet, wie lange es gedauert hat, das Haus zu bauen. Obwohl Vater eigentlich Aufschluss über all das haben müsste, sie kennen sich doch. Micha ist verdutzt. Handeln und sprechen diese Frau und dieser Mann nicht gemäß einer heimlichen Dramaturgie?

Vater hat doch erzählt, sie hätten sich geschrieben. Nun sprechen sie so, als hätten sie das nicht getan. Sind diese Informationen für ihn bestimmt? Sein Misstrauen wächst. Er wittert die Scheu des Vaters, der sich kaum traut, dieser Frau direkt ins Gesicht zu schauen. Sie allerdings wirkt nüchtern, nicht wie eine, die versucht, einem Mann zu gefallen.

Micha beruhigt sich. Freilich, die Frau bewirtet einen alten Bekannten auf freundliche Weise. Anders wäre es nicht auszudenken. Außerdem lebt sie weitab, hunderte von Kilometern entfernt von Vater. Und schließlich ist sie verheiratet. Schon deshalb ist sein Argwohn unbegründet. Jedenfalls, was Vater anbetrifft.

Das Mädchen bittet, aufstehen zu dürfen, die Mutter gibt ihre Zustimmung. Joschka und Micha verabschieden sich bald. Das Kind taucht nicht mehr auf.

Vater und Sohn fahren in ihre Pension, die in einem niedrigeren Seitental sehr malerisch gelegen ist. Am Nachmittag begleitet Micha den Vater zu einem Kunden, der Joschka jeweils eine große Charge bunt bedruckter Bauerntücher und bestickter Seidentücher abnimmt.

Während des Abendbrots kündigt Joschka an, dass er am nächsten Morgen noch einmal zu Nelly gehen wird, allein. Micha habe Gelegenheit, eine Winterwanderung zu machen. Am übernächsten Morgen würden sie sich auf die Weiterreise machen.

Während Micha durch die dichte Schneestille die Bergstraßen hochspaziert, wächst seine Seelenruhe. Ohne Angst kann er sich über die Wahrscheinlichkeit seiner verschiedenen Vermutungen Gedanken machen. Und er bleibt gelassen, als er zu keinem Ergebnis gelangt, denn in einem ist er sicher: Vater würde nicht mit seinem Wissen ein mieses Verhältnis beginnen. Warum aber war er heute allein bei Nelly? Ob sie noch eine offene Rechnung haben, von damals, aus ihrer Jugendzeit? Er sagt sich, er habe einfach nicht genug Phantasie, um sich Vaters Verhalten zu erklären. Doch das Rätsel wird sich binnen kurzem lösen.

Beim Abendessen in einem traditionellen Restaurant erzählt Micha begeistert von seiner Winterwanderung. Danach ist Joschka an der Reihe, von seinem Tag zu berichten. Bevor er beginnt, erfasst Micha, dass er etwas Ungewöhnliches mitzuteilen hat, denn er bewegt sich auf seinem Stuhl unruhig hin und her. Vater will etwas loswerden, weiß offensichtlich nicht, wie er beginnen soll. Dieses Zögern macht ihn neugierig, zugleich stuft er es als beängstigend ein.

Zunächst erzählt der Vater von seiner und Nellys gemeinsamer Geschichte vor mehr als zwanzig Jahren. Zwischen September 1944, dem Ende des Kriegs in Rumänien, und April 1945, bevor die Russen Wien eroberten, schlug sich Joschka in Wien durch. Er war aus Rumänien geflohen, weil er dort als Deutscher galt und er mit Deportation nach Russland rechnen musste. In Wien fühlte er sich einigermaßen sicher. Bis im April 1945 die Russen die Stadt einnahmen. Joschka fürchtete erneut die Deportation und floh in den amerikanischen Sektor in Deutschland, nach Frankfurt. Nelly hatte er auf einer Weihnachtsfeier kennen gelernt. Sie hatten sich angefreundet und trotz der schwierigen Zeiten ein paar unbeschwerte Wochen miteinander verbracht. In Frankfurt verliebte er sich in Michas Mutter und dachte nur noch selten an Nelly.

Joschka macht eine Pause. Was er sagen will, fällt ihm schwer, das ist nicht zu übersehen. Er holt tief Luft, und eröffnet seinem Ältesten den Plan, der das Leben der Familie total umkrempeln soll. Mit Nelly ist alles abgemacht. Scheidung. Er werde sich scheiden lassen und Nelly heiraten, nachdem sie ebenfalls die Trennung von ihrem Ehemann vollzogen haben wird. Reni und Oskar werden bei ihm bleiben, ohne weiteres werden sie ihm zugesprochen, da Lotta die Schuld am Scheitern der Ehe trägt. Er und Nelly werden ihre Kinder miteinander aufziehen, und endlich würden sie beide eine richtige Familie haben.

Während Micha vorerst schweigt, weil er mit so einer radikalen Wendung nicht gerechnet hat, versucht der Vater, um Verständnis zu werben. Er, Micha, wisse doch von den Schwierigkeiten seiner Eltern. Und jeder Mensch habe doch ein Anrecht auf ein wenig Glück. Ach was, Glück, korrigiert der Vater sich. Ordnung! Zufriedenheit! Er wolle doch nichts weiter, als ein bisschen Ruhe und Zufriedenheit.

Micha hört zu, der Vater ist aufgeregt. Beschwichtigend winkt er ab. Ja, er hat verstanden. Woher der Vater die Entschlusskraft nimmt, wundert ihn.

Joschka fährt fort, der Plan richte sich zwar gegen Michas Mutter, doch er als sein Ältester könne bestimmt begreifen, dass sich etwas ändern müsse. In der Tat, das kann er, gibt Micha dem Vater zu verstehen. Eine Weile essen sie schweigend, Joschka ohne rechten Appetit. Vor Anspannung fuchtelt er mit dem Besteck auf dem Teller herum. Micha spürt, der Vater lässt ihm Zeit, diese Nachricht zu verdauen. Doch Micha ist bald bereit, diese eigentlich revolutionäre Wandlung positiv zu sehen. Mehr noch, er ist erleichtert. Endlich wehrt sich der Vater. Gleichzeitig ist Micha unsicher. Sollte er trotz allem nicht auch Mitleid mit der Mutter haben? Nein, entscheidet er, Mitleid nützt niemandem. Es ist gut, was der Vater vorhat. Sie waren nie eine richtige Familie, so sehr seine Mutter das auch behaupten will, und ihm kommt dieses Familienfoto in den Sinn, das im Salon an der Wand hängt und auf das seine Mutter zu unrecht so viel Wert legt.

Joschka bekennt seinem Ältesten, dass er es als Glücksfall einstuft, dass er Nelly wieder gefunden hat. Sie ist unglücklich mit ihrem Mann, der im Rausch gewalttätig wird. Die Kinder, das kleine Mädchen und seine beiden, würden sich an die neue Situation gewöhnen, da sind er und Nelly sich sicher. Micha ist einerseits gerührt, weil der Vater diesen großen Schritt wagt, aber auch gefasst, denn er ist von all dem kaum betroffen. Außer an den Oster- und Weihnachtstagen hält er sich nur im Elternhaus auf, um Rita zu treffen, wenn sie ihre Eltern besucht. Aber die Geschwister, für die wird es ein Schock sein, der Vater hat recht, sie werden sich gewöhnen müssen.

Micha hat seit den väterlichen Offenbarungen kaum gegessen. Gebannt hat er den Worten des Vaters gelauscht und sein Verhalten verfolgt. Er legt sein Besteck hin, schaut dem Vater in die Augen und nickt.

„Ja, es wird nicht leicht werden, dennoch wird es eine Lösung für viele Probleme sein, wenn ihr euch trennt. Ich verstehe dich."

Joschka legt seine Hand auf die linke des Sohnes. Bewegt quittiert er Michas Worte mit einem einfachen „Danke, Micha." Er fügt hinzu: „Ich habe dich mit auf diese Reise genommen, damit wir in Ruhe alles besprechen können. Danke."

Mit abrupt gewonnenem Appetit traktiert der Vater nun das Essen mit Messer und Gabel und lässt es sich schmecken.

Wie der Vater so herzhaft isst und umwälzende Pläne schmiedet, bekommt Micha jäh ein abwechselnd ziehendes und drückendes Unwohlsein in der Magengegend. Es ist ein diffuses Gefühl von Unehrlichkeit, das ihm zu schaffen macht. Er fängt an zu schwitzen. In seinem Kopf veranstalten Ahnungen, vages Loyalitätsempfinden und konkrete Erinnerungen chaotische Gedankensprünge. Um zu verstehen, was mit ihm los ist, muss er sich konzentrieren. Er passt nun auf, wie der Vater jeden Bissen zurecht schneidet, in den Mund steckt, genüsslich kaut und hinunterschluckt. Er versucht, in seinen Augen, seiner Mimik und Gestik zu lesen. Nein, er ist ohne Arg, unbelastet vom Geheimnis der Geschwister. Nichts weist darauf hin. Micha hat lange nicht daran denken müssen, nicht denken wollen. Auch nun schiebt er den Gedanken beiseite. Er wird ihm nichts sagen. Mag ihn sein Schuldbewusstsein noch so sehr plagen. Weg damit! Ausradieren wird er es aus seinem Kopf, denn er muss doch zum Vater halten, Wo der jetzt so zuversichtlich ist.

„Micha, du isst ja gar nicht? Schmeckt es dir nicht?"

„Doch, doch. Ich bin nur überrascht. Es ist alles in Ordnung." Er schaut dem Vater in die Augen, eine Welle von Mitleid, gemischt mit Stolz steigt in ihm auf, nur mühsam kann er die Tränen zurückhalten. Er schluckt und lächelt. Erleichtert, bei ihm auf so rasches Verständnis zu stoßen, winkt der Vater den Kellner herbei und bestellt breit lächelnd eine Flasche Schilcher. Er wirkt geradezu gelöst. Bemerkenswert. Micha hat den Eindruck, dass der Vater seine Vorsätze durchziehen wird. Nelly ist ihm Ansporn.

Trotzdem, noch einmal regen sich Bedenken. Er muss doch etwas für den Vater tun. Vielleicht übersieht er diesen entscheidenden Punkt. Er muss ihn warnen.

„Wenn Nelly so unglücklich ist, kommt die Lösung also auch ihr wie gerufen", artikuliert er laut und überdeutlich, damit der Vater aufmerkt und wahrnimmt, für wie unverzichtbar er diese Feststellung hält.

„Ja, ihr kommt die Veränderung genauso zupass wie mir", antwortet der Vater gelassen. „Das ist nicht das Schlechteste, was einem passieren kann. Wir haben beide Vorteile durch die Verbindung."

Diese Bemerkung stimmt Micha traurig, und er schwört sich, dass seine Zuneigung zu Rita niemals von solchem Nützlichkeitsdenken abhängig sein soll. Überhaupt, er und Rita würden sich niemals so verlieren. Nicht so wie Vater und Mutter oder wie Vater und Nelly, die sich doch früher wohl nahe waren.

„Wann willst du mit Mutti alles regeln? Es wird einen Aufruhr geben."

„Und nicht zu knapp! Sobald wir in Frankfurt sind, werde ich es anpacken. Man muss das Leben wie einen Acker bestellen. Alles zu seiner Zeit. Jetzt heißt es: Ärmel hoch und ran!"

Wie um seine Tatkraft zu demonstrieren, schiebt er die Ärmel seines

Jacketts bis zu den Ellbogen, so dass sein Hemd mit den perlmutternen Manschettenknöpfen und sein Handgelenk mit der altmodischen Doxa-Uhr sichtbar werden. Ja, so zielstrebig kennt Micha den Vater bei seinem beruflichen Einsatz, und er hofft, dass er seinen Plan wie ein Geschäft durchziehen wird. Denn dann wird alles gelingen.

Am nächsten Morgen verlassen sie Bad Gastein. Micha erlebt seinen Vater so heiter gestimmt wie seit langem nicht mehr. Er scheint von einer Bürde befreit. Vielleicht, weil er endlich ein Ziel und eine Verbündete hat, mutmaßt Micha. Und sicher auch, weil er mit mir so leichtes Spiel hat.

Nach einer Weile wird Joschka ernst. Bisher hat er das Auto vorsichtig gelenkt, er wird noch langsamer. Er beginnt über die Zukunft zu sprechen. Ja, sagt er bedächtig, er hat ein wirklich großes Stück Arbeit vor sich. Nellys größte Befürchtung ist, dass Oskar und Reni sie nicht anerkennen und dass ihre Tochter und seine Kinder eifersüchtig aufeinander reagieren werden. Dem müsste man entgegenarbeiten. Eine Weile will er mit den Kindern und Bertel allein bleiben. Magdatante würde selbstverständlich für Lotta Partei ergreifen und ausziehen. Man müsste Ersatz finden. Diese Sorge kann seiner Ausgeglichenheit im Moment keinen Abbruch tun. Das alles werde bestimmt gelingen, auch die Auseinandersetzung mit Lotta. Sagt er.

Unversehens schlägt Joschkas Stimmung um, als er sich den Streit ausmalt. Micha hört die Genugtuung in seiner Stimme. Als der Vater so wütend schimpft, als wolle er sich von jahrealter Bitternis befreien, fühlt er sich hilflos. Gegen den einsetzenden Wortschwall kann er sich nicht schützen, er muss ihn ertragen. Und hat der Vater etwa nicht recht?

Von höhnischem Lachen unterbrochen, beschreibt Joschka, wie überwältigend für Lotta die Überraschung sein wird. Diesmal hat er hinter ihrem Rücken gehandelt, ist er der Unberechenbare, derjenige, der Ränke schmiedet und manipuliert. Triumphierend schildert er das erschrockene Gesicht seiner Ehefrau, ihre vor Erstaunen aufgerissenen Augen, ihre keifende Stimme, wenn sie die Contenance verliert. Und das wird sie. Da gibt es kein Schöntun. Mitleid? Am Arsch die Räuber. Nein, er hat kein Mitleid mit ihr und wird auch in aller Zukunft keines mehr in sich finden. Früher hat er sie manchmal bedauert, wenn sie unglücklich war und weinte oder als die Tuberkulose sie so lange Zeit von der Familie trennte. Mit dem Mitleid ist jetzt Schluss. Für immer. Sie sieht wieder blühend aus, dieser Geliebte, der kann sie von nun an ganz haben. Wenn er das überhaupt will. Vielleicht ist der nur glücklich, wenn er einem verheirateten Mann die Frau ausspannen kann.

Joschka höhnt: „Da wird sie sehen, was sie an dem hat, wie der sie stützen und beschützen wird." Jemand hat ihm erzählt, dass dieser Mensch ein Rabenvater ist, sich nicht um sein eigenes Kind aus erster Ehe kümmert. Na, da wird sie ihre Freude haben. Sich mit so einem egoistischen Zeckenbock einzulassen. Fortan kann dieses Schwein sie nach Herzenslust verprügeln, sie wird den gutmütigen Joschka nicht mehr haben, bei dem sie Schutz findet. Damals hatten alle Eingeweihten geglaubt, das wäre der Gipfel und das Ende ihrer Eskapaden. Micha habe das doch miterlebt. Nun werde sie erfahren, dass verschüttete Milch nicht einfach zurück in die Kanne geschubst werden kann. Sie hat die Milch umgestoßen, soll sie den Verlust tragen. Schluss. Aus.

Micha hat Verständnis für diese Tirade, obwohl ihm der Gefühlsausbruch des Vaters peinlich ist, weil er es lieber hätte, dass ältere Menschen kontrolliert mit den Widrigkeiten des Lebens umgehen. In ihm regt sich zwar der Impuls, die Mutter angesichts der Beschimpfungen zu verteidigen, aber er unterdrückt ihn. Aber nein, Vater soll sich nur abregen. Wie oft hat er selbst sich geschämt. Den Vater wird jeder verstehen. Der verschafft sich endlich den Respekt, den er verdient. Mit Bedauern fällt ihm ein, wie ekelhaft er sich selbst manchmal verhalten hat. Noch vor zwei Jahren auf der Reise, die der Vater mit ihm unternahm, als er sein Abitur bestanden hatte. Er war rotzfrech und konnte selbst nicht begreifen warum. Kann es immer noch nicht. Denn der Vater sorgt gut für seine Kinder. Das gibt sogar seine Mutter zu. „Joschka mag sein, wie er will, aber für seine Kinder tut er alles." Recht hat sie, aber wer weiß, welche Winkelzüge sie damit verfolgt. Wenn Vater jetzt reinen Tisch macht … Er will sich nicht weiter vorstellen, welchen Tumult es geben wird. Und diesmal wird er es durchziehen, er ist der anderen Frau im Wort. Die Geschwister tun ihm leid. Dennoch – was nun passieren wird, ist auch nicht schlimmer, als das, was sie gewohnt sind. Im Gegenteil, es besteht die Chance, dass Frieden einkehrt.

Micha versucht, seine Gedanken weiter zu ordnen. Am besten wird es sein, wenn er sich raus hält und schleunigst nach Aachen abreist. Nur gut, dass nun nicht mehr der Grundsatz gelten soll, alles sei verzeihlich. Er hatte schon jede Hoffnung aufgegeben, dass Vater sich jemals wehren würde.

Nach Joschkas Hassrede auf Lotta herrscht ein langes Schweigen. Micha verfällt in einen Zustand gefühlloser Starre, den er der winterlichen Unbelebtheit zuschreibt, die da draußen um sie herum lauert. Sie sind noch im Gebirge. An einigen sehr steilen Hängen hat sich der Schnee gelöst, ist in Minilawinen nach unten gerutscht, so dass schwarze Flecken in dem Weiß oberhalb der Nadelgehölze auszumachen sind.

Sie sind auf einer Hochebene und in einer Gegend, die der Vater hin und wieder bereist. Die Äcker und Wiesen links und rechts der Straße sind mit weißem Flaum verhüllt. Ab und zu kann er am Feldrain eine Tierspur ausmachen. In den Waldstücken, die sie durchfahren, sind die hohen Zotteltannen schwer beladen. Die gefrorenen Gerippe der Laubbäume wirken wie aus Glas. Dieser Feenwald ist beglückend.

Joschka hat sich beruhigt, er ist erschöpft. Langsam steuert er das Auto auf der verharschten Fahrbahn. Trotzdem übersieht er, dass sich vor ihm ein Schemen schwankend hin und her bewegt. Micha gewahrt den Radfahrer als erster.

„Pass auf, ein Radfahrer da vorn."

Kopfschüttelnd fügt er hinzu:

„Bei dieser Witterung, so ein Vollidiot."

Der Radfahrer fährt mit heftig ausladenden Bewegungen nach rechts und links, weil er auch bei der geringen Steigung wegen des Schnees kräftig in die Pedalen treten muss. Er guckt sich ängstlich nach dem Auto um, verliert das Gleichgewicht und fällt mitsamt dem Rad auf die Fahrbahn. Joschka bremst, Micha steigt geschwind aus und hilft dem Mann auf, der mit einer klobigen Fellmütze und einer ebensolchen Jacke bekleidet ist. Seine Hände stecken in unförmigen Fausthandschuhen.

Während der Mann sich mit Michas Hilfe aufrappelt, schimpft er in österreichischer Mundart: „Es ist ja nun wahrhaftigen Gott's nicht viel los auf der Straße. Müssen Sie deshalb so tief schlafen, dass sie einen redlichen Radfahrer über den Haufen fahren! Das hätte schön schief gehen können. Das Dumme nur ist, dass ich derjenige bin, der hops wäre."

Joschka, der dazutritt, redet beruhigend auf den Mann ein: „Bitte, regen Sie sich nicht auf. Es ist ja noch mal gut gegangen. Es tut mir wirklich leid."

Als Vater direkt vor dem Fremden steht, fangen zu Michas Erstaunen beide Männer an, laut zu lachen.

„Herr Valentin, was für ein Zufall! Dass ich Sie nicht gleich erkannt habe oder doch wenigstens das Auto."

„Herr Georg, wirklich, was für ein Zusammentreffen. Kommen Sie. Wo wollen Sie hin? Ich nehme Sie mit."

Vater wendet sich an Micha:

„Das ist Herr Georg, der in Oberlang bei seinem Onkel in der Weberei arbeitet. Ich kaufe regelmäßig dort ein. Diesmal wäre ich allerdings vorbeigefahren." Erklärend setzt er hinzu: „Die letzten Stoffe liefen nicht besonders." Auch das folgende ist für Georg bestimmt.

„Kariert ist schon seit letzter Saison nicht mehr in Mode, und ich habe immer noch welche auf Lager."

Georg erwidert gelassen: „Ach, Herr Josef, die schlagen Sie trotzdem los. So ein Geschäftsmann wie Sie."

Er zieht den rechten Handschuh aus und ergreift die Hand Joschkas, der ebenfalls kraftvoll zudrückt.

„Georg, bitte, wohin wollen Sie, ich bringe Sie hin."

„Danke, Herr Valentin, Ich bin auf dem Rückweg von Niderlang, habe eine Lieferung Stoffe abgegeben." Er macht eine Pause, verzieht das Gesicht, als wolle er weinen. Tatsächlich spricht er mit tränenerstickter Stimme:

„Es ist etwas Schreckliches passiert, Herr Josef. Mein Onkel ist gestorben. Er wird heute in seinem Heimatort beerdigt."

Joschka schaut verlegen. Micha sieht, dass er den leichten Ton bedauert, den er bisher angeschlagen hat. Er drückt sein Beileid aus, indem er Georgs Hand feierlich mit beiden Händen ergreift und fest drückt. Dann legt er ihm die Linke beschützend auf die Schulter. Micha murmelt eine Beileidsformel. Mit immer noch zittriger Stimme berichtet Georg, dass sein Onkel, der so gesund schien, ganz ohne Vorwarnung einem Herzinfarkt erlegen ist.

Er räuspert sich und weist auf das liegende Fahrrad.

„Herr Josef, das Leben läuft weiter." Joschka nickt. Micha sieht ein, in bewegenden Momenten muss man auf solche Formeln zurückgreifen, weil die seelische Kraft fehlt, um Empfindungen gerechten Ausdruck zu geben. Joschka sieht Georg an, dann das Rad.

„Ich bringe sie nach Hause, das Fahrrad allerdings passt nicht in den Kofferraum", gibt er zu bedenken.

„Wir können das Vorderrad abmontieren, damit es passt", schlägt Micha vor und bietet an, das zu tun

„Danke, danke, es ist nicht mehr weit, doch mit dem Fahrrad sehr unbequem."

Als das Fahrrad verstaut ist, überlässt Micha dem Fremden den Beifahrersitz und steigt in den Fond.

Joschka zündet den Wagen, der Motor heult kurz auf, es folgt ein keuchendes Geräusch und Stille. Die drei Männer starren wie gebannt geradeaus.

„Ich warte ein wenig, dann starte ich noch mal."

Auch beim zweiten Versuch gibt der Wagen nur ein trockenes Husten von sich. Die Männer sehen aus dem Fenster. In diesem Loch aus Realitätsferne, in der schneeverhüllten, jedes Geräusch dämpfenden Landschaft befällt Micha die Erkenntnis, dass das Leben kostbar ist. Nichts, kein Laut, keine Bewegung zeugen davon, aber gerade deshalb spürt man es.

Joschka startet den Wagen erneut. Vergebens. Die Männer steigen aus und Joschka öffnet die Motorhaube. Georg beugt sich ebenfalls über die Maschine. Er gibt zu erkennen, dass er von Autos so gut wie nichts versteht. Joschka kontrolliert die Kontakte, prüft den Ölstand. Alles in Ordnung. Erneut klemmt er sich hinter das Lenkrad. Nach weiteren Zündversuchen, kurbelt er das Fenster herunter, nickt langsam und schwer in Michas Richtung:

„Hier kommen wir so nicht weg. Ich glaube, nicht, dass der Motor einfach nur abgesoffen ist. Aber man kann nie wissen. Lasst uns ein wenig warten, dann versuche ich es noch einmal."

Nach zehn Minuten startet Joschka erneut, auch diesmal rührt sich der Motor nicht.

„Tut mir leid, meine Herrn", konstatiert Joschka aufgeräumt, „es wird mühsam." Georg regt an: „Wir bauen das Fahrrad wieder zusammen, wir können etwas Gepäck darauf laden. Das Dorf ist nicht sehr weit. Dort finden wir jemanden, der den Wagen mit Auto oder Pferdegespann zur Werkstatt in Murlang zieht."

Die drei Männer hieven das Auto dorthin, wo sie den Straßenrand vermuten und machen sich auf den Weg. Georg schiebt das Fahrrad, eine Reisetasche hat er auf den Gepäckträger gebunden, eine weitere trägt Micha. Die gekauften Waren lassen sie im verschlossenen Wagen.

An der nächsten Kreuzung deutet Georg nach links, und sie stapfen eine mit makellosem, dichtem Schneepelz versehene kleine Straße entlang. Die Sonne hat an Kraft gewonnen. Die Eiskristalle auf den knorrigen Obstbäumen links und rechts funkeln auf, als wären sie Prismen an einem Kronleuchter. Die Wipfel wiegen sich im leichten Nordwind, fast glaubt Micha ein leises Klirren zu vernehmen. Auf der weißen, unebenen Straße wirft der Schnee kleine bläuliche Schatten und die Kristalle blinken so hell wie die Tautropfen im feuchten Gras eines sonnigen Sommermorgens. Trotz der in die Nase kneifenden Kälte freut sich Micha über diese Winterlandschaft.

Micha beobachtet, wie Joschka den fellvermummten Georg nachdenklich von der Seite betrachtet. Als Georg kurz stehen bleibt, das Fahrrad gegen seinen Körper abstützt und die groben Handschuhe gerade zieht und die Hände zusammenklappt, denkt Joschka laut:

„Das ist kein gutes Beerdigungswetter. Die armen Totengräber, die bei diesem Frost das Grab aushacken müssen. Eine schweißtreibende, viel Obstler aufsaugende Tätigkeit."

„Nun ja", fügt er selbstkritisch an, „kein Begräbnis ist ein Spaß."

„Das ganze Dorf wird auf der Beerdigung sein. Herr Josef, es wäre natürlich am einfachsten, wenn Sie im Hause des Onkels übernachten würden. Aber ich bringe sie bei Nachbarn unter. Ich schlafe heute Nacht auch nicht im Sterbehaus."

Er ist abergläubisch, denkt Micha, verkneift sich aber jeden weiteren pietätlosen Gedanken.

„Danke, Georg. Wir sind zufrieden, wenn wir überhaupt irgendwie unterkommen."

Joschka bewegt seine behandschuhte Rechte ans Kinn. Nachdenklich sagt er: „Ich würde Ihrem Onkel gern, auch um unserer guten Geschäftsbeziehung willen, die letzte Ehre erweisen." Er wendet sich an Micha: „Wenn du möchtest, kannst du mitgehen. Was meinst du?"

Micha weiß, der Vater nimmt solche Formalitäten ernst. Nickend signalisiert er sein Einverständnis. Wenn ihm auch schaudert vor diesem frostigen Begräbnis.

Schweigend stapfen sie weiter. Micha hat das Gefühl, dass die Zeit ihn wie ein weißer Stoffballen umhüllt. So unwirklich ist diese Schneewelt. Er meint, von solchen Zeitkokons seien auch seine Begleiter umgeben. Ob sie ähnlich fühlen wie er?

Von fern gleichen die Häuser des Dorfes blassen Schatten. Weit vor Ortsbeginn sehen sie linker Hand den Friedhof, den eine mit Schneedächlein versehene, halbhohe Bruchsteinmauer umschließt. Zwischen den großen Holz- und Eisenkreuzen steht eine Gruppe Männer beieinander, die sich auf ihr Grabgerät abstützen.

Georg führt seine Begleiter in den Ort hinein, zu einem Gehöft, vor dem sich bereits eine dunkle Menschenmenge versammelt hat, alte Frauen in schwarzen Umhängen und Kopftüchern und vermummte Greise mit ins Gesicht gezogenen Hüten. Alle stehen gebeugt, weiße Kondensfahnen vor ihren Mündern, obschon kaum gesprochen wird.

Jemand kommt auf die Ankömmlinge zu, schlägt Georg auf die Schulter. „Das hast du ja noch gut geschafft. Ist gut, dass du dich ums Geschäft kümmerst."

Er nimmt ihm das Fahrrad ab, erkundigt sich, wohin mit dem Gepäck. Ein zweiter Mann bietet ihnen Schnaps an, sie trinken und schütteln sich.

Bläser und Geiger formieren sich zu einer Kapelle, beginnen einen scheppernden, melancholischen Nörgelsingsang. Das Hoftor öffnet sich und ein Sarg wird von sechs kräftigen Männern in Schwarz mit breitkrempigen Hüten heraus getragen. Es ist eine kirschholzfarbene, polierte Totenkiste, in der der alte Mann unter einer weißglänzenden Decke ruht. Die Träger stellen den Sarg auf zwei Tragböcke, die Musik spielt ihr Stück zu Ende. In dem fröstelnden Schweigen lösen sich ein paar Männer aus der Trauergemeinde, treten an den Sarg und verbeugen sich vor dem Verstorbenen. Nach und nach verabschieden sich die Dorfbewohner von dem Toten. Micha kennt den Toten nicht, er beobachtet, wie sein Vater dem Verblichenen mit einer Verneigung Respekt erweist. Ein kräftiger Mann verschließt den Sarg, indem er Nägel in die Deckelränder hämmert. Diese Hammerschläge und die darauf folgende Stille sind gespenstisch. Jemand legt ein schwarzes Tuch mit goldenen Fransen über den Sargdeckel und befestigt ein paar Tannenzweige darauf.

Die Kapelle, Männer in Trachtenkleidung, mit einer für eine Heimatgruppe unorthodoxen Auswahl an Musikinstrumenten, die näselnde Fagotts und ein Saxophon einschließt, beginnt von neuem zu spielen. Es erklingen Weisen, wie sie in den frühen Morgenstunden nach einem Volksfest von übernächtigten Musikanten zu hören sind.

Vater und Sohn gliedern sich in die Prozession ein, die sich langsam voranbewegt. Mit seinem hinkenden Gang kann Joschka mühelos mithalten. Es gibt nur wenige junge Menschen in dieser Prozession, bemerkt Micha. Vor ihnen schlurfen zwei alte, verdorrte Frauen, wegen der Kälte fast zu Zwerginnen in sich zusammengesunken. Sie tragen dunkle Röcke, die beim Gehen ihre spirreligen Waden oberhalb von hohen Winterschuhen freigeben.

Der Zug bewegt sich schweigend vorwärts. Glockengeläut beginnt, die Musik hört auf. Dieses zweitönige Läuten, die beiden Klänge in unregelmäßiger Reihenfolge, lassen Micha aufhorchen. Es erinnert ihn an kindliche Einsamkeit, so wie die, als er den träumenden Schnee verstehen wollte.

Micha sieht zur Seite, zum Vater. Ja, er versteht ihn. Seine Gedanken zur Windhauch-Vergeblichkeit. Denn was könnte ein besserer Beweis sein als die Vergänglichkeit, die diese Totenfeier notwendig macht. Hoffentlich meint Vater nur, angesichts der Sterblichkeit des Menschen sei nichts von überragender Wichtigkeit. Nichts, außer der Tatsache, dass man lebt. Sicher meint er nicht, alle Bemühungen seien vergeblich. Wie schon manchmal zuvor denkt Micha, in fünfzigtausend Jahren, falls es die Menschheit dann noch geben sollte, wird niemand mehr verstehen, wer wir waren, wie wir gelebt haben. Fünfzigtausend Jahre! Ist er bekloppt? Schon in hundert Jahren wird keine Spur mehr von ihnen vorhanden sein.

Micha begreift in dieser Situation die Rede vom Windhauch nicht nur theoretisch, sondern er fühlt den kalten Hauch in der Brust. Die Glocken hören auf zu schlagen und nach einer beklemmenden Stille, in der man nur das dumpfe Trittgeräusch der Trauergemeinde hört, beginnt die Kapelle ein Stück in Moll zu spielen. Es klingt freudlos, wenngleich der Rhythmus recht lebhaft ist. Allmählich passen sich die Menschen dem schnelleren Takt an. Die sich zur Musik fast automatenhaft fortbewegende dunkle Menschenmasse wirkt geisterhaft in dieser Schneeweite. So als wäre sie aus dem

Nichts aufgetaucht, von einer geheimnisvollen unbekannten Macht hierher bestellt worden, um diesen Trauerritus zu feiern.

Micha fühlt, wie der Vater ihn am Ärmel zupft. Er reicht Micha seine behandschuhte Hand. Staunend ergreift er sie. Vater zieht seine Hand zurück, nickt Micha zu und bedenkt ihn mit einem langen Blick. Micha verfolgt Joschkas Blickbewegung, schaut wie er in den diesigen Himmel, die dichte Wolkendecke versperrt den Blick in die Ewigkeit. Die ländlich-bäuerliche Musik unterstreicht die Kleinheit menschlicher Verhältnisse, denkt Micha.

Er sieht wieder zum Vater, er macht einen verbissenen Eindruck mit seinem zusammen gekniffenen Mund und den zu Schlitzen verengten Augen. Wegen der Kälte. Vater hasst genau wie er die Kälte, verbeißt sich in ihr. Sonst geht es ihm gut. Entschlüsse zur rechten Zeit, das gibt Energie. Das weiß Micha aus eigener Erfahrung und auch wie Entschlusslosigkeit lähmt. Aber jetzt wird alles gut.

Joschka stößt einen lauten Seufzer aus. Micha kommt vor Staunen aus dem Tritt.

„Was ist, Vati?"

„Ach, Mischka, Erinnerungen."

Joschka seufzt noch einmal hörbar. Niemand dreht sich um. Ja klar, dafür braucht man sich nicht zu genieren. Auf einer Trauerfeier ist das normal. Vater hat ihm auf den Begräbnisreisen letztes Jahr gesagt, vor trüben Gedanken würde er sich nicht drücken, die müssten auch gedacht werden. Wie seltsam klug der Vater manchmal ist.

Micha mutmaßt, dass der Vater mit den Erinnerungen auf die Kriegszeit anspielt. Ganz früher hat der Vater auf seine Bitten, davon zu erzählen, ihn mit allgemeinen Floskeln vertröstet. Doch letztes Jahr auf den langen Reisen zu den toten Großeltern hatte er von seiner Geschichte erzählt. Wie schämte Micha sich, dass er bis dahin kaum etwas gewusst hatte, dass er über lange Zeit mit seiner ablehnenden Haltung Gelegenheiten zum Berichten und Erzählen verhindert hatte.

Vaters leibliche Eltern waren bei einem Schiffsunglück auf dem Schwarzen Meer ums Leben gekommen, der Rest der Verwandtschaft versank im Dunkel der Geschichte. Ein langes Kinderjahr musste er im christlichen Waisenhaus leben. Dann adoptierten ihn die Großeltern Agi und Imi, die fern mit ihm verwandt waren. Damals lebten noch alle in Siebenbürgen, bis zum rumänischen Kriegsende im Jahre 1944. Mit Stolz hatte ihm Vater erzählt, dass die Valentins ihn liebevoll aufnahmen, dass Großvater Imi die Adoptionsurkunde hütete wie einen Schatz. Seitdem er das weiß, kann er auch Vaters manchmal übertriebene Fürsorge für seine Kinder besser begreifen.

Vater ist immer um ihre Bildung bemüht, vielleicht weil er das Gefühl hat, er selbst habe etwas versäumt. Er lernte sein Handwerk von Großvater Imi. Vater ist klug und auch schlau. Mit einem Trick hatte er es geschafft, vom Juden zum Deutschen zu werden. Auf einem Formular fürs Militär trug er statt jüdisch evangelisch ein. Das ging glatt, so wurde er zum Deutschen, denn evangelisch waren im rumänischen Siebenbürgen nur die Deutschen. Natürlich ging diese Trickserei nur auf, weil Vater wie seine Eltern gut Deutsch sprach. Vater hatte ein schlechtes Gewissen, aber seine Eltern, die damals nicht fromm waren, akzeptierten diese eigenartige Konversion, weil sie ihrem Adoptivkind Vorteile brachte. Sie hatten Glück, die Großeltern und Vater und alle, die nicht wie die Unglückseligen nach Transnistrien deportiert wurden und dort in Lagern elend zugrunde gingen oder direkt getötet wurden. Die Großeltern überlebten, weil die Ostfront zu stagnieren begann und abzusehen war, dass Stalingrad nicht eingenommen werden konnte. Da gab die Regierung Antonescu das Vernichtungsvorhaben auf. Am Ende des Jahres 1942 waren die Juden zu einem möglichen politischen Spielball geworden. Viele Juden hatten bis zu diesem Zeitpunkt ihr Leben wegen der Politik Antonescus verloren. Nichtsdestotrotz verdanken manche ihr Leben seinem politischen Lavieren. Und Vater überlebte als Deutscher. Noch knapp vor Kriegsende wurde er zum Militär eingezogen. Kam mit einer Beinverletzung davon. Vater hatte ihm voll Dankbarkeit geschildert, welches Glück er hatte, dass man beim Militär seine jüdische Beschneidung nicht entdeckte. Vater meinte, mindestens der Arzt, der sein verletztes Bein operierte, habe beide Augen zugedrückt. Als dann die Russen nach Siebenbürgen einmarschierten, musste er fliehen, vor der Deportation nach Russland. Die Russen wollten, dass die Siebenbürger Deutschen durch Arbeit Reparation für die Kriegsschäden in Russland leisteten. Auch die Großeltern überlebten, zogen aber nach Budapest, wo sie sich einer jüdischen Gemeinde anschlossen. Vorher hatten sie ihren Glauben nicht praktiziert, Großvater Imi kannte noch viele Traditionen, gab sie an seinen Sohn wie Folklore weiter. Doch nach dem Krieg begannen er und seine Frau ein jüdisches Glaubensleben.

Und Vater lebte als nichtpraktizierender Christ in Frankfurt. Er sagte ihm, auf schicksalhafte Weise sei er mit den Deutschen verbunden. Er hätte durch sie sein Leben verlieren können. Gleichzeitig wurde er durch seine Camouflage als Deutscher gerettet. Und dass er froh ist, seine Kinder zu haben, in Deutschland und nicht in Siebenbürgen. Überhaupt, egal wo, la famille, c‘est sacré. Das war ein Spruch von Großvater Imi, den Vater sich zu eigen gemacht hat. Micha hofft, dass auch er später so über seine eigene Familie denken wird.

Auftauchend aus der Vergangenheit des Vaters, stellt Micha fest, wie ihm die Kälte durch die Füße in die Beinknochen kriecht. Unwillkürlich stampft er auf, um mehr Lebendigkeit in seine Glieder zu schlagen. Vater neben ihm tritt ebenfalls für ein paar Schritte fester auf. Er reibt sich sein Bein. Sicher schmerzt es ihn. Micha versucht, in den gedankenverlorenen Zustand von eben zurück zu gleiten.

Doch es gelingt ihm nicht. Die Kälte, das trübe Winterlicht, das beinahe gespenstische Schweigen der Menschen, jetzt da die Musik aufgehört hat zu spielen, das alles hat etwas so Trostloses, dass es Micha körperlich spürbar ist. Es legt sich wie ein Nebel um seine Stirn. Er schüttelt den Kopf, er will klar denken. Mit der heftigen Bewegung passiert der Überfall von innen. Panik ergreift ihn bei der Gewissheit, dass er, Micha, wie alle hier Anwesenden und alle Menschen vor ihm, einst diesen Weg nicht mehr selbst zurücklegen wird, dass auch er in so einem Sarg getragen wird, dass er nur noch lebloser Körper sein wird. Diese Erkenntnis trifft ihn mit solcher Wucht, dass er aus dem Tritt gerät. Er muss tief Luft holen. Augenblicklich erholt er sich, die intensive Empfindung flacht ab, wird zur bloßen Erinnerung. Das war wohl das, was die Dichter Réveil mortel nennen. Natürlich, schließlich ist er auf einer Beerdigung. Er schaut auf seine Füße, die nun wie eh seinem Willen folgen. Er blickt zum Vater, der von seinem flüchtigen Schrecken wohl nichts bemerkt hat.

Er atmet tief ein und aus und wieder ein. Mit der neuen Luft in seinen Lungen dringt auch die Tröstung an sein Herz, dass er noch jung ist und noch viel Lebenszeit vor sich hat, wenn alles gut läuft.

Ein leichter Windzug streift sein Gesicht. Das ist der Windhauch des Lebens. Das nächste Mal, wenn Vater wieder Kohelet zitiert, wird er es ihm sagen. Ja, der Windhauch verfliegt, doch solange du ihn spürst, hast du noch das Leben. Er sieht zwar Tristesse und hörte vorhin nur abgrundtiefe Verzweiflung aus den jammernden Instrumenten. Doch das ist allemal besser als eine Existenz als Leiche.

Die Trauergemeinde nimmt eine Kurve, zieht ein Stück entlang der Landstraße und biegt dann nach rechts zum Friedhof ein. Das schwarze Eisentor ist geöffnet. Man bewegt sich auf dem Hauptweg vorwärts zum hinteren Teil, vorbei an einem bunten und grob geschnitzten Marterl, das einer von Schnee und Eis befreit hat. Micha hört das Knirschen des Schnees unter den leichten Schritten der Frauen und das Knarzen unter dem derben Stapfen der Männer.

Die Träger stellen den Sarg auf die Bretter über der Grube. Die Menschen stehen in dichten Reihen um das Grab herum, als wollten sie sich wie eine

Herde Schafe wärmen und beschützen. Der Priester spricht mit sonorer Stimme seine Gebete und Formeln, die Gemeinde singt einen dürren Gesang. Drei Männer treten vor, einer spricht begeisterte Worte über den Toten, der tätiges Mitglied in einem Verein war.

Eine kleine Gruppe jüngerer Männer singt mehrstimmig von der Liebe zur Heimat. Das klingt in Michas Ohren zwar schwermütig, aber trotzdem nicht nach Beerdigung. Der Pfarrer schwenkt sein Weihrauchkesselchen und segnet den Toten. Die Träger lassen den Sarg in die Tiefe. Einzeln lösen sich die Menschen aus der Menge, verharren einen Moment vor dem Erdloch, werfen eine Handvoll gefrorene Erdklumpen auf den Sarg. Es ist so still, selbst in dem hintersten Ring der Trauergäste kann Micha noch das Prasseln der harten Erde auf dem Deckel des Sargs deutlich vernehmen. Jemand müsste die Sinfonie der trommelnden Erde auf den Sargdeckel schreiben. Während er mit kleinen Schritten auf der Stelle einen Fuß leicht und lautlos an den anderen schlägt, um sich ein wenig aufzuwärmen, konzentriert er sich auf den Klang. Muster bilden sich, Rhythmen, Pausen, schweres bums – bums, dann schnelles bims, bims, hier noch ein Nachscheppern, dort ein unverhoffter dicker Brocken, der sich hervortun will. Manchmal ist nichts zu hören. Generalpause. Das sind die kleinen Handvoll der Frauen.

Vater und Sohn schließen sich der Schar der Trauergäste an, die einzeln oder in Grüppchen, leise miteinander sprechend, das Grab hinter sich lassen. Micha fällt auf, wie sich beim zügigen Ausschreiten Vaters unregelmäßiger Holpergang verstärkt. Soviel er mit flüchtigem Rundblick feststellen kann, stehen auf den Holz- und Eisenkreuzen und den wenigen Grabsteinen eigenartig biedermännische Namen, die auf Huber, Gruber, Hofer oder Egger enden. In der Nähe des Tores kommen sie an mehreren Reihen kleiner Kindergräber vorbei.

Plötzlich bleibt Vater stehen. „Wie gut, dass wir in dieser Realität gefangen sind und nicht in einer schlimmeren."

Micha, weiß mit dieser Bemerkung nichts anzufangen. Gefangen? In dieser Realität? Fragend schaut er zum Vater.

Der Vater wiederholt: „Besser in dieser als in einer anderen."

Muss er sich Sorgen um den Vater machen?

Der Vater bemerkt seinen besorgten Blick und sagt: „Das ist eine rein theoretische Überlegung. Philosophie sozusagen. Wenn man so denkt, wird alles erträglicher."

Ach so. Ist dem Vater die Beerdigungsstimmung zu viel? Oder der Augiasstall zu Hause? Ja, klar, da brauen sich leicht solche Gedanken zusammen.

Der Vater deutet auf die Kindergräber. „Ach Micha, das kannst du vielleicht nicht verstehen. Aber ich will es erklären: Als kleiner Bub, stell dir vor, war ich ein erbärmliches Bündel Angst. Als ich endlich begriffen hatte, dass meine leiblichen Eltern nicht mehr zurückkommen würden, weil sie begraben waren, fürchtete ich, dass auch ich bald tot sein würde. Die Angst wuchs sich zur Verstörung aus, als ich die beunruhigend kleinen Gräber auf dem Friedhof von Oradea sah, die Zeugnis davon ablegten, dass wirklich Kinder sterben konnten. Zum Glück … ach, Micha“, er tritt einen Schritt zurück und setzt sich in Bewegung, „das ist alles vorbei und wir leben, immer und immer wieder.“

Micha ist gerührt über diese seltene Offenheit. Er sieht den Vater als Kind vor sich, so wie er ihn von Schwarzweiß-Fotos kennt. Unwillkürlich legt er seine Hand auf die Schulter des Vaters, der ihn entschuldigend anlächelt und weitergeht.

Die Bewirtung der Beerdigungsgesellschaft findet im Trauerhaus statt. Eine sehr lange Tafel ist gedeckt; sie verbindet zwei Zimmer und ist gerade so breit, dass sie durch die Türöffnung passt. Die bedienenden Frauen müssen die Zimmer vom Flur her betreten. Es gibt einfachen Kuchen, Kaffee, Tee und Obstler. Micha konzentriert sich auf den Dialekt, denn er versteht nicht alles. Aber die Sprache erscheint ihm ungekünstelt, so wie die Menschen. Die Männer prosten sich zu und schüchtern beginnt einer, über den Toten ein Lob zu sprechen. Ein zweiter ergänzt und nach einer Weile erzählt man sich launige Geschichten über den Verstorbenen, der ein gewitzter Mann gewesen sein muss. Es sind nur Anekdoten, und Micha empfindet deutlich, dass die Erzähler bedauern, dass sie ihren Schilderungen nicht die Qualität geben können, die ausdrückt, wie sehr sie den Toten verehren und vermissen. So hören sich manche Geschichten wie Schnurren an oder wie erbauliche Legenden, denn die Trauer, die sie an diese Begebenheiten erinnert, können sie nur in so magere Worte fassen wie „Der Arme, er war so ein guter Mensch“, „ein kluger Geschäftsmann“, „er hatte das Herz auf dem rechten Fleck“, „ein guter, ein gerechter Arbeitgeber“. Gleichzeitig hört Micha Behagen mitschwingen darüber, dass man über einen Toten sprechen kann und nicht selbst der Betrauerte ist. Ebenso die Erleichterung, dass er ihnen nicht so nahe gestanden hat, dass es ihnen die Sprache verschlägt.

Die Männer prosten sich zu. Auf das Wohl des Toten, auf das Wohl seines Neffen, auf den Nachbarn gegenüber, auf den rechten, den linken und auf die Bekannten und Freunde am Ende der Tafel. Allmählich wird die Stimmung entspannter. Nach einer Weile stimmt in dieser warm wabernden Dorfatmosphäre jemand ein Lied an. Es ist ein Gesang, den der Tote mochte. Andere fallen ein und im Nu singt die ganze Versammlung. Micha hat davon gehört und er ahnt, dass bald die ganze Beerdigungsgesellschaft red- und schnapsselig eher an eine Familienfeier erinnern wird als an eine Trauergemeinde. So sind die Menschen, nimmt er an. Sie wissen keine Abhilfe, wenn sie traurig sind. Und weil es keine gibt, tun sie alles, auch Blödsinniges und Unwürdiges, damit sie fröhlich werden. Alkohol ist dabei ein großer Helfer. Er selbst hat nach ein paar Exzessen verstanden, dass Wein, Schnaps und Bier nichts für ihn sind. Sie machen ihn dumm und krank. Deshalb trinkt er auch nur Kaffee, wie der Vater, der gerade seine leere Tasse abstellt und sich zu ihm herüber beugt und auf einen Mann in winterlicher Kleidung zeigt.

„Dieser Herr ist so freundlich, das Auto mit dem Pferdewagen in die Werkstatt nach Murlang abzuschleppen. Wenn du nicht mit willst, kannst du hier bleiben."

Micha überlegt einen Augenblick. Draußen wäre es wieder ungemütlich kalt, aber hier, allein unter diesen Fremden, fühlt er sich auch nicht am rechten Platz.

„Nein, Vater, ich begleite euch."

Auf dem Weg zum Auto sitzt Micha in warme Wolldecken gepackt mit dem Rücken zum Kutschbock. Es dunkelt und nichts durchbricht die Stille bis auf das Quietschen der stark profilierten Reifen, wenn sie sich tief in den festgefahrenen Schnee eingraben, und das dumpfe Stampfen der schweren Kaltblüter. Ab und zu dringt auch das Schnauben der Pferde an Michas Ohr, und er glaubt, Stallgeruch wahrzunehmen. Die Welt um sie herum wird immer schemenhafter und absurder. Es ist Micha, als führen sie nicht, sondern als bewege sich der Ort wie ein Luftschiff vorwärts. Am Himmel zeigen sich die ersten blinkenden Sterne.

Später lenkt Joschka den defekten Wagen, der mit einem Seil an den Pferdewagen gebunden ist. Micha sitzt neben dem Bauern auf dem Kutschbock. Er schaut in den sternenübersäten Himmel, er ist hellwach. Seine Winzigkeit angesichts der ewigen Unendlichkeit hat etwas Beruhigendes, ja geradezu Befreiendes. Auf meine Weise, denkt er, fühle ich auch Vaters Windhauchvergeblichkeit.

Als Vater und Sohn nach zwei Stunden ins Trauerhaus zurückkommen, hat sich die Gesellschaft bereits aufgelöst. Georg sitzt mit aufgestellten Ellbogen, das Gesicht in die Hände gestützt, an der abgeräumten Tafel und wartet. Er sieht mitgenommen aus, das menschenleere Anwesen wirkt unheimlich. Von oben, aus dem ersten Stockwerk hört man eine Uhr mit dunklem Klang die halbe Stunde schlagen.

Georg führt sie zu einem kleinen Gehöft, wo sie für diese Nacht Unterkunft finden. Auf dem Weg entschuldigt er sich, das Nachbaranwesen sei nicht so komfortabel wie das Haus seines Onkels, aber es sei alles sauber und ordentlich.

Sie betreten das Wohnhaus durch die Waschküche. Schwadige Wärme schlägt ihnen entgegen. Eine Frau von Ende dreißig, in kariertem Männerhemd, sitzt auf einem Fußschemel. Die Ärmel des Hemds sind aufgeschlagen, die oberen Knöpfe geöffnet, so dass man ihren üppigen Brustansatz sehen kann. Den Rock zum Schutz vor Nässe hochgeschlagen, hält sie zwischen den Beinen eine Zinkwanne, in der sie ein Wäschestück in einer leicht dampfenden Seifenlauge knetet. Micha starrt auf die kräftigen Beine in Wollstrümpfen und Holzschuhen. Sein Blick gleitet zum Dekolleté, das so gar nicht zu der groben Kleidung passt. Die dunklen Haare hängen der Frau in Strähnen vor dem Gesicht. Mit einer geschickten und lässigen Bewegung schiebt sie die losen Haare mit dem Rücken des Handgelenks zurück. Sie hat lebhafte braune Augen, den Mund umspielt ein spöttisches, herausforderndes Lächeln.

In der Küche werden sie von der Hausfrau begrüßt, einer abgearbeiteten alten Frau mit blaugeblümtem Kopftuch. Sie trägt dunkle Kleidung, die ihren konturlosen Leib verhüllt, und hohe, schmutziggraue Filzpantoffeln.

Ein grauköpfiger Mann in Kleidung von undefinierbarer Farbe erscheint. Er hat ein faltiges, wettergegerbtes Gesicht. Viele kleine Muttermale unterstützen den urweltlichen Eindruck, den er auf Micha macht. Mit seinen dunklen Augen unter buschigen Augenbrauen mustert der Alte die Männer, als wollte er an ihren Gesichtern erkennen, was sie denken.

Georg scheint die Leute gut zu kennen, er stellt seine Gäste vor. Sie seien auch auf dem Friedhof gewesen. Die Alte nickt, macht eine bedauernde Geste mit den Händen, die sie kurz schützend vor ihr Gesicht legt. Der Alte winkt ab, murmelt: „Heute er, morgen wir."

Georg nimmt Platz auf der durchgesessenen Chaiselongue hinter dem Tisch, reibt sich die Hände, als erwarte er ein frohstimmendes Ereignis. Vielleicht freut er sich über die Küchenwärme oder weil er die Trauerfeier hinter sich hat, erwägt Micha. Er sieht sich um. Es ist ein einfaches Ambiente, wirklich ein Gegensatz zu Georgs Trauerhaus.

Die kleine, jedoch nicht beengt wirkende Küche ist warm und nur matt erleuchtet von der Lampe, die in der Mitte des Raumes von der Decke baumelt. Tellerregale an den Wänden, ein paar Stühle um den Tisch mit der nackten Platte. Hinter der Chaiselongue an der Wand eine Wolldecke, um vor Mauerkälte zu schützen. Ein Stuhl neben dem weißen Emailleofen, dessen blankgeputzte Chromkanten das gelbliche Licht der Lampe widerspiegeln. Der scharfe Geruch nach Ofenreiniger lenkt Michas Blick auf die polierte Herdplatte. Die Alte bietet Vater den Platz am Ofen an und weist auf einen Stuhl am Tisch für Micha. Sie holt eine Kelle und schöpft Wasser aus dem eingelassenen Ofenkessel in eine Kanne, um Tee zu bereiten. Die Alte erkundigt sich, woher sie stammen und wohin sie unterwegs sind. Joschka erklärt den Zweck ihrer Reise und dass das Auto den Geist aufgegeben hat.

„Dass das ausgerechnet jetzt passieren musste“, wundert sich die Alte.

„Bei diesem Schietwetter“, fügt Micha hinzu.

„Ja“, bestätigt der Hausherr und erklärt: „Es ist kalt geworden, nachdem es so ungewöhnlich warm für Dezember war.“

„Das war trotzdem richtiges Rheumawetter“, ergänzt die Alte und fährt fort: „Es soll besser werden, sagt man im Radio. Im Januar muss es richtig kalt sein, sonst wird es nichts mit der Ernte im nächsten Sommer.“

Der Mann sieht seine Frau missbilligend an und brummt:

„Wen interessiert die nächste Ernte.“

Die Hausfrau erwidert seinen Blick ebenso kritisch, sagt aber nichts. Sie stellt ein paar Tassen auf den Tisch, eine geblümte Zuckerdose und Teelöffel mit groben Holzgriffen, die aussehen, als hätte der Alte sie selbst geschnitzt. Die Wäscherin kommt herein, stellt sich als Martha vor und verlässt die Küche durch die gegenüberliegende Tür. Schweigend trinken Vater und Sohn ihren Tee, Georg spricht mit den beiden Alten.

Martha kehrt zurück, um ihnen ihre Nachtlager zu zeigen. Eins der Betten befindet sich in einem kalten Zimmer, in dem es außer einem hohen doppeltürigen Kleiderschrank nur einen seltsamen Fliegenschrank gibt, der bis hoch zu einem Rauchfang reicht. Er ist leer, dabei riecht es im Raum ganz leicht nach geräucherten Fleischwaren. Micha erklärt sich schnell bereit, hier zu nächtigen. Dieses Zimmer erinnert ihn an das Haus des Großvaters nahe den Weinbergen. Dort hat er manchmal mit den Kindern anderer Besucher in einer ähnlichen Stube das Bett geteilt. Doch er ändert seine Meinung, als sie in die gute Stube gehen, in der ihnen auch eine klamme Kälte entgegenschlägt. Ein alter Schrank mit geschnitzten Türen nimmt wuchtig die Hälfte des schmalen Zimmers ein. Martha hat das Sofa mit Polstern und Kissen in ein Bett verwandelt. Micha überlässt dem Vater das Privileg des besseren Bettes in der Kammer. Er wippt auf dem Sofa prüfend auf und ab. Die Bettbezüge sind rot geblümt und riechen frisch. Micha lächelt Vater und Martha mit einem Kopfnicken zu. Er ist zufrieden. Für eine Nacht wird es gehen.

Die beiden Männer bedanken sich bei Martha und gehen hinaus in den schummerigen Flur, um ihre Reisetaschen zu holen. Dort begegnen sie ihrer Gastgeberin. Joschka zückt seine Brieftasche und reicht der Frau einen Schein. Sie will protestieren, denn es ist mehr als die vereinbarte Summe. Aber Joschka bringt sie mit einem Kompliment zum Schweigen.

In der Küche hat Georg auf sie gewartet und mit dem alten Mann gesprochen. Der bietet seinen Gästen einen hausgemachten Marillenschnaps an.

„Der ist stark und gut", prostet der Alte seinen Gästen zu. Joschka kippt sein Glas in einem Schluck hinunter, schüttelt sich wohlig und fordert seinen Sohn mit einem Augenzwinkern zum Trinken auf. Micha riecht an dem Getränk, atmet den betörenden Duft nach Marillensommer ein, dann nippt er am Glas. Er schluckt nur langsam, er mag den Geruch, scheut den Alkohol. Die alte Frau und Martha, die mit einer Näharbeit neben Georg auf der Chaiselongue sitzt, winken ab.

Micha wirft einen prüfenden Blick auf den Vater, der gelöst belanglose Plaudereien mit den Wirtsleuten austauscht. Dem Vater gefallen diese bäuerlichen, einfachen Hauswesen. Das hat Micha bereits auf anderen Reisen wahrgenommen. So richtig verstehen kann er das nicht. Sie haben es zu Hause doch ungleich komfortabler. Vater hat einen Hang zu einfachen Leuten, denkt Micha verwundert.

Der Alte wird lebhafter und erzählt, dass er einen Teil seines Ackerlandes verpachten muss, weil er und seine Tochter die Arbeit nicht mehr schaffen, nachdem sein Schwiegersohn das Weite gesucht hat.

„Der hat es nicht ausgehalten. Es war ihm nicht genug los hier. Der war aus der Stadt, ein Luftikus. Arbeiten konnte er, hatte Kräfte wie ein Bär. Es war ihm langweilig." Er wirft einen abschätzigen Blick auf seine Tochter. „Alles war ihm langweilig. Keine Kinder, wenn Sie verstehen, was das bedeutet."

Die Gäste betrachten Martha, die den Kopf ruhig über die Handarbeit gesenkt hält. Mit keinem Augenaufschlag, keiner Geste, verrät sie, was sie von diesen Offenbarungen ihres Vaters hält. Nach einer Weile peinlicher Stille wendet sie sich an Joschka:

„Er kann nicht verstehen, dass er kein Anrecht darauf hat, Großvater zu werden. Vielleicht sorgt er sich ja darum, dass ich niemanden haben werde, der für mich so sorgt, wie ich für ihn."

Micha sieht die Bewunderung, mit der Georg Martha ansieht und dass er ihren Blick sucht. Sie schenkt Georg ein weiches, fast hingebungsvolles Lächeln, das er mit dankbarem Hundeblick annimmt.

„Ja, diese Sorge habe ich", erklärt der Vater.

„Das ist auch richtig so", wirft die Alte ein. „Und sie bemüht sich nicht. Dabei gibt es Männer genug, die sich für sie interessieren würden."

Georg lacht laut auf: „Was will man denn mit mehr als einem. Einer genügt, wenn er der Richtige ist."

Er beobachtet die Wirkung seiner Worte auf Martha, die verzieht keine

Miene, schaut nicht von ihrer Arbeit auf. Deshalb wendet er sich an die Eltern:

„Was soll man beklagen, was sich nicht ändern lässt. Dann kommt man nicht voran. Martha sorgt gut für euch."

„Ja, das tut sie", bestätigt die Alte, „wir haben leider nur diese eine Tochter."

„Mein älterer Bruder kam als ganz junger Mann um", erklärt Martha. „In den letzten Kriegswochen. Bei der Bombardierung Wiens wurde er als Zivilist getötet."

Micha beobachtet, wie Joschka bedauernd den Kopf schüttelt und den Atem in kurzen Schnaufern hörbar ausstößt. Das ist Vaters gefühlvollster Ausdruck von Mitleid oder trauriger Anerkennung eines Unglücks. Er presst die Lippen aufeinander. Das wirkt schicksalsergeben und weist darauf hin, dass solcher Schmerz so viel Respekt verlangt, dass man ihn nicht zerredet.

Die Alte sagt: „Sie sind nicht sehr beliebt bei uns, die Deutschen."

Micha fragt sich, was man von dieser Offenbarung halten soll. Vater sagt nichts, starrt in die Teetasse in seiner Hand, als läge dort eine Antwort.

Georg macht ein leidendes Gesicht und sagt: „Ja, den Piefkes haben wir einiges zu verdanken. Und heutzutage geht es ihnen besser als allen anderen."

Als hätte er einen guten Witz gemacht, lacht er hell auf und zwinkert Joschka zu, der gequält lächelt. Micha denkt, dass Georg froh ist, dass nicht mehr von Toten und persönlichen Sorgen die Rede ist. Die Deutschen sind eine Ablenkung, wobei er übersieht, dass er die Gäste kränken könnte.

„Herr Joschka", wendet Georg sich nun mit einem entschuldigend verzogenen Gesicht an Vater:

„Natürlich haben nicht alle Deutschen den Krieg gewollt. Und es gab genug Österreicher, die heim ins Reich wollten. Die Blödheit kennt also keine Grenzen. Deshalb gibt es in diesem Land immer noch Trottel, die behaupten, unter dem Hitler sei nicht alles schlecht gewesen und übersehen, was mit dem Krieg alles angerichtet wurde."

Joschka nickt langsam und bedächtig. Micha erkennt Vaters Unwillen, über Nazis, gleich welcher Nationalität, zu sprechen. Dazu kennt er seine Gesprächspartner von heute Abend nicht gut genug.

Der Alte, der die letzten paar Minuten wie versteinert dagesessen hat, sagt: „Tatsache ist allerdings, dass es bei uns derzeit wenige Juden gibt."

Micha schaut von einem zum anderen. Was ist denn das? Was für eine eigenartige Stimmung. Erst reden sie so sonderbar über die Deutschen und jetzt das. Joschka schaut ratlos. Es ist für Micha unglaublich, dass plötzlich die Juden Thema sind. In diesem Bergdorf, wo wahrscheinlich seit Generationen kein einziger Jude gelebt hat. Ob der alte Bauer Vater für einen Juden hält? Möglich, dass er seinen siebenbürgischen Akzent für fremdländisch hält und mit dem Judentum in Verbindung bringt. Möglich ist auch, dass der Alte einfach ein Stammtischgespräch beginnen will.

Micha weiß, sein Vater mag es nicht, wenn über Juden gesprochen wird. Er hat ihm gesagt, er misstraue den Menschen, sie wüssten oft nicht, wie verletzend ihre Bemerkungen seien. Sie wären ihm gegenüber manchmal ganz unbefangen antijüdisch, glaubten, in ihm einen Gleichgesinnten zu treffen.

In Micha wächst das Gefühl, dass er mit all dem nichts zu tun hat. Trotzdem beobachtet er die Menschen genau, seinen Vater, der abwesend auf die Uhr starrt. Georg guckt verschämt unter sich. Martha wirft ihrem Vater einen vernichtenden Blick zu und gebietet ihrer Mutter, die der Unterhaltung mit skeptischem Gesicht zugehört hat und gerade etwas von sich geben möchte, mit einer Geste zu schweigen. So fängt niemand den Spielball auf, Martha und Georg scheinen über den Ausrutscher des Alten peinlich berührt.

Georg räuspert sich und beginnt: „Also neulich, da ..."

Da fällt ihm der alte Mann ins Wort und sagt: „Alles war bei dem Hitler wirklich nicht schlecht. Er hat die Autobahnen bauen lassen und die Arbeitslosen von der Straße geholt."

Mit einem Ruck steht Martha auf, legt mit heftiger Geste ihre Handarbeit auf den Tisch und spricht von oben herab zu ihrem sitzenden Vater:

„Es sieht so aus, Vater, als hättest du nicht genug Leid erfahren. Sonst wärest du klüger und würdest nicht so einen Schmarrn daherreden. Klar, dieser Hitler hat nicht allein die ganze Welt zerrüttet, dazu bedurfte es einer Menge gewissenloser Idioten, die ihm gefolgt sind."

Der Alte blickt erstaunt zu seiner Tochter hoch, sagt aber nichts. Martha setzt sich hin. Georg nickt und schüttelt den Kopf, abwechselnd, als könne er sich nicht für eine Bewegung entscheiden, Schütteln gegen den Bauern und Nicken für Martha. Er sagt: „Richtig, Martha, mehr gibt es dazu nicht zu sagen."

Der Alte greift zur Schnapsflasche, schaut fragend in die Runde. Als alle mit stillen Gesten verneinen, gießt er sich selbst einen ein, trinkt ihn in einem Schluck hinunter und schüttelt sich, als wolle er damit die Zurechtweisung seiner Tochter von sich abwerfen.

Micha sieht zum Vater, ein leichtes Zucken um die Augen zeigt seine Anspannung. Dieser idiotische Bauer, denkt er. Vater hat recht, aus allzu großer Nähe solle man die Menschen nicht betrachten, näher als dreißig Zentimeter solle man sie nicht an sich heranlassen. Er halte sich daran. Deshalb könne er so gut in Deutschland leben. Zwar versteht Micha nicht, warum Vater die angemessene Distanz mit dreißig Zentimetern angibt. Er hält das für eine Skurrilität, die Vater sich zugelegt hat, weil er irgendeine Grenze ziehen muss.

„Tja", sagt Vater, als käme er von weit her, aus einem abgelegenen Gedankenreich, „ich werde mich dann mal für die Nacht zurückziehen. Ich wünsche guten Schlaf allerseits." Micha verabschiedet sich ebenfalls. „Gute Nacht, gute Nacht", wünschen Georg und die Gastgeber. Martha steht auf und sagt: „Herr Valentin, falls Sie etwas brauchen, kommen Sie nur wieder her, ich bleibe noch eine Weile hier sitzen."

„Recht herzlichen Dank für dieses Angebot", sagt Vater. „Wahrscheinlich haben Sie aber schon an alles gedacht. Gute Nacht."

Micha legt sich in sein provisorisches Nachtlager. Am Fußende befindet sich eine Zinkwärmflasche, die es ihm erleichtert, sich in dieser alles durchdringenden Klammheit zu entspannen. Mit seiner Körperwärme durchatmet er allmählich diesen nach den Strapazen und Zwischenfällen des Tages so willkommenen, intimen Ort. Er genießt die einfache Körperfreude. Endlich ist er allein, endlich muss er nicht mehr höflich und rücksichtsvoll sein. Endlich fühlt er sich behaglich genug, um auch mal an Rita zu denken. In seiner Vorstellung sitzt sie in ihrem Elternhaus und liest in ihren englischen und französischen Büchern.

Das idiotische Gespräch in der Küche soll ihn nicht aufregen, und die Probleme der Eltern sollen ihn hier nicht berühren. Doch Micha kann nicht einschlafen. Er muss an Vater denken. Wie mag er sich eben gefühlt haben? Ob er Angst hat? Micha hält es nicht aus und geht zu Joschka in den anderen Raum, der dem seinen, nur durch einen schmalen Flur getrennt, gegenüber liegt.

„Vater", flüstert er, „schläfst du schon?"

„Nein, noch nicht ganz."

„Du, ich lass die Türen offen."

„Danke, Micha. Das ist gut. So fühlen wir uns sicherer."

In der Frühe fahren Georg, Joschka und Micha mit einem geliehenen Traktor nach Murlang, um das Auto abzuholen. Die Benzinpumpe musste ausgetauscht werden. Glücklicherweise verfügte die Kleinstadt-Werkstatt über Ersatz für Joschkas Wagenmodell, so dass sie nicht länger in diesem Dorf aufgehalten werden.

Als sie sich für die Weiterreise aufmachen, ist der Himmel blau und sehr klar. Micha wartet am Auto auf den Vater, der mit Georg vor der Haustür ihrer Herberge steht und etwas bespricht. Die Wortfetzen, die beim Abschied vom Haus her zu Micha segeln, scheinen vor Kälte zu zittern und klingen eigentümlich verzerrt. Es ist ein richtiger Wintermorgen, wie man ihn sich wünscht für Spaziergänge, auf denen man Körper und Hirn durchlüften lässt und seine Gedanken ordnet. Doch dafür haben sie keine Zeit.

Nachdem Joschka sich bei Georg wortreich für die Unterstützung bedankt hat, setzen Vater und Sohn sich in den noch leicht warmen Wagen. Schneien wird es nicht, vermutet Joschka. Der Schnee auf den Straßen ist festgefahren. Hoffentlich ist auf der großen Landstraße Richtung Salzburg geräumt worden. Als es nach einer Weile scheint, als tuckere das Auto zufrieden vor sich hin, beschleunigt Joschka und nimmt Fahrt auf.

„Ganz schön judenfeindlich, dieser nette Bauer“, sagt Micha bewusst leichthin. Vater soll selbst entscheiden, wie ernst ihm die Situation von gestern Abend vorkommt.

Abrupt wendet sich der Vater zu Micha und sieht ihm forschend in die Augen. Dann konzentriert er sich wieder auf die Straße und sagt:

„Ja, so sind viele, zu den eigenen Leuten freundlich und friedlich und gegenüber Fremden, die sie nicht verstehen, feindselig. Dieser Mann gestern Abend, er muss sich vergewissern, dass er richtig gehandelt hat, damit ihn sein Gewissen nicht quält. Schließlich hat der Wahnsinn seinem Sohn das Leben gekostet.“

„Ach Vater, das siehst du viel zu milde. So einer hat kein Gewissen. Das haben solche Leute ersetzt durch Gewohnheit und rechtschaffene Reden.“

„Was ist an solchen Reden denn rechtschaffen?“, fragt Joschka und wirft ihm einen skeptischen Seitenblick zu.

„Nichts, objektiv betrachtet nichts. Aber sie selbst empfinden sich als rechtschaffen.“

„Micha, man kann die Menschen nicht anders machen, als sie sind.“

„Ja, aber man sollte sie auch nicht harmloser darstellen, als sie sind. Die würden sich wieder die Hände reiben, wenn man Juden verfolgen würde.“

„Ich glaube nicht, dass jemals wieder eine solche Katastrophe in Europa passieren kann. Dazu braucht es einen Anstifter und eine Ideologie, die Grundlage für Hetzkampagnen ist.“

„Denk‘ nur an die vielen Pogrome in der europäischen Geschichte. Zwischen den Überfällen hat es auch friedliche Zeiten gegeben, bis man erneut einen Sündenbock brauchte.“

„Micha, du hast recht, aber was sollen wir tun? Willst du in Israel leben?“

Micha schaut den Vater verwundert an. Da der Vater höchst selten, und oft nur mit vagen Floskeln, über seine Erlebnisse in Siebenbürgen während der Vorkriegs- und Kriegszeit spricht, ist Micha erstaunt, dass der Vater jetzt wie selbstverständlich die Möglichkeit erwähnt, in Israel zu leben. Das ist eine rhetorische Frage, Vater will ihn provozieren, entscheidet Micha. Natürlich will er das nicht, genauso wenig wie Vater, der mehrmals bekundet hat, dass er sich in Deutschland wohlfühlt.

„Nein", sagt Micha mit Bestimmtheit, damit kein Missverständnis aufkommt. „Ich bin Deutscher, Deutschland ist meine Heimat. Ich meine aber, wir sollten uns von solchen Dummköpfen fernhalten. Sie sind gefährlich."

„Allerdings. Aber dann bekommen wir nicht mehr mit, wie gefährlich sie sind."

Vater lacht, Micha findet das nicht lustig. Stirnrunzelnd schüttelt er den Kopf. Wie immer scheint ihm der Vater zu konziliant, zu wenig kämpferisch. Während seiner Schulzeit sah er mit allen Klassen der Oberstufe gemeinsam im Kino den Film, den die Amerikaner bei der Befreiung Buchenwalds gedreht hatten. Nächtelang konnte er nicht schlafen, diese Bilder nicht vergessen. Spürt der Vater nicht, dass man auf der Hut sein muss, dass man nicht immer und ewig alles verzeihen kann? Dass Vater seine jüdische Abstammung nicht an die große Glocke hängt, ist richtig. Denn er ist ja Christ. Somit ist das Judentum für sie beide zunächst nur von familienhistorischem Interesse. Mehr nicht. Irgendwo muss man eine Grenze ziehen. Trotzdem heißt es, auf der Hut zu sein, denn es gibt genügend Idioten, die immer noch nicht kapiert haben, wie unmenschlich und unchristlich Antisemitismus ist. Die nicht zu wissen scheinen, dass die ersten Christen Juden waren.

Joschka reißt Micha aus seinen Gedanken:

„Jetzt habe ich vollkommen andere Probleme vor mir liegen. Jetzt wird es ernst. Ich habe Nelly mein Wort gegeben."

„Ja, Vater, das ist auch gut so."

Joschka lacht. „Wie gut du deinen Vater kennst. Ja, ich muss achtgeben, dass mir mein feurig-fressendes Aufgebrachtsein nicht verloren geht, dass die Glut erhalten bleibt."

„Komisch, ich hätte eher gedacht, dass du einen Windstoß von hinten brauchst. Aber Feuer ist auch nicht schlecht."

Sie lachen. Dann fahren sie schweigend zur nächsten Rast. In einer Gaststätte stärken sie sich, um die lange Heimreise durchzuhalten.

Teil III 1972

Raue Zähne

1
Montag, 10. April 1972

Micha wartet auf dem Flur, er steht mit dem Rücken zur Wand, in der Mitte des langen Ganges, gegenüber dem Sprechzimmer seines Arztes. Er blickt auf das Schild neben der Tür in Augenhöhe. „Dr. med. Tatasch" steht dort in großen Buchstaben. Tatasch, komischer Name für einen Deutschen, geht ihm durch den Kopf. Von der anderen Seite der Tür dringen gedämpft Stimmen zu ihm. Ich bin doch nicht so einer von diesen Verrückten hier, die das nötig haben, redet er sich beruhigend zu. Psychiatrische Klinik Schloss Dobental, spricht er leise vor sich hin. Als Kinder haben sie ihre Hohnscherze über einen solchen Ort in der Nähe seiner Heimatstadt gemacht. Du bist so blöd, du musst nach Hohe Mark haben sie sich beschimpft, kindlicher Nachhall des Spotts und der Furcht der Erwachsenen.

Psychiatrische Klinik Schloss Dobenthal, das klingt beinahe so vornehm wie das Schloss gewesen sein muss, als es noch nicht als Klapsmühle diente. Klinik, Krankenhaus. Ein Euphemismus. Hier landen Verrückte, deren Hirne nicht richtig funktionieren. Und solche wie er. Denen niemand, auch kein Arzt, helfen kann. Denn niemand wird ihm Rita zurückbringen.

Micha lehnt sich an die Wand und schließt die Augen. Unwillkürlich erinnert er sich an die Ereignisse, die ihn hierher geführt haben.

Vor sechs Wochen hat Rita ihn verlassen. Letzten Sommer erst hatten sie geheiratet, nachdem sie sieben Jahre lang miteinander befreundet waren. Sein Vater und seine Mutter waren beide gegen die Ehe gewesen, wenn auch unabhängig voneinander und aus verschiedenen Gründen. Sein Vater meinte sie seien noch zu jung zum Heiraten und seine Mutter fand Ritas Eltern zu ungebildet. Seine Mutter hat diesen Dünkel, obwohl eigentlich nur Vater in seiner spärlich bemessenen Freizeit liest und sich über „den Gang der Welt", wie er sich ausdrückt, informiert. Micha waren diese Argumente unwichtig, denn Rita ist ihm in jeder Beziehung ebenbürtig.

Allerdings hatte er mit ihren Eltern durchaus Probleme. Nach der Hochzeit sollten sie bei ihren Eltern einziehen. Das Haus sei geräumig genug und sie sei doch das einzige Kind, das wolle man in der Nähe haben, argumentierten ihre Eltern, und Rita wollte ihnen nachgeben. Sie hatte wohl ein schlechtes Gewissen, dass sie die Eltern während der Studienzeit allein ließ, gab dann aber Michas Drängen nach.

Micha hatte sich während der Schulzeit gern in Ritas Elternhaus aufgehalten, war an manchen Nachmittagen den beachtlichen Weg von Oberrad nach Seckbach geradelt. Ritas Zuhause war ihm so etwas wie Ersatzheimat gewesen, wenn seine Eltern lautstark stritten oder die gedrückte Stimmung daheim ihn vertrieb. Doch nun bezog das junge Ehepaar eine Wohnung im wenig angesehenen Ostend, in der Obermainstraße, eigentlich ist es nur eine größere Garçonnière. Aber sie wohnten ja nur am Wochenende zu zweit dort, da Rita in der Provinz arbeitet.

Auch während ihrer Studienzeit sahen Micha und Rita sich nicht regelmäßig. Sie hatten verschiedene Studienorte gewählt, Rita wollte unbedingt nach Heidelberg, weil sie dort – endlich getrennt von den Eltern – bei Verwandten wohnen und Unterbringungskosten sparen konnte. Michas Großvater hatte ihm zur Technischen Hochschule in Aachen geraten. Die räumliche Trennung sahen sie damals als Prüfung für ihre Beziehung an. Beide waren sie der Meinung, so könnten sie sich besser aufs Studium konzentrieren. Wenn sie nicht für Prüfungen lernen mussten, besuchten sie sich gegenseitig oder trafen sich in ihrer Heimatstadt. Trotz der räumlichen Trennung fühlten sie sich einander verbunden. Er hielt ihr die Treue, blieb lärmigen Diskotheken und anderen Tanzveranstaltungen fern, zu denen ihn Kommilitonen überreden wollten, denn er war nicht wie sie darauf aus, Mädchen kennen zu lernen.

Rita arbeitet am Gymnasium Philippinum in Weilburg. Ihren Arbeitsort konnte sie sich nicht aussuchen, obwohl sie um Frankfurt als bevorzugten Einsatzort gebeten hatte. Sie bewohnte ein Mietzimmer in Weilburg und am Wochenende kam sie zu Micha. Sie hat sich in einen Kollegen verliebt, den sie heiraten will. Wie lange diese Beziehung schon bestand, verheimlichte sie. An einem Samstag kam sie nach Hause und erklärte ihm, dass sie sich scheiden lassen wollte. Am nächsten Morgen holte sie mit Hilfe einiger Verwandter ihre Sachen ab.

Micha nimmt in einem Sessel auf dem Flur Platz. Er ist in sich zusammen gesunken. Wie so oft in diesen Tagen hält er die Augen geschlossen. Nur manchmal öffnet er sie, um kurz seine Hände zu betrachten, die er im Schoß nervös hin und her knetet.

Bei dem Gedanken, dass Rita nicht mehr zurückkommt, erfasst ihn immer noch Schwindel und ein Gefühl von Ohnmacht. Doch neuerdings kann er sich die Sehnsucht nach ihr willentlich aus dem Kopf fegen. Vor ein, zwei

Wochen noch hatte er keine Kontrolle über seine innere Bewegung, wenn er an den Verlust dachte. Ab und zu übermannt ihn weiterhin ein Gefühl des Vernichtetseins, sogar ohne den Gedanken an sie. Aus Angst, es könnte ihn augenblicklich heimsuchen, steht er auf und schreitet den Gang zackig auf und ab. Er muss hin- und herlaufen, um vor dem inneren Beil, das ihn in Stücke zerhacken könnte, zu fliehen.

Das Beil ist nun unter Kontrolle, aber im Gehen erinnert er sich, wie er litt, wenn sich die Empfindung einstellte, er falle, stürze kopfüber, immer tiefer. Dieses Fallen durch die Weiten des Weltalls steigerte sich zu einem Gewirbel durch den leeren Raum, ohne dass er irgendwo ankam. Er könnte im schnellen Sturz zerglühen, glaubte er. Wirklich sterben. Nichtsein. Jetzt. Nicht erst in vierzig, fünfzig oder sechzig Jahren, wie es normal und wünschenswert wäre.

Die Erinnerung verursacht ihm leichten Schwindel, zum Glück nur das. Sich an der Wand abstützend, wankt er zurück zum Sessel, setzt sich vorsichtig hin, atmet tief durch und hält sich an den Händen, mit den Füßen erspürt er den harten Boden unter den Füßen. Der Blick in die jüngste Vergangenheit, wie er allein in seiner ehelichen Garçonnière seiner erstickenden Angst Herr wurde, hilft ihm, sich zu beruhigen.

Einen Tag nachdem Rita ihn verlassen hatte, bemerkte er, dass die Panikattacken schneller abflauten, wenn er sich aufs Bett legte. Das Bett wurde ihm zu einer Insel, auf der ihn die bedrohliche Weite des Alls nicht in ihren Strudel ziehen konnte. Er war sich durchaus bewusst, dass das unlogisch war, befand sich seine Schlafstatt doch nicht außerhalb von allem, sondern mittendrin. Sie wurde sein Zentrum, sein Zuhause. Dort, auf dem Bett mit untergeschlagenen Beinen thronend, gefiel ihm der Gedanke, dass er die persönlichen Angaben ergänzen konnte, die er in einem Anfall von Akribie und philosophischer Heimatsuche als Kind in seine Bücher geschrieben hatte. Auf dem Vorsatzblatt hatte er vermerkt: Dieses Buch gehört Michael Valentin, Lerchenstraße 25, Oberrad, Frankfurt am Main, Hessen, amerikanisch besetzte Zone, Westdeutschland, Europa, Erde, Sonnensystem, Milchstraße, Universum. Jetzt fügte er direkt nach dem Namen und vor der neuen Straßenbezeichnung ein: Bett im Schlafzimmer der Wohnung 1/15.

Auf dem Bett liegend oder sitzend, konnte er in Gedanken aktiv sein. Er begann, im Geist zu malen, wunderschöne, farbenprächtige Bilder, so wie sie sich bei ihm oft vor dem Einschlafen, im Zustand tiefer Entspannung, in Gang setzen. Nun sah er diese bunten Filme während des Tages und im Wachen. Was er in seiner Vorstellung malte, waren keine konkreten Objekte, sondern florale, in wilder Farbigkeit von weichen Linien umflossene

Gebilde, die mal in schneller Abfolge erschienen, mal vor seinem Phantasieauge verweilten.

Jemand von seiner Firma klingelte, er beobachtete vom Fenster aus, wer da unverrichteter Dinge abzog. Er konnte nicht zum Arzt gehen, um sich krank zu melden.

Obwohl er ansonsten genügend Realitätssinn besaß, stellte er sich vor, dass Rita sich ab und zu seinetwegen Sorgen machte. Um sie davon zu befreien, musste er allein zurechtkommen. Daher sammelte er nach mehr als einer Woche die nötige Kraft, stand auf und besorgte sich Farben und Karton. Er fing an, wirkliche Aquarelle und Kreidebilder zu malen. Fast manisch begann er, die phantastischen Bilder festzuhalten. Es gelang ihm nicht immer, genau diese Erscheinungen auf Papier zu bannen, dafür war er zu ungeübt. Da seine Malereien aber immer ansehnlich waren, gab er sich zufrieden.

Er trauerte, dennoch waren seine Entwürfe nicht düster, sondern hell und vielfarbig. Allmählich wurden sie sogar heiter mit witzigen, sowohl abstrakten als auch organisch wirkenden Formen. Über dieser Beschäftigung gewann er langsam Haltung. Noch immer hatte er sich nicht krank gemeldet. Man klingelte wieder und wieder, ihn interessierte nicht mal mehr, wer da auf der anderen Seite der Wohnungstür stand. Er benötigte keinen Nachschub an Lebensmitteln, denn er hatte keinen Hunger.

Irgendwann war er soweit, dass er einen Brief an Rita schreiben konnte. Der entscheidende Satz lautete: „Warum hast Du mich verlassen, weißt Du nicht, dass ich Dir treu war?“ Bis heute hat sie nicht geantwortet.

Irgendjemand von der Firma muss sich bei seiner Mutter gemeldet haben. Als er den Brief an Rita zur Post brachte, rief sie von der gegenüberliegenden Straßenseite seinen Namen. Es klang kläglich und Mitleid erregend. Wer weiß, wie lange sie dort schon Wache gestanden hatte.

Seine Mutter wollte ihm das Malen ausreden. Da es ihm Freude macht, begreift er sich jedoch als Dilettant im positiven Wortsinn. Ob er Talent zum Maler hat, ist deshalb unerheblich. Denn in seiner Verlassenheit war es das einzige, was er tun konnte.

Da er stark an Gewicht verloren hatte, gelang es seiner Mutter, in ihm die Sorge um seine Gesundheit zu wecken. Nach Rücksprache mit seinem Vater hat sie ihn in diese Privatklinik gebracht.

Auch vor sich selbst legt Micha Wert auf die Feststellung, dass er freiwillig hier ist, er ist nicht so krank wie die Patienten, die er bei den Mahlzeiten und auf den Fluren trifft. Er hat seiner Mutter versprochen zu bleiben, bis man ihn entlässt, sonst würde er seinem Impuls folgen und sofort gehen. Denn gemütlich ist es hier nicht. Es ist erstaunlich, dass diese Privatklinik nicht komfortabler eingerichtet ist. Wenn man will, ist es aushaltbar. Vor einigen Dekaden muss das Gebäude sehr schön gewesen sein. Trotz der Gitterstäbe an den Fenstern im Parterre erinnert das Jagdschlösschen von außen noch an seine einstige Bestimmung, aber das Mobiliar ist abgenutzt und kümmerliches Erbe aus verschiedenen Epochen dieses und des neunzehnten Jahrhunderts. Einige der Böden bestehen aus blindem Parkett, das an manchen Stellen stümperhaft ausgebessert ist. Im Speiseraum kontrastiert ein schmutzigbrauner Linoleumboden zu den herrschaftlichen, dunklen Fenstern, geschnitzten Flügeltüren und Laibungen im klassizistischen Stil.

Die Patientenzimmer sind spartanisch eingerichtet. Von seinem weißen Metallbett ist an manchen Stellen der Lack abgeschlagen, neben dem Bett steht ein Nachtkasten und den Fenstern gegenüber ein geräumiger Schrank. Die Wände sind mit nachgedunkelter heller Ölfarbe gestrichen und an der breiten Fensterwand hängen ausgeblichene Gardinen.

Micha kümmerten die – sicher nicht für ihn bestimmten – angewiderten Blicke seiner Mutter nicht, als er sich am Ankunftstag dort einrichtete. Er gewahrte sofort den Vorzug, dass sein Bett direkt am Fenster steht. Von dort aus schaut er morgens in den Park. Er betrachtet die sich im Wind schaukelnden Zweige, an denen sich die ersten Knospen zeigen. Neben diesen kahlen Bäumen gibt es eine hohe Tanne, auch deren Äste wiegen sich im Wind. Sie wirken rührend, wie kleine aufgerichtete Penisse, die ein wenig zerzaust sind.

Trotz Medikament schläft Micha schlecht. Ein alter Mann aus dem Nebenzimmer kommt nachts öfters zu Besuch. Die Schwester holt ihn zurück, spricht ihm begütigend zu. Danach ist eine Weile Ruhe. Der Junge im Nebenzimmer auf der anderen Seite schreit in der Nacht laut und anhaltend. Zum Fürchten hört sich das an. Micha hat von einem Mitpatienten erfahren, dass dieser Junge erst siebzehn ist, ebenfalls aus Frankfurt kommt und einen Selbstmordversuch hinter sich hat. Der aufnehmende Arzt wollte von Micha wissen, ob er vorhabe, sich umzubringen. Das verneinte er eindeutig. Er würde sein Leben allerdings gern woanders als auf dieser Erde leben. Da es aber so aussieht, dass man die irdische Realität nur verlassen kann, wenn man stirbt, muss man es hier aushalten. Er hätte Angst, sich selbst auszulöschen, überhaupt vorm Vergehen. Nein, er will existieren, Micha sein. Vielmehr hat er Angst, dass er vor Kummer sterben könnte, von ganz allein. Inzwischen hat er beobachtet, dass der Halbwüchsige von einem Flurende zum anderen läuft, sich mit den Händen von der Wand abstoßend umwendet und von vorn losrennt, wie einer, der eine enge Gefangenenzelle verzweifelt abschreitet.

Micha versucht, allen Patienten aus dem Weg zu gehen. Trotzdem hat sich ihm ein Mann von etwa fünfunddreißig angenähert. Er heißt Jürgen, ist angeblich nicht zum ersten Mal hier. Micha findet den Ausdruck seiner Augen verschlagen, er wirkt gehetzt, taxiert seine Mitmenschen fliegenden Blicks von oben bis unten und zurück. Mehrmals bat er Micha um Süßigkeiten, einmal um eine Zeitung, dann um Rasierzeug. Micha wundert sich, warum er Fremde anbettelt, denn seine Familie könnte doch für ihn sorgen, wenn sie die Kosten dieses Klinikaufenthalts aufzubringen imstande ist.

Am ersten Morgen beim Frühstück erschrak Micha, als er die leidenden Menschen sah. Kaum einer aß manierlich. Manche schmatzten und besabberten sich auf unappetitliche Weise. Micha schaute deshalb starr auf seinen Teller und versuchte, die Mitpatienten und den Lärm um sich herum nicht zu beachten. Ihm kam es so vor, als gäben die Servierhilfen sich wenig Mühe, die Teller einigermaßen geräuschlos auf die ansehnlich gedeckten Tische zu stellen.

Außerhalb der Mahlzeiten beobachtet er die Kranken, das lenkt ihn von sich selbst ab, macht ihm aber manchmal Angst. Die starren Augen eines Patienten erwecken den Eindruck, als hätten sie unerhörte Dinge gesehen. Diese Menschen sind in einer Ausnahmesituation, versucht er sich selbst zu trösten. Ein alter Mann läuft im Aufenthaltsraum nackt herum. Sein Körper ist in einem erschreckenden Zustand. Seine Haut ist fahl und das Fleisch hängt an Bauch und Brust schlaff herunter. Seine Gelenke stehen knochig hervor. Er ist unrasiert und ungekämmt und seinem Körper entströmt ein unangenehm beißender und zugleich süßlicher Geruch. Wenn ihn ein Mitpatient auffordert, er solle sich anziehen, verlässt er den Raum und kommt bald mit einem Bündel Kleidungsstücke zurück, die er auf einem Stuhl ablegt. Langsam und als koste es ihn große Anstrengung streift der Mann seine Kleidungsstücke über. Micha kann nicht verstehen, warum der Alte nackt gesehen werden will. Es ist nicht kalt, aber Anfang April ist es auch nicht gerade warm in diesen Räumen. Der und der Renner aus dem Nebenzimmer, überlegt er, die sind wirklich verrückt, die kann man nicht verstehen. Im Vergleich zu denen ist er doch gesund. Seiner Seele geht es nicht gut, aber verrückt ist er deswegen noch lange nicht.

Zu Beginn der Therapie vor ein paar Wochen zweifelte Micha ernsthaft, ob er mit seinem Arzt offen reden könnte. Doch er verbannte sein Misstrauen, und bald erschien ihm Dr. Tatasch mit seiner bedächtigen Art vertrauenswürdig, obwohl es Micha stört, dass er raucht wie ein Schlot. Außerdem muss Micha seine Seele erleichtern. Manchmal bricht es einfach aus ihm heraus. Später legt er sich dann Rechenschaft ab über seine Seelenoffenbarungen, wie er das nennt, und schämt sich.

Der Arzt lässt sich leicht auf allgemeine Diskussionen ein. Neulich erörterte er mit ihm die Frage, ob der Mensch in seiner Essenz gut oder böse sei. Wie sie auf diese Frage gekommen waren, wusste er später nicht mehr. Micha meinte, der Mensch sei doch ständig damit beschäftigt, das wenige Gute in sich, diese schwachen Pflänzchen, zu hüten und zu pflegen und das wuchernde Unkraut des Bösen niederzukämpfen. Dr. Tatasch war gegenteiliger Ansicht. Er könnte nur arbeiten, wenn er davon ausginge, dass homo sapiens zuallererst in die Richtung zum Guten tendiere, weil er eben sapiens, kultiviert und gezähmt sei. Ausnahme sei der Krieg, der Wille zur Vernichtung sei eine seelische Deformation, die schlimmste Untaten verursache. Die Krone der Schöpfung, und das meinte er keineswegs ironisch, sei sehr formbar in die lebensbejahende Richtung einerseits oder in die zerstörerische andererseits. Je nachdem, ob und in welchem Maße seine Sehnsucht nach Liebe und Angenommensein erfüllt werde. Als Dr. Tatasch so von der Lebensnotwendigkeit der Liebe sprach, traten Micha unwillkürlich Tränen in die Augen. Er versuchte, das vor sich und dem Doktor zu leugnen, schluckte ein paar Mal und räusperte sich.

Die gedämpften Stimmen hinter der Tür werden lauter. Micha erhebt sich, stellt sich gegenüber dem Eingang auf. Aus dem Zimmer eilt eine Patientin aus dem Frauengebäude, dünn und durchsichtig wie ein nacktes Vögelchen, nicht älter als fünfundzwanzig, schätzt er. Sie lächelt ihn an, aber ihr Blick bleibt nicht an seinem hängen.

Dr. Tatasch, ein hagerer Mittfünfziger, bittet ihn herein. Mit einer einladenden Geste weist er auf den Sessel vor seinem Schreibtisch. Der Arzt sitzt während der Gespräche meist hinter diesem Möbel, das eine deutliche Barriere zwischen ihm und dem Patienten schafft. Über Hemd und Sakko trägt er einen gestärkten weißen Kittel, der Knoten einer dünnen, schlauchartigen Lederkrawatte sitzt unter einem ausgeprägten Adamsapfel, aus der Brusttasche lugen die Kopfteile eines Stethoskops, Stifte und ein kurzes Lineal.

Nachdem Micha sich gesetzt hat, nimmt Dr. Tatasch auf seinem Stahlrohrsessel neben dem Fenster Platz und legt seine leicht ungepflegten Hände nebeneinander auf den Tisch, mit den Innenflächen nach unten. Micha starrt auf die gelben, nikotinverfärbten Flecken an den Knöcheln von Zeige- und Mittelfinger der rechten Hand.

Mit seiner Linken fasst der Arzt in die linke Kitteltasche und fördert ein verkrumpeltes orangefarbenes Zigarettenpäckchen zutage, klopft es an seinen Handrücken und fingert aus dem engen Loch eine Zigarette ein Stück hervor, hebt das Päckchen an die Lippen und saugt den Stängel in den Mund. Aus seiner rechten Kitteltasche holt er ein Feuerzeug, zündet es, kneift ein Auge zu und inhaliert tief. Er lässt die Zigarette im Mundwinkel hängen, was ihm einen legeren, fast verwegenen Ausdruck verleiht. Nun verstaut er simultan das halb zerknüllte Päckchen mit links, das Feuerzeug mit rechts an ihre angestammten Plätze im Kittel. Die Zigarette nimmt er zwischen Zeige- und Mittelfinger der rechten Hand und stützt sie auf der schräg vor ihm liegenden linken ab. Versunken hat der Patient diese Zigarettenprozedur verfolgt. Er starrt er auf den halb gefüllten Aschenbecher zwischen sich und dem Arzt. Der Geruch der kalten Asche und der neue Qualm drehen ihm nahezu den Magen um.

„Wie fühlen Sie sich heute?" fragt der Arzt in die Stille.

Micha fühlt den Blick des Arztes auf sich ruhen und gibt sich einen Ruck.

„Wie soll ich mich fühlen?" Er zuckt mit den Schultern. „Schlecht."

Er zögert, sammelt sich, bevor er weiter spricht.

„Nun ja, so schlecht auch wieder nicht. Auf jeden Fall nicht gut. Nein, wirklich nicht."

Der Arzt sieht ihn auffordernd an, Micha wendet den Blick ab und fixiert den Aschenbecher vor ihm.

„Was macht Ihnen das Leben schwer?"

Micha hört die Anteilnahme in der Stimme des Arztes. Nun sieht er den Arzt an. Während er sich mehrmals in die Faust hustet, wundert er sich über die Größe von Dr. Tataschs Ohren. Wieso sind die ihm bis heute nicht aufgefallen?

„Andauernd habe ich diese Rundgedanken, ständig frage ich mich, was ich versäumt habe, warum sie mich verließ. Vielleicht denkt sie ..."

Er überlegt, sucht nach Worten für seine Befürchtungen. Der Arzt kommt ihm zuvor.

„Wieso ist es wichtig, was Ihre Frau denkt. Sie hat Sie doch verlassen. Sie wollen sie doch nicht zurück gewinnen. Oder?"

„Nein, jetzt nicht mehr."

Der Arzt spricht mit leiser Stimme:

„Haben Sie sich mal überlegt, warum Sie sich in das Gefängnis ihrer skrupulösen Gedanken begeben?"

„Was heißt hier Gefängnis?" Micha beugt sich angespannt nach vorn bis zur Tischkante, er ist aufgebracht. Kann der Arzt ihn etwa nicht verstehen. In aufgeregtem Ton sagt Micha:

„Die ganze Existenz ist ein Gefängnis. Man kann dem Leben nicht entkommen. Die einzige Freiheit besteht darin, dass man sich aus dem Leben entfernt. Aber was für eine Freiheit ist das schon? Verstehen Sie, was ich meine?“

Dr. Tatasch nickt bedächtig. „Ja, ich verstehe, zum Leben gibt es keine angemessene Alternative.“

„So kann man auch sagen. Gefängnis trifft es noch eher. Denn man ist eingesperrt und kann nicht heraus, da es ja, wie sie richtig bemerken, keine Wahlmöglichkeiten gibt. Selbst mein Vater, der eigentlich ein lebenstüchtiger Mensch ist, spricht davon, dass man in seiner Realität gefangen ist. Nur deutet er das positiv, weil es eine noch schlimmere sein könnte. Aber ich, ich sehe das in völliger Klarheit, egal, in welcher Realität ich mich befinde, außer dem Leben gibt es nichts anderes.“

Micha wartet gespannt auf die Antwort des Arztes.

„Das ist alles richtig“, bestätigt dieser, zieht bedächtig an seiner Zigarette und gibt dann zu bedenken:

„Tatsache ist auch: Eine gesunde Seele freut sich über das Leben, grübelt nicht über Alternativen, die den Tod zum Gegenstand haben. Obwohl“, er zögert einen Moment, „obwohl manchmal bedeutet die Beschäftigung mit dem Tod übergroße Faszination für das Leben.“

Micha sieht den Arzt verblüfft an, dann versteht er, dass Dr. Tatasch seinen eigenen Rezepten misstraut.

Der Arzt besinnt sich einen Moment, dann sagt er:

„Ich nehme an, dass das alles nicht nur Weltschmerz-Attitüde ist. Was stört Sie so sehr in diesem Leben, dass Sie sich in Ihrer Freiheit beschränkt vorkommen?“

Freiheit! Das ist sein Stichwort:

„Ich will hier weg, raus aus dem ganzen Scheiß“, Micha schreit beinahe, während er von seinem Stuhl aufspringt.

Schnell besinnt er sich, er hat sich vorgenommen, sich zu beherrschen, und nimmt Platz. Laut hörbar atmet er ein paar Mal tief aus und ein.

Der Arzt sagt mit ruhiger Stimme: „Herr Valentin, Sie können die Klinik jederzeit verlassen. Sie sind doch freiwillig hier.“

Immer noch erregt, erklärt Micha seinen Ausbruch.

„Nein, ich kann und will nicht gehen. Ich habe es meiner Mutter versprochen. Noch wichtiger ist, mein Vater hat mir einen Brief geschrieben und mich gebeten, hier zu bleiben.“ Der Patient seufzt leise, schaut dem Arzt in die Augen, der gleichmütig zurückschaut.

„Herr Dr. Tatasch, Sie wundern sich vielleicht, dass ich meinen Eltern zuliebe hier bleibe. Eigentlich tue ich es mehr für meinen Vater, weil ich immer mehr erkenne, dass er meinen Respekt verdient.“

Micha rutscht unruhig auf seinem Stuhl hin und her. Er steht auf und schreitet langsam vor dem Schreibtisch auf und ab. „Mein Vater lebt mit seiner neuen Frau und meinen Halbgeschwistern, meine Mutter lebt allein und behauptet, sie komme trotz ihrer Erbschaft mehr schlecht als recht über die Runden. Nein wirklich", ergänzt er, „meine Mutter ist raffiniert genug, um sich gekonnt und elegant durchs Leben zu schlagen. Wie auch immer. Mein Vater dagegen schuftet wie ein Bekloppter."

Micha schaut sich ratlos um, er hat sich verheddert und den Faden verloren. Er setzt sich hin und lehnt sich müde zurück.

„Was haben die Lebensumstände Ihrer Eltern mit Ihrem Gefühl der Lebensenge, der Alternativlosigkeit zu tun?", gibt der Arzt zu bedenken. „Wo ist der Zusammenhang?"

Der Patient rutscht auf seinem Sessel nach vorn, legt seine Hände weit voneinander auf den Rand der Tischplatte und betrachtet sie, während er spricht. Mit einem Mal ist er dem Gespräch gewachsen. Ruhiger fährt er fort:

„Ich fühle mich niemandem zugehörig. Weder meinem Vater, der seine eigenen familiären Sorgen und viel Arbeit mit seinem kleinen Betrieb hat, noch zu meiner Mutter. Zu der schon gar nicht. Irgendwie hänge ich in der Luft. Mein Großvater mütterlicherseits ist schon verstorben, zu ihm hatte ich Vertrauen. Die Eltern meines Vaters lebten in Ungarn, sie sind auch schon tot. Mein Vater sorgte dafür, dass es ihnen gut ging. Mein Vater sorgt für alle, dass es ihnen gut geht, auch für mich bezahlt er diese Klinik hier. Ja, er sorgt für alle, nur nicht mehr für meine Mutter."

Micha macht eine Pause, dann erinnert er sich an sein Thema. Nüchterner, weniger klagend, fährt er fort:

„Ja, ich gehöre zu niemandem, nicht wirklich, nicht so, dass man mich braucht, ich meine, dass man mich so braucht, wie niemanden sonst."

Zufrieden, dass er sich endlich begreiflicher machen kann, nimmt er die Hände vom Tisch, schlägt die Arme vor der Brust übereinander und rückt nach hinten, bis er die Lehne des Sessels im Rücken spürt.

Gebannt beobachtet er, wie der Arzt bedächtig einen letzten, tiefen Zug von seiner Zigarette inhaliert und den Stummel so fest in den Aschenbecher drückt, als fürchte er, der Rest könne sich von allein entzünden und einen Großbrand entfachen.

„Lassen Sie uns überlegen, was Sie tun können, dass Sie den Verlust Ihrer Frau verkraften lernen. Das Leben der Eltern können Sie nicht ändern, auch nicht die Kindheit. Trotzdem bleiben die Eltern ihre Eltern. Für sie sind Sie trotz allem unersetzlich."

Dr. Tatasch führt zum ursprünglichen Thema zurück: „Überlegen Sie, was Sie tun können, um Ihr Leben lebenswerter zu machen?"

Mit Willensanstrengung sieht er Dr. Tatasch offen und gespannt an, um seinen inneren Aufruhr zu verbergen. Er ahnt, dass ihm dies nur unzulänglich gelingt, denn er fühlt wie seine Lider sich langsam heben und senken, als läge etwas schwer auf ihnen. Er ist wirklich nicht ganz bei Trost. Einerseits fühlt er sich im Leben gefangen, dann wiederum hat er Angst vor den Weiten des Weltalls. Und um das Maß vollzumachen, erweckt er den Eindruck, als ob er in seinem Alter noch von den Eltern abhängig wäre.

„Können Sie inzwischen besser schlafen?"

Micha versteht, dass der Arzt helfen will, ein praktisches Problem zu lösen. Er antwortet nicht, wiegt den Kopf zweifelnd hin und her.

„Wenn Sie Ihr Medikament regelmäßig nehmen, werden Sie bald besser schlafen können, denn es induziert auch den Schlaf."

Nach einer Weile des Schweigens wiederholt der Arzt:

„Wichtig ist, dass Sie das Neuroleptikum regelmäßig nehmen. Dann wird es auch mit dem Schlafen besser. Ihr Medikament ist ganz neuartig, es verursacht kaum Nebenwirkungen."

Endlich antwortet Micha, wobei er den Ratschlag des Arztes wohlweislich unkommentiert lässt.

„Nein, ich schlafe wenig, weil ich Angst vor dem Einschlafen habe, immer wieder schrecke ich auf, und außerdem – diese Albträume." Die wird er aber schön für sich behalten, Der Arzt muss nicht über alles im Bilde sein. Er wird ihn sonst für noch bekloppter halten. Es reicht schon so, wie es ist. Er ächzt wie unter einer schweren Last und lehnt sich zurück.

Die Erinnerung an die Träume legt sich wie ein lähmender Bann auf ihn. Es ist immer derselbe Traum. Überirdisch schöne Trompetenmusik ertönt, silberhell und jubelnd, so wunderbar, wie er sie im Wachen noch nie gehört hat. Nach und nach verliert sie ihre Gegenwärtigkeit und verweht in die Ferne. Bevor sie vollkommen verklingt, nimmt sie unvermutet einen unwirklich sphärischen Klang an. Die Töne klettern höher und höher. Ruckartig kehrt alles zurück, hallend und lärmend. Immer lauter und höher wird die Musik, bis sie schrill in das Kreischen einer Sägemaschine übergeht, die nun immer näher auf seinen Körper zukommt, bis das riesige runde Sägeblatt seinen Kopf zerteilt, und dann kann er sich nicht mehr rühren, wie sehr er sich auch anstrengt. Er liegt wie eingeschlossen in seiner Bewegungslosigkeit und glaubt zu sterben. Er kämpft mit allen Mitteln gegen die Starre, will sich regen, der Körper will aber nicht, nicht einen Millimeter wollen Arme oder Beine sich rühren. Unerwartet hebt sich der Druck von allein, und er ist frei und wach.

Es ist ein paar Mal passiert, dass er sich sagte, du träumst nur, gleich ist der Spuk vorbei. Und so war es tatsächlich. Seine Seele ist jedoch ein hinterhältiges Luder, und nun stellt sich die Lähmung nach dem Zersägen des Kopfes in ständig neuer Weise ein. Es sind nie zuvor erfahrene Körperzustände, so dass er den Eindruck hat, er erlebe es wirklich und nicht nur im Traum. Also diesmal, glaubt er dann, ist es wirklich soweit. Ich sterbe.

Micha späht zu Dr. Tatasch. „Es wäre, glaube ich, das Beste, man würde mir Elektroschocks geben, damit alle Grauslichkeiten aus meinem Kopf gehauen werden."

Micha lauert auf Dr. Tataschs Reaktion. Es ist nicht das erste Mal, dass er diesen Vorschlag macht. Der Arzt ignoriert seinen Wunsch und betrachtet ihn aufmerksam. Das Schweigen wird für Micha beklemmend.

Ungeduldig ergreift er das Wort: „Im Traum macht das Gehirn sich selbständig. Bei mir besagt das nichts Gutes. Mit Elektroschocks könnte man das Gehirn kontrollieren, nicht wahr?"

Dr. Tatasch antwortet noch immer nicht, während er seinen Patienten gedankenvoll anschaut. Nun räuspert er sich, vollzieht all die notwendigen kleinen Handlungen, um sich eine Zigarette anzustecken. Micha verfolgt das Zeremoniell so aufmerksam, als müsste er sich jede kleinste Geste einprägen. Als der Arzt den Glimmstängel glühend in der rechten Hand hält, bricht er das Schweigen:

„Haben Sie schon von autogenem Training gehört?"

Als Micha den Kopf schüttelt, fährt er erklärend fort: „Es handelt sich um eine Entspannungsmethode, die der Berliner Psychiater Johann Heinrich Schulz, der seine Patienten auch hypnotisierte, in den dreißiger Jahren entwickelte. Es ist ein sehr wirksames Verfahren, wenn man sich darauf einstellt. Ich werde es Ihnen zeigen, Ihnen und ein paar anderen Patienten. Damit können Sie sich entkrampfen und selbst steuern. Nächste Woche fangen wir damit an."

Micha ist das recht. Er starrt vor sich hin, nickt wie abwesend. Warum nur will der Arzt von den Elektroschocks nichts wissen?

„Was machen Sie in der praktischen Therapie?", versucht der Arzt zum Schluss des Gesprächs den Patienten auf einen guten Gedanken zu bringen. „Ich habe gehört, Sie seien einfallsreich. Macht Ihnen das Malen Freude?"

Micha nickt. Ja, es macht ihm Freude. Einfallsreich? Nun, das ist er nicht. Er schüttelt den Kopf. Der Arzt ermuntert ihn:

„Ja, Sie sind sicher begabt. Sie sind doch Architekt, daher eventuell"

„Nein." Micha ist benommen und erhebt sich. Seine Zeit ist um. Er schiebt sich zum Ausgang und murmelt leise, wie zu sich selbst:

„Nein, ich bin nicht besonders begabt oder kreativ. Ich bin nur Bauingenieur."

Aus dem Hauptportal kommend, spaziert er in den Schlosspark, der sich um die Klinik in alle Richtungen bis zum angrenzenden Wald erstreckt.

Es ist heute außergewöhnlich warm für April. Die vormittägliche Sonne legt ihren hellen Schein auf alles um ihn herum, wo gestern noch die vom Wind getriebenen Wolken der Bösen Frauen alles glanzlos erscheinen ließen. Seinen Schwachsinn im Gespräch mit dem Arzt will er vergessen. Er schaut sich um. Heute sind die Wiesen des Parks über und über mit rosa Blüten geschmückt, deren Kraut rot konturiert ist. Dazwischen kleine wilde Narzissen und gelbe glänzende Sternchen im speckigen Grün.

Er schlendert am Zaun vorbei, hinter dem sich der Neubautrakt für die Frauen befindet. Von fern sieht er ein paar Patientinnen rauchend vor dem Klinikgebäude stehen, einige sitzen auf Bänken. Ihm kommt die Frau ins Gedächtnis, die er hier neulich am Zaun stehen sah. Ihre Hände hatte sie in den Maschendraht verkrallt, das Gesicht war vor Verzweiflung verzogen und Tränen rannen ihr die Wangen herab. In einem fort schrie sie: „Freiheit, Leben, Freiheit."

Jedes Mal, wenn er hier vorbeiwandert, steigt diese Szene, die aus einem Pasolini-Film stammen könnte, in ihm auf. Er muss sich bewusst dagegen wehren, damit dieses Inbild zerstörter Hoffnung nicht auf ihn übergreift. Wie kann er sicher sein, dass solche Verlorenheit ihn nicht wie aus einem Hinterhalt anfällt, dass er ihr nicht auf ewig verfällt. Sie war eine schöne Frau, das konnte man trotz des schmerzlich verzerrten Gesichts erkennen. Seitdem hat er sie nicht mehr gesehen.

Er lässt den Zaun hinter sich, spaziert zum Teich. Dort ziehen zwei chinesische Enten mit vornehmem Gefieder in verschiedenen Beigetönen malerisch ihre Bahn. Er betrachtet die Tiere. Sie sind schön, denkt er, jedoch kann er sich nicht darüber freuen.

Die letzten Worte des Gesprächs mit dem Arzt halten seine Gedanken gefangen. Ja, er ist Bauingenieur, ja, er übt einen angesehenen Beruf aus. Aber er zweifelt, ob er die richtige Wahl getroffen hat. Das ist traurig, findet er. Denn so gut hatte er sein Studium abgeschlossen, dass er sofort eine Stelle in der renommierten Firma Hütter Architektur und Bauwesen in seiner Heimatstadt fand. Die Schönheit der Theorien, die Gedankengebäude faszinieren ihn, doch die Umsetzung in die phantasielosen würfel- und quaderförmigen Bauwerke, die der ökonomische Einsatz finanzieller Mittel angeblich fordert, lässt ihn kalt.

Lautes Knirschen des Kieses auf dem kleinen Pfad zur Bank reißt ihn aus seinen Gedanken. Der Mitpatient hat wohl vor, sich neben ihn zu setzen. Micha springt auf, entfernt sich von der Bank. Dieser Mensch ist ihm unheimlich. Alles ist wirr an ihm, seine ungepflegte Mähne, sein schiefes Gesicht, die umherirrenden Augen, das aufgeknöpfte Hemd und die viel zu große, offen stehende Jacke. Die paar Worte, die sie bisher gewechselt haben, waren dunkel und unverständlich. Dieser Wirre faselte von gemeinsamen Erlebnissen. Micha eilt in die Gegenrichtung, weiter um den Weiher herum. Dieser verrückte, nicht zu deutende Blick ist beunruhigend. Sonst ist er gut darin, in den Augen des Gegenübers zu lesen. Ja, diese Kunst beherrscht er. Es ist unverzichtbar zu erkennen, ob einer heuchelt, die Wahrheit schönt oder rundweg lügt. Manchmal hat er den Eindruck, er könne Gedanken lesen, so präzise meint er, in den Augen und der Mimik der Menschen ihre Absichten gespiegelt zu sehen. Die Verdrehtheit dieses Geisteskranken drüben, auf der gegenüberliegenden Seite des Weihers, soll mit ihm nichts zu tun haben.

Micha hastet davon, und nach einer Weile stellen sich im zügigen Gehen erneut die guten Erinnerungen an die Studienzeit ein. Das Rückbesinnen breitet Behaglichkeit in ihm aus, denn das Studium in Aachen war eine schöne Zeit. Er hatte gern gelernt, wenngleich es vor Prüfungen in Büffelei ausartete. Man musste ja fundiertes Wissen haben von allen Bedingungen, unter denen ein Bauwerk entsteht, von den Eigenschaften der Materialien und den physikalischen Kräften, die am Werk sind. Schließlich ist man für die Sicherheit eines Baus und damit für die dort ein- und ausgehenden Menschen verantwortlich. Am meisten hatte ihm die Statik zugesagt. Da kann man Sicherheitsfaktoren einbauen, was beruhigend ist. Ob man die auf die Bauteile wirkenden Zug-, Schub- und Druckkräfte, die Biege- und Torsionsmomente richtig berechnet hat, davon hängt die Stabilität des Gebäudes ab. Er überließ sich gern der Sicherheit der Mathematik. Stundenlang kann er sich damit beschäftigen, ohne müde zu werden. Auf das Errechnete ist Verlass wie auf sonst nichts auf der Welt.

Micha gelangt zum Rand des Parks, er wendet sich nach rechts zu dem Tor, das in den angrenzenden Wald führt. Er schaut sich um. In den sich langsam belaubenden Bäumen sind die Krähennester nicht so deutlich zu sehen wie noch vor zwei Wochen. Jedoch sind die schwarzen Vögel nicht zu überhören. Lautes, andauerndes Krächzen zeugt von ihrer großen Zahl. Als er hier ankam, umschwirrten sie das Schloss, tagsüber hatte man unaufhörlich die heiser schnarrende Kakophonie im Ohr, unverständliche Botschaften aus einer unheimlichen Welt.

Während er zurück in den Park schlendert, versucht er wegzuhören. Willentlich überlässt er sich seinen Erinnerungen. Er belächelt sein Bedürfnis, seine jetzige Situation erträglicher zu machen, indem er seine Leistungen Revue passieren lässt. Ihm dämmert, dass seine Gedanken ihm helfen sollen, vor sich selbst als jemand Würdiger dazustehen.

In der letzten Klasse des Gymnasiums, als die Entscheidung für ein Studienfach anstand, hatte er erwogen, Architektur zu studieren. Wie sein Großvater. Bauen, Gebäude entwerfen, etwas in die Welt stellen, das bestehen würde. Das hatte etwas und beflügelte ihn. Er bewunderte den sachlichen Stil der Bauhaus-Architekten Oskar Gropius und Mies van der Rohe. Ein besonderes Faible hat er immer noch für Le Corbusier, wegen der Kühnheit seiner Ideen. Die Wallfahrtskapelle Notre-Dame-du-Haut in Ronchamp, die für Le Corbusier eher untypisch ist, hatte er mit Vater besucht. Auf dem Rückweg ihrer Sommerreise nach Davos hatte Vater trotz der Missstimmung, die zwischen ihnen herrschte, ihm zuliebe den Abstecher dorthin gemacht. Er mag dieses Gebäude, weil es ihn eher an eine Skulptur als an eine Kirche erinnert.

Als die Entscheidung für das Studienfach wirklich gefällt werden musste, drängte sich ihm der Zweifel auf, ob er wirklich in der Lage sein würde, die Forderungen eines materiellen Formgewissens zu erfüllen. Würde er genug Phantasie haben, um gültige bauliche Gestalten, Baukunst, zu erschaffen, Gebäude, die es Wert waren, Platz zu greifen. Hatte nicht bereits vor einem Jahrhundert der englische Kunstpapst John Ruskin mit sozialreformerischem Eifer verkündet, dass alle Baukunst eine Einwirkung auf den Geist, nicht nur einen Schutz für den Körper bezweckt. Das hatte er in einem der Fachjournale gelesen, die sein Großvater abonniert hatte.

Er bleibt stehen, dreht sich um und hat Gelegenheit, den Ausspruch Ruskins zu überprüfen. Er betrachtet das Klinikgebäude, das von hier aus gut sichtbar ist. Ja, es ist ein gutes Beispiel. Dieses Schlösschen, als es noch Herrschaftssitz war, hatte sicher mit seiner Großzügigkeit eine den Elitewillen der Bewohner verstärkende Wirkung. Zum Schutz des Körpers reicht eine Garçonnière. Aber für den Geist wäre auch ihm eine größere Behausung zuträglicher.

Sein Neid auf die Architekten sollte sich in Grenzen halten. Denn nur hervorragende Architekten bekommen die Möglichkeit, wirklich Eigenes und Neues zu schaffen. Wie Janko, sein Freund und Kollege, der neben seiner Arbeit als Architekt auch Künstler ist, malt und Skulpturen gestaltet. Er konnte bisher einige ungewöhnliche und repräsentative Bauwerke realisieren. Und ob er, Micha, je einen solchen Status erreicht hätte, steht gewiss in den Sternen.

Mit den Schuhspitzen kleine Steine wegkickend, verteidigt er sich trotzig: Nicht nur Architekten sind kreativ, man kann kleinformatiger gestalten, zum Beispiel Bilder malen. Als hätte sein Gemüt auf dieses Stichwort gewartet, stellen sich Bilder vor seinem Seelenauge ein. Er bleibt stehen, kramt einen kleinen Block aus der Innentasche seines Sakkos, löst den Bleistift aus der Spirale und beginnt, grob die Bilder zu skizzieren, die in seiner Vorstellung entstehen. Es sind abstrakte, sehr farbenfrohe Gebilde, die sich bewegend Gestalt annehmen. Sie wechseln in rascher Folge, so dass er wenig Zeit hat, die verschiedenen Farben in die Formen einzutragen. Die Skizzen sind nur kleine Erinnerungsstützen. Nachher, nach dem Mittagessen, wird er sich mit Farben und Pappkarton zurückziehen und seiner momentanen Lieblingsbeschäftigung nachgehen.

Eine Woche später ruft ihn am Nachmittag jemand aus der Werkstatt, wo er an einem Aquarell arbeitet. Als er den langen Gang entlangeilt, erkennt er schon von weitem die hohe Gestalt mit den hoch gezogenen Schultern, die auf der Bank in der Eingangshalle sitzt. Vater Valentin steht auf und geht, das rechte Bein leicht nachschleppend, seinem Sohn entgegen.

„Ich hatte hier in der Gegend zu tun, da hab ich mir gedacht, ich seh‘ mal nach, wie es meinem Ältesten geht.“

„Langsam besser.“

„War es wirklich so schlimm, wie diese, diese...“, der Vater sucht offenbar nach einer nichtabfälligen Bezeichnung für Michas Mutter und ergänzt „wie Lotta behauptet?“

Micha ist dankbar, dass der Vater den Wunsch nach Schmähung unterdrückt.

„Ja, es war schlimm, am schrecklichsten waren die Panikattacken.“

Der Vater schaut ihn ratlos an. Schließlich fragt er:

„Wovor hattest du Angst?“

„Ich weiß nicht so recht. Nichts Konkretes. Es ist ein Gefühl, als würde man fallen, tiefer und tiefer.

Ihm entgeht nicht die Besorgnis des Vaters, der stirnrunzelnd zu bedenken gibt:

„Keine Frau ist es wert, dass man sich zugrunde richtet.“

„Keine?“, lässt er sich, gegen jede Vernunft, hinreißen zu fragen.

„Nein, keine“, bestätigt der Vater in festem Ton. Manchmal, denkt Micha, scheint es, als bedürfe diese simple Tatsache der Bestätigung. Der Vater nimmt die rechte Hand des Sohnes, fasst ihn mit der linken Hand an der Schulter und drückt ein paar Mal dagegen. Micha versteht das als Zeichen väterlicher Anteilnahme.

„Und was machen die hier mit dir und deinen schwachen Nerven?“

„Sie geben mir Medikamente, ich male und spreche mit meinem Arzt."
„Mischka, Mischka, dass du so traurig geworden bist. Du warst so ein fröhlicher Zwitscherling, hast gesungen und gepfiffen. Wenn ich es recht bedenke, ist dir das nicht erst kürzlich abhanden gekommen, nicht wahr?"
„Ja, seit langem, seit meiner Schulzeit." Micha möchte einen leichteren Ton anschlagen, der Vater soll sich nicht allzu sehr um ihn ängstigen. Deshalb versichert er mit fester Stimme:
„Musik liebe ich immer noch."
Lachend ergänzt er:
„Außer, wenn man mich mit Klavierstunden plagt."
„Ach ja, das war eines der wenigen Dinge, in denen Lotta und ich uns einig waren. Die Kinder sollten Klavier spielen lernen. Bei dir hat es nicht geklappt. Reni und Oskar spielen ganz schön. In der Beziehung ähneln sie ihrer Mutter."
„Ach Vati, es ist eine Schande, dass ich nicht mehr gelernt habe."
„Alle Wasser laufen ins Meer. Manche berührt der Wind nur leicht."
„Oh Vati, du mit deinen Sprüchen. Die helfen nicht immer weiter."
„Richtig. Trotzdem."
Er holt tief Luft und fährt fort: „Vergiss diese Rita. Es ist nicht einfach. Ich spreche aus Erfahrung. Diese Rita ist so unberechenbar wie deine Mutter. Da lob ich mir Nelly. Die ist nicht so ein Fähnchen im Wind. À propos Wind. Man hat mir zugetragen, dass du malst. Zeig mir doch mal ein Bild."
Lachend fügt er an: „Vielleicht kann ich mir dann sparen, teure Gemälde zu kaufen. Dann hängen wir einfach deine auf."
Micha lässt sich auf diesen Ton ein:
„Vati, du hast doch gar keinen Platz mehr an den Wänden."
„Für deine Schöpfungen hänge ich alles ab." Er lacht wieder, diesmal verhaltener, während er seinen Sohn eingehend betrachtet.
Jäh macht er ein ernstes Gesicht und räuspert sich. Micha spürt, der Vater erinnert sich, wo er ist und dass sein Sohn krank ist.
Der Sohn möchte den leichten Ton bewahren und gleichzeitig den Vater an seinem Leben teilhaben lassen. Deshalb schlägt er vor:
„Ja, wenn du magst, zeig ich dir etwas. Sei nicht enttäuscht. Sie sind nicht gegenständlich." Mit einem Anheben des Kopfes fragt Joschka nach mehr Erklärung.
„Sie drücken eher Seelenzustände aus", Micha macht eine ausgreifende Bewegung mit den Armen, „mehr Vorstellungen als die Realität hier draußen."
„Ach ja", meint der Vater verdutzt und wiegt den Kopf leicht hin und her.

In der Werkstatt zeigt Micha dem Vater seine jüngsten Erzeugnisse. Micha versteht das Zögern.

Vater sucht nach einer höflichen Bemerkung. Micha weiß, er kennt moderne Kunstwerke, tut sich jedoch schwer damit, abstrakte Gemälde überhaupt als Kunst anzuerkennen.

„Interessant", reagiert Vater ratlos und befingert nervös seine Jackenrevers.

„Nein, ach Quatsch, ich will vor dir nicht den Höflichen spielen, sondern sagen, was ich denke."

„Nur zu", sagt Micha betont munter.

Joschka lacht. „Für einen Blinden ist jedes Bild schön, bei der Vorstellung, dass er es sehen könnte."

Micha ist entgeistert. So einen kernigen Spruch hatte er nicht erwartet. Doch fasst er sich schnell.

„Ein bisschen pietätlos, deine Bemerkung, findest du nicht?"

Der Vater macht eine wegwerfende Handbewegung, dann legt er dem Sohn die Hand auf die Schulter.

„Alles nicht bös' gemeint, wirklich nicht."

Wie zum Beweis sagt er nun:

„Die Farbzusammenstellungen sind gut gewählt."

Micha spürt die falsche Verbindlichkeit und auch, dass der Vater selbst davon bedrückt ist, denn der setzt, Schultern und Arme fragend anhebend, verlegen hinzu:

„Dass es aber auch gar nichts darstellen soll?"

„Möglicherweise doch, das hier in den hellen Farben, in Gelb, Orange und Rot, drückt vielleicht aus, dass ein buntes Leben schön sein kann, vielleicht sogar Freude", erklärt Micha.

„Freude? Worüber?"

„Vielleicht die Freude, am Leben zu sein."

„Also bedeuten diese Sachen, dass du Fortschritte machst?" Der Vater klingt beschwingt angesichts dieser Möglichkeit.

„Ich weiß nicht. Selbst als ich schlimm angeknackst war, habe ich in fröhlichen Farben gemalt."

„Je mehr Scharfsinn, desto mehr Irrtum."

Micha würde dem Vater gern sagen, dass das nicht stimmt. Dass es eher so ist, dass Scharfsinn noch mehr Scharfsinn erzeugt, aber er möchte die väterliche Autorität nicht anzweifeln.

Der Vater fährt in versöhnlichem Ton fort:

„Mischka, mein Junge, du bist kompliziert. Aber nicht komplizierter als alle Erdenkinder, die ihren Kopf zum Denken benutzen und nicht nur zum

Friseur tragen. Du hast einen guten Verstand. Weißt du noch, wie stolz wir waren, als du dein Studium als Jahrgangsbester abgeschlossen hattest?"

Micha nickt, er sieht den Stolz des Vaters und wird ein wenig rot. Der Vater sagt lachend: „Du brauchst dich nicht zu genieren." Dann wird seine Miene ernst und er sagt in besorgtem Ton: „Und noch etwas, Micha, vergiss niemals, wer du bist."

Mit diesem Ratschlag weiß Micha in diesem Moment nichts anzufangen. Da er sieht, wie wichtig dem Vater dieser Hinweis ist, nickt er ihm wieder ernsthaft zu. Er nimmt sich vor, ihn wirklich nicht zu vergessen und bei Gelegenheit darüber nachzudenken.

Der Vater wendet sich dem Stuhl zu, auf dem er seinen leichten Wollmantel und den Hut abgelegt hat. Das Zeichen zum Aufbruch. Micha hält den Mantel bereit, Joschka schlüpft umständlich hinein. „Schreib mir, was sich hier tut. Ich möchte es nicht von deinen Geschwistern hören, die es wiederum von Lotta erfahren."

Er knöpft den Mantel einhändig zu.

„Sei so gut, ja?"

„Ja, Vati."

Wortlos begleitet Micha seinen Vater, der den Hut fest vor die Brust geklemmt hält, als könnte der Wind ihn sonst fortblasen. Sie gehen zum Tor, vor dem Joschka seinen neuen, zum Kombi umgebauten Mercedes abgestellt hat. Micha lobt das neue Auto, dass es noch geräumiger ist als sein Vorgänger, und viel hübscher. Zufrieden bestätigt der Vater:

„Ja, dieses Elfenbeinweiß will momentan jeder haben, deshalb musste ich eine etwas längere Lieferzeit in Kauf nehmen. Es ist zwar wieder nur ein Kombi, aber Nelly findet das Auto sehr komfortabel."

Nach einem kräftigen Händedruck und abschließender lockerer Umarmung steigt Joschka in den Wagen.

Er fährt los, nach ein paar Metern hält er, setzt zurück und stellt den Motor ab. Micha tritt heran, als der Vater die Scheibe herunterkurbelt. Die Miene des Vaters verrät, dass er ihm etwas Persönliches sagen will.

„Micha, denk dran. Friss dir kein Loch in die Seele." Micha bemerkt den sorgenvollen Ausdruck des Vaters, er fühlt sich erkannt und muss schlucken. Der Vater schaut ihm in die Augen, dann legt er ihm sanft die Hand auf den Arm, mit dem Micha sich am Auto abstützt.

Mit einem nüchternen „Ich muss los", startet er das Auto erneut. Micha wartet und winkt bis der Vater außer Sichtweite ist, dann schlendert er zurück zu seinen Malereien und beäugt sie kritisch wie zuvor der Vater.

„Ich weiß, du kannst das nicht verstehen. Das kann ich ja selbst nicht.

Allmählich begreife ich, es gibt keine Alternativen, nicht zum Leben, nicht zu dem, der ich bin. Doch mach dir keine Sorgen um mich“, spricht er leise resigniert und bereitet die Malutensilien für ein neues Blatt vor.

2
Dienstag, 2. Mai 1972

Micha ist heute frühzeitig aufgewacht, wie immer in den letzten Wochen. Ein langer Schatten bleibt übrig von der sich langsam davonmachenden Nacht. Auch der wird ihn schon bald nicht mehr berühren. Welch schöne Gewissheit.

Er räkelt sich wohlig im Bett, wie er es seit vielen Wochen nicht mehr getan hat. Wie von einem lauen Wind herbeigeblasen, stellt sich die Idee ein, dass die Welt tätig ist, ob er da ist oder nicht. Ob überhaupt Menschen existieren oder nicht, das spielt keine Rolle. Unablässig neu produziert die Welt Tag um Tag und fügt ihn dem Tag- und Nachtgewebe ihrer Existenz hinzu. Eigenartig, sinniert er. Das ist befreiend, die Gewissheit, dass Dinge geschehen, ohne dass ich irgendwie tätig werden muss. Mit diesem Gedanken schläft er noch mal ein.

Als er erneut wach wird, steht er mit ungewohntem Schwung auf, macht zügig seine Morgentoilette.

Seine Mitpatienten beachtet er kaum, weder interessiert noch stört es ihn, wie sie geräuschvoll ihrer morgendlichen Routine nachgehen. Ohne Frühstück begibt er sich in den Behandlungstrakt der Klinik, er hat einen Termin bei seinem Arzt. Seine Armbanduhr zeigt ihm, dass er sich viel zu früh hier eingefunden hat. Soll er nicht doch lieber erst frühstücken? Nein, entscheidet er, was soll er essen, wenn er nicht hungrig ist. Der leere Magen, so scheint ihm, unterstützt ihn beim Festhalten des ungewöhnlichen Hochgefühls, das ihn seit seinem ersten Erwachen heute Morgen nicht mehr verlassen hat. Er fürchtet, er könnte es verlieren. Besser, er bleibt auf dem Gang vor dem Arztzimmer. Seine Gedanken wandern von Thema zu Thema, er hält sie nicht fest, so wie der Arzt es ihm geraten hat. Eine gute Ewigkeit, glaubt er, hat er dort gesessen, als Dr. Tatasch sich bemerkbar macht.

Als Micha im Sprechzimmer ihm gegenüber sitzt, beginnt der Arzt das Gespräch:

„Das autogene Training tut Ihnen gut, nicht wahr?“

„Ja, irgendwie kann ich mich beruhigen; und wenn ich Ihre Stimme höre, kann ich mich auf Körper und Atmung konzentrieren. Anfangs hatte ich Schwierigkeiten. Dann haben Sie angesagt: ‚Der Kopf bleibt kühl'. Inzwischen habe ich keine Angst mehr, auf mein Herz zu achten."

„Hm, hm", nickt der Arzt besonnen. „Das ist ein richtiger Erfolg, wenn Sie die Übung allein und regelmäßig schaffen."

„Ja, aber es klappt besser, wenn Sie das Training anleiten. Ich hatte von dieser Methode noch nie gehört. Sie ist effizient, mit dem Körperbewusstsein erreiche ich mehr innere Stabilität."

„Ja, und größeres Selbstvertrauen, hoffe ich. Ja, diese Übungen fördern ebenso wie die Meditation die Selbstliebe, nein, eigentlich jede Art von Liebe. Denn wenn man erst mal so weit ist, dass man sich selbst liebt, kann man beginnen, die Nächsten zu lieben. Und wenn man das geschafft hat, die Gemeinschaft, in der man lebt, und später dann die Menschen ganz allgemein. Und möglicherweise ist man dann nicht mehr bereit, die feindselige Meinung anderer zur eigenen Person höher einzuschätzen, als das, was man in guten Momenten von sich selbst hält."

„Autogenes Training fördert die Liebe?" Michas Stimme verrät sein Erstaunen. Die Übungen helfen ihm, aber dass der Arzt das mit Liebe in Verbindung bringt …?

„Nicht die erotische, sondern die allgemeine Menschenliebe."

„Ich will es Ihnen glauben. Aber woher wissen Sie das?"

„Seit ein paar Jahren beschäftige ich mich mit dem Thema, schreibe an einem Buch über die Liebe. Ich bin davon überzeugt, dass der Zweck des Daseins Liebe ist, wenn es überhaupt einen Zweck gibt."

„Dr. Tatasch, das klingt beinahe christlich. Sind Sie katholisch?"

„Ja, allerdings kein regelmäßiger Kirchgänger, so katholisch bin ich wiederum nicht. Ich beschäftige mich aber mit Religion und dem Glauben. Vielleicht liegt es am Älterwerden. Ich vermute, dass die Menschen sich dann wesentlichen Fragen zuwenden."

Micha will protestieren, aus Höflichkeit. Dr. Tatasch winkt ab. Ja doch, erkennt Micha, der Arzt weiß, dass er noch nicht wirklich alt ist, auf Komplimente ist er nicht aus. Dr. Tatasch fährt fort:

„Welche Weisheit liegt in dem Wort des Apostels Paulus: „Gott ist die Liebe." Man bedenke: Gott ist Liebe. Es heißt nicht etwa, Gott ist wie die Liebe oder Gott vermehrt die Liebe oder er fördert die Liebe. Nein, er ist die Liebe. Und das Wesen dieser Liebe …"

Dr. Tatasch unterbricht sich.

„Ich spreche zu viel. Entschuldigung."

Micha protestiert, indem er sich vom Platz erhebt und die Hände abwehrend vor sich hält, denn es gefällt ihm, dass der Arzt dieses Thema angeschnitten hat. Er möchte unbedingt in Erfahrung bringen, was der Arzt zu sagen hat. Ihm kommt die Liebe furchterregend vor, eine Injektionsspritze, deren positive oder negative Wirkung vom Inhalt des Kolbens abhängig ist. Dass der Arzt so positiv darüber spricht, tröstet ihn und macht ihn zudem neugierig.

„Ich freue mich, dass Sie so über die Liebe sprechen", sagt er und setzt sich wieder hin. „Für mich ist sie eher erschreckend, mir ist klar, sie ist eine sehr lebensbestimmende Macht, aber sie kann zerstörerisch sein."

Der Arzt betrachtet ihn prüfend, fast misstrauisch. Seine Haltung lockert sich, er hat sich entschieden, weiter zu sprechen.

„Ja, die erotische Liebe ist eine eher magnetische Anziehung, hormonell gesteuert. Deshalb reicht sie nicht aus. Wenn ein Paar nicht diese größere, diese göttliche Liebe – die Agape, wie die Theologen sagen – füreinander empfindet, wird es nach dem Abkühlen der sexuellen Reize schwer."

Als der Arzt schweigt, sieht Micha ihn auffordernd an. Dr. Tatasch scheint seinen Blick nicht zu bemerken, er wirkt versonnen. Deshalb bittet Micha ihn, weiter über die Liebe zu sprechen. Der Arzt wiegt den Kopf hin und her, dann tut er seinem Patienten den Gefallen.

„Die Liebe ist doch das, was den Menschen zum Menschen macht und wohin der Mangel an Menschlichkeit führt, das sehen wir ja allenthalben, wenn wir die Geschichte, besonders die unseres Jahrhunderts, betrachten."

Micha nickt zustimmend.

„Mir drängt sich die Frage auf, sicher weil ich Arzt bin", fährt Dr. Tatasch seine Gedanken weiter entwickelnd fort, „ist der Mensch nicht doch mehr als eine sich selbst steuernde biochemisch-physikalische Überlebensmaschine? Sie haben bestimmt davon gehört oder gelesen, oder sogar in der Schule gelernt: Watson und Crick wurden vor ein paar Jahren mit dem Nobelpreis für die Entdeckung der DNS-Struktur, dieser Doppelhelix, ausgezeichnet."

„Ja." Micha ist bekannt, wovon der Arzt spricht. In der Schule hat er nichts darüber gelernt, er hat sich später in Zeitschriften darüber informieren können. Diese Entdeckung hatte ihn fasziniert, sein Freund Janko und er hatten sich schon ihre eigenen Gedanken über die gesellschaftlichen Konsequenzen gemacht.

In weniger gelassenem Ton als bisher fährt der Arzt fort:

„Warum spotten wir Menschen nicht darüber, dass die Theorie der natürlichen Selektion als Welterklärung herhalten soll? Sie ist eine gültige Theorie, selbstverständlich, ja. Andererseits, das Leben des Menschen auf der Erde lediglich als einen Erfolg der Anpassung an die Umwelt zu interpretieren, ist lächerlich. So groß diese Entdeckung der Entwicklung der Arten auch ist, ich bin überzeugt, nichts ist so wie es zu sein scheint. Man wird weitere, kompliziertere Fakten entdecken und danach die Theorie modifizieren. Die Evolutionstheorie ist nur bedingt geeignet als Welterklärung."

Dr. Tatasch unterstreicht die Weite seiner Gedanken, indem er mit beiden Armen ausholende Gesten macht, was Micha erstaunt, da er den Arzt noch nicht so temperamentvoll erlebt hat.

„Wenn man die natürliche Selektion in den Vordergrund des Weltbilds rückt, stellt sich doch die Frage, ob es des Menschen Zweck sein kann, Gene weiter zu tragen. Sicher, wir geben das Leben von Generation zu Generation wie in einem Staffellauf weiter. Aber ist das unser Zweck? Das kann nicht sein. Dann hätten ja die Kinderlosen keine Existenzberechtigung. Auch sie erbringen Leistungen, treiben die Entwicklung der Gesellschaft voran. Sicher zeugen einige von ihnen solch geistige Kinder, dass mehrere Generationen langsamer Entwicklung übersprungen werden können."

Der Psychiater räuspert sich. Nervös betastet er die linke Tasche seines Kittels. Da er dort kein Zigarettenpäckchen findet, zieht er eine Schublade seines Schreibtisches auf und fördert eins zu Tage. Gedankenverloren öffnet er es an einer Seite, stößt es an die Kante seines Schreibtisches, nimmt eine der gelösten Zigaretten in die rechte Hand, schubst die restlichen ungeschickt zurück ins Päckchen und steckt es in seine Kitteltasche. Micha beobachtet wie immer gebannt diesen feierlichen Akt, wundert sich, warum dieser kluge Mann seine Lungen unbedingt vergiften muss. Er fürchtet, Dr. Tatasch werde sich auf die Therapie besinnen.

„Sie sprachen von den Genen. Bitte, Herr Doktor, sprechen Sie weiter."

„Nun ja, da lasse ich mich nicht lange bitten. Leider."

Mit einem entschuldigenden Lächeln fährt er fort: „Die Gene geben nur einen groben Rahmen für unseren Verstand und unsere Seele vor. Keine körperliche Instanz und kein Wille können die Gene beherrschen, wir müssen sie gewähren lassen. Demgegenüber entwickeln unsere Psyche und unsere Erfahrungen mit der elterlichen Liebe unsere Individualität."

Der Arzt macht eine Pause, dann fasst er zusammen:

„Die Tatsache, dass wir existieren und das Wie, verdanken wir nur teilweise den Genen unserer Eltern. Das menschliche Leben, das zwischen Geburt und Tod liegt, sollten wir nicht in erster Linie biologisch betrachten und damit eine gesellschaftliche Tendenz unterstützen, die in die Seelenlosigkeit ..." Der Arzt spricht seinen Satz nicht zu Ende, ergänzt dann aber: „Man sollte auf der Hut sein, wenn sich die alten Atheisten nun als Apologeten einer rein naturwissenschaftlichen Weltsicht gebärden."

An der Stimmführung erkennt Micha, dass der Arzt seinen Exkurs beenden möchte. Doch Micha ergreift das Wort und gibt zu bedenken:

„Und was ist mit Erbkrankheiten, körperlichen und geistigen Behinderungen, die das Leben sehr stark beeinträchtigen. Insofern sind die Gene doch ausschlaggebend."

„Da haben Sie recht. Als junger Arzt konnte mich deshalb die biologische Sichtweise beeindrucken. Ich war nicht einfältig, ich bewunderte die Zielstrebigkeit und Unbeirrbarkeit der Natur. Dennoch, später erst lernte ich zu staunen über die Macht der Seele über den Körper. Und über die Komplexität des Bewusstseins – das Bewusstsein ist mir immer noch ein Mysterium."

Der Arzt betrachtet seine Zigarette, die ungeraucht fast abgebrannt ist. Er balanciert die Aschestange zum Aschenbecher und drückt die Zigarette mit großen Druck aus. Nachdenklich beginnt er von neuem:

„Selbstverständlich lässt sich alles Lebendige biologisch betrachten. Das Blau des Himmels und das Grün der Bäume sollen uns begeistern, das heißt unsere Lebensgeister durch ihre Schönheit fördern. Rein biologisch gesehen, ist unser Hirn so konzipiert, dass wir das Blau und das Grün mögen, weil sie uns unter anderem räumliche und zeitliche Orientierung bieten. Auch die Liebe kann man rein physiologisch sehen. Aber ist es entscheidend, ob und welche Hormone in uns Zuneigung und Vertrauen auslösen? Sicher haben wir eine ausgeklügelte Hormonküche in unserem Kopf, ja im ganzen Körper, und was beweist das? Gar nichts. Irgendwie müssen sich Gefühle materialisieren. Der Urknall liegt fünfzehn Milliarden Jahre zurück und der Beginn der Menschheit sechshunderttausend. Ob diese Zahlen stimmen, ist noch ungewiss, sie wurden von der Wissenschaft bereits mehrfach nach oben korrigiert. Einerlei wie viele Äonen es wirklich sind, wir haben eine lange Wegstrecke hinter uns. Und wie viele kosmologische, geologische und klimatische Bedingungen mussten erfüllt sein, damit der Mensch sich so entwickeln konnte, wie er sich heute neurologisch und psychisch darstellt. Es kann doch nicht sein, dass wir den Menschen so betrachten, als wäre nach all dem nichts Wertvolleres erreicht worden, als dass wir als Genträger unserer Physiologie ausgeliefert sind!" Er lacht. „Allerdings ist auch das richtig: Erst wenn wir die Evolution in unserer Anschauung von der Welt verankert haben, aber nicht für das Nonplusultra halten, können wir das Wunder der Menschwerdung richtig fassen und würdigen."

Micha versteht die Begeisterung, von der der Arzt sich hat forttragen lassen. In straffer Haltung sitzt er in seinem Armstuhl und schaut den Arzt erwartungsvoll an. Der bremst sich nicht, als sich ein neuer Gedanke Bahn bricht, sondern fährt mit der gleichen Verve fort:

„Sehen Sie mal, wie wunderbar es ist, dass wir hier miteinander sprechen können. Wie unglaublich, dass es Wörter, Sätze, Sprache gibt. Das sind Dinge, die nicht in der Welt um uns herum existieren, außerhalb des Menschen gibt es sie nicht. Das ist wie die Musik, ein Wunder. Die Musik ist im Vogelzwitschern zwar angelegt, aber der Jubel einer Koloratursängerin oder das sinfonische Spiel eines Orchesters von Beethovens Fünfter? Welcher Weg, welche Entwicklung! Einfach herrlich!" Dr. Tataschs Ton ist auf einmal schwärmerisch. Das hätte Micha dem sonst so nüchtern wirkenden Arzt nicht zugetraut.

„Es ist alles geprägt im Sosein der lebendigen Existenz, nicht der dinglichen Welt. Verstehen Sie, was ich sagen will?"

Micha nickt langsam. „Ja, ich verstehe, die Sprache und die Musik sind ...", er sucht nach Worten „sind Dinge, nein, Erscheinungen, die Kultur sind, nicht Natur." ganz zufrieden ist Micha mit seinen Worten nicht. Sie beschreiben nicht das, was das Geheimnis aller Kunst ausmacht. Er wartet darauf, dass der Arzt weiterspricht.

„Richtig", bekräftigt Dr. Tatasch. „Und nicht nur Sprache und Musik sind Kultur. Auch die Liebe. Aber lassen Sie uns bei der Sprache bleiben. Die Entwicklung vom Urlaut zum symbolreichen Sprachsystem ist doch keine naturgegebene Notwendigkeit, obschon angelegt in den Möglichkeiten des Lebendigen. Sprechen können wir zwar nur, weil unsere Physiologie es gestattet. Trotzdem. Die Evolution erklärt das Wunder, denn das ist es, ein unglaubliches Wunder, nicht hinreichend. Die menschliche Sprache, die Fähigkeit durch differenzierte Lautbildung und ein logisches System sich zu verständigen, ist ein Geschenk. Ebenso wie die Liebe. Der Mensch hätte ohne sie überleben können. Vielleicht nicht so zahlreich, aber doch so wie andere Spezies auch, die seit Abermillionen Jahren die Erde bevölkern."

Der Arzt hält inne. Micha sieht ihn gespannt an. Verlegen betrachtet Dr. Tatasch seine Hände. „Herr Valentin, es tut mir leid, dass ich die heutige Stunde für ein Thema benutzt habe, das mir selbst so sehr am Herzen liegt."

„Aber nein, Herr Dr. Tatasch, Sie haben mir eine Freude gemacht. Ich denke oft darüber nach, ob es Gott wirklich gibt, und wenn ich zu dem Schluss komme, dass es nur so sein kann, dann frage ich mich, ob wir mit unserem menschlich beschränkten Verstand uns eine angemessene Vorstellung vom Schöpfer machen können."

Der Arzt seufzt: „Ein großes Thema, ein sehr großes sogar." Er sieht auf die Uhr und schüttelt den Kopf.

Micha sagt: „Herr Dr. Tatasch, ich danke Ihnen. Sie haben mich auf eine gute Idee gebracht für den Brunnen, den ich bauen soll."

„Es wäre schön, wenn im Park wieder ein wenig Wasser sprudeln würde. Ich habe davon gehört, Sie haben vor, ein kinetisches Kunstwerk zu gestalten."

„Ja, ich muss nur eine Lösung finden, dass nicht nur einige Elemente des Brunnens sich bewegen, sondern dass das Wasser mitbewegt wird. Ich arbeite daran."

„Ich bin neugierig auf das Ergebnis."

„Heute haben Sie mich angeregt, einige Elemente als Teile der Doppelhelix zu gestalten. Ich kann mich erinnern, auf Abbildungen habe ich diese beiden durch Stege verbundenen Spiralen gesehen. Solche Spiralabschnitte, an den bereits geplanten, frei beweglichen Stahlröhren angebracht, würden sich, glaube ich, machen lassen. Bisher hatte ich vor, verschiedene geometrische Figuren aus Leichtmetall an die Stahlgerten zu montieren, damit sie sich vom Wind bewegen lassen. Das habe ich auf Fotos gesehen. Aber das mit den Genen ist origineller und ich werde mir Abbildungen der Doppelhelix von meiner Familie besorgen lassen." Und lachend gibt er einer weiteren spontanen Eingebung nach: „Paradoxerweise werde ich ihn „Brunnen der Liebe" nennen."

Der Arzt lacht schallend. „Eine prima Idee, man muss der Liebe ein Denkmal setzen."

3
Mittwoch, 10. Mai 1972

Micha holt den Brief seiner Mutter aus der Nachttischschublade und liest ihn. Er ist in ihrer kleinen, pedantisch verschnörkelten, hübsch anzusehenden Schrift verfasst. Sie macht sich große Sorgen, weil er nicht schreibt, sich nicht bedankt für die Geschenke, die sie ihm schickt. Sie hat ihren Besuch für heute angekündigt. Er hat die Genehmigung erhalten, sie von der Bahnstation abzuholen.

Bevor er in den Ort gelangt, muss er einen Weg durch den Wald nehmen. Während er den weichen Waldboden beschreitet, wird ihm bewusst, dass er das Krächzen der Rabenkrähen, das er jetzt hört und das zum Beginn seines Aufenthalts hier an seinen Nerven zerrte, als weniger störend empfindet. Für ihn war es nicht so schlimm wie für einen älteren Patienten, der sich ans offene vergitterte Fenster stellte, mit den Armen wedelte und mit nachgeahmten Krächzlauten die Krähen vertreiben wollte. Natürlich kam er gegen diese schwarzen Gespenster nicht an. Micha erinnern sie an das von Magdatante erzählte Märchen von den sieben Brüdern, die in Raben verwandelt wurden, weil ihr Vater sie wegen einer vermeintlichen Missetat verfluchte und verzauberte.

Er schaut nach oben in die Wipfel, er kann ein Nest ausmachen, umgeben von frühlingsgrünem Blattwerk, durch das die Sonne lichte Flecken auf den Waldboden wirft. Ein anderer Mitpatient hat ihm zugeraunt, diese Krähen seien verrückt, deshalb seien sie in Dobental. Denn normalerweise würden Rabenkrähen nicht in Kolonien auftreten. Dann, argumentiert Micha für sich, sind es womöglich keine Rabenkrähen, sondern eine andere Art Rabenvogel. Wer weiß, die Welt ist voller schwarzer Vögel. Wenn es schon so viele unterschiedliche menschliche Dunkelvögel gibt, warum nicht auch gefiederte?

Ihm fallen die schwarzen stacheligen Kugelfrüchte der Platanen auf und ein paar Schritte weiter die matt-silbernen Blattknospen der Erlen. Als die Krähen einen Moment still sind, hört er das sanfte Tuscheln der Bäume. In einem Vogelgehölz bilden vor jungem Buchenlaub die zarten Blütenarme des Schlehengebüschs ein labyrinthisches Gewirr, das schön und geheimnisvoll aussieht. Es ist eine sanfte Verwirrung, die nicht beunruhigt.

Als er aus dem Wald tritt, wärmt ihm die Sonne den Rücken. Nur eine große, sehr verwehte Federwolke segelt am Himmel. Der wispernde Wind streicht um seinen unbedeckten Kopf und Hals. Plötzlich huscht eine Maus über den Weg durch seinen Schatten, so schnell, dass seine Augen ihr nicht folgen können. Leise Laute, er lauscht auf das fröhliche Ziwitt-ziwitt, dem als Antwort ein besonnenes Twiet-twiet folgt. Rechts und links des Feldwegs blühen gelbe und blaue Pflanzen, deren Namen er nicht kennt. Seine Aufmerksamkeit wird gefangen von der Bewegung eines bunten Falters. Dort ein zweiter, zitronengelber. Sie flattern in eine sonnig-lichte Rätselhaftigkeit. Wer weiß, woher sie Ziel und Auftrag haben.

Die Welt ist schön. Trotz allem. Dr. Tatasch hat recht. Man muss froh sein, dass man das erlebt. Er jedenfalls ist es. Jetzt. Und er will nicht mehr nachdenken über Alternativen, und dass er heraus will aus dem Leben. Denn er ist nicht verrückt. Ein Glück. Und Rita wird er auch noch vergessen. Es passiert ihm nicht wie dem Operierten, der im Speisesaal oft neben ihm gesessen hat. Den lernte er noch vor dessen Eingriff am Kopf kennen. Schwermütig war der und redete manchmal kaum verständliches Zeug. Dann haben sie ihn operiert. Er wollte das selbst so, wollte sich von seinen düsteren Zwängen befreien lassen. Es ging ihm danach besser, äußerlich, doch er wirkte eigentümlich passiv, ein bisschen so wie eine an Schnüren geführte Puppe. Ein paar Wochen später hat er sich umgebracht. Micha weiß nicht warum, stellt sich vor, dass der Operierte sich unvollständig vorkam, dass ihm Wesentliches fehlte. Denn alles hat doch seinen richtigen Platz da oben im Gehirnkasten. Medikamente und Elektroschocks, das ist ab und an nötig. Aber operieren? Dazu würde er niemals seine Einwilligung geben.

In der Nähe des Bahnhofs hört er den Zug einfahren. Gleich wird er vor der Mutter stehen. Was sie wohl will? Was soll er mit ihr sprechen? Als er am Bahnsteig ankommt, sind alle Passagiere ausgestiegen, scheint es. Sie ist nicht dabei. Erleichtert will er den Rückweg antreten, wendet sich um. Plötzlich stehen seine elegant gekleidete Mutter und Oskar vor ihm.

Sie macht ein ernstes Gesicht und eine dramatische Geste mit den Armen, schwebt auf ihn zu, will ihn umarmen. Er weicht zurück, sagt nur ein farbloses Hallo und wendet sich Oskar zu, schüttelt ihm kräftig die Hand.

„Wie kommt es, dass du mich besuchst? Hast du heute schulfrei?“

„Das habe ich mir genommen. Reni passt für uns beide auf.“ Er versucht ein verschmitztes Lächeln, das nur verkniffen gelingt.

„Oskar wollte mich unbedingt begleiten, er möchte mit eigenen Augen sehen, wie es dir geht", erklärt die Mutter. Sie weist auf die zwei schweren Taschen, die neben Oskar stehen, Micha nimmt eine auf.

„Wir haben dir leckere Sachen mitgebracht, ein Picknick für heute, lauter prima Zeug", verkündet Oskar mit einem Anflug von Stolz und hebt die zweite Tasche auf.

„Das denke ich mir, dass da Gutes drin ist, bei dem Gewicht. Woher habt ihr das alles?"

„Na, von Vater, von wem sonst", gibt ihm Oskar zur Antwort.

„Er lässt dich übrigens grüßen, Reni auch."

Während sie sich in Bewegung setzen, sieht Micha zur Mutter, beobachtet die Wirkung seiner Worte, die er an Oskar richtet:

„Und Nelly, lässt sie mich auch grüßen?"

„Ja, klar, sie hat doch den Kuchen gebacken und das Hühnchen gebraten."

Lotta wirft Micha einen empörten Blick zu, er macht eine wegwerfende Handbewegung. Sie klingt entrüstet.

„Oskar, bitte sprich nicht von dieser falschen Schlange."

Der Bruder zuckt ergeben mit den Achseln.

„Na, so falsch kann sie nicht sein, wenn sie so für mich sorgt", bemerkt Micha absichtlich leichthin.

Lotta bleibt stehen, fasst Micha am Arm, damit auch er innehält. Mit lauter Stimme und betont deutlich artikuliert sie, ihm direkt in die Augen starrend:

„Michael, denke daran, dass dein Vater dir das zukommen lässt. Seine Frau macht nur das, was er will. Es ist dein Vater, der dir dies schickt. Und ich bin die Mutter." Sie wiederholt den letzten Satz lauter und mit noch mehr Nachdruck:

„Ich bin die Mutter."

„Mutti, ich bitte dich, niemand bezweifelt das."

„Es ist Fakt, Nelly tut viel für uns alle", mischt sich Oskar ein.

„Sie tut es nur für Vater, nicht für euch. Sie will, dass Vater zufrieden ist und deshalb tut sie alles. Denn wenn er zufrieden ist, hat sie es gut. Diese Schlange."

Die beiden Brüder sehen sich betreten an. Sie setzen sich erneut in Bewegung. Nur für Oskar vernehmbar, murmelt Micha:

„Man sollte meinen, Nelly habe ihr den Mann ausgespannt." Dann fragt er mit lauter Stimme:

„Was macht Barbara?" Das ist mehr für seine Mutter bestimmt, als dass er sich wirklich nach der Stiefschwester erkundigen will, denn er muss weiter sticheln. Er könnte nicht sagen, warum, er tut es, obwohl er weiß, dass es seiner Mutter wehtun wird. „Was macht Barbara", wiederholt er, als er nicht sofort eine Antwort erhält.

„Och die, lass doch", wehrt Oskar mit Seitenblick auf die Mutter ab, gibt dann doch ein wenig Auskunft. „Die schreibt nur noch ihrer Mutter. Manchmal schickt sie Vater einen Brief. Wahrscheinlich verlangt Nelly das von ihr. Sie spielt ganz die gehorsame Tochter."

„Diese Barbara wird eine ebensolche Hexe wie ihre Mutter", entfährt es Lotta in verächtlichem Ton. „Ein und dieselbe Sippschaft. Die rechnet sich auch aus, auf wessen Kosten sie bei den Verwandten in Wien lebt und die Schule besucht. Und diese Nelly! Sie will eine gute Mutter sein? Gibt ihr Kind zu Verwandten! Angeblich sind die Schulen in Wien besser als bei uns. So ein Schwachsinn. Und der gute Joschka?"

Sie macht eine theatralische Pause und sagt voller Hohn: „Der Herzensgute zahlt." Sie atmet schwer, tut einen tiefen Atemzug, bevor sie ihrem Herzen noch mehr Luft macht:

„Das hätte ich nie gedacht, dass Joschka so dumm sein kann. Diese Frauen nutzen ihn aus, wo sie nur können. Ich dachte immer, er sei nur ungebildet, aber nein, er ist blöd."

Sie seufzt tief, lässt den Seufzer in ein weinerliches Stöhnen übergehen. Dann strafft sie ihre Haltung und lässt ihrem Zorn freien Lauf:

„Dumm und unmenschlich ist er, denn er will einer Mutter ihre Kinder nehmen. Dabei hat er keine Ahnung, wie man sie erzieht. Denn er hat nur sein Geschäft im Sinn. Diese Krämerseele. Handwerksbursche. Hat nichts Anständiges gelernt. Wie gut, Micha, dass du nicht bist wie er, der außer seiner dreckigen Werkstattarbeit nichts kann. Dumm und ungebildet ist er."

Während dieser Verleumdungen ist Oskar der Schimpfrede davongelaufen. Die kennt auch Micha leider zu gut. Oskar stolpert vor der Mutter und dem Bruder her. Micha möchte den Vater in Schutz nehmen vor den Schmähungen der Mutter. Er fühlt Wut gegen die Mutter in sich aufsteigen. Doch beeilt er sich, mit Oskar gleichzuziehen. So vermeidet er, das Feuer der mütterlichen Gehässigkeit weiter anzufachen. Er schluckt die Bitterkeit hinunter. Denn der Bruder, der die Mutter noch braucht, tut ihm leid. Leise, nur für Oskars Ohren bestimmt, versucht er, ihn aufzurichten:

„Oskar, wir kennen diese Verleumdungen. Sie ist doch die Blöde und platzt bald vor Neid. Sie will nur ablenken von dem Unrecht, das sie Vater angetan hat. Zum Glück sind wir uns einig. Wir wissen, was wir an Vati haben. Bald wirst du die Schule beenden und dann kannst du den ganzen Scheiß hinter dir lassen."

„Ja, Mutti mischt sich in alles ein. Wenn wir mal ein, zwei Tage nicht bei ihr vorbeischauen, macht sie einen fürchterlichen Aufstand. Sie behauptet, dass sie uns doch bei Vater lassen musste, sie hatte nur genug für sich selbst. Sie konnte doch nicht ahnen, dass sie Großvater sobald beerben würde. Nun hat sie genügend Geld, aber kein Sorgerecht für uns. Und so oft wie sie unseren Besuch will, müssen wir es heimlich tun. Das würde Vati doch niemals erlauben. Am liebsten würde er uns total von ihr fernhalten."

„Ja, es ist verdammt schwierig", antwortet Micha. Sie gucken hinter sich, sie haben die Mutter etliche Meter abgehängt. Oskar bleibt stehen, Micha ebenfalls, sie warten auf sie. Oskar mustert seinen Bruder von oben bis unten.

„Und du? Du bist über den Berg, nicht wahr?"

„Ja."

„Rita kommt nicht mehr zurück?"

„Nein", antwortet Micha und setzt hinzu: „Sie hat die Scheidung beantragt. Es ist aus."

Die Mutter, langsam wegen ihrer Absatzschuhe, ist zu ihnen aufgeschlossen, und die Brüder gehen wiederum nur ein paar Meter vor ihr her. Oskar sieht seinen Bruder unsicher an, dann unbeteiligt, als sähe er durch ihn hindurch.

„Ich werde niemals heiraten", bekundet er leise. „Ich möchte in Frieden leben. Dieser ständige Zank und Streit, das ist nichts für mich."

„Nelly und Vater streiten doch nicht, oder?"

Resigniert antwortet er:

„Nein, sie streiten nicht." Dann bricht es mit ungewohnter Vehemenz aus ihm heraus: „Nur ist es beinahe so, als wäre Mutti noch da. Vater ist ewig am Schimpfen über Mutti. Und er ist oft ungeduldig und nervös."

Auf seinen langen, dünnen Beinen stakst Oskar schneller voran. Er gibt Micha ein Zeichen, der sich ihm anschließt. Außerhalb der Hörweite der Mutter sagt er in festem Ton: „Sie ist unsere Mutter. Wir müssen sie besuchen. Wir sind doch ihre Kinder."

Wie vom Donner gerührt, bleibt Micha stehen.

„Jetzt hat sie euch so weit. Lasst euch nicht manipulieren, hört nicht auf das Geschimpfe über Vater."

Stumm gehen sie weiter auf dem Waldweg, das Schlösschen kommt in Sichtweite. Oskar ist verwundert, wie schön und herrschaftlich es im Sonnenschein daliegt. So hat er sich die Klinik nicht vorgestellt.

„Das ist nur von außen so, drinnen ist es eine ganz normale Klinik, soweit eine Klinik für Verrückte normal sein kann."

Micha lächelt, aber ihm ist unwohl zu Mute. Er macht sich Vorwürfe, warum nur hat er nach Nelly fragen müssen. Und nach Barbara. Tut ihm der Bruder etwa nicht leid? Er selbst hatte doch Glück, konnte zum Studium gehen, bevor die Eltern sich scheiden ließen, musste die lautstarken Auseinandersetzungen nicht mehr ertragen. Aber die beiden jüngeren Geschwister müssen es zwischen diesen, sich immer noch befehdenden Eltern aushalten.

Micha zeigt Oskar die Klinik. Danach gehen sie zu dritt in den Park. Auf einer sonnigen Bank sitzend, halten sie ihr Picknick, essen die von Nelly zubereiteten Speisen, das Hühnchen, den Kartoffelsalat, und zum Schluss den Kuchen.

Einmal erschrecken die Brüder über das unerwartete Aufkreischen zweier Amseln, die aus einem nahen Gebüsch auffliegen. Dann ist es ruhig. Außer dem fernen Krächzen der Rabenvögel und dem hohen Zwitschern und Trällern einiger Singvögel in der Nähe ist nichts zu hören in der Abgeschiedenheit dieses sonnigen Frühlingstags.

Micha bemerkt, dass Lotta aufmerksam beobachtet, wie ihre Söhne mit Appetit essen. Sie selbst nagt an einem Stück Hühnerbrust, dann bricht sie sich einen winzigen Brocken Kuchen ab. Nervös bewegt sie ihre Hände hin und her. Sie wird, sie muss, etwas sagen:

„Eine Mutter will immer nur das Beste für ihre Kinder. Ich freue mich, wie gut es euch schmeckt." Ein Zittern ums Kinn verrät Micha, wie aufgeregt sie ist. Da er ihre Äußerung für Selbstgefälligkeit hält, will er es nicht beachten. Er schielt zu Oskar, der in angespannter Haltung neben ihm sitzt und verschämt auf seinen Pappteller blickt. Leise murmelnd drückt Micha seinen Unmut aus:

„Wie haltet ihr das nur aus?"

Oskar sieht ihn von unten herauf an, die Augenbrauen hoch gezogen, die Stirn gekraust.

„Du hast selbst gesagt, das Ende ist absehbar", entgegnet er flüsternd.

Micha sieht zur Mutter, deren Mienenspiel wechselt, während sie ihn direkt betrachtet. Er ist erstaunt, dass sie ihn trotz der Schwierigkeiten, in denen er steckt, mit einem gezwungenen, aber gut gemeinten Lächeln bedenkt. Wieder regt sich der Gewissenswurm. Ist er nicht schäbig zur Mutter? Sie hat die Reise hierher gemacht, weil sie sich um ihn sorgt. Jedoch verwirft er die Skrupel, weil er die Vorstellung hegt, seine Mutter sei schuld an seinen inneren Zwiespälten, die dazu geführt haben, dass er Ritas Verlust nur schwer verwinden kann.

Am Nachmittag, nach einem längeren Spaziergang mit absichtsvoll unverfänglichen Gesprächen, begleitet Micha seine Angehörigen zurück zum Bahnhof. Er verabschiedet sich:

„Oskar, sag Vater und Nelly danke für das Picknick und grüß‘ alle daheim. Ich danke euch für euren Besuch.“

„Ich richte Vater aus, dass du schon so gut wie in Ordnung bist“, verspricht Oskar und nickt ihm mit ungerührtem Ernst zu.

Als Lotta Micha umarmen will, entzieht er sich so wie am Morgen und schüttelt ihre Hand. Dabei überwindet er sich und schaut ihr direkt ins Gesicht. Er zieht seinen Bruder zu einer leichten Umarmung an der Schulter zu sich heran. Dann wendet er sich brüsk ab, wartet nicht, bis sie in den Zug gestiegen sind, sondern entfernt sich mit großen Schritten.

Am Abend kann Micha nicht einschlafen. Wenn er in die Entspannung sacken will, schreckt er hoch, glaubt sein Herz nicht mehr zu spüren. Wenn er dann aufrecht sitzt, schlägt es ihm wie zum Hals heraus. Er fürchtet, es könnte vor Anstrengung stehen bleiben. Das autogene Training, mit dem er versucht, Schlafbereitschaft zu erzeugen, ängstigt ihn, weil er in der Entspannung kurz vor dem Abkippen in den Schlaf spürt, wie der Körper erstarrt. Er begreift, dass diese Starrheit die Unbewegtheit des Schlafes ist, wenn der Körper ruht und seine Wahrnehmung abgeschaltet ist, weil der Geist sich auf Traumreise begibt. Das Dunkel vor seinen Augen wird ihm zum Dunkel der unbelebten Unendlichkeit. Ein Stein, umgeben von Finsternis, das wird sein Körper mitsamt der Hirnzentrale eines Tages sein. Den Schlaf fördert das autogene Training bei ihm also nicht. Deshalb versucht er, sich bei Licht und im Sitzen zu beruhigen. Aber nach der irritierenden Erfahrung von eben kann er sich nicht konzentrieren. So verbringt er eine strapaziöse schlaflose Nacht.

Am nächsten Morgen ist er ruhelos. Als er aufsteht, hat er wieder dieses Gefühl, als würde ihm der Boden unter den Füßen wegsacken. Er legt sich schnell zurück. Ergebnislos versucht er zu ergründen, warum ihn diese Ängste wieder eingeholt haben.

Als Micha endlich aufstehen kann, meldet er sich beim medizinischen Dienst. Man gibt ihm eine kleine Extradosis seines Medikaments. Sein dringendes Bedürfnis, mit seinem Arzt zu sprechen, kann nicht erfüllt werden, denn Dr. Tatasch hat gerade seinen Jahresurlaub angetreten. So schleppt er sich ein paar Tage dahin, Todesfurcht bestimmt sein Denken und Fühlen. Die Zeitspanne von Angstanfall zu Angstanfall wird immer kürzer. Außerdem verfolgen ihn wieder die Vernichtungsträume, nachdem er glaubte, sie hätten ihn endgültig verlassen. Er gerät in einen solchen Zustand, dass er den Vorsatz, sein autogenes Training wenigstens ein paar Minuten lang zu machen, nicht in die Tat umsetzen kann. Trotz der medikamentösen Behandlung wird er immer rastloser und getriebener.

Er besteht darauf, Dr. Tataschs Vertreter zu konsultieren. Dr. Marquardt hört sich Michas Leidensgeschichte an. Er scheint ratlos. Als Micha in seiner Verzweiflung die Rede auf Elektroschocks bringt, damit man diese Ängste aus seinem Kopf fege, willigt der Arzt ein. Er stellt Micha dem Chefarzt Professor Stübing vor, der in dieser Klinik die Elektroschockbehandlung vornimmt. Der ungefähr sechzig Jahre alte Klinikleiter macht trotz seiner korpulenten Statur einen distinguierten Eindruck, womit er Micha für sich einnimmt. Nach Beratung mit seinen Kollegen ist der Chefarzt bereit, das Verfahren anzuwenden.

Obzwar er die Elektroschocks wünscht, fürchtet Micha, dass zusammen mit den Ängsten alles das, was er an Wissen und beruflichem Können in seinem Kopf gespeichert hat, mitausgelöscht wird. Der Klinikleiter beruhigt ihn. Das passiere normalerweise nicht, es stelle sich hinterher eine Phase großer Entspannung ein, die man mit Medikamenten nicht erreichen könne.

Man gibt ihm eine Serie von Schockbehandlungen, die im Abstand von zwei bis drei Tagen alle einheitlich ablaufen. Der Patient wird auf einer Liege festgeschnallt. Wenn Micha nicht wirklich hoffen würde, dass sich sein Zustand bessert, würde er sich seiner Bewegungsfreiheit nicht so berauben lassen. Man schiebt ihm ein festes Latexmundstück, das nach Babyschnuller riecht, zwischen die Zähne. Beim ersten Mal streicht ihm die assistierende Krankenschwester liebevoll über die Stirn und murmelt ein paar beruhigende Worte. Dann werden die Elektroden an den Kopf gesetzt. Als Micha aus tiefem Schlaf erwacht, fühlt er sich angenehm müde und erschöpft, aber auch gleichgültig. Ihm scheint, als habe man ihm das Interesse am Leben ausradiert. Dennoch ist dieses Gefühl von Einerlei besser auszuhalten als der Zustand vorher. So lässt er eine ganze Serie von Behandlungen über sich ergehen. Ein Zyklus umfasst zehn Schocks. Warum ausgerechnet zehn, warum nicht neun oder elf? Micha wundert sich, das Dezimalsystem ist wohl mit der geistigen Gesundheit im Bunde. Dieser ironische Gedanke, sinniert er, kann nur bedeuten, dass es mit ihm steil bergauf geht.

4
Montag, 5. Juni 1972

Dr. Tatasch, aus dem Urlaub zurückgekehrt, eröffnet die erste Behandlungsstunde.

„Kollege Marquardt hat mir berichtet, Sie hätten die Elektroschocks ausdrücklich gewünscht. Das Kollegium hat Ihnen nachgegeben, obwohl bekannt ist, dass ich kein Freund dieser Methode bin."

„Warum eigentlich nicht?"

„Weil die Wirkmechanismen noch unerforscht sind."

Micha schaut den Arzt unsicher an. Das hat er nicht gewusst.

„Aber es hilft", versichert der Arzt und lässt seinen teilnahmsvollen Blick auf ihm ruhen.

„Wichtig ist: Wie fühlen Sie sich?"

„Ich bedaure die Schocks nicht, nur mitunter habe ich das Gefühl, ich leide an Gedächtnisschwund."

„Es ist möglich, dass Sie diesen individuellen Eindruck haben. Erfahrungsgemäß wird sich das allmählich geben. Ich rate Ihnen, verzichten Sie auf weitere Behandlungen dieser Art. Entspannen Sie sich, egal wie. Mit Malen, Lesen, Spazierengehen, Schwimmen, jetzt im Sommer können Sie in die Badeanstalt gehen. Was macht der Brunnen?"

„Ich habe die Arbeit daran wieder aufgenommen. Technisch habe ich es in etwa im Griff, ich meine theoretisch. Der Beschäftigungstherapeut hat den Draht, die Stahlseile und das Stahlblech bereits bestellt."

„Gut so. Befassen Sie sich mit dem Brunnen, das wird Ihnen helfen, besser als jede noch so raffinierte medizinische Behandlung, davon bin ich überzeugt."

5
Sonntag, 27. August 1972

Die Klinikleitung hat für diesen Tag ein Sommerfest angesetzt. Zum ersten Mal seit Bestehen der Klinik. Patienten, deren Angehörige, Klinikpersonal und Einwohner der Kleinstadt Dobental sind anwesend. In einer Ansprache würdigt der Klinikleiter die Anstrengungen aller, lobt besonders die Patienten, die zum Gelingen des Festes beitragen. Den Angehörigen spricht er Mut zu. Er versucht sie zu trösten, indem er von neuen und verfeinerten Behandlungsmethoden spricht.

Die Feststimmung ist gedrückt wegen der sengenden Temperaturen. Der strahlend blaue Himmel, der am frühen Morgen noch frisch und vollkommen erschien, wirkt nun auf Micha wie die Innenseite eines hellblauen Emailledeckels. Er nimmt an, dass alle die Menschen, die sich im Park der Klinik versammelt haben, sich so fühlen wie er, als befänden sie sich im Topf unter diesem Deckel und würden langsam gesotten. Der Beifall auf die Rede des Klinikleiters ist schleppend.

Micha hat sich etwas abseits an eine Hecke in den Schatten einer Trauerweide gestellt. Er wundert sich, wie würzig es hier duftet, auch ein bisschen nach Erde und Verfall. Das kommt von der Thuja-Hecke rechts neben ihm. Aber die, glaubt er, strömt immer noch mehr Lebendigkeit aus als die Vegetation in der Sonnengrelle sonst überall.

Etwas mehr Bewegung kommt in die Menge, als der Brunnen eingeweiht wird. Dieser Brunnen, sagt Professor Stübing, sei ein Symbol dafür, dass die inneren Quellen der Patienten wieder sprudeln, dass Heilung der geistigen und seelischen Kräfte möglich ist. Er beweise, dass kreative Betätigung ein wirksames Mittel sei, die Balance der Seelenwelten herzustellen. Außerdem sei hervorzuheben, dass mehrere Patienten an dem Brunnen gearbeitet und ein gemeinsames Ziel bis zum Ende verfolgt haben.

Er winkt das Brunnenteam nach vorn und bittet Micha zu erklären, was er sich beim Entwurf des Brunnens gedacht hat. Die in der Höhe versetzt angebrachten verzinkten Leichtmetallröhren, aus denen das Wasser austritt, sind teleskopisch verschiebbar. Je nach Stärke und Richtung des

Windes bewegen sie sich mehr oder weniger in- oder auseinander. Durch ihre horizontale Flexibilität braucht es wenigstens etwas Wind, damit das Wasser aus den Röhren spritzen kann. An den beweglichen Rohrgerten befinden sich bunte Metallelemente in Form von zwei bis drei Windungen der Doppelhelix.

Micha ist zunächst schüchtern und spricht zu leise. Auf den Zuruf „lauter bitte" erhebt er seine Stimme. Während er sein Konzept erklärt, stellt er sich vor, dass er einen Bauentwurf vor einem Gremium darstellen muss und bekommt so die nötige innere Festigkeit. An diesem Brunnen sei alles in Bewegung, so wie im Leben, sagt er. Stillstand wird es nicht geben, solange der Wind bläst. In dieser freien Rede hat er das Problem, gedanklich die Metallteile in Form der Doppelhelix mit der Idee der Wasserquelle in Verbindung zu setzen und seine Vorstellung zügig zu beschreiben. Vage behauptet er, die Genstruktur sei Urform allen Lebens und es brauche das Wasser, um sich zu entfalten. Als ihm die Mitpatienten besonders laut applaudieren, ist er froh, geniert sich jedoch, weil er vor Verlegenheit rot wird. Der Klinikleiter fordert Micha auf, den Brunnen in Gang zu setzen. Leider ist es an diesem bleiernen Augusttag windstill und der kinetische Brunnen bewegt sich nur so viel, wie der Druck aus der Wasserleitung zulässt. Doch auch in diesem Zustand ist der Brunnen recht ansehnlich und schon während der Proben fand Micha, dass das Wasser auch bei Windstille anmutig aus den Röhren spritzt.

Er soll den Brunnen manuell bewegen, damit man sich die Wirkung bei Wind vorstellen kann, bittet der Klinikleiter. Micha versetzt das Kunstwerk in solchen Schwung, dass das Wasser in alle Richtungen schießt und die Umstehenden ein wenig nass werden. Man lacht und Micha ist froh, dass es klappt. Es gibt nicht diesen Vorführeffekt, dass sich die Dinge verweigern, wenn sie unbedingt funktionieren sollen. Erleichtert verbeugt er sich dankend vor der Beifall klatschenden Versammlung. Auch jetzt gelingt es ihm nicht ganz, seine Verlegenheit zu verbergen. Als die Bewegung des Brunnens ausläuft, plätschert das Wasser auf die Steine unterhalb des Brunnenaufsatzes.

In seiner Erleichterung kommt Micha der Gedanke, dass Vater sich über die Würdigung des Windes mit diesem Brunnen freuen würde. Leider konnte er es nicht ermöglichen, anwesend zu sein.

Nach der Einweihung kommt Dr. Tatasch auf ihn zu, wechselt die Zigarette von der rechten in die linke Hand und gratuliert ihm.

„Vielleicht sollte ich das nicht sagen. Aber mit diesem Brunnen haben Sie sich hier ein wunderbares Denkmal gesetzt."

„Ich glaube, ich verstehe Sie richtig. Es macht mir nichts mehr aus, dass ich in der Klapse bin."

Dr. Tatasch nimmt einen tiefen Zug aus seinem verglimmenden Tabakstummel, mit belustigtem Ausdruck sagt er: „Sehr vernünftig. Vergessen Sie nicht, ich werde noch mindestens ein Jahrzehnt hier verbringen, wenn ich das Rentenalter erreichen darf."

Micha lächelt ihm spöttisch zu und, nachdem er sich umgeblickt und festgestellt hat, dass sie unbeobachtet sind, äußert er in gespieltem Verschwörerton: „Oh, Sie Armer, aber freuen Sie sich, diese Klinik ist doch die beste Tarnung für verrückte Psychiater." Obwohl diese Äußerung nicht spontan oder unüberlegt geschah, ist Micha erschrocken über diesen respektlosen Ausrutscher. Bevor er sich entschuldigen kann, antwortet der Arzt mit einem Augenzwinkern und breitem Lächeln. Micha ist gewiss, der Arzt erwartet, dass sein Patient nicht länger auf Schloss Dobental zu halten ist.

Die Fertigstellung des Brunnens ist wirklich das Signal zum Aufbruch. Er ist doch in Ordnung, wieder hergestellt, sein Selbst wie erneuert. Klar, er kann sich Rita nicht total aus der Seele reißen, trotzdem wird er den Schmerz aushalten. Es ist an der Zeit, mit dem normalen Arbeitsleben wieder zu beginnen, Gebäude zu planen und deren Stabilität zu errechnen.

Als er einen Monat später an seiner Arbeitsstelle erscheint, wird er freundlich begrüßt. Ihm wird nicht gekündigt, obwohl er doch monatelang abwesend war.

Die befürchtete Peinlichkeit gegenüber Kollegen bleibt ihm erspart. Niemand will Einzelheiten über seine Krankheit oder die Behandlung auskundschaften. Keinen scheint zu interessieren, wie schlecht er dran war. Sein Freund und Kollege Janko verbringt manche Mußestunde mit ihm. Micha ist dem Freund dankbar, erkennt die Absicht, ihm zu helfen, damit er den Verlust der Ehefrau überwindet.

Das Malen will Micha hinüberretten in seinen Alltag. Janko unterstützt ihn, lädt ihn in sein Atelier ein, zeigt ihm ein paar wirkungsvolle Techniken. Nach einigen Wochen jedoch offenbart Micha dem Freund, das Malen erinnere ihn zu sehr an die Periode seines seelischen Umbruchs. Deshalb wird er es aufgeben.

Teil IV 1973 – 1991

Prüfungen

1
Dienstag, 25. Dezember 1973

Micha stapft auf der Südpromenade des Mains entlang. Er ist auf dem Weg zu seinem Elternhaus, zu seinem Vater, den Geschwistern und Nelly. Es ist knackig kalt. Deshalb schreitet er schneller aus und schlägt die behandschuhten Hände gegeneinander. Soeben hat er am Oberrader Mainufer zugeschaut, wie sein Freund Janko im eiskalten Wasser einige Minuten geschwommen ist. Janko ist ein groß gewachsener, asketisch wirkender Mann. Obschon er in der Badehose aussieht wie ein indischer Fakir, ist unter den Bewunderern seiner sportlichen Leistung ein Gutteil Frauen. Bei weniger sibirischen Temperaturen begleitet Micha ihn im Wasser. Heute hat er mit anderen am Ufer applaudiert, als Janko aus dem Wasser stieg. Der verzog keine Miene, schnappte sich das von einer Dame hingehaltene Badetuch, frottierte sich zähneklappernd und wechselte unter dem umgehängten Badetuch dezent in trockene Kleidung.

Man hält Janko für ein bisschen verrückt, was ihn nicht weiter stört. „Wenn man darauf wartet, dass die Mitmenschen gut heißen, was man tut, ist man zur Untätigkeit verdammt", hat er Micha gesagt, und daran hält er sich, sowohl privat als auch beruflich. Er hasst Mitläufertum, meidet Massenveranstaltungen. Deshalb beobachtet er die Studentenbewegung, die Außerparlamentarische Opposition, mit Skepsis. Auch ihn stören Muff und Biederkeit. Auch er glaubt nicht, dass aus den Kriegsruinen der demokratische Geist aufgestiegen ist und alle in Amt und Würden befindlichen ehemaligen Nazis zu Demokraten mutiert sind. Doch Straßenschlachten mit der Polizei? Janko hat für sich beschlossen, durch seine Kunst auf berechtigte Forderungen der Gesellschaft oder einzelner Gruppen aufmerksam zu machen.

Micha steht positiver zu den Aktivitäten der APO, als Student marschierte er bei einigen Friedensdemonstrationen mit, fühlte sich aber unwohl, wenn allzu simple Slogans skandiert wurden. Er gibt sich inzwischen mit der Beobachterposition zufrieden. Der Tod Benno Ohnesorgs und die Verletzung Dutschkes haben ihm Respekt eingeflößt, eine Studentenrevolte ist keine

Revolution, und er ist sich nicht sicher, ob diese Gesellschaft als Erneuerung wirklich eine Revolution braucht.

Die Freunde haben sich an der Arbeitsstelle kennengelernt. Janko hat Micha sofort imponiert wegen seines Mutes, die eigene Meinung zwar diplomatisch, dennoch deutlich zu äußern. Micha weiß, dass Janko ihn schätzt, weil er, als noch relativ unerfahrener Planer, Freude daran hat, schwierige Bauten zu berechnen. So haben sie sich trotz des Altersunterschieds von über zehn Jahren angefreundet. Für einen Architekten mit überregionalem Ansehen ist Janko mit Ende dreißig noch jung. Seinen Ruf hat er sich vor allem durch einige mutige Bauwerke im europäischen Ausland erworben.

Einen Teil seiner Freizeit verbringt Janko mit dem Ausdenken von Gesundheitsrezepten, und er ist überzeugter, ja kämpferischer Vegetarier, Körner- und Frischkostverfechter. Viele seiner Ideen entstammen der Reformbewegung der zwanziger Jahre.

Micha vermutet, dass Janko so gesundheitsversessen ist, weil er hofft, dadurch so viel Energie zu haben, um die zahlreichen künstlerischen Ideen, die ihm oft seine innere Ruhe rauben, zu realisieren. Anna, seine Frau, ist zehn Jahre jünger als er, hat ihr Jurastudium im dritten Semester aufgegeben, um nach der Heirat auf altmodische Weise dem charismatischen Mann und den Kindern ihre volle Aufmerksamkeit zu widmen. Micha hat herausgefunden, dass sie inzwischen große Mühe hat, die Kinder vor den rigorosen Gesundheitspraktiken ihres Ehemannes zu schützen.

Micha teilt diese vehemente Vorliebe für das Gesunde nicht, obzwar er manche Verhaltensweisen, die andere als Marotte abtun, sinnvoll findet und nachahmt. So geht auch er im Sommer täglich frühmorgens und am Abend ins Schwimmbad. Besonders angenehm sind Micha in den kühleren Jahreszeiten die gemeinsamen Besuche im Türkischen Bad, wo sie sich massieren lassen und sich anschließend in weltvergessene Gespräche vertiefen. Denn bei aller Sorge um den Körper ist Janko ein Denker. Da er für Micha der klügste und begabteste Mensch ist, den er kennt, bedeutet ihm diese Freundschaft viel. Janko bekundete einmal, er schätze Michas analytischen Verstand, und Micha ist begeistert von Jankos Sinn, hinter Alltagsritualen die Wirkweisen geheimnisvoller Wahrheiten zu sehen. So liegen sie im Dampfbad, weltfern und aller Alltagssorgen enthoben, und deklinieren die Ideengeschichte der Menschheit so gut sie können.

Zurzeit verwirklichen die beiden Freunde ein Bauprojekt. Janko hat für den Entwurf einer Kirche den ersten Preis im Wettbewerb gewonnen, der von der Hannoverschen Landeskirche für das Städtchen Hernamersiel an der Nordsee ausgeschrieben war. Nachdem das Planungsbüro ihrer Firma auch den Zuschlag für die Ausführung bekam, bat Janko Micha, die Planung zu übernehmen. Er hatte seine Vorgesetzten in der Frankfurter Zentrale überzeugt, dass Micha der richtige Mann für die Statik und gesamte Umsetzung des Entwurfs ist, wenngleich er mit seinen paar Jahren Berufspraxis noch als Neuling gilt. Die Überzeugungsarbeit fiel ihm nicht allzu schwer, denn Micha hat sich trotz seines Aufenthalts in Dobental den Respekt seiner Vorgesetzten erworben, durch Zuverlässigkeit und ungewöhnliche Problemlösungen.

Bei dem Gedanken an den Kirchenbau fällt er in einen beschwingteren Schritt. Endlich kann er etwas Besonderes planen. Das entschädigt ihn für das Bedauern, Bauwesen statt Architektur studiert zu haben.

Damals, vor dem Abitur, als die Entscheidung anstand, war er wirklich ein Schisser, beherrscht von Zweifeln ohne Zahl. Hin und her überlegte er. Vielleicht verfügte er über genügend Kreativität, aber würde er die Selbstsicherheit aufbringen, einen von ihm erdachten Gegenstand in der Größe eines Bauwerks in die Welt zu setzen? Letztlich obsiegten die Bedenken. Soviel Einfluss, soviel Wirksamkeit traute er sich nicht zu. Und da Großvater Bauwesen ebenfalls als gute Wahl bezeichnet hatte, konnte er seinen ursprünglichen Wunsch umso leichter aufgeben. Überall war von Bauleuten die Rede. Sogar auf der Theaterbühne. *Baumeister Solneß* von Ibsen wurde an den Städtischen Bühnen aufgeführt. Mit seiner eher düsteren Aussage passte das Stück eigentlich nicht zum Aufschwung einer Industrienation. Solneß zerstört mehr, als er aufbaut.

Doch damals war es ihm eine Erleichterung, nicht in die Fußstapfen des Großvaters zu treten. Er wollte planen und rechnen, aber nur nach den Vorlagen der Baukünstler, der Architekten. Er würde fremde Pläne in Baubares umsetzen, die Raumkinder anderer in die Welt bringen. Er wollte nur Geburtshelfer sein. „Geburtshelfer", sagt er laut und erschrickt über seine eigene Stimme.

Eine große Kuhle bringt ihn zum Stolpern, doch kann er die Balance halten. Als er wieder festen Tritt gefasst hat, sucht er den fallen gelassenen Gedankenfaden und findet ihn in dem Wort „Geburtshelfer".

Wegen der Absurdität des Gedankens lacht er laut auf. Geburtshelfer! Was für ein hochtrabender Schwachsinn. Was ist an Industriegebäuden und Mietkasernen in immer gleicher Machart schon lebendig? Er ist doch nicht zu vergleichen mit Dr. Gerling, dem Arzt, der ihn und seine Geschwister auf die Welt holte. Nein, wenn er Geburtshelfer war, dann verhalf er lauter identischen Wesen zur Existenz, so wie Gärtner es tun, die aus einer Mutterpflanze unzählige ununterscheidbare Pflanzen züchten können.

Doch ein Gewächshaus-Gärtner kann sich wenigstens über die Lebendigkeit seiner Produkte freuen. Denn was Micha bisher plant, ist bis auf wenige Ausnahmen die Wiederholung des immer Gleichen. Die Berechnungen, die angestellt werden müssen, beziehen sich auf die Fundamente, die geologischen Gegebenheiten und die Lage des Grundstücks. Denn die Einheitsbauten verlangen nur eine minimale Anpassung des zuvor Errechneten an die konkrete Situation. Wie freute er sich, als Janko vor einiger Zeit seinen Einfluss geltend gemacht hatte, und er einen besonders schlanken Fabrikschornstein planen durfte.

Die Kirche ist da wirklich ein anderes Kaliber, die wird eine echte Herausforderung sein und der will er sich stellen. Es handelt sich um einen Hallenbau, der einem Schiffsrumpf gleicht und versehen ist mit verschieden großen kreisrunden Fenstern. Das Dach besteht aus zwei dreischenkligen Pyramiden. In der Mitte des Daches, wo die Grundflächen der Pyramiden sich treffen, wird ein Mast von einer Gesamtlänge von zweiundzwanzig Metern die Dachkonstruktion überragen. Wenn man um die Kirche herumgeht, was gut möglich sein wird, da das Gelände nach allen Seiten hin viele Meter weit unbebaut bleibt, wirkt dieses Gebäude wie ein Schiff. Zu diesem Eindruck wird besonders das Halbsegel beitragen, das wie am oberen Teil des Masts befestigt wirkt, aber bereits mit einem schmalen Teil in den Fundamenten mitverankert wird.

Die Planung sei zu schwierig, deshalb hat der zunächst zugeteilte Statiker Änderungen am Entwurf gefordert, auf die Janko nicht eingehen will. Deshalb wird Micha ihm helfen und sich dabei vergewissern können, dass er ein wirklich guter Ingenieur ist.

Der Entwurf des Freundes hat ihm gefallen. Das größte Problem wird der Widerstand sein, den der Mast und das Segel dem Wind bieten, denn das Gebäude wird, obwohl hinter einem Deich gelegen, den großen Strapazen der Meereswinde ausgesetzt sein.

Er steht am Tor des Vaterhauses, das seine Mutter vor fünf Jahren verlassen hat und in dem nun Nelly als Hausfrau und Ersatzmutter für Oskar und Reni herrscht. Vater wird erfreut sein, dass Eva, Michas neue Freundin, diesen Festtag bei ihren Eltern verbringt. Vater hält nichts von dieser Verbindung, ebenso wenig wie die Mutter. In diesem Punkt sind sie sich wieder mal einig, wenn sie sich auch nicht darüber austauschen. Nur in Notfällen sprechen sie miteinander. Die Gründe für die Ablehnung der Freundin sind verschieden. Sein Vater fürchtet, die Familie der jungen Frau passe nicht zu seinem Sohn, denn einer ihrer zwei Brüder ist drogensüchtig, war deshalb schon mehrmals im Gefängnis. Die Mutter dagegen hält Eva für hinterlistig. Sie glaubt, dass die junge Frau, die in Michas Büro als technische Zeichnerin arbeitet, ihrem Sohn nicht ebenbürtig ist und ihn mit erotischer Raffinesse verführt hat. Micha versteht die Ablehnung nicht und geht jeder Diskussion aus dem Weg.

Oskar öffnet auf Michas Klingeln. Seit einigen Wochen hat Micha den Bruder nicht gesehen.

„Oskar“, begrüßt er ihn, „wo soll das noch hinführen? Du bist ja jetzt schon fast einen Kopf größer als ich.“ Oskar nimmt ihm seinen Mantel ab und flüstert ihm zu:

„Gut, dass du da bist. Diese blöde Ziege B ist aus Wien gekommen und drangsaliert uns. Es ist kaum zum Aushalten.“

Micha klopft ihm begütigend auf die Schulter:

„Sei großmütig. Es dauert nicht ewig, nach Neujahr ist sie ja wieder weg.“

Oskar beugt sich zu seinem Bruder und flüstert:

„Hoffentlich, ich habe gehört, wie Nelly Vater vorgeschlagen hat, ob sie nicht das Geld für Kost und Logis sparen könnten. Heutzutage wären wir Kinder doch vernünftiger, würden sicher weniger streiten, ob man es nicht noch mal versuchen sollte. Stell dir das vor. Falls Vater mit dir darüber spricht, sei dagegen, tu bitte alles, bewahr‘ uns davor. Diese Zimtzicke B soll nicht ins Haus.“

Bevor Micha darauf und auf die Unsitte, über Barbara hinter ihrem Rücken immer nur als B zu reden, reagieren kann, schwingt die Salontür auf und Joschka begrüßt seinen Sohn.

„Mischka, mein Ältester, tritt näher.“

„Vater, frohe Weihnachten.“

Es kommt Micha so vor, als sei der Vater korpulenter und sein Haar lichter geworden. Der Vater betrachtet ihn wohlwollend, zieht ihn dann zu einer Umarmung an sich, die Micha erwidert.

Schon vom Flur aus sieht er den Weihnachtsbaum leuchten. Man erwartet ihn, denn die gelben Wachskerzen sind angezündet, das Licht spiegelt sich in den goldenen Kugeln. Micha tritt an den Baum und bewundert ihn, den geraden Wuchs und den geschmackvollen Schmuck. Vater ist glücklich.

Reni erhebt sich aus ihrem Sessel, wo sie in ein Buch vertieft saß. Sie begrüßt den Bruder mit Kuss und einem fröhlichen Grinsen. Er macht ihr ein Kompliment zu ihrer neuen Langhaarfrisur, mit der sie sehr modern und erwachsener aussehe als mit dem Pferdeschwanz von früher. Joschka fordert Oskar und das Mädchen auf, auf dem Flügel zu spielen. Die beiden sind wie immer ohne Zaudern bereit, vierhändig ein Stück zum Besten zu geben. Sie spielen konzentriert und fehlerfrei. Micha lobt sie und mahnt sie, nicht so dumm und faul zu sein, wie er es war. „Jahrelang habe ich Unterricht gehabt, vom Üben habe ich nicht viel gehalten und Weihnachten, wenn es ans Vorspielen ging, kam ich ganz schön ins Schwitzen. Schrecklich."

Joschka betrachtet mit Wohlwollen seine Kinder, die immer noch auf ihren Schemeln vor dem Flügel sitzen. Auf seine Bitte hin tragen sie noch jeder einzeln einige Sonatinen vor.

Nelly und ihre Tochter betreten den Salon. Nelly begrüßt Micha herzlich mit Küsschen, und Barbara gibt ihm einen gut gelaunten Handschlag. Joschka bittet seine Stieftochter, auch ein Stück vorzutragen. Unsicher blickt das hoch aufgeschossene Mädchen, das einen kleidsamen Kurzhaarschnitt trägt, zu ihrer Mutter. Die gibt ihr durch ein Kopfnicken zu verstehen, dass sie Joschkas Bitte nachkommen soll. Sie spielt einige Weihnachtslieder und Joschka summt dazu. Für ein paar Taktlängen fordert er mit dirigierender Armbewegung alle anderen zum Mitsingen auf.

Als Barbara sich erhebt, um ihrer Mutter zu helfen, überreicht Vater Micha sein Weihnachtsgeschenk. Micha öffnet das Päckchen, es ist ein elektrischer Trockenrasierer.

„Vater, wer hat dir gesteckt, dass mein Apparat kaputt ist und ich mich zurzeit nass rasiere?"

„Das hat mir ein Vögelchen zugezwitschert, so sparst du wertvolle Minuten. Fortan brauchst du morgens nicht so ins Büro zu eilen."

„Hat dir auch das ein Vögelchen gesungen?"

Joschka lacht: „Jetzt im Winter sind nicht so viele Boten der Lüfte unterwegs, nur ein paar unbedeutende Spatzen. Ich habe dich kürzlich auf dem Weg zum Bahnhof selbst mit fliegenden Mantelschößen rennen sehen und da kam mir die Idee."

„Vielen Dank, Vater, du weißt wirklich immer, was die Menschen brauchen. Hoffentlich wissen deine Leute auch, was dir guttut und was du nötig hast." Micha lässt seinen Blick vielsagend in der Stube umherschweifen. Er meint nicht nur seine Geschwister, das versteht Vater auch ohne Worte.

Micha reicht dem Vater zum Dank die Hand, die Joschka mit beiden Händen umschließt. Dabei lacht er ein breites joviales Lachen.

„Du kennst den Spruch: Der Mensch ist zur Mühsal geboren."

„Ich aber nicht", erwidert Micha, „weil ich so ein schönes Geschenk bekomme."

Joschka zwinkert ihm zu. „Geschenke sind gut. Aber für mich ist Arbeit wichtiger als verdienstvolle Vorfahren."

Micha bewundert den praktischen Sinn des Vaters und sagt deshalb lachend und voller Überzeugung: „Aber ich, ich profitiere von meinem verdienstvollen Vorfahren."

„Tja“, Joschka, klopft ihm leicht auf die Schulter und macht eine betont lässige Handbewegung: „Hauptsache, du freust dich.“

„Und wie.“

Der Vater ist wohl in Feiertagslaune. Wenn er solche Sprüche klopft. Heute macht der Vater ausgiebig Gebrauch von seinem Motto „Das Herz ist euer Eigentum, das Gesicht ist für die Öffentlichkeit.“ Gut so, denkt Micha, in ein sorgenvolles oder gar verbittertes Herz will niemand hineinblicken.

Micha verteilt seine Geschenke an alle Anwesenden, alles Bücher, die seine Buchhändlerin ausgesucht hat. Nur der Vater erhält eine Zeichnung des Freundes. Er ist begeistert. „Dieser Janko ist ein richtiger Künstler. Nächste Woche werde ich einen passenden Rahmen besorgen.“ Micha ist zufrieden. Endlich hat er dem Vater eine Freude gemacht.

Nelly bittet zu Tisch, an die festlich gedeckte, runde Tafel. Das Silberbesteck und die Kristallgläser glitzern mit den Lichtern am Weihnachtsbaum um die Wette. Oskar löscht die Kerzen am Baum und Nelly und die Mädchen servieren das Feiertagsessen.

Micha hat Platz genommen zwischen den Geschwistern, gegenüber Nelly, an deren Seiten Barbara und Vater sitzen. Das Gespräch kommt stockend in Gang. Micha erkundigt sich bei Barbara, wie es ihr in Wien in der Schule gehe. Barbara zeigt ihm ein spöttisch verzogenes Gesicht, an ihrer heftigen Körperbewegung kann er ablesen, dass die Überlegenheit aufgesetzt ist.

„Sehr gut. Sehr gut. Es ist halt eine Hauptstadt, eine richtige Kulturstadt. Dort lerne ich mehr als deine Geschwister an diesem tollen Ort hier.“

Micha tut so, als sei ihm die Missachtung der Geschwister nicht aufgefallen und antwortet leichthin: „Gut zu hören, dass es dir gefällt.“ Während er das äußert, bekommt er mit, dass Nelly ihre Tochter wie aus Versehen mit dem Ellbogen an den Arm stößt. Oskar schaut ihn an, als wolle er sagen: Siehst du, was ich meine?

Dieses Mädchen hat Micha immer leidgetan, so wie die Geschwister auch. Zwar hatten Oskar und Reni fortwährend geklagt, dass Barbara sie schikanierte, wenn Vater auf Reisen und Nelly nicht in der Nähe war. Er bedauert, dass Joschka und Nelly glauben, keine andere Wahl zu haben, als Barbara zu Nellys Verwandten zu schicken.

„Was macht deine saubere Mutter, diese hinterhältige Hexe?“

Micha schreckt auf. Was war das? Er traut seinen Ohren nicht, als er den Vater diese Worte sprechen hört. Schon lange war er nicht zu Besuch und hat fast vergessen, dass der Vater seit der Scheidung immer wieder mal Beschimpfungen über die Mutter loslässt. Jedoch so scharf, und das an Weihnachten! Vorhin glaubte er noch, der Vater ließe sich nicht in sein bitteres

Herz blicken. Alle hören zu essen auf. Barbara sieht ihn an, als erwarte sie eine Sensation. Es ist Micha peinlich, dass der Vater den Festtagsfrieden auf so grobe Weise stört. Leise antwortet er:

„Ich habe sie gestern kurz besucht. Sie ist allein. Es geht ihr nicht gut." Diese Worte sollen den Vater beschwichtigen, verfehlen aber die beabsichtigte Wirkung.

„Nun, das hat sie nicht anders gewollt, diese hochmütige Ignorantin. Was fehlt ihr denn? Cholera? Typhus? Maul- und Klauenseuche?"

Micha fühlt sich wie vor den Kopf geschlagen. Allmählich kommt ihm die lastende Stille zu Bewusstsein. Oskar guckt betreten. Reni knabbert verlegen an einer Seitensträhne ihres dicken Blondhaares. Sie schiebt das Haar schnell zurück, will wohl mit dieser schlechten Angewohnheit nicht die Aufmerksamkeit des Vaters auf sich ziehen. Micha schwant, dass die Geschwister Angst haben, der Vater könnte herausgefunden haben, dass sie ihre Mutter nicht nur zu den erlaubten Terminen, sondern recht häufig heimlich besuchen.

Micha denkt: Wieso kann der Vater keine Ruhe geben? Er hat doch sein Leben hier, eine Frau, die für ihn und die Kinder sorgt. Dieses Arschloch von Liebhaber hat die Mutter doch seit langem verlassen. Sie ist allein, Vater hat wenigstens eine Vertraute.

Natürlich kann er den Vater verstehen. Es gab eine Zeit, als er sich diesen väterlichen Zorn für die Mutter gewünscht hätte. Aber jetzt? Es ist doch alles vorbei.

Während dieser Gedanken wallt ein Gefühl gerechter Empörung in ihm auf. Was hat er damit zu tun? Das Gaunerpärchen existiert nicht mehr. Ihm soll es recht sein, es interessiert ihn kein Jota mehr. Empörung und Zorn machen ihn mutig:

„Vater, ich war selbst nicht einverstanden damit, wie Mutti lebte, ich habe ihr auch einiges vorzuwerfen. Was sie heute macht, interessiert mich nicht weiter, solange sie mich in Frieden lässt. Hör auf mit den Beschimpfungen, wenn du willst, dass ich weiter zu dir in dieses Haus komme."

Bruder und Schwester schauen erstaunt auf. Nelly erkundigt sich, ob jemand Nachschub haben möchte, und als Vater sie darum bittet, geht sie in die Küche. Es herrscht peinliches Schweigen.

„Micha, ich will dich nicht vertreiben, du hast doch selbst jahrelang den Zirkus miterlebt. Du kannst mich doch verstehen", versucht der Vater seinen Ausfall zu rechtfertigen.

„Das tue ich auch, Vati. Doch irgendwann muss Frieden sein. Auch für die beiden da."

Mit einer Neigung des Kopfes nach links und rechts macht er den Vater auf die Geschwister aufmerksam, die lustlos in ihren Tellern herumstochern. Barbara isst weiter, wirkt ruhig und uninteressiert. Nach allem, was er bisher gehört hat, würde Micha sich nicht wundern, dass ihre Gleichgültigkeit geheuchelt ist und dass sie später die Worte des Vaters wiederholen wird, um die Geschwister zu ärgern. Was für ein verfahrener Karren. Bedrückt denkt er: Warum können nicht alle mit der neuen Situation zufrieden sein?

Nach dem Essen ziehen sich Barbara und Nelly in die Küche zurück, Oskar geht in sein Zimmer, in dem früher Magdatante wohnte und Reni begleitet ihn, denn dort können sie ungestört sein.

Vater und Sohn sitzen noch beisammen. Joschka lehnt sich zurück, raucht seine Feiertagszigarre, die er mit besonderer Sorgfalt zugerichtet und entzündet hat. Da er nun wieder spürbar besser gelaunt ist, kann Micha ihm von dem geplanten Kirchenbau an der Nordsee berichten. Als Micha davon spricht, welches Problem der Wind für die teilweise sehr schlanken Bauteile darstellt, hat Joschka sein Thema gefunden.

„Du kämpfst also gegen den Wind, kein leichter Gegner“, sinniert er lächelnd. Micha nickt. Nachdenklich fährt der Vater fort:

„Hohe Bäume fangen viel Wind. So ist es auch mit hohen Gebäuden. Du weißt, ich mag den Wind. Bloß der Stadtwind ist mir immer zuwider gewesen.“

„Stadtwind? Was meinst du damit?“

„Der Wind, der sich zwischen hohen Hausmauern verfängt und verstärkt. Er ist feindselig und dabei so nutzlos. Der gute Wind weht, wo er will, der Wind, der übers freie Feld streicht, kann über die Grenzen wehen, er braucht keinen Pass und keine Papiere.“

„Wie wahr.“ Micha versteht mit dieser Aussage Vaters Vorliebe für die Redensarten vom freien Wind noch besser. Denn der Vater durfte seine Eltern in Budapest treffen, aber die Eltern erhielten in den Sechzigerjahren nur zweimal die Genehmigung ihren Sohn in Westdeutschland zu besuchen. Vater hatte ihm leidgetan, denn er litt darunter, dass die Großeltern trotz ihrer Betagtheit und vieler Unbequemlichkeiten in Budapest bleiben wollten. Vater fuhr so oft wie möglich zu ihnen, nahm die paranoiden Grenzkontrollen in Kauf.

„Man kann den Wind nicht verbieten, zum Glück“, Joschka holt tief Luft, „man muss ihn akzeptieren, ganz gleich, was er bringt oder wo er einen hinträgt. Und er kann reißend und stoßend sein, dass man Kraft braucht, um sich gegen ihn zu stemmen. Dadurch hat auch der Wind sein Treibgut, nicht nur Flüsse und Meere.“

Vater schaut etwas deprimiert, findet Micha. Doch gleich hellt sich seine Miene auf und er sagt: „Doch eine Welt ohne Wind, da würde doch etwas fehlen, nicht wahr?"

„Ja, und man kann die Stärke von Mauern so berechnen, dass ihnen der Wind nichts anhaben kann", ergänzt Micha.

„Ja, mein Junge." Er zieht behaglich an seiner Zigarre. „Wahrhaft arm ist nur, wer arm an Verstand ist."

Micha ist stolz auf dieses verschlüsselte Lob des Vaters. Es freut den Vater, dass der Sohn etwas beherrscht, was er selbst nicht vermag.

Es klingelt und Bertel, Vaters langjährige Gehilfin in der Werkstatt, erscheint mit ihrem frisch angetrauten Ehemann zum Kaffee. Sie sind fröhlich, halten sich an den Händen. Durch kleine Gesten und flinke Blicke versichern sie sich immer wieder der Zustimmung des anderen, wenn sie erzählen. Nelly trägt Kuchen und Getränke auf. Joschka ist entspannt, lacht mit den beiden und genießt seine Rolle als patriarchalischer Gastgeber. Nach einer Weile verabschiedet sich Micha.

Ihn kann der Vater nicht täuschen mit dieser altväterlichen Pose. Aber die ist allemal besser, als das zerrissene Herz zu zeigen. Aber warum nur ist es so? Er hat es doch gut heutzutage.

2
Mittwoch, 9. Januar 1974

Auf Wochen hinaus ist Micha beschäftigt mit den Berechnungen für das Kirchengebäude. Tagsüber im Büro und abends zu Hause, denn das Projekt soll bald begonnen werden. Bis tief in die Nacht sitzt er daran, so dass er Mühe hat, in der Frühe pünktlich aufzustehen. Morgens muss er rennen, um rechtzeitig im Büro einzutreffen.

Er befindet sich in einem unglaublichen Dilemma. Ist es möglich, dass Janko und all diejenigen, die entschieden haben, das Bauwerk zu erstellen, übersehen haben, dass das dünne Segel wie alle sehr schlanken Bauteile mit den Windböen am Meer in Resonanz treten und deshalb kollabieren könnte? Während des Studiums hat man dieses Phänomen nur gestreift, weil es in der Baupraxis nicht den Regelfall darstellt. Er rechnet und rechnet, kommt aber nicht weiter, obwohl er die ihm zur Verfügung stehende Literatur eingehend geprüft hat. Er ist so unsicher und verwirrt, dass er niemanden von seinen Sorgen wissen lässt.

Um sich weiterführende Literatur zur Erdbebensicherung und Windbelastung von sehr schlanken Bauwerken zu besorgen, entschließt er sich, einen Urlaubstag zu nehmen und zu seiner Alma mater nach Aachen zu fahren.

Bevor er dort die Institutsbibliothek aufsucht, findet er am Veranstaltungsbrett heraus, dass sein ehemaliger Statikprofessor heute Vormittag nicht unterrichtet. Von seiner Sorge getrieben, versucht er, bei ihm vorzusprechen. Er hat Glück und trifft Professor Weiterfeld in seinem Büro an. Der Lehrer thront hinter seinem wuchtigen Schreibtisch. Weiterfeld, ein blonder, jugendlich wirkender Endvierziger, ist ein Mann mit offenem Blick und gewinnendem Lächeln. Sein frischer Teint und strammer Körperbau weisen ihn trotz Anzug und Krawatte als Athleten aus.

Weiterfeld erhebt sich, und als Micha sich vorstellt, verraten seine Augen und seine Mimik, dass er den ehemaligen Studenten erkennt. Ein breites, wohlwollendes Lächeln geht über sein Gesicht, als Micha andeutet, weshalb er ihn aufsucht. Er hat von dem preisgekrönten Entwurf aus Michas Heimatstadt in einer Fachpublikation gelesen und ist neugierig auf Details. Micha nimmt Platz an der gegenüberliegenden Seite des Schreibtischs, packt die Pläne und seine Berechnungen aus, die er vorsorglich mitgebracht hat. Da seine Sorge in erster Linie dem Betonmast und dem Segel gilt, das, an nur einer Kante aufliegend, fast frei schwebt, bittet er den Lehrer, diesen Teil des ungewöhnlichen Bauwerks zu begutachten und seine Meinung zum Resonanzproblem zu äußern. Der Lehrer schiebt seine Arbeitsunterlagen zur Seite, breitet Jankos Zeichnungen aus, betrachtet sie eingehend und studiert die Kalkulationen. Er spricht laut vor sich hin, Micha kann verfolgen, welche Gedanken sich sein Lehrer macht. Dann folgt Stille. Professor Weiterfeld scheint vertieft in den Entwurf. Nach einiger Zeit – Micha will es endlos scheinen – rollt der Professor die Zeichnung zusammen, legt seinen Stift zur Seite und eröffnet ihm:

„Herr Valentin, ich glaube, da haben sie sich ein hässliches Kind angelacht." Schnell korrigiert er sich, als er Michas erschrecktes Erstaunen feststellt. „Entschuldigung." Dann erläutert er seine Bewertung:

„Das Bauwerk ist schön und beeindruckend. Dennoch würde ich es nicht bauen lassen. Sehen Sie, dieser zweiundzwanzig Meter aufragende Betonmast ist viel zu schlank und das daran angebrachte Betonsegel mit einer Breite von fünf Metern birgt durch seine Auflage auf einer einzigen Dachkante unkalkulierbare Risiken für die Stabilität des ganzen Daches. Ich bin außerdem der Meinung, dass trotz der nichtexponierten Lage betreffend Erdbebengefahr auch in Norddeutschland die Erdbebensicherheit garantiert werden muss. Vor allem aber stört mich, dass die Einwirkung des Windes auf die exponierten Bauteile fast unberechenbar ist, im beiderlei Wortsinn."

Micha ist entgeistert. Die Erdbebensicherheit hat er schon berücksichtigt. Das Windproblem war ihm auch bedeutsam erschienen, deshalb sucht er ja neuere Literatur. Dass das Bauwerk nicht herstellbar sein soll, kann er einfach nicht glauben. Das hätte doch eine Jury von Architekten und auch Janko selbst gemerkt. Aber so ein Hochschullehrer weiß eventuell mehr als eine Jury von Baupraktikern. Schwitzend und nervös äußert er dem Lehrer ein paar Einwände, der sie überdenkt und entscheidet, dass wegen der unlösbaren Stabilitätsprobleme er die Verantwortung für ein solches Bauwerk nicht übernehmen würde.

Als er Michas ungläubigen Ausdruck wahrnimmt, wird er sehr deutlich: „Es wäre nicht mal ausreichend, wenn der Architekt den Entwurf abändert und ein paar Lücken als Durchschlupf für den Wind plant, um die Belastung für Mast und Segel zu reduzieren. Nein, ich rate Ihnen dringend, dieses Gebäude nicht zu planen, wenn Sie nicht schon am Anfang ihrer Karriere

Schiffbruch erleiden wollen." Als Micha den Lehrer anschaut, als traue er seinen Ohren nicht, fügt er hinzu: „Entschuldigen Sie, dass ich ausgerechnet dieses Bild gebrauche. Aber Schiffbruch im doppelten Sinne wäre es, glauben Sie mir. Bei diesen Dimensionen des Masts und des Segels ist das Scheitern vorprogrammiert."

Voller Sorge besucht Micha die Institutsbibliothek. Man gestattet ihm, einige Fachbücher auszuleihen, wenn er sie nach vier Wochen retourniert. Auf der Heimfahrt überlegt Micha hin und her. So unbaubar kann Jankos Entwurf nicht sein. So viel Statik versteht Janko doch auch, er ist doch ein kluger Kopf. Soll er das Urteil des renommierten Lehrers übergehen, seinen Rat einfach in den Wind schlagen? Nein, er soll das ernst nehmen. Aber irgendwie fühlt er sich angespornt. Seine Vergangenheit, Zweifel, Scham, Schande, alles, was er seit seiner Kindheit und Jugend mit sich herumschleppt, versammelt sich in dieser Aufgabe. Wenn er dieses Bauwerk schafft, kann er all dem entfliehen. Alles gipfelt in der Frage: Ist er ein Verlierer oder ein Gewinner? Ja, gewiss, mit dieser Höchstleistung kann er die tiefsitzende Scham hinter sich lassen, die Scham, die er nur vor sich selbst zugeben kann, wenn er, so wie heute, dem Leben und sich selbst sehr nah und deshalb zu besonderer Einsicht fähig ist.

Diese Überlegungen bereiten Jankos Argumentation ein bearbeitetes Feld, als Micha dem Freund von seinem Gespräch mit dem Professor berichtet und dessen Meinung wiedergibt, der Entwurf sei zwar künstlerisch ansprechend, hingegen baupraktisch kaum umsetzbar. Der Freund wendet ein:

„Es ist mir längst klar, dass mancher Fachmann das so sieht. Aber ich bitte dich, versuche es. Du weißt, Schmidtbauer wollte den Entwurf nur ausführen, wenn der Masten um fast ein Drittel verkürzt würde. Was wäre denn das für ein Boot? Die Proportionen müssen doch stimmen. Aber Schmidtbauer hat nicht mal in Gänze die Komplexität des Segels erkannt, deshalb bin ich froh, dass du jetzt die Statik berechnest. Ich bezweifle nicht, dass es eine riesige Herausforderung ist, aber es muss möglich sein. Hervorragendes leistet man nur, wenn man sich über die Grenzen des Gewöhnlichen hinwegsetzt."

Micha schlägt vor, die Windschlüpfrigkeit der Dachaufbauten zu erhöhen, doch Janko schaut ihn kämpferisch und herausfordernd an. „Ich möchte den Entwurf nicht ändern. Lücken, Löcher. Meine Güte. Kannst du dir vorstellen, wie meine Konkurrenten lachen, wenn sie Löcher im Segel eines Schiffes entdecken. Wie stehe ich dann da! Das gönnt mir sowieso keiner. Ich, ein junger Architekt, habe sogar ein paar international bekannte

Koryphäen überflügelt. Außerdem wurde doch genau dieser gewagte Entwurf ausgewählt. Ich kann den nicht einfach abändern."

„Also, Janko, du mit deiner Reputation könntest das mit Sicherheit. Aber ich sehe ein, dass Löcher nicht zur Idee eines Segels passen." Janko legt ihm den Arm um die Schulter.

„Micha, probier' es, wenn wir das schaffen, dann ... Probier' es, im August 1976 soll das Gotteshaus fertig sein."

„Ja, wenn wir das in knapp zweieinhalb Jahren schaffen, können wir uns von und zu schreiben. Ich werde die neue Literatur studieren, wenn ich Glück habe, finde ich Hinweise."

„Es soll dein Schade nicht sein, die Firmenleitung hat mir einen Bonus wegen des Prestiges zugesagt. Davon und vom Preisgeld bekommst du ein Drittel, wenn alles gelingt."

„Danke, das ist gut zu wissen, es ist dir hoffentlich klar, dass ich es nicht deshalb tue, sondern weil ich auch angefixt bin."

Micha verbrütet ein paar Tage lang seine Freizeit mit Berechnungen und Fallbeispielen, die er aus der Unibibliothek gebracht hat. Er findet keine Lösung. Eines Abends legt er dann alles zur Seite und beginnt von neuem.

Es ist wirklich so, er muss die Formen des Masts und des Dreiecksegels mit unglaublich viel Stahl vollstopfen. Aber ob das reicht, um Stabilität gegenüber dem Wind zu erzeugen? Er weiß es noch nicht und sieht eine Fülle von Problemen auf sich zusteuern. Aber er will es schaffen.

Deshalb stimmt er auch zu, als Janko der Firmenleitung vorschlägt, dass Micha die komplette Bauleitung in Hernamersiel übertragen wird. Denn Janko liegt daran, dass ein findiger Kopf dieses Prestigeprojekt begleitet.

Inzwischen bekommt Micha Angst vor seinem eigenen Mut. Ohne jemandem davon zu sagen, hat er telefonisch Kontakt zur Technischen Universität München aufgenommen, mit einem Statik-Spezialisten für hohe und schlanke Bauwerke, mit dessen Schriften er sich schon als Student beschäftigen musste. Da keine Zeit zu verlieren ist, macht Micha mit Professor Burdan aus, dass er persönlich nach München reist und dass der Experte gegen Honorar die Berechnungen so schnell wie möglich prüft. Tatsächlich wird der Termin kurzfristig angesetzt. Micha sagt niemandem, was er vorhat. Nicht einmal seiner Freundin Eva, die sich freimachen kann und ihn begleiten wird, offenbart er den wirklichen Grund ihrer Reise. Denn er möchte sich nicht bloßstellen, will nicht als jemand erscheinen, der eine Aufgabe übernimmt, ohne letztlich über die Konsequenzen Bescheid zu wissen. Dem Freund zuliebe hat er sich das aufgehalst. Sogar die Kosten für diese Prüfung, die sicher nicht gering sein werden, übernimmt er selbst. So ist das eben, wenn man hoch hinauswill. Das Geld ist nicht schlecht angelegt, findet er, außerdem wird ihm Janko ja einen Teil seines Gewinns aus dem Projekt abtreten.

Es fällt ihm schwer, Eva begreiflich zu machen, dass er ein, zwei Vormittage oder Nachmittage für Studienzwecke an der Universität eingeplant hat. Sie kann nicht verstehen, wie man die kostbare Zeit in dieser wunderbaren Stadt mit so drögem Zeug verbringen will. Er verspricht als Gegenleistung, alle Museumsbesuche mitzumachen und einen Abend im wilden Schwabing, das als Vergnügungszone sicher mondäner ist als die Apfelweinkneipen in Frankfurts Alt-Sachsenhausen.

Professor Burdan residiert in einem modernen Gebäude, auf einem dichtbebauten Campus. Sein Büro ist geräumig, doch sparsam eingerichtet. Er ist ein kleiner Mittfünfziger mit einer grauen, unbändig wirkenden Mähne. Sein feines Gesicht wirkt, als verfüge es nicht über Muskeln, mit denen sich ein Lächeln bewerkstelligen lässt. Dieser Ernst schüchtert Micha ein. Er verhält sich deshalb still, während der berühmte Lehrer die Pläne betrachtet. Als er am Ende anlangt, blättert er zurück, guckt alles noch einmal durch. Der Lehrer hebt den Kopf herausfordernd in Michas Richtung, äußert seine Verwunderung, dass jemand wirklich bereit sei, solch eine Konstruktion zu bauen. Nicht nur der Mast mit dem Dreiecksegel, auch das Dach mit seinen gläsernen Doppelpyramiden sei kühn. Dann bittet er Micha, die Unterlagen bei ihm zu lassen. Er wird sich später gründlich damit beschäftigen. Der Entwurf interessiert ihn studienhalber. Was die Resonanz angeht, ist es ein faszinierender Grenzfall. Er wird Micha in den nächsten Tagen in seiner Unterkunft anrufen und dann können sie alles Weitere diskutieren.

Erleichtert begibt sich Micha zum Hotel. Er fühlt sich weniger allein mit den Festigkeitsproblemen und der Stabilität des Baus. Immerhin will dieser erfahrene Statiker das Bauwerk prüfen.

Am nächsten Tag machen er und seine Begleiterin eine Stadtrundfahrt, und das, was ihn in seiner nervösen Erwartung bisher eher gleichgültig ließ, die Weitläufigkeit, die herrschaftlichen Gebäude und Plätze der Stadt, die an jeder Ecke daran erinnert, dass sie auf eine Geschichte als Residenzstadt zurückblickt, das begeistert ihn nun. Wieviel Weitblick in dieser Stadtplanung seit dem 18. Jahrhundert gewaltet hat! Überhaupt gibt es hier einige der Frankfurter Schatten nicht oder nicht so deutlich sichtbar. Die mit leerem Blick und verwahrlost herumstreunenden Jugendlichen. In München wirkt alles gemächlicher. Sogar der Straßenverkehr. Dagegen die Invasion der Autos in der Frankfurter Innenstadt, überall buntes Blech, an den Straßenrändern, an den Ampeln. Man glaubt, die Automobile seien wirklich sich selbst bewegende Einheiten, sie führen auf einer Rennstrecke von Ampel zu Ampel, ständig im Kreis. Sie kommen von allen Seiten und umfahren dich. Häufig die Angst, dass sie dich erwischen. Das gibt es in München nicht, obwohl es am Stachus auch recht ungemütlich zugeht. Dafür strahlt die Stadt Vornehmheit aus, an manchen Plätzen auch einen Hauch von provinzieller Solidität, was kaum jemanden zu stören scheint, denn alle Welt will nach München ziehen. Immerhin: Solidität. Denn hier gibt es auch für ihn den Sachverstand, der sonst schwer zu finden ist.

Trotz seiner Begeisterung ist Micha froh, dass er in Frankfurt, in einer Stadt der kurzen Wege wohnt. Er mag seine Heimatstadt, weil sie Modernität atmet, keine Behäbigkeit, die sich aus dem Festhalten an Traditionen nährt. Ihm gefällt, dass in seiner Stadt trotz ihrer Kleinheit als Großstadt, ebenso wie in der Metropole München, das Bild geprägt ist von Menschen aus aller Herren Länder. Er mag diese Atmosphäre der Weltoffenheit, die für sein kleines Frankfurt eher erstaunlich ist.

Am dritten Tag bittet Professor Burdan ihn zu sich und sie besprechen Michas Planung. Der Hochschullehrer lobt den Entwurf als einmalig und ist mit Michas Berechnungen des Dachs, des Masts und des Segels einverstanden. Er macht Micha auf die Stellen seines Kurzgutachtens aufmerksam, in denen er die Studien nennt, die die potentielle Windbelastung an der Nordsee ermitteln und die mögliche Resonanz zwischen den Windböen und den Eigenschwingungen von hoch aufragenden Baukörpern berücksichtigen. Micha ist so erleichtert, dass er sich besonders konzentrieren muss, um den weiteren Ausführungen des Lehrers aufmerksam zuzuhören. Ja, natürlich, versichert Professor Burdan, ist das Dach und auch das Segel mit dieser Statik realisierbar. Doch würde er das Fundament, das asymmetrischer Belastung ausgesetzt ist, an den Längsseiten mit jeweils zwei Konsolen von maximal fünfzig Zentimetern verstärken. Mit diesem Zusatz sei er für das gesamte Bauwerk auf der sicheren Seite. Er händigt Micha das Kurzgutachten aus. Micha ist überaus dankbar. Wie gut, dass er einen Experten gefunden hat, der ihm die Realisierbarkeit des Kirchenbaus bestätigt. Endlich! Nach so viel Mühe. Jetzt braucht er das Urteil des Prüfingenieurs, der die statischen Berechnungen im Auftrag der Baubehörde kontrollieren wird, nicht mehr zu fürchten.

Entspannt genießt Micha noch zwei Tage mit Eva bei der Erkundung der Stadt. Es gelingt ihm sogar, Karten für die Staatsoper zu bekommen. Er ist hingerissen von Renata Tebaldi, die trotz ihres Engagements an der Met in München ein Gastspiel in Puccinis „Tosca“ gibt. Eva findet nicht so viel Gefallen an dieser Oper, weil den Männerstimmen mehr Raum gegeben wird als den Frauen.

Das Paar ist begeistert von dem Lebensgefühl in der Stadt, sie meinen, an jeder Ecke könne etwas unerwartet Wunderbares auf sie zukommen. Micha ist zufrieden, denn Eva war in letzter Zeit etwas heikel, weil er wegen seiner Überstunden kaum Zeit für sie hatte.

Noch am Abend ihrer Rückkehr besucht ihn Janko, der im Moment nur die Sorge um die Kirche kennt. „Der offizielle erste Spatenstich fällt zugunsten einer feierlichen Grundsteinlegung aus. Der Bauherr und die Planer von der Hernamersieler Baubehörde drängen uns, denn sie haben diesen festen Termin im August 1976 im Auge. Unser Projektmanagement aber auch. Ich habe im Büro alles abgesprochen. Sobald das Okay des Prüfingenieurs vorliegt, musst du dort anreisen. Wenn sie dich sehen, wissen sie, dass es vorangeht."

Aber der Prüfer lässt sich Zeit. Micha versteht warum. Als Janko voller Ungeduld schimpft, händigt Micha ihm das Burdan'sche Gutachten aus, damit er versteht, warum das Prüfbüro so lange braucht. Doch dann ist es soweit.

Vor der Abreise trifft sich Micha mit Eva, um Auf Wiedersehen zu sagen. Trotz der gemeinsamen Reise nach München ist sie gekränkt. So bald hatte sie nicht mit seiner Abreise gerechnet. Mit einem besonders leidenschaftlichen Abschied versucht er, die Beziehung ins Lot zu bringen. Sie versprechen sich viele Briefe, Anrufe und gegenseitige Besuche.

In aller Herrgottsfrühe macht sich Micha mit der Bahn auf die Reise nach Hernamersiel, seinem Einsatzort. Er liebt die See, wo er als Kind viele Sommerurlaube mit der Mutter und ihrer Patentante verbrachte. Noch am Ankunftstag schlendert er durch die malerisch gelegene Kleinstadt, die er noch nicht kennt, dann marschiert er zielgerichtet in die Siedlung etwas außerhalb des Ortes, wo er den Bau beaufsichtigen soll.

Am ausgehobenen Baugrund stellt er sich vor, wie das Gebäude aussehen wird. Sowohl vom Meer aus als auch von der Straßenseite her ist es wie die Längsseiten eines Schiffes geformt. Die Fenster an den Seiten werden wie Bullaugen rund sein. Am Heck im Westen wird der Haupteingang liegen, auf dem gegenüberliegenden Bug der Chor hinter einer Vitralienwand, durch die ebenso wie durch die aus Buntglas bestehenden Dachpyramiden Licht in den Kirchenraum flutet. Der Mast wird mit einem großen Kreuz bestückt sein. Zwischen den Dachpyramiden findet sich der Platz für das Geläut, das von unten teilweise sichtbar ist.

Er umrundet den Platz, dann klettert er über den Deich zum Sandstrand. Die Brandung ist lahm und leise. In mittlerer Entfernung liegt das Meer bleigrau und ruhig da. In der Tiefe, am Horizont dort hinten schläft es. Es kommt ihm vor, als würde es altersmild über ihn und seine kleinen Ambitionen lächeln. Obwohl es in diesem Zustand wie eine nur leicht bewegte Fläche gespannter Seide wirkt, riecht es tatsächlich nach Meer und Tang.

Micha läuft am Ufersaum, an den sich nur leicht kräuselnden Wellen entlang. Er spürt den zarten Wind im Gesicht. Zersplitterte Muscheln knirschen unter seinen Füßen, die gellenden Schreie der Möwen kommen ihm heute besonders verzweifelt vor. Wie hat er es als Kind immer genossen, am Strand zu spielen und hinauszuschwimmen, so weit hinaus, dass er Magdatantes Rufe nicht mehr hören konnte, nur an ihren aufgeregten Gesten ablas, dass sie ihn herausrief aus der vermeintlichen Gefahr. Bei dieser Windstille braucht man Phantasie, um sich vorzustellen, dass hier ein Wind toben kann, der einem ins Gesicht schlägt und an Kleidern und Haaren zerrt und gegen den man mit aller Kraft ankämpfen muss, um sich vorwärts zu bewegen. Aber die Launenhaftigkeit von Meer und Wind ist ihm seit langem vertraut.

Micha sucht die Horizontlinie ab, es ist kein Boot, kein Schiff zu sehen. Er dreht sich um, schaut in die Richtung, wo hinter dem Deich die Schiffskirche stehen soll. Der Mast, der Turmersatz, wird den Deich überragen und wahrscheinlich wird von hier aus noch ein Teil des Dreiecksegels zu sehen sein. Eine Kirche, geformt wie ein Schiff! Bisher schien ihm das gar nicht so seltsam. Könnte dieses Schiff nicht wirken, als sei es gestrandet, weil ein Sturm gegen den Willen und die Macht seiner Lenker die Regie übernommen hat? Er schlendert weiter am Ufer entlang, es ist Ebbe, und er genießt die Stille. Als es so spät ist, dass die Sonne ihn an ein riesiges orangefarbenes Lutschbonbon erinnert, das bald ins Meer fallen wird, macht er sich auf den Weg zu seiner Unterkunft.

In der nächsten Woche wird unter freiem Himmel die Grundsteinlegung mit festlichem Gottesdienst begangen. In dem feierlichen Moment, als der Bischof mit einem kunstvoll gestalteten Hammer auf den Grundstein schlägt und dabei Segenswünsche für die Kirche und die Gemeinde spricht, begreift Micha, dass das entstehende Gotteshaus für die Christen dieser Gemeinde Schutz symbolisiert. Sie glauben, Gott behütet seine kleine Herde Hernamersieler Christen auf dem unberechenbaren Lebensmeer.

In den folgenden Monaten überwacht er die Arbeiten und den Baufortschritt besonders streng. Nach mehreren Wochen ist die Betonbodenplatte fertig. Jedoch gibt es schon mit dem Mauerwerk des Kellergeschosses Schwierigkeiten. Auch später werden festgelegte Termine nicht eingehalten. Wegen der Pausen ziehen sich die Arbeiten in die Länge. Wenn es dann weiterläuft, plant Micha einige Extraschichten ein, mit deren Zusatzkosten sich der Bauherr einverstanden erklärt, da der Endtermin unbedingt gehalten werden soll. Auf diese Weise verbringt er mehr Wochenenden auf der Baustelle als ihm lieb ist. Ab und zu besucht ihn Janko, da ihm sein bauliches Lieblingskind keine Ruhe lässt. Als das Dachgerüst aufgebracht ist, reist er zusammen mit Eva zum Richtfest an.

Alle paar Wochen, so oft wie möglich, reißt sich Micha los und fährt zu Eva nach Frankfurt. Dann jedoch stellt sich eine Komplikation ein, mit der niemand gerechnet hat. Vor dem Kirchengebäude will die Stadt Hernamersiel als künstlerisches Beiwerk eine massive Statue errichten. Auf einem vier Meter hohen Sockel reckt ein Fischer, in einem Boot stehend, sein Fischernetz in die Höhe, er ist im Begriff, es auszuwerfen. Schön ist das, aber, denkt Micha, wenn man ihr bereits ein so imposantes Denkmal setzt, kann es um die Fischerei nicht gut bestellt sein. Doch, das Monument gefällt ihm, allerdings ärgert Micha, dass er nun auch die Bauaufsicht dafür übernehmen muss. Der Künstler Kuno Schortens, ein „Mann von der Waterkant", wie er sich selbst mit friesischer Betonung und ohne eine Spur von Selbstironie vorstellt, wirkt wie eine eitle Künstlerkarikatur. Seine Aufmachung ist so klischeehaft, dass Micha sich gut vorstellen kann, mit welcher Sorgfalt er den grauen Grobleinenkittel, die französisch wirkende Kopfbedeckung und das Seidenschal zusammengestellt hat. Micha hat den Verdacht, dass man sehr vorsichtig mit ihm umgehen muss. In der Tat, als das Bauamt nach der Beendigung der Fundamentplatte einige kleine Vereinfachungen am Sockel vornehmen möchte, gebärdet Schortens sich recht divenhaft. Er droht mit seinen Beziehungen „nach ganz oben", will in die Terminierung eingreifen, was Micha mit viel diplomatischem Geschick letztlich verhindern kann. Micha muss mehr Stunden als ursprünglich geplant für das Monument einsetzen, Arbeitskräfte, die ihm beim Hauptbau fehlen. Gerade jetzt, wo alles so gut läuft und mal keine Terminschwierigkeiten bestehen.

Nach einigen Monaten trifft das ein, was Micha bereits vor Baubeginn befürchtet hatte. Jemand in der Firmenleitung zweifelt die Stahlmengen an, die weiterhin für den Mast benötigt werden, der schon ab Fundament durch das ganze Gebäude in die Höhe strebt. Damit nicht wieder ein Stopp den Bau aufhält, wendet er sich an Janko, und es geht weiter. Dieses Projekts erweist sich als überaus zermürbend.

Nun reist Micha gar nicht mehr nach Hause. Zum Glück kann er Eva ab und zu am Telefon überreden, ihn zu besuchen. Wenn sie da ist, kann er seine Sorgen in den Hintergrund drängen. Es reicht für entspannte Strandwanderungen. Wie im ersten Bausommer genießt er mit ihr sogar ausgelassenes Toben im Wasser, das Träumen am Strand und das Federballspiel am Abend.

Doch er ahnt, dass er ihr mit seiner Abwesenheit zu viel zumutet. Mitunter hat er den Eindruck, dass sie versteht, wie unumgänglich es ist, dass er diese Herausforderung besteht. Manchmal, wenn er nachts im Wachliegen seinen Ängsten nah ist, befällt ihn die Einsicht, dass dieses Projekt sie einander entfremdet und dass es seine ganze Energie auffrisst. Seine Briefe sind nicht mit Bedacht formuliert, sondern schnell hingeworfene Notwendigkeiten, um ihr zu zeigen, dass er an sie denkt und dass sie trotz allem seine moralische Stütze ist. Sehnsüchtig vermisst er die weiche Vertrautheit ihres Körpers bei Nacht. Deshalb muss er sich trösten: Diese Kirche mit ihren hohen fragilen Teilen wird er zu Ende bauen. Und dann wird er Eva heiraten. Sobald wie möglich. Damit sie ihm nicht völlig entgleitet. Bisher macht sie es ihm nicht allzu schwer und hilft ihm, wenn sie beieinander sind, die alte Verbundenheit herzustellen. Zum Glück ist er durch seine Arbeit abgelenkt, wenn die Eifersucht nach ihm giert, und am Abend bringt Müdigkeit auch sie zum Erliegen.

Überhaupt hat er kaum Privatleben. Während der Zeit, die eigentlich der Erholung dienen sollte, prüft er Aufmaße, schreibt Bautagebuch und Einsatzpläne. Mitunter gelingt es ihm, sich loszureißen und ein paar ungezwungene Stunden bei seiner Tante Gerda, die in Wilhelmshaven wohnt, zu verleben. Manchmal verbringt er auch einen Abend mit seinen Mitarbeitern. Außerhalb der Arbeit findet er an diesem Ort jedoch kaum Anregungen. Deshalb ist es ihm gar nicht so unangenehm, dass sein unermüdlicher Einsatz nötig ist, damit das Projekt rechtzeitig fertig wird.

Trotz aller Schufterei, trotz aller guten Beziehungen, wird nach fast zwei Jahren Bautätigkeit klar, dass es letztlich mit dem Termin eng wird. Ein Regierungsbeamter aus Hannover und der Bischof reisen an, um die Baustelle zu besichtigen. Sie sprechen mit schönen Worten von Fortschritt und Belebung des Fremdenverkehrs. Die Kirche komme gerade recht, denn sie werde nicht nur den Einheimischen, sondern auch den Badegästen dienen. Die Presseartikel zu diesem Besuch sind voll Erwartung und Lob. Michas Firmenleitung stockt die Zahl der Bauarbeiter auf und nun wird noch fieberhafter gearbeitet. Allen ist klar, dass der Termin gehalten werden muss, soll es keinen Ärger geben, der in einen endlosen Rechtsstreit münden könnte. Bei der Bauaufsicht für die Inneneinrichtung unterstützt ihn Janko, da er als künstlerischer Leiter dafür verantwortlich ist.

Nach der gemeinsamen Anstrengung ist das Bauwerk tatsächlich am Sonntag, 8. August 1976 zur Einweihung bereit, obwohl zuletzt die einzelnen Gewerke nicht in der günstigsten Reihenfolge eingeplant werden konnten, da mancher Handwerker sich schwer tat, seine Termine zu halten.

Gegen Ende fürchtete man noch, der Künstler, der die Innenwände, den Altar sowie das Kanzelpodium gestaltet hat, würde nicht rechtzeitig fertig, obwohl Micha dafür gesorgt hatte, dass die Arbeiten am Innenputz und den Bodenfliesen rechtzeitig abgeschlossen wurden. Eine weitere Schwierigkeit trat zu guter Letzt beim Hauptportal ein, das religiöse Symbole trägt, von denen ein Lebensbaum und die Darstellung von Jesu Gang über das Meer Micha besonders aussagekräftig erscheinen. Der Betrieb, der das Werk in Bronze gießen sollte, avisierte, dass die Arbeiten sich verzögerten und man die Einweihung verschieben müsse. Der Bürgermeister von Hernamersiel, steter Gast auf der Baustelle, hätte angesichts dieser Zumutung fast den Verstand verloren. Fluchend und schimpfend wollte er sich beschweren, es gelang den beiden Freunden, dass er beruhigt wieder abzog. Micha konnte die Gießerei zu Sonderschichten bewegen und das Portal wurde mit wenig Verzögerung eingebaut.

Bei all dem wunderte sich Micha kaum noch, dass die Orgelbauer wochenlang fast Tag und Nacht arbeiten mussten, um das imposante Instrument termingerecht fertigzustellen.

Dass die drei kleinen Glocken noch nicht installiert sind, dafür ist Micha nicht verantwortlich, sondern die Kirchenverwaltung. Glockengeläut sei zur Einweihung verzichtbar, meinten die Kirchenmänner, da ja die Orgel funktioniere und mehrere Blaskapellen aus der Umgebung für musikalische Untermalung des Festaktes sorgen würden.

Ein paar Tage vor dem großen Tag wurde der Platz um das Schiff von Baufahrzeugen und Arbeitsgerät frei geräumt, gereinigt und so weit eingeebnet, dass keine Reifenabdrücke von Lastwagen und Baukränen zu sehen sind. Feinere Geländearbeiten und Raseneinsaat müssen bis nach der Einweihung warten. Praktisch bis zum Vorabend der Einweihungsfeier wurde am Pflaster des Parkplatzes neben der Kirche gearbeitet, aber zu aller Erleichterung fertig gestellt.

Nun kann auch Micha jubeln: Halleluja, es ist geschafft. Die Einweihungsfeier kann bauseits formvollendet stattfinden. Und Eva hat ihre Einwilligung zur Heirat gegeben. Mehr Glück kann nicht sein.

3
Sonntag 8. August 1976

Es ist ein schlimmer Hundstag, unbarmherzig brennt die Sonne vom wolkenlosen, grellblauen Himmel, als wolle sie die Menschen erschlagen. Kein Baum, kein Strauch bietet Schatten. Nur ein leichter Lufthauch rührt sich vom Meer her, ist aber zu schwach, um wirkliche Erleichterung zu bringen.

Vor Beginn der Feier hält sich Micha ein wenig abseits, schlendert in die Nähe der Busse, die die Menschen aus den Nachbargemeinden hergebracht haben. Von hier aus hat er gute Sicht auf das Gebäude. Es wirkt imposant. Ein Laie kann sich kaum vorstellen, welche Mühe es gekostet hat, dieses Dach, das mit seinen Glaspyramiden wie Takelage und Segelwerk wirkt, zu berechnen. Der hohe schlanke Mast mit seinen Aufgaben als Tragwerk für das Segel und das Betonsegel selbst sind bautechnische Kunstwerke. Ihm ist feierlich zumute, die lärmenden Kinder und die sich laut unterhaltenden Erwachsenen beachtet er nicht.

Micha hat nur seinen Vater zur Feier einladen lassen. Wahrscheinlich wird er teilnehmen, es sei denn die Hitze, unter der er manchmal leidet, hat ihn abgehalten. Der Mutter hat Micha nicht Bescheid gegeben. Dem Vater zu Gefallen. Zwischen ihm und Vater gibt es diese stillschweigende Übereinkunft.

Micha schickt sich an, durch das Menschengewimmel zur Absperrung vor der Kirche zu streifen, als ein weißer Schirm über den Köpfen aufragt und gleich darauf die Sicht frei wird auf die dazugehörige auffällige Gestalt, ganz in Weiß. Seine Mutter. Prinzessin, drängt es ihn, still und verächtlich zu formulieren. Ältlich welkende Prinzessin, eine anachronistische Erscheinung, wie aus einer Ära, in der es Herrschaft und Diener gab, gefallen in diese wenig herrschaftliche Zeit. Von Oskar und Reni wird sie von der Einweihung erfahren haben. Er geht ihr nicht entgegen, beobachtet, wie sie die Menge mit suchendem Blick durchkämmt. Jetzt hat sie ihn entdeckt. Auf diesem unebenen, trockenen Feld nähert sie sich mit weichem Gang wie eine Löwin, die mit Vorsicht ihre Beute anpirscht. Micha blickt sich unruhig um. Und wahrhaftig tritt ein, was er sich am wenigsten wünscht. Denn sein

Vater kommt von rechts, plötzlich stehen sich seine Eltern mit nur ein paar Metern Abstand gegenüber. Die beiden Personen in seinem Leben, die am wenigsten die gegenseitige Nähe suchen, stehen so dicht voreinander, dass sie nicht mal so tun können, als hätten sie sich nicht gesehen. Nelly, die sich im Hause des Vaters immer neutral gibt, bietet das Erscheinungsbild einer verschämten Trauerweide. Nur Barbara feixt schadenfroh. Reni und Oskar drehen sich wie auf Kommando sofort um. Als Joschka sich fasst, winkt er mit einer gleichzeitig legeren und eleganten Handbewegung seine Familie zusammen und drängt sich durch die Menge hindurch zum Hauptportal der Kirche. Micha kann die Köpfe der Geschwister ausmachen, sie schauen nun zur Mutter herüber. Sie wirken eingeschüchtert, sie trauen sich nicht einmal, der Mutter zurückzuwinken. Sie sind feige, siebzehn und achtzehn Jahre alt, so gut wie erwachsen, und stehen noch so unter der Fuchtel des Vaters. Er kämpft die aufkeimende Verachtung nieder. Nicht doch, sagt er sich, wer weiß, wie er sich an ihrer Stelle verhalten würde.

Er geht auf die Mutter zu, sie hat Tränen in den Augen. Das macht ihn wütend, schließlich ist sie doch selbst schuld an dieser Situation. Dennoch lenkt er sie ab, indem er ihr die Finessen des Bauwerks erklärt. Sie hört zu, schaut ihn bewundernd an, ist aber nicht recht bei der Sache, denn ab und zu schielt sie hinüber zu Vater und seiner kleinen Familiengruppe. Micha entschuldigt sich, schlendert in bewusst entspannter Haltung über den Platz zum Vater mit seinem Anhang. Die Blicke der Mutter brennen ihm im Rücken.

Der Vater ist freundlich, voll des Lobes über das gelungene Gebäude. „Es ist ja ein bisschen verrückt, wirklich. Aber phantastisch, wie es wirklich von allen Seiten einem Schiff gleicht. Micha, wie du das geschafft hast, dieses Dach, dieser Mast mit dem Segel. Micha, ich bewundere dich und Janko ist ein Künstler. Nur ein Künstler kann sich so etwas ausdenken."

Sein Vater nimmt ihn zur Seite:

„Ich habe nicht gewusst, dass du diese Vogelscheuche hergebeten hast. Musste das sein?"

„Ich habe sie nicht eingeladen. Vater, das ist meine Mutter, trotz allem. Ich habe sie nicht bestellt. Sie ist von allein gekommen. Lass doch die beiden zu ihr, nur um sie zu begrüßen."

„Nein, sie soll spüren, was Scheidung heißt. Nun hat sie ihren Willen."

„Das hat sie nicht, aber du."

„Auch gut", schließt der Vater in verächtlichem Ton.

Auf Michas verkniffen abweisenden Ausdruck sagt er begütigend:

„Micha, du kannst tun, was dir gefällt."

Das ist das Stichwort, das Micha braucht, um dem Vater von der geplanten Heirat mit Eva zu berichten.

„Vater, Eva und ich wollen so bald wie möglich heiraten."

„Junge, warum so früh? Bist du nicht froh, frei zu sein … Ich meine, nach dieser Katastrophe mit Rita. Lass dir doch noch ein bisschen den Wind um die Nase wehen."

Den Hinweis auf Rita übergeht Micha. Das ist Schnee von gestern. „Wir kennen uns drei Jahre. Die lange Trennung, ich hier, sie in Frankfurt, das war schwer, hat uns aber zusammengeschweißt. Ich habe den Eindruck, es soll jetzt sein. Jetzt oder nie."

„Wo ist sie denn heute? Warum ist sie nicht hier?" Bevor Micha auf diese Frage eingehen kann, fährt der Vater fort:

„Diese Familie, also … ich weiß nicht, bist du sicher? Lass dich nicht drängen. Die wollen ihre Tochter schnell unter die Haube bringen, fürchten, dass sie so eine gute Partie nicht mehr machen wird."

„Ach Vater, von schnell kann keine Rede sein. Außerdem, Eva ist so ein apartes Mädchen, die würde jederzeit einen passenden Ehemann finden. Ich kann froh sein, wenn sie mich nimmt. Die Familie hat nichts damit zu tun. Das haben wir allein entschieden. Allmählich wird es Zeit für mich, eine Familie zu gründen."

Der Vater taxiert ihn, als suche er nach Auffälligkeiten, wiegt dann den Kopf hin und her.

„Sei ehrlich zu dir selbst, ihre Schönheit und das blonde Haar haben es dir angetan. So wie mir damals bei deiner Mutter. Ich weiß, wie das ist, wenn Schönheit wie eine magische Kraft wirkt."

„Ich bitte dich, freilich gefällt mir, dass sie eine schöne Frau ist, aber dass sie blond ist, bedeutet mir nichts. Ich bin nicht festgelegt auf einen Typ, du weißt, Rita war dunkelhaarig."

Micha klingt aufgebracht. Als er es selbst bemerkt, dringt ihm die Kränkung erst richtig ans Herz, und er hält dem Vater in deutlich beleidigtem Ton entgegen:

„Ich bin doch kein solcher Lächerling! Von Äußerlichkeiten bin ich doch nicht abhängig."

Joschka wischt sich mit dem Taschentuch mehrmals über die feuchte Stirn. Er nickt, nicht ohne Anerkennung in der gedämpften Stimme räumt er ein:

„Gut, das klingt nach meinem klugen Sohn." Mit einer Spur von Bitterkeit fügt er hinzu: „Der zum Glück gescheiter ist als sein Vater."

Dann hält er in seiner Bewegung inne. Er fixiert Micha, möchte etwas Wichtiges ansprechen.

„Mischka, du kennst den Spruch ‚Wie die Mutter, so die Tochter, wie die Tochter, so die Mutter‘ und ‚Reich ist nur der, der eine gütige Frau hat‘.“

„Ja, diese Sprüche kenne ich. Eva wird eine gütige Frau sein, sie ist klug und doch auch ein eigenständiger Mensch, nicht nur Teil einer Familie.

„Dein Wort in Gottes Ohr. Denn wenn man Zufriedenheit ernten will, gilt das Gebot: Du sollst nicht ehebrechen.“ Micha ist perplex, versteht nicht den Zusammenhang, begreift aber, dass dieses Thema dem Vater wichtig ist.

„Vater, ich bin auch davon überzeugt, dass Treue eine Notwendigkeit ist. Aber deshalb berufe ich mich nicht auf jahrtausendealte religiöse Gebote. Denn gegenseitige Liebe ist die beste Voraussetzung für Treue. Wenn man sich liebt, ist man sich auch treu.“

„Am Arsch die Räuber.“ Joschka beißt sich auf Unterlippe, diese Grobheit ist ihm peinlich. Deshalb kontert er nun ganz nüchtern.

„Du irrst. Diese Weisungen sind von universeller Bedeutung. Sie regeln das Gemeinschaftsleben besser als Gefühle, die sich drehen können wie der Wind. Wenn man sich an die Gebote hält, erspart man sich und allen Betroffenen viel Kummer.“

Micha ist ratlos, möchte sich weitere Diskussionen ersparen und sagt: „Glaube mir, Eva ist die Richtige.“

„Wenn du vollkommen sicher bist, dann tue, was du nicht lassen kannst.“ Das klingt harsch, aber der Vater lächelt ihm dabei in die Augen. Micha spürt, dass sein Vater trotz aller Meinungsverschiedenheiten zufrieden mit ihm ist. Joschka wendet sich zum Gehen, bleibt aber unvermittelt stehen. Er sieht besorgt aus und bekommt einen lauernden Zug um die Augen.

„Wen wirst du zur Hochzeitsfeier einladen?“ Als er Michas Zögern sieht, verzieht er das Gesicht zu einer Grimasse.

„Eins verspreche ich dir: Es wird so sein wie bei deiner ersten Heirat. Wenn deine Mutter teilnimmt, kannst du mit mir nicht rechnen. Ich meine, ich werde nicht erscheinen und mich auch nicht an den Kosten beteiligen.“

Micha hat nicht damit gerechnet, dass der Vater sich ein zweites Mal finanziell beteiligen will. Wie auch immer, er hätte sowieso lieber Vater und seine Geschwister dabei.

„Ich werde mit Mutti reden, ich werde …“

Der Vater fällt ihm ins Wort:

„Wenn sie weiß, dass ich nur dann für die Hochzeit zahle, wenn sie fernbleibt, wird sie sich fügen. Das hat ihr doch immer gefallen, dass ich was springen lasse. Und schaden will sie dir wohl auch nicht, oder?“

„Nein, ich glaube nicht“, sagt Micha kleinlaut. Wieso hat er noch nicht daran gedacht, dass es mit den Einladungen für die Feier Schwierigkeiten geben wird? Bei der Heirat mit Rita war es doch der gleiche Schlamassel. Dieses Bauwerk hat seinen Sinn für Alltagsdinge zeitweise abgeschaltet. Nun, Mutti wird wie zuvor daran glauben müssen. Die Tränen werden wieder reichlich fließen.

Dass der Vater aber auch keine Ruhe geben kann. Warum muss sich dieser ansonsten großherzige Mann so enttäuschen lassen? Warum ist er nicht in der Lage, seine Verbitterung und den Groll endgültig zu begraben? Denn eigentlich sollten doch beide Eltern bei der Hochzeit anwesend sein.

Eine Kapelle von Blechbläsern spielt einen Choral, die Ordner drängen die Menschen hinter die Absperrungen, damit der Fahrweg frei wird für die Limousinen der Ehrengäste. Vater und Sohn trennen sich. Micha hofft, dass er seiner Mutter nicht mehr begegnet.

Er begibt sich zur Tribüne, vorbei an Kindern, die lilafarbene Fähnchen schwenken. Als die Musik schweigt, geht ein Raunen durch die Menge. Es ist als seufze man, um die erbarmungslose Hitze um Einsicht und Mitgefühl zu bitten.

Am Rand der Tribüne stehen Eva, Janko und seine Frau. Janko begrüßt ihn mit breitem Lachen.

„Micha, wo hast du gesteckt? Gleich beginnt der Festakt und wahrscheinlich gibt es endlose Reden. Die werden auch uns irgendwann estimieren. Unser oberster Chef ist da und jede Menge Leute aus der Ministerialbürokratie in Hannover."

Die Musik spielt erneut auf.

Alle Aufmerksamkeit der Menschen ist auf die Schneise zwischen den Absperrungen gerichtet, die zum Parkplatz führt. Im Schritttempo nähern sich ein paar schwarze Limousinen. Sie biegen auf den geräumigen Platz ein, auf dem eine Parkreihe für sie reserviert ist. Zwei Ordner springen herzu, reißen die Wagenschläge des ersten Wagens auf und der Limousine entsteigen der Ministerpräsident und seine Frau. Die gleiche Prozedur wiederholt sich beim Landesbischof von Hannover, ein stattlicher, glatzköpfiger, asketisch wirkender Mann.

Die Feier findet zunächst unter freiem Himmel statt, später wird man zum Gottesdienst gemeinsam in die Kirche einziehen. Ein gemischter Chor singt einen Kanon, dessen Text Micha allmählich versteht: „Gottes sind Wogen und Wind. Segel aber und Steuer, dass ihr den Hafen gewinnt, sind euer." Wie treffend.

Der Gemeindepfarrer eröffnet die Feier mit einer Segensbitte, der Ministerpräsident spricht ein Grußwort. Es folgt Redner auf Redner, die sich zum Glück kurz halten, aber alle auf die Form der Kirche als Schiff eingehen.

Dann zieht die Gemeinde, voran der Bischof mit einer goldenen Bibel in den Händen, in die neue Kirche ein, wo sie mit brausendem Orgelklang empfangen werden. Die Kühle des Raumes ist wohltuend und es ist so feierlich, dass Micha ein Schauer den Rücken hinunterläuft. Natürlich hat er sich schon an dem fertigen Werk erfreut. Aber heute, in dieser Feier, wird er ergriffen von der Schönheit des Gebäudes. Das Ohr hört den Musikjubel, das Auge erblickt das riesige im hellen Sonnenschein erstrahlende Farbfenster im Chor, das den ganzen Bug einnimmt. Von oben flutet ebenfalls Sonnenlicht durch die bunten Glaspyramiden in den Kirchenraum. Welch ein Fest für die Sinne!

Janko hat alle Vitralien nichtgegenständlich gestaltet, In den Buntglasfenstern zwischen den tragenden Betonpfeilern im Chor, die sich als Bildeinheit zusammenfügen, herrschen verschiedene Rotnuancen vor, hellen sich auf bis hin zu orange und gelb im Scheitelpunkt. Diese Farbstrahlen werden gekreuzt durch königsblaue und türkise Mosaiklinien. Dieses Feuerwerk an Dynamik und Lebensfreude geht nach außen hin allmählich über in ein helles Graublau mit Einsprengseln in Türkis, verschiedenen Grüntönen und Lila. So kann sich nach der Farbexplosion des Zentrums das Auge, wenn es der Bewegung der Linien folgt, wieder beruhigen. Es sei ein Sinnbild für den Schöpfergeist, hat ihm Janko erklärt. Diese Vitralie ist das Kunstwerk, das den Raumeindruck beim Betreten der Kirche bestimmt. Wenn man dann sitzend die Umgebung auf sich wirken lässt und nach oben schaut, wird der Blick angezogen von den feurigen Farben der Dachpyramidenflächen, die durch kleine hellblaue, türkise und hellgrüne Flächen ausbalanciert werden. Micha ist überzeugt, wenn schon er als halber Unfrommer in dieser Farbenpracht die Herrlichkeit der Schöpfung symbolisiert sieht, dann wird es jeder gläubige Kirchgänger ebenfalls tun.

Während der Festansprache des Bischofs gibt Micha sich ganz dem Erleben des Raumes hin. Er betrachtet die goldenen Mosaiken an den Wänden, die modernen ringförmigen Leuchter, die honigfarbene Bestuhlung. Die Schlichtheit der Inneneinrichtung ist faszinierend und bildet einen wohltuenden Gegensatz zur Farbenpracht der Glasfenster. Der Bischof erregt Michas Aufmerksamkeit, als er, der sonst eher den Anschein eines energiereduzierten Mannes macht, heftig mit dem rechten Arm wedelt und unaufhörlich auf das einfache Kreuz aus Stahlblech weist, das im Chor vor der Zentralvitralie über dem Altar von der Decke herabhängt und einen unübersehbaren Kontrast bildet. Wahrscheinlich ein Hinweis, denkt Micha, dass die Schöpfung nicht nur herrliche Wunder hervorgebracht hat, sondern auch viel Leid.

Auch der Bischof spricht vom Schiff, denn die Bibelstelle, die ein Gemeindemitglied vorgelesen hat, handelt von dem Sturm auf dem See Genezareth, dem Jesus aufzuhören befiehlt. Er erklärt, Christus selbst wird zum Schiff für seine Christenheit, mit dem sie zu neuen Ufern, neuen Zeiten und seinem Reich aufbrechen kann.

Micha ist so ergriffen von dem schönen Bauwerk, dass er sich nicht die ganze Zeit auf das konzentrieren kann, was da gesprochen wird über Gott, Christus und den Heiligen Geist, die Seefahrt, den Fischfang für die körperliche Nahrung und den Gottesdienst als Wegzehrung für die Seele. Aber eins begreift er: Wir Menschen sind vielleicht wirklich nur die Bakterien im Darm des Universums, aber der Schöpfer hat uns mit Sehnsucht nach Schönheit ausgestattet und mit der Kraft und den Mitteln, unsere Umwelt nach diesem Schönheitssinn zu gestalten.

Er hört wie der Pfarrer seinen und Jankos Namen nennt. Es wird Zeit, dass sie nach vorn zum Altar gehen, an den Honoratioren vorbei, damit man ihnen die Hand schütteln kann. Er erhebt sich und fasst Evas Hand, drückt sie fest, beinah wie zum Abschied, weil er sich so sicherer fühlt in dieser ungewohnten Situation.

Nach dem Gottesdienst versammeln sich Honoratioren und Gemeinde vor dem Denkmal mit dem das Netz auswerfenden Fischer. Der Gemeindepfarrer sagt, so wie dieser Seemann die Fische dem Meer abringt, so hat Petrus, der Fischer aus der Bibel, im Auftrag Jesu die Menschen für das Christentum gewonnen. So wie Petrus kämpften die Seeleute aller Generationen mit dem Meer und überlebten nur durch Gottes Hilfe. Als das vor dem Monument gespannte Band vom Ministerpräsidenten zerschnitten wird, braust Beifall auf, und so heftig, als wollten die Menschen damit die drückende Hitze verjagen. Auch der Landesvater sagt ein paar Worte zur Bedeutung der Darstellung und bedankt sich bei dem Künstler. Auch diese Rede wirkt feierlich und der Festakt wird abgeschlossen mit Posaunenspiel, Gemeindegesang und Segen durch den Pfarrer.

Am Ende der Feier, nach Abschluss aller Reden und Gesänge, gehen auch Micha und Eva durch das ganze Gebäude, er zeigt ihr die Nebenräume, die Sakristei und vor allem die Seitenkapelle, wo das Licht von Nordosten einfällt. Weil dort kleine Gottesdienste am Abend gefeiert werden, hat Janko für das große runde Buntglasfenster lila und rot, und als Kontraste schwarz und gelb gewählt. Die abstrakte Darstellung könnte man als Rose deuten. Janko hat ihm aber erklärt, er habe eher an den brennenden Dornbusch auf dem Berge Sinai gedacht, wo Mose die Eingebung der Zehn Gebote hatte.

Später schlendern Micha und Eva über das Festgelände zu den Ständen, wo Fischbrötchen, Waffeln, Eis und reichlich Bier verkauft werden.

Micha betrachtet die Menschen, sie scheinen vergnügt und entspannt.

Während der Feierlichkeiten war er die Ruhe selbst, jetzt schwirrt ihm der Kopf, wenn er an die Begegnung mit seiner gespaltenen Familie denkt. Die Zwistigkeiten, die immer wieder wütend aufflackern, gehen ihn nichts an. Auch nicht die Probleme seiner weinenden Mutter. Die Geschwister, die tun ihm leid, wie sie zwischen Vater und Mutter zerrieben werden. Jedoch kann er ihre Situation nicht ändern. Deshalb sollte er diese folkloristische Nachfeier genießen, nach all der Mühe. Er fasst Evas Hand, verschränkt die Finger seiner Hand in ihre und schaut sie eindringlich an, als wollte er sich ihrer Gegenwart versichern. Sie lächelt ihm flüchtig und mechanisch zu, denn sie verfolgt, wie schnell sich die Schlange am Fischstand verkürzt.

Er flüstert Eva ins Ohr:

„Ich bin froh, dass du bei mir bist, so ist das alles leichter zu ertragen."

„Warum das? Es ist doch eine schöne Feier."

„Das ja, aber meine Eltern sind da, oder waren es, anstrengend ist das."

Sie schenkt ihm ein sanftes Lächeln, als wollte sie sich für seine Pein entschuldigen. Er löst seine Hand aus ihrer. Nun aber ergreift sie seine Rechte und drückt sie, als wolle sie einen Teil ihrer Zuversicht in sein System hineinpressen.

Aus der geplanten Heirat wird nichts, obwohl drei Monate nach Michas Rückkehr nach Frankfurt die Hochzeitsvorbereitungen weit fortgeschritten sind. Eines Abends spricht Eva die Trennung aus und hofft auf zukünftige Freundschaft. Wenigstens sagt sie das.

Als Micha am nächsten Morgen ins Büro kommt, hört er, Eva werde ab sofort im Filialbüro im Westend arbeiten, denn sie habe sich dorthin versetzen lassen. Er ist verdutzt, Eva muss die Trennung von langer Hand geplant haben. Wieso hat sie sich dann noch an den Hochzeitsvorbereitungen beteiligt? Heute, im Nachhinein will ihm auffallen, dass sie viele Details ihm überließ. Besonders wenig kümmerte sie sich um die Planung der vierwöchigen Hochzeitsreise in den Maghreb. Die Ferien sollten sie entschädigen für seine lange Abwesenheit und die allzu kurzen Wochenendurlaube. Endlich sollte alles gut werden!

Er wundert sich über die Entschlossenheit, aber nicht über den Schritt selbst. Auch er hat darunter gelitten, dass in letzter Zeit aus irgendeinem Grund die Innigkeit dahin war, dass es in Krampf ausartete, je mehr er sich bemühte. Aber er hoffte, das wäre nach der Heirat, durch die ständige Nähe, vorbei. Sie hat ihm keine Gründe genannt. Aber was soll er einer Frau nachtrauern, die ihn so leichtherzig aufgibt. Durch ihre Versetzung ist die Endgültigkeit deutlich. Dabei würde ihn ihr bloßer Anblick trösten. Trotz des Schmerzes wird er sie nicht um ein Wiedersehen bitten, obwohl er diesen

Freundschaftsdienst bitter nötig hat. Doch sein Stolz, angestachelt durch ihre Hinterhältigkeit, zwingt ihn, ihre Entscheidung, ihm aus dem Weg zu gehen, klaglos zu akzeptieren. Egal, wie schwer es ihm fällt.

Ein weiterer Schlag folgt. Janko bekommt ein gutes Angebot aus Kanada und entschließt sich auszuwandern.

Obwohl sie Kontakt halten werden und sich sogar ab und zu treffen, wenn Janko seine Heimatstadt besucht, bleibt Jankos Abwesenheit für Micha lange Zeit ein deutlich fühlbarer Verlust.

4
Dienstag, 11. Dezember 1984

In seinem Büro der Firma Bauplanung Unterbauer GmbH in der Mainzer Landstraße sitzt Micha an seinem Schreibtisch und plant Eigentumswohnungen, die an der westlichen Peripherie seiner Heimatstadt gebaut werden sollen. Sogenannte Luxuswohnungen mit Loggien, in ruhiger Wohnlage, mit großem Innengarten im U-förmigen Komplex. Was man so Luxuswohnung nennt. Eigentlich sind es typische Stadtwohnungen von siebzig bis hundert Quadratmetern Wohnfläche. Der Architekt hat sich ein paar Besonderheiten einfallen lassen, und so kann man den Kaufpreis nach oben schrauben. Leicht gesteigerte Deckenhöhe, überhohe Türen, besonders schmale, hohe Fenster, mehrere nebeneinander, geräumige Treppenhäuser, so dass neue Raumeindrücke entstehen. Wahrscheinlich gehen die Wohnungen weg wie warme Semmeln. Denn die Nachfrage nach Wohnraum ist groß, und da viel Geld in der Stadt ist, wird es genug Menschen geben, die es in diese Wohnanlage stecken werden. Sogar er selbst hat überlegt, ob er nicht eine der kleineren Wohnungen kaufen soll. Als Geldanlage oder als Liebesnest für sich und Monika, damit sie endlich einen eigenen Ort haben.

Mit Nora, seiner Frau, hat er gegenseitige Toleranz verabredet. Er weiß gar nicht mehr genau, warum die Ehe mit Nora so in die Brüche ging, dass ihm nur dieser Ausweg mit Monika bleibt. Nora hat auch einen Partner. Man nennt das wohl eine offene Ehe. Er und Nora sprechen selten darüber. Der Vorschlag kam von Nora, sie hatte entdeckt, dass er eine Affäre hatte. Jeder geht seiner Wege, wegen des Kindes verhalten sie sich loyal, pflegen ihren Freundeskreis am Wochenende und fahren mindestens vierzehn Tage mit dem Kind zusammen in Urlaub, die restlichen Ferientage verbringen sie getrennt.

Nora hat er im Urlaub am Plattensee kennen gelernt. Er war mit einer Gruppe von „Übriggebliebenen“, das heißt noch ledigen Freunden und Bekannten unterwegs, Nora machte ebenfalls mit ein paar Freundinnen Ferien an dem ungarischen Flachsee. Sie stammt aus Szeged, arbeitete als Ärztin in einem Krankenhaus in Szeged. Er suchte Kontakt zu Ungarn, denn er wollte sein Kinderungarisch, wie er und sein Vater das nannten, verbessern. Die ungarische Frauengruppe hatte ihre Freude an dem Deutschen, der sich so viel Mühe mit ihrer Sprache gab. Nora beeindruckte ihn am meisten, denn sie war nicht nur eine sehr hübsche Brünette, sondern auch eine leise und vornehme Erscheinung.

Als er wahrnahm, dass sie seine Gefühle erwiderte, war er glücklich und dachte sofort an Heirat. Er wollte heiraten, weil er den Eindruck hatte, dass die klügsten seiner Schulfreunde schon Familien gegründet hatten. Außerdem fehlte ihm eine wirklich tiefe Beziehung. Janko war in Kanada und sie sahen sich nur ab und zu, waren nur durch Briefe und seltene Telefongespräche verbunden. So glaubte er, durch eine Ehe der schlimmsten Einsamkeit zu entgehen. Welche Mühe hatte es Nora und ihn gekostet, dass sie die ungarische Landesgrenze dauerhaft und legal überwinden konnte. Den Papierkram für die Ausreise zu erledigen, war schon eine Geduldsprobe, dann mussten sie mehr als ein Jahr auf die Ausreisebewilligung warten. Damals glaubte er, ihrer beider Langmut sei ein Zeichen standhafter Liebe. Aber seine Geduld, die Wärme und Zuneigung gingen verloren, so wie Nora als Ehefrau einige Eigenschaften annahm, die er nicht für möglich gehalten hätte. Besonders störte ihn, dass ihre Bescheidenheit sich in ein verschwenderisches Verhältnis zu Geld und Gut wandelte. Er begriff anfangs durchaus ihre Motive. Endlich im Westen angekommen, erfüllte sich ihre Sehnsucht nach einem guten Leben. Er gab seine nachsichtige Haltung auf, als sie immer mehr über das Ziel hinausschoss. Ihm kam sogar der Verdacht, dass er als Mann aus dem Westen nur ein Mittel zum Zweck war, damit sie der Tristesse des real existierenden Sozialismus entkommen konnte. Er rief sich zur Ordnung, nein ein solches Charakterschwein war Nora nicht, er sollte gerecht bleiben. Doch wenn er nachts wach lag, fragte er sich, warum er in diese Ehe hineingeraten war. Er hätte sich abfinden können, wenn Nora weiterhin freundlich und offen gewesen wäre. Doch sie entwickelte ein Dominanzstreben, das sich als Liebenswürdigkeit und Hilfsbereitschaft tarnte. Dieses Verhalten erinnerte ihn an das seiner Mutter gegenüber seinem Vater, wenn sie noch hoffen konnte, mit solchen Manövern etwas zu erreichen, bevor sie offen feindselig Forderungen stellte. Leider streiten Nora und er genau wie seine Eltern zu oft miteinander, auch vor dem Kind.

Seit Nora selbst als Laborärztin in einem Krankenhaus arbeitet, kann sie ein bisschen besser mit Geld umgehen. Außerdem scheint sie allmählich zu begreifen, dass er berufliche Auszeiten braucht und dafür ein finanzielles Polster zusammensparen muss.

Zum Glück hat er nach seinem zweiten Sabbatjahr diese Stelle als Planer bekommen, wo er nur Prestigeobjekte betreuen muss. Es fiel ihm leicht die Stellen zu wechseln, da er nach Jankos Wegzug keine wirklichen Freundschaften zu Kollegen entwickelte. Seine gute Position bei Unterbauer ist immer noch eine der positiven Nachwirkungen des Kirchenbaus an der Nordsee. Nach dem letzten Ferienjahr hätte er am liebsten mit dem Bauen aufgehört, doch er wüsste keine Arbeit, wo er mit seinen begrenzten Talenten so viel Geld verdienen kann, um sich und seiner Familie ihren gehobenen Lebensstandard zu gewährleisten. Wenn man sich von diesen Ansprüchen trennen könnte, sähe es anders aus.

Die neue Stelle hat Vorteile. Man arbeitet in Gleitzeit. Das gibt ihm so viel Freiheit, dass er seine bereits mehrjährige Beziehung zu Monika besser gestalten kann. So ist es möglich, sich mit ihr nachmittags in der Wohnung einer gemeinsamen Bekannten zu treffen. Den Abend leben beide mit ihren Familien, denn Monika hat zwei Kinder und wird ihren Ehemann nicht verlassen. Er hält ihr die Treue, es ist ihm wichtig, sich nicht zu verzetteln. Und er glaubt ihr, dass sie nur mit ihm schläft. Wie sie ihren Ehemann bei Laune hält, ist ihm fraglich, aber kein dringendes Problem. Ab und zu gelingt es ihnen, sich für ein Wochenende frei zu machen, so dass ihnen einige Stunden ohne Zeitdruck und Alltagssorgen vergönnt sind, denn Monika versorgt neben ihrer Familie ihre alte Mutter, die Hilfe im Haushalt benötigt.

Michas Gedanken schweifen zu seinem bettlägerigen Vater, der kürzlich einen Schlaganfall erlitt. Erfreulicherweise hat er sich wieder gut erholt. Die eine Gesichtshälfte ist immer noch etwas gelähmt und er sitzt im Rollstuhl, aber sonst geht es ihm besser. Der Arzt und auch Oskar, der sein Medizinstudium abgeschlossen hat, sind der Meinung, dass Vater wieder soweit kommen wird, Freude am Leben zu empfinden. Das wird er bestimmt schaffen. Er ist ja noch nicht so alt. Einundsiebzig. Nelly kümmert sich um ihn, und wenn sie im Geschäft ist, schaut Frau Mooshaupt, eine Nachbarin, nach ihm. Nachher, nach Dienstschluss will er Vater kurz besuchen, er war zwar erst gestern Abend bei ihm, aber Micha spürt, dass der Vater ihn braucht, und er hat sich vorgenommen, die Verbindung zum Vater zu stärken. Micha fröstelt, er gießt einen Schluck heißen Tee aus der Kanne in seine Tasse. Die Wärme der Tasse tut den Händen gut. Micha wendet sich seinen Plänen zu. Er beginnt eine Handzeichnung mit Maßen und Mengenangaben zu beschriften, die Vorlage für seinen Zeichner.

Das Telefon klingelt. Nelly ist am Apparat. Micha erschrickt, weil sie ihn im Büro nur anruft, wenn etwas Außergewöhnliches vorliegt. Doch Nelly klingt ganz ruhig.

„Micha, es ist besser, wenn du herkommst. Joschkas Zustand hat sich verschlechtert."

Ohne ein Wort zu sagen, legt Micha auf, schnappt seinen Mantel vom Haken und zieht ihn im Gehen über. Gestern Abend war Vater ziemlich gut gelaunt, hatte sogar gescherzt und Nelly und ihn zum Lachen gebracht. Hoffentlich ist die Verschlimmerung nicht gravierend. Die Veränderung muss deutlich sein, sonst hätte Nelly ihn nicht benachrichtigt. Plötzlich befällt ihn große Bangigkeit. Nelly müsste eigentlich wissen, dass er heute Nachmittag vorbeischauen wollte, gestern Abend hat er es ihr doch angekündigt. Wenn sie ihn heute im Büro anruft, kann das nichts Gutes bedeuten. Andererseits ist es möglich, dass Nelly wegen der Aufregungen um Vater einfach vergesslich ist.

Micha eilt die Straßen entlang zum Bahnhof. Der lange Mantel hindert ihn daran, richtig auszuschreiten. Er steigt in ein Taxi, das ihn vor dem Vaterhaus in Oberrad absetzt.

Als er auf das Haus zugeht, steht das Hoftor offen. Frau Schneidereit, Nellys Freundin, kommt aus dem Eingang. Auch sie hat Nelly in letzter Zeit unterstützt, kleine Besorgungen erledigt und auch mal Wäsche gewaschen. Sie wirft ihm einen scheuen Blick zu, dann schlägt sie die Augen nieder. Sie hat Ringe unter den verweinten Augen.

Micha stammelt: „Was ist los?"

„Micha, er hat seinen Frieden …"

Den Rest hört er nicht mehr, stürmt zum Haus. Die Tür ist verschlossen, er klingelt, Nelly öffnet ihm. Sie schluchzt, ihr Gesicht ist verschwollen vom Weinen. Er folgt ihr, im Flur hält er an. Die steinerne Anwesenheit des Todes. bringt ihn für einen Moment zum Erstarren. Während er verharrt, fällt ihn Bedauern an und der Krampf in seiner Kehle löst sich in einem lautlosen Schluchzer. Wie konnte Vater so schnell sterben? Wieso hat er ihm in der Todesstunde nicht beigestanden? Warum hat er sich von Vaters guter Laune blenden lassen? Er hätte heute Nacht bei ihm bleiben sollen. Warum war ihm nicht aufgegangen, dass es mit Vater so kritisch stand? Warum hat er es nicht für möglich gehalten, dass sich der Lebensatem so schnell erschöpft?

Nelly öffnet den Eingang zum Herrenzimmer, dort liegt der Vater auf seinem Krankenbett, die Augen geschlossen, die Hände gefaltet. Die gelbliche Haut des Gesichts spannt an den Wangenknochen. Es ist Micha, als fühle er diese Spannung in seinen eigenen Zügen. Er ist verwirrt. Vater hatte doch so ein volles, frisches Gesicht. Scheu streicht er ihm über die Hände. Er ist zu aufgewühlt, um lange in der Nähe des toten Vaters zu bleiben.

In der Küche ist Nelly dabei, Kaffee zu kochen. Sie sagt: „Frau Schneidereit und ich haben der Gemeindeschwester geholfen, ihn zu waschen. Der Beerdigungsunternehmer sollte heute Nachmittag kommen, die Gemeindeschwester hat ihn angerufen. Wir werden Joschka dort in seinem Zimmer aufbahren lassen, nicht wahr? Ich möchte, dass der Sarg erst morgen früh abgeholt wird."

Befremdet starrt er Nelly an. Ja, doch, man muss für den toten Vater sorgen. Zudem begreift er, dass in dieser Situation konkrete Aufgaben als Rettungsring fungieren. In entschlossen klingendem Ton sagt er: „Selbstverständlich. Wir machen es so, wie du es für richtig hältst."

Nun bemerkt Micha, dass Nelly immer wieder ihre Verrichtungen unterbricht und unruhig auf und ab läuft. Sie bleibt stehen und zieht ihn am Ärmel in den Salon.

„Micha, ich weiß nicht, was ich machen soll. Du bist der erste aus der Familie, den ich benachrichtigt habe." Sie nimmt ein fast volles Tablettenröhrchen aus ihrer Rocktasche und hält es vor Michas Augen.

„Es fehlte gestern Abend nur eine einzige und heute Morgen sehe ich zufällig durch das Glas, dass die Tabletten eine etwas andere Form haben." Sie hält eine leere Pappschachtel in der anderen Hand. „Er hat diese alten Tabletten dort eingefüllt und die anderen geschluckt. Er hat sie alle auf einmal genommen."

„Was? Was soll das heißen?"

„Micha, er wollte nicht mehr, er hatte keinen Lebensmut mehr."

„Du meinst wirklich, er hat sie alle geschluckt? Absichtlich?"

„Ja, er wollte nicht mehr."

Was soll dieses stereotype „er wollte nicht mehr"? Ihm kommt ein schrecklicher Verdacht. Aber nein, das kann nicht sein. Wenn Nelly sagt, er hat die Tabletten selbst eingenommen, dann ist es so.

„Nelly, ich kann das nicht begreifen. Gestern war er doch ganz rege." Nun läuft auch Micha nervös hin und her.

„Hast du schon den Arzt angerufen?"

„Ja, das habe ich als erstes getan. Ich hatte doch Hoffnung, dass er noch lebt. Hier ist der Totenschein." Sie nimmt einen Zettel vom Tisch und wedelt damit vor seinen Augen. „Herzversagen steht drin."

„Hast du nichts von den Tabletten gesagt?"

„Nein, ich habe mich nicht getraut. Und ich dachte, dass er das nicht gewollt hätte, denn sonst hätte er doch das Tablettenröhrchen nicht aufgefüllt. Er hat die leere Packung der anderen Pillen in den Müll geworfen. Dort habe ich sie gefunden. Ich wünschte, ich hätte nichts bemerkt. Dann hätte er seinen Willen gehabt und wir unseren Seelenfrieden."

„Dürfen wir das verheimlichen?“, fragt er ratlos.

„Ich glaube nicht. Aber Micha, eine Obduktion? Willst du das? Und wir haben einen Totenschein.“

Micha ist wie benommen. Vater hat sich umgebracht. Was soll er davon halten? Wie furchtbar.

Nelly setzt sich in einen Sessel und beginnt zu schluchzen. „Warum nur hat er das getan? Ich glaube, er hatte Schmerzen. Aber er hatte doch Schmerzmittel. Vielleicht hat er sich in dem Rollstuhl als Krüppel gefühlt. Aber wir haben uns doch um ihn gekümmert. Ich verstehe das nicht. Er lässt mich einfach allein, und jetzt soll ich auch das noch entscheiden.“

Nun beginnt auch Micha zu weinen. „Er hat uns nicht mehr vertraut.“

Nelly wischt sich die Tränen ab, strafft sich und steht auf.

„Micha, wenn du einverstanden bist, behalten wir das für uns. Die anderen müssen das nicht wissen. Lassen wir sie doch ein unbesorgtes Andenken bewahren. Bitte.“

Micha überlegt. Wenn Vater heimlich sterben wollte, warum hat er es nicht geschickter getan, damit man es nicht entdeckt? Wahrscheinlich hat er keine anderen Tabletten gefunden und hat nicht damit gerechnet, dass Nelly so genau ist. Aber er wollte, dass niemand dahinterkommt, sonst hätte er diese Umtauschaktion unterlassen. Wie verzweifelt muss er gewesen sein? Oder hatte er Angst vor einem langen Siechtum? Micha ringt sich durch: Wenn Vater diese Heimlichkeit wollte, dann wird er sich daran halten und sie mit Nelly für sich bewahren. Und doch fühlt er einen gewissen Unwillen. Warum musste er ihnen das antun?

Nachdem Reni angekommen ist und als Oskar und der Bestattungsunternehmer gleichzeitig eintreffen, besprechen sie die Einzelheiten des Begräbnisses. Micha ist nicht ganz bei der Sache, doch auch er will eine würdige Beerdigung für den Vater. Der Unternehmer verlässt das Haus und Micha fragt sich, warum Bestattungsfirmen Pietät genannt werden. Ihm wäre es lieber, man müsste nicht zwischen X Varianten von Totenhemden, Decken, Blumenschmuck und anderen Ausstattungen wählen. Eine feste Tradition ohne Preiskalkulationen wäre sicher weniger aufreibend und auch pietätvoller.

Auf Vorschlag Renis bleiben die Geschwister diese Nacht bei Nelly im Haus, Totenwache halten. So sitzen am späten Abend die drei Geschwister mit Nelly im Salon. Nora hat ihnen Essen gebracht und Kaffee gekocht. Sie sprechen nicht viel, jeder scheint in seine eigenen Trauergedanken vertieft. Einer nach dem anderen geht allein in das Totenzimmer, als hätten sie eine letzte Verabredung mit Joschka.

Als Micha den Raum betritt, ist er berührt von der feierlichen Inszenierung, dem Blumenschmuck und den Kerzen rund um die Gestalt des Toten. Auf einem steifen Stuhl am Fuße des Sarges sitzend, betrachtet er scheu die leblose Gestalt des Vaters. Ist es nicht unheimlich, dass dieser Körper nie mehr aufstehen, sich nicht mehr bewegen wird? Micha hat die Vorstellung, dass nun, da kein Blut mehr in den Adern fließt, der Körper fest und undurchdringlich wie Stein ist. Vater, warum hast du nicht besser auf dich aufgepasst? Warum hast du mich nicht gerufen, bevor du die Tabletten geschluckt hast? Ich hätte versucht, dich davon abzuhalten, hätte dir Mut machen können.

Heute scheint ihm bedeutend, was der Vater an seinem siebzigsten Geburtstag bekannte: „Wenn du jung bist, denkst du, es ist so weit weg, so weit, dass es dich kalt lässt, das Alter, das Altsein. Wenn du in mittleren Jahren bist, denkst du, du schaffst es nie. Die siebzig wirst du nie erleben. Es ist immer noch sehr weit weg und der Weg erscheint dir als Zumutung. Der Mensch lebt siebzig, und wenn es hoch kommt, achtzig Jahre, heißt es. Und dann hast du es erreicht, nicht unerwartet, nicht unmerklich. Trotz der Beklemmung erfüllt dich tiefe Dankbarkeit. So weit hast du es geschafft, so fühlt sich das an."

Der Vater hatte gedankenverloren den Kopf geschüttelt und hinzugefügt: „Ein Abenteuer."

Diese Worte sind Micha seitdem ein Trost gewesen, wenn er das Leben anstrengend fand, nicht nur den Eheschlamassel, sondern auch, weil es manchmal mühsam ist, so zu sein, wie man ist. Denn er weiß, dass er sich häufig ausbremst, indem er alle möglichen Konsequenzen seines Handelns vorausberechnet. Wie oft sehnt er sich nach folgenloser Unbeschwertheit. Und wie klingen Vaters Worte nun? Steckte in ihnen nicht auch Fatalismus, eine Traurigkeit, dass so viel vom Leben schon gelebt war? Nach dem Schlaganfall bot das Leben Vater nur noch Leid, kein Abenteuer mehr.

Nach einer Weile rückt er den Stuhl näher an das Kopfende. Ohne Scheu studiert er das Gesicht des Vaters. Die Binde, die das Kinngelenk festhält, umrahmt das Antlitz. Die kräftige Nase erscheint noch stärker. Der Teint ist unnatürlich gelb, wirkt feucht verschwitzt. Der Vater war immer dunkel, kreol, wie er das nannte. Friedlich schläft er. Nichts erinnert an die ständige Arbeit, der er sich noch wenige Wochen vor dem Schlaganfall aussetzte. Er konnte das Arbeiten nicht lassen, das Besorgen hochwertiger Ware für den Laden. In dem Sarg wirkt der Vater beinahe rührend zerbrechlich, nichts ist übrig von dem Mann, der trotz seiner Gehbehinderung energiegeladen und tatkräftig war. Micha betrachtet die gefalteten Hände. Es sind kleine breite Hände, abgearbeitet, die Nägel kurz geschnitten, früher waren sie vom Färben der Stoffe schmutzig-dunkel. Gedankenverloren starrt Micha auf das Bild vor ihm, das allmählich verschwimmt und Tagträumen weicht.

Er sieht den Vater mit seinen Stoffen hantieren, beobachtet, wie er das Gewebe von einem schweren Ballen abwickelt. Nach dem Abschneiden eines Stückes rollt er den Ballen wieder auf, stemmt ihn ins Regal, schlägt den kleineren Teil in Packpapier und legt ihn zur Seite.

Micha fühlt eine Welle von Zärtlichkeit in sich aufsteigen, die ihm Tränen in die Augen treibt. Gern würde er dem Vater über Gesicht und Hände streichen. Nur die Scheu vor der Unbelebtheit hält ihn zurück. Um der Erregung Herr zu werden, steht er auf, geht neben dem Toten auf und ab, aus Ehrfurcht bemüht er sich um gemessenen Schritt.

Aller Kampf ist vorbei. Doch Micha hat ihm nicht oft genug beigestanden. Warum hat er es sich nicht eingerichtet, ab und zu mit anzupacken? Ach, der Vater war bescheiden, er hätte sich gefreut, wenn man ihn und Nelly einfach nur ein paar Mal mehr besucht hätte. Micha bedauert auch, dass er früher, als Jugendlicher, den Vater zeitweise direkt gemieden hatte. Er hatte immer gespürt, dass der Vater seine Nähe suchte, und je mehr dies der Fall war, umso mehr war er geflüchtet, aus der Werkstatt, aus dem Laden, von Zuhause hin zu Freunden oder ins Elternhaus von Rita, die damals noch seine Freundin war.

Der Totenwächter setzt sich zurück zum Vater, dessen Gesicht nun entspannter wirkt, Zufriedenheit und Milde ausstrahlt. Milde mit wem? Etwa mit ihm, diesem Egoisten?

Sein Vater hätte gern gehabt, dass er als Jugendlicher mehr im Geschäft mitarbeitete. Doch die Tätigkeit gefiel ihm nicht, der Vater war angespannt bei der Arbeit. Seine Erklärungen waren manchmal zu ungenau und sein Ton ungeduldig. Es war Micha deshalb unangenehm, in der Werkstatt bei der Stoffbearbeitung zu helfen. Dabei hatte es eine Zeit gegeben, als er acht oder neun war, da hielt er sich gern beim arbeitenden Vater im Laden auf. Ja, damals liebte er alle die farbenprächtigen, weich fließenden Stoffe, den satten Duft neuer Textilien, deren Namen, wie etwa Damast, Chiffon und Tweed, dem Kind von fernen Reisen und Abenteuern sprachen und nicht von seelenlosen Maschinen in kalten Fabrikhallen, in denen Frauen und Männer schuften mussten. Er beobachtete gern, wie der Vater oder eine Hilfskraft mit der kleinen, abgerundeten Stoffschere quer durch den Stoff ratschten. Er lauschte den unterschiedlichen Geräuschen, die dabei entstanden, je nachdem welcher Stoff zerschnitten wurde. Er betrachtete, wie die Fäden sich an den Schnittstellen lösten und stellte sich vor, dass es ihnen leidtäte, nicht mehr zum Gewebe zu gehören.

Als kleiner Steppke bewunderte er den Vater. Er kam ihm wie ein Zauberer vor, da er diese schönen farbenfreudigen Dinge um sich herum hatte. Es gab Hefte mit Stoffmustern in allen möglichen Farbnuancen, außerdem dicke Bücher mit so vielen Farbvarianten, dass sie ihm unwirklich erschienen. Es war ihm eine Offenbarung, dass es nicht nur rot, grün, gelb und blau gab, sondern zahlreiche Zwischentöne. Und die Kästchen und Röhrchen mit den bunten und glitzernden Knöpfen in allen Größen und Formen. Mit den Knöpfen in der großen Restekiste durfte er spielen. Die Erinnerung an die Vielfarbigkeit dieser Gegenstände wird ihm jetzt zur Sehnsucht nach der Buntheit der Welt, von der er sich seit langem abgeschnitten fühlt.

Wie fasziniert war er von der Schönheit der Stoffe. Gern betastete Micha den leuchtend roten oder grünen Samt, fühlte die leicht stumpfe Oberfläche, die erst seidig weich wurde, wenn man sanft darüber strich. Auf diese Wunderwerke menschlicher Kunstfertigkeit druckte der Vater in einem helleren oder dunkleren Ton orientalisch inspirierte Paisley-Muster.

Er war begeistert von zartem Tüll und Organdy, die mit pastellfarbenen Stickereien verziert wurden, und er bestaunte die Geschicklichkeit des Vaters, der die Stickmaschinen so einstellte, dass sie genau diese Muster produzierten. Manchmal ließ der Vater besonders wertvolle Stoffe von Heimarbeiterinnen von Hand besticken oder Muster applizieren. Leichte Baumwollstoffe plissierte oder krumpfte er in einem Druckkessel, der ungute Dünste verbreitete. Das Ergebnis war bei den Auftraggebern sehr beliebt. In einem aufwändigen Verfahren stellte der Vater nach eigenen Entwürfen Ausbrennerstoffe her, deren Muster sichtbar wurde, wenn man sie gegen die Sonne hielt, weil Teile des Stoffes durch das Auftragen von Ätzpaste durchsichtig gemacht wurden. Solche Stoffe waren eine Zeit lang als Fenster- und Tischdekoration in Mode. Im Winter schnitzte der Vater in Mußestunden Modeln aus Holz, um helle Baumwolltücher mit bunten Blumen zu bedrucken. Ihr Verkauf brachte regelmäßiges, gutes Geld ein, da sie als Kopfbedeckung bei den Bauersfrauen in Süddeutschland und Österreich Mode waren. Außerdem arbeitete Vater für das vornehme Extrem der Kopfbedeckungsskala. Er ließ hauchdünnen schwarzen Tüll besticken, um ihn an Modistinnen zu verkaufen, die ihn in elegante Hutkreationen einarbeiteten. Micha erinnert sich an leuchtende Farben in riesigen Kesseln, in denen der Vater weiße Seidendamaste für Abendkleider färbte. Feine, cremeweiße Klöppelspitzen färbte er passend dazu.

Vor ein paar Jahren stellte Vater das Geschäft um. Die Verkaufspalette des Ladens schränkte er auf Blusen und Hemden ein. Die grobe Werkstattarbeit gab er auf, sie war zu kräftezehrend. Außerdem fiel es ihm schwer, gute Stoffe zu so günstigem Preis zu besorgen, dass sich die Veredelung oder die Verarbeitung in kleinen Stückzahlen lohnte. Er sagte: „Eine Ära geht zu Ende, meine Ära geht zu Ende." Er klang wehmütig, dann lachte er auf und gab selbstironisch zum Besten: „Heutzutage lebe ich von der Arbeit meiner Frau, die noch jung genug ist, um den Laden am Laufen zu halten." Nelly, die das hörte, wandte ein: „Nun übertreib mal nicht, tu nicht so, als hättest du für diese Zeit nicht vorgesorgt." Ja, es war unvorstellbar, dass Vater von irgendjemandem abhängig sein sollte. Sie fügte hinzu: „Außerdem bist du oft genug unterwegs und im Laden stehst du manchmal sogar im Weg." Sie zwinkerte Joschka zu und streichelte seine Hand. Micha sind solche Liebesbekundungen bei anderen peinlich, aber irgendwie rührte ihn diese Szene.

Micha steht auf, in dem kühlen Raum ist ihm kalt geworden. Er wechselt in den Salon, wo die anderen sitzen. Es duftet nach frischem Kaffee. er nimmt sich eine Tasse und setzt sich dem Bruder gegenüber, der Löcher in die Luft starrt. Reni sitzt auf dem Sofa, vor ihr auf dem Tisch steht eine brennende Kerze. Sie blättert in einem alten Fotoalbum, zeigt auf einige Bilder und flüstert mit Nelly, die immer mal tief aufseufzt und sich die Tränen mit einem großen Herrentaschentuch von den Wangen wischt. Ungeniert sieht Micha sich um. Die Einrichtung und die Teppiche, alles sehr gediegen. An der Wand neben der Vitrine mit den Meissner Porzellanfiguren hängen zwei Ölbilder, eine Winter- und eine Wüstenlandschaft, und die Zeichnung des Freundes, die er Vater geschenkt hatte. Vater legte Wert auf ein bürgerliches Leben. Die Symbole eines solchen Lebens waren ein eigenes Geschäft, eine gepflegte Häuslichkeit, Bildung für die Kinder.

Ja, er wollte, dass seine Kinder es gut hatten. Micha ist gerührt und dankbar, denn er hat selbst eine kleine Tochter mit Nora. Auch er will nur das Beste für das Kind. Und deshalb bleibt er bei Nora, obwohl die Ehe längst abgewirtschaftet ist. Er hat es sich mit seiner Ehe nicht so schwer gemacht wie der Vater. Als Nora vorschlug, eheliche Untreue zu tolerieren, war er erleichtert. Sie hatte bemerkt, dass er eine Geliebte hatte, obwohl er sehr vorsichtig war. Natürlich, sie war ja nicht blöd. Mit diesem Arrangement beugen sie viel Kummer vor, Kummer, den der Vater sich nicht erspart hatte, weil er Mutti nicht loslassen wollte. Zum Glück erlebte er noch eine Reihe guter Jahre mit Nelly, die noch besser wurden, als Lotta sich nicht mehr einmischen konnte, weil die inzwischen erwachsenen Geschwister ausgezogen waren.

Micha kehrt zurück ins Totenzimmer, setzt sich wieder auf den Stuhl, lehnt sich vornüber. Die Ellbogen auf den Oberschenkeln, stützt er den Kopf in die Hand. Mit der anderen Hand fährt er sich übers Gesicht. Als er Stirn-,

Nasen- und Wangenknochen deutlich spürt und die darüber liegende Weichheit der Haut, erschrickt er. Ja, er ist auch Kreatur. Angesichts des toten Vaters ist ihm das beunruhigend. Diese absolute Einsamkeit steht ihm auch bevor. Und dass der Vater das freiwillig herbeigeführt hat, das ist unheimlich.

Wieder betrachtet er den Vater. Sieht er nicht aus, als wolle er jeden Augenblick mit ihm sprechen, müde zwar, aber mit Lebenswillen ausgestattet? Was er sich alles einbildet! Weil diese unheimliche Unbewegtheit nicht zum Vater passt. Sieht er nicht wehrlos und ausgeliefert aus? Das ist doch der Grund, warum er hier sitzt und wacht. Obwohl Todesengel und Geister, die den Toten forttragen könnten, für einen evangelischen Christen, und als solcher wird Vater begraben, selbstverständlich ins Reich des Aberglaubens gehören.

Trotzdem, diese eine Nacht Totenwache sind sie ihm schuldig. Deshalb hatten sie Renis Vorschlag für diese Vigil sofort zugestimmt. Mehr ist leider nicht möglich, weil moderne Gesetze das verhindern. Vaters Adoptiveltern wäre es sicher lieber gewesen, wenn man für ihn nach der Bestattung Schiwe sitzen würde, wie Vater und er es für sie selbst taten, als die beiden im Jahre 1967 rasch hintereinander hochbetagt gestorben waren.

Die Kindheit und Jugend des Vaters ist Micha ein Rätsel. Damals auf der Winterreise in Österreich hat er erfahren, was für ein ängstliches Waisenkind er war und wie sehr er seine Adoptiveltern als Erlösung erfahren hatte. Aber wie war es ihm im Waisenhaus ergangen? Wie mochte er als Kind den Tod der leiblichen Eltern erlebt haben? Micha schmerzt das Bedauern, dass er den Vater nicht mehr nach seiner Geschichte befragen kann. Er weint, weil ihm klar wird, dass mit dem Vater eine ganze Welt unwiederbringlich verloren gegangen ist und dass er vieles versäumt hat.

Reni betritt den Raum. Er bemerkt ihre Befangenheit und bietet an, bei ihr zu bleiben. Sie willigt ein und sie verbringen eine Zeit versunkenen Schweigens, bis Reni den Raum verlässt. Nach einer Weile begibt Micha sich zu den anderen. Gegen Morgen frühstücken die Geschwister mit Nelly, und Micha geht nach Hause, um ein wenig Schlaf nachzuholen.

Nelly hat nach der Bestattung einige Beerdigungsgäste ins Haus geladen. Ihre Schwester und eine Cousine, die aus Österreich angereist sind, haben einen Imbiss vorbereitet. Nora und Oskars Verlobte helfen ihnen, die Gäste zu bewirten. Barbara sorgt in der Küche für den Nachschub an heißen Getränken. Die drei Geschwister sitzen abseits an einem kleinen Tisch, sie sind recht schweigsam. Micha fragt sich, warum seine Mutter zur Beerdigung erschienen ist. Zum Glück hat sie sich im Hintergrund gehalten.

Oskar bricht die Stille: „Was wird nun?"

Micha versteht nicht. „Was meinst du?"

„Na, wird Nelly hier wohnen bleiben? Das Haus gehört jetzt uns. Und was meint ihr, soll das Geschäft weiter laufen oder soll es verkauft werden?"

Reni sieht Oskar mit großen Augen an. Sie ist verlegen und wird rot, scheint sich für den Bruder zu schämen. Obwohl Micha Ärger in sich aufsteigen fühlt, kann er sich bis auf ein kritisches Hochziehen der Augenbrauen beherrschen. Schließlich haben sie eben erst den Vater zu Grabe getragen.

„Wir müssen sie erst mal in Ruhe lassen. Es ist doch nicht eilig. Sie wird ihre Zeit brauchen, um zu entscheiden, was werden soll. Sie hat gesagt, sie will den Verkauf der Gerätschaften aus der Werkstatt übernehmen. Damit nimmt sie uns viel Arbeit ab."

Oskar antwortet leichthin: „Wie du meinst. In Ordnung, aber wie lange wird sie brauchen?"

„Hör auf", Micha kann seine Ungeduld nur mühsam zügeln. „Vater hat bestimmt ein Testament hinterlassen und das müssen wir abwarten."

Er ist entnervt von Oskars Pietätlosigkeit, holt seinen Mantel und flüchtet nach draußen. Rastlos stelzt er frierend vor dem Haustor ein paar Mal hin und her. Dann versucht er, seinen Unmut zu bezwingen, indem er in flottem Tempo nach Sachsenhausen und von dort über den Eisernen Steg zum Römer marschiert. Dort wird gerade ein Brautpaar fotografiert, die Braut trotz der Temperaturen im leichten, langen Brautkleid. Ihn erstaunt, dass sie einen winzigen Säugling ganz in Weiß in den Armen hält, den sie liebevoll betrachtet, während der Bräutigam wie hypnotisiert auf seine Angetraute starrt. Als er weiter durch die Innenstadt wandert, legt er ab und zu eine Pause ein, um nachzudenken. Wieso hat Oskar es so eilig, dass Nelly das Haus verlässt? Warum zieht er nicht in Erwägung, dass das Haus mindestens zur Hälfte ihr gehören könnte? Weil Vater ihr vielleicht die Hälfte überschrieben hat, weil er sie für ihre Arbeit im Geschäft entschädigen oder ihr etwas Gutes tun wollte? Und wenn nicht, dann hat er es vielleicht in seinem Testament so geregelt. Denn Nelly war ihm immer eine Stütze, hat immer mitgearbeitet. Und der Rest? Wer hat eigentlich Anrecht darauf? Er, Micha, ist der einzige leibliche Nachkomme und infolgedessen ist er auch der einzige legitime Erbe außer Nelly. Klar, die Geschwister gelten als Vatis Kinder, und deshalb steht ihnen gesetzlich der gleiche Anteil zu wie ihm. Aber sie werden sich doch wohl einsichtig zeigen. Es ist doch einleuchtend, dass nur er ein Recht auf das Kindererbe hat. Dennoch bleibt abzuwarten, was Vater im Testament verfügt hat. Einigermaßen beruhigt steht er plötzlich vor dem Haus in der Schleiermacherstraße, wo sich im ersten Stock seine und Noras Wohnung befindet.

Nach ein paar Tagen passt ihn Oskar am Morgen auf dem Weg zur Arbeit ab. Micha hat es eilig, er hat eine Terminarbeit zu erledigen. Der Bruder stellt sich ihm in den Weg.

„Micha, ich möchte mit dir unter vier Augen sprechen."

„Dann begleite mich zum Büro." Sie hasten zur U-Bahn-Station. An der Kreuzung zur Berger Straße bleibt Oskar jäh stehen. „Ich war bei Nelly, sie behauptet, es gibt keinen letzten Willen, sie hat alle Schubladen und Fächer durchsucht. Es findet sich kein Hinweis, auch nicht auf ein notarielles Testament. Das heißt, wir müssen uns allein auseinander setzen. Ich möchte meinen Teil des Hauses. Wenn sie kein Geld hat, um uns auszuzahlen – und ich glaube, dass das so ist – muss sie ausziehen, damit wir das Haus verkaufen können."

„Moment mal, ist dir nicht klar, dass das Haus Nelly zur Hälfte gehören könnte?" Micha ist auch stehen geblieben, tritt aber ungeduldig auf der Stelle. „Müssen wir das ausgerechnet hier und heute besprechen?", will er das Gespräch vertagen.

Oskar geht nicht darauf ein, sondern bleibt bei seinem Thema.

„Wieso soll ihr die Hälfte gehören? Wir sind zu viert. Also gehört ihr nur ein Viertel."

„Also, viel mehr als Medizin hast du in deinem Leben wirklich nicht gelernt", braust Micha auf und setzt seinen Weg fort.

„Es kommt darauf an, in welchem Güterstand die beiden gelebt haben", ruft er dem hinter ihm her eilenden Bruder zu, der ihn schnell einholt.

„Was, dann sollen wir nur jeder ein Drittel von der Hälfte haben, also nur ein Sechstel?" Micha mustert Oskar prüfend. Ob er nicht weiß, dass dieser Idiot von Panitz sein Vater ist? Wenn nicht, dann muss er ihm reinen Wein einschenken.

„Nein, Oskar", hält er dem Bruder hastig und unüberlegt entgegen, „wenn es kein Testament gibt, steht dir gar nichts zu."

„Du spinnst, wie kommst du auf diese blödsinnige Idee?" Oskar ist entrüstet, ballt reflexhaft die Fäuste und stößt sie drohend in die Luft. Micha reagiert nicht auf dieses eindeutige Signal. Er ist sich seiner Sache vollkommen sicher.

„Weißt du nicht warum? Nur leibliche Kinder erben."

Oskar sieht ihn verblüfft an, fasst sich aber schnell.

„Du meinst, weil Vater nicht unser leiblicher Vater ist, sollen Reni und ich nichts bekommen?"

Aha. Oskar ist also im Bilde. Micha ist erleichtert.

„So ist es. Ich hoffe, du verstehst meinen Standpunkt, es wäre das Vernünftigste, nein, das Gerechteste, wenn ihr verzichten würdet."

„Was? Vernünftig? Gerecht? Ich glaube, dir hat jemand ins Gehirn geschissen. Du hast nicht alle Tassen im Schrank."

„Beleidige, wen du willst, aber ich muss los." Micha rennt weiter. Oskar folgt ihm.

Auf der Rolltreppe zum U-Bahn-Schacht stellt Oskar sich hinter Micha und betrachtet ihn, der sich zu ihm umwendet, hasserfüllt von oben herab. Auf der Ebene angekommen, überholt Oskar den Bruder, verstellt ihm, langsam schräg vor ihm herlaufend, den Weg. So gehen sie den Bahnsteig entlang, ziehen die Blicke wartender Passanten auf sich. Oskar ist außer sich. Zischelnd, um nicht allzu viel Aufmerksamkeit zu erregen, stößt er hervor:

„Das könnte dir raffgierigem Geier so passen. Ich bekomme meinen Anteil, da kannst du Gift drauf nehmen. Ich habe nur einen Vater und das ist Josef Valentin und kein anderer. Die Scheiß-Biologie interessiert mich nicht. Und wenn kein Testament da ist, hat Vater die gesetzliche Regelung gewollt. Ich bin ein Valentin. Ich trage seinen Namen. Beweis du das Gegenteil."

Und mit leisen, groben Verwünschungen rennt er davon. Micha ist entrüstet. Warum hat der Vater keine klaren Zeichen gesetzt? Wie sehr muss er gelitten haben, wenn er nicht mehr an die Nachlassregelung dachte, sich aber die Mühe machte, sein eigener Richter zu sein und die Spuren zu verwischen? Das Verbergen ist ihm leider nicht gelungen. Ach Vater, wenn du das doch nicht getan hättest! Oder wenn es denn unbedingt sein musste, warum hat du es nicht so gemacht, dass Nelly nichts merken konnte? Du hattest doch sonst alles so gut unter Kontrolle. Nein, das stimmt nicht. Das Geschäft hatte er gut im Griff. Aber seine Gefühle? Nein. Warum war er immer noch so verbittert über Mutti. Ihm kommt der Gedanke, dass vielleicht auch seine Mutter schuld an Vaters Tod sein könnte. Ja, klar! Wieso ist er nicht schon früher darauf gekommen. Sie war die Enttäuschung seines Lebens! Verdammt! Aber Vati hatte doch Nelly. Trotzdem, Mutti war die Zermürbung in Person. Früher. Aber eine Zermürbung kommt zur nächsten und eines Tages kannst du es nicht mehr aushalten. Wäre die Enttäuschung mit seiner Mutter nicht gewesen, hätte er vielleicht mehr Lebenskraft gehabt und nicht an die Pillenschluckerei gedacht. Verdammt nochmal. Klar, so ist es. Es kann doch nicht sein, dass das keine Rolle im Leben gespielt haben soll. Wie sie ihn ausnutzte, missachtete und kleinredete. Und jetzt haben wir den Salat. Er hat kein Testament gemacht, und ich muss mich mit den anderen beiden herumschlagen.

Nachdem er an seiner Station angekommen ist und wieder auf der Straße läuft, verfällt er grübelnd in eine langsamere Gangart. Plötzlich erinnert er sich, was der Vater ihm in Dobental gesagt hat: Vergiss nie, wer du bist.

Wollte der Vater damit sagen, denke daran, dass du mein leiblicher Sohn bist? Ihm fällt ein, dass er in einer halben Stunde eine Sitzung hat, in der er ein Projekt präsentieren soll. Je schneller er läuft, umso klarer wird ihm, dass er den Vater schützen muss. Der kann gar nicht gewusst haben, dass diese Kinder nicht von ihm sind. Deshalb kann er die Bemerkung in Dobental nicht so gemeint haben. Sonst hätte er die beiden doch von der Erbfolge ausgeschlossen. Das ist doch die klarste Sache der Welt. Vielleicht ... Micha versucht, sich in den Vater hineinzuversetzen. Vielleicht ... vielleicht wollte er den Ruf der Familie schützen und hat daher nichts unternommen. Oder er hat in seiner Todessehnsucht einfach alles vergessen und deshalb keinen letzten Willen hinterlassen. Ohne eine klare Anweisung des Vaters wird er als der Älteste die Sache in die Hand nehmen müssen. Mit dieser Entscheidung erreicht er das Büro.

Bei der großen Lagebesprechung der Geschwister eine Woche später geht es heiß her. Oskar hat die Geschwister in seine Wohnung eingeladen, wo er sie großzügig bewirtet. Oskar arbeitet in der Psychiatrischen Klinik Hohe Mark, um seine Ausbildung zum Facharzt zu machen. Micha denkt, er hat es gut, noch hat er keine Familie, er ist zwar verlobt, aber er braucht für niemanden zu sorgen, Deshalb bleibt ihm Zeit, um sich auf die Erbschaft zu kaprizieren. Er fragt sich, ob Oskar sich so gebärden würde, wenn er wüsste, dass der Vater sein Ende selbst bestimmte, vielleicht genau deshalb, weil er es satt hatte, dass alle nur von ihm nehmen, aber alle nur so wenig wie möglich geben wollten. Wenn er doch Nelly nicht versprochen hätte, dieses Geheimnis für sich zu behalten. Oskar wäre wohl ziemlich geschockt. Aber nein, es hat auch Vorteile, nichts preiszugeben. Wenn die Geschwister solche Ansprüche haben und alles mit ihm teilen wollen, dieses Geheimnis gehört nur ihm und Nelly.

Von Oskars Gastfreundlichkeit lässt Micha sich nicht einwickeln. Er erklärt den beiden Halbgeschwistern seinen Standpunkt. Oskar ist empört.

„Was ist das für eine gequirlte Scheiße? Du kannst uns doch nicht den Platz in der Familie streitig machen! Es ist vollkommen egal, ob Vati gewusst oder nicht gewusst hat, dass er nicht unser Vater ist. Er war unser Vater und wir waren seine Kinder. Was willst du? Spielst du den Rächer des Entrechteten? Mach dich nicht lächerlich! Außerdem kannst du nichts beweisen. Ich schwöre dir, ich kriege meinen Anteil. Wenn du ihn mir nicht freiwillig lässt, ziehe ich vor Gericht. Wir können so lange prozessieren, bis vor lauter Anwalts- und Gerichtskosten nichts mehr übrig ist. Aber ich meine, das ist nicht nötig, ich bin sicher, dass du ziemlich schlechte Karten hast. Wir gelten als ehelich. Du kannst nichts beweisen."

Um den Streit zu beenden, den sie nicht gut aushalten kann, meldet sich Reni mit leiser Stimme:

„Micha, gib Oskar seinen Anteil, ich verzichte freiwillig auf meinen, dann hast du schon das Doppelte von dem, was dir gesetzlich zusteht." Micha ist überrascht, er begreift schnell, dass er diese Gelegenheit nicht ungenutzt lassen darf.

„Ja, Reni, du bist halt sensibler. Du verstehst, was mir in der Seele brennt." Er ist wirklich gerührt von so viel Verständnis, nachdem Oskar sich so unnachgiebig zeigt.

Oskar blickt ratlos vom Bruder zur Schwester und zurück. Als er sieht, wie Reni ihren Kopf gottergeben auf ihren gefalteten Händen abstützt, fasst er sich.

„Mach keinen Quatsch, Reni. Lass dich nicht manipulieren und kleinreden. Wirf ihm nicht alles in den Rachen. Bist du verrückt? Wir wissen ja nicht mal, was Vati besessen hat. Das Haus ist vielleicht nicht das Wichtigste. Reni, er war auch unser Vater. Außerdem sind wir vor dem Gesetz seine leiblichen Kinder, uns steht daher unser Anteil zu."

Als Reni müde abwinkt, spricht Oskar in leiserem, beratendem Ton:

„Das wird dir später leidtun. Wir kennen deine Bescheidenheit. Gaukle dir nichts vor. Du bist heute zufrieden damit, dass Vater dich bewundert und betont hat, Reni ist der Stolz der Valentins, weil du dich besser benommen hast als wir beide. Wer weiß, was die Zukunft bringt. Ich bitte dich, tu, was ich dir rate. Lass dir eine Leihurkunde ausstellen. Dann kann Micha über das Geld verfügen, aber du kannst es später von ihm verlangen. Denn hellsehen kannst auch du nicht. Niemand kann wissen, wie nötig du es mal haben wirst. Sei kein Dummchen. Wir sind Vaters Kinder, das weißt du doch, denn er hat uns so behandelt."

Als Antwort lächelt Reni zunächst nur müde, dann erklärt sie:

„Danke, Oskar, ich weiß, dass ich nach dem Gesetz erbberechtigt bin. Aber ich will nicht kämpfen. Er gönnt uns das Erbe nicht, und deshalb will ich nichts. Im Gegensatz zu euch brauche ich das Geld nicht. Mein Einkommen reicht mir. Zum Glück verdienen Lehrerinnen gut genug. Micha hat Familie und du willst bald heiraten. Wenn es ihm so viel Wert ist, kann er es haben. Vater war immer großzügig mit uns. Das kann uns doch genügen. Außerdem sind wir ihm ähnlicher als er."

„Das klingt sehr edel, Reni. Trotzdem ist es die reine Dummheit." Reni zuckt die Schultern, als sei ihr die ganze Angelegenheit gleichgültig. Deshalb bestimmt Oskar:

„Wenn sie es nicht verlangt, dann tu ich es. Ich bestehe darauf, dass Reni ihren Anteil bekommt. Wegen mir kannst du erst mal darüber verfügen, aber du stellst einen Schuldschein aus, damit sie es später haben kann. Ist das klar?"

„Wieso mischt du dich da überhaupt ein?" versucht Micha noch einmal das Blatt für sich zu wenden. Als er jedoch die Wut in Oskars Augen wahrnimmt, lenkt er ein.

„Nun gut." Und nach einer knappen Besinnungspause: „Aber ohne Zinsen", ringt er dem ebenbürtigen Verhandler Oskar noch ab.

Nelly ist durch den Verlust Joschkas in ein Loch gefallen, aus dem sie nur durch blinden Aktionismus herauskommt. Beim Säubern des Hauses bis in den kleinsten Winkel stößt sie auf eine lose Parkettdiele, die unter dem dicken Teppich im Salon verborgen liegt. Joschka versteckte gerne wichtige Unterlagen, das weiß sie, eigentlich kannte sie das Versteck, hat es aber vergessen. In den letzten Jahren musste sie ihm manchmal suchen helfen, wenn er sich nicht an seine geheimen Ecken und Fächer erinnern konnte und auch den Zettel nicht auffand, wo er sie vermerkt hatte. So ist sie kaum überrascht, als sie neben zwei Banksafeschlüsseln und ein paar Dokumenten, die das Haus und ein Gartengrundstück außerhalb der Stadt betreffen, ein handschriftliches Testament findet. In seiner kleinen, zackigen Schrift hat er seinen Nachlass geregelt. Alle Familienmitglieder sollen gleichberechtigt erben, jeder bekommt ein Fünftel, denn Barbara, Nellys Tochter, wird seinen Kindern gleichgestellt, obwohl sie nicht gesetzlich erbberechtigt ist. Die beiden Söhne sind zunächst irritiert über diese Wendung. Oskar muss akzeptieren, dass sein Anteil am Haus kleiner ausfällt als gedacht. Micha muss einsehen, dass sein Vater Oskar und Reni bedenken wollte, wenn er selbst Barbara in die Gemeinschaft einschloss.

5
Montag, 8. Juli 1985

Es ist ein heißer, sonnenbegleißter Tag. Nelly, Micha, Oskar, Reni und Barbara sitzen beim Notar im Kleinen Hirschgraben gegenüber dem Goethehaus. Sie warten auf den Käufer des Elternhauses. Als Erben müssen sie alle den Kaufvertrag persönlich unterzeichnen. Nelly hat vor ein paar Tagen mit Michas Unterstützung damit begonnen, die Auflösung des Ladens mit einem Räumungsverkauf zu betreiben. So wird bald nichts mehr Nellys Umzug nach München behindern, wo Barbara verheiratet ist und gerade eine Stelle als Chemikerin in einer Arzneimittelfabrik angetreten hat.

Der Käufer Franz Baldauf erscheint in Begleitung zweier älterer Männer, die wohl als Zeugen fungieren sollen. Als der Notar beginnt, den Vertrag zu verlesen, stellt sich heraus, dass er nicht in allen Punkten den ausgehandelten Bedingungen entspricht. Der Notar, ein charmanter älterer Herr, entschuldigt sich und schlägt vor:

„Verschieben wir die Verhandlung um zwei Stunden, in der Zwischenzeit ändert mein Büro den Vertrag."

Die Erbengemeinschaft und der Käufer willigen ein.

An einem runden Tisch im Café Kranzler an der Hauptwache überbrücken die Valentins und Barbara die Wartezeit. Mitunter herrscht peinliche Stille. Micha ist befangen, weil er wenig Gesprächsstoff mit den Geschwistern findet. Wie fortgeblasen ist die Vertrautheit der Nachtwache vor einem halben Jahr, als alle schweigsam beisammen saßen, aber in ihrer Trauer über Vaters Tod verbunden waren. Micha weiß, dass Nelly den Geschwistern schon lange fremd ist. Sie war Vaters Frau, in den letzten Jahren waren sie froh, dass sie da war, dass sie sich um ihn kümmerte. Mehr als das hatte sie kaum interessiert. Ihn jedoch verbindet mit Nelly das Geheimnis um Vaters Tod. Sie ist ihm heutzutage näher, als sie es jemals war. Er begreift, dass Nelly leidet, weil sie Vater nicht helfen konnte und dass ihr Wegzug wie ein zweiter Abschied von Vater ist. Er versteht es, weil es ihm ähnlich geht. Sie geben das Haus auf, das Vater als Familienmittelpunkt so wichtig war. Micha ist sicher, dass sie so wie er mit Vater hadert, dass er in den natürlichen Lauf des Lebens eingegriffen hat, wenngleich sie beide ihn nicht verurteilen. Sie wissen einfach zu wenig über seine Beweggründe.

Zu Barbara haben weder er noch die anderen beiden Kontakt gehalten. Bei Familienfesten war sie anwesend, und als sie heiratete, sind alle, Vater und Nelly zu Gefallen, zur Hochzeit nach München gefahren. Und nun scheint es, als sei diese distanzierte Haltung für den Seelenfrieden der Geschwister gänzlich ausreichend, ja geradezu notwendig. Micha wundert sich, dass Barbara so eine ausgeglichene Frau geworden ist. Von ihrer Gehässigkeit scheint nichts geblieben.

Barbara war Micha behilflich, das Inventar des Hauses aufzuteilen. Da alle anderen verzichteten, musste Micha sich lediglich mit Nelly über Joschkas Sammlerstücke, Gemälde, Teppiche, Uhren, Porzellanfiguren einigen. Micha ist immer noch der Meinung, dass die Geschwister ihm freiwillig den Löwenanteil des Kindererbes überlassen sollten. Einzig der Respekt vor dem Willen des Vaters lässt ihn schweigen.

Als die Verhandlungspartner sich abermals im Notariat einfinden, ist der Vertrag geändert worden. Und alles läuft wie geplant.

Vor der Tür des Notars verabschieden sich die Familienmitglieder, jeder geht seiner Wege.

6
Samstag, 27. April 1991

Micha und seine Mutter sind mit dem Auto unterwegs und fast am Ziel ihrer Reise von Deutschland nach Ungarn. Nach etlichen Telefonaten und Briefen hin und her hat er Nora überzeugt, sich mit ihm in Budapest zu treffen. Und sie wird Ella mitbringen. Sie ist dazu bereit, weil sie einsieht, dass er seine Tochter besuchen muss. Nora hatte vor zwei Jahren die Scheidung verlangt. Er hatte das für reine Formsache gehalten, denn sie wohnten noch zusammen und betreuten das Kind gemeinsam. Nach dem Zusammenbruch des kommunistischen Systems war sie in ihre Heimat zurückgegangen. Sie hatte Sehnsucht nach ihrer Familie in Szeged, wo sie mit Ella lebt. Es gelingt ihm, die Wut, die sich seiner bemächtigen will, abzuwehren. Heimlich in einer Nacht- und Nebelaktion, als er auf Dienstreise war, ist sie mit dem Kind abgehauen. Sie wusste, dass sie in einer offenen Auseinandersetzung die Unterlegene gewesen wäre. Jetzt kann er die Scharte auswetzen. Sie ahnt nicht, was er vorhat. Und er ist fest entschlossen, er wird sich durchsetzen, fortan kann sie ihn nicht hereinlegen.

Er war immer gern in Ungarn, wenn er mit Vater zu den Großeltern Valentin nach Budapest fuhr oder Nora nach Szeged zu ihrer Familie begleitete. Den Grenzübertritt aber, den hasste er. Damals vor der Wende. Vater kannte sich aus mit den Gepflogenheiten an der Grenze. Er erkannte genau, welcher Beamte zugänglich war und wieviel geldliche Zuwendung ihn milde stimmte. Micha erinnert sich daran, wie groß seine Angst als Kind war, dass sie nicht aus dem Land wieder herausdürften. Wie erleichtert war er jedes Mal, wenn sie die Grenze in Richtung Österreich hinter sich hatten. Später war auch Nora immer sehr angespannt vor dem Grenzübertritt nach Österreich.

Heute reist er, weil er eine wichtige Mission hat. Trotzdem ist ihm ungemütlich ohne jemanden, der sich in diesem Land wirklich gut auskennt. Denn er glaubt nicht, dass die Partei-Bonzen über Nacht ihren Machthunger gegen demokratisches Selbstverständnis eingetauscht haben. Sie werden auf neuen einträglichen Posten sitzen und sich die Hände reiben, weil sie mehr herausschlagen als vorher. Man wird doch nicht zum Demokraten im Nullkommanix. Das geht nicht. Sein Vater kommentierte an einem Nationalfeiertag, den er zusammen mit ihm in Budapest erlebte: „Spürst du, wie der Boden bebt vor Feierlichkeit und wie die Luft riecht nach Bespitzelung?" Für ihn, den Unerfahrenen, war das Spitzeln so diskret, dass er es nicht glauben wollte. Bis er wenige Tage später an einem normalen Werktag in einem kleinen Park in Budapest versuchte, seine Blase zu entleeren, denn weit und breit gab es keine öffentliche Toilette. Er musste sich in der Nähe eines Regierungsgebäudes befunden haben. Als er sich in ein Gebüsch zurückzog, bemerkte er, dass dort ein Mann im Ledermantel versteckt stand. Er stahl sich ein paar Schritte weiter, und dann sah er sie, mehrere Männer, die sich zwischen dem Blattwerk verbargen. Aufgeschreckt hatte er schleunigst den Park verlassen.

Auf sein Drängen kommt ihm Nora nach Budapest entgegen, ist auf das Argument eingegangen, dass die Reise für ihn so kürzer wäre. Wahrscheinlich rechnet sie nicht damit, dass er etwas im Schilde führt. Sie hat sich frei genommen, damit Tochter und Vater sich begegnen können. Noch weiß sie nicht, dass er das Kind nach Deutschland mitnimmt und dass er mit dem Treffen in Budapest die Übermacht ihrer Familie ausschaltet.

Nun hat er die Kraft dazu und nun muss es sein, bevor Nora zu viel Einfluss auf das Kind bekommt. In Deutschland kann Ella besser aufwachsen, da ist er ganz sicher. Er wird dafür sorgen, dass sie alles bekommt, was sie braucht. Aufmerksamkeit und Fürsorge. Er ist nicht so lax wie sie, er ließ nicht die Klavierstunden schleifen, er sorgte für Zahnspange und Brille, die sie nicht mehr braucht, weil er rechtzeitig für Korrektur sorgte. Nicht so wie Nora, die immer meinte, es geht auch so, warum sich anstrengen, wenn es doch auch ohne geht. Sie wird das Kind verwöhnen, in allem nachgeben, sich dabei großzügig vorkommen. Nachlässigkeit als Großzügigkeit auslegen, damit soll endlich Schluss sein.

Bisher ist die Fahrt mit der Mutter weitgehend schweigend verlaufen. Die räumliche Nähe in dem engen Auto ist ihm unangenehm, sie erinnert ihn daran, dass er jahrelang das eheliche Doppelbett mit ihr teilte und wie abstoßend er das fand. Diesen Gedanken will er nicht festhalten, denn sie mag sein, wie sie will, in seinem Wunsch, Ella nach Deutschland zurückzuholen, kann er sich auf ihre bedingungslose Loyalität verlassen. Abgesehen davon, dass sie das als positive Parteinahme für die Enkeltochter einstuft. Trotz dieser Einsicht ist ihm ihre Gegenwart anstrengend. Weil er immer wieder seine Vernunft konsultieren muss, um seine Verachtung für sie abzuwehren. Auch sie, denkt er, hat ihren Teil dazu beigetragen, dass Vater, vom

Leben zermürbt, sich selbst ein Ende gesetzt hat. An diesem Punkt muss Micha sich immer selbst entgegen halten, dass Vater und Mutter schon viele Jahre auseinander waren, als Vater starb und er doch eigentlich nicht genau weiß, wie Vater in den letzten Jahren über sie dachte, denn das Schimpfen über sie hatte er nach dem Auszug der Geschwister allmählich aufgegeben.

Es ist Nachmittag, die Sonne scheint, es wäre ein angenehmer Frühlingstag, wenn sie ihn nicht im Fahrzeug verbringen müssten. Soeben haben sie die Grenze bei Mosonmagyaróvár überschritten. Sie fahren auf einer lebhaft befahrenen Landstraße. Links und rechts stehen Menschen, die den Daumen herausstrecken und mitgenommen werden wollen.

„Komisch", stellt er fest, „es sind nur Frauen." Sogleich wird ihm die Lächerlichkeit seiner Bemerkung demonstriert. Denn vor ihm lenkt ein Wagen blinkend zum Straßenrand. Im Vorbeifahren und dann im Rückspiegel sieht er das Mädchen, das mit dem Fahrer spricht. Sie trägt einen extrem kurzen Rock und Stiefel, die bis über die Knie reichen.

„Das hier ist ein Straßenstrich", sagt er.

„Was ist das?", will die Mutter wissen.

„Frauen, die sich an der Straße den Männern gegen Bezahlung anbieten."

„Was, so viele?"

„Ja, so scheint es."

„Das ist nicht möglich", protestiert seine Mutter. Langsamer fahrend, betrachtet er die Mädchen und Frauen. Einige sind auffallend herausgeputzt, wie Nutten, die ihre körperlichen Reize unübersehbar zur Schau stellen. Andere dagegen sehen aus wie normale junge Frauen.

„Warum tragen so viele der Frauen Stiefel? Es ist doch gar nicht kalt."

Er schaut seine Mutter von der Seite an. Ist sie so naiv oder tut sie nur so? Sein Blick bleibt an ihren langen Ohrringen hängen, die nicht recht zur restlichen eleganten Aufmachung passen.

„Ach so, Oh je." Sie lächelt ihn unsicher von der Seite her an. „Du denkst sicher, dass ich dumm bin."

„Nein, das denke ich nicht. Ich finde es traurig, dass junge Frauen das nötig haben."

Die Entlassung in die Freiheit, die wirtschaftliche Neuordnung bringen Chaos und solche Notverkäufe des eigenen Körpers, konstatiert Micha. Den Ungarn allerdings verdankt er die Freizügigkeit, heute hier reisen zu können. Diese Ungarn sind besonders freiheitsliebend, feiern jährlich ihre dreizehn Bluthelden von 1848, die im Banat hingerichtet wurden. Und an der Grenze nahe Sopron nahmen sie sich die Freiheit, die paar Hundert Ostdeutschen, die während des Paneuropäischen Picknicks nach Österreich flüchteten, nicht über den Haufen zu schießen. Das war der Anfang vom Ende des ungarischen Sozialismus. Es war der Mut dieses einen Grenzers Árpád Bella, der den Umschwung besiegelte, denn nur wenige Tage vorher wurde noch ein Ostdeutscher auf der Flucht nach Österreich erschossen.

Sohn und Mutter fahren durch die gesichtslosen Vorstädte Budapests mit den Plattenwohnbauten, mit den nicht enden wollenden oberirdisch verlegten Gasleitungen, den schäbigen Fabrikanlagen und Lagerhallen. Sie nähern sich der Innenstadt. Rechts fließt die Donau, über ihr erheben sich die Fischerbastei, das Burgviertel mit der Matthiaskirche. In den ersten Jahren ihrer Ehe war er ein paar Mal mit Nora hierher gefahren und sie hatten diese wunderbaren Plätze und Sehenswürdigkeiten besucht.

Schauend und bedächtig nähern sie sich allmählich ihrem Ziel. In der Holló utca angekommen, findet Micha wider Erwarten einen Parkplatz. Ein gutes Omen für sein Vorhaben.

„Hier ist es? In diesem herrschaftlichen Haus?“ Seine Mutter ist erstaunt.

„Ja, die alten Leute vermieten ein paar Zimmer ihrer Wohnung an Gäste. Nora und ich haben früher hier schon mal übernachtet.“

Vor dem Eingang des Mietshauses spielen ein paar Kinder Gummitwist. Das zwischen den gespannten Gummis hüpfende Mädchen trägt einen blauen Trägerrock über einer engen Blue Jeans. Die etwa zehnjährigen Mädchen grüßen die Ankömmlinge höflich mit einem „Csókolom“, was Micha mit einem freundlichen „Jó napot“ erwidert. Die Kinder geben den Weg zum Hauseingang frei und beobachten jede Bewegung der Fremden.

Micha klingelt, gibt der summenden Tür einen kräftigen Stoß. Sie müssen auf den aus einer versunkenen Epoche stammenden Aufzug mit Scherengitter warten, dann schweben sie nach oben. An der offenen Wohnungstür empfängt sie eine kleine, runde Frau in einem Kleid, das über und über mit bunten Punkten bedruckt ist. Trotz seiner Aufregung stellt Micha fest, dass Frau Lakatos kugeliger geworden ist und ihm drängt sich der Vergleich mit einem bunten Kinderspringball auf. Mit enthusiastischer Freundlichkeit begrüßt Frau Lakatos ihre Gäste auf Deutsch, und Michas Mutter lässt sich sofort auf diesen Ton ein, lobt alles, was im geräumigen Flur der Wohnung ihre Zustimmung findet. Auf Ungarisch erkundigt Micha sich, ob seine Frau und das Kind schon da seien.

„Ja, sie sind heute Vormittag eingetroffen. Momentan sind sie in der Stadt, um sich ein wenig umzusehen. Nicht lange, und sie werden zurück sein.“

Frau Lakatos führt sie in einen großen Raum mit vier Betten, die entlang den Wänden stehen. Sie zeigt ihnen noch das zweite, kleinere Zimmer für den Fall, dass sie es brauchen sollten. Micha nimmt dieses Angebot an, eine Nacht gemeinsam mit seiner Mutter und seiner Ex-Frau in einem Zimmer mag er nicht aushalten. Micha schaut aus dem Fenster. Gegenüber ein eingerüstetes Haus, daneben eines in schlechtem Zustand, große Flecken blankes Mauerwerk, daneben kleine Fladen loser Verputz. Die elektrischen Leitungen auf der Fassade. Schade, diese „Bérpalota", Mietspaläste, im Eklektizismus-Stil der Jahrhundertwende sind sehr heruntergekommen. Micha schätzt, es wird viel Geld und Ehrgeiz nötig sein, um sie herzurichten. Immerhin hat man bereits begonnen.

Micha zieht Schuhe und Jacke aus, legt sich auf eines der Betten und schließt die Augen. Seine Mutter sitzt auf dem Bett gegenüber, hinter dem Tisch in der Mitte des Zimmers. Die Fahrt war für beide ermüdend. Seit Stunden haben sie nichts gegessen. Lotta bietet an, von der Wirtin einen Imbiss besorgen zu lassen.

„Nein, lass, warte, vielleicht hat Nora schon alles bestellt."

Nach ungefähr einer Stunde hören Sie die Türglocke und wenig später dringen vom Flur her die Stimmen der Neuankömmlinge zu ihnen. Ella eilt auf ihren Vater zu und begrüßt ihn mit überschwänglichen Küsschen. Danach fällt sie ihrer Großmutter um den Hals. Micha und Nora grüßen sich mit Umarmung und förmlichen Wangenküssen. Micha will dem Kind demonstrieren, dass Vater und Mutter trotz Trennung und Streit freundschaftlich verbunden sind.

Nora breitet die von der Wirtin hereingebrachten Lebensmittel auf dem Tisch aus, holt Geschirr aus einem niedrigen Wandschrank und alle vier setzen sich nieder zu einer Jause. Noch wird der Grund der Reise nicht angesprochen. Ella bedankt sich bei ihrer Großmutter für die Päckchen, die sie ihr regelmäßig schickt. Besonders dankbar ist sie für die Nougatcreme. Von den Musikkassetten von Modern Talking und Michael Jackson ist sie begeistert und schildert, wie sie und ihre Freundinnen, die so tolle Sachen nicht haben, sich dabei vergnügen. Neuigkeiten werden ausgetauscht. Was machen Ellas Szegeder Großeltern, wie gefällt es Nora an ihrem Arbeitsplatz in der Klinik? Einer ihrer in Frankfurt lebenden Cousins hat Micha erzählt, dass ihr Bruder Béla eine Maschinenfabrik eröffnet hat, Stimmt das?

„Aber ja, er war doch immer schon der Geschäftstüchtigste von uns allen", gibt Nora zur Auskunft. „Und er ist sehr klug. Er hat einigen alten Parteifunktionären Arbeit verschafft, also unterstützen sie ihn bei den Genehmigungen der Behörden."

Micha stöhnt: „Also immer noch der alte Sch… Schlamassel, bitte, lass uns das Thema wechseln. Wann fährst du wieder zurück?"

„Wie ich?" Nora ist unsicher und erstaunt. „Ich?", fragt sie noch einmal.

Und dann begreift sie. Sie sieht ihn verstört und ungläubig an. „Wir, wir", protestiert sie mit schriller Stimme, nahezu schreiend. Etwas ruhiger, aber immer noch aufgebracht, fährt sie fort: „Wir, wir wollen morgen Abend zu Hause sein. Ich habe Ella nur für heute von der Schule befreien lassen. Spätestens am Montag, also übermorgen, muss sie dort sein."

Angstvoll verfolgt sie Michas Mienen und Gestik. Micha stellt sich vor, dass sie bedauert, mit dem Kind angereist zu sein. Es ist weniger schmerzhaft, denkt er, wenn man die Sache zügig hinter sich bringt.

„Wobei wir beim Thema sind", packt er den Stier bei den Hörnern, „Ella fährt mit mir nach Deutschland und nicht zurück nach Szeged."

Nach dieser Eindeutigkeit ist Nora entsetzt. Sie schaut hilfesuchend zu Lotta, die demonstrativ unter sich blickt. Nora scheint zu ahnen, dass sie in diesem Kampf unterliegen wird. Micha sieht ein, dass sie trotzdem ihr Bestes versuchen muss.

„Deshalb wolltest du unbedingt, dass ich Ella herbringe. Du kannst sie nicht mitnehmen, wir haben zwar beide das deutsche Sorgerecht, aber hier gilt das nicht, weil du ja in Deutschland lebst."

„Dann bekomme ich halt in Deutschland das Sorgerecht allein. Das ist ziemlich einfach. Du lebst hier und wenn Ella bei mir in Deutschland ist und wir uns mit dem gemeinsamen Sorgerecht nicht einigen können, wird man es mir zusprechen. Ich hoffe nur, sie hat wirklich weiterhin Englisch gelernt und Deutsch als Fach in der Schule gehabt."

„Ja sicher, wie kommst du darauf, dass es nicht so sein könnte?" Vor Aufregung überschlägt sich ihre Stimme fast. Mit aggressivem Blick und lautstark verteidigt sie ihre Position. „Die ungarischen Schulen sind besser als die deutschen. Ella kam anfangs wegen der Sprache in einigen Fächern nicht so gut mit, aber sie konnte bald alles aufholen, weil ich ihr Nachhilfestunden geben ließ, und in Ungarisch schreibt sie inzwischen richtig gute Aufsätze. Mit anderen Worten, sie hat sich eingelebt."

Micha überhört den Triumph, der in ihren letzten Worten mitschwang, wirft ihr einen zweifelnden Blick zu, antwortet nicht, weil er Stärke demonstrieren will. Er wird nicht kämpfen. Sie soll die Kämpfende sein. Von Anfang soll klar sein, dass sein Wille gelten soll und nicht ihrer.

Mit flehendem Gesichtsausdruck und tränenerstickter Stimme sagt Nora: „Micha, sei vernünftig! Wirklich, das Kind ist besser bei mir aufgehoben. Sie wird weiter gut Deutsch lernen. Ich werde ihr private Stunden geben lassen, damit sie nichts verlernt. Das verspreche ich dir."

Micha betrachtet seine Tochter, die bisher ruhig den Wortwechsel der Eltern verfolgt hat. Jetzt schaut sie von einem zum anderen. Micha beobachtet, dass sie ängstlich erfasst, dass diese Reise einzig wegen ihr unternommen wurde. Micha nimmt sich vor, das Kind aus dem Streit herauszuhalten, sie nicht zu fragen, was sie will. Das Kind soll nicht in Loyalitätskonflikte gestürzt werden. Aus Fürsorglichkeit muss man dem Kind eine solche Entscheidung ersparen, außerdem ist er seiner Sache sicher.

Micha argumentiert, dass das Kind in Deutschland gute Bildung bekomme und bessere Ausbildungschancen habe, dass sie dort eine anständige Zukunft erwarte, anders als in diesem abgewirtschafteten, vom Kommunismus zerstörten Ungarn, das noch viele Jahre brauchen werde, um sich von Misswirtschaft, Diktatur und Korruption zu erholen.

„Jeder weiß, dass die ungarischen Schulen gut sind, dass man hier eine qualifizierte Ausbildung bekommt. Wenn es nicht so wäre, hätte ich niemals in Deutschland so eine gute Stelle bekommen", erwidert Michas ehemalige Frau. „Das Kind gehört zu seiner Mutter. Wie willst du denn für Ella sorgen? Du musst doch den ganzen Tag arbeiten. Dort hast du niemanden, der sich um das Kind kümmert."

„Du weißt sehr genau, dass ich von Anfang an das alleinige Sorgerecht haben wollte, dass ich nachgegeben habe, weil ich dem Jugendamt nicht die Illusion nehmen wollte, dass wir kooperieren würden, und ich bin sicher, dass ich es bekommen hätte, wenn das Gericht geahnt hätte, dass du das Kind nach Ungarn entführst. Und auch ich hatte dir vertraut."

Bitterkeit steigt in ihm auf angesichts der Hinterfotzigkeit, mit der Nora ihn hereingelegt hat. Er schluckt sie hinunter. Im Moment hilft nur Argumentieren.

„Und was die Betreuung anbetrifft: was hast du denn vorzuweisen? Willst du mir etwa erzählen, dass du deine Arbeit in der Poliklinik aufgibst, um fortan ganztags für Ella zu sorgen?"

„Nein, natürlich nicht. Ich muss arbeiten, mit deinem Unterhalt für Ella komme ich nicht weit. Aber meine Mutter ist immer da, oder auch eine meiner Schwestern. Das Kind braucht Frauen, die sich um es kümmern."

„Das ist doch schwachsinnig. Sie ist bald dreizehn. Da braucht sie doch keine intensive Betreuung mehr. Wenn eine weibliche Hand gebraucht wird, dann ist ja immer noch meine Mutter da."

Micha bemerkt, mit welch verächtlichem Ausdruck Nora zu Lotta sieht, die mit elegant übereinander geschlagenen Beinen die Ruhe selbst zu sein scheint. So sehr vertraut sie darauf, dass er den Kampf gewinnen wird.

„Du hast mich hereingelegt", sagt Nora mit Widerwillen und Empörung in der Stimme.

„Wie du mir, so ich dir."

„Und du bringst deine Mutter mit als Unterstützung, eine Frau, die ihr Gewissen beruhigen will, weil sie ihre Kinder weggegeben hat und sie von einer fremden Frau erziehen ließ. Und jetzt wollt ihr so eine aus mir machen."

Lotta kommt Micha zuvor und antwortet ihr: „Nein, das wollen wir nicht. Ich bin keine Fremde für Ella, sondern ihre Großmutter. Und ein schlechtes Gewissen habe ich nicht, nie gehabt. Denn meine Kinder hatten es gut bei Joschka. So wird es deinem Kind auch gehen. Micha wird gut für Ella sorgen."

Micha beobachtet, wie seine Tochter verständnislos von ihrer Großmutter zur Mutter blickt. Dann gähnt sie resigniert, lehnt sich zurück und spielt nervös mit ihrem Armband.

Nora wendet sich an Micha: „Und mit so einer Betrügerin willst du mich hereinlegen!"

Lotta schüttelt den Kopf. „Warum musst du mich beleidigen? Versuche zu verstehen. Außerdem, Liebes, er hat recht, bei uns in Deutschland gibt es einfach viel mehr Möglichkeiten für das Kind."

„Was sind alle diese Möglichkeiten wert, wenn das Kind die Mutterliebe vermissen muss."

„Als ob die Vaterliebe gar nichts wäre", braust Micha auf. „Sie hat so oder so nur einen Elternteil. Und ihr könnt euch gegenseitig besuchen."

„Tu nicht so scheinheilig", schreit Nora. „Als ob das so einfach wäre! Jetzt, wo wir geschieden sind." Mit mühsam gemäßigter Stimme fährt sie fort: „Micha, sieh doch mal ein, ich möchte mit meinem Kind in meiner Heimat leben. Kannst du das nicht verstehen? Hier tut sich inzwischen so viel, wir sind den Kommunismus los und bauen das Land auf. Auch hier wird es gut für Ella sein. Ich bitte dich, lass uns noch warten. Lassen wir sie erst das Schuljahr beenden und dann können wir erneut darüber reden."

„Nein, und nochmals nein", braust er auf. „Kein Sterblicher weiß, wie sich die Verhältnisse hier entwickeln, Sie fährt morgen mit mir nach Deutschland. Basta. Und nochmal basta. Kapier das endlich." Mit leiserer, aber gefährlich leidenschaftlicher Stimme, fügt er hinzu: „Außerdem hättest Du keine Besuchsschwierigkeiten, wenn du in Deutschland geblieben wärest oder wenigstens die deutsche Staatsbürgerschaft angenommen hättest, wie ich es dir mehrfach vorgeschlagen hatte."

Mit Genugtuung bemerkt Micha, dass Nora eingeschüchtert ist von seiner Vehemenz, die sich unversehens zu einem Wutausbruch steigern könnte. Er ist Herr der Lage, denn nur er weiß, dass er sich wegen des Kindes zusammenreißen wird. Dies ist eine Gelegenheit, um weiter zu punkten. „Ich werde eine Wohnung in der Nähe von Mutti beziehen, so dass der Weg zu ihr nicht so weit ist. Mein Chef hat mir eine schöne, geräumige Wohnung im Westend in Aussicht gestellt. Ella wird sich wohl fühlen."

Bei den letzten Worten sieht er auf Ella, die nun ganz versunken mit angezogenen Beinen am Fußende eines der Betten hockt. Sie reagiert nicht auf seinen Blick, schaut wie geistesabwesend geradeaus, doch Micha ist sicher, dass sie die Auseinandersetzung aufmerksam verfolgt. Er steht auf, nimmt eine Wolldecke und legt sie Ella über die Beine.

Micha lässt sich von seinem Entschluss nicht abbringen, auch nicht, als Nora zu weinen beginnt und schluchzend mehrere Male hintereinander ihre Argumente vorbringt, dass das Kind sich gut eingelebt habe und man nicht nach nur einem Jahr schon wieder einen Orts- und Schulwechsel vornehmen solle und ein Mädchen in Ellas Alter doch die Betreuung durch die Mutter brauche. Micha malt dagegen die Zukunft Ellas in Deutschland in bunten Farben. Deutsche Schulen seien gut, deutsche Universitäten hätten ein gutes Renommee und wenn sie als Erwachsene nicht in Deutschland bleiben wolle, habe sie in einem entwickelten Ungarn oder sonst wo auf der Welt einfach bessere Berufschancen. Allerdings, ob sich Ungarn wirklich zum Positiven hin verändere, stehe in den Sternen. Er schließt mit dem Fazit: „Hier könnte alles noch schlimmer kommen."

Während dieses Abends und der folgenden Nacht gibt es ab und zu eine Pause in dem Wortgefecht. Meist dann, wenn Micha sich so in Rage geredet hat, dass die Frauen fürchten, er werde sich in einen Ausbruch von Jähzorn steigern. Nora schweigt dann eine Weile, damit er sich beruhigen kann. Keines ihrer Argumente, wie kämpferisch sie sie auch vorbringt, lässt er gelten. Er wird zunehmend unwirscher. Zwar begreift er, dass Nora nicht anders kann und kämpfen muss, dennoch ärgert ihn der Streit. Sie könnte doch allmählich einsehen, dass er nicht nur gute Absichten hat, sondern dem Kind einfach mehr zu bieten hat als sie. Wieso muss sie sich so widersetzen? Das Kind ist doch die Hauptsache, nicht die Eltern. Wenn zeitweilig Ruhe einkehrt, schläft Ella ein, bis sie durch die zunehmende Lautstärke der diskutierenden Eltern geweckt wird.

Gegen Morgen sind alle so zermürbt, dass auch die Erwachsenen bekleidet, nur mit einer Wolldecke versorgt, auf je einem der Betten in Schlaf fallen.

Micha wird wach, nur langsam löst er sich aus dem Schlaf. Er muss geträumt haben. Von draußen, von der Straße, dringt ein regelmäßig perlendes Geräusch an sein Ohr. Vielleicht Singen. Es klingt, als schicke der Mai einen hüpfenden Ball als Vorboten durch die Gassen, ganz sanft und weich. Während er sich aufsetzt, breitet sich in seiner Brust die Gewissheit aus, dass seine Mission gelingen wird, dass er ohne weiteren Streit Ella mitnehmen kann.

Vom Flur dringen Stimmen zu ihm. Seine Mutter betritt das Zimmer, beugt sich zu ihm und flüstert:

„Mein Lieber, du kannst ins Bad gehen. Ich habe Kaffee und Tee bestellt. Wir müssen uns vor der Reise erfrischen."

Micha erhebt sich mit Leichtigkeit von seinem Lager. Seine erste Sorge gilt Ella. Sie schläft noch, ihr Gesicht ist entspannt, die zarte Haut und das feine Blondhaar machen auf ihn den Eindruck kindlicher Unschuld. Vor Rührung steigen ihm Tränen in die Augen. Nein, er wird für dieses Kind alles tun, was in seiner Macht steht. Und es von seiner Mutter loszureißen, es mit nach Deutschland zu nehmen, ist eine der kleinsten Aufgaben. Er war fest entschlossen und ist es immer noch.

Er weckt Nora, streicht ihr das Haar aus der Stirn. Als sie ihn nur klagend anguckt, sagt er in liebevollem Ton:

„Drága, ich wusste, du wirst vernünftig sein. Und ich weiß, es ist ein großes Opfer. Aber es muss gebracht werden. Glaube mir, es muss sein. Tu mir den Gefallen, mach es dem Kind nicht schwer."

Nora weint leise in ihr Kissen, schnäuzt sich und steht langsam auf. Ihre Bewegungen sind unbeholfen und fahrig. Sie wirkt wie eine alte Frau, die sich selbst zu viel ist.

Während des Frühstücks flackert Noras Kampfesmut noch einmal auf. Doch Micha ergreift ihre Hand und bittet sie zu schweigen. Dann verabschieden sich die drei Deutschlandfahrer von Nora, die nun herzzerreißend schluchzt. Sie hält Ella eng umschlungen und verspricht ihr, so bald wie möglich nach Deutschland zu kommen oder sie auf Besuch zu holen. Auch dem Kind laufen dicke Tränen über die Wangen.

„Mama, Vati will es so. Ich komme auf jeden Fall zu dir nach Szeged. Ich schreibe dir ganz, ganz viele Briefe. Auch auf Ungarisch. Ich werde das Ungarischschreiben nicht verlernen, ich verspreche es dir."

Bevor Micha hinter seiner Mutter, die Ella an der Hand hält, das Zimmer verlässt, schaut er sich kurz um, Nora sitzt weinend am Tisch, blickt ihnen tränenüberströmt hinterher. Er hebt die Schulter leicht an, um entschuldigend auszudrücken, dass es leider keine andere Lösung gibt. Danach zieht er entschlossen die Tür hinter sich zu.

Ella verschläft den größten Teil der Reise auf dem Rücksitz des Wagens. Am Nachmittag machen sie eine Pause an einer Autobahnraststätte in der Nähe von Passau. Micha betrachtet das Mädchen besorgt. Warum hat sie so einen roten Kopf? Er legt ihr die Hand auf die Stirn. Sie fiebert.

„Wir müssen schnell nach Hause“, sagt er zu seiner Mutter. „Das Kind braucht Ruhe und geregelte Verhältnisse. Gleich morgen melde ich sie im Goethe-Gymnasium an. Ich war dort, warum nicht auch Ella. Außerdem, erinnerst du dich an Sándór Babodi, den Studienkollegen von Nora, der schon vor Jahren nach Deutschland übergesiedelt ist? Er hat seine beiden Töchter dort. Es ist nun mal eine Traditionsschule. Das ist das richtige für Ella und besser als ihr früheres Gymnasium, mit dem ich nicht richtig zufrieden war. Zusätzlicher Vorteil: Der Schulweg geht zu Fuß nur um ein paar Ecken, wenn es mit der Wohnung in der Brentanostraße klappt.“

„Ja, Lieber, du wirst das Beste für sie tun. Ja, es ist eine gute Schule. Und wichtig ist, dass sie dort mit Kindern aus gutem Hause zusammentrifft.“

Micha schüttelt resigniert den Kopf, teils spöttisch, teils verbittert entgegnet er: „Ja, weil ich ja auch aus so gutem Hause bin, nicht wahr?“

„Ja“, erwidert sie trotzig. „Das bist du durchaus.“

Als er sieht, dass Ella diesen Wortwechsel verständnislos verfolgt, legt er seine Hand an ihr Kinn, beugt sich über den Tisch und gibt ihr mit seiner Nase einen kleinen Nasenstüber. Als Antwort auf diesen seltenen Ausdruck von Zärtlichkeit, strahlt sie ihn an. Es wirkt bemüht, was Micha nicht verborgen bleibt. Trotzdem denkt er, es wird alles gut, denn endlich kann er das tun, was notwendig ist.

Lange nach Mitternacht erreichen sie Ellas alte und neue Heimat.

Zwischen Regensburg und Nürnberg haben sie im Stau gestanden. Jetzt ist es geschafft. Lotta richtet in ihrer Wohnung ein Bett für Ella im Gästezimmer und eins für Micha auf der Wohnzimmercouch.

Am nächsten Morgen fiebert das Kind so stark, dass die Großmutter einen Arzt holt. Der stellt eine Lungen- und Rippenfellentzündung fest und verschreibt Penicillin.

Nach drei Wochen ist Ella so weit genesen, dass sie in Begleitung ihrer Großmutter zum ersten Mal in die Schule gehen kann. Zum Glück kennt sie die Babodi-Mädchen. Mit der jüngeren der beiden wird sie die gleiche Klasse besuchen. Dafür hat ihr Vater gesorgt, damit sie weniger Unbehagen vor der unbekannten Schulsituation hat. Am Telefon hat Ella mit den beiden Mädchen vereinbart, dass sie am Haupteingang auf sie warten.

Teil V 1995

Ungefähre Versöhnung

1
Mittwoch, 8. November 1995

Micha verlässt den Aufenthaltsraum, wo er eben noch mit ein paar Mitpatienten vor dem tonlosen Fernseher gesessen hat. Er war eingedöst, schreckte auf, als jemand geräuschvoll von außen gegen die Tür stolperte. Er will sich in seine Lesenische zurückziehen. Auf dem Flur begegnet ihm Schwester Antje.

„Herr Valentin, Telefon für Sie. Ihre Mutter."

„Ich bin nicht da." Sie lacht.

„Ihre Mutter möchte Sie sprechen", wiederholt die Schwester geduldig. „Sie meint, es ist wichtig. Was soll ich ihr sagen?" Micha fühlt sich verschlafen und unsicher. Die Schwester hilft ihm: „Soll ich ihr sagen, dass Sie sie nicht sprechen wollen?"

„Ja, sagen Sie ihr, sie soll mich in Ruhe lassen." Dann setzt er heftiger hinzu: „Ich will nichts hören und nichts sehen von ihr."

Micha folgt der Schwester müde schlurfend zum Dienstzimmer und verfolgt von der Schwelle aus, wie die Schwester mit seiner Mutter telefoniert.

„Frau Valentin, Ihr Sohn möchte Sie nicht sprechen. Nein, er hat es ausdrücklich gewünscht. – Ja, es tut mir leid. – Er ist nun mal der Patient. – Nun, wir denken, es ist besser, wenn wir seinem Wunsch folgen. – Ja, in diesem Fall ist das so. – Ja, ich sage es ihm, auf Wiederhören." Schwester Antje schwebt auf ihn zu.

„Herr Valentin, Ihre Mutter sagt, es ginge ihr nicht gut, und wenn möglich, sollen Sie sie anrufen."

„Danke, Schwester Antje." Er lächelt die Schwester dankbar an, sie nickt zustimmend mit dem Kopf, als billige sie seine Weigerung. Sie wendet sich ihrem Schreibtisch zu, Micha schleppt sich müde zur Bibliothek, lässt sich dort in seinen Lieblingssessel fallen. Die Tür geht.

„Hej, Kumpel, hast du Ärger mit deiner Mutter?"

Micha ist verblüfft. In diesem Laden lässt sich aber auch gar nichts geheim halten. Er betrachtet den Mitpatienten, der diese Worte an ihn gerichtet hat. Vor ihm steht Daniel, der schon mehrfach sein direkter Nachbar am Esstisch war, mit dem er aber noch keine drei Worte gewechselt hat. Fast hätte er ihn nicht erkannt, denn sein Kopf ist kahlrasiert. So ungebildet sieht er doch gar nicht aus, wie die anbiedernde Anrede vermuten lässt.

„Ja", beantwortet er die Frage des jungen Mannes, der ihn von oben herab wie ein Studienobjekt konzentriert beobachtet.

„Mannomann, da hast du Glück, ich hasse meinen Alten. Ich meine, so richtigen Hass-Hass." Micha reagiert nicht sofort. Der Bursche scheint seine kurze Antwort als Aufforderung zum Sprechen aufzufassen.

„Mein Alter ist der blödeste Ficker in ganz Deutschland. Der fickt sich noch die Seele aus dem Leib. Und so was nennt sich evangelischer Pfarrer."

Erschrocken über diese Wortwahl setzt sich Micha aufrecht hin. Nun ist er hellwach. Micha bemerkt den zufriedenen Ausdruck des Jungen, der endlich seine volle Aufmerksamkeit hat. In demselben aufgeregten Ton fährt Daniel fort:

„Lässt uns sitzen, meine Mutter und mich. Sucht sich eine, die könnte meine Freundin sein. Die wird sich noch wundern. Der ist nicht wählerisch. Jahrelang hat Mutter das ausgehalten und jetzt macht er sich mit diesem Flittchen davon. So ein Klischeeficker, Mannomann."

„Daniel, beruhige dich. Warum nimmst du dir das so zu Herzen? Warum ist deine Mutter nicht hier? Sondern du?" Der Junge tut ihm leid.

„Meine Mutter ist fix und alle, die hat tagelang geweint, nun hat sie eine Depression."

„Und was hast du? Warum bist du hier?"

„Ich hab versucht, meinen Alten umzubringen. Diese Arschgeige. Hat nicht geklappt. Ich würde sagen, dass ich es nicht richtig versucht habe, sonst wäre es mir gelungen."

„Ein Glück, du wirst doch nicht dein ganzes Leben büßen wollen für die Fehler, die dein Vater macht. Das wäre schön dumm."

„Da hast du recht, Mann. Wie heißt du denn?"

„Michael. Ich weiß, dass du Daniel bist."

Daniel ist verblüfft, fängt sich aber schnell. „Gut, Michael, du bist clever. Oder? Siehst älter aus als mein Alter, aber bist auf Draht, oder?"

Daniel zieht einen Sessel herbei, der nun direkt neben Micha steht und schwingt sich mit der Anmut langbeiniger Menschen hinein. Er tätschelt Michas Unterarm, nimmt dann seine Hand, die auf der Armlehne liegt. Micha, der im Allgemeinen allzu große Vertraulichkeit ablehnt, wehrt sich nicht. Das muss er über sich ergehen lassen. Dieses arme Schwein. Angesichts des inneren Aufruhrs dieses Heranwachsenden scheint ihm sein Seelenzustand abgeklärt.

„Daniel, warum hast du dir die Haare abschneiden lassen?"

„Das waren die Philister. Heimlich in der Nacht sind sie gekommen und ritsch-ratsch haben sie mir die Haare abgesäbelt."

Micha weiß nicht, was er von dieser Antwort halten soll. Vielleicht ist Daniel doch kränker, als er dachte.

Plötzlich lacht Daniel los.

„Kennst du die Geschichte von Samson und Dalila aus der Bibel?"

„Ich entsinne mich dunkel, dass ihm die Haare abgeschnitten wurden und dass Dalila ihn verraten hatte", antwortet Micha.

„Ja, so war es", sagt Daniel. „Die Philister, seine Feinde, haben ihm die Haare abgeschnitten und so konnten sie ihn überwältigen und ins Gefängnis werfen. Das war nämlich das Geheimnis seiner Kraft, seine Haarpracht."

„Und was hat das mit dir zu tun", will Micha wissen.

„Na ja, ich hab mir gedacht, wenn die Haare alle weg sind, dann kann sie mir keiner abschneiden und keiner kann mich verraten." Er lacht laut und herzhaft. „So einfach ist das. Gute Idee, oder?"

Micha weiß nicht, was er von dieser Erklärung halten soll. Doch kommt ihm eine Idee.

„Daniel?" „Ja?"

„Lass dir die Haare wieder wachsen. Dann gibt's neue Kraft für dich." Verdutzt stößt der Junge seinen Atem hörbar aus.

„Meinst du? Ah, du meinst, weil die alten Haare weg sind, kommen neue, bessere. Meinst du das?"

„Ja, so könnte man sagen." Daniel schaut Micha interessiert an. In seinem von Medikamenten verhangenen Hirn scheint sich eine Region zu lichten. Ein Lächeln zeigt seine kindliche Verletzlichkeit.

„Ja, klar, ich lass mir die Haare wachsen, ich fange sofort damit an." Und dann wirft er den Kopf zurück, lacht tief und schallend, lässt sich in den Sessel sacken, holt sich mit der ausholenden Bewegung seines rechten Arms einen weiteren Armstuhl herbei, in den er sich hievt, um Micha nun mit größerer Distanz zu betrachten.

„Michael, sag mal, meinst du, ich könnte hier wieder raus kommen?"

„Ja, was denkst du denn? Die behalten dich doch nicht ewig. Wenn du die Ärzte überzeugst, dass du wieder okay bist."

„Bist du das erste Mal hier?"

„Nein, ich war schon mal in so einer Klinik, vor 20 Jahren."

"Warum?"

„Schwache Nerven."

„Wie schwach? Hast du jemanden umgebracht?"

„Nein, um Gottes willen, das nicht."

„Na, dann is ja gut. Ich will hier raus, und ich schwöre dir, dass ich hier nicht noch mal lande. In diesem Idiotenstall. Wenn man noch nicht verrückt ist, hier wird man es. Mannomann."

„Na, na." Diese Ermahnung kann Micha sich nicht verkneifen.

„Ausgenommen du, Michael."

„Du bist doch auf dem Weg der Besserung."

Daniel steht auf, pendelt von einem Fuß auf den anderen, unruhig, unschlüssig. Dann wirft er sich zurück in den Sessel direkt neben Micha und schließt die Augen.

Micha verlässt die Bibliothek, trottet in den Aufenthaltsraum, wo der tonlose Fernseher eine Rockgruppe zeigt. Der Sänger klammert sich mit beiden Händen ans Mikrophon, als könnte er sich nur dadurch aufrecht halten. Mit schmerzverzerrtem Gesicht singt er in das Mundstück. Der Gitarrist der Gruppe schwenkt die Gitarre vor seinem Unterleibe hin und her, geht in die Knie, auch er verzieht sein Gesicht, als litte er an Bauchkrämpfen. Jetzt dreht der Sänger seinen Kopf immer rund und rund. Dabei reißt er die Augen auf, als läge er in Agonie. Er steckt das Mikrophon auf den Ständer, schnappt sich ein Tamburin und bearbeitet es mit seiner linken Faust. Seine Bewegungen werden immer schneller. Er springt wie ein vor Wut verrückt gewordenes Rumpelstilzchen mit weitem Schritt von einem Bein aufs andere. Nun schlägt er sich mit dem Tamburin an die Stirn und dann vor das ganze Gesicht. Micha schaut fasziniert auf die Verrenkungen dieser Musiker. Der einzig Normale scheint der Keyboard-Spieler zu sein. Er hämmert im Takt auf die Tasten und grinst ab und zu etwas blöde in die Kamera. Micha fragt sich, ob diese Menschen auch so völlig daneben wirken würden, wenn man die Musik hörte. Er lächelt amüsiert bei dem Gedanken, dass man die Patienten solche Musik machen lassen sollte, vielleicht würden sie dann auf ihre Umwelt weniger verrückt wirken, denn für Popmusiker gelten augenscheinlich besondere Normen.

Micha betrachtet zwei reglos und stumm in kurzer Distanz vor dem Fernseher sitzende Männer, der eine mit offenem Mund, was ihn erstaunt wirken lässt, der zweite mit dicken, halb geöffneten Augenlidern. Jäh fühlt er eine bleierne Schwere in sich. Er hat das dringende Bedürfnis, sich hinzulegen. Sofort fällt er in einen tiefen und traumlosen Schlaf.

Gegen Abend besucht ihn Aimée. Unverhofft steht sie vor ihm in der Bibliothek. Er steht auf, umarmt sie und flüstert ihr ins Ohr:

„Ich habe Sehnsucht nach deiner ganzen Nähe." Er wartet auf ihre Reaktion. Sie nickt und streichelt ihm zärtlich über die Augenbrauen, dann über die Lider.

„Leider können wir hier nur Kinderschmusen." Auf ihrem Gesicht erscheint diese Mischung aus charmantem und schelmischem Lächeln, das er so mag.

Er zieht sie wieder an sich. Sie ist nachgiebig und fest zugleich. Sie schließt die Augen, und er küsst sie auf den Mund. Mit einem Seufzer lässt er sie los.

Sie hat ihm ein Geschenk mitgebracht. Es ist ein Kräuterkisschen aus dunkelrotem und orangefarbenem Samtbrokat. Da Micha ein Faible für schöne Stoffe hat, sucht sie immer wieder Gelegenheiten, ihm textile Geschenke zu machen. Die Kräuter sollen ihn beim Einschlafen unterstützen, erklärt sie. Micha hält das Kisschen an die Nase und schnuppert daran. Wie gut es riecht und wie angenehm es sich anfasst.

„Du bist die Klügste von allen", schwärmt er dankbar. Sie antwortet mit einem spöttischen „schlimmstenfalls" und gibt ihm einen zärtlichen Kuss auf die Stirn.

„Ja, ich bin die Klügste, trotzdem übertriffst du mich bei weitem, denn du bist ‚Wer ist wie Gott'."

„Wie bitte?"

„Das ist, was dein Name bedeutet. Michael heißt auf Deutsch ‚Wer ist wie Gott'."

„Woher weißt du das?"

„Als Kind habe ich mit meinen Eltern Urlaub in Bad Sonnendorf gemacht. Dort in der Kirche gibt es schöne Buntglasfenster, Vitralien, wie du sagst. Auf einem war auch der Heilige Michael abgebildet. Der hat mich fasziniert. Weil unter dem Bild diese Frage stand."

„Dass du dir das all die Jahre merken konntest."

„Ich habe diese Fenster als Kind oft gesehen, und ich habe mich immer gewundert, was diese Frage soll, wenn doch für jeden offensichtlich ist, dass niemand wie Gott ist. Die Predigten und Messen haben mich gelangweilt, da habe ich die bunten Fenster betrachtet."

Sie fasst seine Hand. „Du hast Glück mit deinem Namen, nicht so wie ich, mit dem urdeutschen Hofmann und diesem prätentiösen Vornamen. Man sollte schwangeren Frauen verbieten, romantische Liebesromane zu lesen", sagt sie verschmitzt lächelnd.

Sie setzen sich nebeneinander in den Warteflur vor den Behandlungszimmern. Micha legt seinen Arm um ihre Taille und flüstert ihr ins Ohr:

„Deine Mutter hat sehr gut gewählt, meine Aimée."

Während er sie so hält, signalisiert ihm körperliche Wehmut, wie lange er ihr nicht mehr nah war und wie gern er sich mit ihr zu Musik bewegen würde. Mit ihrer Vorliebe für den Paartanz hat sie ihn angesteckt. Micha war der Gesellschaftstanz immer anstrengend erschienen, er mochte lieber den formlosen Einzeltanz seiner Jugend, denn die Privatstunden mit dem Tanzlehrer, die sein Vater organisierte, waren eine unangenehme Pflicht. Aimée hat ihn zu gemeinsamem Unterricht in einer Tanzschule überredet, und er hat entdeckt, wie der Tanz mit der Partnerin ihn beflügelt, trotz der Konzentration, die man aufbringen muss.

Er flüstert ihr ins Ohr: „Sobald ich hier raus bin, gehen wir tanzen, nicht wahr?"

Sie schmiegt sich an ihn und antwortet: „Ja, gern."

Sie lösen sich aus der Umarmung.

„Hast du mit meiner Mutter gesprochen?"

„Ja."

„Und, wie geht es ihr?"

„Sie ist traurig."

„Das bin ich auch." Nach einer unbefangenen Stille nimmt er das Gespräch wieder auf.

„Weißt du, Aimée, mein Vater hatte so einen Spruch aus der Bibel drauf, von dem Guten, das bis ins tausendste Glied vergolten wird und dem Schlechten, das bis ins dritte und vierte Glied wirkt. Das Böse bestraft sich selbst. Davon bin ich überzeugt."

„Du meinst, dass es deiner Mutter nicht gut geht, ist Folge ihres früheren falschen Verhaltens?"

„Ja."

„Das mag sein. Und warum müssen wir darunter leiden?"

„Wir?"

„Ja, aber vor allem du."

„Das ist doch das, was in der Bibel steht, dass die Sünde oder das Schlechte bis ins dritte und vierte Glied wirkt. Ich bin erst das zweite."

„Du glaubst, dass auch dein Kind noch betroffen sein wird, von dem, was dir widerfahren ist."

„Bestimmt, hoffentlich weniger stark. Hinzu kommen meine ureigenen Irrtümer. Denn alles richtig machen, das kann kein Elternteil. Obwohl ich mir große Mühe gebe."

Er ringt sich ein Lächeln ab und sucht nach Verständnis in ihren Augen. Sie schaut gedankenvoll und mitleidig, sagt aber nichts.

„Wenn ich doch die Kraft hätte, einfach alle Brücken abzubrechen, jeden Kontakt aufzugeben. Ich kann nicht."

„Ich weiß."

„Sie war nicht die Seele im Haus, das war Magdatante. Leider war Mutti häufig außer Haus. Aber sie fehlte, wenn sie nicht da war." Als müsste er dieses positive Bild von der Mutter vor sich selbst und Aimée rechtfertigen, fährt er langsam, nachdenklich fort:

„Doch, sie fehlte, man ahnte es mehr, als dass man es direkt fühlte. Wenn sie anwesend war, war die Stimmung fröhlicher. Aber nur, wenn Vati nicht im Haus war. Sie war sehr oft weg, bei ihrem Liebhaber oder im Geschäft. Das Geschäft bot ihr viele Alibis, wann immer sie wollte, zu diesem Mann zu gehen. Denn es gab noch eine Verkäuferin. Vater war viel auf Geschäftsreisen oder in seiner Werkstatt. Magdatante war immer da, sorgte für uns, doch Mutti ...", er zögert kurz, dann beendet er den Satz. „Ich glaube, sie war das Zentrum. Das kann man auch negativ sehen, in dem Sinne, dass sich alles um sie drehte. Das stimmt so aber nicht ganz. Denn wir Kinder waren ihr bestimmt auf ihre Weise wichtig."

Er überlegt einen Moment. „Ich habe ein schönes Bild von ihr, von damals, als ich noch Kind war. Ich erinnere mich sehr gut."

Micha zögert, soll er das erzählen? Wird es ihn nicht traurig stimmen? Aimée neigt den Kopf abwartend zur Seite. Während er besonnen erzählt, beobachtet er gleichzeitig die Szenen seines Erinnerungsfilmes und Aimées Anteilnahme.

„Es war Sonntag, am späten Nachmittag. Die Geschwister waren noch sehr klein, die Tante ging mit ihnen spazieren. Reni lag noch im Kinderwagen und Oskar trippelte nebenher. Tante Gerda war wie immer gegen halb drei nach dem Kaffee gegangen. Vater hantierte im Hof, bereitete vermutlich seine nächste Geschäftsreise vor. Ich spielte mit dem Hund der Nachbarn. Ich höre noch jetzt das dunkle Gurren der Tauben in der Sonntagsstille. Zu dieser Ruhe gehörte das ferne Brummen der Menschenmassen im vollen Fußballstadion. Die reglose Wärme, die unheimliche Verzweiflung der Tauben und das An- und Abschwellen des Stadionrauschens, diese unvermeidliche Sonntagsnachmittagslangeweile sorgten für Schwere.

Im Spiel mit Toto bot sich Erlösung. Das Hündchen sprang beharrlich hoch, um das Stöckchen zu fassen, das ich ihm dann schnell entzog. Es machte ihm Spaß, er kämpfte ausdauernd, aber nicht wirklich ernst, sein Schwanz wedelte, manchmal biss er sich so an dem Stock fest, dass er daran hing und ich ihn herumschleudern konnte. Er legte die ganze Energie seines kleinen Körpers in diese Sprünge. Irgendwann wendete sich seine Stimmung. Endlich wollte er den Stock für sich haben. Lange genug hatte ich ihn zum Narren gehalten, er wurde böse und schnappte nach meiner Hand. Ich schrie auf. Da hörte ich sie rufen. Sie kam schnell die Straße herunter, mit beschwingtem Rock und wehendem Haar. Sie kam auf mich zu, blieb vor mir stehen. Um mich zu trösten, lächelte sie liebevoll, nahm meine Hand, wollte sehen, wo der Hund mich verletzt hatte. Es war kaum etwas zu sehen, aber konzentriert betastete sie die kleine Wunde. Auf dem Weg ins Haus ermahnte sie mich, wie sie es immer tat, mir die Hände zu waschen. Sie war immer besorgt um Sauberkeit und Hygiene. Du kennst sie ja, sie ist heute noch stolz darauf, pedantisch zu sein."

„Warum ist dir diese kleine Szene im Gedächtnis geblieben?"

„Weil sie so schön aussah und glücklich. Und weil sie wirklich besorgt um mich war. Heute weiß ich natürlich, dass sie von ihrem Liebhaber kam. Und das gerade am Sonntagnachmittag."

„Was meinst du mit ‚gerade am Sonntagnachmittag'?"

„Das ist doch Familienzeit. Wie kann man da einen guten Grund finden, allein auszugehen, wenn man einen Mann und Kinder hat und keine wirklich ernsthafte andere Verpflichtung. Sie war eine perfekte Lügnerin."

„Wir alle sind perfekte Lügner, wenn wir für uns Wichtiges erreichen wollen. Oder?"

„Ich hoffe, dir wird nie etwas, das gegen mich ist, so bedeutsam, dass du mich belügst. Versprich es mir."

Aimée muss einen Augenblick lang überlegen.

„Ja. Dabei hoffe ich, du legst das ‚Gegen-mich' nicht zu eng aus."

Unvermittelt wechselt er das Thema: „Ich bin wieder soweit, ich will diese schweren Medikamente nicht weiter nehmen."

„Und wie fühlst du dich ohne?"

Verblüfft schaut er sie an. Woher weiß sie das? Tatsächlich hat er ein paar Tage nichts genommen. Allerdings ist er aus Unsicherheit dazu übergegangen, nur noch die Hälfte seiner Tagesdosis zu unterschlagen.

„Du kennst meine Theorie. Es braucht Zeit und Geduld und vielleicht auch Medikamente, aber Zeit und Geduld sind meiner Meinung nach das Allerwichtigste."

Er zuckt mit der Schulter und schaut sie fragend an, worauf sie sich etwas zurechtsetzt und erklärt.

„Erst neulich ist mir klar geworden, wie wichtig die Zeit ist, die die Menschen füreinander aufbringen."

„Die Zeit, nur die Zeit?", fragt Micha.

„Ja, die Zeit, die wir Anteil nehmend den anderen widmen."

Sie holt tief Atem und fährt fort:

„Kürzlich war ich mit dem Zug zu meiner Alma mater unterwegs, zu einem Vortrag. Auf der Rückreise kam zwei Stunden lang kein Zug. Es hieß dann ‚Personenschaden'. Früher fuhr ich diese Strecke regelmäßig und jedes Mal, wenn der Zug stundenlang ausblieb, handelte es sich um einen sogenannten ‚Personenschaden'. Einmal sagte ein Schaffner, auf der Strecke gebe es eine Selbstmörder-Brücke. Als ich kürzlich so da stand und hunderte Menschen warten sah, dachte ich, welche Zeitverschwendung, diese vielen Stunden, die durch das Warten vieler Menschen zusammen kamen. Hätte man diese Zeit dem Selbstmörder zur Verfügung gestellt, als er noch lebte, hätte er oder sie möglicherweise diese Verzweiflungstat nicht nötig gehabt. Du weißt, mir macht Warten nichts aus. Ich habe immer eine Tüftelei im Kopf oder mache Gedanken-Musik. Trotzdem dachte ich, der Selbstmörder holt sich nun von Wildfremden die Zeit, die man ihm früher nicht gewährte, und die nach seinem Tod leider nichts mehr nützt. Endlich muss man sich mit ihm beschäftigen, wenn auch auf sehr unangenehme Weise."

Sie hat ihrer inneren Erregung entsprechend immer schneller gesprochen. Leiser und ein wenig zaghaft setzt sie hinzu:

„Die Vorstellung von so einem total zerstörten Körper ist beängstigend. Findest du nicht?"

Auf einmal kommt ihm Aimée sehr zart und verletzlich vor.

Er nickt, beugt sich vor und legt seine Hand auf ihr schmales Knie.

„Hauptsache, du hältst mich nicht für selbstmordgefährdet, wie das hier im Klinikjargon heißt."

Um seine Spannung zu lösen, versucht er sich an einem Lachen, das sich selbst für seine Ohren krampfhaft anhört. Sie steht auf und stellt sich neben ihn, legt ihre Hand auf seinen Arm, der locker auf der Armlehne ruht. Er fasst ihre Hand und hebt sie an seine Lippen. Lächelnd rückt sie ihren Sessel näher heran. Sie sitzt ihm wieder gegenüber, ihre Knie berühren fast die seinen. Ihre Augen glänzen und sind sehr direkt auf ihn gerichtet.

„Nein, sei unbesorgt. Zum Glück wollen wir beide leben. Ich glaube, es dreht sich wirklich um Zeit, Geduld und den Versuch zu verstehen."

„Aimée", warum sprichst du von Selbstmord und nicht von Selbsttötung?", will Micha wissen.

„Weil es Mord ist", entfährt es ihr mit ungewohnter Vehemenz.

Auf Michas stummes Erstaunen erläutert sie ihre Meinung:

„Der Selbstmörder erfüllt entweder die Hassgedanken anderer auf ihn, führt sie zum bitteren Ende, oder er exekutiert sich selbst anstelle des Menschen, den er irgendwann lieber umgebracht hätte, als abhängig zu sein und ihn lieben zu müssen."

„Ganz schön starker Tobak", entfährt es Micha, er wiegt zweifelnd den Kopf. „Woher willst du das wissen?"

„Ich weiß es nicht. Woher auch? Ich versuche, mir einen Reim auf die Welt zu machen.“ Nach kurzer Frist setzt sie selbstkritisch hinzu:

„Es ist vielleicht ein Reim, der sich nur unsauber fügt.“

„Was immer es für ein Reim ist … Mein Vater hat sich umgebracht.“

Erschrocken zuckt Aimée zusammen.

„Micha, wie furchtbar.“

„Ja, niemand weiß es, außer mir und Nelly.“ Er räuspert sich.

„Und jetzt du.“

Aimée hat die Hand über ihren Mund gelegt, als wolle sie sich vor vorlautem Sprechen schützen.

Micha fühlt sich wie von einer Bürde befreit. Endlich.

Da Aimée immer noch erschrocken schaut, erklärt er: „Nelly hat das leere Tablettenröhrchen gefunden. Er war länger krank. Er hat keinen Abschiedsbrief hinterlassen. Wir wussten nicht, was wir tun sollten. Und als der Arzt Herzversagen feststellte und mein Bruder Oskar, der damals schon fertig ausgebildet war, das so hinnahm, hielten wir es für besser, das Wissen für uns zu behalten.“

„Armer Micha. Immer diese Geheimnisse. Furchtbar.“ Nach einer Weile fragt sie: „Bist du sicher?“

Ihre Stimme schwankt, sie ist dem Weinen nahe. Die Spannung löst sich in ihm und er lässt die Tränen laufen, während er spricht. „Ich weiß nicht, ich habe so viel darüber nachgedacht. Nelly sagte, er wollte nicht mehr, er hatte keine Geduld mehr, ihm war alles zu beschwerlich geworden. Woher soll ich wissen, ob das wirklich so war. Er zeigte ja selten, was er fühlte, obwohl er gern redete. Immer glaubte er sich verpflichtet, es uns recht zu machen. Er ließ einen nicht hinter seine Kulissen gucken, geschweige denn in seinen Fundus. Auf unserer Winterreise, noch während meines Studiums, da hat er sich ein wenig geöffnet, und ich konnte sehen, was für ein verletzlicher Mensch er war. Aber sonst? Über eins gab es aber keinen Zweifel. Er war verbittert bis zur Feindschaft über unsere Mutter.“

Aimée sieht ihn mit einem Blick an, von dem er glaubt, dass sie damit Risse in die Realität schlitzen könnte. Er versteht, sie versucht zu begreifen.

„Und immer habe ich gedacht, ich bin auch schuld. So wie die anderen. Wir alle hatten ihn ausgenutzt, er hatte sich für uns alle geschunden, für mich, Reni, Oskar, Barbara. Ich glaube, er hatte es satt, dass in seiner Familie, die ihm doch das Wichtigste war, jeder in seinem Leben vor sich hin werkelte, dass keiner sich recht um ihn kümmerte. Auch ich habe mich erst nach dem Schlaganfall um ihn gesorgt. Wer weiß, nach der Enttäuschung mit meiner Mutter war das vielleicht zu viel.“

Aimée nimmt ihren Stuhl, setzt sich neben Micha und ergreift seine Hand. Soviel Kummer kann man nicht durch Reden heilen, scheint ihr Blick zu sagen, und Micha lässt sie gewähren, als sie ihm die Hand streichelt.

Am Abend im Bett fragt er sich, ob er Oskar nicht alles sagen soll. Der Bruder kann dann entscheiden, ob er es Reni offenbaren will, denn sie haben ein gutes Verhältnis zueinander. Bedauerlicherweise kann die Schwester Micha den Streit ums Erbe nicht verzeihen und lehnt jeglichen Kontakt ab.

2
Freitag, 10. November 1995

Am Nachmittag ist Micha nach Aimées Kurzbesuch wieder allein. Sie musste zu einer Sitzung in der Uni und hat nur kurz vorbeigeschaut. Viel Zeit zum Grübeln bleibt ihm nicht, denn er erwartet seine Tochter. Sie hat sich telefonisch angekündigt. Er bummelt über den Flur, setzt sich in der Wartenische auf das grüne Sofa.

Es dauert nicht lange, bis es klingelt, Schwester Antje macht den Pförtnerdienst. Sie sieht so frisch und adrett aus in ihrem weißen Kittel. Er hört die hohe, noch kindliche Stimme seiner Tochter. Geschwind kommt sie auf ihn zu und gibt ihm ein Begrüßungsküsschen auf den Mund. Schnell erfasst er das Aussehen des Mädchens. Sie trägt einen blauen, zu groß wirkenden Anorak, abgescheuerte Jeans und klobige Springerstiefel.

„Wie schaut's aus, Vati?"

„Dein Aufzug? Ich finde ihn etwas sonderbar", antwortet er, ihre Frage absichtlich missverstehend. Sie sieht an sich hinunter, macht eine Handbewegung, die Micha vorkommt, als wolle sie seine Worte von der Liste der alltäglichen Banalitäten streichen. „Vati", sagt sie in gekränktem Tonfall, „ich meine, wie es dir geht."

„Besser, bald werde ich wohl entlassen." Über diese Nachricht ist sie sichtlich erfreut.

„Gut, es ist zwar okay bei Mutti, aber ich freue mich, wenn wir dann wieder in unserer Wohnung sind."

Sie gehen in die Sitzecke vor den Behandlungszimmern, um ungestört miteinander zu sprechen.

„Was gibt es Neues in der Schule?"

Ella berichtet ihm, was in den einzelnen Fächern behandelt wird. Er hört interessiert zu und lobt sie, als sie von guten Noten erzählt.

„Wir haben diese Woche drei Arbeiten zurückbekommen. Und alle waren im zweistelligen Punktbereich, nach deiner Rechnung Einser und Zweier", verkündet sie stolz.

„Gut so, wir Valentins haben gute Köpfe, vergiss das nicht."

Als Micha auffällt, dass seine Tochter sich verlegen umschaut, weil die Stille zwischen ihnen zu lang wird, ergreift er das Wort:

„Was macht Mutti?"

„Oh, sie erzählt so viel von früher, stöbert in den Kästen mit den alten Fotos. Ah, da fällt mir ein, ich soll dir Fotos geben."

Sie zieht ihren Stoffbeutel, der als Handtasche dient, von der Stuhllehne. Einem abgegriffenen Umschlag entnimmt sie ein paar Fotos. Es sind kleine quadratische Schwarz-Weiß-Bilder mit gezackten Rändern. Flüchtig schaut er darauf. Eins zeigt ihn als Kindergartenkind in gestrickten Pumphöschen. Das muss 1952 gewesen sein. Auf einer Aufnahme befinden sich seine Geschwister, die x-beinig vor dem Gartenzaun des elterlichen Hauses stehen. Sie sind noch klein, höchstens fünf und sechs Jahre alt. Oskar kneift die Augen zusammen, er wirkt ein bisschen blöd, während Reni sehr charmant in die Kamera lächelt.

Micha nimmt das größte Foto aus dem Kuvert. Er stutzt. Was soll das? Warum schickt ihm seine Mutter ausgerechnet dieses Familienportrait? Beunruhigt betrachtet er es, will es zurück in den Umschlag stecken. Aber nein, es ist faszinierend. Oft schon hat er an diese Aufnahme gedacht, weil ihm die Umstände ihres Entstehens immer noch lebhaft in Erinnerung sind. Zwölf muss er damals gewesen sein. Er wendet das Foto, richtig, auf der Rückseite steht in Bleistift „1960". Er dreht es auf die Vorderseite. Auf dem Foto, im besten Fotoatelier in der Innenstadt aufgenommen, sitzen Vater und Mutter scheinbar einträchtig nebeneinander. Vor ihnen die Geschwister, Reni an das Knie des Vaters, Oskar an das der Mutter gelehnt. Er, Micha, steht hinter den Eltern in dem Einschnitt zwischen ihnen. Alle schauen grimmig, nur seine Mutter lächelt, scheinheilig. Es ist eine Momentaufnahme voller Falschheit. Wahr ist nur, dass wir Kinder so unglücklich gucken wie wir sind, kommentiert er für sich. Vor dem Gang zum Fotostudio hatte es einen Riesenkrach gegeben, wie so oft, wenn Vater nicht geschäftlich unterwegs war. Deshalb entsinnt er sich auch nicht an den Anlass für das Foto, nur an den Streit. Worüber gestritten wurde, ist auf ewig vergessen. Die Idee mit dem Familienfoto stammte von seiner Mutter. Das ist gewiss.

Wer weiß, welche heimtückischen Ziele sie damit verfolgte? Wen wollte sie damit beeindrucken? Ihren Vater? Die Schwiegereltern in Budapest? Jedenfalls wurde vorher an allen herumgezerrt, dass sie auch gut und präsentabel aussahen. Eigentlich wollte keiner dieses Bild außer ihr. Wie mag Vater das erlebt haben? Als Gewaltakt? Für Micha ist das Foto das Abbild der potemkinschen Familiensituation. Doch hat es Vati nicht jahrelang an Entschlusskraft gefehlt? Warum hat er sie nicht vorher rausgeschmissen?

Damals als Zwölfjähriger hätte er das schrecklich gefunden, ein paar Jahre später wünschte er sich das sogar.

Er steckt das Foto zurück in den Umschlag und reicht ihn seiner Tochter.

„Sag Mutti, sie soll diese Sentimentalitäten lassen." Ella schaut ihn ratlos an. Dann hellt sich ihre Miene auf.

„Du, Vati, Mutti lässt fragen, ob sie dich nicht mal besuchen kann. Sie ist, glaube ich, sehr traurig."

„Nein", sagt er barsch, „richte ihr aus, dass ich nur wenig Besuch vertragen kann. Sie kann nicht herkommen."

Micha bedauert den kategorischen Ton gegenüber seiner Tochter. Doch sie wird sich nicht davor erschrecken, sondern wissen, dass sich diese Ablehnung nicht gegen sie richtet.

„Vati, was ist eigentlich los mit dir und Mutti? Warum bist du so wütend auf sie?" Ihre Stimme zittert ein wenig, Micha bemerkt, dass sie sich überwinden muss, um diese Frage zu stellen.

Micha hat sie nur mit dem Notwendigsten seiner Familiengeschichte bekannt gemacht, und er vermutet, dass auch ihre Mutter nichts von den Schwierigkeiten der väterlichen Herkunftsfamilie erzählt hat. Was ihn so aufbringt, weiß sie wahrscheinlich nicht.

„Das ist eine sehr schwere Frage." Als ihre gespannte Haltung nichts als Erwartung ausdrückt, reißt er sich zusammen und versucht eine hinreichende Erläuterung.

„Nun, Onkel Oskar und Tante Reni sind nicht die leiblichen Kinder von Großvater Valentin."

Sie staunt. „Wie? War Mutti zweimal verheiratet? Davon weiß ich ja nichts." Micha entnimmt ihrem Blick die Aufforderung, weiter zu sprechen.

„Nein, sie hat deinen Großvater betrogen. Jahrelang war sie während der Ehe mit dem Vater der beiden liiert. Dein Großvater wusste nicht, dass es nicht seine Kinder sind."

Ella schüttelt den Kopf. „Vati, warum hat Mutti das getan?"

„Ella, das kann man nur schwer verstehen. Ich bitte dich, behalte es für dich. Es weiß zwar jeder Bescheid. Gut, dass du nun auch die Familiengeschichte ein bisschen besser kennst."

Ella überlegt eine Weile, dann fragt sie: „Aber du, du bist Großvaters Kind, oder?" Sie schaut ihn aufmerksam an.

„Ja, das bin ich. Und Oskar und Reni auch. Denn das habe ich inzwischen begriffen. Die biologische Vaterschaft ist nicht so wichtig. Viel bedeutender ist, dass man einen Vater hat, der sich um einen kümmert."

Wie soll das Kind das verstehen? Doch Ella ist verständiger, als er glaubt.

„Ja, ein Vater, der sich kümmert, ist wichtig“, sagt sie. Aha, denkt Micha, das weiß sie aus eigener Erfahrung.

„Aber was hast du Großmutter vorzuwerfen? Nimmst du ihr die Scheidung übel?“

Micha ist unsicher. Wird er ihr jemals die Verwirrungen schildern können, in die ihn die häuslichen Verhältnisse gestürzt haben? Heute geht es jedenfalls nicht. Das muss er, wenn überhaupt, später nachholen. Soll sie nur glauben, es sei die Scheidung. Das kennt sie. Da muss sie nicht weiter fragen. Micha weiß, wie weh Ella die Trennung der Eltern getan hat. Vielleicht für immer. Er seufzt. Dass er trotz aller Bemühungen das gleiche Unheil angerichtet hat wie seine Eltern!

Überraschenderweise hört er Ella sagen:

„Vati, sei nicht traurig, das ist doch alles lange her.“

Es klingt wirklich so, als wolle das Kind ihn trösten.

Sie schnappt ihren Beutel, gibt ihm die Hand und Küsschen links und rechts auf die Wangen. Er begleitet sie bis zum Stationszimmer, damit ihr die Tür aufgeschlossen wird. Leichten Schrittes eilt sie neben Schwester Antje davon. Wie kann sie sich nur so leichtfüßig in diesen unförmigen Stiefeln bewegen, denkt er.

Er besinnt sich und stellt fest: Hauptsache, sie ist eine gute Schülerin. Also kann sie nicht allzu unglücklich sein, beschwichtigt er sein schlechtes Gewissen. Nur ungeliebte Kinder lernen nicht gut. Oder wenn doch, dann ist ihr Wissen nicht lebendig, nicht anwendbar. Ella jedoch hat Interesse am Leben um sie herum, sie hat die innere Kraft, sich der Vielfalt der Welt zuzuwenden. Nicht wie er, der immer haushalten muss mit seiner Energie. Trotzdem: Alles, was wert ist, gewusst zu werden, ist deshalb bei ihm geblieben, weil er trotz allem gelernt hat, andere Menschen gern zu haben und sich auf sie zu verlassen.

Seiner Mutter allerdings kann er nicht in allem trauen. Doch kann er sich bemühen, sie distanzierter zu betrachten, etwa so wie die Figur eines Films. Blitzartig taucht ihr Gesicht vor seinem inneren Auge auf, in Großformat wie auf einer Leinwand. Sie lächelt schüchtern und verschämt, wie sie es manchmal tut. Leider vermag er nicht zu unterscheiden, ob dieses Lächeln echt ist oder nicht. Schnell verbannt er das Bild aus seinem Kopf und begibt sich in den Aufenthaltsraum, um Zerstreuung zu finden.

3
Samstag, 11. November 1995

Am Nachmittag sitzen Micha und Daniel in den bequemen Sesseln im Wartebereich vor den Sprechzimmern.

„Ach Michael, was sind wir doch für armselige Wesen."

Sieh mal, denkt Micha, Daniel wirft seinen Köder aus, denn er weiß, dass er bei mir mit Spekulationen über „Gottes weite Welt und seinen großen Tiergarten", wie Vater sich ausdrückte, gut ankommt. Er hat Micha erzählt, man habe seine Medikamente herunterdosiert, tatsächlich kommt er Micha klarer vor, er benutzt nicht mehr so oft dieses enervierende „Mannomann".

Micha ist bereit und reagiert erwartungsgemäß. „Wie meinst du das, armselige Wesen? Fühlst du dich wohl?"

„Ja, so einigermaßen." Er lacht.

Micha lehnt sich entspannt zurück. Dies ist für Daniel das Signal, um weiter zu sprechen.

„Gestern konnte ich endlich mal richtig fernsehen, nur ein Weilchen. Während alle anderen aßen, ich hatte keinen Hunger. Dann stellte so ein Depp wieder den Ton ab. Was die hier immer gegen die Fernsehstimmen haben? Stell dir vor, neulich lief ein Eintracht-Spiel gegen Bayern München, ein Heimspiel für die Eintracht und kein Aas hat es gekümmert, aber laut stellen war auch nicht drin. Das muss ein Superspiel gewesen sein, die Eintracht hat vier zu eins gewonnen."

Daniel schüttelt den Kopf, wischt sich mit der Hand über die Stirn und besinnt sich darauf, was er eigentlich erzählen will.

„Also, während des Abendbrots gestern habe ich doch etwas gesehen von einer Fernsehsendung über die Langlebigkeit der Atome. Wahnsinn. Sie bleiben über Jahrmillionen erhalten. In uns leben höchstwahrscheinlich Atome, die in den Eiern der Dinosaurier steckten, ich meine die Hoden. Damit wir uns nicht missverstehen."

„Na prima, und was beweist das?"

„Beweisen? Es beweist nichts. Das ist es ja gerade. Wir wissen von dieser Welt so wenig, was wollen wir da beweisen."

Er sieht Micha triumphierend an, als habe er eine Jahrhundertentdeckung gemacht. Daniel muss herausgefunden haben, dass er klein ist, nichts weiß und nichts kann angesichts der Komplexität der Welt und der Wunder der Schöpfung.

„Ja, Daniel, das ist richtig“, pflichtet Micha ihm bei. „Wir sind sehr unwissend, naiv, dummdeubelig oder kenntnisarm. Nenn es, wie es dir gefällt. Die Naturwissenschaftler haben ihre Tricks, der Natur ein paar ihrer Geheimnisse abzuluchsen. Wir normalen Menschen hingegen bleiben meist an der Oberfläche der alltäglichen Erscheinungen hängen. Selbst die sind mitunter verwirrend. Und wenn ich darüber nachdenke, was alles sein könnte, wird mir ganz komisch.“

„So wie mir gestern, als ich dachte, Mensch, in mir kreisen noch ein paar versprengte Dinosaurieratome.“

„Ja, zweifellos bist du deshalb so groß und stark“, lacht Micha.

„Nein, ich meine es ernst“, versucht Daniel das Gespräch zu retten.

„Möglicherweise stimmt sogar die Theorie, dass es ähnliche Planeten gibt wie unseren. Und wenn, dann existieren vielleicht mehrmals so intelligente Lebewesen wie wir.“

Micha lacht auf. „Intelligent?“ Durch seine zusammengekniffenen Lider lugt er zu Daniel. Der wischt ungeduldig mit seinen großen Pranken über seine Oberschenkel.

Wegen Daniels skeptischem Gesichtsausdruck lenkt er ein. „Entschuldige, ich bin sarkastisch.“ Lauter und deutlicher fährt er fort:

„Du hast recht, wir sind angeblich einzigartige Wesen, weil wir Bewusstsein unserer selbst haben. Aber was wissen wir tatsächlich über das Bewusstsein von Delphinen, Walen, Fledermäusen oder Raben?“

Daniel nickt ernsthaft, er will seinen Gedanken zu Ende führen. „Und was ich noch verwunderlicher finde“, sagt er ergriffen, „es könnte sein, dass in diesem Moment, zu diesem Zeitpunkt, in einem anderen Universum ähnliche Lebewesen wie wir existieren. Und wenn nicht jetzt, dann vielleicht vor uns oder nach uns, denn die Ewigkeit ist ewig sowohl in die Zukunft als auch in die Vergangenheit. Wenn die Theorie mit den Paralleluniversen stimmt.“

„Ja, lauter Wenn und Aber“, stimmt Micha zu. „Es ist in der Tat erstaunlich, dass wir so oft in Alltäglichkeiten gefangen sind und dabei das Phantastische unserer Existenz gar nicht wahrnehmen und nicht erstaunen über den Duft einer sonnenwarmen Rose ...“

Micha hält inne, das mit der Rose war zu gefühlvoll, zu viel für so einen Jungen. Doch er bemerkt, dass Daniel ihn dankbar ansieht.

„Mensch, Michael, es ist geil, mit dir kann ich über solchen Spekulatius sprechen. Mein Alter fängt bei so was immer mit dem Glauben an. Das nervt und ödet.“

„Nun ja, sollte es die Unendlichkeit geben und alle möglichen Universen gleichzeitig, wäre das ja kein Beweis gegen die Existenz Gottes. Im Gegenteil. Aber bleiben wir mit beiden Beinen auf der Erde, wie man so schön sagt.“

„Ach ne, spekulieren macht Spaß.“

Micha muss lächeln und denkt: Wir sind zwei ziemlich lädierte Alltagsphilosophen. Doch das ist allemal besser, als stumpfsinnig vor dem tonlosen Fernseher zu hocken.

Daniel steht auf, wandert unruhig hin und her.

„Sch…, verdammter Shit, oh, entschuldige, es ist wirklich blöd, dass man hier keine Filme sehen kann. Ich hätte solche Lust auf einen Sciencefiction-Film. Ich hoffe, ich bin bald draußen, dann kann ich Videos gucken. Ohne Ende.“

Auf das Stichwort Film reagiert Micha sofort:

„Welches ist dein Lieblings-SF-Streifen?“

„SF?“

„Sciencefiction.“

„Ach so. Mein all-time favourite ist *Blade Runner*, ein Klassiker.“

„Ja, den kenn ich. Den haben wir letztes Jahr mit anderen futuristischen Streifen gezeigt. Der ist bedrückend, man kann nicht mehr unterscheiden zwischen Freund und Feind, so wie es manchmal im Leben ist.“

„Meinst du? Ich kann ganz gut die, die mir schaden, und die, die mir Gutes tun, auseinanderhalten. Ich finde die düstere Stimmung, die Einsamkeit knapp vor dem Weltuntergang so cool. Das ist nur durch die ultrageile Musik aushaltbar. Ja, der Film ist richtig fesselnd.“

Daniel schließt die Augen und summt die Titelmelodie des Films vor sich hin. Micha gibt Gedanken nach, die sich eingeschlichen haben. Was bringt Menschen dazu, soviel Inspiration und Arbeit in düstere Visionen von einer weit entfernten Zukunft zu stecken, die sie nach menschlichem Ermessen im Grab verbringen werden. Sie trösten sich, dass so das Leben in Zukunft nicht mehr lebenswert wäre. So können sie eher ihre Endlichkeit akzeptieren. Sie träumen gar davon, durch diese Visionen die Gesellschaft nachhaltig zu beeinflussen. So wie George Orwell. Die Angst vor seinem „Big brother is watching you“ hat in der westdeutschen Gesellschaft noch Jahrzehnte nach seinem Tod manche Unfreiheit verhindert.

Eigenartig, sinniert Micha weiter, wie der Film zum Gefäß wird, mit dem man Zeit aufbewahren und transportieren kann. Man konserviert ein

Geschehen in Raum und Zeit und lässt es wieder aufleben, Wochen, Monate, Jahre später, in einem Kino oder als Video in einem Wohnzimmer. Und nicht nur an einem Ort, sondern simultan an beliebig vielen. Wenn er bedenkt, dass der Mensch auf diese Weise schon Herrscher über die Zeit ist, Gegenwart und Zukunft aus Vergangenheit schaffen kann, dann muss doch für ein göttliches Wesen alles, Vergangenheit, Gegenwart und Zukunft gleichzeitig existent sein können. Wie verwirrend ist das für den Menschen. Denn wenn man sich vergegenwärtigt, dass das Geschehen, das im Spielfilm gezeigt wird, rein fiktional ist, kann einem doch direkt der Kopf aufplatzen bei der Vorstellung, dass tausendfache Fiktion sich über die Wirklichkeit lagert und sie verhüllt.

In diesem Moment fällt ihm der deprimierendste Streifen ein, den er kennt, *Soilent Green* von Richard Fleischer mit Charlton Heston in der Hauptrolle aus dem Jahre 1973. Und Edward G. Robinson gibt mal nicht den ewigen Gangsterboss. Der Film ist erschreckend, trotzdem wirklich gut.

„Daniel, sag mal, kennst du *Soilent Green* aus den frühen Siebzigern?"

„Den haben wir in der Schule gesehen, im Englischunterricht, als wir negative Utopien behandelt haben. Ganz schön krass, aber beeindruckend. Mein Alter war außer sich, der hatte zufällig meine Hausaufgaben dazu gelesen. Er hat sich beim Elternbeirat beschwert. Wenn ein Lehrer sich schon die Mühe macht, dann bitte keinen Film über Kannibalismus."

Es wird Micha etwas mulmig, als Daniel so deutlich das Thema des Films nennt. Warum nur musste er ihn erwähnen?

„Ja, Daniel, das ist ein schwieriges Thema. Ich kann deinen Vater verstehen. Wir haben den Film besorgt, ihn aber kein zweites Mal vorgeführt, als wir sahen, wie deprimierend diese Massengesellschaft in New York ist, dass man sich gern in einer Euthanasieklinik vom Leben zum Tod befördern lässt. Das war uns dann doch zu negativ."

„Kann schon sein, trotzdem, es passieren ungeheuer viele unmenschliche Dinge auf der Erde, das darf man nicht ignorieren. Viele Filme wollen wachrütteln und schlimme Entwicklungen verhindern."

Micha räuspert sich. „Ob Filme wirklich so einen positiven Einfluss haben, wie du meinst? Zu wünschen wäre es, Aber mir kommt es vor, als wären sie nur die Ware eines Regals in einem riesigen Supermarkt mit einem vielfältigen Angebot an Meinungen und Welterklärungen. Es ist schwer, egal in welches Regal du greifst, das Richtige für dich selbst zu finden. Wie leicht verfranst man sich. Man darf nicht alles in seine Seele lassen, nicht alles ist es wert, unsere Beachtung zu finden. Wenn alles erlaubt ist, gibt es keine gesellschaftlichen Ziele. Das Bruttosozialprodukt kann es nicht sein. Oder?"

Daniel blickt ihn skeptisch an.

„Ich verstehe."

Diese Worte bezeugen durchaus kein Verständnis, sie klingen sarkastisch gottergeben in Michas Ohren.

Nach kurzem Nachdenken erklärt Daniel:

„Weißt du, ich bin mit Seelennahrung vollgestopft worden bis obenhin." Er führt die flache Hand zum Hals, um seine Worte zu unterstreichen. „Ich habe oft gespürt, dass viel Rhetorik dabei ist, dass die Menschen nicht nach ihren Worten leben."

„Ja", stimmt Micha zu. „Weil es so schwer ist, das Vernünftige zu tun." Sinnierend setzt er hinzu: „Für alle."

Daniel seufzt leise und wackelt zustimmend mit dem kahlen Kopf, wobei er Micha wie ein alter Mann vorkommt.

„Aber du hast in einem recht, es gibt viel Trash, den man sich besser nicht reinzieht."

Bevor Micha nachfragen kann, was sein Gesprächspartner damit meint, steht überraschend sein Bruder Oskar vor ihm.

„Ich wollte nach dir schauen, sehen wie die Genesung voranschreitet", begrüßt Oskar ihn und schaut ihn besorgt und prüfend an.

„Es geht, jeden Tag ein bisschen besser." Micha lächelt, erfreut, den Bruder zu sehen.

Mit einem kameradschaftlichen Wink verabschiedet er sich von Daniel und führt den Bruder in die Bibliothek, wo er ihm aus dem Mantel hilft, den Oskar ihm nur widerstrebend überlässt. Er habe keine Zeit, er müsse gleich weiter.

Micha fällt gleich mit der Tür ins Haus.

„Oskar, kannst du nichts für mich tun? Ich will nach Hause. Bitte sprich mit den Ärzten. Dann könnte ich wieder arbeiten."

„Micha, das geht nicht, ich muss dir nicht allen Ernstes erklären, dass ich in dieser Klinik keinen Einfluss habe.

„Du als Psychiater, du könntest doch von Fachmann zu Fachfrau ein Wörtchen für mich einlegen."

„Micha, vergiss es. Hier musst du durch. Versteh doch, das ist keine Entscheidung gegen dich. Ich vertraue den Kollegen, die beherrschen ihr Fach."

„Du hältst mich also für bekloppt und behandlungsbedürftig."

„Dazu sage ich als nächster Verwandter besser nichts. Nur so viel: bekloppt bist du nicht. Aber eine Atempause tut dir auf jeden Fall gut."

Oskar dreht sich um, greift nach seinem Mantel und zieht ihn über.

„Bedauerlicherweise habe ich nicht viel Zeit, ich schau vorbei, weil ich auf dem Weg zu einer Fortbildung bin, ganz in der Nähe. Ich muss gehen, sonst verspäte ich mich."

Micha kann seine Enttäuschung wegen des knappen Besuchs nicht verbergen. Oskar greift in die Manteltasche und zieht ein Taschenbuch heraus.

„Lies das, ich habe es mit sehr viel Gewinn getan. Vielleicht hast du von Viktor Frankl und seiner Logotherapie gehört. Das Buch ist für Laien gut zu lesen. Er beschreibt, wie er Holocaustopfern bei der Verarbeitung ihrer traumatischen Erfahrungen geholfen hat."

„Ganz schön raffiniert bist du", entfährt es Micha. Er zwickt seinen Bruder freundschaftlich in die Wange. Oskar schaut ihn verblüfft an.

„Wie soll ich das verstehen? Raffiniert?"

„Na, ja, es könnte eine Aufforderung sein: Reiß dich mal zusammen. Es gibt Menschen, die Schlimmeres erlebt haben als du."

Oskar fasst ihn am Ärmel seiner Jacke, zieht ihn in Blickkontakt. „Wenn ich glauben würde, dass das die richtige Antwort auf deine Anwesenheit hier wäre, dann würde ich das direkt sagen und nicht durch die Blume. Micha, wir beide wissen, dass es viele Menschen gibt, die Schreckliches erlitten haben. Kriege, Naturkatastrophen, Gewalt. Deshalb verwirken wir nicht das Recht, an unserem eigenen Schicksal zu leiden, wie wenig schwerwiegend es in der Wahrnehmung anderer sein mag."

Oskar lässt seinen Bruder los, er hält Michas forschendem Blick stand.

„Micha, ich wollte dir eine Freude machen, außerdem wollte ich dich an meinen Gedanken teilhaben lassen, sonst nichts."

Micha lächelt verlegen, er ist bewegt.

„Ich danke dir, Oskar."

Dass der Bruder sich so um ihn sorgt, treibt ihm Tränen in die Augen. Oskar macht einen erstaunten Gesichtsausdruck. „Micha?"

„Ja, was ist?", sagt Micha und schaut weg.

Oskar knöpft seinen Mantel auf.

„Micha, was ist? Willst du etwas loswerden?"

„Du musst zu deiner Fortbildung, geh nur."

„Vielleicht ist das hier wichtiger", sagt Oskar, zieht seinen Mantel aus und legt ihn über einen Sessel.

„Micha, gibt es etwas, was ich nicht weiß?"

Wie feinfühlig der Bruder ist, das hätte er ihm nicht zugetraut.

„Ja, ich habe Nelly versprochen, dass ich es niemandem sage. Aber nun, da Nelly auch nicht mehr lebt, glaube ich, bin ich von dem Versprechen entbunden."

Oskar sieht ihn erwartungsvoll an. „Ja?"

„Vater hat sein Herzversagen selbst herbeigeführt. Nelly hat herausgefunden, dass er alle Tabletten auf einmal genommen hat und das kaschieren wollte, indem er das Pillenröhrchen mit anderen Tabletten aufgefüllt hat. Sie hat es aber entdeckt."

Micha sieht das Erschrecken in den Augen des Bruders.

„Warum, warum?", fragt der Bruder.

„Nelly hat nur gesagt, er hatte keine Lebenslust mehr, er hatte wohl Schmerzen.",

„Aber deshalb bringt man sich doch im Alter von 71 Jahren nicht um, da gibt es doch Therapiemöglichkeiten."

„Weißt du", sagt Micha, „ich habe viel darüber nachgedacht und bin zu dem Ergebnis gekommen, er wollte es selber in der Hand haben, er wollte nicht lange leiden. Er hatte Angst vor der Angst vor dem Tod. Das klingt vielleicht absurd, aber ..."

„So absurd ist das nicht. Und es sieht ihm ähnlich, er wollte niemanden belasten, er wollte in aller Heimlichkeit gehen. Oh, Micha. Und all die Jahre habt ihr das für euch behalten."

„Oskar, ich bin froh, dass ich dich als Mitwisser habe. Aimée habe ich es auch schon gesagt."

„Jetzt habe ich erst mal was zum Kauen und Verdauen." Oskar wiegt seinen Kopf in der Hand, als wäre er sehr schwer. Micha ist unsicher. Vielleicht hätte er das doch für sich behalten sollen.

„Vielleicht hätte ich es dir nicht sagen sollen. Nelly wollte, dass Vater seinen Willen bekam, er wollte nicht, dass wir es wissen und Nelly meinte, wir sollten euch ein sorgenfreies Andenken an Vater lassen."

Oskar schaut ihn an, schüttelt den Kopf, dann sagt er: „Es ist gut, dass du mit mir gesprochen hast. Ich gehe."

Micha begleitet den Bruder zum Ausgang. Sie umarmen sich und Oskar wiederholt: „Micha, es ist gut, dass ich es weiß." Dann schließt sich die Tür hinter ihm und Micha ist wieder allein.

Für den Nachmittag des nächsten Tages hat Frau Eibensteiner ihren Besuch angekündigt. In der Bibliothek überreicht sie Micha einen kleinen Strauß rostroter Ranunkeln. Er entschuldigt sich einen Augenblick, um eine Vase zu besorgen. Als er zurückkehrt, erkundigt sie sich, wie es ihm geht.

„Eigentlich ist mein Aufenthalt hier überflüssig. Wenn es nach mir ginge: Ich bin bereit, nach Hause zu gehen."

Frau Eibensteiner lächelt ihm zu: „Ich habe kaum Erfahrung in diesen Dingen. Hören Sie auf die Ärzte."

„Das tue ich. Aber so derangiert wie viele Patienten hier bin ich nicht."

„Selbstverständlich nicht, das ist leicht zu sehen."

Sie setzt sich in den Sessel, den Micha ihr angeboten hat, er lässt sich ihr gegenüber auf einem Stuhl nieder.

„Nein, mit Ihnen ist es nicht schlimm. Meine Tante, eine liebe Frau, verlor alle paar Jahre die Nerven und kam deshalb in die Klinik. Sie litt an religiösem Verfolgungswahn. In einer Einkaufstasche trug sie ein schweres silbernes Kruzifix und wollte Menschen bekehren. Eines Tages hat sie es nach ihrer Entlassung dem Amtsrichter, der sie eingewiesen hatte, aus Rache auf den Kopf gehauen."

Frau Eibensteiner kneift die Lippen aufeinander, als bedaure sie, dass sie gesprochen hat. Micha zeigt sein Interesse durch das Anheben seines Kopfes. Sie fährt fort:

„Meine beiden Cousinen litten unter diesen Verhältnissen. Sie waren in meinem Alter und kamen dann immer für ein paar Wochen zu uns, meine Mutter versorgte sie. Für mich war das nicht schlecht, ich genoss ihre Gesellschaft, aber für die beiden war es schwer."

Frau Eibensteiner seufzt ein wenig, strafft sich und schaut Micha nun ruhig und gelassen an.

„Oh je." Micha zieht unwillkürlich den Kopf schuldbewusst ein. „Sie erinnern mich daran, dass auch ich eine Verpflichtung habe. Meine Tochter, für die ich ja die Brötchen verdienen muss."

„Herr Valentin", erwidert Frau Eibensteiner mit erhobener Stimme, „Sie können sich darauf verlassen, dass ich nicht deshalb von meinen Verwandten gesprochen habe. Sie haben mir leidgetan. Vielleicht hat es mich auch geängstigt. Denn meine Mutter war oft krank."

Micha konzentriert sich auf die Gegenwart der kleinen, älteren Dame dort in dem Sessel. Plötzlich hat er eine Ahnung von ihrer Zerbrechlichkeit als Kind. Sicher ist sie deshalb so großzügig mit Menschen, bei denen im Leben nicht alles glatt läuft, glaubt er.

„Als Kinder spüren wir das, was um uns herum passiert, intensiver, nicht wahr? Obwohl wir doch auch mehr unsere Träume leben", versucht Micha das Gespräch fortzusetzen.

Ein kurzer, zweifelnder Blick streift ihn, dann erzählt sie leise und bedächtig:

„Ich fand es nicht traumhaft, als Kind ständig um die Gesundheit meiner Mutter bangen zu müssen. Zigmal, wirklich zigmal, fürchtete ich, sie würde mir davonsterben. Sie war das Einzige, was ich hatte. Mein Vater erlitt einen tödlichen Unfall in dem Sommer, bevor ich sieben wurde. Heute kann ich über meine Kindersorge um die Mutter lachen."

Wie zum Beweis ihrer Worte stößt sie ein herzhaftes Lachen aus. Sie fährt mit der Hand über den Mund, als wolle sie das Lachen fortwischen. Sie erklärt:

„Diese zarte Frau wurde neunzig Jahre alt, nicht bei bester Gesundheit, doch gut beieinander. Sie starb an Herzversagen. Nicht nur als Kind hatte ich Angst, sie zu verlieren. Wenn ich es recht überlege, hatte ich diese Sorge mein Leben lang, bis ich sie vor acht Jahren wirklich verlor."

Ihre warmen und klugen Augen ruhen auf Micha. Er zeigt ihr mit einem bedächtigen Wiegen des Kopfes, dass er verstanden hat. Sie, die so wirkt, als wäre sie schon als Ausgeglichene auf die Welt gekommen, hatte durchaus ihre Ängste.

Mit der Frage „Frau Eibensteiner, wie läuft die Retrospektive aus den Sechzigern?", wechselt er zu einem weniger persönlichen Thema.

„Gut, um nicht zu sagen, sehr gut. Obwohl ja im Fernsehen auch gute Filme, manchmal in mehrfacher Wiederholung, gezeigt werden. Und trotzdem. Erfreulicherweise kann nichts eine große Leinwand ersetzen. Manchmal bin ich auch erstaunt, wie viel junges Publikum wir haben."

„Qualität zu erkennen, hängt nicht unbedingt vom Alter ab, nicht wahr?", gibt Micha zu bedenken.

„Ja, zum Glück." Frau Eibensteiner lächelt versonnen. „Die *Klappe* hat sich, was das Programm anbetrifft, im Laufe der Jahre einen guten Ruf erworben."

Die alte Dame erhebt sich, reicht Micha die nichtbehandschuhte Rechte und verabschiedet sich.

„Ich wünsche Ihnen gute Gesundheit, Herr Valentin."

Wie sie so vor ihm steht, verlangt es ihn nach seiner Arbeit im Kino und ihren Gesprächen über Filme. Leise seufzend atmet er tief durch, öffnet die Tür und begleitet seine Besucherin bis zum Stationszimmer, von wo aus sie vom Pfleger hinausgeleitet wird.

Am Abend schaut auch Aimée bei ihm vorbei. Micha ist abgekämpft, dennoch mobilisiert er alle Restkraft.

Nachdem sie sich begrüßt und Neuigkeiten ausgetauscht haben, holt Micha das Büchlein mit Erzählungen von Gogol aus seinem Nachtkasten, das Aimée ihm kürzlich geschenkt hat. Sie lesen es gemeinsam, da er hier in der Klinik allein dazu keine innere Ruhe findet. Zurück bei ihr im menschenleeren Flur vor den Behandlungszimmern, setzt er sich in einen Sessel ihr gegenüber. Er schlägt die Geschichte auf, die der folgt, die sie beim letzten Besuch gelesen haben.

„Wer liest, du oder ich?"

„Du", bestimmt Aimée. „Ich habe heute mit meinen Studenten viel sprechen müssen."

Mit klangvoller Stimme beginnt Micha die Erzählung „Die Nase". Und dann versuchen sich beide in die Figurenwelt einer Epoche zu versenken, die von der ihren nur in Äußerlichkeiten grundverschieden ist, aber nicht in dem, was die Seelenphysik der Menschen angeht.

Nach ein paar Minuten hört Micha auf zu lesen. Er ist mit seinen Gedanken nicht bei der Geschichte. Ihm spukt plötzlich die Frage im Kopf herum, ob er seiner Mutter erlauben soll, ihn zu besuchen. Aimée schaut ihn fragend an.

„Was ist? Gefällt dir die Geschichte nicht? Stell dir vor, du solltest sie verfilmen. Ganz schön herausfordernd, nicht wahr?"

„Oh ja, doch. Doch, die Geschichte ist in ihrer Abstrusität faszinierend. Was Gogol wohl mit dieser komischen, frei vagabundierenden Nase beabsichtigte?" Bevor Aimée darauf antworten kann, spricht er von seinem Kummer. „Was soll ich mit meiner Mutter machen? Soll ich sie herkommen lassen oder nicht?"

Aimée nimmt ihm das Büchlein ab und legt es auf den Beistelltisch. „Deine Mutter tut mir leid."

„Warum?", reagiert er verblüfft auf ihre unvermittelte Feststellung.

„Sie ist so alt und diese … ihre … Geschichte, die längst verjährt sein sollte, verfolgt sie immer noch."

„Und ich, ich tue dir nicht leid?"

„Doch, du auch. Immerhin brauchst du dir keine Gewissensbisse zu machen, du trägst keine Schuld."

„Doch, ich habe meinem Vater gegenüber nicht recht gehandelt."

„Du konntest nicht anders", gibt Aimée zu bedenken.

„Ich war also Opfer." „Ja, und sie auch."

„Wessen Opfer war sie?"

„Der Gesinnung ihrer Zeit, ihrer Erziehung, der Träume von der großen Liebe."

„Und ihrer Unbeherrschtheit", ergänzt Micha.

Seine Freundin hat sicher recht. Nach einer Weile sagt sie zu seiner Überraschung:

„Vergiss, was ich dahergeredet habe. Ich bin gefühlsduselig. Ich korrigiere mich. Nein, ich sollte sie nicht bedauern."

Sie verknotet ihre Hände im Schoss und ihr sonst so voller Mund verzieht sich zu einer schmalen Linie der Ablehnung, als sie noch entschlossener hinzufügt:

„Denn die Hölle ist dort, wo es nur Opfer und keine Täter gibt."

Sie ignoriert sein Stirnrunzeln. Im gemeinsamen Schweigen geht ihm die Tragweite ihrer Worte auf.

„Ich kapiere. Wo bleibt die Frauensolidarität?"

„Die vergesse ich, wenn ich wütend auf deine Mutter bin."

„Du? Du bist wütend auf sie?"

„Ja, und wie!"

Diese ungewohnte Vehemenz klingt in Michas Ohren fast herausfordernd. Deshalb wirbt er leise um Verständnis für seine Mutter:

„Sie hat kein Glück gefunden. Für diesen Liebhaber hat sie alles aufgegeben. Mann, Ehe, und Kinder. Weil sie dachte, er wäre gebildeter als mein Vater und damit der Richtige und seine gesellschaftliche Stellung würde sie aufwerten."

Schon während der Rede begreift er, dass er nicht mit dem Herzen spricht. Es ist alles nur Theorie und Spekulation. Was weiß er denn, was seine Mutter zu ihrer Handlungsweise getrieben hat. Und es sollte ihm auch egal sein. Er hat genug mit sich zu tun.

„Deine Mutter unterscheidet sich bestimmt nicht wesentlich von der Mehrheit der Frauen ihrer Generation."

Aimée sieht ihm fest in die Augen. „Und deshalb", erklärt sie mit unerwarteter Schärfe, „tut sie mir nicht leid." Etwas milder fügt sie hinzu: „Allerdings muss man sie nehmen, wie sie ist."

Micha kann sein Erstaunen nicht verbergen. Diese Festigkeit bei aller Sanftheit sonst, die findet er rätselhaft und anziehend zugleich. Trotz aller Müdigkeit durchströmt ihn Freude darüber, dass diese zierliche Frau robuster ist als er und dass sie sich entschlossen hat, seine Gefährtin zu sein.

4
Dienstag, 14. November 1995

Der Lärm der Patienten beim Mittagessen stört ihn heute kaum. Es ist ihm, als repräsentiere Krach die Lebendigkeit der Menschen. Das kann nur bedeuten, sagt er sich, dass sein Seelenkostüm inzwischen ein gutes Unterfutter hat.

Mit Bedacht widmet er sich seinem Essen, kümmert sich nicht um seine Tischnachbarn, die ohnehin mit sich selbst beschäftigt sind. Beim Nachtisch erinnert er sich an sein Gespräch mit Dr. Breisach am Vormittag. Er sprach, ohne zu bedenken, was sie eventuell von ihm hören wollte, welchen Eindruck er bei ihr hinterließ. Der Code, das Drehbuch, das oft im Hintergrund mitläuft, waren unnötig, ebenso Selbstkritik oder Nützlichkeitserwägungen, die ihn häufig quälen. Ja, er litt nicht einmal an dem Unbehagen, seine Ängste zu offenbaren. Ihm war, als habe er eine enge Zelle der Unaufgeklärtheit verlassen. Wenn ich mich mit Wohlwollen betrachte, redet er sich gut zu, ist nun mein persönliches Mittelalter beendet. Und mit einem großen Sprung bin ich in der Moderne gelandet.

Weiß Gott, er neigt nicht zur gefühlsduseligen Rückbesinnung. Aber zum Glück hat es auch in seiner Kindheit schöne Zeiten gegeben, in denen er sich unbeschwert fühlen durfte. Trotzdem kann er die Nostalgie auf „helle Kinderzeit" nicht verstehen, wie er es bei manchen Bekannten wahrgenommen hat, die von einer glücklichen Kindheit reden. Gewiss gibt es das wohl wirklich, aber die meisten Leute verdrängen einfach, was sie in ihrer Kindheit an liebloser Nichtbeachtung und schierer Unterdrückung erduldet haben, weil sich mit positiven Erinnerungen einfach besser leben lässt, selbst wenn sie in ihrer Not kleine Freundlichkeiten zu liebevollen Handlungen aufbauschen.

Jetzt, jetzt als Erwachsener, als halbwegs vernünftiger Mensch, ist er im Hellen, befreit. Es ist paradox, bespöttelt er sich selbst, ich sitze in dieser Klinik fest und fühle mich frei. So frei wie damals, als er als Kind herausfand, dass es keine Nachtraben gab, die ungehorsame Kinder holen, wenn sie nach Einbruch der Dunkelheit noch draußen sind. So groß war die Erleichterung, dass sie die Enttäuschung über die ihm jahrelang aufgetischte Lüge überwog. Auch heute kommt es ihm vor, als habe er eine große Bürde abgeworfen.

Die zwangsgestörte Patientin, die er bisher immer nur auf dem Flur getroffen hat, tritt in den Speisesaal. In letzter Zeit hat er sie ein paar Mal still auf einem Stuhl sitzen sehen. Nun schließt sie die Tür sorgfältig, dann öffnet sie sie und schließt sie erneut. Micha beobachtet sie aus den Augenwinkeln. Sie drückt sich dicht an der Wand entlang, hält die ausgestreckte Hand an die Fläche und tastet sie langsam ab. Als sie das Fenster erreicht, legt sie die Hände an die Scheibe und verfährt weiter wie vorher. Micha hält es nicht aus, zu verfolgen, wie die Patientin sich bei den Möbeln verhalten wird, die ihrer Manie im Weg stehen. Er steht auf und verlässt den Raum. In seiner Ruheecke fällt ihm ein, warum er dieses Benehmen so verstörend findet. Sein Kollege Jürgen Angermann, ein sympathischer Mensch, war zusammengebrochen, nachdem eins der von ihm konzipierten Wohnhäuser teilweise kollabierte und Menschen zu Schaden kamen. Als er nach ein paar Wochen aus der Psychiatrie entlassen war, beobachtete Micha einmal, wie er die Häuserwände abtastete. Micha konnte es kaum glauben. Immer wieder berührte er die Hausfassaden, klopfte sie mit der flachen Hand ab, als wollte er überprüfen, ob sie noch sicher ständen. Wie froh ist er, dass er nicht mehr für die Standfestigkeit von Gebäuden verantwortlich ist.

Der nächste Tag ist ein besonders trüber Tag. Am späten Vormittag schimmert das Licht so fern aller Diesseitigkeit, dass Micha versteht, dass die Totengedenktage im Spätherbst liegen. Beeindruckt von diesem leichenbleichen Licht, hat Micha heute keine Lust, sich für die Kunsttherapie aufzuraffen. Er schwänzt die Stunde, das scheint ihm sinnvoller, als mit Ton ein Gebilde zu formen, für das niemand Verwendung haben wird. Deshalb sitzt er im Aufenthaltsraum, in dem eine stille Patientin auf einem der Stühle in der Hocke sitzt und vor sich hinstarrt. In einer Zimmerecke steht Günther, der Schachspieler. Micha betrachtet ihn. Er steht reglos, ganz in sich versunken. Micha hat die Zeitung, die Aimée ihm gestern Abend gebracht hat, vor sich ausgebreitet und überfliegt sie. Abruptes lautes Niesen schreckt ihn auf. Günthers mehrmaliges stimmhaftes Schnauben klingt, als niese er in einer Fremdsprache.

Ihm fällt auf, dass er während seines Sinnierens weiter den schmalen Zeilen einer Zeitungskolumne gefolgt ist, aber nicht weiß, was die Augen aufgenommen haben. Er beginnt von vorn, eine neue Störung, diesmal von außen, lenkt ihn ab. Eine Frau, Mitte dreißig, kommt herein und setzt sich ans Fenster. Als er sie vor ein paar Tagen das erste Mal sah, glaubte er, wieder eines dieser ungeliebten Kinder vor sich zu haben, eine, deren seelische Verletzungen man an Augen, Mimik und Körperhaltung ablesen kann. Sie ist mager, hat diesen, starken Rauchern eigenen, teigigen Teint, dünne, zottelige Haare von undefinierbarer Farbe, schmale Lippen. Die Frau wirkt, als habe sie nicht die Kraft für ein blühendes Frausein. Dabei hat sie bei all den Mängeln eine Zartheit und Schönheit im Gesicht, die ihn an Isabelle Huppert erinnert.

Gestern war Micha erschrocken, als sie ihm vom Missbrauch durch den Vater erzählte. Zunächst hatte sie gefragt: „Nehmen Sie immer ihre verordnete Giftration?"

Micha sah ihr in die blassblauen Augen und antwortete: „Gift nehme ich nicht. Die Dosis entscheidet, ob eine Chemikalie heilsam oder schädlich ist. Ich nehme meine Medikamente."

„Warum?"

„Erstens, weil ich hoffe, dass sie mir helfen, und zweitens, damit man mich so schnell wie möglich entlässt. Das passiert wohl nur, wenn man kooperiert."

Sie schaute ihn triumphierend an, als sei er in eine Falle getappt, als hätte sie exakt diese Antwort erwartet.

„Ich habe in meinem Leben genug kooperiert. Eigentlich habe ich nichts, aber auch gar nichts anderes getan als kooperiert." Sie betonte jede Silbe und sprach „kooperiert" so aus, als drehe sie gleichzeitig eine heiße Kartoffel im Mund. Immer noch gespreizt fuhr sie fort:

„Wissen Sie, wie scheiße es sich anfühlt, wenn die Mutter einen nicht vor dem geilen Vater schützt und man sich das gefallen lässt, weil sonst die Familie auseinander fällt und alle verrückt werden."

Micha war sprachlos. Das konnte man doch nicht aushalten. Bevor er den Raum verlassen konnte, rief sie hinter ihm her: „Und jetzt ist das Schwein tot, und ich werde nicht auf seine Beerdigung gehen, da können alle Kopf stehen." Auf dem Flur überfiel ihn bleierne Müdigkeit, er versuchte, die Begegnung sofort zu vergessen.

Nun faltet er die Zeitung zusammen, flieht in die ruhige Sitzecke im Ärzteflur, lässt sich erschöpft auf einen Sessel sinken. Als sich nach einer Weile weitere Patienten in die Nische setzen, beschließt Micha, sich in die Bibliothek zurückzuziehen, wo er erfahrungsgemäß mehr Ruhe hat. Zuvor holt er sich aus seinem Schrank einen Band des Filmlexikons, das ihm seine Tochter von zu Hause gebracht hat. Kubrick und *Lolita* will er nachschlagen.

In der beleuchteten Bücherei sitzt zwischen zwei Regalreihen der Patient, der immer in sein Notizbüchlein schreibt oder darin blättert. Micha setzt sich auf seinen Stammplatz, den Sessel bei der Stehlampe. Er knipst das Licht an und beginnt mit der Lektüre.

Als er gerade bei Shelley Winters, die den Part von Lolitas Mutter spielt, nachschlagen will, klopft jemand kräftig an die Tür. Auf Michas „herein" nähert sich ein stattlicher Mann in einer braunen Kutte, die nackten Füße in Sandalen. Der schreibende Mitpatient schielt über die Schulter und verlässt geschwind den Raum:

„Ich bin Pater Ingbert, Kapuzinermönch, Seelsorger in dieser Klinik. Ich möchte Sie einladen. Zur Sonntagsmesse um zehn Uhr dreißig in einer kleinen Kapelle im Seitentrakt der Klinik."

Micha kommt das sehr unverhofft.

„Wer hat Ihnen gesagt, dass ich katholisch bin?"

„Niemand. Ich lade alle ein, schön, dass ich in Ihnen einen Glaubensbruder finde." Micha steht auf, reicht dem Pater die Hand, stellt sich vor und erklärt:

„Ich bin katholisch, aber momentan nicht in der Lage, Glaubensfragen nachzugehen, ich schlage mich mit anderen Themen herum."

Der Mönch bittet Micha Platz nehmen zu dürfen. Micha deutet auf den zweiten Sessel, sie setzen sich.

„Darf ich Sie fragen, was Ihr Hauptthema ist? Sie wissen, als Pater habe ich ein Schweigegelübde abgelegt."

Reicht so ein Gelübde, um mit einem Fremden offen zu reden, denkt er. Deshalb gibt er nur ungefähre Auskunft.

„Ich versuche zu erforschen, warum ich hier gelandet bin."

Der Besucher sagt nichts, Micha ist sofort klar, dass seine Antwort schwachsinnig ist. Hier rätseln wohl die meisten an diesem Warum. Der Mönch sieht ihn zwar erwartungsvoll, doch eher bedächtig als neugierig an.

„Mein Thema", rafft sich Micha auf zu sagen, „ist die Freiheit. Und deshalb sitze ich paradoxerweise in einer Klinik, die ich nicht verlassen darf. Eventuell ist das gar nicht so widersprüchlich, denn jetzt muss ich mich dem stellen."

„Herr Valentin, das ist ein großes Thema. Sie werden sicherlich verwundert sein, aber genau das hat mich umgetrieben und tut es immer noch. Und dabei leben wir in einem Land, in dem man alle möglichen Freiheiten hat."

Micha schaut seinen Besucher skeptisch an. Der jedoch erläutert seine Worte.

„Ich bin als junger Mann in den Kapuzinerorden eingetreten, weil ich Gott dienen wollte, aber Angst hatte vor den vielen Ablenkungen des Laienlebens. Ich fürchtete, dass ich den Reizen eines freizügigen Lebens nicht widerstehen könnte. In dieser Klarheit ist mir das erst später bewusst geworden. Damals hat die strenge Ordensregel meinem inneren Chaos eine äußere Ordnung entgegengesetzt. Sie können sich vorstellen, das war nicht leicht. Aufstehen vor fünf Uhr morgens, Laudes und Morgenmesse schon vor dem Frühstück, der ganze Tag ist mit Gebet und Arbeit getaktet."

Der Pater schweigt, Micha spürt, der Pater beobachtet mit lebhaften Blick die Wirkung seiner Worte auf ihn.

„Das heißt, Sie haben die Möglichkeiten eines freien Lebens eingetauscht gegen ein sehr festgelegtes", stellt Micha fest.

„Ja, denn ich wollte Gott mein Leben zur Verfügung stellen, und in Freiheit hätte ich es als junger Mensch nicht geschafft."

„Und heute?" Micha betrachtet den bärtigen und glatzköpfigen Mann, er schätzt ihn auf Mitte fünfzig.

„Inzwischen habe ich eingesehen, dass ich eine sehr weise Entscheidung traf, wenn auch die Motive nicht weise, ja nicht einmal vernünftig waren." Er lacht herzhaft. „Inzwischen habe ich gelernt, dass man als Mönch mehr als Laien die Möglichkeit hat, sich um seine Seele zu kümmern. Durch die Rituale, die strenge Tageseinteilung gewinnt man sehr viel innere Freiheit. Zudem muss man nicht planen und Rechenschaft ablegen. Man bewandert einen erprobten Weg."

Micha versucht zu verstehen.

„Ich glaube, so ein Leben wäre schwer für mich. Wenn ich es aber recht bedenke, wir Laien leben auch nach festen Regeln, die meisten jedenfalls, wir stehen wochentags zur gleichen Stunde auf, gehen zur Arbeit, und so weiter. Der Unterschied ist bloß der, dass wir uns täglich dagegen entscheiden können und Sie nicht."

Der Pater schmunzelt schelmisch.

„Das könnten wir auch, niemand zwingt uns, dem Orden treu zu bleiben. Mitunter bin ich auch gar nicht so glücklich. Letztlich aber überwiegt die Freude."

Der Pater schaut auf seine Hände, die er reibt, als wolle er so dieser Freude Ausdruck geben.

„Pater, ich möchte Sie etwas fragen." Der Mönch hebt aufmerksam den Kopf, was Micha ermutigt. „Was soll man machen, wenn man verzeihen möchte, wenn die betreffende Person jedoch keine Einsicht hat, dass ihr Handeln verletzend war, sondern so tut, als habe es keine Alternativen gegeben?"

„Haben Sie mit der Person darüber gesprochen?"

„Ja, mehrfach."

„Und es kommt kein Echo?“

„Doch“, lacht Micha verlegen. „Das ist es ja gerade, dass es wie ein Echo ist. Meine Mutter echot immer dieselben Worte: Das war damals so, es ging nicht anders, man kann es nicht ungeschehen machen.“

„Das mit dem Ungeschehen-Machen, das stimmt“, gibt der Pater zu bedenken und fährt dann fort: „Und wie ist es nach Ihrer Einschätzung. Hätte Ihre Mutter anders handeln können?“

„So genau weiß ich das nicht. Aber heute könnte sie doch begreifen, dass sie mir Unrecht getan hat. Ich war noch ein Kind, als sie mich in ihre Machenschaften hineingezogen hat. Lange habe ich ihre Partei ergriffen, später habe ich eher zu meinem Vater gehalten. Trotzdem bin ich heute unglücklich darüber, dass ich meinem Vater lange Zeit nicht genügend Respekt gezeigt habe.“

Kaum hat Micha diese Worte über den Vater gesprochen, wird ihm mit einem Schlag klar, dass die Kuckucksmutter genug seiner Aufmerksamkeit bekommen hat. Ihr dreister Betrug blieb dem fremden Vogel, der das Nest bereitete, verborgen. Deshalb ist der Vater, nicht die Mutter, all seine Gedanken wert.

Der Pater räuspert sich, dann ergreift er das Wort:

„Man muss sich nicht um jeden Preis versöhnen wollen, wenn der Gegenpart uneinsichtig ist. Wenn Sie aber selbst verzeihen können, werden Sie auch Vergebung annehmen können. Ich meine, man kann dann eher glauben, dass man Barmherzigkeit findet, auch wenn einem die Schuld, die man sich willentlich oder unwillentlich aufgeladen hat, sehr groß erscheint.“

Micha überdenkt die Worte des Paters, als dieser ihm einen konkreten Vorschlag macht: „Vielleicht sollten Sie versuchen, Ihren Vater um Verzeihung zu bitten.“

„Er lebt nicht mehr.“

Der Geistliche sieht Micha forschend an, legt die Finger der linken und rechten Hand einzeln, auf sanfte, beinahe zärtliche Weise aneinander. Micha spürt, der Mann will etwas sagen, was ihm gewagt vorkommt.

„Ich glaube, dass Ihr Vater im Gebet zu Gott erreichbar ist.“ Micha sucht nach Wahrhaftigkeit in den Augen des Besuchers und begreift, dass dieser Mann glaubt, was er predigt.

„Ob ich das schaffe ..., ich will es versuchen.“ Kaum beschließt er seinen hilflosen Satz, präsentiert ein Gedankenfilm ihm den Vater. Als der noch jung war. Er selbst, nicht älter als neun Jahre alt, stand im Bad neben dem Vater, der sich rasierte. Ebenso wie er selbst es heute tut, blies der Vater die Backen auf, obwohl er es nicht so nötig hatte, denn der Vater hatte volle

Wangen. Er hörte den Vater, der den Rasierapparat vom eingeschäumten Gesicht entfernt hielt, das christliche Vaterunser deklamieren. Micha wundert sich, damals kam ihm das natürlich vor. Das Vaterunser hatte Vater in seinem Waisenhaus gelernt und niemals vergessen. Micha wiederholte einige Zeilen und dann half ihm der Vater, es auswendig zu lernen. Lachend fuhr er ihm mit dem Rasierer über die Wange.

„Du sollst doch nicht als Heide aufwachsen; wenn Magdatante dich mit in die Kirche nehmen will, geh mit ihr. Es wird dir nicht schaden."

Und tatsächlich begleitete Micha Magdatante, die sich von kritischen Blicken und Hänseleien der Mutter nicht abhalten ließ. Ja, der Tante verdankte er die feierlichen Messen. Nie wieder hat er einen so gläubigen Menschen getroffen. Sie wurde sehr alt und lebte bis zu ihrem Tod vor ein paar Jahren in einem Altenheim. Wenn er sie besuchte, war sie zufrieden und zuversichtlich.

Schon bevor er zur Erstkommunion ging, hatte die Tante ihm vom Geheimnis der Eucharistie gesprochen und dass er sie vor der Erstkommunion nicht empfangen durfte. Er war neugierig geworden, heimlich zur Messe gegangen, hatte sich unter die Gläubigen geschmuggelt und sich die Hostie vom Priester in den Mund legen lassen. Als nichts passierte, wunderte er sich voller Bangigkeit, ob seine Übertretung schlimme Spätwirkungen haben könnte. Deshalb fragte er den Vater in diesem raren intimen Moment nach dem Vaterunser, ob die zu unrecht genommene Hostie ihm schaden würde. Der Vater lachte, schaute dann aber ernst. Nein, das glaubte er nicht. Überhaupt sei die Eucharistie eine Zeremonie, die nur wirke, wenn man daran glaube. Ob denn er daran glaube, bohrte Micha, worauf der Vater überraschenderweise antwortete:

„Wenn ich wüsste, was ich glauben soll, wäre mir wohler." Er fügte hinzu: „Aber es gibt Gebete, die helfen immer, und das Vaterunser gehört dazu. Sprich es für dich, damit du es nicht vergisst."

Als könnte der Pater Gedanken lesen, schlägt er vor: „Möchten Sie mit mir das Vaterunser beten, alle Sorgen, die uns bedrücken, wenn wir dieses Gebet sprechen, werden gehört." Er lächelt.

Micha wäre diese Intimität mit dem fremden Mönch peinlich.

„Pater, ich kann das nicht. Das hat nichts mit Ihnen zu tun, sondern mit meinem Vater."

„Ich verstehe." Der Geistliche erhebt sich. Micha begleitet ihn bis zum Stationszimmer.

Auf dem Weg erzählt ihm der Geistliche: „Der bedeutende Psychoanalytiker Carl Gustav Jung fragte die Patienten, die ihn zum ersten Mal aufsuchten, ob sie es schon mit der Kirche versucht hätten. Wenn sie diese Frage verneinten, schickte er sie fort mit dem Auftrag, zuerst dort Heilung zu suchen und ihn nur zu konsultieren, wenn ihr Bemühen erfolglos bliebe."

Der Mönch lächelt Micha vielsagend zu. Micha nickt, diese Einstellung hätte seinem Vater wahrscheinlich gefallen. Er antwortet:

„Sehr tröstlich zu wissen, dass solch ein gelehrter Mann doch die Macht seiner Kunst so realistisch einschätzte." Der Pater und Micha verabschieden sich freundlich mit festem Händedruck.

5
Freitag, 17. November 1995

Micha sitzt in seinem behaglichen Sessel allein in der Leseecke. Zum Lesen hat er wie wohl die meisten Patienten kaum je die nötige innere Ruhe. Heute findet er nicht mal Zugang zu dem Bildband auf seinem Schoß, flüchtig blättert er darin. Es ist ein Fotoband über Paris, wie gern würde er mit Aimée dorthin reisen. Er entsinnt sich an seine erste Reise. 1968, nein 1969 war es, denn von der revolutionären Stimmung war kaum mehr etwas zu erspüren bis auf die Tatsache, dass Micha damals meinte, die Franzosen seien ungezwungener als seine Landsleute. Ob das wirklich so war? Die Jungen jedenfalls waren freundlich gegenüber der deutschen Studentengruppe, der Micha angehörte. Micha mag Malles Film *Eine Komödie im Mai* aus dem Jahre 1990. Mit welcher Leichtigkeit Malle den Aufruhr von 1968 auf den Punkt bringt. Mit welchem Gespür für die Absurditäten unserer geschichtlichen Existenz. Nur ganz so idyllisch anarchisch wie im Film wird es nicht gewesen sein. In Deutschland mit Ohnesorg und Dutschke schon gar nicht. Modernisierung und vehemente Ablehnung der alten Nazi-Funktionäre in hohen Ämtern hat nichts Romantisches, war aber eine Notwendigkeit.

Vor zehn Jahren war er noch einmal in Paris, mit Monika, seiner Geliebten. Sie hatten die Reise genossen, obwohl man ihr Auto in der Nacht abschleppte und sie allerlei Scherereien damit hatten, es von der Fourrière wieder auszulösen. Trotzdem wurde es noch ein schöner Urlaub.

Absichtsvoll wendet er das Blatt, als könne er damit seine Erinnerungen an diese wundervolle Stadt in einer sicheren Schublade verwahren. Auf Details der Abbildung vor ihm kann er sich nicht konzentrieren. Er denkt an Monika, wie traurig er war, als sie ihre Beziehung beendeten, weil sie nach Hamburg zog. Wahrscheinlich war sie froh, dass sie ihn auf diese schmerzlose Weise verlassen konnte. Sie war jemand zum Festhalten in dieser unsicheren Welt, dafür war er dankbar und ihr liebevoll zugeneigt. All die Jahre hatte sie ihm beteuert, sie schliefe nur mit ihm. Das glaubte er ihr, anfänglich widerstrebend, aber doch, er wollte das glauben, denn er war ihr treu. Er wunderte sich über diesen Mann, denn Monika und er hatten keine offene Ehe vereinbart.

Schnee von gestern, sagt er sich. Manchmal tut es ein bisschen weh. Das ist normal, auch bei vergangener Liebschaft. Nicht nur bei Freundschaften, die aufhören. Oder blasser werden, wie die seine mit Janko. Der Freund und er halten Kontakt, sie treffen sich immer, wenn Janko aus Kanada auf Heimaturlaub ist, wie er das nennt. Aber sie haben nicht mehr diese Muße und Tiefe miteinander wie früher, als Janko noch in Frankfurt lebte.

Er blättert weiter in dem Bildband. Das Foto eines Jungen vor einem Laden, in der einen Hand hält er den Flaschenhals einer großen Weinflasche, deren Boden er mit der anderen Hand stützt. Unter dem linken Arm klemmt ein Baguette. Er sieht ärmlich aus, aber ein fröhliches Lachen gibt ihm Würde. Warum er ausgerechnet beim Anblick dieses Knaben an Nora und Rita denken muss, fragt er sich. Mit Nora hat er zwangsweise Kontakt wegen Ella, sie müssen sich ab und an gemeinsam beraten. Von Rita weiß er gar nichts, will es auch nicht. Vor einiger Zeit wollte seine Mutter irgendeinen Klatsch vor ihm ausbreiten, er hat ihr sofort mit einem scharfen „Das interessiert mich nicht" Einhalt geboten. Vermutlich wird der Bengel auf dem Foto später als Mann viele Liebesabenteuer bestehen, aber er wird sich niemals von der Liebe beherrschen lassen, denkt er wehmütig. Wie von fern hört er das Klacken der Tür, beachtet es nicht, weil er vertieft ist in den Anblick des Jungen.

„Herr Valentin, ich muss Sie stören." spricht ihn Pfleger Georg leise an. „Ich habe eine schlechte Nachricht für Sie." Als Micha aufschreckt, legt er ihm seine Hand auf den rechten Oberarm.

Micha stammelt: „Ist was mit meiner Mutter?"

„Nein, Ihre Tante ist gestorben."

Erschrocken steht Micha auf, das Buch fällt zu Boden und er sackt in seinen Sessel zurück.

Alles Blut weicht aus seinem Kopf, er ist der Ohnmacht nahe. Er stammelt: „Meine Tante, meine Tante ist noch jung. Das, das kann nicht sein."

„Ihre Mutter hat angerufen, wir fanden es besser, es Ihnen sofort mitzuteilen." Und undeutlich gemurmelt fügt er hinzu: „Mein herzliches Beileid."

Micha steht auf, er will dem Schwächeanfall ausweichen. Um das Unfassbare begreifen zu können, bittet er um Details. „Wie ist das passiert?" Bevor der Pfleger antwortet, schiebt er Micha sanft in den Sessel. „Aus dem, was Ihre Mutter mitgeteilt hat, schließe ich, dass die Polizei bei ihr war, weil man herausgefunden hatte, dass sie die Schwester ist. Die Zeitungen im Briefkasten hatten beim Hausmeister den Verdacht erregt, dass etwas nicht stimmen könnte. Sie hat einen Herzinfarkt erlitten." Micha lehnt sich tiefer in den Sessel, schließt die Augen und fängt an, leise vor sich hin zu stöhnen.

„Herr Valentin, was ist? Soll ich einen Arzt rufen?"
„Nein, nein, es wird schon."
In der Nacht schläft Micha schlecht. Jedes Mal, wenn er hochschreckt, erscheint seine Tante Gerda vor ihm, mal deutlich wie in der Realität, mal überscharf gezeichnet, dann wieder verschwommen und vage wie in einem verwehenden Traum. Und er hört Musikstücke, die Tante Gerda in seiner Kindheit auf dem Flügel im elterlichen Salon spielte. Sie war musikalisch und das Klavier ihre Leidenschaft. Aber als junge Frau gab sie den Plan, Konzertpianistin zu werden, zugunsten eines praktischeren Berufs auf. Sie lernte Zahntechnikerin, konnte so ihre große Fingerfertigkeit und Präzision einsetzen. Trotzdem nahm sie noch als Erwachsene Klavierunterricht bei professionellen Pianisten. Und wie glücklich war sie, als sie ihren Mann, der Musiker und Komponist war und lange nicht aus Rumänien ausreisen durfte, endlich heiraten konnte.

Sie war fast zehn Jahre jünger als Lotta. Als ledige Frau kam sie jeden Sonntag ins Haus ihrer Schwester zum Mittagessen, die einzige Mahlzeit, die alle gemeinsam einnahmen und deshalb zelebriert wurde. Toto, der Hund der Nachbarn, bellte in Vorfreude, wenn Gerda um die Straßenecke bog. Das Hündchen war nicht zu halten, die Nachbarn mussten ihn zu ihr lassen. Wenn Gerda sich dann an den Flügel setzte, sprang Toto ihr voller Freude und Übermut auf den Schoß. Eines Tages biss er sie vor lauter Begeisterung in die Nase.

Tante Gerda hatte neben klassischen Stücken viele beliebte Operettenschlager im Repertoire. Es kam immer eine festliche Stimmung auf, wenn sie da war. Die Erwachsenen nahmen einen Aperitif, die Tante musizierte, nach dem Essen spielte sie noch einmal auf. Oft ermunterte sie ihre Schwester, auch ein Stück auf dem Flügel vorzutragen. Das waren glückliche Momente in Michas Kinderleben. Dass diese schöne und elegante Frau nicht mehr lebt, nie mehr musizieren wird, löst in ihm ein Verlustgefühl aus, das sich nur lindern lässt, indem er den Tränen freien Lauf lässt.

Nachdem ihr unheilbar kranker Mann nach langem Leiden starb, zog die Tante wieder nach Frankfurt, um in der Nähe der Schwester zu sein. Sie baute ihr eigenes Zahntechniklabor auf, in dem sie in den letzten Jahren nur noch allein arbeitete. Sie ging keine feste Partnerschaft mehr ein. Es ist gut möglich, dass kein Mann dem Vergleich mit dem verstorbenen Ehemann standhielt.

6
Dienstag, 21. November 1995

Micha kommt in letzter Minute in der Aussegnungshalle an. Still drückt er sich auf einen Stuhl neben seine Mutter. Sofort wird ihm deutlich, was für eine armselige Trauergemeinde er, seine Mutter, seine Tochter und Aimée darstellen, da sonst niemand erschienen ist.

Die kleine schweigsame Prozession, die von Messdiener und Pfarrer angeführt wird, folgt dem Schritt fahrenden, schwarz-gold betressten Elektroauto mit dem Sarg darauf zu einem weit abgelegenen Teil des Friedhofs. Zahlreiche Blumenberge auf den Gräbern zeugen davon, dass es sich um ein neu angelegtes Grabfeld handelt. Hinter der ausgehobenen Grube ein provisorisches Holzkreuz. Es trägt den Namen der Tante: Gerda Dobrescu geb. Böhm. Sonst nichts.

Micha liest die Worte auf dem Gebinde, das seine Mutter in Auftrag gegeben hat. Sie hatte ihn am Telefon um den Spruch auf der Schleife gebeten, denn sie traute ihren Gefühlen und ihrem Kopf nicht mehr. „Einen letzten Gruß zum Abschied“, steht auf dem Band und darunter die Namen „Lotta, Micha und Aimée“.

Während der Pfarrer den Weihrauchkessel neu füllt, schaut Micha sich um. Auf diesem Teil des Friedhofs gibt es noch keinen Baum, keinen Strauch. Die verwelkenden Kränze und Blumen der Nachbargräber betonen diese Ödnis. Es ist wie vor der Erschaffung der Welt, als hätte der Schöpfer einen Schöpfungsversuch abgebrochen und sich mit Schrecken abgewandt.

Der Pfarrer möchte erfahren, ob noch jemand erwartet werde. Lotta schüttelt den Kopf, und der Pfarrer beginnt mit der Zelebration.

Einzeln treten die zwei Frauen und das Mädchen an das Grab und werfen Erde und Blumen hinein. Micha steht ein wenig abseits. Er ist starr vor Schreck. Ihm ist ins Bewusstsein gestiegen, dass nichts von der Tante übrig bleiben wird. Obwohl mit Todesfällen nicht unerfahren, ist er verstört. Es ist einmal mehr die Endgültigkeit des Todes, die ihn lähmt. Es gibt nichts, rein gar nichts, was einen davon lossprechen könnte. Wie recht er als junger Mann hatte, als er darüber verzweifelte, dass der Tod keine gleichwertige

Alternative zum Leben ist, dass es einfach keine gibt. Und wie geschickt das organisiert ist, das Ableben der Menschen. Welcher Euphemismus. Ableben – das Sterben. Da immer nur Einzelne aus der Mitte der Lebenden abgerufen werden, wiegen wir uns in Sicherheit. Derzeitig, in unserer europäischen Welt, wo wir verschont sind von Epidemien, die früher viele Menschen auf einmal hinrafften. Aber wir müssen uns sicher fühlen, um leben zu können, um Pläne zu schmieden, um ein ganzes Leben überhaupt planen zu wollen, obwohl wir wissen müssten, dass solche Rechnungen nicht aufgehen. Aber irgendwie brauchen wir die Berechnungen und das Vorausschauen.

Aimée fasst ihn unter den Ellbogen und führt ihn ans Grab. Mit schleppend langsamer Bewegung nimmt Micha die Schaufel, sticht in den Erdhaufen und wirft ein paar Krümel auf den Sarg. Durch den Tränenschleier sieht er kaum den Sarg da unten. Sein Herz ist schwer, drückt ihm beinahe die Luft ab. Die Tante war doch kaum sechzig. Das ist doch heutzutage kein Alter für einen Menschen.

Der Pfarrer kondoliert allen und verabschiedet sich. Ella stellt sich neben Micha, hakt sich bei ihm unter.

„Hallo, Vati, wie geht es dir? Du siehst besser aus als neulich, als ich dich in der Klinik besucht habe."

Und sie gibt ihm zwei kleine gehauchte Küsschen.

„Danke. Viel besser. Ich werde bestimmt in Kürze aus der Klinik entlassen." Und leiser fügt er hinzu: „Du brauchst nicht mehr allzu lange bei Mutti bleiben, nur noch ein bisschen Geduld."

„Mach dir keine Sorgen, ich halte es aus. Sie ist sehr lieb mit mir."

Vater und Tochter blicken zu Lotta, die abseits steht, unbeweglich wie ein steinernes Denkmal, sie hat den Hutschleier zurückgeschoben. Micha nähert sich ihr, leise und vorsichtig fragt er, warum niemand sonst erschienen ist. Lotta schaut verständnislos, begreift dann die Frage und antwortet:

„Weil ich niemandem Bescheid gegeben habe. Ich kenne doch niemanden. Sie hat doch ganz allein gelebt, sie hatte keine Freunde." Micha sieht ihr verweintes Gesicht und schweigt.

Doch dann wiederholt er seine Frage, als hätte sie nicht geantwortet.

„Wieso ist außer uns niemand hier?"

Mit ängstlichem Blick und weinerlich verzogenem Mund flüstert sie:

„Es gibt niemanden, ich kenne keinen. Und es wäre ihr nicht recht gewesen, den Nachbarn oder flüchtigen Bekannten Bescheid zu sagen."

Micha kann das nicht glauben. Vielleicht hat der Tod der Schwester sie verwirrt? Nein, entscheidet er, sie hat es sich leicht gemacht. Wer weiß, was sie mit dieser spärlichen Beerdigung beabsichtigt.

„Willst du damit sagen, dass sie kein Adressbuch hatte?"

Er bemüht sich, die in ihm aufsteigende Wut zu unterdrücken. „Sollen wir das glauben?" stößt er trotzdem hervor. „Hast du das absichtlich so eingefädelt?"

Ihre Tränen und ihr verängstigter Ausdruck hindern ihn nicht, alles wissen zu wollen.

„Und wo sind Oskar und Reni?"

Während sie antwortet, zieht sie den Schleier übers Gesicht.

„Die habe ich gestern angerufen. Sie konnten sich nicht freimachen."

„Komm nur, es ist nicht zu ändern. Lass uns gehen", flüstert Aimée, die herzugetreten ist und das Gespräch verfolgt hat.

Er schaut zurück und stutzt, dass seine Mutter auf die Totengräber zutrippelt und sich ihnen mit heftiger Gestik verständlich macht.

Die kleine Dreiergruppe wandert langsam zurück auf dem Kiespfad, der in einen breiteren Weg einmündet. Ella löst sich von ihrem Vater. Sie muss zur Schule eilen und verspricht, ihn am selben Nachmittag in der Klinik zu besuchen. Sie schreitet schneller aus, biegt um eine hohe Hecke und ist entschwunden.

Ella hält ihr Versprechen. Sie trifft ihren Vater in der Bibliothek an. Ihren Stuhl stellt sie so, dass sie ihrem Vater gegenüber sitzt. Sie hat ihm etwas mitgebracht.

„Mutti hat mir aufgetragen, dir das zu geben." Es ist der Füllfederhalter von Tante Gerda. Er nimmt den Füller aus dem Etui, wiegt ihn in der Hand und betrachtet die grün marmorierte Verschlusskappe. Er dreht sie ab und schaut sich die breite Goldfeder an. Die Tante hatte Sinn für schöne Dinge. Seine Mutter wollte ihm eine Freude machen oder von ihrem jüngsten Fehlverhalten ablenken. Jedenfalls freut er sich. Der Füller bringt ihm die Tante deutlich in Erinnerung, wie sie an ihrem Schreibtisch sitzt und mit dem Federhalter in ebenmäßiger Bewegung und schöner Schrift ihre Briefe an den Verlobten in Bukarest schreibt.

„Vati", reißt ihn Ella aus seinen Gedanken. Er schraubt den Füller zu.

"Vati, warum stand mein Name nicht auf der Schleife?"

„Welche Schleife, wovon sprichst du?"

„Am Grab, an dem Kranz war eine Schleife und da standen alle eure Namen drauf, bloß meiner nicht. Ich gehöre doch auch zur Familie. Und die Tante war doch auch meine Tante. Mutti hat darauf bestanden, dass du das so haben wolltest."

„Das ist richtig. Ich habe es ihr diktiert, am Telefon. Sie war so unsicher, und da lief alles so schnell, weil ich nicht lange mit ihr zu tun haben kann.

Und freilich ist Muttis Schwester auch deine Tante, genau genommen deine Großtante. Ich habe dich nicht vergessen. Mein Name war doch auf dem Band. Und dann bist du ganz automatisch mitgemeint. Wenn ich darauf stehe, dann stehst du auch darauf."

Ella sieht ihn verblüfft an. Micha versteht die Verwunderung nicht und auch nicht, dass Ella Tränen in die Augen treten.

„Ella, Kind, da gibt es nichts zu weinen, es sei denn um die Tante." Ella schnäuzt sich in ihr Taschentuch und lächelt ihrem Vater widerstrebend zu.

„Ja", ringt sie sich ab „ich bin traurig, dass die Tante tot ist. Ich habe sie gern am Klavier gehört und sie konnte sehr lustig erzählen."

Micha erkennt, dass Ella noch ein Anliegen hat. Er nickt ihr ermunternd zu.

„Ella, was ist los? Bitte, sprich dich aus."

„Vati, werdet ihr heiraten?"

Micha ist überrumpelt.

„Wie kommst du darauf?"

„Ich dachte, weil ihr Name auf der Schleife steht, und ihr seid doch nicht verwandt."

„Nein, verwandt sind wir nicht", muss Micha zugeben. Er versteht Ellas Eifersucht, er hat sie schon manchmal wahrgenommen, wenn sie sich mit einem Problem in den Vordergrund drängt, wenn er und Aimée miteinander sprechen. Zum Glück versteht seine Freundin, dass Ella um ihre Vorzugsstellung beim Vater bangt und verhält sich klugerweise zurückhaltend.

„Ella, ja, mit der Schleife, das ist dumm gelaufen. Aber niemand kann dir deinen Platz als meine Tochter streitig machen. Das weißt du doch, oder?"

Als Ella wieder Tränen in den Augen stehen, fasst er sie sanft am Kinn, dreht ihren Kopf so zu sich, dass sie ihm in die Augen sehen muss.

Als Antwort nickt Ella und schluckt ein paar Mal. Sie kennt seine Argumentation. Micha versteht, dass sie trotzdem manchmal das Bedürfnis überkommt, diese Worte zu hören. Er ist froh, dass sie Aimée inzwischen nicht mehr als Eindringling empfindet, dazu ist das Zusammensein mit ihr wohl zu abwechslungsreich. Er hat manchmal den Eindruck, dass sie Aimée sogar dankbar ist, weil sie ein wenig seiner Aufmerksamkeit von ihr selbst ablenkt.

Ella wendet den Blick ab, macht ein paar fahrige Bewegungen mit den Armen und wechselt das Thema. Sie erzählt von Richard, einem Klassenkameraden, dessen Eltern Micha von den Elternabenden kennt.

„Vati, er hat mir erzählt, dass er wie sein Vater Rechtsanwalt werden will. Er macht Bodybuilding, das ist richtig klasse. Starke Muskeln hat er und ist einer der Besten im Sportunterricht. Er macht großen Eindruck auf alle Mädchen."

Micha zuckt zusammen. Was ist das? Worüber spricht die Tochter? Das ist doch die gleiche Leichtfertigkeit wie bei seiner Mutter. Er legt die Hand vor die Augen und stößt einen leisen Seufzer aus. Dann versucht er sich zu entspannen, indem er seinen Atem beobachtet.

Das Mädchen wartet geduldig. Als Micha sich der Gegenwart seiner Tochter wieder bewusst wird, sagt er:

„Ella, sei mir nicht böse, ich bin müde."

„Gut, Vati, dann lass ich dich. Mach es gut, bis bald."

Sie steht auf, beugt sich zu ihm herab und gibt ihm einen kleinen Kuss auf die Stirn.

Als sie aus der Tür ist, tut es ihm leid, dass er sie so vertrieben hat. Er will ein verständnisvoller Vater sein. Doch manche Dinge kann er einfach nicht ausstehen, und heute hat er keine Kraft, sich mit seiner Tochter auseinanderzusetzen.

Der nächste Morgen bietet Micha eine Sitzung bei Dr. Breisach. Die Ärztin wartet, dass Micha das Wort ergreift. Es ist ihm lästig, dass er das Thema für die heutige Stunde vorgeben soll. Er kann schön den Mund halten, so verrinnt auch die Zeit. Feinster Sand läuft durch ein Stundenglas, stellt er sich vor. Dieses Symbol menschlicher Endlichkeit erinnert ihn an die Szene auf dem Friedhof, als er wütend seine Mutter zur Rede stellte.

„Meine Mutter hat nur mich, niemanden sonst, informiert, dass meine Tante gestorben ist. Es war außer ihr, meiner Freundin, meiner Tochter und mir niemand auf der Beerdigung. Sie hat meine Geschwister zu spät benachrichtigt. Außerdem tut sie so, als habe unsere Tante keine Bekannten und Freunde gehabt. Unglaublich." Forschend betrachtet er die Ärztin, wartet auf ihre Reaktion.

„Wieso?"

„So ist sie. Sie macht, was sie will, behauptet dann, dass das, was ihr dient, zugunsten des Betroffenen ist. Ich werde das nie begreifen."

„Glauben Sie wirklich, dass es Egoismus war, der sie so handeln ließ?"

„Vielleicht bin ich besonders entsetzt darüber, dass es so eine kleine Trauerfeier war, dass keiner außer uns meine Tante gewürdigt hat, dass nicht einmal alle aus der Familie da waren, dass es niemanden sonst gibt, der um sie trauert."

„Wen hätten Sie benachrichtigt?"

„Meine Geschwister. Eine Tante, Cousins und Cousinen."

„Vielleicht hat sie das getan, aber niemand konnte teilnehmen."

„Ja, möglich, womöglich war die Beerdigung zu früh." Nach einer Weile der Besinnung räumt er ein:

„Nein, nein, Sie haben recht, die wären nicht aus dem Rheinland und dem Süden angereist, denn die Verbindungen waren nicht so intensiv. Meine Mutter hat die verwandtschaftlichen Kontakte nicht gepflegt und die Tante auch nicht. Und sicher hat meine Mutter dort angerufen."

Das Bild der offenen Grube inmitten der Ödnis verwelkter Gräber zoomt sich in seine Gedanken. Das kleine Holzkreuz am Kopf des Grabes, darauf der Name schwarz eingebrannt. Bei der Vorstellung, dass seine Tante allein dort liegt, nichts mehr weiß und nichts mehr denken kann, spürt er plötzlich stechenden Schmerz in der Magengrube. Es kommt ihm vor, als fresse die Einsamkeit der Tante ihm Löcher in die Eingeweide. Er muss den Schmerz wegdenken. Nach einer Weile schluckt er ein paar Mal und spricht weiter.

„Nach dem Tod ihres Mannes war sie sehr allein, glaube ich, obgleich meine Mutter sich ja um sie kümmerte. Einmal traf ich den Hausmeister dort, wo sie wohnte. An einem Sonntag stand ich vor verschlossener Tür. Meine Tante hatte kein Telefon mehr, meine Mutter hatte sie überredet, das Telefon abzuschaffen. Wenn sie in ihrem Zahnlabor erreichbar sei, das genüge. Das habe ich überhaupt nicht verstanden. Dass man das Telefon abschafft! Was sie sich dabei wohl gedacht hatten? Meine Mutter ging regelmäßig mit ihrer Putzfrau zu ihr, damit die Tante es schön hatte, wenn sie von der Arbeit nach Hause kam."

Micha fällt ein, dass er berichten will, was der Hausmeister ihm erzählt hatte und fährt fort:

„Der Hausmeister drückte in etwa aus, dass Frau Dobrescu ja ein gutes Einkommen haben müsste, sie fahre ab und zu spätabends mit dem Taxi vor, sei dann guter Laune und weinselig. Er kenne das Lokal, in dem sie verkehre. Dort schätze man sie, weil sie sich manchmal ans Klavier setze und den ganzen Laden unterhalte. Das schockte mich. Die Tante konnte lustig sein, na ja … Sie muss sehr einsam gewesen sein. Dass sie tatsächlich in einem Lokal unter Fremden Gesellschaft suchte, fand ich unglaublich. Sie war eher dieser unnahbare Typ Frau …" Micha schweigt, verwundert über seine eigenen Feststellungen.

Die Ärztin wirkt beherrscht, wie sie in aufrechter Haltung in ihrem Armstuhl sitzt und ihn konzentriert anschaut. Sie wartet.

Als Micha weiter schweigt, spricht sie:

„Also war das, was dort auf dem Friedhof passiert ist, eher Ausdruck der Lebensführung Ihrer Tante als der Fehler Ihrer Mutter?"

Micha überlegt. Dann antwortet er:

„So könnte man meinen. Bei näherer Betrachtung. Ja doch. Jedenfalls ist sie nicht allein schuld. Es sind auch die Umstände. Meine Tante hatte diesen fremden Mann. Mit ihm zog sie sich immer mehr zurück, und als er tot war, war sie so isoliert, dass sie nicht mehr zurückfand oder zurückwollte in ein geselligeres Leben. Ich weiß nicht, es hat mir immer Angst gemacht, dass man so leben will oder muss. Ich mochte die Tante, trotzdem blieb eine gewisse Distanz. Es macht mich traurig, dass sie so einsam starb."

„Fürchten Sie, dass Ihnen das auch passieren könnte?"

„Es kann jedem passieren, nicht wahr?"

„Glauben Sie, dass das gleiche mit Ihrer Mutter geschehen wird?", bringt die Ärztin das Gespräch erneut auf die Mutter.

„Möglicherweise, denn sie sucht kaum Kontakt zu anderen. Sie klagt ab und zu über das Alleinsein, weil sie wenige Freunde hat, aber alle Vorschläge, das zu ändern, lehnt sie ab. Sie will nirgends hingehen, wo man Menschen trifft, sie glaubt, sie werde niemanden finden, der ihr ebenbürtig ist." Micha lächelt geringschätzig und setzt hinzu: „Was immer sie sich darunter vorstellt."

„Also, Mutter und Tante haben den Hang zum zurückgezogenen Leben gemeinsam."

„Ja."

„Ich möchte auf die Ausgangsfrage zurückkommen: Wieso haben Sie angenommen, Ihre Mutter habe wider besseres Können kein ordentliches Begräbnis organisiert, sie habe praktisch nicht genug für die Tante getan?"

„Ich merke, worauf Sie hinaus wollen. Ja, es stimmt. Aber was meine Geschwister anbetrifft … Na, ja, die hätten das auch geschafft, wenn sie unbedingt gewollt hätten. Trotzdem, das war nicht recht von ihr. Wahrscheinlich hat sie denen so spät Bescheid gesagt, um sie zu schützen. Sie sollten keine Urlaubszeit opfern für die Tante. Wenn sie gewollt hätten, wäre es ihnen gelungen. Fakt ist aber, dass die Tante sich kaum je mit Reni und Oskar traf."

Er überlegt eine Weile, dann gibt er zu:

„Ja, was Verwandte und Freunde der Tante anbetrifft, habe ich meiner Mutter etwas unterstellt, was sie eigentlich nicht zu verantworten hat."

„Eigentlich?"

„Wie bitte?" Er versteht nicht, was die Ärztin von ihm will.

„Meinen Sie, dass Sie ihr etwas anlasten, was sie überhaupt nicht zu verantworten hat?"

Er erwartet einen harten, kritischen Blick. Aber die Ärztin blickt ihn eher forschend an und er kann zugeben:

„Ich glaube, das ist eine Gewohnheit von mir, eine negative. Ich tue ihr wahrscheinlich manchmal Unrecht."

Als Dr. Breisach schweigt, fährt er fort:

„Meine Freundin hat mich auch einmal gefragt, warum ich nicht anerkennen kann, was meine Mutter heutzutage an Gutem für mich tut und schon in der Vergangenheit getan hat."

„Was meint Ihre Freundin damit?"

„Meine Mutter hat mir geholfen, als ich meine Tochter aus Ungarn zurückholte und am Anfang überfordert war, weil ich arbeiten und mich um Kind und Haushalt kümmern musste. Und früher, als ich noch verheiratet war, ist sie oft eingesprungen, wenn die Kinderfrau ausfiel."

„Und Sie können das nicht dankbar anerkennen?" Micha meint, in der Stimme der Psychiaterin eine gewisse Ungeduld zu vernehmen.

„Ich versuche es, ... es fällt mir schwer, weil über allem der Schatten dessen liegt, was ich einfach nicht vergessen kann."

Er ist betreten, presst seine Lippen aufeinander, nein, er will nicht klagen. Nicht heute und nicht hier. Trotzdem sagt er: „Die Schatten sind manchmal sehr lang und holen mich ein."

Die Ärztin beugt sich etwas vor und sagt in ungewohnt entschiedenem Ton:

„Herr Valentin, wenn die Sonne am höchsten steht, verschwinden die Schatten."

Micha ist verblüfft. Eine so junge Frau und eine so blumige Ausdrucksweise. Aber sie hat recht. In der Mittagssonne gibt es keine Schatten. Allerdings gibt es die auch nicht, wenn die Sonne nicht scheint, dann ist alles schattig. Wieso meint die Ärztin, die Sonne stehe für ihn hoch am Himmel?

„Können Sie das erläutern", bittet er.

Sie sieht ihm direkt in die Augen, so dass er den Kopf abwenden muss. Er hört die Intensität in ihrer Stimme, der er nicht ausweichen kann.

„Ich verstehe ihre momentane Trauer um Ihre Tante, aber davon spreche ich nicht, sondern von ihrer allgemeinen Lebenssituation."

Sie wartet einen Moment. Micha nickt, die Aussage ist bei ihm angekommen. Dann fährt sie fort:

„Ist es Ihnen möglich, froh darüber zu sein, dass Ihre Tochter gut gedeiht, dass Sie eine Partnerin haben, der an Ihnen liegt, wie ich annehme. Mit der positiven Gegenwart wird die Vergangenheit nicht ausgelöscht, aber doch relativiert. Wenn Sie das so sehen wollten, vielleicht verflögen dann die düsteren Gedanken an die Vergangenheit und Sie könnten beginnen, ihre Mutter weniger zu hassen."

„Weniger hassen lautet also das Therapieziel?"

Micha unterstreicht die Ironie seiner Worte mit einer spöttischen Grimasse. Die Ärztin lässt sich nicht beirren:

„Ja, es mag ein wenig simpel klingen, aber es ist sehr schwer. Und noch schwerer ist es, sich selbst anzunehmen, wenn man Vater und Mutter nicht lieben kann."

Er ist entgeistert. Woher nimmt sie diese Behauptungen. Sie will ihn provozieren. Soll sie nur. Ihn kann sie nicht reinlegen. Immer soll alles darauf hinauslaufen, dass man sich nicht genügend geliebt fühlt. Pustekuchen, Pfeifendeckel!

Micha bekämpft seinen Zorn. Nun, die Ärztin hat vielleicht ein wenig recht. Ja, sicher, er will nicht wahrhaben, wie ausschlaggebend das ist. Dabei ist der Dreh- und Angelpunkt im Leben die Zuneigung, die man gibt und die man empfängt. Das weiß er doch längst. Wenn er auch misstrauisch wird, wenn jemand das Wort „Liebe" wie einen Alltagsgegenstand benutzt. Doch ohne sie bleibt alles leblos und steril.

„Meinen Vater liebe ich, habe ich immer geliebt", ist Michas leise, widerstrebende, fast trotzige Antwort.

Eine Weile sprechen sie nicht. Micha versucht das Schweigen der Therapeutin zu deuten. Bisher war es meist eine Aufforderung, über seine Äußerungen nachzudenken. Doch, er hat den Vater geliebt, konnte es nur nicht zeigen. Heutzutage jedenfalls bewundert er ihn. Könnte es nicht sein, dass der Vater geahnt hat, dass seine Tochter und sein jüngerer Sohn nicht seine Kinder sind? Und könnte es nicht sein, dass er sie trotzdem angenommen hat, als wären sie seine eigenen? Leider kann das niemand mehr mit hundertprozentiger Sicherheit wissen.

Micha seufzt hörbar. „Meine Freundin behauptet, ich würde meinen Vater idealisieren."

„Tun Sie das?"

„Möglicherweise ja. Für einen der beiden Elternteile muss man doch Zuneigung haben. Das haben Sie eben selbst gesagt. Und es stimmt. Sonst ist man verloren."

Er überlegt. Jetzt ist er erwachsen und selber Vater.

„Idealisierung hin oder her. Ich glaube, ich kann nicht nachholen, was ich viele Jahre lang versäumt habe. Mein Vater war ein kluger Mann, ein fürsorglicher Vater. Gleichzeitig war er ein zerrissener Mensch, der ständig über das Leben nachsann. Einerseits. Andererseits hat er immerzu über unsere Mutter geschimpft wie ein Bekloppter. Deshalb wollte man sich lieber von ihm fernhalten, solange die Geschwister noch im Elternhaus lebten."

Micha sieht den flüchtigen Blick der Ärztin zur Uhr. Er hat die ihm bemessene Frist ein paar Minuten überzogen. Das spürt er, denn er hat ein exaktes Zeitgefühl in dieser Therapie.

„Ich glaube, die Zeit ist um." Erleichterung und Genugtuung schwingen in seiner Stimme. Er erhebt sich. Sonderbar, kommt er sich nicht leichter vor? Vielleicht ist ja doch was dran, dass diese Gespräche nützen. Wenigstens für den Augenblick.

7
Mittwoch, 29. November 1995

„Hallo, Michael, wann wirst du entlassen?“, begrüßt ihn Daniel, als Micha in den Aufenthaltsraum kommt.

„Hoffentlich bald“, antwortet Micha. „Genaues ist nicht in Erfahrung zu bringen. Und du?“

„Mir hat der Arzt heute erzählt, wenn ich Krankheitseinsicht hätte und meine Medikamente weiter regelmäßig einnehmen würde, könnte ich auf eine offene Station verlegt werden. Das bedeutet mehr Freiheit, man darf tagsüber kommen und gehen, wie man will.“

Micha entgegnet: „Das können wir hier doch inzwischen auch.“ Nach kurzer Überlegung fragt er:

„Hättest du nicht Lust, mit mir einen Spaziergang zu machen?“

Daniel zögert ein Weilchen, dann erhebt er sich betont schwungvoll aus dem Sessel.

„Menschmeier, ja, ich bin zu faul. Dabei fühlt es sich gut an, wenn man sich überwunden hat.“

Sie eilen durch ein paar verbaute, mit geflicktem Teerbelag versehene Winkel innerhalb des Klinikkomplexes, bis sie die verkehrsreiche Deutschordenstraße erreichen, die sie überqueren müssen, um zu dem Park zu gelangen, den sie manchmal aufsuchen. Als sie über einen Zebrastreifen gehen, drängt sich Micha eine grelle Filmwerbung auf. Ein düsteres Poster, eine junge Frau im Vordergrund, ein Mann dahinter. Der Titel *Double-Dealing* und die reißerische Aufmachung lassen einen Thriller vermuten. Micha hätte nicht unbedingt Lust auf diesen Film, doch weckt dieses Poster ein deutliches Verlangen nach Kino, danach, im Licht der bespielten Leinwand an einem unbekannten Ort, in einer anderen Zeit aufzutauchen, sich als Teil einer fremden Welt und gleichzeitig als abgegrenzt zu erleben.

Aimée hat ihm kürzlich erzählt, eine ihrer Freundinnen habe erstaunlicherweise keine Lust mehr auf Filme, sie strengten sie zu sehr an. Aimée fragte ihn, ob er sich das für sich vorstellen könnte. Bisher nicht, antwortete er. Zwar erlebe er die Filme nicht mehr so existentiell wie in seiner Jugend, aber noch gehe für ihn von diesem Medium eine schwer zu deutende Magie aus. Ausschließen könne man den Verlust der Vorliebe aber nicht. Man weiß nicht, wohin die Seele sich bewegt.

Dabei verschweigt er, dass er eine Zeitlang nicht mehr ins Kino ging, und nicht etwa, weil keine guten Filme im Angebot gewesen wären. Nein, das war es nicht. Als er vor zwanzig Jahren nach seinem Aufenthalt in Dobental begriff, dass er zu sehr an Rita hing, hatte er ernsthafte Bedenken um seine Seele. Damals empfand er das Kino nicht als harmlos. Er fürchtete ganz allgemein, er werde zum Werkzeug einer undurchsichtigen Macht. Denn Filme erzählen uns nicht, was wir wünschen, sondern was wir wünschen sollen. Der Film bildet die Realität nicht ab, er schafft sie. So wie der Traum Tag und Nacht verbindet, so verbindet der Film die Realität mit den Illusionen, die in der Seele des Zuschauers schlummern. Als er sich damals ohne Rita sehr einsam vorkam, erlebte er das Kino wie eine persönliche Fremdherrschaft. Deshalb ging er nur noch selten ins Kino, meistens dann, wenn es sich einem Freund zu Gefallen nicht vermeiden ließ. Es wäre ihm wie eine Art Untreue gegenüber sich selbst erschienen. Er brauchte seine Kraft, um den Alltag zu bewältigen, die Kino-Scheinwelt war ihm zu viel. Er brauchte seine Reserven für die alltäglichen Irritationen, an denen sich sein Fühlen stieß wie ein unbeholfener Mensch an den Möbeln einer vollgestopften Wohnung. Erstaunt stellt er fest, wie sehr es von unserer jeweiligen seelischen Verfassung abhängt, was wir in einem bestimmten Moment mögen oder ablehnen. Damals hätte er sich nicht träumen lassen, dass er sich jemals wieder so voll und ganz dem Film zuwenden und sich sogar beruflich damit befassen würde.

Sie erreichen den Park. Hier erst fällt Micha das winterlich trübe Licht auf. Es wirkt, als würde er seine Umgebung durch eine Mattglasscheibe sehen. Dabei ist der Himmel nicht vollkommen verhangen. Der Wind treibt einige große dunkelgraue Wolken vor sich her. Ab und zu liegt ein kleiner Lichtfleck auf dem Weg und die Sonne spiegelt sich kurz in einer Pfütze.

Vereinzelte Blätter flattern noch an den Bäumen. Mit ihren nackten Kronen auf den dunklen Stämmen wirken sie wie gewaltige Reisigbesen, die den schmutzigen Himmel sauber fegen wollen. Die Nadelbäume wirken eigentümlich farblos. Es ist ein Wetter zum trübsinnig werden, denkt Micha.

Sie spazieren gemächlich auf den Sandwegen, die den kümmerlichen Rasen säumen. Micha merkt an der Art, wie Daniel sich ab und zu vorbeugt und ihm ins Gesicht schaut, dass er etwas auf dem Herzen hat. Micha nickt ihm aufmunternd zu, und sie führen ihr Gespräch, während sie ein paar Runden in dem Park drehen.

„Was soll ich bloß machen? Mein Alter will mich besuchen. Meine Mutter hat nicht mal Kraft für die zwanzig Kilometer Fahrt hierher. Sie würde ich gern sehen. Aber mein Vater hat es sich in den Kopf gesetzt", beginnt Daniel.

„Ich habe ein verwandtes Problem. Ich bin auch noch nicht bereit, und meine Mutter will mich unbedingt sprechen."

„Und was machst du?"

„Bisher war ich einfach nicht dazu in der Lage." „Und jetzt?"

„Ich denke immer noch darüber nach, stelle mir vor, wie es wäre und ob ich es aushalten könnte."

„Michael, was meinst du, soll ich mit ihm reden?"

„Ich meine, das ist keine Frage des Sollens oder Wollens, sondern des Könnens."

„Er will mir sicher erklären, wie alles geschehen ist. Das geht mir gerade mal so was von an der Tangente vorbei, Mannomann", erklärt Daniel, wobei er eine Hand hinter seinem Gesäß hin und her wedelt. Micha sieht ihn verständnislos an, dann begreift er.

„Ich glaube", gibt er zu bedenken, „du solltest entscheiden, ob dich das überhaupt etwas angeht. Egal, was er deiner Mutter angetan hat, er ist dein Vater und das wird er immer bleiben."

„Ja, daran habe ich auch schon gedacht. Ist es nicht schrecklich, dass man mit seinen Eltern irgendwie für immer verbunden ist?"

„Ja", bestätigt Micha ruhig. „Mitunter kann es einem ganz schön zu schaffen machen."

„Mein Vater ist wirklich ein Scheißtyp. Trotzdem bin ich irgendwie nicht mehr so wütend auf ihn." Micha schaut Daniel kritisch an.

„Das ist die Wirkung der Medikamente. Sie nehmen die Wut."

„Meinst du?"

„Ich glaube ja. Das ist auch in Ordnung. Mit so viel Wut im Bauch kann man doch nicht leben."

„Sie machen mir Angst, ich hoffe, dass ich nicht abhängig davon werde."

Micha bleibt stehen und schaut ihn an.

„Daniel, nimm die Medikamente weiter, sie helfen dir, in Ruhe nachzudenken. Nur so kannst du das, was passiert ist, vernünftig beurteilen. Wut alleine bringt nichts. Die Ärzte geben uns nichts, was abhängig macht. Und wenn doch, dann nur für kurze Zeit, damit das eben nicht passiert."

Daniel nickt. „Ja, so ähnlich hat das mein Arzt auch gesagt. Du glaubst das wirklich, gell?"

„Ja. Ich bin auch nicht begeistert, hatte auch schon meinen Widerwillen. In ein paar Wochen brauchen wir den Krempel nicht mehr."

Sie setzen ihren Spaziergang fort.

„Also, soll ich meinen Vater mich besuchen lassen? Was würdest du an meiner Stelle tun?", insistiert Daniel.

„Das kann ich dir nicht sagen. Jeder kann nur seine eigene Situation beurteilen. Wenn du das Bedürfnis hast, lass ihn kommen. Wenn nicht, brauchst du mehr Zeit. Vielleicht kannst du ihm sagen, warum du seinen Wunsch ablehnst."

„Ja, du hast recht. Oh Jemine, wenn er mir nur nicht fromme Parolen auftischt. Wie zum Beispiel: Man muss seinem Bruder verzeihen."

„Du meinst, er wird das von dir verlangen, weil er Pfarrer ist?"

„Ja, damit hat er mich früher getriezt, wenn ich mich mit meinen Freunden verzankt hatte. Ich sollte immer den Anfang machen."

„Den macht jetzt er."

„Ja, glaubst du, das ist echt? Das macht er aus Gewohnheit, sozusagen auf Befehl von oben."

Bei den letzten Worten bleibt Daniel stehen, hebt den Zeigefinger in die Höhe und hält den Kopf schräg zum Himmel gerichtet. Er lacht. Micha gibt zu bedenken:

„Das schließt nicht aus, dass er bereut, dass er dich verletzt hat."

„Meinst du?"

„Ich halte es für möglich. Er hat sich gegenüber deiner Mutter falsch verhalten und dabei nicht bedacht, was er dir antut."

„Ja, aber wenn man die Familie auseinander reißt, sind doch immer die Kinder betroffen."

„Du sagst es, Daniel. So ist es. Dein Vater wollte sich unter Umständen nur von deiner Mutter trennen. Dich wollte er vielleicht gar nicht im Stich lassen."

„Vergeben kann ich ihm nicht." Er schüttelt so heftig den Kopf, dass Micha es sogar im Seitenwinkel seines Blickfelds erfasst, obwohl er seine Augen geradeaus auf die kahlen Bäume richtet.

„Er war neulich hier, mein Vater, ich habe ihn nicht sehen wollen. Mit den Ärzten hat er sich beraten. Dazu hatte ich meine Einwilligung gegeben. Er hat ihnen versichert, er hätte sich nicht wirklich bedroht gefühlt, er hätte keinen anderen Ausweg gesehen, als mich wegen meiner Toberei hierher zu bringen. Na ja, wenigstens hilft er mir, dass ich die Klinik schnell hinter mir lassen kann. Aber verzeihen tue ich ihm deshalb noch lange nicht."

„Das verstehe ich. Gut sogar. Aber ich will dir was sagen. Man muss seinen Hass loswerden, weil man sich damit selbst schadet. Immer an dem Knochen herumzunagen, an dem kein Fleisch mehr ist, was bringt das?"

Daniel schüttelt seinen Kopf sehr langsam. Micha lächelt innerlich und denkt, mit dieser langsamen Bewegung wird es dauern, bis die Botschaft an die richtigen Stellen im Hirn gerüttelt ist.

„Ja", fährt er fort, „ich spreche so zu dir, damit ich mich selbst höre, denn mir geht es keineswegs besser. Nur ist es bei mir die Mutter."

„Die Mutter, dein Schicksal." Daniel lacht aus tiefer Kehle und sarkastisch.

Micha ist verwundert. Doch Daniel erklärt:

„Das ist der Titel eines Buches von so einem Psychoheini." Schnell berichtigt er sich: „Ich meine von einem Psychologen. Ich habe es nicht gelesen, fand den Titel interessant. Es steht bei meinem Alten im Bücherschrank."

Micha bleibt stehen. Daniel schaut ihn an, seine Haltung drückt gespannte Erwartung aus. Ruhig und bedacht erläutert Micha seine Gedanken zu diesem Thema.

„Weißt du, Daniel, das klingt klug und entspricht unserer Vorstellung, dass unsere Eltern an unserem Schicksal schuld sind. Das stimmt zum Teil, wir sind ja geprägt von ihnen, rein biologisch und charakterlich. Wie auch immer – aber an allem Quatsch, den wir in unserem Leben verzapfen, haben sie nicht Schuld. Das wäre doch schrecklich. Stell dir vor, dann wären wir ja lediglich die Konsequenz des Verhaltens unserer Eltern, und sie wären die Folge des Verhaltens ihrer Eltern und so weiter bis in die tiefste Vergangenheit. Solche Gedanken machen unfrei."

„Hmhm, richtig."

„Außerdem", ergänzt Micha, „gäbe es dann gar keinen Fortschritt, dann wären wir für immer und ewig in der anfänglich ungequirlten Scheiße sitzen geblieben."

Daniel sieht ihn überrascht von der Seite an. Micha stört seine Wortwahl. Aber Daniel hat damit kein Problem.

„Claro, capisco. Wir müssen selbst die Verantwortung für unser Handeln und unser Leben übernehmen."

„Ja, denn was soll es bringen, alles auf die Mutter oder auch den Vater zu schieben? Sie machen Fehler. Unter manchen leiden wir mehr, unter anderen weniger. Ich predige so, weil ich es selber nötig habe. Doch missversteh' mich nicht. Ich meine, wir müssen unsere Eltern nicht unter allen Umständen lieben."

„Das würde mein Erzeuger aber anders sagen. Du sollst Vater und Mutter ehren, das vierte Gebot."

„Dann müssen sie sich auch ehrenhaft verhalten", erwidert Micha.

„Ehrenhaft? What's that?"

Daniel stößt sich offensichtlich an diesem altväterlichen Begriff. Er bleibt abrupt stehen, passt sich dann mit schlenkernden Armen Michas Gangart wieder an.

„Ich meine, modern ausgedrückt, sie sollten den Kindern ein gutes Beispiel geben, damit die sie respektieren können."

„Respekt? Für meinen Alten? Nee, nee, das funktioniert nicht. Der hat das Treuegelöbnis mehr als einmal gebrochen. Unglaublich, aber wahr."

Micha wendet sich Daniel zu. Sieht ihm in die Augen und nickt. Der Junge kann noch nicht verstehen, dass es nicht einfach ist, unter allen Umständen treu zu sein.

In stummem Einverständnis spazieren sie, langsam und schweigend, ein letztes Mal um das zentrale, noch etwas grüne Rasenrondell, dann machen sie sich zurück auf den Weg zur Klinik.

Plötzlich bleibt Micha stehen. Komisch, auf dem Hinweg, als sie auf der gegenüberliegenden Straßenseite gingen, hat er dieses Plakat nicht wahrgenommen. Es zeigt eine Gruppe schwarzer Männer. Er liest den Text. Sie sind Musiker, Kubaner.

Die fünf Männer auf dem Poster schmeißen sich in die Brust und lächeln. Der Mittlere, ein gut aussehender, weißhaariger Hüne, kann seine wirkliche Befindlichkeit nicht verbergen. Ihm schaut die blanke Todesangst aus den Augen. Deshalb erscheinen die fröhlichen Gesichter der restlichen Bandmitglieder merkwürdig substanzlos, wie Fratzen von Karnevalisten, die der Fröhlichkeit unfreiwillig huldigen müssen.

Beide lassen das Plakat ein paar Augenblicke auf sich wirken, dann zuckt erst Micha, dann Daniel mit den Schultern, und sie setzen, jeder das Zentrum seiner Welt, ihren Rückweg zur Klinik fort.

Micha muss daran denken, dass die Mutter mit der Tante eine nahestehende Person verloren hat. Sie ist die Ältere, sicherlich fürchtet sie sich vor dem Tod. So wie alle Menschen. Und jetzt besonders. Daran hat er noch nicht gedacht. Ja doch, die Mutter hat genau wie er das Sterben noch vor sich. Erstaunt stellt er fest, dass sie ihm leidtut. Ja, warum auch nicht? Wie er mit jedem Menschen wegen seiner Sterblichkeit Mitleid hat, so auch mit ihr.

8
Samstag, 2. Dezember 1995

Micha sitzt in der Bibliothek und hört eine Kassette, die Ella ihm mit einem kleinen, tragbaren Kassetten-Spieler gebracht hat. Er lauscht. Zur Schönheit einer Haydn-Sinfonie, denkt er, gehören auch die Dissonanzen. Nur deshalb ist sie vollkommen, so wunderbar, dass sie ihm einen Schauer den Rücken hinunterjagt. Es muss fast zwei Uhr sein, er erwartet seine Mutter, die pünktlich erscheinen wird, nachdem sie so lange auf diese Gelegenheit gewartet hat. Er stellt die Musik ab, bringt die Kassette samt Abspielgerät in sein Zimmer.

„Herr Valentin", hatte Dr. Szentmihály am Schluss der letzten Therapiestunde gesagt, „Ihre Mutter hat mehrfach angefragt, warum sie Sie nicht besuchen darf. Können Sie sich vorstellen, mit ihr Kontakt aufzunehmen?"

Micha war diese Frage unangenehm. Er mochte seine Mutter nicht sehen. Es geht ihm besser, wenn er sich nicht mal in Gedanken mit ihr beschäftigt. Trotzdem regte sich sein Gewissen. Vielleicht sollte er ihr die Möglichkeit geben. Verdammt noch mal, dieses blöde Hin und Her, er wollte sich lieber abkapseln. Warum konnte sie ihn nicht in Ruhe lassen? Immer musste sie an einem Rädchen drehen. Trotz seines Unwillens fühlte er, fern, ganz fein, dass er es zulassen sollte. Hat nicht Aimée vor Wochen – noch vor seinem Aufenthalt hier – gesagt, man wüsste nie, wie lange man Gelegenheit hätte, sich mit jemandem auszusprechen. Er sollte das doch für sich selbst tun. Denn wenn Lotta stürbe, machte er sich vielleicht Vorwürfe, dass er etwas Wichtiges versäumt hätte.

„Ja", antwortete er auf die Frage der Ärztin, „ich glaube, ich sollte mich überwinden und sie herkommen lassen. Ich will mich bemühen, es auszuhalten."

„Rufen Sie sie doch an und machen Sie ein Treffen mit ihr aus, damit Sie nicht unvorbereitet sind."

Die Ärztin fand einen halb bearbeiteten Acker vor. Denn das Besuchsthema war erst kürzlich in einer Therapiestunde aufgetaucht, als Micha während der Abwesenheit beider Ärztinnen ein Gespräch bei einem Stellvertreter hatte. Er habe großes Glück, dass man ihn nicht vor Gericht angeklagt habe. Ob er sich irgendwann bei seiner Mutter entschuldigen würde, wollte der Arzt wissen. Er war so perplex gewesen, dass er fast gefragt hätte, wofür. Natürlich wusste er, was der Arzt meinte. Ja, er hatte die Mutter bedroht, aber dafür musste er sich nicht entschuldigen. Klar, die Bedrohung mit dem Messer ging zu weit, so sehr durfte man sich nicht gehen lassen. Sie hatte ihn jedoch gereizt und sie hätte wissen, nein, spüren müssen, dass sie eine Seelentrampelei beging. Für die bevorstehende Begegnung hat er beschlossen, einfach abzuwarten, was sie von ihm will.

Auf dem grünen Sofa sitzend, erwartet er sie. Während sie sich ihm nähert, nimmt er ihre äußere Erscheinung in sich auf. Elegant ist sie, wie eine Dame aus dem englischen Königshaus. Sie trägt ein beiges Winterkostüm aus dickem Wollstoff, den Hut in asymmetrischer Form, Accessoires in den passenden Farben. So eine Dame ist sie, wie man sie hier höchst selten zu Gesicht bekommt. Und das in ihrem Alter. Micha ist fast ein bisschen stolz, als er gewahrt, dass die Pfleger und auch die Patienten sie beobachten, während sie den Flur entlanggehen.

In der Bibliothek bietet Micha seiner Mutter einen Sessel an. Er setzt sich gegenüber. Am liebsten würde er mit den Händen seine Augen bedecken und nur geduldig zuhören. Er unterdrückt diesen Impuls – es kostet ihn Mühe – und sieht sie konzentriert an. Sie schaut etwas ängstlich und unsicher. Dann erkundigt sie sich, wer ihn behandelt und wie das Essen ist, fragt nach weiteren Umständen seines Aufenthalts. Micha bemerkt ihre Verlegenheit. Sie glaubt wirklich, sie macht einen Krankenbesuch. So wird sie nicht davonkommen! Er wartet ab, seine Antworten sind einsilbig. Langsam spürt er Ungeduld in sich aufsteigen. Als sie nach einem Rundblick den ramponierten Zustand der Bücherregale kritisiert, hält er es nicht mehr aus.

„Du weißt, warum ich hier bin, oder?"

„Ja, mein Schatz. Aber ich habe deine Aggressivität nicht verstanden."

„Immer noch nicht? Lass bitte dieses ‚mein Schatz'"

Sie schaut etwas beleidigt, kommentiert die Zurückweisung aber nicht.

„Nun ja, Aimée hat mir gesagt, dass es immer noch die Vergangenheit ist, die dich quält, die Verhältnisse in der Familie."

Micha nickt, wartet weitere Erklärungen ab. Nach einer Weile nimmt sie den Faden auf:

„Was hätte ich besser machen können? Die Umstände waren so. Es ging nicht anders, ich hatte wirklich keine Wahl. Sieh das ein. Ich musste bei deinem Vater bleiben. Leider gab es viel Streit, unter dem ihr Kinder leiden musstet."

Micha sagt immer noch nichts. Er hofft, dass sie mehr als diese übliche Litanei von sich gibt. Er wartet. Es ist ein geduldiges Warten, keines das sie aus der Reserve locken soll. Da für Lotta die Erklärung abgeschlossen scheint, ergreift er nach einer Weile das Wort:

„Ich werfe dir nicht vor, dass du bei Vater geblieben bist, denn Vater war trotz aller Schimpferei gut zu dir. Das verstehe ich. Was ich dir anlaste? Dass der Nebenmann der Hauptmann wurde, dass du nicht erkanntest, was für ein Windei der war, und warum du nicht mit ihm gebrochen hast."

„Das ging nicht, ich hatte doch die beiden Kinder von ihm."

Wie offen sie spricht, denkt Micha. Sie hat nichts mehr zu fürchten.

„Warum bist du dann nicht zu ihm gegangen?"

„Mein Sch..., ich hatte ja nicht nur zwei Kinder." Sie hebt die Stimme am Ende des Satzes vielsagend. Sie guckt auf ihre im Schoß gefalteten Hände.

„Allerdings, und das andere Kind, das du auch noch hattest, das war dir natürlich Verpflichtung", sagt er voller Hohn. „Lass diese Heuchelei."

Sie schaut ihn herausfordernd an, dann sagt sie in nüchternem Ton: „Ja, ich hätte dich bei Joschka lassen können. Das ist richtig. Aber du entsinnst dich, was für ein Leben Joschka uns geboten hat, mit dem anderen wäre es nicht so gut gewesen. Wenn wir den Alltag geteilt hätten, wären die Einschränkungen groß gewesen. Ich hätte selber kochen und den Haushalt führen müssen, auch das Geld wäre knapper gewesen. Dann wäre es schnell aus gewesen zwischen uns."

Das scheint eine halbwegs ehrliche und realistische Antwort zu sein, überlegt Micha. Wenigstens nimmt sie das Wort Liebe nicht in den Mund. Er hofft, dass es so bleibt. Warum kann sie immer noch nicht einsehen, dass diese Beziehung ein Fehler war. Wahrscheinlich wegen der Kinder. Diese Einsicht stimmt ihn weich.

„Weiß du", fährt seine Mutter fort, „selbst mein Vater, der in alles eingeweiht war, meinte damals, dass es besser wäre, bei Joschka zu bleiben. Er hat Joschka gebeten, Geduld zu haben."

Micha fällt ein, dass Großvater wahrscheinlich wusste, was für ein windiger Bursche dieser Panitz war. Und er erinnert sich, dass der Großvater und die Mutter nach der Scheidung kaum noch Kontakt hatten, während er ihn auf seinem kleinen Winzerhof mehrfach besucht hatte. Bevor der Großvater in seinem vierten Studienjahr starb.

Micha hört seine Mutter weiter reden. Er muss sich konzentrieren. Sie redet intensiv, will ihn überzeugen. Endlich, so scheint es, spricht sie mit ihm, wehrt seine Vorwürfe nicht mit Floskeln oder Schweigen ab. Doch wovon spricht sie? Er klinkt sich ein, lauscht ihrer Rede und hört:

„Bei dem Scheidungsverfahren hat der Vater der beiden gefragt, warum ich die Kinder abgegeben habe, er hätte doch für uns gesorgt. Aber ich wollte das nicht."

„Das glaubst du selbst nicht."

„Nun ja, er hat es gesagt, nachher, als alles geregelt war." Sie holt tief Luft und sagt: „Er hat sich nicht getraut, er wollte mich nicht beeinflussen."

„Er wollte keine Verantwortung, könnte man auch sagen. Aber was ich dir vorwerfe, ist nicht dein Verhältnis zu Panitz. Ich habe ja selbst während meiner Ehezeit mit Nora eine langjährige Beziehung zu einer verheirateten Frau gehabt, wie dir ja bekannt sein dürfte."

„Ja, ja", unterbricht sie ihn heftig. Sie erhebt sich halb aus dem Sessel, so aufgeregt ist sie.

„Deshalb wundere ich mich immer, dass du mir Vorwürfe machst. Du hast es nicht besser gemacht. Du bist auch bei Nora geblieben. Ich nehme an wegen des Kindes."

„Reg dich nicht auf, nimm Platz." Er wartet, bis sie sich zurückgesetzt hat.

„Ja, wegen des Kindes", ergreift er das Wort, „und die Frau ist bei ihrem Mann geblieben, weil sie zwei Kinder hatte, aber, und das ist der Unterschied, wir waren diskret."

„So diskret, dass es alle deine Freunde und Bekannten wussten", erwidert sie, wieder aufgebracht. Micha zwingt sich zur Ruhe.

„Aber die Kinder, ihre und meins haben nicht darunter gelitten. Wir Erwachsenen haben das unter uns ausgemacht."

Beide schweigen. Damit sich die Stille nicht unüberwindbar verdichtet, spricht Micha:

„Es war nicht nur ewig Streit im Haus. Du hast diese Liebschaft nicht heimlich halten können. Sie war praktisch zur Familienangelegenheit geworden. Und ich musste hinter Vaters Rücken die Verbindung zu ihm halten. Es gab Zeiten, da wusste ich mehr als Vater. Und dann später ... Erinnerst du dich, wie der Typ dich grün und blau geschlagen hatte, was für ein Skandal das war. Vater hat sich alles gefallen lassen. Sogar als herauskam, dass du eigene Möbel dort in seiner Wohnung hattest. Möbel, die du gekauft hattest von Vaters und deinem Geld. Warum musstest du uns da hineinziehen." Nach einem Moment des Überlegens korrigiert er sich: „Warum musstest du mich da hineinziehen? Als ich noch sehr jung war. Warum hast du mich nicht vor diesem Wissen geschützt?"

Micha möchte fortfahren, schweigt aber, weil Tränen seine innere Bewegung verraten würden, und er möchte nicht weinen. Wütend kann sie ihn erleben, aber nicht so verletzlich. Er will kein Mitleid von ihr. Nicht heute. Denn das hat sie nicht gehabt, als er es gebraucht hätte, als Kind.

Er hält die rechte Hand vor die Augen. Lotta beugt sich vor, legt ihre Hand auf sein Knie, er wischt sie mit einer langsamen Bewegung fort. Sie fasst sich schnell, mit weicher, liebevoller Stimme, über die Micha rätselt, ob er ihr trauen soll, spricht sie.

„Michael, natürlich, das Leben war schwer damals. Für mich. Und auch für dich. Ich konnte mit der Situation nicht umgehen, das weiß ich wohl. Aber glaube mir, die anderen beiden hatten es auch nicht einfach. Trotzdem höre ich keine Vorwürfe von ihnen. Michael, sieh ein, das Vergangene lässt sich nicht rückgängig machen. Und ich wollte auch ein Stückchen vom Glück. Man lebt doch nur einmal."

Er nimmt seine Hand vom Gesicht und dirigiert seine Augen in ihre Richtung, worauf sie sich wie zum Schutz vor einem Angriff zurücklehnt.

„Ja, Mutti, du lebst nur einmal. Deine Kinder auch. Ich verstehe, dass du Vater geheiratet hast, weil er dich brauchte und dass du bei ihm geblieben bist, weil er dir materielle Sicherheit bot. Du warst ihm behilflich, und dafür sollte er den nützlichen Deppen spielen. Das tat er, weil er dich zu sehr mochte. Doch der Lump, der elende, der war eine Wahl. Ich meine, den hast du gewollt, nicht notgedrungen mit ihm vorliebgenommen wie mit Vater. Und du hast Vater zermürbt und seelisch ruiniert."

„Ja, das habe ich."

Er muss sich zurückhalten, damit er ihr Vaters Verzweiflungstat nicht vorwirft. Nein, das geht nicht. Soweit darf er nicht gehen.

„Und?"

„Es lässt sich nicht rückgängig machen."

„Und?"

„Nichts und."

Sie hat recht. Er muss aufhören, den Richter und Rächer für den Vater zu machen. Das hätte Vater selbst tun müssen. Und er hat es ja auch getan, hat ihr die Kinder vorenthalten, soweit er konnte. Er muss das trennen, das, was ihn angeht und das, was den Vater betrifft.

„Aber mir hast du Unrecht getan."

„Habe ich das noch nicht gebüßt?"

Er stoppt einen Moment, dann will er doch auch die Kränkung, die er noch nie ausgesprochen hat, loswerden.

„Weil du den anderen wirklich wolltest, deshalb hast du die Geschwister auch lieber als mich. Und Reni ist dein besonderer Liebling."

Auf diese Anschuldigung beugt Lotta sich in ihrem Sessel nach vorn, diesmal so weit und mit so viel Konzentration in ihrem gestrafften Körper, als wollte sie ihre Worte in ihn hinein atmen. Sie betont jedes einzelne Wort:

„Michael, das ist nicht wahr, rede keinen Unsinn."

Micha merkt auf, sieht sie eindringlich an.

„Im Gegenteil. Ich war vierundzwanzig, als ich dich bekam. Von ganzem Herzen hatte ich mir ein Kind gewünscht. Als du dann da warst, war ich sehr glücklich. Die Vaterschaft spielte dabei keine Rolle. Natürlich war es gut, dass ich verheiratet war, dass Joschka für uns sorgen konnte. Ja, ich war sehr glücklich."

Was war das für eine seltsame Erklärung? War das so eine Beteuerung wie die, dass der Liebhaber sich um sie und die Geschwister gekümmert hätte, wenn sie gewollt hätte? Oder hatte diese Behauptung vielleicht einen winzigen Wahrheitskern?

„Ich kann das nicht glauben", entscheidet er. „Du hast die beiden Jüngeren immer vorgezogen."

Seine Mutter erhebt sich, trottet langsam auf und ab. So gibt sie ihrem Protest mehr Nachdruck. Heftig, beinahe schreiend, erklärt sie:

„Nein, das stimmt nicht. Man liebt jedes Kind auf seine besondere Weise. Das lässt sich nicht miteinander vergleichen. Und eins weiß ich sehr sicher: Dass ich den kleinen Michael, als ich ihn geboren habe, sehr lieb hatte und dass ich damit auch später nicht aufgehört habe."

Schweigend beobachtet sie die Wirkung ihrer Worte.

Micha begreift, dass diese lautstarke Äußerung nicht vorbedacht ist. Tränen steigen ihm in die Augen, er bedeckt sie mit der Hand und lässt sie laufen. Sprich mir nicht von Liebe, denkt er. Immer wenn jemand so offen und persönlich über seine Liebe spricht, wirkt es hohl und falsch auf ihn. Wie oft hatte die Mutter dem Vater ihr Ich-liebe-dich vorgebetet, um ihren Willen durchzuschlängeln. Man soll lieben, ja, und wenn man es tut, warum muss man das Wort ständig spazieren führen wie einen Hund auf der Straße, der an jeder Ecke das Bein hebt, um sein Revier zu markieren.

Durch diese Überlegungen bekommt er seine Rührung in den Griff. Die Mutter übergeht sein Schweigen, lässt sich nicht beirren:

„Und warum schätzt du nicht all die Dinge, die ich für dich getan habe?", fährt sie aufgebracht fort. „Dein erstes Auto hattest du mir zu verdanken. Das erste, was ich von meinem väterlichen Erbe kaufte, war das Auto für dich. Deine erste Wohnung für dich und Rita habe ich dir verschafft. Obwohl ich noch alte Beziehungen hatte, die von meinem Vater stammten, war das ein Kunststück, wo die Wohnungen damals so knapp waren."

Sie holt hörbar Atem: „Ganz zu schweigen von der Mühe, die es mich gekostet hat, dir bei der Einrichtung der Wohnung für deine kleine Familie in Bornheim zu helfen. Meinst du, das hat nichts mit Zuneigung zu tun? Meinst du, das hätte sonst jemand für dich gemacht? Nein, ich, deine Mutter, habe das getan. Weil ich deine Mutter bin. Na, und habe ich nicht immer dann für euch das Kind versorgt, wenn es nötig war? Egal, ob ich etwas vorhatte oder nicht. Ich war immer für euch da. Immer."

Ein kurzes Besinnen und weitere Vorhaltungen folgen: „Ich habe dir immer mit Rat und Tat zur Seite gestanden. Als du das Kind aus Ungarn holtest, warst du mit dem Haushalt überfordert und das Kind noch zu unbeholfen. Ich habe dir und Ella immer dann, wenn deine Putzfrau nicht erschien, und das war zeitweise sehr oft, die Wohnung sauber machen, die Wäsche waschen und bügeln lassen, und am Wochenende habe ich für euch bei mir gekocht. Warum siehst du das nicht? Ist das alles gar nichts? Was erwartest du eigentlich von einer Mutter? Soll sie dich ewig und drei Tage umsorgen, als wenn du das nicht selber könntest? Hast du gar keinen Gerechtigkeitssinn? Alles, was ich getan habe, habe ich gern getan. Von Dankbarkeit will ich gar nicht reden, die erwarte ich nicht. Aber ein wenig Anerkennung bricht dir keinen Zacken aus der Krone."

Micha sieht sie entgeistert an. Noch nie hat sie so zu ihm gesprochen. Ja, er erinnert sich, widerstrebend, alle diese Dinge hat sie für ihn getan. Sie zählten nichts, sie hätte noch mehr tun können, immer mehr, nichts war von Bedeutung, weil die Vergangenheit dadurch nicht zu heilen ist. Bisher hat er sehr gerade und angespannt in seinem Sessel gesessen. Nun lässt er sich erschöpft zusammensinken. Er versteht, dass die Mutter all die Jahre versucht hat, ihm auf ihre Weise Gutes zu tun. Ja, er kann, er muss das so annehmen. Aus ihrer Sicht sind alle diese Vorhaltungen richtig. Und trotzdem muss er sich damit abfinden, dass sie angestrengt bemüht ist, ihm den Eindruck mütterlicher Fürsorge zu vermitteln. Es ist ihr keine natürliche Gabe. Ja, sie hat ihre Zeit gegeben, auch ihre Kraft. Aus Zuneigung? Vielleicht. Eher erscheinen ihm ihre Motive undurchsichtig. Bei ihr enthalten alle Gefühlsbekundungen einen großen Anteil Sentimentalität, aber auch dreiste Berechnung. So hat er sie oft erlebt, sentimental und berechnend. Aber eben, die Enttäuschung fühlt sie wirklich, dass dieser erwachsene Sohn immer noch nicht einsehen mag, was sie aus Mutterliebe getan hat.

Lotta hat sich inzwischen wieder gesetzt. Mit einem altmodischen, spitzenumrandeten Taschentuch betupft sie die Augenwinkel. Sie ist gerührt, begreift Micha, über ihre eigene Güte. Ich werde es nicht ändern können. Sie ist auch ein Opfer ihrer unbeherrschten Gefühle. So war es auch damals. Er wird sich entscheiden müssen. Wie hatte Aimée so einprägsam formuliert:

Vergeben oder vergehen. Er hat die Wahl. Er will nicht kaputt gehen, sondern Frieden haben. Deshalb muss er, wird er an der Vergebung arbeiten.

„Ich bin müde. Wenn du bitte gehen würdest", sagt er mit abgenutzter Stimme. Seine Mutter erhebt sich, ihre Haltung wirkt unsicher. Sie tut mir leid, denkt er. Deshalb stellt er klar:

„Es ist alles in Ordnung, ich bin nur müde. Gespräche erschöpfen mich."

„Ja, Michael, gute Besserung. Ich habe Fotos mitgebracht von früher, schade dass wir die nicht ansehen können. Darf ich dich besuchen oder anrufen?"

„Ja, sicher doch. Aber bitte keine Fotos." Micha erspäht ihre unsichere, verständnislose Miene durch seine gespreizten Finger, die wieder über den Augen liegen. Sie nimmt ihre Handtasche vom Tisch. streift die Handschuhe über, streckt sich und verlässt aufrecht, aber mit dem etwas steifen Gang alter Menschen den Raum.

Sonderbar, resümiert er, so direkt haben wir sehr lange nicht gesprochen. Nein, korrigiert er sich, unverblümte Vorwürfe wegen des ewigen Unfriedens im Elternhaus kennt sie. Ihr stereotypes Es-ging-nicht-anders war alles, was sie dazu zu sagen hatte. Heute hat sie mich ernst genommen. Und dass wir friedlich miteinander waren, das ist ein erster Schritt.

Teil VI 1996

Rückenwind

1
Donnerstag, 5. Dezember 1996

Ein leises Klingeln. Komisch, dieses bunte Vögelchen, das auf seiner Brust sitzt und in seine Hemdtasche lunzt, tiriliert nicht, es klingelt. Micha betrachtet das possierliche Wesen mit ironischem Wohlwollen von oben herab. Es wendet ihm das Köpfchen zu und in eigentümlich zwitschernder Sprache bringt es hervor:

„Ich bin das nicht. So hässlich klingel' ich nicht. Ich beherrsche die Sprache der Vögel und der Menschen."

Micha ist überwältigt von dieser Erscheinung, ein Glücksgefühl durchströmt seinen Körper. Das Klingeln wird lauter. Er wird wach und bedauert, dass er damit den kleinen Vogel verliert. Langsam findet Micha in seine Morgenwelt, öffnet die Augen. Das Läuten wird fordernder. Ah, das Telefon. Wie lange bimmelt es schon. Da hat jemand Ausdauer. Micha stützt sich auf, das Klingeln bricht ab.

Er lehnt sich zurück, schließt die Augen, er muss eingeschlafen sein, nachdem er sich zur Entspannung noch einmal hingelegt hatte. Ella und Aimée sind bereits aus dem Haus. Ella zur Schule, Aimée, um in der Gärtnerei nach dem Rechten zu sehen. Noch muss er nicht aufstehen. Peter, einer der beiden Teilzeit arbeitenden Studenten, versieht den Morgendienst in der *Klappe,* der neben der Vorführung um elf hauptsächlich aus Aufräumen besteht. Lange vor dem ersten Nachmittagsfilm will Micha jedoch dort sein, Büroarbeiten erledigen. Er öffnet die Augen, im Fensterausschnitt wiegen die nackten Zweige der Bäume sich sacht im Wind. Er zieht sich die körperwarme Daunendecke bis zum Kinn.

Dieses Bett ist ein Raumschiff, das ihn, schwerelos, in die nur erst grob umrissenen Vorstellungen von der Zukunft trägt. Angst hat hier nichts zu suchen. Die Zukunftssorge hat er sich fast abgewöhnt. Es gäbe so Vieles, um das er sich verrückt machen könnte, besonders heutzutage als Besitzer der *Klappe*.

Ängste hat er in seinem früheren Leben genug ausgestanden. Er hat sich vorgenommen, Ruhe zu bewahren. Es reicht, dass er zweimal in seinem

Leben in der Psychiatrie war. Erinnerungen kann man nicht einfach ausradieren, und nicht alle Verletzungen können narbenlos verheilen. Nichtsdestotrotz wird er deshalb niemandem mehr Schmerz zufügen müssen. Nicht sich selbst, nicht seiner Mutter. Wieso er sich dazu hinreißen ließ, sie mit dem Messer zu bedrohen, wird niemand so verstehen können wie er selbst. Aber auch sein Verständnis verblasst allmählich. Wie gut, das ist ein Zeichen von Normalität oder Heilung, vermutet er.

Beinahe ein Jahr liegt sein Klinikaufenthalt zurück. Den Abgang dort hatte er sich spektakulärer vorgestellt. Wie verblüfft war er, dass er auf wenig Widerstand bei den Ärzten stieß, als er seinen Wunsch kurz vor Weihnachten nochmals äußerte. Er ist sicher, er war und ist nicht bekloppter als die meisten seiner Mitmenschen. Schließlich ist das Gehirn sehr plastisch. Nicht nur in der Kindheit und Jugend. Deshalb ist Heilung ja jederzeit möglich.

Wie aufregend das Leben sein kann, aufregend im positiven Sinne! Ja, das Leben ist ein großes Filmstudio, in dem alle möglichen Geschichten produziert werden, in dem die Bosse den Rahmen vorgeben und die Regisseure den Ton und die Stimmung festlegen. Doch wer sind die Bosse, wer die Regisseure und wer ist er selbst? Wenn sein jetziges Leben ein Film wäre, würde er die Hauptrolle spielen wollen?

Er lacht, Fragen über Fragen, auf die es keine einfachen Antworten gibt. Dennoch – der Vergleich mit dem Filmstudio gefällt ihm. Es ist unverzichtbar, zu denen zu gehören, die den eigenen Film gestalten. Vielleicht ist er ja in Zukunft einer von denen. Und wenn auch die wirklichen Filmemacher nur in der Lage sind, lediglich einen Bruchteil von der Vielfalt und Buntheit des Lebens einzufangen, so ist es ein Glück für ihn und alle Filmbegeisterten, dass sie es versuchen.

Ist es nicht so, dass jede Geschichte auf der Leinwand wie ein luzider Traum ist. Der Anfang, der Augenblick, in dem ein Film faszinierend zu sein verspricht, ist wie ein Erwachen zu einer neuen Realität, einer bisher ungeahnten Möglichkeit des Lebens, ein Erwachen wie zu einer tief im Unterbewussten verborgenen Erinnerung.

Hat nicht sein Leben etwas von dieser Traumqualität? Ja, er ist ruhiger geworden. Er kann den Dingen ihren Lauf lassen. Ja, er kann wollen und geschehen lassen, so wie er es sich früher manchmal wünschte. Gott wollte die Welt und sprach: Es werde Licht. Er entschied, schöpfte und lässt die Welt sich entfalten. Bei dem Vergleich mit Gott muss er lachen. Ganz schön anmaßend ist er. Und doch: Es stimmt, dass etwas von diesem göttlichen Geist in uns steckt, denn mit uns passiert das gleiche, wenn auch in viel kleinerem Maßstab. Wenn es uns gut geht. Dann wollen wir, sind tätig, warten ab, ob wir wirken und lassen geschehen. Das ist anscheinend das Prinzip des Lebendigen.

Er tritt die Bettdecke ans Fußende, damit er sich den Anforderungen des heutigen Tages zuwenden kann. Das Telefon reißt ihn aus seinen entspannten Überlegungen. Flink erhebt er sich.

„Hallo", meldet er sich mit belegter Morgenstimme, die ihm fremd klingt. Dann lauter: „Hallo, wer ist da?"

„Ich bin's", hört er die leise, zögernde Stimme seiner Mutter.

„Ja Mutti, was gibt's?"

„Ich wollte dich fragen, wie der Tee heißt, den du mir mal gegeben hast, als ich Blasenprobleme hatte."

„Was ist los? Hast du Schmerzen?"

„Nein, nicht direkt, aber ja, doch so, dass ich einen Tee trinken möchte."

„Mutti, rufst du an, weil du erfahren möchtest, wie es mir geht, weil ich dich lange nicht gesprochen habe oder bist du krank?", fragt Micha in bestimmtem Ton. Er kennt die verschlungenen Wege seiner Mutter.

„Ja, es stimmt, wir haben uns ewig nicht gesehen, und ich höre nichts von dir. Und ich fühle mich auch nicht so gut."

„Also, es ist alles in Ordnung, uns geht es gut. Ich werde Ella bitten. Sie kann dir den Tee vorbeibringen, wenn es dir recht ist."

„Dann könntest du doch mit Ella herkommen."

„Nein, besser nicht, Ella kann dich jederzeit besuchen, und soweit ich informiert bin, tut sie das auch, ich möchte noch ein bisschen Abstand halten. Mit mir brauchst du Geduld."

„Ja, wenn du meinst", klingt es sehr klein und gebrechlich aus dem Hörer. Sie atmet hörbar aus, dann sagt sie mit entschiedener Stimme:

„Du Micha, Reni wird mich nächstes Wochenende besuchen."

Er rätselt, was er von dieser Eröffnung halten soll. Eventuell bietet sich ihm die Gelegenheit, sich mit der Schwester zu versöhnen. Er hat die Hoffnung bisher nicht aufgegeben, obwohl Reni seine Briefe unbeantwortet gelassen hat. So sehr ist sie gekränkt, dass er ihr vor über zehn Jahren das Erbe des Vaters vorenthalten wollte. Er kann das verstehen, möchte sich nicht rechtfertigen, aber mit der Entschuldigung seine Seelenlage von damals erklären.

„Meinst du, dass ich sie bei dir treffen kann? Würdest du mir Bescheid sagen, wenn sie da ist?", fragt er forsch, denn er muss Entschlossenheit in sich wach rufen, weil er sich vor sich selbst schämt. Aber ihm liegt an der Versöhnung mit der Schwester.

Mit weinerlicher Stimme antwortet ihm die Mutter:

„Ich glaube, sie will dich nicht sehen. Deshalb sage ich dir, dass sie mich besucht, damit du ihr aus dem Weg gehen kannst."

Verdammter Mist, flucht er für sich. Was manipuliert sie da herum? Warum kann sie das nicht lassen? Was wäre so schlimm, wenn er Reni zufällig träfe? Die Wahrscheinlichkeit dafür ist ohnehin sehr gering, nachdem er sowieso nicht vorhat, seine Mutter aufzusuchen.

Er muss dieses Gespräch beenden, damit die Wirrnis ihm nicht die Laune verdirbt. Immer diese kleinlichen Seelenverwaltungen. Fast ist er schon genauso. Plötzlich scheint dieses unbehagliche Wissen auf. Verdammt noch mal. Ja. Auch er muss damit aufhören. Deshalb kann er so schlecht verzeihen. Warum nur ist er so unversöhnlich mit der Mutter wie der Vater? Aber Vater hatte wirklichen und richtigen Grund dazu. Er dagegen als Sohn hat doch auch Grund, der Mutter dankbar zu sein.

„Also, dann, ich muss zum Dienst. Auf Wiederhören", sagt er, durch seine Einsicht milder gestimmt.

„Bitte, hör bitte, leg noch nicht auf. Wenn ich dich ohnehin am Apparat habe. Stimmt das, was Ella mir erzählt hat?"

„Was meinst du?"

„Das mit dem Kino, dass du fortan immer dort arbeiten wirst. Ich dachte, das wäre nur vorübergehend, ich dachte, du würdest wieder eine Stelle als Ingenieur annehmen."

„Was Ella gesagt hat, ist richtig. Ich werde weiter dort arbeiten, so wie in den letzten drei Jahren. Mit einem entscheidenden Unterschied: Ich bin der Besitzer des Kinos."

„Es stimmt also, ich dachte, das Kind hätte das irgendwie missverstanden." Seine Mutter spricht mit flacher Stimme, die Enttäuschung ist offenbar. Schweigen auf beiden Seiten.

„Exakt wie dein Vater, ein kleiner Unternehmer." Er hört, wie sie leise seufzt.

„Ja, genau wie Vater. Mutti, da gibt's nichts zu jammern. Es ist ein Glücksfall. Ich konnte das Kino zu sehr günstigen Konditionen übernehmen." Und triumphierend schiebt er nach: „Ein wirklich großes Glück."

„Wie du meinst, mein Lieber."

„Und so ein kleiner Unternehmer war Vati nun auch wieder nicht. Er beherrschte ein Handwerk, das nur noch wenige verstanden. Er schämte sich dessen nicht. Denn wir haben alle gut von seinem Geschäft gelebt. Du auch." Er holt tief Luft und gereizt fährt er fort: „Und noch etwas, Mutti. Vater war nicht nur ein kleiner Geschäftsmann, sondern auch ein Mensch.

Er verstand mehr vom Leben als du und ich zusammen. Auch wenn er keine großartigen Zeugnisse vorlegen konnte, hatte er doch profundes Wissen. Wenn bei dir der Mensch auch erst dann zählt, wenn er ein akademisches Zeugnis vorlegen kann, so ist das bei mir anders. Ich bin froh, dass ich wie Vater selbstständig arbeiten kann."

„Ja, wie du meinst, wenn du zufrieden bist, dann bin ich es auch", stimmt Lotta nun mit festerer Stimme zu. Micha hört, dass sie sich bemüht, seinen Unwillen nicht weiter herauszufordern.

Er muss Schluss machen. Brummend sagt er: „Also dann, auf Wiederhören." Nachdem er den Hörer abgelegt hat, bleibt er eine Weile sinnierend vor dem Apparat stehen.

Das mit dem Kino wird seine Mutter nie begreifen. Muss sie auch nicht. Ja, die Kirche in Hernamersiel, das war etwas Besonderes. So eine Gelegenheit gibt es nicht wieder. Und wenn ... Es war doch sehr aufreibend. Und das alltägliche Bauen, nein, das ist nichts mehr für ihn. Aimée hat sofort erfasst, dass das seine Chance ist und ihre Unterstützung zugesagt, wenn es mal eng werden sollte. Auch finanziell. Er hatte mit allem gerechnet, nur nicht damit, dass er das Kino erwerben könnte. Er war bestürzt, dass Frau Eibensteiner es veräußern wollte. Als er erfuhr, dass er derjenige war, der es erhalten sollte, war er zunächst fassungslos. Zu welchen Konditionen sie es hergeben wollte, versetzte ihn in ungläubige Sprachlosigkeit.

Er löst sich von seinen Gedanken, widmet sich seiner Morgentoilette. Heute könnte ein gemütliches Wannenbad den Frust mit der Mutter am besten abwaschen. Während er im warmen Wasser das körperliche Wohlbefinden genießt, lässt er die entscheidende Szene Revue passieren, so wie er es in den vergangenen Wochen des Öfteren mit großer Genugtuung getan hat.

An jenem Nachmittag vor vier Monaten hat er sich gerade an den Rand der letzten Sitzreihe gesetzt, als von draußen ein Lichtstrahl in den Saal fällt und jemand auf ihn zukommt. Es ist Frau Eibensteiner. Sie legt ihm eine Hand auf die Schulter. „Herr Valentin, darf ich Sie sprechen?" Erschrocken richtet er sich auf. Sie geht voran in das Büro hinter dem Kassenhäuschen.

Vor dem niedrigen, schmalen Fenster hinter dem Schreibtisch liegt die Abenddämmerung auf der Lauer, bereit, alles mit ihrem Dunkel zu belegen. Im Zimmer brennt ein warmes Licht von der Decke, und eine orange-gelbe Jugendstillampe mit Glasperlen-Fransen wirft einen Lichtkreis auf das Durcheinander auf Frau Eibensteiners Schreibtisch. Prospekte, Akten, Filmrollen, aufgerollte Plakate liegen quer über Schreibutensilien. Der zweite Tisch, sein eigener, ist aufgeräumt.

Frau Eibensteiner deutet auf die Dreiergruppe altmodischer Sessel aus den fünfziger Jahren, deren Polster frisch bezogen sind. An der Wand der für ein Büro deplatziert wirkende Wohnzimmerschrank, ebenfalls aus den Fünfzigern, mit den polierten Fronten aus breiten Streifen hellen und dunklen Holzes. Das große Regal gegenüber ist für die Filmrollen gedacht. Daneben brummt der kleine Kühlschrank zufrieden vor sich hin.

Arbeitgeberin und Arbeitnehmer sitzen sich gegenüber. Die förmliche Situation macht einen ungemütlichen Eindruck auf Micha. Ängstlich sieht er sich um und so intensiv, als wolle er sich das alles für immer einprägen, weil er es verlieren könnte, bevor er dazu bereit ist. Er hat sich an diesen bohèmehaften Ort gewöhnt. Warum sollte Frau Eibensteiner ihn zu einer offiziellen Unterredung bitten, wenn sie ihn nicht entlassen will. Vielleicht hat sich ihre wirtschaftliche Situation verändert, und sie kann oder will eine voll bezahlte Arbeitskraft nicht mehr beschäftigen, sondern mehr selbst erledigen oder weitere Teilzeitkräfte einstellen.

Bevor sie spricht, versucht er in ihrer Mimik und ihrem Blick zu lesen. Wie kann sie ihn so freundlich ansehen? Ob sie ihm die bittere Pille versüßen will?

„Herr Valentin, ich habe den Eindruck, dass Sie gern hier arbeiten, oder sollte ich mich da täuschen?"

Was für eine merkwürdige Eröffnung. Micha beeilt sich zu sagen:

„Nein, Sie täuschen sich nicht. Frau Eibensteiner, ich arbeite gern hier. Sie wissen, ich mag das Kino." Schnell setzt er hinzu, um jede Anbiederung zu vermeiden: „Ich meine das Kino im allgemeinen, das Kino als Einrichtung."

„Ja, das ist mir bekannt. Herr Valentin. Ich frage Sie nach diesem Kino."

Micha ist diese direkte persönliche Frage peinlich. Trotzdem will er sie ehrlich beantworten. Dieses Kino ist ihm in den letzten Jahren so etwas wie Heimat geworden, weil es auf verborgene Weise eine Verbindung eingeht mit anderen guten Dingen in seinem Leben.

„Ja", antwortet er auf die Frage seiner Arbeitgeberin, „ich fühle mich wohl hier. Eigentlich mehr als das. Das Kino ist mir beinahe zu einem Zuhause geworden." Bei diesen Worten muss er ein Kratzen im Hals weghusten, dann fährt er fort: „Ich arbeite sehr gern hier."

„So empfinde ich es auch", sagt Frau Eibensteiner. „Sie werden mitbekommen haben, dass ich in letzter Zeit viele, nein, wenn ich aufrichtig bin, muss ich zugeben, die meisten meiner Pflichten Ihnen übertragen habe, denn ich habe inzwischen ein größeres Bedürfnis nach Ruhe als Filme zu besorgen und Bürokram zu erledigen. Immer noch sehe ich mir gern besonders gute Streifen an, doch ich hätte niemals gedacht, dass das Abschalten außerhalb des Kinos jemals so nötig werden könnte. Ich muss mir eingestehen, so schwer es mir auch fällt, dass mir alles zu viel wird. Schließlich werde ich nächsten Monat siebenundsiebzig. Also, um die Sache abzukürzen, ich möchte mich aus dem Geschäft zurückziehen, mich aufs Altenteil setzen." Sie macht eine Pause, betrachtet ihre faltigen Hände und seufzt leise, aber vernehmbar. Bisher war Micha nur besorgt darüber, was mit ihm wird, nun fürchtet er, dass das Kino aufgegeben werden soll. Sogleich sieht er ein, dass das nicht sein kann. Warum hätte sie ihm dann eben gerade solche Fragen gestellt.

Seine Gesprächspartnerin nimmt den Faden wieder auf: „Leider, habe ich keine Kinder und auch keine Verwandten, die sich für das Kino interessieren könnten. Mir liegt jedoch sehr daran, dass es weiter besteht."

Micha ist erleichtert, das Kino ist also gerettet. Wahrscheinlich soll er vom nächsten Besitzer übernommen werden. Oder er soll Geschäftsführer werden. Auf diese Fragen eine Antwort erhoffend, blickt er Frau Eibensteiner gespannt an. Sie betrachtet die Fingerspitzen ihrer zusammengelegten Hände, sie sucht offensichtlich nach einer Eingebung. Ein längeres Schweigen stellt sich ein, bis Micha es nicht mehr aushält.

„Verstehe ich Sie richtig, Sie möchten, dass ich weiter hier arbeite. Auch wenn Sie nicht mehr Besitzerin sind, möchten Sie, dass ich mich mehr engagiere, vielleicht als Geschäftsführer für Sie arbeite?"

„Nun, ja, es ist ein kleines Kino", fährt sie fort und erklärt ihm, dass sie eher daran gedacht hat, dass er das Kino übernimmt, und zwar als Eigentümer. Micha ist sprachlos.

Er steigt aus der Wanne, trocknet sich ab, legt die Unterwäsche an und beginnt sich zu rasieren. Lächelnd betrachtet er sich im Spiegel. Voll Vergnügen die Situation in Gedanken weiter vor sich ausbreitend, führt er den Nassrasierer über seine aufgepusteten Wangen.

Diese Wendung hatte er sich damals nicht vorgestellt.

Frau Eibensteiner sieht ihn freundlich, fast liebevoll, an. Trotzdem fällt ihm sofort ein, dass man für ein eigenes Geschäft Geld braucht. Er bedankt sich für die Ehre, das Angebot als erster zu erhalten, fährt dann fort:

„Frau Eibensteiner, ich verfüge nicht über ausreichende finanzielle Mittel für so ein Geschäft. Geben Sie mir bitte eine Frist, um zu überlegen, wie es bewerkstelligt werden könnte."

Die Kinobesitzerin hebt den Kopf, Unsicherheit steht in ihren Augen. Micha wundert sich. Hat sie etwa gedacht, er würde sofort auf ihr Angebot aufspringen? Das ist eine ernste Angelegenheit. Oder wird sie ihr Angebot zurücknehmen? Hoffentlich nicht. In die Stille hinein ergreift seine Arbeitgeberin zögernd das Wort.

„Herr Valentin, das Kino war mein Lebenstraum, ich meine, ich habe mir diesen Traum erfüllt. Es fällt mir nicht leicht, Abschied zu nehmen. Das will ich auch nicht. Ich denke, dass ich unter Ihrer Regie hier immer ein gern gesehener Gast sein werde."

Micha nickt zustimmend, ja selbstverständlich, wenn er das Kino führte, ganz sicher. Als ihr aufgefallen sei, fährt sie fort, wie viel ihm das Kino bedeutet, sei ihr diese Idee gekommen. Er habe sie immer gut beraten, und das Kino laufe, seit er mitarbeite, so gut wie selten zuvor. Über die Finanzen werde man sich bestimmt einigen. Sie habe nicht an Pacht gedacht, sondern an ein dauerhaftes Arrangement. Beim Preis werde sie ihr Möglichstes tun. Sie hat sich beraten lassen, der Besitzerwechsel könne für beide Seiten gewinnbringend bewerkstelligt werden, wenn man den Verkauf auf Rentenbasis organisiere. Wenn er einverstanden sei, könne er ihr nach Zahlung einer Basissumme eine monatliche Rente zahlen und so im Laufe der Jahre das Kino abbezahlen. Für den Fall, dass sie sehr langlebig sein sollte, würde man eine Obergrenze festsetzen, ihr Rechtsanwalt würde es ihm erklären.

Er ist irritiert, hat keinen Anhaltspunkt, was von dem Angebot zu halten ist. Ihn stört, dass seine restliche Schuldenlast auf einmal schwinden soll, wenn Frau Eibensteiner stirbt. Irgendwie möchte er nicht einen solchen Vorteil haben. Ratlos wendet er sich an Aimée. Sie betrachtet das Angebot nüchtern. Da ja ab einem bestimmten Zeitpunkt das Kino als bezahlt gelte, könne er sich doch darauf einlassen. Und falls seine Chefin vorher sterben sollte, dann sei er so etwas wie ein Erbe, was das Kino anbetreffe. Das sei doch in Frau Eibensteiners Sinn, sonst hätte sie doch diese Regelung nicht vorgeschlagen. Das Angebot könne der Glücksfall seines Lebens sein, findet sie. Ja, wirklich.

Nachdem er sich wegen eines Kredits bei seiner Bank hat beraten lassen, bringt der Termin beim Rechtsanwalt Klarheit. Die Rentenhöhe wird festgesetzt. Durch die monatliche Zahlung werden auch die Räumlichkeiten bezahlt. Micha weiß bereits, dass das Gebäude, in dem sich das Kino befindet, Frau Eibensteiner gehört. Er staunt nicht schlecht, als ihm der Anwalt eröffnet, durch Teilungserklärung werde ihm das Erdgeschoss mit dem Kino übertragen.

Nachdem mit Frau Eibensteiner alles abgesprochen ist, beschleicht ihn unvermutet Angst, dass irgendein Hindernis dazwischen kommt. Ungeduldig erwartet er den Beurkundungstermin. Es ist ihm beinahe unfassbar, dass er solches Glück haben soll.

„Sie haben mir tatsächlich einen Teil Ihres Hauses überschrieben“, sagt er nach der Verkaufsverhandlung.

„Ja, ich habe es mir gut überlegt. All die Jahre habe ich davon profitiert, besonders wenn es eng wurde, dass ich die Miete nicht zahlen musste. Herr Valentin, ich möchte, dass das Kino überlebt, und ich bin mir sicher, dass Sie es gut fortführen werden. Sie haben den nötigen Elan und auch die richtigen Ideen.“

„Heute haben wir eine gute Gelegenheit zum Feiern“, bestimmt Frau Eibensteiner, als sie sich nach dem Notartermin im Büro des Kinos treffen. Sie öffnet den Kühlschrank und entnimmt ihm eine Flasche Champagner. Micha öffnet die Flasche, während sie die Gläser aus der Schrankvitrine holt. Sie gießt den Champagner ein, reicht ihm ein Glas und prostet ihm zu.

„Oh, je, ich habe vergessen, dass Sie sich nichts aus alkoholischen Getränken machen.“

„Zu so einem Anlass schon. Da muss man eine Ausnahme machen.“

Sie lächelt schelmisch, schiebt ihr Glas in seine Richtung, die Gläser stoßen klirrend aneinander und sie trinken, indem sie sich anerkennend in die Augen blicken. Micha ist überwältigt. Das Bauen wird er ganz hinter sich lassen, er wird Kinobesitzer sein. Spontan beugt er sich vor, ergreift die Hand seiner ehemaligen Chefin und deutet einen leichten Handkuss an. Sie lächelt verständnisvoll. Solche Ehrbezeugung ist ihr wohl fremd, Micha ist froh, dass sie das als Zeichen aufrichtiger Dankbarkeit akzeptiert.

Plötzlich wird Micha von plagender Unsicherheit heimgesucht: Wird er das Kino halten können? Frau Eibensteiner liest den Zweifel in seinem Gesicht.

„Sie haben es richtig gemacht oder besser, wir haben es richtig gemacht, keine Angst, das Kino ist kein weißer Elefant. Sie haben ja mit dem Steuerberater gesprochen, das Kino ist kein Geschäft, das mehr kostet als es einbringt.“

Sie nippt am Glas und fragt: „Sollten wir nicht das förmliche Frau Eibensteiner und Herr Valentin lassen?“ Sie lächelt spitzbübisch, hebt ihr Glas in seine Richtung. „Ich heiße Adele, und ich vermute, dass Sie Michael heißen.“ Lachend stoßen sie an auf die Zukunft des Kinos und des neuen Besitzers.

Fertig. Die Rasur ist erledigt, und er hat sich die Geschichte bis zum Schluss erzählt. Mit einem erleichterten Aufatmen fährt er sich mit der Hand über die glatten Wangen. Er hat nicht so einen starken Bartwuchs wie der Vater.

Plötzlich taucht der Vater im Spiegel auf, sein Kinn ist mit weißem Schaum bedeckt, so wie er ihn als Kind manchmal beim Rasieren erlebte. Wieder erinnert er sich, wie der Vater ihm bei solcher Gelegenheit das Vaterunser beibrachte. Es war ein Moment großer Innigkeit.

Unverhofft hört er die ernsten Worte, die der Vater vor vielen Jahren bei seinem Besuch in der Klinik in Dobental sprach: „Vergiss niemals, wer du bist." Seither hat er diesen Satz immer mal in seinen Gedanken gehört und sich gefragt, was er bedeuten sollte. Jetzt weiß er besser, wer er ist. Er hatte einen Vater, der für ihn sorgte, kein Phantom wie das, mit dem sich Oskar und Reni herumschlagen mussten, bevor sie erkannten, wer ihr eigentlicher Vater ist. Er hat eine Tochter, um die er sich kümmert, wie der Vater um ihn. Und eine liebevolle Partnerin, die treu ist, selbständig, und ihn nicht ausnutzt, wie die Mutter den Vater. Mit seiner Mutter wird er einigermaßen ins Lot kommen. Was sonst ist schon wichtig? Der Beruf muss einen fesseln und ernähren, ohne einen aufzureiben. Er versteht den Vater, der hat sich in diesem Land, das man das Land der Täter nennt, beheimaten können. Vater mochte diesen pauschalierenden Ausdruck nicht. Er habe niemals bedauert, dass ihn das Schicksal hierher verschlagen habe, sagte er ihm einmal.

Zwar spielte die Religion für Vater keine wichtige Rolle, er jedoch spürt manchmal so eine Sehnsucht nach der Geborgenheit, die er als Kind mit Magdatante beim Besuch der Messe wahrgenommen hat. Die Tante hat ihnen vorgelebt, wie man in Frieden mit sich und anderen lebt. Und wie man mit dem Schicksal versöhnt stirbt. Beim Gedanken an den Tod der Tante kommen ihm Tränen. Ihre letzten Lebensjahre hat sie in einem Altenheim verbracht, dabei hätte sie es verdient, im Alter bei einer Familie zu leben und zu sterben.

Ob seine Sehnsucht nach religiöser Geborgenheit zu stillen ist? Bisher ist er wie Vater nur Taufschein- und Kirchensteuer-Christ. Ob das zu ändern wäre? Ein paar Mal hat sein Freund Walter ihn in die Synagoge im Westend mitgenommen. Der Ritus kam ihm fremd vor. Das ist wahrscheinlich Sache der Gewöhnung. Sicher lernt man dort so wie im Christentum die heiligen Handlungen mit eigenem Sinn zu füllen. Er hat Walter zudem mehrfach in eine Unterweisungsstunde begleitet. Das Ordnungssystem der Kabbala war ihm eine Versuchung. Doch er hat erkannt, dass er sein Handeln nicht von so minutiös geregelten Glaubensgesetzen abhängig machen will. Aimées Haltung in diesen Dingen gefällt ihm. Sie glaubt, dass Gott sich in allen Kulturen offenbart hat, und zwar in ihren Weisheitslehren. Bei Gelegenheit zitierte sie aus dem Weisheitsbuch Salomos das Gebet: „Gib mir die Weisheit, die an deiner Seite thront" und das Lob: „Mit dir ist die Weisheit, die deine Werke kennt und die zugegen war, als du die Welt erschufst." Sie interpretierte das so, dass Gott die Weisheit als allererstes schuf, dass ihre Prinzipien der Schöpfung und damit dem Funktionieren der Welt zugrunde liegen. Eine einleuchtende Erklärung. Ob ihm das bei seiner Glaubenssuche hilft? Das weiß er im Moment nicht. Doch das Leben wird ihm auch in diesen Fragen, davon ist er überzeugt, den richtigen Weg weisen.

Micha betrachtet sich im Spiegel, schneidet eine ironisierende Grimasse, dann nickt er sich freundlich zu. Ja, er sieht nicht mehr so abgehärmt aus wie vor einem Jahr. Er hat sich erholt und Kraft geschöpft. So viel, dass er sich dem freien Unternehmertum gewachsen fühlt. Halleluja.

Was das Kino anbetrifft, hätte Vater ihm zugeraten. Vielleicht hätte er gesagt: Nutze den Rückenwind. Er wird sich durch das Kino seiner Existenz in einer Weise bewusst, die ihn Weite empfinden lässt. Obwohl es doch nur ein Kino ist, eine einfache, antiquierte Einrichtung. Reichtümer wird er keine ansammeln, aber den Lebensunterhalt für sich und seine Tochter davon bestreiten können. Wenn es wirklich mal nicht reichen sollte, hat er noch einen kleinen Teil der väterlichen Erbschaft, der nicht durch seine Ruhezeiten aufgebraucht wurde. Das und Aimées Zusage sollten genug Auffangnetz sein.

Gedankenverloren nimmt Micha seinen Wintermantel von der Garderobe, klemmt die Aktenmappe unter den Arm und verlässt die Wohnung. Vor einem Jahr noch fürchtete er ernsthaft um seine Stellung im Kino, und heute Morgen geht er als Eigentümer zur Arbeit dorthin.

Micha erreicht die Ampel an der vierspurigen Straße, die er auf dem Weg zum Kino überqueren muss. Grün, er kann gehen. Immer noch erfüllt von den Erinnerungen an sein Glück, schwelgt er in dem Vergnügen, das er empfand, als er seiner Tochter die große Neuigkeit verkündete.

„Vati, das ist nicht möglich. Wirklich? Wir werden das Kino besitzen?"

„Ja, ich werde selbständig arbeiten, sonst ändert sich nicht viel. Wir werden weiterhin unser Auskommen haben und du kannst viele gute Filme sehen.

„Vati, kannst du mir etwas versprechen?"

„Ja, was denn?"

„Darf ich meine Schulfreundinnen ins Kino einladen?"

Micha lächelt

„Wenn es nicht zu oft geschieht, ja."

„Und noch etwas, Vati?" Micha äugt erwartungsvoll zu ihr hinüber. „Vati, versprich mir, dass du dir keine Sorgen mehr machst."

Micha sieht seine Tochter zweifelnd an. „Mache ich mir so viele?"
„Ja, unendlich viele, nun kannst du das doch lassen."
„Mal sehen, ob es mir gelingt. Ich will mir Mühe geben."

Mit diesen Gedanken ist er in der Straße des Kinos angekommen. Er spaziert den Fußweg entlang auf der gegenüber liegenden Seite, betrachtet das große Firmenschild und die Anschlagtafel. Sie zeigen gerade *La strada* von Fellini. Micha überquert die Straße, schlängelt sich durch zwei geparkte Autos. Das eine gehört Peter, ein alter VW-Käfer. Da hat er also heute Morgen einen Parkplatz gefunden. Micha wird auf das Plakat im linken Schaukasten aufmerksam. Giulietta Masina scheint an einem Pfahl zu schweben. Den Film aus dem Jahre 1954 sah er erst in den Sechzigerjahren. Wie eine Bombe schlug er bei ihm ein. Er war sechzehn. Diese Melancholie, diese Musik. Diese naive Gelsomina, die sich von diesem Grobian Zampanò nicht trennen kann und mit dem Wahnsinn bezahlt. Er versteht die Verstrickungen dieser Menschen heute anders. Aber der Poesie des Films kann er sich auch derzeit nicht entziehen.

Anstatt das Kino zu betreten, wandert Micha ein paar Meter weiter rechts am Gebäude vorbei zum türkischen Gemüsehändler, der einen Teil seiner Auslagen auf dem Gehweg vor den Schaufenstern ausgebreitet hat. Durch die Stände hindurch steigt er die wenigen Stufen hoch in den Laden. Wie immer nehmen ihn sofort die exotischen Düfte gefangen. Wieder versucht er vergeblich, die verschiedenen Komponenten dieses Geruchsgeheimnisses zu entschlüsseln. Mit breitem Lächeln bewegt sich der Ladenbesitzer, bekleidet mit einem dicken braunen Pullover unter langer grüner Schürze, hinter seiner Theke hervor. Er reicht Micha die Hand, der sie ergreift und kräftig schüttelt. Der Mann reibt sein rechtes Ohr, legt dann die Hand an sein Kinn, neigt den Kopf zur Seite.

„Was kann ich Ihnen heute geben?"

„Nur ein paar Orangen, ich bin hier, um meine Schulden von gestern zu bezahlen", antwortet Micha lächelnd.

Der Mann lacht ihm offen ins Gesicht. „Bei mir haben Sie immer Kredit."

Micha amüsiert sich insgeheim über seine Marotte, oft einen kleinen Betrag schuldig zu bleiben, weil er entweder kein Geld oder nicht genug dabei hat. Er kann es sich nicht erklären, mitunter hat er den Verdacht, er wolle die Sympathie der Menschen testen. Selbstverständlich ist es lächerlich, seine Kreditwürdigkeit kann er mit solchen Bagatellbeträgen nicht herausfinden. Dennoch hat er manchmal das Bedürfnis, eine Kleinigkeit einzukaufen, etwas schuldig zu bleiben, und erst am nächsten oder übernächsten Tag den Restbetrag zu tilgen. Und er ist sicher, er wird niemals vergessen, diese kleinen Schulden zu bezahlen. Der Gemüsehändler packt ihm drei Orangen in eine spitzzulaufende braune Papiertüte, reicht sie ihm und nimmt das Geld entgegen.

„Das macht eine Mark fünfzig."

„Und mit den dreizwanzig von gestern also viersiebzig", ergänzt Micha.

„Ja, gern." Der Ladenbesitzer greift in seine Hosentasche nach dem Wechselgeld.

„Nein, lassen Sie nur, das sind die Zinsen." Micha grinst verschmitzt.

„Mit Ihnen kann man gute Geschäfte machen", scherzt der Mann, der immer noch neben Micha steht. Sie geben einander die Hand und Micha verlässt den Laden.

Peter begrüßt ihn gut gelaunt, wie immer. Halb lachend, halb Zähne knirschend erzählt er, während er im Vorraum neue Prospekte in den Sortierkasten räumt, dass er am Morgen, obwohl er zeitig dran war, mehrere Runden drehen musste, um einen Parkplatz zu erwischen. Immerhin habe er einen direkt vor dem Kino ergattert. Am Vortag habe er schon wieder ein Knöllchen, einen Strafzettel, kassiert. Peter ist ein netter und unkomplizierter Kerl. Sie besprechen, was noch anliegt, dann widmet sich jeder seinen Aufgaben.

Peter hat Micha bereits beim ersten Kennenlernen erzählt, dass seine Eltern ihn eigentlich unterstützen müssten. Deshalb gibt es für ihn keine staatliche Förderung. Da er sich mit den Eltern überworfen hat, nimmt er keine Zuwendungen von ihnen an. Er schlägt sich mit Jobs durch und kommt nur sehr schlecht über die Runden. Micha hat den Verdacht, dass er, obgleich die Bezahlung nicht gerade üppig ist, gern im Kino arbeitet, weil er nach getaner Arbeit in aller Ruhe Filme ansehen kann. Wie Peter die Arbeit mit dem Studium der Medienwissenschaft vereinbart, bleibt Micha ein Rätsel. Muss er während der Semesterferien nicht für die Universität arbeiten? Wahrscheinlich wird er sehr lange brauchen, um sein Studium abzuschließen.

Frau Eibensteiner hatte Peter eingestellt, als Micha in der Klinik war und sie beschäftigte ihn noch eine Weile, damit Micha die Rückkehr ins Arbeitsleben leichter wurde. Später behielt sie Peter, weil genügend Arbeit anfiel. Und Micha will dabei bleiben. Auch Eric, der zweite Student, der weniger Stunden als Peter tätig ist, hilft, wann immer nötig, denn seit Frau Eibensteiner sich aus dem Betrieb zurückgezogen hat, braucht Micha alle diese Unterstützung. Bei laufendem Kinobetrieb müssen immer zwei Mitarbeiter da sein.

Mit Sorge hat er festgestellt, dass Ella in Peter verschossen ist. Der junge Mann scheint ihre Zuneigung nicht zu erwidern. Ella ist ihm vermutlich zu jung. Micha hat seine Tochter getröstet und ihr ganz allgemein von der Verliebtheit gesprochen. Dass es ein panerotischer Zustand ist, der mit Liebe nichts zu tun hat, dass sich alles verklärt und übermäßig bedeutsam wird, was mit dem Verehrten zu tun hat. Dass man darüber sich selbst vergessen könne. Verliebtheit sei eine schwere Krankheit, die den Menschen unzurechnungsfähig macht. Wie Dr. Tatasch damals in Dobental hat er betont, dass die Verliebtheit der Liebe weichen muss. Und dass das sehr schwer ist. Ella hatte ihn mit großen Augen angesehen. Auch Aimée hatte aufmerksam zugehört. Dann fragte ihn Ella, pfiffig lächelnd:

„Vati, woher weißt du das alles?"

„Lebens- und Liebesleiderfahrung", hatte er lachend verraten, sein Lachen klang ihm irgendwie hohl. Die Liebe ist doch bitter ernst und nahezu heilig. Er hat inzwischen begriffen, dass sie eine Haltung, kein Gefühl ist. Eine Haltung, die ermöglicht, auch die Bedürfnisse der Partnerin zu sehen und dass neben Treue, die ihm heute wieder wichtig ist, seelische Nähe und gemeinsame Interessen ihre unersetzlichen Begleiter sind.

Bevor Micha ins Büro geht, schaut er sich routinemäßig im Foyer um. Der Boden ist sauber, die Clubsessel und die runden Tische ebenfalls. Die Scheiben des Kassenbereichs sind geputzt und die Verkaufstheke aufgeräumt. Peter hat bereits ganze Arbeit geleistet. Das Entree mit seiner grün-goldenen Farbgebung wirkt gepflegt. Obwohl die Anschaffung des Popcorn-Automaten seine eigene Idee war, gefällt ihm nicht, dass einem beim Eintreten schon der Geruch von Popcorn entgegenschlägt. Trotzdem wird er alles so belassen wie bisher, denn auf die Einnahmen aus den Snacks möchte er nicht verzichten. Gezuckertes oder salziges warmes Popcorn und Erfrischungsgetränke zählen für viele Menschen zur Kinostimmung, tröstet er sich.

Am Nachmittag übernimmt Micha den Kartenverkauf. Während er in seinem Kassenhäuschen auf die letzten Zuschauer wartet, beobachtet er eine Gruppe Teenager, drei Mädchen und drei Jungs, die unschlüssig scheinen, ob sie die Nachmittagsvorstellung um fünfzehn Uhr dreißig besuchen sollen. Sie sind modisch zurechtgemacht. Die Mädchen in superkurzen Röcken, weißen Turnschuhen und pastellfarbenen wollenen Strumpfhosen. Er wundert sich über diesen Kleinmädchen-Look. Das Aussehen der Jungs würde seine Tochter „smart" nennen. Sie tragen enge Jeans, blusige Bomberjacken und haben gegelte Haare. Inzwischen haben sie sich zu drei Pärchen formiert, ein Paar hält sich an den Händen, ein Junge und ein Mädchen umfassen die Taille des jeweils anderen. Die dritten sind noch nicht so weit. Sie stehen getrennt. Micha hört einige Gesprächsfetzen, sie diskutieren, ob sie sich diesen Film ansehen sollen. Sie weisen auf die Plakate und die schwarz-weißen Szenenfotos von *La strada*. Der einzeln stehende Jugendliche argumentiert:

„Das ist ein Klassiker. Wenn wir da rein gehen, können wir unsere Alten echt beeindrucken."

Micha schmunzelt, was für Gründe es gibt, sich einen Film anzusehen. Die beiden, die sich bisher nur die Hände hielten, stehen eng umschlungen. Das Mädchen hält ihren Kopf über die Schulter des Jungen in Michas Richtung, die Augen geschlossen. Er bemerkt, dass der Junge seinen Kopf seitlich dreht und dem Mädchen etwas zuflüstert. Sie öffnet die Augen, sieht Micha und löst sich aus der Umarmung.

Der Junge, der seine Begleiter überzeugen wollte, den Film anzusehen, kommt als erster zum Kassenhäuschen und kauft zwei Karten für die letzte Reihe, wo es kleine zweisitzige Sofas ohne störende Armlehnen gibt. Das erinnert Micha an seine jugendlichen Liebesversuche. Man braucht wohl immer noch das Kino, um eine scheue Umarmung, einen allerersten Kuss zu wagen. Micha lächelt und wünscht viel Vergnügen. Der Junge gibt dem Mädchen die Karten und steckt das Wechselgeld hastig ein. Er ist offensichtlich ein bisschen verlegen. Micha ist nun sicher, dass er mit seiner Vermutung richtig liegt. Die verbleibenden Paare folgen und lösen ihre Karten. Die Jungs verlangen noch Cola und einige Tüten Kartoffelchips. Micha bedient sie, gibt die Barriere frei und die Jugendlichen gehen in den kleinen nachtblauen Saal.

Bei jungen Leuten ist das ehrwürdig alte Kino Kult, hat er von Ella gehört. Das alternative Programm gilt als cooler Kontrast zu ihren Fernseh- und Videogewohnheiten.

Das sind für heute die letzten Gäste. Micha schließt die Kasse, geht zur Vorführkabine. Er muss heute den Vorführer ersetzen, der sich am Mittag krank gemeldet hat.

2
Sonntag, 15. Dezember 1996

An diesem Wochenende hat Micha frei. Frau Eibensteiner und Eric managen den Laden. Da der Filmvorführer noch nicht gesund ist, kümmert sich Peter um das Einlegen der Filme.

Es ist Sonntag, und nachdem Micha und Aimée gestern Abend in der Oper waren, haben sie beschlossen, dass an diesem freien Wochenende ein Hitchcock-Film für alle drei nicht verkehrt wäre. Es ist beinahe sieben Uhr und Aimée wird ihn und Ella zur Abendvorstellung um zwanzig Uhr abholen. Ella spricht am Telefon mit ihrer Mutter. Ungarisch. Micha gibt sich Mühe wegzuhören, denn er benutzt diese Sprache seit seiner Scheidung von Nora kaum noch. Sie ist ihm zum Symbol der Vertrautheit zwischen Tochter und Exfrau geworden. Er muss das aushalten, denn schließlich können die beiden reden, wie sie wollen. Wer weiß, wie nützlich Ella diese Sprache in Zukunft sein wird. Auf jeden Fall braucht sie sie, wenn sie ihre Mutter nächsten Sommer nach dem Abitur besuchen fährt, so wie es mit Nora ausgemacht wurde, als sie neulich in Frankfurt zu Besuch war. Er ist froh, dass Nora versteht, dass Ella zum Studium in Deutschland bleiben will.

Es klingelt, unmittelbar darauf hört er den Schlüssel im Schloss. Aimée, in weichem hellblauem Wintermantel, Schal und Mütze, begrüßt ihn mit Küsschen und Umarmung. Sie führt ihren Zeigefinger an den Mund und tippt Ella auf die Schulter, die daraufhin Aimée die linke Hand reicht.

Ella wiederholt noch ein paar Mal „Igen, igen, rendben van, ja, ja, in Ordnung", Zeichen, dass das Telefongespräch sich dem Ende nähert.

Am Kino angekommen, gehen sie ins Büro. Es ist noch alles so wie vor Michas Geschäftsübernahme. Er hat Ellas und Aimées Modernisierungsvorschläge für die Büroeinrichtung verworfen. So wie es ist, gefällt es ihm. Nur sind jetzt beide Schreibtische aufgeräumt. Die Akten befinden sich im Schrank, die Filmrollen im Regal, die Plakate aufgerollt in zwei runden hohen Papierkörben.

Aimée und Ella setzen sich, Micha holt eine Akte herbei, um eine Bestellung zu überprüfen. Bis zur Vorstellung haben sie noch Zeit. Ella durchstöbert ihr Portemonnaie. „Ja“, sagt sie mit zufriedener Miene, „es reicht für eine Cola und eine kleine Schachtel Popcorn.“ Sie kehrt ins Büro zurück, mit Frau Eibensteiner im Gefolge. Diese lächelt listig und bedeutungsvoll.

„Nun habe ich Sie einmal alle hier beisammen. Für diese Gelegenheit habe ich eine feierliche Flasche Champagner aufgehoben. Micha, würden Sie bitte die Honneurs machen?“

Micha öffnet die Flasche, füllt die Gläser, die Aimée inzwischen auf den Tisch gestellt hat. Ella flitzt hinaus, um Peter herbeizuholen, damit er mit ihnen anstoßen kann. Als alle im Halbrund um Micha stehen, erhebt Adele Eibensteiner ihr Glas und bringt einen Toast auf den neuen Kinobesitzer aus. Sie prosten sich gegenseitig zu. Die drei Frauen gehen auf Micha zu, küssen ihn auf die Wangen und wünschen gutes Gelingen. Peter reicht ihm feierlich die Hand.

Aimée und Adele Eibensteiner sind sich ähnlich, denkt Micha, als er die beiden Frauen so vor sich stehen sieht. Nicht äußerlich, aber sie haben etwas Herzliches und Sorgenfreies an sich. Auch Gelassenheit. Die entwickelt man ohne Frage, wenn man nicht ständig die Folgen des eigenen Verhaltens voraus berechnet und nicht dauernd erwägen muss, was die Mitmenschen wirklich meinen und denken. In diesem Moment hat auch er nichts zu deuten und zu fürchten. So wie die Frauen um ihn herum. Obwohl, räumt er ein, Aimée hat auch ihre Probleme, sie sorgt sich um den gebrechlich werdenden Vater.

Ella schnappt ein volles Glas vom Tisch und verschwindet damit ins Foyer. Durch die offene Tür hört Micha, wie sie Eric, der an der Kasse sitzt, fröhlich zuruft:

„Wir trinken darauf, dass wir jetzt die Kinobesitzer sind.“

Sie kehrt schnell zurück ins Büro. Während sie alle im Kreis stehend ihren Champagner trinken, fällt Micha ein, dass er noch keine richtige Feier ausgerichtet hat. Er hat sich bisher gescheut, weil er Frau Eibensteiner trotz der veränderten Besitzverhältnisse immer noch ein wenig als Chefin sieht, auch wenn sie nicht mehr jeden Tag anwesend ist.

Diese Einstellung muss sich ändern, nimmt er sich vor, denn er ist ja eingetragener Eigentümer und das sollte man feiern. Er stößt noch einmal an Frau Eibensteiners Glas und sagt:

„Ich überlege, demnächst eine Party für meine Familie und Freunde zu geben, hier im Kino, sozusagen als offizielle Bekanntgabe.“

„Das ist eine sehr gute Idee. Wichtige Ereignisse im Leben muss man feiern“, pflichtet ihm seine ehemalige Chefin bei.

„Vor allem, wenn es sich um so etwas Gutes handelt“, ergänzt Micha. „Gute Dinge muss man willkommen heißen, damit sie bleiben.“

Oh je, denkt er amüsiert, ich bin schon genauso ein Sprücheklopfer wie mein Vater. Als Aimée ihm ernsthaft zunickt, sagt er zu ihr gewandt:

„Wir können schon mal eine Gästeliste machen. Außer meiner Familie und ein paar Freunden möchte ich zwei ehemalige Kollegen einladen, mit denen ich mich gut verstanden habe.“

Frau Eibensteiner erklärt er: „Unser gemeinsamer Freund Walter Martinschewski wird Ehrengast, denn er hat uns miteinander bekannt gemacht.“ Sie lächelt und hält ihr Sektglas in seine Richtung. Micha versteht, sie trinkt einen Schluck auf dieses Kennenlernen.

„Ella möchte sicherlich auch ihre besten Freundinnen dabei haben“, steuert Aimée zu den Plänen bei.

„Ja, das wird bestimmt super, ich freue mich auf die Party“, lässt sich Ella vernehmen. Sie schaut auf die Uhr. „Ich glaube, wir müssen gehen“.

„Ja, Ella, der Film fängt gleich an. Hoffentlich wird er dir gefallen. Ob junge Leute etwas damit anfangen können?“

„Doch, doch, der ist bestimmt cool“, meint Ella. Peter bestätigt: „Ich bin auch jung. Und ich finde ihn Spitze.“

Er wendet sich zum Gehen, hebt die Hand zum allgemeinen Gruß und verabschiedet sich mit einem kleinen Lächeln von Ella, bleibt dann aber doch stehen, um zu hören, wie sie sagt: „*Psycho* ist neulich im Fernsehen gelaufen. In der Schule hat man darüber gesprochen. Ein Glück, dass ich heute Abend *Der falsche Mann* sehen kann. Da kriege ich wenigsten eine Vorstellung von Hitchcock. Ich bin gespannt, denn im Filmlexikon steht, dass die Handlung auf einer wirklichen Begebenheit beruht.“

Peter eilt hinaus. Ella sieht ihren Vater herausfordernd an und sagt, zum Scherz theatralisch seufzend:

„Es ist nicht immer einfach, keinen Fernseher zu Hause zu haben.“

Frau Eibensteiner und Aimée lachen. Aimée erläutert:

„Ja, Micha ist ein strenger Vater, ungezieltes Abhängen vor der Glotze, das passt ihm nicht.“

Frau Eibensteiner hakt sich bei Ella unter, sagt ihr:

„Du hast ja nun mit dem Kino etwas viel Besseres. Wenn es dir nach Entspannung und Abenteuer ist.“

„Ja“, wirft Micha ein, „wenn die Schule dabei nicht vernachlässigt wird.“

Er lacht den drei Frauen zu, es klingt triumphierend und warnend zugleich, als wolle er sagen: Versteigt euch bloß nicht auf die Idee, mich auszutricksen. Die Frauen verstehen. Sie lachen und Aimée sagt:

„Wir würden niemals deine väterliche Autorität untergraben wollen." Micha antwortet:

„Die Betonung liegt auf wollen, nicht wahr?"

Fröhlich verlassen Micha und die Frauen das Büro. Sie gehen in den Vorführsaal. In den beiden letzten Reihen gibt es jeweils zwei leere Sitze nebeneinander. Micha begibt sich zum Kassenhäuschen und bittet Eric, die Plätze zu reservieren.